Het Winterhuis

Judith Lennox

Het Winterhuis

VAN REEMST
UITGEVERIJ

HOUTEN

Oorspronkelijke titel: The Winterhouse
Oorspronkelijke uitgave: Transworld Publishers Ltd., London
Copyright Judith Lennox 1996

© 1997 Nederlandstalige uitgave:
Van Reemst Uitgeverij bv
Postbus 170
3990 DD Houten

Vertaling: P. Janssens
Omslagontwerp: Andrea Scharroo
Omslagillustratie: Kees Maks

ISBN 90 410 0437 8
CIP
NUGI 301

DEEL EEN

1918-1930

Hoofdstuk een

Voor de rest van haar leven hield ze een hekel aan sneeuw. Hij begon te vallen vóór het licht werd en tegen elf uur, toen de telegrammen kwamen, had hij het vertrouwde Londense stadsbeeld gebleekt.

Haar vader en moeder waren de hele dag weg, zodat niemand de telegrammen opende. Ze bleven op het gangtafeltje liggen, onheilspellend, dreigend. Maar Robins dag verliep zoals altijd. 's Morgens les van juffrouw Smith, lunchen en rusten en vervolgens een middagwandeling in het park. Tegen de tijd dat ze om halfnegen naar bed ging, had Robin zichzelf gerustgesteld dat alles in orde was. Hoe zou het leven gewoon kunnen doorgaan als er iets met Stevie of Hugh was gebeurd?

Later vroeg ze zich altijd af waardoor ze wakker was geworden. Het kon niet door haar moeders gehuil van verdriet zijn geweest; het huis was zo groot en degelijk gebouwd dat haar gesnik Robins slaapkamer onmogelijk had kunnen bereiken. Maar, plotsklaps gewekt, was ze uit bed geklommen en in haar nachtjapon stilletjes naar beneden getrippeld. De hal was verlaten en schemerig verlicht door één enkele elektrische lamp.

'Stevie... Hugh... alle twee...' Robin herkende haar moeders stem nauwelijks.

'Zodra het licht wordt gaan we naar het ziekenhuis, schat.'

'Mijn zoons – mijn prachtige zoons!'

Robins vingers gleden van de klink van de salondeur. Ze liep terug door de gang, de eetkamer in en naar buiten door de brede tuindeuren die uitkwamen op het terras. Ze liep door; haar kleine, blote voeten sleepten door de sneeuw tot ze de achterkant van de tuin had bereikt.

Tussen de rododendrons en de overblijfselen van oude kampvuren staand keek ze om naar het huis. Het was eindelijk opgehouden met sneeuwen en de maan was een onheilspellende oranjegele bal in een zwarte lucht. Het huis dat Robin haar hele zevenjarige leven al kende kwam haar niet langer vertrouwd voor. Het was onherkenbaar veranderd, gebleekt door de sneeuw, scherp afgetekend in bronskleurig licht.

Ze realiseerde zich op een primitief niveau dat alles anders was geworden, dat de winter door de stenen en pannen van het gebouw naar binnen was gedrongen en de bewoners had bevroren.

Ze vertelden haar dat Stevie nooit meer zou terugkeren uit Vlaanderen; Hugh zou naar huis komen zodra hij zich goed genoeg voelde. Richard en Daisy Summerhayes vertrokken spoorslags naar het veldhospitaal waar Hugh voor zijn leven vocht en lieten Robin achter onder de hoede van juffrouw Smith. Later werd het verstrijken van de tijd afgemeten aan Hughs trage herstel. Ze werden voortdurend heen en weer geslingerd tussen hoop en wanhoop. De zwarte periode onmiddellijk na de telegrammen; de herdenkingsdienst voor Steven, voor Robin een wirwar van bloemen, hymnen en tranen. Het had niets te maken met Stevie, haar vrolijke en geliefde oudere broer. Optimisme toen Hugh zijn eerste stappen deed en toen hij thuiskwam uit het ziekenhuis. Opnieuw zwartheid na zijn instorting. Dingen veranderden na die tweede thuiskomst: het huis werd netter omdat wanorde Hugh beangstigde en afkeer inboezemde. Richard Summerhayes liet zijn politieke ambities varen en zijn vroegere aspiraties voor zijn zoons werden overgedragen op zijn dochter. Robin – niet Steven, niet Hugh – zou in Cambridge klassieke talen gaan studeren zoals Richard had gedaan. De bezoekersstroom naar het huis van de Summerhayes in Londen – voor de madrigaalavonden, de poëzie-voorlezingen, de politieke discussies – werd ingedamd omdat Hugh het lawaai niet kon verdragen. Richard kocht een auto in een poging zijn zoon uit de veilige cocon van zijn huis te lokken. Hun luidruchtige, gelukkige leven verdween en werd behoedzaam en stil.

Maar Hugh herstelde niet echt. Zijn arts benadrukte tegenover Richard en Daisy dat hun zoon boven alles rust en stilte nodig had. Richard Summerhayes begon uit te kijken naar een andere baan en kreeg ten slotte een functie als hoofd klassieke talen op een jongensschool in Cambridge aangeboden. Hij accepteerde de benoeming, ook al betekende het een teruggang in salaris, omdat hij de stilte en leegheid van de Fens aan den lijve had ervaren.

De geploegde akkers waren zwarte, eentonige rechthoeken. Grijze schaduwen maakten vlekken op de dijken en wegen. Vorst talmde in de beschutte bermen en sloten en de zon, als die vandaag al was opgekomen, was verdwenen.

De auto hotste rammelend over de weg. Doordat het land zo vlak was zag Robin Summerhayes het huis lang voordat ze het bereikten. Haar wrok werd dieper naarmate het plompe gebouw groter werd. Tegen de tijd dat haar vader de auto tot stilstand bracht moest ze op haar lippen bijten om te voorkomen dat ze iets zei. De aandacht van haar ouders ging, zoals altijd, uit naar Hugh. Ze waren vastbesloten hem niet onrustig te maken, maar ze probeerden te achterhalen of zijn geschokte zenuwen de reis hadden doorstaan. Robin keek op naar het huis. Het was een vierkante doos van een gebouw, met vier ramen en een voordeur, als op een kindertekening. Binnen gaf een donkere, smalle gang toegang tot de keuken, de eetkamer, de salon, de bibliotheek en de couloir. De meubels stonden al op hun plaats, maar overal stonden kisten met serviesgoed, linnen, kleren en boeken.

'Jouw slaapkamer, Robin,' zei Daisy Summerhayes opgewekt terwijl ze een deur op de bovenverdieping opende.

De kamer bood, net als de hele Blackmere Farm, de kille, trieste aanblik van een huis dat te lang had leeggestaan. Het behang was verschoten en geen van Robins vertrouwde meubelstukken scheen er te passen.

'Het heeft natuurlijk een verfje nodig,' voegde Daisy eraan toe, 'en ik zal nieuwe gordijnen voor je maken. Wat vind je ervan, lieverd? Het wordt prachtig, of niet soms?'

Ze wilde roepen: Het is afschuwelijk, ik haat het, maar ze deed het niet, ter wille van die arme Hugh. Ondankbaar 'Het gaat wel' mompelend rende Robin de kamer uit.

Blackmere Farm had geen elektriciteit, stadsgas of stromend water. Op de schappen in de bijkeuken stonden rijen olielampen en de ene kraan boven de stenen aanrecht werd gevoed door een buitenput. Robin gooide de buitendeur open en dacht woest dat het gezin Summerhayes, door afscheid te nemen van Londen, afscheid had genomen van de beschaving.

Ze staarde somber naar de tuin, naar het grote, verwilderde gazon en de verwaarloosde bloembedden. De verre horizon was laag en vlak en de zwartheid van de akkers ging over in de wolken. Robin rende naar een dunne, zilverachtig grijze streep. Haar schoenen en kousen werden doornat in het lange gras. Toen ze bij de rivier kwam bleef ze staan en keek tussen het riet door naar het heldere, donkere water. Een stemmetje in haar hoofd opperde dat het heerlijk zou zijn hier 's zomers te zwemmen. Robin negeerde de stem en dacht aan Londen. Ze was dol op de herrie en de drukte. Dit huis leek achtergelaten in een grote, lege woestijn. Nee, geen woestijn, want alles hier droop of sijpelde. Een moeras dan. Toen ze om zich heen keek zag ze geen mens, geen ander huis.

Toch klopte dat niet helemaal. Verderop langs de rivier stond een grote houten hut. Over de oever draafde Robin ernaartoe. De veranda van de hut hing boven het water, waar de rivier een diepe, ronde poel had gevormd, dichtbegroeid met riet. Robin klom op de veranda. Klimop slingerde zich om de leuning, kronkelde over de gepotdekselde planken en hing als een gordijn voor het raam. Ze wreef met haar mouw over de stoffige ruit en tuurde naar binnen. Vervolgens draaide ze de deurkruk om. Enigszins tot haar verbazing ging de deur krakend en klimopranken verscheurend open. De deuropening hing vol spinnenwebben. Er flitste iets kleins en donkers over de vloer.

Ze had gedacht dat het een zomerhuisje was, maar wist onmiddellijk dat het dat niet was. Midden in de ruimte stond een ijzeren kachel. Robin knielde ervoor neer en opende de roestige klep. Een stroompje as viel op haar schoot. Zomerhuisjes hadden geen kolenkachels.

De wand achter de kachel hing vol boekenplanken. Aan een andere wand hing een verweerde spiegel in een lijst van grote, platte schelpen. Robin keek erin met het bizarre idee dat er een ander gezicht zou terugkijken, het gezicht van degene die in het ijzeren bed had geslapen dat tegen de wand stond, die zich bij de op hout gestookte kachel had verwarmd. Maar ze zag alleen haar eigen spiegelbeeld – donkerbruine ogen, donkerblond haar, een grijze veeg van spinrag op haar ene wang. Ze ging op de rand van het bed zitten, trok haar jurk over haar knieën en zette haar handen onder haar kin. In de verte hoorde ze de stemmen van haar vader en Hugh en haar gedachten keerden terug naar die afschuwelijke dag in 1918. Al zes jaar geleden, maar ze herinnerde zich alles nog met volmaakte, afschuwelijke helderheid. De dag dat ze de telegrammen hadden ontvangen. Ze hadden tot heel wat geleid: tot het pacifisme van zowel Richard als Robin Summerhayes en tot deze ballingschap. Haar boosheid ebde weg en toen ze buiten voetstappen hoorde, wreef ze met haar mouw over haar ogen.

'Zit je hier, Rob?' Hugh stak zijn hoofd naar binnen. 'Nou zeg, wat een afschuwelijk hol.'

Hugh was zo'n dertig centimeter langer dan Robin, zijn golvende haren waren blonder, zijn lichtbruine ogen lagen diep in een mager gezicht met hoge jukbeenderen en een haviksneus.

'Ik zou het best voor mezelf willen hebben.'

Hugh keek weifelend. Hij wierp een blik op de kachel, het bed, de veranda.

'Het schijnt gebouwd te zijn voor een vrouw met tuberculose. Het arme mens heeft hier het hele jaar door gewoond.'

Robin merkte dat Hugh er net als zij van uitging dat de vorige bewoner van de hut een vrouw was geweest. Vanwege de spiegel misschien. 'Het is een winterhuis, is het niet, Hugh? Geen zomerhuis.'

Hugh grijnsde, maar hij zag er moe en bleek uit. 'Het moet eigenlijk afgebroken en verbrand worden, Robin. Tenslotte... tuberculose...'

'Ik maak het schoon. Ik schrob het centimeter voor centimeter met een desinfecterend middel.'

Een van de spiertjes naast Hughs oog trok. Robin pakte zijn hand en trok hem mee naar de veranda.

'Kijk,' zei ze zacht.

De wereld lag voor hen uitgespreid. De rietstengels waren berijpt en elke zaadknop leek een kleine hanger. De zon scheen door de grijze wolkenflarden heen en het donkere wateroppervlak achter de veranda weerkaatste riet, zon en hemel als een spiegel.

'Van de zomer,' zei ze, 'kopen we een boot. We zullen voor altijd zeilen. We zullen verdwalen.'

Hugh keek omlaag naar zijn zusje en glimlachte.

In haar ballingschap verzamelde ze dingen en stelde ze op in het winterhuis. Manden vol lichte schelpen, jampotten die uitpuilden van lange staartveren, een afgeworpen slangenhuid, broos en droog, een konijnenschedel, één en al perkamentbleek bot. Ze verzamelde ook mensen en haar behoefte om te weten hoe andere mensen leefden leverde haar vaak een standje op van Daisy. Staren is onbeleefd, Robin! Wat een vragen! De vrouw die kwam schoonmaken, de man die langs de rivier wilgentenen sneed en er palingfuiken van maakte, de eenbenige marskramer met een shellshock die van het ene dorp naar het andere strompelde en wasknijpers en lucifers verkocht – ze praatte er eindeloos mee.

En met Helen en Maia. Robin leerde Maia Read kennen tijdens het eerste trimester en Helen Ferguson de daaropvolgende zomer, toen ze een fietstocht maakte door de Fens. Maia was donker, mooi en zelfs in haar afgrijselijke gymbroek van school elegant. Ze was intelligent en tegendraads en had geen enkele belangstelling voor Robins hartstocht, de politiek. Helen woonde in het naburige gehucht, Thorpe Fen. Toen Robin haar voor het eerst zag, toen ze van de bushalte naar huis liep, was ze gekleed in een witte jurk, witte handschoenen en een hoed van de soort waarvan Robin zich vaag herinnerde dat haar moeder die voor de oorlog had gedragen. Helen zei beleefd: 'U gaat zeker naar de St Luke's-kerk, juffrouw Summerhayes. Dat zal wel dichter bij Blackmere zijn.' Haar fiets over de hobbelige zandweg manoeuvrerend verklaarde Robin: 'Wij gaan niet naar de kerk. Wij geloven niet. Zie je, godsdienst is niet meer dan het handhaven van een maatschappelijke ordening,' juist toen Helen met een rood gezicht aankwam bij een groot huis van gele bakstenen en een hek openduwde waarop *Pastorie* stond.

Op de een of andere manier hield de vriendschap stand en bloeide op. Maia en Helen werden opgenomen in de drukte van het gezin Summerhayes. Een tegenwicht, dacht Robin vaak, voor de verschrikkingen van de Fens.

In het warme voorjaar van 1928 lagen ze op kussens op de veranda van het winterhuis en keken verlangend uit naar de vrijheid.

'Eén trimester nog maar,' zei Robin. Ze leunde tegen de wand, sloeg haar armen om haar knieën en kauwde op een haarlok. 'Dan zijn we volwassen. Geen lacrosse meer. Geen idiote regels en bepalingen meer.'

'Ik ga trouwen met een rijke man,' zei Maia. 'Ik ga in een enorm huis wonen met een dozijn bedienden. Ik schaf een gigantische garderobe aan – Vionnet, Fortuny, Chanel...' Maia's lichtblauwe ogen waren halfgesloten en haar delicate profiel werd benadrukt door de schaduwen en het zonlicht. 'Er zullen voortdurend mannen verliefd op me worden.'

'Dat doen ze al,' zei Robin pinnig. Het was een ramp om met Maia door Cambridge te lopen: hoofden werden omgedraaid, boodschappenjongens vielen van hun fiets. Ze hield haar hand boven haar ogen en tuurde naar het water. 'Ik ga mijn badpak halen. Ik weet zeker dat het warm genoeg is.'

Ze huppelde door de tuin en het huis binnen. In haar slaapkamer aangekomen smeet Robin haar kleren uit en trok haar schoolbadpak aan, zwart, vormeloos en met 'R. Summerhayes' op de rug geborduurd. Toen ze over het gazon terugrende, dreef Helens stem haar vanaf de veranda tegemoet.

'Ik zou een eigen huisje willen hebben. Niks groots. En kinderen natuurlijk.'

'Ik wil geen kinderen.' Maia had haar kousen afgestroopt en liet haar blote benen bakken in de zon. 'Ik kan ze wel schieten.'

'Papa zegt dat we mevrouw Lunt kwijtraken. Ze heeft een tic. Volgens mij zou papa blij toe zijn als ze de geloften aflegde, ook al is het dan maar Low Church.' Helens stem klonk gedempt. Robin rende met twee treden tegelijk de houten trap op. 'Volgens papa ben ik nu oud genoeg om het huishouden te regelen. Ik ben tenslotte al achttien.'

'Maar je kunt toch niet gewoon...' Robin staarde haar geschrokken aan. 'Ik bedoel... de spullen afstoffen... de bazaars organiseren en zo. Je zou het nooit kunnen, Helen. Ik in elk geval niet. Ik ging net zo lief dood.'

'Het duurt niet eeuwig. Gewoon tot we alles op orde hebben. En ik vind het best leuk om de brieven en zo te doen. Papa zei dat hij misschien een schrijfmachine voor me koopt.'

'We moeten contact houden.' Robin kroop onder de houten leuning van de veranda door en bleef even boven het donkere, glazige water staan. 'We moeten beloven dat we de belangrijke mijlpalen in het leven van een vrouw samen zullen vieren.'

Ze liet los en dook in het water. De kou benam haar bijna de adem en toen ze haar ogen opende zag ze het vage groene licht boven zich schemeren. Ze kwam weer boven in het zonlicht en schudde haar hoofd, zodat ze een kristallen kring van druppels verspreidde.

Maia zei: 'We moeten onze eerste baan vieren...'

'Onze trouwdag.'

'Ik ben niet van plan om te trouwen.' Watertrappelend gooide Robin haar natte haren achterover.

'Het verlies van onze maagdelijkheid dan,' zei Maia grinnikend. Ze trok haar jurk over haar hoofd en hing hem over de leuning.

'*Maia*,' fluisterde Helen, haar aankijkend. 'Je kunt toch niet...'

'O nee?' Maia knoopte haar blouse los, vouwde hem netjes op en hing hem naast haar jurk. In alleen haar hemdbroekje stond ze, lang en slank, op de veranda.

'Je bent toch wel van plan je maagdelijkheid te verliezen, is het wel, Robin?'

Blozend en beschaamd wendde Helen haar blik af. Robin begon op haar rug de vijver over te zwemmen.

'Ik denk het wel. Als ik een man kan vinden die niet verwacht dat ik zijn overhemden was en knopen aannaai alleen maar omdat hij lief voor me is.'

Maia dook zuiver en vlak, zodat ze nauwelijks onder water verdween. Ze zwom naar Robin toe. 'Ik denk niet dat welke man ook dat van je zou verwachten, Robin.' Ze trok aan de losse knoop die aan de schouder van Robins ingewikkelde badpak hing.

'Goed dan. Onze maagdelijkheid verliezen. En onze eerste baan vinden. Wat nog meer?'

'Een buitenlandse reis maken,' zei Helen vanaf de veranda. 'Ik zou zo graag op reis gaan. Ik ben nooit verder geweest dan Cambridge.'

Robin voelde een vlaag van opwinding, gemengd met frustratie. De wereld wachtte op haar, maar ze moest nog jaren Latijn en Grieks verduren.

'En jij, Robin? Als je niet wilt trouwen?'

'Girton, denk ik.' Toen haar vader haar had verteld dat ze was geslaagd voor het examen voor een beurs, was ze eerder somber geweest dan opgelucht. Robin begon langs de oever van de vijver te zwemmen. Vluchtige beelden tuimelden door haar hoofd: de grauwe huisjes van de boerenknechts in de Fens, de triomfantelijke radioverslagen na afloop van de algehele staking, het besef telkens wanneer ze door Cambridge liep van de vele meisjes die jonger waren dan zij en een kleurloos, slechtbetaald baantje hadden met lange werktijden. Nog altijd brandde er vaak woede in haar, tegelijk met opwinding en frustratie.

'Robin wil de wereld veranderen, zo is het toch, Robin?'

Maia's stem klonk sarcastisch, maar Robin, die even onder aan de veranda bleef staan, haalde slechts haar schouders op en keek omhoog.

'Kom er toch in, Helen. Ik zal je leren zwemmen.'

Helen schudde haar hoofd. Haar gezicht, omlijst door gouden krullen en een breedgerande strohoed, drukte zowel angst als verlangen uit.

'Maar ik kan wel pootjebaden.' Ze rende het winterhuis in en kwam enkele minuten later op blote voeten weer naar buiten. Ze trok haar luchtige witte rok en onderrok op, ging voorzichtig op de rand van de veranda zitten en dompelde haar voeten in het water. Ze hapte naar adem.

'Wat koud. Hoe kún je het hebben!'

Hugh kwam over het gazon naar hen toe. Robin wuifde en riep naar hem. Helen bloosde, haalde haar voeten uit het water en trok haar rok naar beneden, maar Maia, wier natte hemd tegen haar slanke lichaam plakte, zwom naar hem toe en glimlachte.

'Kom je er ook in, Hugh?'

Hij keek grijnzend naar haar omlaag. 'Ik pieker er niet over. Jullie zijn volslagen geschift. Het is pas april – je bevriest nog.'

Zijn stem drong door tot Robin, die in het diepste gedeelte van de vijver aan het duiken was. Ze haalde diep adem en dook opnieuw door water en wier naar beneden tot haar koude, verdoofde vingers iets aanraakten dat half in de zanderige bodem was begraven.

Ze steeg op, kwam boven water en haalde diep adem. Haar vingers waren wit, haar nagels blauw, maar in de palm van haar hand lag een

zoetwatermossel, precies zoals die rond de spiegel in het winterhuis.
Ze hoorde Hugh zeggen: 'Ik breng je met de auto naar huis, Helen, oké? En Maia – je blijft toch eten, hè?'

Later, in Daisy's slaapkamer, trok Robin haar rok en blouse uit en liet ze op de grond vallen. De nieuwe jurk gleed over haar hoofd, donkerbruin fluweel, dezelfde kleur als haar ogen. Ze keek met tegenzin in de spiegel. De jurk was prachtig, met een lage taille, knielang en aan de hals en de manchetten afgezet met crèmekleurig kant.
'Vind je hem niet mooi?'
'Hij is schitterend.' Robins gezicht drukte wanhoop uit. 'Het ligt niet aan de jurk, het ligt aan mij. Ik zou willen dat ik lang was, zoals Maia – of een boezem had, zoals Helen. Moet je nou eens zíen. Klein en mager en muiskleurig haar.'
Daisy had haar mond vol spelden. Ze knielde op de grond en begon de zoom op te nemen.
'Ben ik gegroeid, denk je?'
Daisy schudde haar hoofd. Robin zuchtte. 'Als je van school bent, mag je hoge hakken dragen,' mompelde Daisy.
Buiten klonk het geluid van een tot stilstand komende auto. Robin schoof het gordijn weg en keek hoe Hugh van de auto naar het huis hinkte, gevolgd door enkele weekendgasten.
'Hugh heeft tegen Richard gezegd dat hij graag bijles zou geven.'
'O...' Robin glimlachte breed en omhelsde Daisy.
Daisy begon weer te spelden. 'Ontmoette hij maar een aardig meisje.'
'Volgens mij moet hij met Helen trouwen. Ze kunnen geweldig goed met elkaar overweg. En Helen heeft alleen maar belangstelling voor trouwen en kinderen krijgen.'
'Je zegt het, Robin, alsof huwelijk en moederschap ongepaste verlangens zijn voor een vrouw.'
'Huwelijk,' zei Robin minachtend. 'Boodschappen doen, naaien en koken. Je onafhankelijkheid verliezen. Geld krijgen van je man, alsof je een kind bent of een huishoudster.'
Haar gezicht werd rood terwijl ze de jurk over haar hoofd uittrok. Zelfs haar vader, lid van de Fabian Society en fervent voorstander van vrouwenrechten, gaf Daisy elke week een bedrag waarvan ze boodschappen moest doen plus een maandelijkse kledingtoelage. Daisy draaide zich om; Robin was zich schuldig bewust van haar tactloosheid.

Er zaten die avond tien mensen aan tafel: de vier Summerhayes, Maia, de kunstenaar Merlin Sedburgh, Hughs oude schoolkameraad Philip Shaw, Ted en Mary Warburton van de Cambridge Social Democratic Federation en Persia Mortimer, die lang geleden Daisy's bruidsmeisje was geweest. Persia was één al en kralen en Indiase sjaals en opzienbarende kapsels. Merlin (Robin kon zich niet herinneren dat ze Merlin ooit niet had gekend) had een hekel aan Persia en deed, typisch Merlin, geen moeite om dat te verbergen. Robin vond het vermakelijk dat Persia nog altijd in gezegende onwetendheid omtrent zijn afkeer verkeerde.

'Landschappen,' zei Persia tijdens de pudding. 'Ik hoor dat je je op landschappen hebt gestort, Merlin.'

Merlin gromde en staarde naar Maia. Hij staarde al de hele avond naar Maia.

'Een landschap maakt zoveel variatie mogelijk, vind je ook niet? En je kunt een landschap niet uitbuiten.'

Merlin knipperde met zijn ogen en stak een sigaret op. Hij was een grote man met slordig geknipt, grijzend haar, wiens jasjes vaak kapot waren op de ellebogen. Daisy verstelde zijn kleren en gaf hem te eten. Daisy was de enige tegen wie hij nooit grof was.

'Uitbuiten?' herhaalde Merlin, zich tot Persia wendend.

'Nou ja, het is een soort prostitutie, ja toch?' Persia haalde haar wijde mouw uit de custardpudding.

Richard Summerhayes' mondhoeken trilden. 'Misschien doelt Persia op je laatste expositie, Merlin.'

Richard, Daisy en Robin waren naar Londen gegaan om Merlins nieuwe werk te zien. 'Naakten op een zolderkamer' heette de expositie, van steeds hetzelfde model in een verschillende poses, tegen de achtergrond van Merlins grote maar sombere zolderkamer.

'Eigenlijk,' zei Persia, 'bedoel ik alles wat figuratief is. Portretten... familiegroepen... naakten natuurlijk. Ze zijn allemaal zo opdringerig. Ze dringen zich op aan de ziel. Daarom maak ik liever mijn abstracten.'

Persia maakte gigantische collages van stoffen, die bij sommigen van de Bloomsbury-groep immens populair waren.

Maia zei: 'Dus als ik bijvoorbeeld voor Merlin zou poseren... dan zou jij vinden dat ik mezelf prostitueerde?'

Persia legde haar hand op die van Maia. 'Figuurlijk gesproken, ja, lieverd.'

Merlin snoof.

'Maar als er nou voor zou kíezen...'

'Aha,' interrumpeerde Richard opgewekt. 'Goed punt, Maia. Vrije wil...'

'Dat zou sterk afhangen, vind je ook niet, Richard, van de vraag of meneer Sedburgh juffrouw Read zou betalen voor haar diensten als model.'

'De uitwisseling van arbeid voor geld adelt de verhouding, natuurlijk, Ted.'

'Betaal haar en ze is geen snol, bedoel je?'

'Meneer Sedburgh?' Philip Shaw, Hughs vriend, was geschokt. 'Er zijn dames bij.'

Hij doelde, realiseerde Robin zich, op Maia. Maia die er in haar witte blouse en marineblauwe rok sereen, onaanraakbaar, zuiver uitzag.

'Koffie,' zei Daisy kordaat en ze ruimde de puddingspullen af.

Ze rookten en dronken koffie in de salon. Richard Summerhayes keurde de gebruikelijke scheiding der geslachten na het diner niet goed. Er waren niet genoeg leunstoelen voor iedereen, dus ging Philip Shaw vol adoratie aan Maia's voeten zitten en Robin kroop in de vensterbank.

'Donald is het programma van dit jaar aan het regelen, Richard,' zei Ted Warburton. 'Op welke datum kan hij je inschrijven om de vergadering te openen?'

Richard Summerhayes fronste zijn wenkbrauwen. 'O – liefst in het najaar, Ted. De examens lijken zo'n groot deel van de zomer op te slokken.'

'En het onderwerp?'

'De Volkerenbond misschien... of... eens kijken... de gevolgen van de Russische revolutie.'

Robin trok aan haar vaders mouw. 'De Russische revolutie, alsjeblieft, papa.' Ze had een vage herinnering aan de ingehouden feesten in het gezin Summerhayes bij de socialistische revolutie in 1917. Ingehouden omdat Hugh juist met zijn bataljon naar Frankrijk was vertrokken.

'En ik geloof dat Mary de datum van de rommelmarkt heeft.'

'De tiende juni, Daisy.'

'Zo gauw al? Dan zullen we aan de slag moeten, hè, Robin?'

'Misschien heeft juffrouw Summerhayes betere dingen te doen,' zei Ted Warburton ondeugend. 'Een jongeman...?'

Robin keek hem minachtend aan. Richard Summerhayes zei: 'Robin begint in oktober aan het Girton College, Ted. Ze gaat klassieke talen doen.' De trots in Richards stem was duidelijk hoorbaar. Robin keek nog minachtender en ze verdween buiten gehoorbereik.

Daisy kwam haar achterna en fluisterde: 'Ik weet dat Ted plaagt, Robin, maar...'

'Daar ligt het niet aan. Het is gewoon dat...' Hoe vaker ze erover nadacht, hoe meer ze een hekel kreeg aan het vooruitzicht de eerstkomende drie jaar klassieke talen te studeren. Ze stelde zich voor dat Girton College veel weg had van haar school: bekrompen, claustrofobisch, een broeinest van innige vriendschappen en verhitte jaloezie en wrok. Maar de ware oorzaak van haar plotselinge ontstemdheid kon ze met geen mogelijkheid onder woorden brengen. In plaats daarvan mompelde ze: 'Het is altijd hetzelfde. De mannen gaan in comités zitten en houden toespraken en de vrouwen organiseren de rommelmarkten en zetten thee.'

'Ik zou het afschuwelijk vinden om in het openbaar te spreken, lieverd,' zei Daisy zachtmoedig. 'En je vader heeft echt geen tijd om rond te gaan en zakken vol lelijke jurken vol gaten in te zamelen.'

'Jij hebt alleen maar tijd doordat je geen carrière hebt. Als je een baan had, net als papa, zou je geen tijd hebben.'

'Dan is het maar goed dat ik er geen heb,' antwoordde Daisy luchtig. 'Als we geen rommelmarkten en diners organiseerden, zouden we niet aan geld voor de zaal kunnen komen. En dan zou niemand een toespraak kunnen houden.'

Daisy's logica was zoals gewoonlijk onweerlegbaar. Robin zette de breekbare porseleinen kopjes met een smak op een dienblad en liep stampvoetend naar de keuken. Door de bijkeuken glipte ze naar buiten en rende over het maanverlichte gazon naar het winterhuis.

Terwijl ze met haar ellebogen op de leuning op de veranda stond, ebde haar boosheid weg. De rivier en de vijver waarin ze die middag hadden gezwommen baadden in het maanlicht, dat de Fens in de verte zilver kleurde. Het geluid van zingen kwam door het open raam van de salon: *Toen ik voor het eerst je gezicht zag, zwoer ik je te eren en te roemen...*

Ze hoorde voetstappen en toen ze haar hoofd omdraaide zag ze dat Merlin over het gazon naar haar toe kwam. Het rode puntje van zijn sigaret gloeide in het donker.

'Ik móest weg van die vrouw. En ik heb altijd al een hekel gehad aan madrigalen. Je vindt het hopelijk niet erg dat ik je puberale overpeinzingen verstoor, Robin.'

Ze giechelde. Hij kwam naast haar op de veranda staan en hun ellebogen raakten elkaar.

18

'Sigaret?'

Ze had nog nooit gerookt, maar ze nam er een, in de hoop een indruk van nonchalante wereldwijsheid te maken. Merlin stak hem met het puntje van de zijne aan; Robin inhaleerde en begon te hoesten. 'Je eerste. Gooi hem maar in de rivier als hij je niet smaakt.'

Er klonk een ander lied. Maia zong het madrigaal dat Richard voor haar had gearrangeerd als solopartij; 'The Silver Swan', een koel, onaards geluid zweefde door de kille avondlucht.

Robin ving een glimp op van Merlins gezicht en zei stuurs: 'Jij bent natuurlijk ook al verliefd op haar!'

Hij keek haar aan. 'Helemaal niet. Ze is één en al ijs. Luister dan. Het is onmenselijk. Geen enkele passie.'

Het bleef even stil terwijl ze naar het tweede couplet van het lied luisterden, toen voegde hij eraan toe: 'Ik zou Maia natuurlijk best willen schilderen. Maar naar bed gaan zou ik liever met jou doen.'

Robin hapte gegeneerd naar adem. Merlin zei geamuseerd: 'Ik zal het natuurlijk niet doen. Ik ben tenslotte al jaren verliefd op Daisy en het zou een tikkeltje incestueus lijken. Trouwens, je ziet me waarschijnlijk als een vieze oude oom.'

Ze giechelde opnieuw en had zichzelf wel kunnen schoppen omdat ze klonk als een schoolmeisje. Toen schudde ze haar hoofd.

'Nee? Mooi zo...'

Hij boog zijn hoofd en kuste haar. Zijn lippen waren droog en hard en zijn vingers woelden door haar korte, fijne haren. Toen liet hij haar los.

'Ook de eerste? Robin toch.' Hij bestudeerde haar gezicht. 'Neem me niet kwalijk. Te veel gedronken. Als het een troost is: er zullen andere, betere komen. Ik ben jaloers op ze.'

Een zeeman die van zijn schip in Liverpool terugkeerde naar zijn moeder in Trumpington knoopte een gesprek aan met Maia toen die op een zondag na een bezoek aan Robin per trein weer naar huis ging. Zwijgend speelde ze het spel dat ze altijd speelde: één punt als hij haar aansprak, twee als hij aanbood haar schooltas te dragen, drie als hij haar een kop thee aanbood en een dikke vijf als hij haar vroeg om mee naar de film te gaan. Tien voor een kus en ze lachte altijd wanneer ze dacht aan wat ze moest geven voor een huwelijksaanzoek: haar vrijer op zijn knieën in de smoezelige derdeklascoupé – absoluut een triomf voor een meisje tijdens een korte treinreis.

Ze had nooit een aanzoek gehad, had zelfs nooit meer dan twee punten gescoord. Niet omdat ze nooit waren aangeboden, maar omdat Maia de koppen thee, de uitnodigingen voor de film, de afspraakjes in het park altijd had afgeslagen. In een derdeklascoupé ontmoette Maia niet de soort mannen die ze wilde ontmoeten.

Ze liep van het station naar haar huis in Hills Road. Ze hoorde de luide stemmen van haar ouders toen ze de sleutel in het slot stak. De klank ervan, soms hysterisch, soms gemelijk, had ooit de macht gehad om haar maag te doen krimpen, te zorgen dat ze zich in bed verstopte, haar hoofd onder het kussen, haar vingers in haar oren. Maar alles wende na verloop van tijd.

Meneer en mevrouw Read waren in de salon. De deur stond open en ze moesten haar gezien hebben, maar ze lieten niets blijken. Boze woorden volgden Maia toen ze de trap opliep. *Je hoort geen woord van wat ik zeg... het is alsof ik tegen een muur praat... mijn geluk kan je geen donder schelen...* Cliché-beschuldigingen; dan was de ruzie al een tijd aan de gang en de eigenlijke aanleiding allang vergeten. Het enige dat overbleef waren de beledigingen, de tranen, het mokken. Tegen etenstijd zou het vergeten zijn.

Maia deed haar slaapkamerdeur achter zich dicht. Terwijl ze haar naaidoos uit de kast haalde probeerde ze het besef dat dergelijke woorden nooit werden vergeten te negeren; ze knaagden, ze ondermijnden, ze verwoestten. Ze wilde de oorzaak van de ruzie niet weten. Haar ouders ruzieden altijd over hetzelfde. Geld, altijd geld. Lydia Read gaf het uit terwijl Jordan Reads inkomsten uit zijn beleggingen daalden. Het huishouden van de Reads had iets verwaarloosds; de kamers boven werden niet langer regelmatig schoongemaakt en het avondeten was eenvoudiger, minder uitgebreid geworden, tenzij ze gasten hadden. Maia schrok ervan wanneer ze getuige was van het langzame, meedogenloze afkalven van hun fortuin in de spinnenwebben tegen de plafonds van de dienstbodekamers op zolder (sinds de oorlog hadden de Reads nog maar één inwonend dienstmeisje) en in talloze kleine, onaangename besparingen: ze hadden geen dagblad meer, ze aten schapenvlees in plaats van rundvlees en maakten alleen vuur in de salon als er gasten waren. Maar niets zichtbaars, dacht Maia, die gewend was geraakt aan het leiden van twee levens. Het ene dat zichtbaar was en het andere dat dat niet was.

Maia trok haar kousen uit en stak de draad door de naald. Toen begon ze te stoppen, met kleine, zorgvuldige steken. Ze zou nooit stoppen met stoppen, dacht ze en haar mooie mond vertrok in een grijns.

Tijdens de thee de middag daarna gooide Sally, het dienstmeisje, de melk omver. Toen ze weg was, een grote, donkere vlek op het vloerkleed achterlatend, zei Lydia Read: 'We zullen haar weg moeten sturen, Jordan. Ze is onnozel.'

'We zullen haar weg moeten sturen,' beaamde Jordan Read, 'maar niet omdat ze onnozel is.'

Maia wierp een snelle blik op haar vader.

'We zullen haar weg moeten sturen,' herhaalde Jordan, 'omdat we het ons niet meer kunnen veroorloven haar te betalen.'

'Doe niet zo idioot. We betalen haar hoeveel... zestien pond per jaar?'

Jordan Read antwoordde niet, maar stond op van zijn stoel en liep de kamer uit. Lydia schonk een tweede kop thee in. Haar lippen en neusvleugels waren wit en haar ogen, met dezelfde saffierblauwe kleur als die van Maia, waren kleiner geworden.

Jordan Read kwam weer de salon binnen en liet een stapel papieren op Lydia's schoot vallen.

'Lees, Lydia, dan zul je net als ik zien dat we ons niet alleen geen dienstmeisje meer kunnen permitteren, maar ook de rekeningen van jouw naaister niet of Maia's schoolgeld of zelfs de slagersrekening!'

Maia kwam half overeind, maar haar moeder keek haar dreigend aan en siste: 'Theetijd, Maia. Denk aan je manieren!' Maia's knieën knikten en ze liet zich weer in de stoel zakken.

Eén van de papieren viel van Lydia's schoot en zeilde over de vloer. Maia staarde er gefascineerd naar. Het was een bankafschrift. De bedragen onder aan de kolommen, rood onderstreept, maakten haar bang.

Lydia zei woedend: 'Je weet dat ik geen snars van cijfers begrijp.'

Ik wel, dacht Maia. Elk trimester de eerste van de klas met rekenen. Als zij de verspreide papieren had opgeraapt en de bedragen had bekeken, zou ze precies hebben geweten wat ze betekenden. Ze betekenden onzekerheid en ontbering en het eind van de soort toekomst die ze altijd voor zichzelf in gedachten had gehad.

'Ik ben zelf ook slecht in cijfers, Lydia. Daardoor zitten we in de penarie.'

Heel even had Maia bijna medelijden met haar moeder. Jordan Reads stem klonk kalm, bijna joviaal, alsof hij een partij bridge had verloren of bij cricket uit was gebowld.

'Ik heb vandaag een brief van de bank gekregen. Ze legden alles uit. We zijn bankroet. Aan het eind van ons Latijn. In de penarie, zoals ik zei.'

Bleek van woede staarde Lydia hem aan: 'In de penárie...'

'De penarie... in de knel... aan de grond. Inderdaad, lieverd. Hoe je het ook wilt noemen.'

Lydia zei zacht: 'En wat stel je voor dat we aan die penarie doen, Jordan?'

'Ik mag hangen als ik het weet. Gaan kamperen? Mezelf doodschieten misschien?'

Maia kneep haar handen in elkaar om te voorkomen dat ze beefden. Lydia had de derde kop thee nog niet ingeschonken. In plaats daarvan klonk er echte angst in haar stem toen ze fluisterde: 'Raken we het huis kwijt?'

Jordan knikte. 'We hebben verdomme al twee hypotheken en de bank wil me geen derde geven.'

Voor het eerst nam Maia het woord. 'Maar je beleggingen dan, papa. Je obligaties en aandelen...?'

Jordan draaide aan de punten van zijn snor. 'De verkeerde dingen gekocht, pop. Ik heb nooit verstand gehad van dergelijke zaken. De mijnen hebben zwaar met verlies gedraaid tijdens de staking... en wie heeft er behoefte aan duur porselein en glaswerk wanneer bij je Woolworth's ongeveer hetzelfde kunt kopen voor een fractie van de prijs?'

'Porselein? Mijnen? Wat hebben die ermee te maken?' Lydia's stem werd schril. 'Je wilt me toch niet wijsmaken dat ik uit mijn eigen huis word gegooid, Jordan?'

'Daar komt het zo'n beetje op neer. Ik vermoed dat we wel iets te huren vinden.'

Lydia's gezicht was verwrongen en lelijk. 'Ik ga nog liever dood!'

Een ogenblik lang keken man en vrouw elkaar aan. Maia wendde haar blik af; ze wilde de blik in hun ogen niet zien. Maar ze kon nog horen.

'Als je echt denkt dat ik uit mijn eigen huis ga om in een of andere achterbuurt te gaan wonen...'

'Het is jouw huis niet, Lydia. Het is van de bank. Zelfs ík begrijp dat.'

'Je bent een stommeling, Jordan, een stommeling.'

'Dat heb ik nooit tegengesproken. Maar ik pleeg tenminste geen overspel.'

Een snik. 'Hoe dúrf je...'

'Ik mag dan een stommeling met geld zijn, Lydia, maar zó stom ben ik niet.'

'Lionel is een mán.'

Ze waren, besefte Maia, haar aanwezigheid volkomen vergeten. Even geleden was ze opgeroepen als toehoorder. Ze stond op uit haar stoel en liep de kamer uit en naar boven.

Maar toch, zelfs nu bleef dat andere, dat tweede leven, hardnekkig bestaan. Haar witte chiffonjapon was op het bed gelegd om haar eraan te herinneren dat ze vanavond gasten aan tafel zouden hebben. Hoewel ze rilde en zich wat misselijk voelde, waste Maia zich, kleedde zich aan en borstelde haar haren. Ze vroeg zich af of de façade vanavond eindelijk zou worden afgebroken. Of de twee levens zouden samensmelten tot één. Ze stelde zich voor hoe ze tegen haar tafelheer zou zeggen: 'Moeder heeft een verhouding met de voorzitter van de tennisclub en papa is failliet verklaard.' Zou dat iets veranderen? Of zou Sally gewoon doorgaan met het opdienen van de charlottepudding en zou de gast een of ander beleefd antwoord mompelen? Maia begon te lachen en moest toen haar vuisten tegen haar ogen drukken om te voorkomen dat ze ging huilen. Toen ze in de spiegel keek zag ze dat haar neus slechts een beetje rood was; ze zou wat van haar moeders poeder gebruiken.

Maar het diner, dat een gedaanteverandering onderging wanneer de Reads gasten hadden, werd een gracieuze en elegante gelegenheid. Jordan Read was hoffelijk, Lydia Read was charmant en Maia zelf sprankelde. De ogen van de twee mannelijke gasten, mama's neef Sydney en meneer Merchant, die een winkel in Cambridge had, volgden haar overal. Als ze in een trein hadden gezeten, dacht Maia, die weer zin kreeg om te lachen, hoeveel punten zou ze dan hebben gescoord?

Toen ze vertrokken waren en Maia weer op haar kamer was, gaapte haar ongewisse toekomst haar aan. Ze stelde zich voor dat ze verkoopster was in een damesmodezaak of rekenen gaf aan een of andere doodsaaie meisjesschool. Haar moeder zou weggaan, dat wist ze nu, en haar vader... ze kon niet bedenken wat er van haar vader zou worden. Hoewel ze al lange tijd wist dat niets veilig was, besefte ze nu dat veiligheid net als alles betrekkelijk was. Ofschoon ze zich op school verveelde, zou ze het verschrikkelijk vinden als ze werd weggestuurd. Hoewel dit huis armoedig was, waren er talloze die nog armoediger waren. Als haar ouders zouden scheiden, bij wie zou ze dan gaan wonen?

Ze zou niets hebben, dacht Maia lusteloos. Ze trok haar kleren uit, haar kousen, haar ondergoed. Toen ze de jurk in de kast hing, zag ze zichzelf weerkaatst in de spiegel. De ranke, blanke ledematen, de kleine, hoge borsten, de vlakke maagstreek. En haar gezicht: gewelfde wenkbrauwen, kort, donker haar, blauwe ogen.

Toen herinnerde ze zich dat ze iets bezat. Maia staarde enige tijd naar haar spiegelbeeld in de wetenschap dat ze, anders dan haar vader, haar kapitaal verstandig zou beleggen.

In de loop van de daaropvolgende weken leidden Lydia en Jordan ieder hun eigen leven. Ze aten nooit samen en zeiden zelden iets tegen elkaar. Lydia was veel buitenshuis, Jordan bleef in zijn werkkamer. Maia had er geen enkel idee van hoe hij de tijd doorbracht.

Halverwege het trimester ging Maia van school af. Ze ging vijf ochtenden per week werken als gouvernante voor twee meisjes. De kinderen waren best aardig, maar het werk verveelde Maia, die nooit belangstelling voor kinderen had gehad. Maar het doodde de tijd. Ze voelde dat er iets verschrikkelijks, iets onafwendbaars stond te gebeuren. Ze spaarde de helft van haar loon en gaf de rest uit aan kleren, in de wetenschap dat ze er koste wat het kost niet arm of verslagen mocht uitzien. Twee avonden per week volgde ze een boekhoudcursus en ontdekte opnieuw haar aanleg voor cijfers. Toch zag ze zichzelf nog niet als boekhouder werken. Het woord deed haar denken aan brillen met hoornen montuur en slechtpassende tweedpakken.

Ze zat in de salon te naaien toen er werd gebeld. Het was woensdagmiddag en het duizelde haar nog van staartdelingen en onregelmatige Franse werkwoorden. Vanwege het warme augustusweer had ze de jaloezieën half neergelaten. Zonlicht danste over de groen en roomkleurig gestreepte muren en op de geboende houten vloer.

Sally deed niet open, zodat Maia maar ging. Lionel Cummings, de voorzitter van mama's tennisclub, stond buiten te wachten. Hij was een jaar of veertig, enigszins gezet en had een snor. Hij droeg een gestreepte blazer, een witte flanel broek en had een strohoed in zijn hand.

Maia liet hem in de salon wachten terwijl zij haar moeder ging halen. Haar ouders waren in de tuin, bij uitzondering samen, en ze zag de blik in haar vaders ogen toen ze de naam van de bezoeker noemde. Op dat moment haatte ze haar moeder, met een felle steek van haat die maakte dat ze zo snel mogelijk over het gras terugrende naar het terras.

Lionel Cummings stond op toen Maia weer de salon binnenkwam. 'Mama is zich even aan het opknappen. U zult het een paar minuutjes met mijn gezelschap moeten doen, meneer Cummings.'

Hij draaide de punten van zijn bespottelijke snor op. 'Graag, juffrouw Read. Met alle genoegen.'

Ze haatte ook hem, vanwege de meedogenloze minachting voor haar vader, wat bleek uit zijn komst. Ze wilde haar moeder straffen omdat ze haar vader zoveel pijn deed en ze wilde die domme, oppervlakkige man vernederen omdat hij meewerkte aan de verwoesting van hun broze gezin.

Maia glimlachte haar beste glimlach. 'Wat een hitte, meneer Cummings. Zal ik u iets koels inschenken?'

Hij schudde zijn hoofd, dus ging ze zitten en klopte naast zich op de bank. 'Ga toch zitten, meneer Cummings. Ik heb u laatst zien spelen op de club. Wat een geweldige forehand. Mijn forehand is gewoon een ramp.'

Ze had hem aan de haak, wist ze. Het was zo makkelijk. Je keek ze diep in de ogen, glimlachte en zorgde dat ze zich sterk en bekwaam voelden. Lionel Cummings was een dwaas.

'Ik wil u best een paar lessen geven, juffrouw Read.'

'Dat zou geweldig zijn, meneer Cummings. Maar ziet u, ik werk 's morgens en ik ben 's middags te moe om naar de club te lopen.'

'Arm dametje. U zou zich niet zo moeten uitsloven, zo'n mooi meisje als u.'

Zijn dijbeen raakte het hare en zijn adem rook naar whisky en tabak. Haar afkeer verbergend stond ze op.

'Misschien kunt u het me nu voordoen, meneer Cummings.'

'Lionel. Noem me Lionel.'

'Lionel,' grijnsde Maia.

Hij had één arm om haar heen geslagen en hield met de andere haar pols vast toen Lydia de kamer binnenkwam. Er ontsnapte een kleine zucht aan de lippen van mevrouw Read en haar blik verduisterde. Gegeneerd liet Lionel Cummings Maia los.

Maia voelde zich machtig, wraakzuchtig. 'Meneer Cummings hielp me juist mijn forehand te verbeteren, mama,' legde ze uit en ze ging zitten.

Ze schepte er een verdorven, misprijzend genoegen in in de kamer te blijven, een onwelkome toehoorder bij hun stijve conversatie. Telkens wanneer Lionel Cummings even niet keek, wierp Lydia Read een blik op haar dochter, trok haar wenkbrauwen op en keek veelzeggend naar de deur. Maar Maia, trillend van woede op de rand van de bank, met haar vingers tegen haar mond gedrukt, bleef koppig zitten.

Ten slotte zei Lydia zoetsappig: 'Heb je geen huiswerk, Maia? En ik dacht dat je Sally zou helpen met de pudding.'

'Ik heb al mijn lessen voor deze week al klaar.' Maia sloeg haar lange benen over elkaar en liet haar rok opkruipen tot haar knieën. Lionel Cummings ogen puilden uit. 'En je weet dat ik niet bepaald goed ben in koken, mama.'

Op dat moment hoorden ze het geluid. Een korte, harde knal waardoor de ornamenten op de schoorsteenmantel en het glaswerk in de kast rinkelden.

'O, mijn god,' fluisterde Lydia en ze rende de kamer uit. Maia stond op, maar liep niet achter Lydia aan. In het korte ogenblik tussen het schot en haar moeders kreet werd ze overvallen door een zo intense mengeling van angst en schuldgevoel dat de groen en roomkleurig gestreepte muren zwart werden en de strepen stralend zonlicht op de grond zich versmalden tot één enkele kleine speldenknop van licht. De warmte, de schemering in de kamer, de opwinding van jeugd en seks versmolten met de schok van een plotselinge dood, vermengden zich met elkaar, zodat ze ze later niet kon onderscheiden. Toen het duister ten slotte opklaarde lag ze ineengedoken op de grond; de kamer was leeg en haar moeders kreten galmden door het huis.

Vanaf dat moment begon alles af te brokkelen. De dagen verloren hun samenhang, ochtenden, middagen en avonden gingen in elkaar over, zodat Maia vaak de hele nacht klaarwakker lag of overdag plotseling en zonder waarschuwing in slaap viel. Vrienden en bekenden kwamen naar het huis om Maia en haar moeder, die in de salon zaten, te condoleren. Soms echter kon ze zich de namen van de mensen met wie ze sprak niet herinneren en steeds hoorde ze door de gefluisterde, tactvolle woorden heen een andere stem. De stem van haar vader. *Ik mag hangen als ik weet wat ik moet doen. Mezelf neerschieten misschien?*

Maar de uitslag van het vooronderzoek luidde: dood door een ongeval. Jordan Read had de geweren die hij gebruikte om op gevogelte te jagen schoongemaakt en er was een ongeluk gebeurd. Afgeleid door geldzorgen had hij een domme, fatale fout gemaakt. Alleen met haar dochter die eerste verschrikkelijke middag had Lydia Read tegen Maia gesist: 'Vertel niemand wat hij gezegd heeft. Niemand.' Maia had onmiddellijk geweten wat haar moeder bedoelde. Gehypnotiseerd door de stralende, ijzige blauwheid van haar moeders ogen had ze geknikt. Ze was trouwens nooit van plan geweest haar vaders woorden tegen wie ook – familie, politie of onderzoeksrechter – te herhalen. Ze werd achtervolgd door een verwarde herinnering aan het lot van degenen die zichzelf van het leven hadden beroofd: ze werden niet in gewijde grond begraven, maar op een kruispunt van wegen, zodat hun zielen niet konden gaan ronddwalen. Ze was overweldigd door schaamte en wanhoop. Dat hij zijn gezin zo had willen raken. Dat hij zo weinig acht kon slaan op het verdriet van zijn dochter. Toen de onderzoeksrechter Maia onder ede vroeg of haar vader ooit enigerlei aanwijzing had gegeven dat hij zelfmoord zou plegen, antwoordde ze met een kalm en beslist nee.

Ze kon zich naderhand weinig van de begrafenis herinneren. Ze schudde handen, ze keek door haar zwarte sluier in ogen en probeerde te zien of ze iets vermoedden. Toen ze eerst Robin en daarna Helen omhelsde, vroeg ze zich af of dit telde als een mijlpaal in het leven van een vrouw. Of de zelfmoord van een ouder even belangrijk was als het verliezen van je maagdelijkheid of naar het buitenland gaan. Het leek haar van wel.

Robin fluisterde haar toe: 'Kom bij ons logeren, Maia – je moet uitrusten. Vader en moeder willen dat je komt,' en Maia pakte Robin bij haar mouw en trok haar mee naar een hoek van de kamer.

'Ik kan dit niet verdragen. Laten we er samen tussenuit knijpen.'

Terwijl ze door een zijdeur naar buiten glipte en de tuin in rende, wist ze dat Robin en Helen haar volgden. Ze haalden haar in toen ze door Hills Road rende, terwijl haar sluier wapperde en haar zwarte zomermantel achter haar opbolde door de snelheid waarmee ze liep.

'Maia...' Helen was buiten adem. 'Waar gaan we naartoe?'

Maia remde nauwelijks af om haar vriendinnen aan te kijken. 'Naar de rivier, dacht ik.' Ze zocht in haar zakken en vond genoeg kleingeld om een punter te huren.

Naderhand ontroerde het haar wanneer ze eraan dacht dat ze geen enkel vraagteken hadden gezet bij haar dwaze verlangen om, nog steeds in hun rouwkleding, over de Cam te glijden.

'Net als Charon,' zei Robin, punterend.

'Of de drie schikgodinnen.' Maia maakte haar hoed los en gooide hem uit de boot. Even tegengehouden door een rietpluim scheerde hij over het water, bleef even drijven, zonk toen en verdween.

Helen, die naast haar zat, legde troostend een hand op Maia's wapperende mouw. Tranen van medeleven sprongen in haar ogen. 'Arme Maia. Wat een afschuwelijk ongeluk.'

Maia schudde heftig haar hoofd. 'Geen ongeluk.' Toen sloeg ze haar hand voor haar mond, alsof ze de woorden die haar onwillekeurig waren ontsnapt wilde tegenhouden.

Helen zei sussend: 'Natuurlijk wel, Maia,' maar Maia zag dat Robin, die achter in de boot stond, haar aanstaarde.

'Maia...?'

'Papa heeft zelfmoord gepleegd.' De woorden, afgebeten en korzelig, ontsnapten aan Maia's keel. Ze voelde zich misselijk en verhit. 'Ik weet het zeker. Hij zei dat hij het zou doen.'

'Maar tijdens het vooronderzoek...'

'... heb ik gezegd dat het een ongeluk was. Natuurlijk. Zouden jullie dat niet hebben gedaan?'

Ze staarde eerst Robin en toen Helen aan. In de stilte steeg de gal op in haar keel. 'Nou, zouden jullie dat niet hebben gedaan?' herhaalde Maia. Ze wist dat ze eerder verdedigend en boos klonk dan van streek. 'Jullie vinden natuurlijk dat ik slecht was. Dat ik oneerlijk was...'

Ze begroef haar nagels in haar handpalmen en scheurde de dunne zwarte zijde van haar handschoenen kapot. De boot kapseisde bijna toen Robin de vaarboom in de boeg legde en tegenover haar ging zitten.

Helen zei zacht: 'We nemen je niets kwalijk, Maia. We willen je alleen maar helpen.'

'Je hebt gedaan wat je het beste vond, Maia.' Robins gezicht stond ernstig. 'Wij hebben niet meegemaakt wat jij hebt meegemaakt. We kunnen ons nauwelijks voorstellen wat voor afschuwelijke tijd je achter de rug hebt. En Helen heeft gelijk: we willen al het mogelijke doen om je te helpen. Dat moet je geloven.'

Maia voelde dat haar verstrengelde handen werden losgemaakt. Helens keurig geschoeide vingers kromden zich rond de ene, Robins smoezelige hand rond de andere. Maia fluisterde: 'Ik wil er nooit meer over praten. Nooit meer,' en hoorde de gefluisterde beloften.

Een ander soort eed dan ze in het voorjaar hadden afgelegd. Een duisterder geheim dat hen verbond misschien, op een onherroepelijke manier. Ze had gehunkerd naar hun goedkeuring, besefte ze.

En eindelijk kon Maia huilen. Voor het eerst in weken had ze zich herinnerd dat ze in haar vriendinnen een kleine, veilige haven had gevonden, een haven waarnaar ze kon terugkeren als ze dat nodig had. Het riet, de ranke bruggen die de rivier overspanden en de zwanen die langs de oever gleden werden wazig toen Maia begon te huilen.

Helen en haar vader woonden altijd het jaarlijkse oogstfeest bij. Het werd gehouden in de parochiezaal en het voedsel en de drank werden geschonken door Lord Frere, de belangrijkste landeigenaar van Thorpe Fen. De Freres woonden in het Grote Huis, dat tussen Thorpe Fen en het aangrenzende dorp lag; het had nog een andere, deftigere naam, maar de inwoners van Thorpe Fen noemden het altijd het Grote Huis.

Het oogstfeest was een van de weinige evenementen in het dorp waar Helen naar uitkeek. De beperkingen en grenzen van het dorpsleven schenen enigszins te vervagen en het deed haar denken aan de avonden die ze af en toe bij de Summerhayes doorbracht, avonden die Helen vaak chaotisch, verwarrend en luidruchtig voorkwamen, maar desondanks verrukkelijk.

Haar gevoelens voor het gezin Summerhayes waren in het eerste jaar of zo dat ze hen kende gemengd geweest. Robins nonchalante afwijzing van elke godsdienst, de hoeksteen van Helens leven, had haar diep geschokt. Ze werd nog altijd kwaad wanneer ze terugdacht aan de dag dat haar vader achter de waarheid was gekomen: 'De Summerhayes zijn atheïsten, Helen. Ze geloven niets. Je kunt dan ook twijfelen aan hun zedelijkheidsbesef.' Een maand lang had ze Robin, Hugh, Daisy en Richard gemeden. Maar ze had zich tot hen aangetrokken gevoeld. Het leven was – ze kon er geen ander woord voor bedenken – *kleurloos* geweest zonder hen en Daisy had gekwetst gekeken en Robin was chagrijnig geweest en Richard had haar nodig gehad om het nieuwe lied te zingen dat hij voor haar en Maia had gearrangeerd. Hugh had Helen onstuimig omhelsd toen ze weer was gekomen en ze had zich sindsdien geen zorgen gemaakt over hun atheïsme of immoraliteit.

Ze had de Summerhayes nodig en zij (ze durfde het amper te geloven) schenen haar eveneens nodig te hebben. Ze had geweten dat ze het in dit geval niet met haar vader eens kon zijn, maar ze was voorzichtig, beperkte haar bezoeken en hield ze kort. En praatte nooit met papa over de meer buitenissige gasten van Richard en Daisy.

Na de oogstmaaltijd begon het bal. Elijah Readman kraste erop los op zijn viool en Natty Prior speelde accordeon. Terwijl ze naast haar vader in een hoek van de zaal zat, merkte Helen dat haar voeten meetikten. De zware werkschoenen van de dorpelingen stampten op de houten vloer; de dansenden wervelden en draaiden en hun kleurloze kleren, opgefleurd met een felle das of een snoer goedkope kralen, vormden patronen in de schemerig verlichte zaal. De dans was ten einde en Adam Hayhoe stond op om te zingen. Zijn krachtige, diepe stem verdronk bijna in het geklos van klompen op de vloer en de vele handen die in de maat meeklapten, maar na jaren van oogstfeesten kende Helen de woorden en haar lippen bewogen mee op het ritme van het lied. *Toen ik op een meimorgen naar buiten ging, op een meimorgen zo vroeg...*

Ze hoorde haar vader in haar oor fluisteren: 'Lord Frere is aangekomen, Helen – ga je mee om hem te begroeten?'

Haastig schudde ze haar hoofd. Lord Frere boezemde haar angst is en ze was nooit die ene afschuwelijke middag vergeten die ze in Brackonbury House had doorgebracht, zogenaamd om met de dochtertjes van Frere te spelen, maar in feite door hen genegeerd en met de nek aangekeken.

'Het is zo koud buiten...'

'Goed, lieverd.' Hij legde zijn hand op haar schouder. 'Zodra ik Lord Frere heb gesproken gaan we naar huis.' Julius Fergusons grote, blauwgrijze ogen keken de stampvolle zaal rond. 'Ik zal blij zijn als deze traditie uitsterft. Ik heb altijd het idee dat dergelijke feesten meer dan een beetje heidens zijn.'

Hij liep de zaal uit en Helen deed haar ogen dicht en liet de muziek weer over zich heen komen.

Een stem ze: 'Mag ik deze dans van u, juffrouw Helen?'

Tegenover haar stond Adam Hayhoe. Adam, de dorpstimmerman, was lang, donker en sterk. Ze kon zich niet herinneren dat ze Adam ooit niet had gekend.

'Dat zou heerlijk zijn, Adam.'

Hij nam haar bij de hand en leidde haar de kring binnen die zich langs de muren had gevormd. De muziek begon weer en de kring deelde zich in tweeën, deinde heen en weer en weefde zijn oeroude patroon. Steeds sneller veranderden de bekende gezichten van de dorpsbewoners en de kale zaal door snelheid en uitbundigheid. Ook Helen lachte, ook Helen voelde dat ze erbij hoorde. Ze lag in Adams armen, wervelde in het rond, beschreef kleine kringen binnen de grote.

De dans was afgelopen en de zaal bruiste van weerkaatste muziek en gelach. De dorpsbewoners lesten hun dorst met pinten bier, Helen depte haar verhitte, bezwete gezicht met haar zakdoek.

'Een glas limonade, juffrouw Helen?'

Ze glimlachte naar hem. 'Nee, bedankt, Adam. Ik geloof dat ik frisse lucht nodig heb.'

Hij liep met haar naar de zijdeur en hield die voor haar open. De deur zwaaide achter hen dicht, zodat ze plotseling omringd werden door stilte.

'Wat leuk,' zei Helen, nog buiten adem. 'Wat ontzettend leuk. Ik ben gek op dansen.'

De maan was groot en geel, sterren fonkelden aan de inktzwarte hemel. Geen zuchtje wind beroerde het gras en het riet, alleen de stilte en de koele, frisse lucht met een eerste zweempje winter. 'Wat prachtig,' zei Helen, opkijkend.

'"Wanneer de winden fluisteren, En de sterren stralen zacht."'

Ze kon Adams gefluisterde woorden nauwelijks verstaan en ver-

30

baasd keek ze hem aan. 'Adam. Dat is van Shelley, is het niet? Ik wist niet dat je van gedichten hield.'

Hij antwoordde niet en haar woorden weergalmden in haar oren; haar stem had niet de brede klinkers van de Fens, haar toon was minzaam en neerbuigend, onderscheidde haar van Adam Hayhoe, op wie ze altijd dol was geweest. Ze bloosde en probeerde zich te verontschuldigen, maar voordat ze de juiste woorden vond keek ze op en zag dat haar vader naar haar toe kwam.

'Lieve help, Helen, waar is je mantel? Je vat nog een kou.'

Toen ze naar huis liepen vergat Helen haar schaamte en keek opnieuw naar de sterren, naar de lucht. Het mooiste plekje op aarde, dacht ze terwijl ze haar arm door die van haar vader stak. Ze herinnerde zich de rest van het vers dat Adam Hayhoe had geciteerd.

Ik ontwaak uit dromen over u
In de eerste zoete slaap der nacht
Wanneer de winden fluisteren
En de sterren stralen zacht.

Opeens was het bijna oktober en Daisy was de hutkoffers aan het inpakken die Robin zou meenemen naar Girton. Op de ladekast lagen stapels verstelde en gestreken rokken en blouses als stomme getuigen van een lot waarmee ze zich nog niet had verzoend. De koude wind en de harde regen rukten de bladeren voortijdig van de wilgen langs de rivier en vormden een echo van Robins stemming. Ze sloot zich op in het winterhuis en keek toe hoe de dikke druppels langs de ruiten gleden. Dik ingepakt in truien en mantel bleef Robin een uur lang onafgebroken zitten lezen en legde haar boeken pas weg toen ze voetstappen hoorde op de natte houten veranda.

Hugh duwde de deur open. 'Mama vroeg me te zeggen dat het bijna lunchtijd is, Robin.'

Robin rekte zich uit en ging rechtop zitten.

'Speciaal feestmaal. Pannenkoekentaart, je lievelingskostje...' Hugh zweeg en keek haar aandachtig aan. 'Hee, meid – je hebt zitten janken. Wat is er?' Hij stak haar zijn zakdoek toe.

'Ik heb droevige stukken zitten lezen. Little Nell – David Copperfields moeder.' Robin ontweek Hughs blik en snoot haar neus.

Hugh was niet overtuigd. 'Ik kom zo vaak ik kan op bezoek, Rob. Ik kom je elk weekend met de auto halen. Je hoeft het maar te zeggen.'

Hopeloos verkeerd begrepen werden haar schuldgevoelens en wanhoop alleen maar groter. 'Daar ligt het niet aan...' Ze ging verzitten en boeken vielen op de grond.

'Waar dan wel aan?' Hugh ging op de leuning van de stoel zitten en keek naar haar omlaag. Hij woelde door Robins verwarde haren, die ze die morgen had vergeten te borstelen, en zei: 'Kom op, meid, je kunt het tegen míj toch wel zeggen.'

De zo lang ingehouden woorden ontglipten haar voordat ze zich kon tegenhouden.

'Ik wil niet naar Girton.'

Hugh keek heel even verbaasd en zei toen verstandig: 'Toch niet omdat je bang bent dat je heimwee zult krijgen?'

'Héimwee!' Robin wees woedend naar het raam. 'Kijk dan, Hugh. Zo nat en grauw en leeg. Hoe zou ik ooit heimwee moeten krijgen?' Ze schudde haar hoofd. 'Girton zal hetzelfde zijn als school, ik weet het zeker. Je weet dat ik een hekel had aan school. En klassíeken!' Haar stem klonk minachtend.

'Ze zullen je wel laten overstappen. Je zou geschiedenis kunnen gaan doen... of literatuur.' Hughs blik ontmoette die van Robin. 'O.' Hij zweeg even en zei toen: 'Je zult het tegen papa en mama moeten zeggen.'

'Ik weet het.' Zuchtend woelde Robin door haar haren, zodat het in korte, pluizige pieken overeind kwam. Terwijl ze haar overschoenen aantrok hoorde ze Hugh weifelend zeggen: 'Probeer tactvol te zijn, Rob? Je weet hoeveel het voor pa betekende dat je die beurs kreeg,' en toen opende ze de deur van het winterhuis en rende de trap af en over het drassige gazon naar het huis.

Ze probeerde inderdaad tactvol te zijn, maar op de een of andere manier ging alles mis. Ze maakte haar vader van streek door hem te zeggen dat drie jaar het verleden bestuderen tijdverspilling zou zijn; ze maakte haar moeder van streek door de grootse maaltijd die Daisy had bereid niet aan te raken. Het ergst van alles was dat ze zag dat Hugh bleek werd toen ze radeloos uitriep: 'Ik heb nooit een keus gehad wat Girton betreft, wel dan? Omdat Stevie stierf... omdat Hugh ziek was... moest ík gaan.' Ze keek de tafel rond en zag dat ze hen allemaal had gekwetst. Zelfs Hugh, die zo lief was geweest. Met een kreet van woede en wanhoop rende ze de kamer uit, griste haar mantel van de haak en struikelde naar buiten.

Ze begon te rennen, in de plassen trappend, tot ze aan het station van Soham kwam. Als door een wonder zat haar portemonnee in haar mantelzak. De trein naar Cambridge stond al klaar; in de coupé gezeten staarde Robin naar de grijze, natte Fens en probeerde helder te denken. De lucht rook naar verbrande schepen, naar met de grond gelijkgemaakte bruggen. Op het station van Cambridge stond ze tussen de haastige menigte en luisterde naar de stationschef die het vertrek van de trein naar Londen aankondigde. Een plotseling golf van heimwee naar Londen, naar het leven dat ze ooit had geleid, overweldigde haar bijna. Ze dacht aan de troosteloosheid, de stilte van Blackmere. Ze moest vluchten.

Robin zette koers naar het huis van Maia's neef. Na de dood van Maia's vader was het huis van de Reads verkocht, Lydia Read wilde hertrouwen en Maia woonde nu bij een neef van haar moeder, Sidney, en diens vrouw Margery.

Helen zat thee te drinken met Maia. 'Papa moest op bezoek bij een oudparochiaan in Cambridge,' legde ze uit, 'dus ik dacht: ik ga winkelen en op visite bij Maia. Wat leuk je te zien, Robin.'

Maia zette thee in de keuken. Robin bekeek haar en zag dat ze was veranderd. Ze leek ouder, magerder, breekbaarder.

'Je zult je vader wel ontzettend missen.'

Terwijl ze kokend water in de theepot schonk haalde Maia haar schouders op. 'Raar zoals je aan dingen went.' Haar oogleden gingen omlaag, verborgen haar kristalblauwe ogen en sloten Robin buiten. 'Maar ik moet werk vinden. Ik ben klaar met mijn cursus boekhouden, dus ik zal naar iets moeten uitkijken.' Ze pakte kopjes en schoteltjes uit de kast. 'En jij, Robin? Word je nog steeds de eerste vrouwelijke hoogleraar klassieken aan de universiteit van Cambridge?'

'Ik ga er niet naartoe.' Robins stem klonk somber. 'Ik heb het net tegen papa en mama gezegd. We kregen verschrikkelijke ruzie.'

'O.' Maia stond nooit met een oordeel klaar. Ze schonk drie koppen thee in.

'Als je niet wilt studeren,' vroeg Helen, 'wat ga je dan wel doen?'

'Ik zou het niet weten.' Robin nam haar theekopje in beide handen en kreeg een hekel aan zichzelf. Ze had altijd zoveel plannen gehad en nu had ze de eerste serieuze poging van haar leven als volwassene opgegeven. Weldra moest ze terug naar haar familie. Weldra moest ze voor de zoveelste keer getuige zijn van de teleurstelling in haar vaders ogen.

Maia zei: 'Wat wíl je gaan doen?'

Ze wilde al zeggen: *Ik zou het niet weten*, toen ze zich het station herinnerde en de trein.

'Ik zou weer naar Londen willen gaan.'

33

Maia zei niets, maar haalde even veelzeggend haar schouders op. Terwijl ze haar aankeek, werd Robin gegrepen door een schitterend, angstaanjagend idee. Ze zocht in haar zak en haalde haar portemonnee tevoorschijn.

'Ik heb maar... hemeltje, vijf shilling en zeven pence.'

'Ik kan je wel wat lenen, lieverd. Genoeg om in Londen te komen. Ik word geacht kost en inwoning te betalen, maar Margery kan wachten.'

Maia liep de keuken uit. Helen, met grote ogen, zei: '*Londen!* Wat opwindend. Robin... je kunt toch niet...'

Maar ze kon het wel. Hoewel het idee haar zowel deed duizelen als bang maakte, wist ze dat ze het kon.

Toen Maia terugkeerde had ze een kleine reistas bij zich. 'Hier heb je een reservepaar kousen, een stuk zeep, een nachthemd en een tandenborstel. Ik neem aan dat je daar niet aan hebt gedacht. En hier heb je twee pond.'

Ze gaf de biljetten aan Robin, die ze in haar portemonnee stak. Ook Helen zocht in haar tas en verzamelde een handvol kleingeld. 'Ik zal tegen Daisy en Richard zeggen dat je het goed maakt,' zei ze terwijl ze de munten in Robins hand legde, 'dan hoeven ze zich geen zorgen te maken.'

Maia ging op de rand van de tafel zitten en trok een pakje sigaretten open. 'Verander de wereld, Robin.' Haar lichte ogen waren lachende spleetjes. 'Ik zit voorlopig vast in deze uithoek – de ware Jacob schijnt elders opgehouden te worden...'

'... en de enige jongeman die ik de laatste tijd heb leren kennen is de nieuwe kapelaan en die heeft een wrat op zijn neus...'

'... dus gezien de boekhoudcursussen en rommelmarkten en parochiebladjes, vrees ik dat jij de enige van ons zult zijn die haar meisjesdromen verwezenlijkt, Robin.' Maia's stem klonk cynisch, maar ze schoof de reistas naar Robin toe. 'Ga nou maar. Ik zou maar opschieten; de trein naar Londen vertrekt om kwart over.'

Robin gaf Maia en Helen een haastige knuffel en verliet het huis. Op het station van Cambridge kocht ze een kaartje en rende over het perron terwijl de stoom uit de pijp van de locomotief begon te komen. Verbaasde gezichten staarden haar aan toen ze een portier openrukte en een coupé binnenstruikelde. De trein verliet het station en nam haar mee terug naar de stad, naar een nieuw leven.

Maia begon in ernst naar werk te zoeken op de dag nadat neef Sidney haar welterusten probeerde te kussen op haar mond in plaats van op haar wang. Voor die tijd was ze in de greep geweest van een soort verlamming, een verlenging van de wakende nachtmerrie van haar vaders dood. Bij een secretaressekantoor in St Andrew's Street stelde Maia een lijst op van haar schamele kwalificaties en kreeg een introductiebrief voor de boekhoudafdeling van Merchants.

Als verdoofd liep ze door de brede dubbele deur de winkel binnen. Ze werd omringd door de soort dingen die ze altijd had willen hebben: dure cosmetica en parfums, leren handschoenen, zijden shawls, ragfijne kousen. Er stonden vaak advertenties voor Merchants in de plaatselijke dagbladen: 'Merchants – Cambridges nieuwste en beste warenhuis. Algemene en modieuze stoffen, complete woninginrichting, damesmode, blouses en confectiekleding en rijdende bibliotheek.'

Halverwege de trap bleef ze staan, keek omlaag naar de glinsterende lichtjes en de schitterende kleuren en ademde de volle, warme lucht in. Ze wist dat ze er even elegant had kunnen uitzien als al die in bont gestoken dames die Frans parfums kochten en even mooi als al die opgemaakte gezichten die haar vanaf de displays van de cosmeticafabrikanten aankeken. Ze had het idee dat ze met het bont, de poeder, het parfum veilig had kunnen zijn.

Terwijl ze met de introductiebrief in haar hand geklemd de trap opliep, wist ze niet of ze het zou kunnen volhouden, opgesloten in een bedompt kantoortje met een stuk of tien andere meisjes en slechts af en toe een glimp opvangend van deze andere wereld. Maar ze vermande zich en weigerde haar verbittering en terneergeslagenheid te tonen. Toen ze over de eerste verdieping liep hoorde ze iemand haar naam roepen. Maia herkende meneer Merchant, die met de Reads had gedineerd op die afschuwelijke dag waarop haar vader hun had verteld over zijn naderende faillissement en die op de begrafenis was geweest. Ze had hem nooit in verband gebracht met het warenhuis Merchant. Dan zal hij wel rijk zijn, zei een stemmetje in haar hoofd.

'Juffrouw Read. Wat fijn dat ik u zien.'

'Meneer Merchant.' Maia glimlachte en stak haar hand uit.

Hij was stukken ouder dan Maia, begin dertig, schatte ze. Zijn krullende, roodbruine haar lag strak om zijn hoofd en hij had een dunne snor.

'Moet u veel inkopen doen, juffrouw Read?'

Iets maakte dat ze de brief in haar zak stopte en luchtig zei: 'O, gewoon een paar kleinigheden. Lint en garen.' Ze keek om zich heen en lachte even. 'Dom van me. Ik schijn op de verkeerde verdieping te zijn.'

'Laat me u naar de afdeling fournituren brengen, juffrouw Read.'
Meneer Merchant hield zijn arm op en Maia stak haar geschoeide hand erdoorheen. Hij informeerde naar haar moeder en mompelde medelevend over haar vader terwijl hij haar naar beneden bracht. Bij de toonbank van de fourniturenafdeling bleef ze passief zitten terwijl bedienden op zijn bevel heen en weer renden om lint, knopen en klossen garen te halen. Ze merkte op dat, hoewel hij genoot van zijn gezag, zijn plezier efficiency en bekwaamheid niet in de weg stond.

Ten slotte had ze haar inkopen bij elkaar en dankte ze God in stilte dat ze genoeg geld bij zich had om ze te betalen. Met haar pakje in zijn hand liep hij met haar door de parfumerie-afdeling naar hoofduitgang.

Ze kon zich er niet van weerhouden te zeggen: 'Is dat allemaal van u, meneer Merchant?'

Toen hij glimlachte, zag ze kleine, witte, spitse tanden.

'Van boven tot onder. Het was een ijzerwarenhandel voordat ik het overnam. Weet u dat niet meer, juffrouw Read?'

Ze schudde haar hoofd. 'We lieten het meeste thuis bezorgen. We gingen niet vaak inkopen doen.'

'Vindt u het niet plezierig, juffrouw Read, zelf te kunnen uitkiezen? Te bekijken wat er in de aanbieding is en precies te bepalen wat u koopt?'

Zijn ogen, van een soort hazelnootbruine kleur, ontmoetten de hare en ze wendde haar blik niet af. Maia bloosde niet; ze bloosde nooit. Hij was allerminst knap, dacht ze, maar hij straalde macht en kracht uit. Ze vond zijn woorden niet onbeschaamd, alleen uitdagend. Het leek heel lang geleden sinds ze zelfs maar een opflakkering van belangstelling voor een ander had gevoeld.

Bovendien bezat hij dit alles. De stralende lichten, de met chroom afgezette toonbanken en de zachte tapijten schenen hun armen uit te strekken en Maia te omhelzen. Voor het eerst in maanden herinnerde ze zich haar ambities. 'Ik trouw met een rijke man,' had ze tegen Robin en Helen gezegd. 'Ik ga in een enorm huis wonen.'

Ze gaf hem een hand, mompelde een bedankje en nam afscheid. Terwijl ze de straat uit liep voelde Maia dat hij haar nakeek, dus wachtte ze tot ze de hoek om en uit het gezicht was voordat ze de gekreukte brief in de goot liet vallen.

Omdat ze aanvoelde dat Vernon Merchant even slim en berekenend was als zij, was Maia op haar hoede. Ze vond werk op het kantoor van een bedrijf dat gespecialiseerd was in het installeren van telefoons en elektrische lampen. Het kantoor stond in een buitenwijk van Cambridge; Maia meed het centrum. Het zou een vergissing zijn geweest elke dag naar Merchants te gaan in de hoop hem te ontmoeten. Hij zou op haar hebben neergekeken.

Hij belde een maand na hun ontmoeting. Het was zes uur; Maia was net thuis van haar werk. Het dienstmeisje overhandigde haar de telefoon.

'Juffrouw Read?'

Ze herkende zijn stem meteen en glimlachte onwillekeurig. 'Daar spreekt u mee.'

'Met Vernon Merchant. Hoe maakt u het, juffrouw Read?'

'Uitstekend, meneer Merchant.' Ze wachtte tot hij verderging.

'Ik heb twee kaartjes voor de schouwburg vanavond. Hebt u zin om mee te gaan?'

Zijn onomwondenheid amuseerde haar. Geen verontschuldigingen dat hij zo laat was met zijn uitnodiging, geen woord van vrees dat ze andere bezigheden zou kunnen hebben. En ook geen verklaring over hoe hij erachter was gekomen waar ze woonde.

'Met alle genoegen, meneer Merchant,' zei Maia even onomwonden. 'U kunt me om zeven uur komen halen.'

Hij belde haar elke week. Hij nam haar mee naar de schouwburg, naar restaurants en naar feesten. Hij had een hekel aan de bioscoop en kunstgaleries en concerten vervedelden hem. Zijn ouders waren allebei gestorven, hij was nooit getrouwd, hij had in de wereldoorlog gevochten en had na zijn terugkeer in Engeland aan zijn carrière gewerkt. Hij had Cambridge niet gekozen om zijn schoonheid of zijn geschiedenis, maar vanwege het ontbreken van een modern warenhuis. Hij kleedde zich goed, at goed en had een groot, luxueus huis dat Maia na twee maanden nog steeds niet had gezien.

Verder wist ze niets over hem. Ze vermoedde dat hij even terughoudend was als zij. Of misschien was er verder niets te weten? Misschien was Vernon Merchant niet meer dan hij leek – een geslaagd zakenman, een beetje eenzaam misschien, maar verder tevreden met wat hij had bereikt. Hij verveelde haar niet; ze begreep niet goed waarom hij haar niet verveelde. Omdat macht haar fascineerde, vanwege de fonkeling van plezier die ze in zijn sluwe, bruine ogen zag wanneer hij over zijn werk praatte? Als ze diezelfde uitdrukking niet af en toe in zijn ogen zou hebben gezien wanneer hij haar kuste, zou ze aan haar eigen macht zijn gaan twijfelen. Hij had haar kuis gesloten lippen slechts beroerd, had zijn armen alleen om haar heen geslagen wanneer ze dansten.

Ze droeg een nauwsluitende ijsblauwe zijden jurk, dezelfde kleur als haar ogen, toen hij haar op een vrijdagavond kwam ophalen. Het was februari en er hing sneeuw in de bewolkte, oranjeachtig-grauwe lucht. Maia droeg nicht Margery's bontmantel, in afwezigheid van Margery uit haar garderobe gehaald. Ze had het niet kunnen verdragen haar oude schoolmantel te dragen, haar enige mantel, wanneer ze met Vernon uitging.

Toen ze naast hem in zijn auto zat, haalde hij een plaid van de achterbank en legde die over haar knieën. 'We gaan naar Londen,' zei hij. 'Een van mijn zakenrelaties geeft een feest.'

Ze praatten gedurende de hele lange rit. Over de kleine voorvallen van de afgelopen dag, over de grotere gebeurtenissen in de wereld. Het Belgravia, waar het feest werd gehouden, stak fonkelend af tegen dreigende wolken. Bedienden in uniform namen haar mantel aan; Maia knapte zich op in een marmeren toiletruimte. Ze dineerden en dansten, waarbij Vernon haar licht en behoedzaam vasthield. Toen hij om drie uur Margery's bontmantel ging halen en ze aan de lange rit naar huis begonnen, sneeuwde het.

Hij deed de kap van de auto dicht en sloot alle ramen, maar sneeuwvlokken vonden nog altijd een weg naar binnen door alle kieren en gaten. Maia trok de plaid op tot aan haar kin en was blij met haar bontmantel. Terwijl ze tussen de rijen nieuwe halfvrijstaande woningen die overal rondom Londen uit de grond schoten naar het noorden reden, overhandigde hij haar een flacon.

'Cognac,' zei hij. 'Neem een slok. Het houdt je warm.'

Ze hield niet van cognac; ze dronk zelden omdat ze haar moeder zo vaak had gezien na te veel gins-met. Maar ze slikte gehoorzaam en merkte dat hij gelijk had; de drank verwarmde haar.

'Wordt het laat?'

'Misschien.' Hij kneep zijn ogen halfdicht in een poging door de eindeloze, warrelende vlokken heen te kijken. 'Levert dat problemen op?'

'O nee. Ik hoef morgen niet te werken.'

'Je nicht...?'

'Die zal zich niet druk maken.' Ze dacht alleen aan de mantel en giechelde even in zichzelf toen ze zich Margery's gezicht voorstelde wanneer ze vergeefs naar haar kostbare nertsmantel zocht.

Hij zweeg even en zei toen: 'Hoe oud ben je, Maia?'

De vraag verraste haar. Het was het meest persoonlijke wat hij haar ooit had gevraagd. 'Negentien,' antwoordde ze naar waarheid.

'Ik ben vierendertig. Ik was negentien in 1914.'

Nu wilde ze dat ze geen cognac had gedronken. Ze voelde dat dit gesprek belangrijk was, maar alcohol en vermoeidheid hadden haar gedachten hun scherpte ontnomen.

'Wat verlang jij van het leven, Maia?'

Ze zei eerlijk, zoals ze ooit tegen Robin en Helen had gezegd: 'Ik wil met een rijke man trouwen, in een mooi huis wonen en stapels prachtige kleren hebben.'

Hij wierp zijn hoofd achterover en lachte met omgekrulde lippen, zodat zijn merkwaardig spitse tanden blootkwamen. 'Waarom?'

Omdat ik me dan veilig voel, dacht ze. Maar in plaats daarvan zei ze: 'Omdat ik van mooie dingen houd. Omdat ik recht doe aan prachtige kleren.'

Hij knikte slechts even, begrijpend of goedkeurend. De weg slingerde door een glooiend landschap en het begon harder te sneeuwen. De vlokken dansten als confetti in het gele licht van de koplampen.

Ze vroeg nieuwsgierig: 'Waarom wilde jij rijk worden?'

'Omdat je dan niet om dingen hoeft te vragen. Hoe meer je hebt, hoe meer je krijgt.'

Ze rilde. Hij keek haar bezorgd aan.

'Pak mijn das. Sorry, lieveling, ik zou je niet naar buiten hebben gesleurd als ik had geweten dat het zo erg zou worden.'

Ze schudde haar hoofd en glimlachte omdat hij haar voor het eerst 'lieveling' had genoemd. 'Ik voel me prima,' zei ze. 'Alleen een beetje moe.'

'Neem nog een teug cognac. Misschien val je dan in slaap.'

Maia deed wat hij zei en hij had gelijk, want ze doezelde even weg en toen ze wakker werd, zag ze aan het koperkleurige schijnsel aan de hemel dat het bijna licht werd.

'We zijn er bijna,' zei hij.

Hij zag er niet moe uit; hij reed nog altijd snel en nauwkeurig. Maia bewonderde zijn rijvaardigheid, de snelle polsbeweging wanneer hij aan het stuur draaide, zijn vermogen om oplettend te blijven na een hele nacht zonder slaap. Ze had respect voor efficiëntie en uithoudingsvermogen. Het waren eigenschappen die ze zelf bezat en waaraan het haar vader had ontbroken.

Vernon remde en draaide langzaam de met grind bestrooide oprijlaan van een huis in. De auto slipte even toen hij zwenkte, maar hij trok hem recht. Langs de oprijlaan stonden laurierstruiken, waarvan de bladeren doorbogen onder de sneeuw. De lange takken van berkenbomen

39

raakten elkaar boven hun hoofden. Maia voelde zich plotseling klaarwakker. Dit moest zijn huis zijn. Vernon Merchant nam haar mee naar zijn huis.

De auto stopte voor een groot huis in drukke Victoriaanse stijl en gebouwd van rode bakstenen. Barokke torentjes, schoorstenen en spitsgevels klemden zich als zeepokken op een rots vast aan de muren en daken.

'Ik heb het een paar jaar geleden laten bouwen,' zei Vernon. 'Je vindt het hopelijk niet erg dat we even stoppen, maar ik moet een paar mensen bellen. Je kunt je warmen. Je ziet er verkleumd uit, lieveling.'

Ze genoot van het tweede 'lieveling'. Een bediende hield het portier open en Maia stapte uit in de warrelende sneeuwvlokken. In de gang nam Vernon de telefoon van de haak.

De hal was belegd met marmer en had een donkere lambrisering. Aan de muren hingen olieverfschilderijen van fruitschalen en dode of stervende dieren. De trap was breed, weids en statig, met lofwerk dat bestond uit gesneden adelaarskoppen.

Maia werd binnengelaten in een groot, comfortabel gemeubileerd vertrek. Op de tafel stond een dienblad met warme chocolademelk en beschuiten en in de haard brandde een groot vuur. Ze spreidde haar vingers naar de warmte ervan.

Ze dronk van de chocolademelk en hoorde voetstappen en het dichtgaan van een deur. Toen ze omkeek, zag ze Vernon staan.

'Een kleine crisis. Volledig afgehandeld. Een verlate bestelling – incompetentie, vrees ik.'

'Wat heb je gedaan?'

'Hem ontslagen natuurlijk.' Hij kwam naar haar toe.

'Rust jij nooit uit?'

Hij glimlachte, maar zijn ogen waren donker en hard. 'Nee. Daardoor heb ik dit hier, Maia. Daardoor ben ik een rijk man en heb ik een schitterend huis en kan ik me veroorloven te kopen wat ik wil.'

Hoewel ze het nu warm had, rilde ze opnieuw. Zijn woorden waren een echo van die welke zij in de auto had gezegd. Hij voegde eraan toe: 'Je hebt het nog steeds koud, Maia. Laat me je verwarmen,' en hij stak zijn handen uit en nam Margery's nertsmantel van haar schouder. Toen begon hij haar te kussen.

Geen kuis op elkaar drukken van lippen ditmaal. Zijn lippen openden de hare, zijn tong proefde haar mond. Zijn armen kluisterden haar aan hem vast, zijn handen verkenden haar lichaamsvormen door haar dunne zijden jurk heen. Ze voelde een mengeling van opwinding en angst. Hij verkende haar lichaam alsof het hém toebehoorde in plaats van haar. En in haar achterhoofd, afstandelijk toekijkend, fluisterde een stemmetje: *Hij wil weten wat hij koopt...*

Plotseling draaide ze zich weg en duwde hem van zich af. 'Nee,' zei ze hees. 'Nee.'

Tot haar opluchting liet hij haar los. 'Waarom niet?'

Ze kon geen woord uitbrengen, maar schudde haar hoofd.

'Ben je nog maagd, Maia?'

Plotseling was ze verschrikkelijk moe en bijna in tranen. Het is het enige dat ik heb, dacht ze. Zonder dat ben ik minder waard. Ze knikte.

Eén afschuwelijk ogenblik lang dacht ze dat hij haar uitlachte, maar toen zei hij: 'Mooi. Als je dat niet was geweest, had ik niet met je willen trouwen,' en ze was zich bewust van een opwelling van triomf en opluchting.

Hoofdstuk twee

Joe en Francis waren zoals gewoonlijk te laat voor de vergadering van het afdeling Hackney van de ILP, de Independent Labour Party. Francis doordat hij zich had verslapen (het was negen uur 's avonds) en Joe omdat hij had moeten werken. Struikelend over tassen, voeten en stoelpoten persten ze zich de stampvolle zaal binnen. 'Verdomme,' zei Francis toen iemands wandelstok die aan de rugleuning van een stoel hing op de grond kletterde. Mensen draaiden zich om en maanden hen tot stilte. De spreker was bijna klaar. 'Parochiegrenzen,' fluisterde Francis nogal hard. 'Doodsaai.'

Het vragenuurtje begon. Francis' ogen vielen dicht en zijn hoofd zakte naar voren. Ook Joe was moe; ze hadden de avond tevoren een feest gegeven in het souterrain dat hij en Francis deelden. Het scheen verschrikkelijk lang te zijn uitgelopen; Joe was er zelfs niet zeker van of het wel afgelopen was. Ze hadden niets te eten in huis, hij verlangde wanhopig naar slaap en iemand had zijn matras gepikt.

Hij begon op te letten toen de discussie door de merkwaardige alchemie die dergelijke bijeenkomsten gemeen hebben van parochiegrenzen via universele gezinstoelagen overging op de gelijkheid der geslachten. Een meisje ergens voor in de zaal, wier stem Joe niet herkende, argumenteerde heftig.

'Huwelijk en economische afhankelijkheid van de vrouw zijn immers onlosmakelijk met elkaar verbonden. Het huwelijk is het fundament van de vrouwelijke afhankelijkheid.'

Een mannenstem bromde: 'De mensheid zal het zonder huwelijk niet lang uithouden, kameraad,' en er ging gelach op.

'Ik suggereerde niet dat mannen en vrouwen niet aan liefde moeten doen, kinderen moeten krijgen en zo.'

Joe merkte op dat ook Francis wakker was. Zijn ogen glommen.

'Vrije liefde – is dat wat u bepleit, juffrouw?'

'Als u het zo wilt noemen, ja.' Haar stem klonk strijdlustig.

Joe mompelde: 'Zelf ben ik ook vierkant vóór vrije liefde.'

'Ze is waarschijnlijk een meter negentig lang, weeft haar eigen kleren en doet gymoefeningen voor het ontbijt.' Francis geeuwde. 'God, wat heb ik een honger,' voegde hij er klaaglijk aan toe. 'Ik heb in geen dagen gegeten.'

Joe zocht in zijn zak en vond een halve crown. 'Ik wed van niet.'

'Wat niet?'

'Een meter negentig en zo. Ik trakteer je op een etentje als ze ook maar één zelfgeweven kledingstuk draagt.'

'Stáát,' zei Francis grinnikend.

De discussie liep hoog op. Bij een andere gelegenheid zou Joe zich erin hebben gemengd, puur voor de lol, maar vandaag voelde hij zich te beroerd. De naweeën van een barstende hoofdpijn werden nog verergerd door de luide stemmen.

Om elf uur werd de vergadering gesloten. Joe en Francis stonden op en keken naar de voorkant van de zaal.

Ze was nog aan het argumenteren terwijl ze naar de deur liep. 'De positie van de vrouw binnen het huwelijk mag dan een netelig onderwerp zijn, meneer Taylor, maar het is er beslist een dat we in de Labour Party niet uit de weg mogen gaan. En inderdaad, ik vind echt dat een vrouw de mogelijkheid moet hebben tot geboorteregeling, zelfs als haar man dat niet wil. Ik vind dat alle vrouwen de mogelijkheid moeten hebben tot vrije geboorteregeling.'

Ze was klein, ongeveer een meter zestig, tenger gebouwd en de welvingen van haar lichaam waren nauwelijks zichtbaar onder een jurk van een of andere donkerbruine stof. Absoluut niet zelfgeweven. Haar ogen hadden dezelfde kleur als haar jurk en haar korte, zachte haren waren vele tinten lichter.

'Een snoesje,' mompelde Francis. Een halve crown gleed in Joe's handpalm. 'Ik betaal het eten.'

Joe schudde zijn hoofd. 'Ik ben ervandoor naar Clodie.' Heel even keek het meisje eerst naar hem en toen naar Francis, die tegen de muur leunde. Toen was ze verdwenen, nog steeds argumenterend.

Joe liep de twee kilometer naar Clodies huis, in de hoop dat zijn brein zou opklaren. Er brandde licht achter het raam van de kleine villa toen hij daar aankwam. Clodies gezicht, toen ze de deur voor hem opende, stond boos.

'Ik heb Lizzie net in bed gekregen. Je maakt haar nog wakker met al je herrie.'

Hij klopte zachtjes twee keer op de deur. 'Ik zal stil zijn,' fluisterde hij. 'Kijk, ik heb chocolade.'

44

Haar ogen werden groot van gulzigheid toen hij haar het zakje chocoladebonbons liet zien. Hij kocht ze voor Lizzie, maar Clodie at er altijd de helft van op. Ze had een kinderlijke voorkeur voor snoep, die in tegenspraak was met de verleidelijke welvingen van haar lichaam. Ze liet hem binnen, maar haar mondhoeken bleven naar beneden wijzen. 'Ga maar zitten, nu je er toch bent,' zei ze weinig hoffelijk. 'Is Lizzie ziek?' Lizzie was Clodies dochtertje van zes. 'Haar klieren zijn opgezet.' Clodie beet een bonbon doormidden en keek Joe venijnig aan. 'Misschien is het de bof.'

'Die heb ik al gehad.' Hij herinnerde zich vaag dat hij eerder van school naar huis had gemogen, met een gezicht dat afschuwelijk pijn deed. Hij voegde eraan toe: 'We hebben een feest gehad. Het is een puinhoop. Mag ik vannacht op jouw bank slapen?'

Hij zag dat hij haar weer haar geïrriteerd, maar de ergernis had ditmaal een iets andere oorzaak.

'Nog leuke mensen ontmoet?' vroeg ze met haar mond vol chocolade.

Hij was zo verstandig haar niet te plagen. 'De gewone groep. Geen mooie roodharigen.'

Eindelijk glimlachte ze. Clodies haren waren haar grootste schoonheid; ze had ze nooit laten afknippen, zelfs niet toen kort haar helemaal in de mode was. Als ze het los liet vallen, krulde en golfde het glorieus roodbruin tot aan haar middel.

'Zin in een kop thee, Joe?'

Hij liep achter haar aan naar de keuken. Het kleine vertrek was kraakhelder; een deel van hem, het deel dat nog altijd vol pijn terugdacht aan zijn Franse moeder en de élégance die ze op een of andere magische wijze had verleend aan zijn gigantische, sombere huis in Yorkshire, wist dat een van de redenen waarom hij steeds weer terugkeerde naar Clodie, haar opvliegendheid verdroeg en haar uit haar sombere buien wekte, was dat hij van dit huis hield. Burgerlijk, zou Francis het hebben genoemd, maar het was prettig de nacht ergens door te brengen waar de vaat was gedaan en opgeborgen, het beddengoed schoon was en eten in de voorraadkast stond.

Hij keek toe terwijl ze thee zette. Haar handen waren behendig en schoon. Hij dacht aan Lizzie, op wie hij dol was geworden.

'Heb je een dokter bij Lizzie gehad?'

Clodie schudde haar hoofd. 'Ik heb er het geld niet voor. Ik weet niet waar het geld deze week gebleven is.' Haar stem kreeg weer iets klaaglijks.

Joe zocht in zijn zak en vond Francis' halve crown en die van hem. 'Heb je hier iets aan?' Ze nam het geld aan, maar zei argwanend: 'Je denkt hopelijk niet...' 'God... nee.' Zijn hoofd bonsde en hij snakte naar thee. En slaap. 'Ik zei toch, Clodie, ik ben moe.' Tevredengesteld streelde ze zijn gezicht. 'Je had je moeten scheren.' 'Sorry, schat, ik kon mijn scheermes niet vinden.' 'Je bent helemaal stoppelig.' Haar vingers woelden door zijn haren en haar groene ogen glansden. Hij legde zijn hand op de hare, kuste haar handpalm en trok de spelden uit haar haren, zodat ze over haar rug vielen. Hij knoopte haar blouse los, boog zich naar voren en kuste haar borsten, nam haar donkerbruine tepel in zijn mond. 'Je wilt helemaal niet op de bank slapen, is het wel?' fluisterde ze en hij schudde zijn hoofd. Het deed geen pijn meer.

Joe Elliot woonde in Londen sinds zijn nogal plotselinge vertrek vier jaar tevoren van een van de minder illustere kostscholen in het noorden. Gedurende ongeveer de helft van die tijd deelde hij het souterrain met zowel Francis als de drukpers. Ze verdienden alleen aan de drukpers wanneer ze hem gebruikten voor commerciële brochures en folders. Op de rest – de politieke pamfletten en vlugschriften – legden ze vaker bij dan ze eraan verdienden. Bovendien hadden ze onregelmatig werk, afhankelijk van Francis' behendigheid in het werven van nieuwe klanten. Francis had een klein eigen inkomen, waardoor de onvermijdelijke inkomensschommelingen hem minder deerden. Joe had niets sinds de ruzie met zijn vader, dus vulde hij zijn inkomen aan door in een bar te werken.

Hij redde het, net. Vóór Clodie had hij het makkelijker gered. Haar man was twee jaar geleden bij een bedrijfsongeval om het leven gekomen en had haar achtergelaten met een dochtertje en de huur. Ze werkte thuis als naaister, maar Joe wist hoe moeilijk ze het had om de eindjes aan elkaar te knopen. In Joe's ogen ging zowel Clodie als Lizzie altijd goed gekleed en was het huis altijd brandschoon. Hij bewonderde haar erom; hij snapte niet hoe ze het klaarspeelde. Hij had zowel in het oosten van Londen als in het noorden van het land gezien hoe anderen bezweken onder de last van de armoede. Het was de oprechte woede geweest over de dingen die hij had gezien waardoor hij zich tot het socialisme had aangetrokken gevoeld.

Dat, plus, moest hij toegeven, de wetenschap dat zijn politieke overtuiging zijn vader een doorn in het oog was. Sinds hij van huis was weggegaan had Joe zijn vader af en toe een pamflet toegestuurd, bij voorkeur iets vlammends over kapitalisme of revolutie. Dat de zoon van John Elliot – sinds de dood van Johnnie zijn enige zoon – zijn erfenis in de steek had gelaten en (in zijn vaders ogen) communist was geworden, had John Elliots gebrul van woede bijna hoorbaar gemaakt van Hawksden tot in Londen. De pamfletten waren zijn enige contact geweest met zijn vader sinds hij achttien was geworden. Joe herinnerde zich zijn moeder met pijnlijke duidelijkheid, maar zijn halfbroer Johnnie, die in 1918 in Vlaanderen was gesneuveld, was een chaotische verzamelingen stereotypieën geworden: klassenoudste, aanvoerder van het cricket- én het rugbyteam, blond, blauwe ogen, brutaal, conventioneel. Zijn vaders oogappel. Johnnie had op zijn vader geleken; de enige onconventionele daad in heel John Elliots leven was zijn tweede huwelijk met een Française geweest. Soms vermoedde Joe dat zijn vader hem verafschuwde omdat hij, wanneer hij naar zijn tweede zoon keek (lang, donkere haren, donkere ogen) werd herinnerd aan de enige keer dat hij echt had liefgehad.

Na de vergadering keerde Robin terug naar haar kamer. Ze was laat, maar paaide haar hospita met verontschuldigingen en verklaringen. Ze pakte haar brieven van het gangtafeltje, ging naar haar kamer en stak de gaslamp aan.

Het huis was eigendom van twee ongetrouwde zusters. De oudste juffrouw Turner had een volière vol grasparkieten in de achtertuin, de jongste juffrouw Turner beunhaasde in het occultisme. De nachtelijke seances noch het gekrijs van de vogels 's morgens vroeg deden afbreuk aan het genoegen dat Robin beleefde aan het hebben van een eigen kamer. Ze hield van elke vierkante centimeter ervan, van het zware mahoniehouten meubilair tot en met het verschoten behang. Ze hing een zijden shawl over de kitscherige prent 'Het licht der wereld' en dacht eraan die elke donderdag, wanneer de jongste juffrouw Turner kwam schoonmaken, weg te halen.

In haar kamer trok ze haar mantel uit en liet zich op het bed ploffen. Ze had die avond niets gegeten en was uitgehongerd. In het nachtkastje rommelend vond ze een blik koekjes. De eerste brief was van Maia. Robin verslikte zich in een krent toen ze las over Maia's verloving. *De diamant in mijn ring is groot genoeg om zonder meer ordinair te zijn,* schreef Maia. *Het is leuk te zien hoe nicht Margery grootmoedig probeert te zijn terwijl ze moeite heeft om haar afgunst te verbergen.* Meer over het huis van Maia's verloofde, zijn auto, zijn werk. Geen woord over liefde. Maia was niet romantischer dan Robin, maar Maia zag het huwelijk kennelijk meer als een economische bevrijding dan als economische slavernij. 'Ik wens haar alle geluk,' zei Robin hardop en ze legde de brief opzij. Haar glimlach verdween terwijl ze haar vaders brief las. Er was geen slecht nieuws, alleen een vaag gevoel van afkeuring. Haar vaders teleurstelling over haar weigering om naar Girton te gaan was pijnlijk geweest, maar te verwachten, maar zijn blijvende bedenkingen tegen het leven dat ze sindsdien had gekozen hadden Robin verrast. Ze had begrip verwacht voor haar wens om zelfstandig te zijn, zo niet meer – Richard en Daisy vonden tenslotte beiden dat vrouwen even veel recht hadden op onafhankelijkheid en een baan als mannen. 'Je vergooit je talenten,' had haar vader met Kerstmis gezegd en ze had zich gekwetst gevoeld, boos, in de steek gelaten. Alleen Hugh, de lieverd, scheen het te begrijpen.

Aan haar vinger likkend om de laatste koekkruimels te verzamelen dacht Robin terug aan haar aankomst in Londen vorig voorjaar. Ze had geen flauw idee gehad waar ze naartoe moest. De Summerhayes hadden veel vrienden in Londen: Merlin en Persia en al hun vrienden en buren van jaren her – maar het zou een nederlaag hebben geleken als ze naar hen toe was gegaan. Robin had een hotelletje gevonden om er de nacht door te brengen. Het was veel te duur geweest, zodat ze de volgende ochtend was vertrokken en op zoek was gegaan naar werk en onderdak. Ze had kantoorwerk gevonden bij een verzekeringsagent, saai, maar ze kon er de huur van betalen. Het was niet precies wat ze in gedachten had gehad, maar ze hield zichzelf voor dat het maar tijdelijk was. Ze was er snel achtergekomen dat kennis van Latijn en Grieks haar van veel minder nut waren dan typen of steno.

Toen ze een keer van haar fiets was gevallen had ze de Salters ontmoet. Het was nat geweest en de hobbelige straten waren glad door oude bladeren en afval van de vlooienmarkt. De tweeling, Eddie en Johnnie, had gebruld van het lachen toen ze in de plas was geduikeld, maar mevrouw Salter had haar mee naar binnen genomen, haar rok afgesponst en haar haar geschaafde handen laten wassen. Dat was Robin eerste kennismaking geweest met de talloze rijtjeshuizen langs de weg van haar kamer naar haar werk en ze was ervan geschrokken. Ze had armoede gezien in de Fens, maar daar was die op de een of andere manier verzacht door de uitgestrekte en frisse lucht. Dit was niet het Londen dat Robin zich herinnerde en waarvan ze hield. Het was een vierkamerwoning met zes kinderen en ontelbare ratten en vlooien. Robin zag de zwarte vegen van de platgedrukte vlooien op het verschoten behang. Er woonden tien mensen in het huis: meneer en mevrouw Salter, de kinderen, een grootmoeder en een oom. Er was een bed gedekt op een stoel in de bijkeuken. Toen ze naar de peuter keek die aan zijn moeders rok trok en naar de dikke buik van mevrouw Salter onder haar schort, besloot ze haar het boek van Marie Stope te lenen.

Soms was Robin al op woensdag door haar loon heen, maar meestal slaagde ze erin het over de hele week uit te smeren. Haar vader stuurde geld, dat ze beleefd retourneerde met de verklaring dat ze het in haar eentje wilde rooien. Ze was echter blij met de warme rokken en jumpers die Daisy voor haar verjaardag had gestuurd. Als ze 's avonds niet naar de ILP-bijeenkomsten ging of in de kliniek hielp, leerde ze zichzelf op een oude schrijfmachine typen. Ze kreeg weinig bezoek en had tot dusver meer kennissen gemaakt dan vrienden, maar soms voelde ze zich volmaakt gelukkig. Wanneer ze 's nachts in bed lag, haar ogen sloot en naar de geluiden van de stad luisterde, wist ze dat er goed aan had gedaan terug te gaan naar Londen. Ze was er zeker van dat er iets wonderbaarlijks stond te gebeuren; ze stond op de rand van een klif en maakte zich gereed om in de woeste zee van het leven te duiken.

Robin arriveerde vroeg op de bijeenkomst en ging op de voorste rij zitten. Er waren slechts enkele mensen in de zaal; een enkeling knikte haar begroetend toe. Buiten regende het; ze worstelde zich uit haar klamme regenmantel en zette haar paraplu tegen de zitting. Ze kwam rechtstreeks van de Vrije Kliniek, waar ze 's avonds vrijwilligerswerk deed als receptioniste, verpleeghulp en duvelstoejager. Ze vroeg zich heel even af of ze naar huis had moeten gaan om zich om te kleden; ze dacht aan de geur van zure melk en ongewassen baby's.

Er kwam iemand naast haar zitten. Ze keek hem heimelijk aan. Jong, golvend, blond, kortgeknipt haar, een rechte neus en een hoog voorhoofd, min of meer het profiel van een Griekse god. Ze deed alsof ze in haar tas zocht en wierp intussen een snelle blik de zaal rond. Die was niet plotseling volgestroomd: alle stoelen op drie na waren nog onbezet. Ze keek opnieuw naar haar buurman.

Hij keek terug, glimlachte en stak zijn hand uit. 'Francis Gifford,' zei hij. Het was alsof de zon tevoorschijn kwam. Zijn ogen waren lichtgrijs met rond de iris een donkerder grijze kring.

Ze gaf hem een hand. 'Robin Summerhayes.'

'Wat een prachtige naam. Zo... seizoenig. Doet je denken aan weilanden en bloemen en Kerstmis en ijspegels tegelijk.'

Het was de algemene jaarvergadering. Nieuwsgierig vroeg ze: 'Heb je je ergens verkiesbaar voor gesteld... Francis?'

Hij schudde zijn blonde hoofd. 'Ik heb erover gedacht, maar het legt je nogal beperkingen op, niet dan? De partijlijn en zo. Deze bijeenkomsten ontlenen de helft van de lol aan de discussies na afloop.'

De zaal stroomde langzaam vol. Francis legde zijn arm op de lege stoel naast hem. 'Deze is voor Joe,' zei hij toen iemand er wilde gaan zitten.

De stoel was nog steeds leeg toen de vergadering begon. Halverwege de avond, toen Robin, wie het duizelde van moties en steunbetuigingen en verslagen, moeite deed om zich te concentreren, ging de deur achter in de zaal open en Francis stond op, draaide zich om en wuifde. Iemand liet zich op de stoel naast hem zakken. Er werd weer gestemd; onder het gesmoorde gemompel en het geritsel van papier mompelde Francis: 'Robin, dit is Joe Elliot.'

Joe staarde Robin aan en knikte. Joe was Francis' tegendeel, dacht Robin: donker, mager en hongerig kijkend. Als ze Joe aan Daisy hadden voorgesteld, zou die hem aan de keukentafel hebben gezet en een gigantische maaltijd hebben opgediend.

Francis keek Joe aan.

'Let maar niet op hem; hij was niet welkom bij zijn vriendin.'

'Hou je mond, Francis.'

'Hij zou hetzelfde moeten doen als ik: kuis blijven.'

Joe snoof. Robin keek voor zich uit en probeerde zich vergeefs te concentreren op de verkiezing van een woordvoerder. Toen de laatste functie was ingevuld en de avond officieel was afgesloten, stond ze op en pakte haar tas, haar regenmantel en haar paraplu. De naad onder in haar tas, die al weken rafelde, koos dat moment uit om los te laten en spuugde haar ongebruikte lunch, haar portemonnee, haarborstel en zakdoek uit over de grond.

Iedereen grabbelde onder de stoelen. 'Boterhammen,' zei Francis terwijl hij een vetvrij-papieren zak opraapte. Hij rook eraan. 'Vispastei?'

Een sinaasappel rolde over de vloer. 'Eet je nooit?' vroeg Francis.

Robin wist dat ze vuurrood zag. 'Ik heb er vandaag geen tijd voor gehad... Ik was achter met mijn werk...'

'Ik bak een omelet voor je.'

Ze had bijna gezegd: 'Dat is ontzettend aardig van u, meneer Gifford, maar ik kan het onmogelijk aannemen,' maar wist zich nog net in te houden. Ze was naar Londen gekomen om deel uit te maken van het

Leven en het Leven, vermoedde ze met een vlaag van opwinding, bood zich vanavond aan haar aan.

'Dat zou fijn zijn.'

Ze praatten de hele weg naar Francis' appartement. Liever gezegd: Francis en Robin praatten en Joe liep zwijgend en over de tegels sloffend naast hen. Het regende nog steeds. Ze smeten de resten van Robins lunch in een vuilnisbak en deelden haar paraplu. Francis ging hen voor, enkele treden af, en stak de sleutel in het slot van een souterraindeur. Eenmaal binnen hoorde Robin zichzelf een zachte kreet van verassing slaken.

'We hebben wat mensen over de vloer gehad,' zei Joe. Zijn glimlach dreef de spot met haar verbijstering.

Er was nergens een zitplaats te vinden. Stapels boeken en folders, lege flessen en vuile vaat, op een deel waarvan dingen groeiden. In het midden van de kamer stond een gigantische machine, waaruit een slordige, met zwarte inkt besmeurde strook tevoorschijn kwam.

'Een drukpers,' zei Robin.

Joe, die net de kachel aanstak, mompelde: 'Dat verrekte ding is weer eens vastgelopen. Ik heb een hele dag verknoeid om achter de oorzaak te komen.'

Francis keek om de deur van de aangrenzende keuken. 'Er zijn geen eieren.'

'Natuurlijk zijn er verdomme geen eieren. Niemand heeft afgelopen week boodschappen gedaan, verdomme.'

De kachel brandde. Joe liep naar de drukpers.

'Ik zal het verrekte ding moeten demonteren. Het is verstopt door de inkt.' Zijn donkere, hoekige gezicht verzachtte zich toen hij de machine aanraakte.

'Ik heb wat koekjes gevonden,' riep Francis vanuit de keuken. 'En Vivien heeft kaviaar gestuurd...'

Op de grond gezeten omdat niemand de moeite nam om de stoelen leeg te halen aten ze kaviaar op theebiscuits. Francis gaf uitleg over de drukpers.

'We drukken pamfletten, verkiezingsprogramma's en wat commercieel spul. Ik heb hem anderhalf jaar geleden tweedehands gekocht. Joe heeft hem opgeknapt en ik doe de acquisitie en het ontwerpen. En ik begin een tijdschrift. Gedichten... politieke commentaren, dat soort werk. Een kwartaalblad.'

Joe schonk bier in drie theekoppen. 'We hebben een opdracht voor duizend brochures voor een fabrikant van chirurgische instrumenten.

Daarom moet ik hem weer aan de praat zien te krijgen.'

Stapels brochures lagen naast Robin op de grond. Ze keek ernaar: 'Fabiaanse democratie' door Henry Green. 'Socialistische handleiding voor moeders' door Sarah Salmon. 'Een korte geschiedenis van de vakbeweging' door Ernest Hardcastle.

Ze pakte er een op. 'Dus die mensen sturen jullie hun spullen en jullie drukken ze?'

'Zo ongeveer.' Francis gaf Robin een kop door. 'Nou ja, zo zijn we begonnen, maar we kwamen er algauw achter dat het veel efficiënter is alles zelf te doen. Het voorkomt geploeter door beroerde spelling en verkeerde interpunctie.'

Joe zei: 'Een van de voordelen van een kostschoolopleiding.'

'Joe en ik hebben samen op Dotheboys Hall gezeten,' voegde Francis eraan toe. 'Weggestuurd wegens onsportief gedrag.'

Ze staarde ze om beurten aan. Francis' lichtblauwe ogen stonden onschuldig. Joe had zijn bier op en zat weer aan de pers te prutsen.

'Francis schrijft ze allemaal,' legde Joe vriendelijk uit.

Francis glimlachte. 'Het zijn allemaal verschillende persoonlijkheden. Drink eens uit, Robin. Henry Green zie ik als een in tweed gestoken heer met een pijp. Houdt van cricket, Elgar, dat soort dingen. Sarah Salmon – tja, zes koters uiteraard, was vroeger fabrieksarbeidster. Ze maakt weleens grammaticale fouten. En Ernest Hardcastle – pet en postduiven, vanzelfsprekend. Fokt bloedzuigers als hobby.'

Robin zei stijfjes: 'De mensen kopen die dingen... ze geloven erin. Jullie drijven gewoon de spot met ze... maken ze belachelijk. Het kan jullie allemaal niets schelen.'

Francis schudde heftig zijn hoofd. 'Natuurlijk wel. Ik geloof elk woord dat ik schrijf. Ik kan het alleen beter dan de meesten.'

Niet overtuigd opende Robin een pamflet en las enkele alinea's.

'Sigaret?' vroeg Francis, haar een pakje voorhoudend.

Bij goed weer werd de paasbazaar in de tuin van de pastorie gehouden. Dit jaar scheen de zon, dus werden de kramen opgesteld op het grote, door bloembedden omringde gazon naast het huis. Als enige dochter van de weduwnaar geworden dominee was Helen belast met de organisatie van de bazaar. Omdat ze gunsten vragen een bezoeking vond, draaide het eropuit dat ze alles zelf deed. Maandenlang had ze al haar tijd besteed aan het naaien van kleinigheden voor de fournituurkraam, het bakken van cakes en scones en het over zolders kruipen om geschikte dingen voor de curiositeitenkraam te zoeken. Mevrouw Lemon, de vrouw van de dokter, had goddank aangeboden voor de verse en gekonfijte vruchten te zorgen, zodat ze tenminste niet óók de tuin hoefde te plunderen.

Tien minuten voordat de bisschop de feestelijkheden zou openen zat Helen nog steeds bezorgd prijskaartjes te schrijven. Het hele gedoe, wist ze van voorgaande jaren, was onmogelijk en gaf onherroepelijk aanstoot. Als ze de cakes prijsde overeenkomstig hun omvang en aantrekkelijkheid, zou iedereen die een gewone cake had gebakken mopperen. Als ze voor alle cakes evenveel vroeg, zouden de vrouwen die urenlang hadden staan glaceren beledigd zijn. Twee shilling en zes pence, krabbelde Helen, wetend dat het veel te veel was voor een Dundee-cake waarin alle vruchten naar de bodem waren gezakt.

Een van haar assistenten zei: 'We hebben nog geen wisselgeld gekregen, juffrouw Helen.'

Helens hand vloog naar haar mond. 'Ik had papa gisteravond willen vragen het te tellen.' Ze graaide onder de kraam en vond het geldkistje. 'Ik zal het zelf moeten doen. Het spijt me verschrikkelijk.'

Ze staarde naar het blik vol pennies en halve pennies en shillings. Ze had nooit rekenen geleerd en vond geld hopeloos verwarrend. Haar vader betaalde alle rekeningen.

'Ik help u wel, juffrouw Ferguson, als u wilt.'

Ze keek op. Naast haar stond een lange jongeman met een platte strohoed en een blazer.

'U kent me niet meer, is het wel, juffrouw Ferguson? Ik ben Geoffrey Lemon. Ik ben de bazaar de afgelopen paar jaar misgelopen, dus we hebben elkaar in geen eeuwen gezien.' Hij keek naar de ongesorteerde munten. 'Jeetje – vindt u het goed dat ik u help? Ma zegt dat ik haar voor de voeten loop.'

Dankbaar overhandigde Helen Geoffrey Lemon het blik. Hij begon het kleingeld in kleine hoopjes te sorteren. 'Prachtige cakes, juffrouw Ferguson. Een verschrikkelijke hoop werk, zo'n feest.'

'Vorig jaar moest ik de mooiste baby's jureren. Alle moeders van de baby's die niet hadden gewonnen waren woedend. Dit jaar doet de vrouw van de bisschop het, maar ik moet nog de wedrennen jureren en de prijzen uitreiken. Waarschijnlijk geef ik de mannen snoepzakken en de baby's flessen bier.'

De cakes waren na een half uur uitverkocht en de vrouw van de bisschop prees Helens pannenlappen en theemutsen. De mooie baby's jengelden of sliepen naar gelang hun aard en Helen kalmeerde hun moeders door ze stuk voor stuk te bewonderen. Ze wuifde naar Hugh

Summerhayes die kegelde voor het varken en dacht opnieuw hoe erg ze Robin miste.

Ze was de theespullen aan het afruimen toen Geoffrey Lemon haar opnieuw aansprak.

'Zal ik dat van u overnemen, juffrouw Helen?'

Ze gaf hem het zware dienblad, maar hij liep er niet mee weg, maar bleef haar even met zijn ogen knipperend staan aankijken. Het kwam plotseling in Helen op dat zij misschien niet de enige was die verlegen was in aanwezigheid van vreemden, dat zelfs jongemannen – die ze zo vaak ruw, onbenaderbaar en tamelijk beangstigend vond – misschien bedeesd konden zijn.

'Het was ontzettend leuk, juffrouw Ferguson.' Zijn woorden struikelden een beetje over zichzelf en hij bleef haar aanstaren. Het dienblad hing scheef en een van de theekopjes wankelde gevaarlijk. Geoffrey lachte verlegen.

'Ik kan dit beter naar ma brengen voordat ik alles laat vallen.'

Helen mompelde een bedankje en liep naar Maia en Hugh, die onder de kastanje zaten. Maia leunde tegen de stam; haar ogen gingen schuil achter een zonnebril.

'Ik wist niet dat je een liefje had, Helen.'

'Ik heb een varken gewonnen, Helen. Wat moet ik in vredesnaam met een varken?'

'Daisy kan het weggeven als prijs voor de volgende tombola.'

'Nee, Maia, ik heb besloten het te houden. Het kan op de terugweg op de achterbank zitten.'

Maia zei opnieuw: 'Hij is verliefd op je, Helen. Stapelverliefd.'

Helen deed inkopen in Ely en kocht twee lappen katoen, een roze en een gestreepte. Haar aandacht werd getrokken door een bak met zijden stoffen. 'Chinese zijde' stond er op het bordje en Helen kreeg onmiddellijk een beeld van pagodes, papieren draken en donkerharige dametjes met kleine voetjes. Schitterende kleuren, licht, vol en subtiel. Ze overlegde lange tijd bij zichzelf of ze genoeg geld had voor een lap zijde naast de katoen en of ze misschien een van de katoenen coupons terug moest leggen. De bedragen tuimelden door haar hoofd, zoals ze altijd deden, en ze had te weinig vingers om te tellen. Ten slotte gaf ze het gereken op en legde de gestreepte katoen weer in de bak. Strepen zouden haar lengte benadrukken; Helen vond het erg dat ze zo lang was. Ze streelde de zijde met haar vingertoppen en probeerde een kleur te kiezen. Na lang aarzelen koos ze lichtgroen.

Toen haar aankopen waren ingepakt verliet Helen de winkel. Aan de overkant van het plantsoen voor de kathedraal zag ze een bekende gestalte. Lang, kort bruin haar, snor. Ze bleef even op de rand van de stoep staan, weifelend wat ze moest doen. Misschien had Geoffrey Lemon haast, misschien (afschuwelijke gedachte) herinnerde hij zich haar niet. Helen had zich bijna omgedraaid om naar de bus te rennen, maar toen zag hij haar en zwaaide.

'Juffrouw Ferguson!' Hij rende over het gras naar haar toe.

'Meneer Lemon.' Ze kon hem geen hand geven vanwege de pakjes.

Er viel een pijnlijke stilte. Toen, in een vlaag van inspiratie, zei hij: 'Mag ik u op een kop thee trakteren, juffrouw Ferguson? Je krijgt er dorst van, van winkelen.'

Bij thee en cake in de Copper Kettle werd de conversatie makkelijker. Geoffrey was derdejaars student aan de universiteit en wanneer hij straks was afgestudeerd, zou hij bij zijn vader in de praktijk komen. Hij had vier jongere broers en zussen en massa's neefs en nichten, zodat het altijd druk was bij hem thuis. Hij vertelde Helen een paar verhalen over streken van studenten medicijnen waarover ze grote ogen opzette. Toen vroeg hij naar haar.

'Och, er is weinig te vertellen.' Ze schonk hem een tweede kop thee in. 'Papa en ik leiden een heel rustig leven. Ik heb een gouvernante gehad, maar die is al eeuwen geleden weggegaan. Ik was trouwens een hopeloze leerlinge. Ik houd van borduren en tekenen, dat soort dingen. En ik heb een paar gedichten geschreven.' Plotseling bloosde ze. Ze had niemand over haar gedichten verteld, zelfs Robin en Maia niet.

'U meent het!' Er lag bewondering in zijn ogen. Mooie ogen, warm toffeebruin. Helen voelde dat ze nog roder werd.

'Het stelt niets voor.' Ze staarde naar haar bord.

Geoffrey plukte aan zijn snor. Toen flapte hij eruit: 'Houdt u van fietsen? Ik zou u eens kunnen ophalen.'

Hij kwam op een middag toen ze de tuin aan het wieden was. Heimelijk en schuldbewust slaakte Helen een zucht van opluchting dat haar vader voor parochiezaken op stap was. Ze fietsten urenlang en verdwaalden tussen de velden en dijken. Voorjaarsbloemen bloeiden in de bermen: sleutelbloemen, koekoeksbloemen en enkele vroege moerasorchideeën. Ze stopten bij een rivier en legden hun fietsen onder een wilg.

Helen vertelde Geoffrey over Maia en Robin. 'Maia gaat volgende maand trouwen. En Robin woont in Londen. Ik mis haar verschrikkelijk, Geoffrey. En Hugh ook.'

Hij zat tegen de stam, zijn gezicht beschaduwd door de rand van zijn platte strohoed. 'Het zal wel eenzaam zijn, alleen jij en je vader.'

'Papa is...' begon Helen, maar ze vond het moeilijk uit te leggen hoezeer haar vader haar nodig had. Dat het idyllische, tragische huwelijk van haar ouders slechts één kort jaar had geduurd en dat Julius Ferguson was achtergebleven als weduwnaar met een zes weken oude baby om voor te zorgen.

'Papa is verschrikkelijk lief voor me. Doordat mama stierf toen ik nog een baby was, betekenen we heel veel voor elkaar. Maar soms lijkt het huis belachelijk groot voor ons tweeën.'

'Jongere broers en zussen zijn een ramp. Je hebt geluk, weet je dat? Zeg, Helen... je moet eens op de thee komen. Ma heeft het gevraagd. En ik zou het ontzettend fijn vinden.'

Ze bloosde weer, maar ditmaal van genoegen. 'Dat zou leuk zijn, Geoffrey.'

'Ik haal je wel op met de auto van de oude heer.'

Ze wandelden naar de rivier om naar de dikkopjes te kijken. Schelpen glansden op de zandige rivierbedding, grote, platte schelpen zoals die rond de spiegel in Robins winterhuis. 'Zoetwatermosselen,' zei Geoffrey. Toen ze terugliepen, nam hij Helens hand. Helen vergat haar zorgen over haar lengte, haar onwetendheid, haar verlegenheid.

Een week later ging ze op de thee bij de Lemons in Burwell. Ze wist al dat mevrouw Lemon een spraakzame, hartelijke vrouw was. De grote schare van Geoffreys jongere broers en zussen was aanvankelijk verwarrend en daarna meeslepend. Ze zette de jongste Lemon, pas negen maanden oud, op haar knieën. Hij rook naar babypoeder en melk en toen ze zijn huid streelde, was die zo zacht als fluweel. Toen hij huilde, troostte Helen hem en haar hart zwol van trots en plezier toen hij op haar schoot in slaap viel. Onderweg naar huis stelde ze zich voor hoe het zou zijn om de vrouw van een dokter te zijn. Ze stelde zichzelf voor in een gerieflijk, rommelig huis, voortdurend omringd door kinderen, haar man een kus gevend wanneer hij aan het eind van een drukke dag thuiskwam. Toen Geoffrey de auto net buiten het dorp aan de kant zette en de kus werkelijkheid werd, was haar hoofd een chaotische maalstroom van plezier, hoop en verwarring.

Die nacht lag Helen urenlang wakker. De lucht was te warm, te klam om te slapen. De gebeurtenissen van die dag speelden haar telkens weer door het hoofd: Geoffreys kus, de blik in zijn ogen vlak voordat hij haar had gekust. Zijn slungelige pas toen hij was uitgestapt en om de auto heen was gelopen om het portier voor haar te openen. Hij had haar een hand gegeven. 'Hee... kijk uit voor die plas, meid.' Hij had haar behandeld alsof ze zowel kostbaar als teer was. Niemand behalve haar vader had haar ooit zo behandeld.

Toen ze uiteindelijk in slaap viel zat ze weer in de auto van dokter Lemon en snelde ze over de weg. De auto stopte, Geoffrey boog zich naar haar toe en kuste haar. De kus gaf haar een warm, hongerig gevoel van binnen, maar toen zag ze dat het niet Geoffrey was die zich over haar heen boog, maar haar vader. Ze voelde de perkamentachtige droogte van zijn mond. Met een ruk werd ze wakker, starend in het donker, en ze kon slaap niet meer vatten.

De volgende ochtend bracht ze door in de keuken om cake en scones te bakken. Betty was meestal degene die kookte, maar ze was slecht in cake bakken, zodat Helen dat deed wanneer de dienstmeid haar halve vrije dag had. Toen er werd gebeld, hoorde ze haar vaders stem en die van Geoffrey, maar de cake was in een kritieke fase, zodat ze alleen maar een begroeting kon roepen en haastig eiwit ging kloppen. Er klonk een gemompel van gedempte stemmen en toen hoorde ze de voordeur open- en weer dichtgaan en het vage geluid van een startende auto. Plotseling als bevroren staarde Helen naar de keukendeur, de garde roerloos in haar hand. Haar hart begon te bonzen; ze kon niet geloven dat hij was weggegaan. Het cakebeslag, hangend boven de pan met warm water, stremde tot roerei.

Haar vader opende de keukendeur.

'Was dat Geoffrey, papa?'

'Heet hij zo? Ja.' Zijn stem klonk ongeïnteresseerd. 'Hij wilde met je naar de schouwburg, nota bene. Ik heb hem uiteraard de laan uitgestuurd. Is dat in orde, kuikentje?'

Ze zag dat hij het cakebeslag bedoelde, nu compleet mislukt, en ze pakte de kom en zette hem met een smak op tafel, waarbij ze haar vingers brandde. Ze zei onvast: 'Ik zal opnieuw moeten beginnen.'

Opnieuw stilte. Toen zei Julius Ferguson: 'Helen, ik heb tegen meneer Lemon gezegd dat ik vriendschap tussen meisjes en jongemannen afkeur. Ik heb hem gezegd dat je te jong bent om iemand anders lieveling te zijn dan de mijne.'

Verward keek ze hem aan. 'Maar mama was pas achttien...'

'Toen we trouwden?' Julius Fergusons gezicht stond grimmig. 'En

mijn arme, lieve Florence was pas negentien toen ik haar begroef.'
Helens gezicht brandde en ze wendde haar blik af. Ze hoorde haar vader de keuken uit lopen en bleef een ogenblik bevend staan, zich afvragend of ze hem achterna moest gaan. Toen begon ze eieren te breken, suiker af te wegen. Terwijl ze de eieren klopte was het alsof het ijzeren fornuis de lucht uit het vertrek zoog en alsof de kleine ramen met de vierkante ruitjes het licht buitenhielden.

Robin had zich vernederd gevoeld toen ze merkte dat ze kantoorwerk moeilijk vond. Ze had verwacht het saai te zullen vinden, maar dat het zowel moeilijk als saai was, was een onaangename schok. Na meer dan een halfjaar was ze nog steeds de minste van al het personeel; ze maakte zoveel fouten dat ze er soms aan twijfelde of ze zelfs dat zou kunnen blijven.

Ze compenseerde de moeilijkheden overdag door zich met hart en ziel op haar vrijwilligerswerk te storten. Ze hielp elke week een paar avonden in de Vrije Kliniek, die werd geleid door de opvliegende maar ontzettend aardige dokter Mackenzie. De door de gemeente en vrijwillige bijdragen gefinancierde kliniek verstrekte gratis melk en sinaasappelsap aan zwangere vrouwen en hun baby's, gaf prenatale en kinderverzorgingscursussen en informatie over en praktische hulp bij geboorteregeling. Vaak wanneer ze een vergissing maakte viel dokter Mackenzie tegen haar uit, maar op de een of andere manier voelde ze zich wanneer ze de kliniek verliet nooit zo dom en neerslachtig als na een dag op het verzekeringskantoor.

Toen ze op een dag begin mei van kantoor naar haar kamer liep, las ze de krantenkoppen die de overwinning van Labour bij de algemene verkiezingen vermeldden. Haar opgetogen kreet maakte dat enkele voorbijgangers zich omdraaiden en haar nastaarden.

Zij, Joe en Francis hadden de afgelopen weken onvermoeibaar gewerkt. Robin had, samen met Francis Gifford, ontelbare straten afgesjouwd, pamfletten in brievenbussen gestopt en op talloze deuren geklopt. Ze had gemerkt dat het Francis niet ontbrak aan overtuiging, dat je, als je naar hem luisterde, er niet aan kon twijfelen dat hij elk woord geloofde dat hij zei. Zijn blik, zijn stem doorboorde iedereen die de deur opende en leidde ze op magische wijze van ongeïnteresseerdheid of gemelijkheid naar aandacht en vervolgens instemming.

Joe, achter in het souterrain, drukte de pamfletten. Zwart van de drukinkt haalde hij afwisselend vloekend en flemend de nukkige oude pers over tot het uitspugen van pamfletten en posters. Hij scheen nooit te slapen. De muren en het plafond van het souterrain weergalmden dag en nacht het gerammel van de pers.

Na het avondeten liep Robin naar Francis' appartement. Halverwege de straat hoorde ze lawaai vanuit het souterrain, dat de geluiden van bestelwagens en spelende kinderen overstemde. Robin bonsde op de deur. De vrouw die opendeed had dunne geëpileerde wenkbrauwen, smaragdgroene oogleden en een helm van sluik, zwart haar.

'Kan ik je helpen, lieverd?'

Het souterrain puilde uit van dansende, zingende en drinkende mensen. 'Is Francis er?'

De deur ging wat verder open. 'Hij zit in bad, lieverd,' zei de vrouw en ze verdween.

Het leek wel alsof er honderd mensen in de vier kleine vertrekken waren gepropt. Robin herkende er een paar van ILP-bijeenkomsten. De pers was versierd met rode vaandels en in de keuken was een piano verschenen. Iemand had met paarse inkt op de muur geschreven: 'Arbeiders aller landen, verenigt u!'

Robin baande zich door de menigte heen een weg naar de achterkamer. Ze vond Francis volledig gekleed in de lege badkuip.

'Robin, lieverd.' Hij wierp haar een kushand toe en zwaaide naar haar met een fles. 'Pak een glas. We vieren de verkiezingsuitslag...'

Ze pakte een glas van de vloer en veegde de rand schoon met de mouw van haar blouse. 'Is het niet geweldig?'

'De dageraad van een nieuw tijdperk.' Onvast schonk Francis bier in Robins glas en het zijne. 'We zijn getuigen van de doodsstuipen van het kapitalisme.'

Ze keek om zich heen. 'Wie zijn al die mensen, Francis?'

'O...' zei hij vaag. 'Kameraden... contactpersonen... en een paar vrienden van Vivien. Joe is ook ergens. Kom erbij zitten, Robin, en drink een glas bier.'

Ze klom in het kleine bad en ging tegenover hem zitten. Haar opgetrokken knieën raakten de zijne. Het bier steeg snel naar haar hoofd.

'Het is verdomme schitterend,' zei Francis dromerig. 'Ramsey MacDonald weer premier. Alles wordt anders, Robin. Geen gewichtige klootzakken meer met hoge zije en slipjas... iedereen kan zijn zegje doen... ik garandeer je, toen ik dat hokje op dat stukje papier rood maakte, nou... ik voelde me ontzettend goed. Dacht dat ik dingen veranderde. Jij niet?'

Ze schudde haar hoofd. 'Ik mocht niet stemmen, Francis. Ik ben niet oud genoeg.'

De vrouw met de groene oogleden kwam op haar knieën naast het bad zitten. 'Robin is pas negentien,' legde Francis uit. Hij brabbelde een beetje en zijn haren zaten in de war.

'Wat jong. Ik kan me amper herinneren dat ik negentien was. Het lijkt eeuwen geleden.'

'Dat komt doordat je een oude feeks bent, Diana.' Francis staarde naar zijn lege glas. 'Verrek... ik heb niks meer te drinken.'

'Haal jij even, lieverd,' zei Diana tegen Robin. 'Ik heb geen schoenen aan.'

Diana was op blote voeten, zag Robin. Al haar teennagels waren zwart gelakt.

Tegen de tijd dat ze terugkeerde met Francis' glas, zat Diana in het bad, op Francis' knie. Robin zette het glas op de grond en ging op zoek naar Joe. Ze vond hem in de achtertuin, met een vrouw en een kind, papieren vliegtuigjes vouwend van overgebleven verkiezingspamfletten.

Joe keek op toen Robin verscheen. 'Mag ik je voorstellen: Clodie en Lizzie. Clo, dit is Robin Summerhayes. Een kameraad.'

'Aangenaam, ongetwijfeld,' zei Clodie. Het meisje giechelde en sloeg haar handen voor haar gezicht. 'Denk aan je manieren,' zei haar moeder scherp en Lizzie stak een met inkt besmeurde hand uit.

Terwijl ze het kind een hand gaf, werd Robin geïnspecteerd door langwerpige groene ogen, die haar als onbelangrijk afdeden. Robin schatte Clodie een paar jaar ouder dan Joe. En ze was even mooi als Maia, maar op een heel andere manier. Francis had haar enkele weken geleden verteld dat Clodie Joe's minnares was. Net een portret van Burne-Jones, had hij erbij gezegd en nu begreep Robin wat hij bedoelde. Clodies huid was roomblank en haar haren waren een weelderige donkerrode wolk. Haar lichaam onder de groene sweater en de tweedrok welfde voluptueus. Naast haar leek Joe meer dan ooit op een vogelverschrikker. Het kind, Lizzie, scheen weinig van haar moeders welgevormde knappe uiterlijk te hebben geërfd; ze had muizige haren en was tenger.

'Een van mijn vliegtuigen is de tuin van de buren in gevlogen,' vertrouwde Lizzie Robin toe.

Ze kreeg plotseling een scherp beeld van zichzelf, op de bank naast Stevie terwijl ze keek hoe hij een stuk papier in de vorm van een vliegtuig vouwde. Hij had zijn schooluniform gedragen; ze kon niet ouder zijn geweest dan het kind dat nu naast haar zat.

'De mijne vielen allemaal op de grond,' zei Clodie klaaglijk. Joe wierp opnieuw een papieren pijl en hij scheerde omhoog, draaiend en dansend voordat hij met zijn neus voorover in de goot viel. 'Het verhaal van mijn leven,' zei Joe. Hij ging languit op het harde gras liggen en legde zijn hoofd op zijn gevouwen handen.

Later die avond – of misschien was het nacht – danste ze. Ze kende niet een van haar partners van naam en herkende niet één gezicht. Toen was ze op de een of andere manier piano aan het spelen; de pianist lag uitgeteld in een hoek van de kamer. Ze slaagde erin zich de meeste noten te herinneren en hard genoeg op de toetsen te slaan om de melodie hoorbaar te maken.

Ze zag dat Joe Clodie welterusten kuste en toen ze de keuken binnenviel, stuitte ze op Francis en Diana in een hartstochtelijke omhelzing. Ze wist dat ze voor het eerst van haar leven dronken was, want in plaats van tactvol te verdwijnen, struikelde ze de keuken uit en naar Joe toe, pakte hem bij zijn elleboog en draaide hem naar zich toe.

'Wie is dat verschrikkelijke mens met haar groene oogleden?'

'Jaloers?'

'Helemaal niet! Alleen heeft zij niet door weer en wind door de straten gesjouwd... toegeblaft door valse honden...' Ze hoorde dat haar stem luider werd, verongelijkter.

'Een van de oneerlijkheden van het leven, lieve Robin.' Hij boog zich naar voren en kuste haar op de mond. 'Alsjeblieft. Een troostprijs.'

In haar staat van verwarring kon ze niet beslissen of ze woedend op hem moest worden of zou lachen. In plaats daarvan zei ze nieuwsgierig: 'Wat ben je aan het doen?'

'Ik druk een felicitatiepamflet om aan mijn vader te sturen.'

De pers kwam schuddend en kreunend tot leven en spuugde papier op de grond. Robin bukte zich en raapte het op. 'Labour-zege,' las ze. 'Socialistische overwinning kondigt einde aan van privé-eigendom.'

'Je vader...?'

'Zijn ergste nachtmerrie.' Joe's donkere ogen waren glinsterende spleetjes. 'De fabriek van Elliot omgezet in een coöperatie. Ik zou er mijn ziel voor verkopen.'

Robin keek achter zich de keuken in. Diana trok een bontmantel aan over haar zwarte japon. Haar groene oogschaduw was een beetje uitgelopen. De rest van de keuken stroomde leeg. Een groepje plakkers stond bij de deur en toen iemand voorstelde naar een nachtclub te gaan, ging er een schor gejuich op.

'Ik denk dat ik maar eens naar huis ga... Hoe laat is het, Joe?'

'Tegen vieren,' zei hij en ze slaakte een kreet.

'Mijn hospita's...'

'Volgens mijn ervaring kun je beter een hele nacht wegblijven dan een halve. Dan kun je een indrukwekkende smoes verzinnen dat je onverwachts naar huis moest om je mama te helpen bij het parochiefeest. Of zoiets.'

Ze giechelde. Ze wist niet of ze in staat was naar huis te lopen.

'Trouwens, Francis is koffie aan het zetten.'

Het appartement was op wonderbaarlijke wijze leeggestroomd. Alleen Joe, Francis en zijzelf waren er nog, en de puffende en kreunende drukpers. Francis zette sterke, zoete Turkse koffie en ze dronken hem op de vloer zittend op te midden van een chaos van vlugschriften, papieren vliegtuigjes en sigarettenpeuken. Daarna speelden ze bezique en poker om kroonkurken. En toen vond Robin zichzelf terug in bed, met Joe aan de ene kant en Francis aan de andere. Joe snurkte zacht doordat hij op zijn rug sliep en Francis' arm lag nonchalant om haar schouders.

Hoofdstuk drie

Maia en Vernon trouwden in juni. Het was een kleine, stille plechtigheid. Maia droeg een trouwjapon van roomkleurige shantoengzijde met een overrok van witte tule; in weerwil van de mode van die tijd hing de zoom van haar rok op haar enkels. Ze had een boeket witte lelies en een krans van dezelfde bloemen in haar haren. Helen en Robin waren de enige aanwezigen en van de dertig gasten op het bruiloftsontbijt kende Maia er slechts een paar.

Later die dag vertrokken ze in Vernons auto naar Schotland. Schotland in juni was nat en koud. Het jachthuis waarin ze hun wittebroodsweken doorbrachten lag te midden van zwarte, in mist gehuld bergen. Vernon ging met haar roeien op een *loch* van zwart glas.

Na twee weken reden ze terug naar Cambridge. Vernon droeg haar over de drempel van zijn huis. De bedienden vormden een rij in de gang en klapten beleefd. Terwijl ze rondkeek naar de glimlachende gezichten, het fonkelende glas en het glanzende hout, alle glitterende bezittingen die haar leken af te snijden van het verleden, had Maia een gevoel van triomf.

Ze schreef Robin in Londen. *Ik ben blijkbaar een van de mijlpalen in een vrouwenleven gepasseerd.* Ze schreef ook naar Helen en sprak een datum af. Op een warme augustusmiddag wachtte ze op haar vriendinnen in de serre aan de achterkant van het huis. Ze droeg een blauwe linnen jurk met lange mouwen, dezelfde kleur als haar oorbellen met saffieren, dezelfde kleur als haar ogen. De jurk was goed gemaakt en de stof niet van de soort die kreukte zodra je hem aantrok.

Maia slaakte een gilletje van plezier toen de butler Helen en Robin binnenliet. 'Lieverds! Heerlijk dat ik jullie zie. Je ziet er goed uit, Helen – en zo bruin, Robin. Ik moet me voor de zon verstoppen, anders verbrand ik.'

Ze kuste Helen en Robin op de wang. 'Ik wilde jullie eerst het huis laten zien.'

Ze had er meer dan een uur voor nodig om alle pracht van haar huis te tonen. De Rennie Mackintosh-stoelen, de Marion Dorn-tapijten en Vernons collectie Lalique-glas. Helen was vol bewondering, Robin niet.

'Verdwaal je nooit?' De uitdrukking op Robins gezicht begon Maia te irriteren.

Maia keek haar scherp aan. 'Natuurlijk niet.'

'Je hebt natuurlijk een leger bedienden om voor al die spullen te zorgen.'

'Zes, om precies te zijn, hoewel ze niet allemaal inwonend zijn.'

'Een beetje veel, niet, voor twee mensen?'

'Het is een prachtig huis, Maia,' kwam Helen sussend tussenbeide. 'Je zult wel trots zijn.'

Ze gebruikten de thee op het gazon onder de beuk. De tuin was, evenals het huis, perfect verzorgd en wemelde van prieeltjes, smeedwerk en fonteinen. Maia schonk de thee in. Er viel een schaduw over het witte damasten tafellaken en toen ze opkeek was Vernon er.

Ze zette de theepot neer. 'Je bent vroeg, lieverd.'

Hij boog zich voorover om haar te kussen. 'Ik moest wat documenten uit mijn werkkamer halen. Winterton vertelde dat jullie hier zaten.'

Winterton was de butler. Maia was zo trots als een pauw dat ze een butler had.

'Vernon... dit is Helen... en Robin.'

Hij gaf hen een hand.

'Je drinkt toch wel thee met ons, lieverd?'

Vernon keek op zijn horloge en zei: 'Ik moet opschieten. De hele middag vergaderingen. Neem me niet kwalijk, dames.'

Hij liep terug over het gazon, Maia achterlatend met een mengeling van wrok en opluchting. Robin keek de verdwijnende gestalte na en zei: 'We moeten een toost uitbrengen. "Gepasseerde mijlpalen"... of zoiets.'

Maia voelde dat ze bloosde. 'Ik neem aan, Robin, dat je nog altijd...'

'*Virgo intacta?* Ik vrees van wel. Eventuele nuttige tips of adviezen zouden welkom zijn, nietwaar, Helen?'

Maia staarde Robin aan. Robin staarde Maia aan. Toen liet Maia zich met een vage zucht weer achterover in haar stoel zakken, wenkte het dienstmeisje en beval haar een fles champagne te halen.

Maia opende de fles persoonlijk. Champagne bruiste over de smeedijzeren tafel en droop op het gazon.

'Op het verlies van de maagdelijkheid...' Maia hief haar glas. 'Het was in één woord heerlijk. Je hebt er geen idee van. Het is niet makkelijk te beschrijven tegenover... tegenover...'

64

'Maagden?' zei Robin poeslief.

Maia haalde haar schouders op. 'We waren in een hotel onderweg naar Schotland. Ik had een schitterende satijnen nachtjapon aan. Vernon was ontzettend teder en voorzichtig. Hij is vierendertig, weet je,' voegde ze er met een blik op Robin aan toe. 'Ontzettend ervaren. Ik kan me niet voorstellen hoe het met een jongere man zou zijn. Afschuwelijk misschien.'

Toen Robin en Helen vertrokken waren, ging Maia naar haar kamer om zich te verkleden voor het diner. Haar slaapkamer was bijzonder luxueus, de brede ramen die uitkeken over de achtertuin waren omgeven door een dunne witte stof en de tapijten waren dik en roomkleurig. Een van de muren werd in beslag genomen door een garderobekast en er was een aangrenzende badkamer met een marmeren bad en gouden kranen. Maia had gestáán op het marmeren bad en de gouden kranen.

Haar dienstmeisje had het bad al laten vollopen. Maia liet haar de linnen japon losmaken en stuurde haar toen weg.

In de afzondering van de badkamer trok ze het blauwe linnen uit en liet het op de grond vallen. Het was een te warme dag geweest om lange mouwen te dragen, maar ze had geen keus gehad: om elk van haar slanke armen zat een kring van blauwe plekken. Net saffieren, dacht Maia terwijl ze zich in het geurige badwater liet zakken.

Clodie deed de deur voor Joe open. Ze had krulspelden in en haar onderlip stak naar voren zoals die van Lizzie wanneer ze op het punt stond een driftbui te krijgen.

'De oppas is er nog maar net en ik heb niets om aan te trekken.'

'Je ziet er prachtig uit zo.' Ze droeg een katoenen ruitjesjurk en witte kousen.

'Hierin?' Clodies lippen krulden minachtend. 'Dat vod heb ik al jaren. Ik kan me niet herinneren wanneer ik voor het laatst iets nieuws heb gekocht. De dokter heeft Lizzie een speciaal dieet voorgeschreven... ik weet echt niet waarvan ik het moet betalen.'

Joe liep achter haar aan naar haar slaapkamer en ging op het bed zitten terwijl zij de ene na de andere jurk paste. De dag was al volkomen bedorven en hij vermoedde dat het alleen maar erger kon worden. Er was gevochten in de pub waar hij in de middagpauze werkte. Iemand had hem met een fles op zijn hoofd geslagen; op Clodies kussen zittend betastte hij voorzichtig de buil.

Clodie stond voor hem in haar onderjurk en kousen. Joe klopte naast zich op het bed.

'Laten we gewoon thuisblijven, Clo. Ik weet zeker dat we wel iets beters kunnen verzinnen. En je zou geen jurk hoeven zoeken.'

Haar ogen vulden zich met misprijzen. 'Ik ben de hele week nog niet buiten de deur geweest, Joe Elliot. En wanneer je vriend zo aardig is me te willen trakteren... Ik kan niet geloven dat je mijn avond zou willen bederven. Je weet dat ik zelden uitga... Het is niet makkelijk voor een weduwe met een kind...'

De minachting was overgegaan in een reeks jammerklachten. Joe wreef in zijn ogen en vermande zich.

'Je zag er prachtig uit in dat gebloemde ding, Clo. Francis zal zeggen dat je eruitziet als een pre-Raphaëlitisch schilderij.'

Nu keek ze achterdochtig. 'Een wat?'

'Je weet wel... wat ik in je in de National Gallery heb aangewezen.'

Tot zijn opluchting begon ze de gebloemde jurk weer aan te trekken.

'Eén en al roomblanke huid, grote ogen en enorme borsten,' voegde Joe eraan toe en hij sloot zijn ogen en wou maar dat hij kon slapen.

In de metro kibbelden ze aan één stuk door. De trein was stampvol en Clodie bleef met haar kous aan iemands paraplu hangen. Francis had een restaurant in Knightsbridge uitgezocht. Het zoveelste slechte idee, besefte Joe zodra ze binnenkwamen. De meeste andere gasten droegen avondkleding. De ober wierp een misprijzende blik op Joe's afgedragen jack en gerafelde manchetten, maar Francis smoesde even met hem – gelul over rijke relaties, vermoedde Joe – en een andere kelner begon te knippen en te buigen en ze werden naar een redelijke tafel gebracht.

Robin paste uiteraard in zo'n omgeving. Ze droeg de bruine fluwelen jurk waarin hij haar voor het eerst had gezien, volmaakt van pasvorm, waarschijnlijk voor haar gemaakt door een of andere onderbetaalde naaister. Iemand zoals Clodie. Joe nam over de tafel heen Clodies hand, maar ze raakte zijn vingertoppen slechts lichtjes aan en trok toen terug om een sigaret van Francis aan te nemen. Francis bestelde champagne.

'Altijd lekker,' zei Clodie. 'Wat vieren we?'

'Mijn verjaardag.' Francis schonk haar een glas champagne in. 'Vandaag tien jaar geleden verloor ik mijn maagdelijkheid met de aanvoerder van het rugbyteam.'

Clodie keek geschokt.

Joe zei kribbig: 'Lul niet, Francis.' Hij wendde zich tot Clodie. 'Gifford Press heeft zojuist een groot contract afgesloten. Nou ja, groot voor ons doen.'

'En ik heb het eerste nummer van mijn tijdschrift samengesteld.' Trots haalde Francis een opgevouwen blad uit zijn zak en legde dat op tafel. De titel, *Oproer*, was gedrukt in een zwart, hoekig lettertype. De gedichten en artikelen, door Francis en verscheidene kennissen, werden opgesomd op het titelblad.

Clodie boog zich over de tafel heen opdat Francis haar sigaret aan de zijne kon aansteken. 'Je bent zo slim, Francis.'

Francis zei vrolijk: 'En jij ziet er vanavond bijzonder geweldig uit, Clodie. Deze tijd is natuurlijk aan je verspild. Je had dertig jaar geleden moeten leven en schildersmodel moeten zijn.'

Clodie giechelde. Robin keek eerst Joe aan en toen naar het menu. 'Wat zullen we nemen? Tong à la Dover klinkt heerlijk, niet, Joe? Ik heb geen Dover-tong meer gegeten sinds ik in Londen ben.'

Joe sloeg nogal schielijk een glas champagne achterover en probeerde zich te concentreren. Die verrekte kelner drentelde argwanend rond.

'Joe is eenvoudig noordelijk voedsel gewend, waar of niet, Joe?' Francis blies een rookkring. 'U hebt zeker geen gekookte ingewanden of varkenspootjes, kelner?'

Clodie giechelde weer en wierp haar lange, losse, rode haren naar achteren. Francis vulde de champagneglazen nog eens.

Robin zei snel: 'Ik denk dat we allemaal de tong à la Dover nemen, ober,' en Joe wist niet aan wie van de drie hij de grootste hekel had. Francis was een irritante klootzak omdat Francis ervan genoot een irritante klootzak te zijn; Clodie flirtte met Francis omdat het haar instinct was om te flirten. En Robin was hoffelijk en tactvol en regelde alles.

Francis vertelde Robin en Clodie over het drukcontract. 'Huwelijksformulieren; niet te geloven toch? Afgrijselijke cadeaulijsten en uitnodigingen. Afschuwelijk burgerlijk, maar ja, nood breekt wet. Het helpt *Oproer* financieren.'

'Ik ben dol op mooie trouwpartijen. Ik weet nog goed dat mijn moeder me meenam naar de stad om het huwelijk van Lady Diana Manners te zien. Een schitterende japon...' Clodie keek weemoedig.

'En jij, Robin? Ben jij verzot op sinaasappelbloesem en confetti?' Robin trok een gezicht. 'Absoluut niet. Ik trouw nooit.'

Clodie staarde haar aan. 'U moet de moed nooit opgeven, juffrouw Summerhayes. Met een mooie permanent en wat leuke strikjes zou u gegarandeerd volop liefjes hebben.'

Joe zei: 'Ik denk dat Robin niet wíl trouwen, Clodie.'

Clodie keek nog beduusder. 'Maar als de ware Jacob zou komen...?'
Francis schudde zijn hoofd. 'Ik ben het volkomen met Robin eens.
Afgrijselijke instelling, het huwelijk.'
'Een vrouw wordt er de slavin van haar man door.'
'Maar als u nou verliefd werd, juffrouw Summerhayes?'
'Het huwelijk draait om bezit, niet om liefde.'
'Ik ben vijf jaar gelukkig getrouwd geweest, meer kan ik er niet van
zeggen.' Koppig duwde Clodie haar sigaret uit. 'Ik had een schitterende trouwjapon – zelf gemaakt, natuurlijk – en Trevor was een geweldige echtgenoot. Hij aanbad me.'
'Het moet erg moeilijk voor u zijn geweest, mevrouw Bryant,' zei
Robin, 'om in uw eentje een kind op te voeden.'
Clodie trok een martelaarsgezicht. 'Het is nog altijd even moeilijk.
Elke week is een gevecht. Als Lizzie er niet was geweest, zou ik mijn
hoofd allang in de gasoven hebben gelegd. Ik weet dat het zondig is,
maar zo voel ik het.'
Joe proestte bijna in zijn tweede glas champagne. Clodie was begin
dat jaar als een wervelwind in zijn leven verschenen en had hem in
haar kielzog meegesleept. Je kon je onmogelijk een levenslustiger,
meer aan het leven gehecht persoon voorstellen dan Clodie.
'Lizzie is alle beloning die ik nodig heb. Ik doe wat naaiwerk om
ons beiden in leven te houden. Wat doet u, juffrouw Summerhayes?'
'O... ik werk op een verzekeringskantoor. Stomvervelend... dossiers
aanleggen en zo. Ik leer mezelf typen.'
Robin keek, zag Joe, tamelijk somber. In gedachten gaf hij haar een
jaar in die baan. Een meisje uit de middenklasse zoals Robin Summerhayes zou naar mama en papa rennen zodra het moeilijk werd.
De kelner kwam met de tong-Dover. Francis zei: 'En je helpt in een
verzorgingshuis, is het niet, Robin?'
'Een kliniek.' Robin staarde naar haar bord.
'Zie je, Clodie: praktisch socialisme.'
Robin was erg stil geworden. Gewoonlijk kon ze uren enthousiast
praten over de Vrije Kliniek, over de baby's en de moeders en over
haar favoriete onderwerp, moderne geboorteregeling.
De kelner was tussen hen in druk in de weer met het opdienen van
groenten met lepel en vork.
'Ontzettend lief,' zei Clodie. 'Zo'n traktatie voor me. Ontzettend
lief van je, Francis.' Haar slanke handen aarzelden boven het bestek.
'Vismes, lieverd,' wees Francis. 'Al vind ik het altijd iets hebben
van met een paletmes eten.'

Clodie giechelde, een hoog geluid waardoor de andere gasten in het restaurant om zich heen keken. De champagne was haar naar het hoofd gestegen; ze probeerde, wist Joe, hem te straffen door met Francis te flirten. Francis, gewoonlijk laconiek van aard, moedigde haar niet aan en liet zich ook niet in verlegenheid brengen, maar Joe voelde een mengeling van verdriet en woede. Alleen híj kende de Clodie die hem in bed de adem kon benemen en hem tegelijkertijd bevredigd en vol verlangen kon achterlaten. Alleen hij kende de Clodie die echt hield van haar onopvallende dochtertje en die zou vechten als een tijgerin om het beste voor haar te krijgen. Naarmate Clodie dwazer werd, werd Joe steeds zwijgzamer en norser. Tot zijn woede probeerde Robin hem af te leiden met de soort conversatie die mensen zoals zij zo makkelijk afging – en die mensen zoals Clodie zo moeilijk vonden. Boeken en muziek en ideeën en plaatsen waar hij was geweest. De pasmunt van de middenklasse. Burgerlijkheid. De dingen die het dagelijks leven draaglijk maakten, waarmee de goed opgeleiden zich onderscheidden, die mensen zoals Clodie buitensloten. Het besef dat ook hij uren over die dingen had kunnen praten maakte hem alleen maar woedender.

Ze waren aan het dessert toe, een afgrijselijk brouwsel van room, meringue en cake. Francis vergastte Clodie en Robin op verhalen over school.

'Ik kon het alleen maar zo lang ongestraft doen doordat de huismeester een ouwe viezerik was. Hij had een voorkeur voor knappe blonde jongetjes, dus Joe had geen schijn van kans. Ik was het lievelingetje van de leraar. Hij maakte me zelfs klassenvertegenwoordiger.'

'Ik mocht op de lagere school altijd het bord uitvegen,' zei Clodie dromerig. Haar gewoonlijk blanke gezicht was roze en haar vingers lagen op Francis' arm.

'En jij Robin? Klassenvertegenwoordigster?'

'Robin zal wel voorzitter van het leerlingenbestuur zijn geweest,' zei Joe venijnig. 'Ze regelt alles en iedereen bij de ILP en in de kliniek vast en zeker ook. Alleen met Francis en mij is het haar niet gelukt.'

Alle kleur leek uit Robins gezicht weg te trekken en ze stond op; haar vork kletterde op de grond. Toen rende ze het restaurant uit.

Zelfs Clodie zweeg. Toen keek ze naar Robins lege plek en zei: 'Nou moe! Ze heeft haar pudding niet eens opgegeten.'

Joe rende achter haar aan. Hij had haar pijn willen doen, maar niet zo erg.

Haar naam roepend haalde hij haar in voordat ze het metrostation bereikte en toen ze niet bleef staan, pakte hij haar bij de mouw. Met een ruk draaide ze zich om. 'Laat me met rust!' Hij was buiten adem. Ze rukte zich los. Hij was zich ervan bewust dat hij oneerlijk tegen haar was geweest, dat hij zijn ergernis en frustratie over Clodie op Robin had botgevierd. Hij schaamde zich een beetje voor zichzelf.

'Robin, in godsnaam, het spijt me.'

Ze kruiste haar armen verdedigend voor haar borst en zei trots: 'Het is jouw schuld niet.'

Joe geloofde haar niet. 'Ik had een pesthumeur,' legde hij uit. 'En zware dag... en Clodie...'

'Het is jouw schuld niet,' herhaalde ze. 'Het is mijn schuld.'

Hij staarde haar aan. Ze had iets zo ontzettend jongs, zo ontzettend onschuldigs over zich. Hij deed een poging om haar te kalmeren.

'Wat ik zei over alles en iedereen regelen...'

'De baas spelen, bedoelde je, Joe.'

Hij wilde iets zeggen, maar ze was het voor.

'Je had natuurlijk gelijk. Ik regel inderdaad alles en iedereen. Ik ben bazig. Ik realiseerde me niet...' Ze zweeg en hij dacht dat ze zou wegrennen. Toen gooide ze eruit: 'Ik heb een paar maanden geleden een geweldige vrouw ontmoet, Joe. Ze heet Nan Salter, ze woont in een huisje in Stepney en ze is ontzettend aardig voor me geweest toen ik van mijn fiets was gevallen. In elk geval, ze heeft zeven kinderen en ik dacht... Ik haalde haar over om naar de Vrije Kliniek te gaan. Zodat ze geen achtste kind zou krijgen. Het duurde eeuwen voordat ik haar had overreed, maar het lukte. Ik ben tamelijk goed in mensen overreden, Joe; niet zo goed als Francis, maar toch... Een paar weken geleden ging ze met me mee en de verpleegster was erg aardig. Ze gaf haar een pessarium en legde uit hoe ze het moest gebruiken. Ik had haar een tijdje niet gezien, dus ging ik vandaag langs, na het werk...'

'En...?' spoorde Joe haar nieuwsgierig aan.

Haar stem was toonloos toen ze zei: 'En ze had een blauw oog en blauwe plekken over haar hele gezicht doordat haar man het pessarium had gevonden en had gezegd dat het tegen de natuur was en dat het betekende dat ze hem ontrouw kon zijn. Alleen zei hij het niet precies zo. Nan zegt dat ik niet meer moet komen. En het is allemaal mijn schuld.'

Haar gezicht was gesloten en bleek geworden. Heftig voegde ze eraan toe: 'Ga door... zeg het. Het was bemoeizucht. Je mengen in andermans leven.'

Hij haalde zijn schouders op. 'Je kon het niet weten.' Maar heimelijk dacht hij dat ze had geprobeerd de regels van het ene Engeland toe te passen op een ander, volkomen verschillend Engeland.

Hij hoorde haar mompelen: 'Ik had moeten luisteren. Ik storm er op los, niet? En ik heb problemen op het werk, Joe. Ik heb een dossier zoekgemaakt...'

Ze begon weer naar het metrostation toe te lopen. Hij volgde naast haar, genietend van de pittige oktoberlucht na het bedompte restaurant.

'Ik begin te denken dat ik nergens voor deug.'

Hij zei: 'Wil je dan naar huis gaan? Ik bedoel... naar je ouders?' en ze bleef staan, draaide zich naar hem toe en staarde hem verbaasd aan.

'Naar huis gaan? Natuurlijk niet. Waarom zou ik in 's hemelsnaam?'

'Omdat het is wat een meisje zoals jij zou doen.'

Heel even dacht hij dat ze hem zou slaan. In plaats daarvan keek ze hem vinnig aan, begroef haar handen in haar zakken en siste: 'Je bent de ondraaglijkst arrogante en beledigende man die ik ooit heb gekend.'

Hij ging wat verder van haar af lopen. Hij hoorde haar zeggen: 'En jijzelf, Joe? Als Clodie het ergens anders gaat zoeken... als jullie geen werk meer hebben voor de pers... als je het beu wordt bier te tappen... ga jij dan naar huis?'

Hij werd rood van woede. 'Natuurlijk niet.'

'Dus waarom zou het voor mij dan anders zijn?'

Hij schudde zijn hoofd. 'Zomaar.'

'Omdat ik een meisje ben... is dat het, Joe?'

Toen liet ze hem staan en verdween in de donkere ingang van metrostation Knightsbridge, en ditmaal volgde hij haar niet. Hij boog zich in een winkelportiek naar voren om een sigaret op te steken en luisterde naar de straatgeluiden, naar de krantenjongens die de laatste koppen schreeuwden. Iets over de beurs in New York; hij nam niet de moeite om te luisteren. Hij wist zeker dat hij gelijk had, dat Robin het niet lang meer zou volhouden. Er waren een heleboel dingen, bedacht hij spijtig, die hij tegen haar had moeten zeggen. Een mengeling van clichés zoals *Iedereen maakt fouten* en dingen waar ze niet naar zou luisteren, zoals *Word niet verliefd op Francis*. Maar hij had ze geen van alle gezegd omdat hij lang geleden al had geleerd dat mensen alleen horen wat ze wíllen horen. Trouwens, op tweeëntwintigjarige leeftijd, zonder een fatsoenlijke baan of een huis of een gezin en verliefd op een vrouw die de halve tijd de deur voor zijn neus dichtsmeet, verkeerde hij niet direct in een positie om raad te geven.

71

De eerste paar maanden van haar huwelijk werd Maia in beslag genomen door haar verrukking over haar bezittingen – het laten zien van haar nieuwe huis aan vrienden en kennissen en genieten van hun afgunst of gewoon door de kamers en tuinen dwalen, haar vingers over de zijden bekleding laten glijden of de geur van een roos opsnuiven. En vooral door de glazen deuren van warenhuis Merchants lopen. 'Wilt u niet plaatsnemen, mevrouw Merchant? Zal ik meneer Merchant voor u halen?' Ze had gedacht dat het plezier in rijkdom eeuwig zou zijn. Nog altijd vond ze al die dingen heerlijk en had ze ze nodig, maar op de een of andere manier was het niet genoeg. En het was natuurlijk niet háár rijkdom, het was die van Vernon.

Ze mocht bloemen schikken, maar niet een kamer opnieuw inrichten. Ze mocht het menu voor het diner samenstellen, maar niet de gasten selecteren. Ze mocht tochtjes naar haar naaister of kapster maken, maar niet een weekend in haar eentje weggaan. Vernon maakte de regels duidelijk zonder zijn stem te verheffen en meestal zonder handtastelijk te worden. Maia had geleerd een bepaalde blik in de lepe roodbruine ogen van haar echtgenoot te herkennen, een blik die haar duidelijk herinnerde aan de straf die stond op het willen doordrijven van haar eigen wil. Die blik was opwindend en tergend tegelijk; ze was intelligent, ze was mooi en ze was gewend dat mannen haar gaven wat ze verlangde. Haar beweeglijke geest eiste iets meer dan kiezen tussen blauwe en roomkleurige zijde of tussen crème Vichyssoise en koude komkommersoep.

Ze probeerde belangstelling op te brengen voor Vernons zaak. Ze had ergens gelezen, misschien in een van die afschuwelijke bladen van Margery, dat een vrouw belangstelling moest hebben voor het werk van haar man. Trouwens, de winkel fascineerde haar, had haar altijd gefascineerd. Ze merkte dat, wanneer ze commentaar gaf op de afdeling damesmode van Merchants of op de parfumerie, Vernon naar haar luisterde. Ze stelde voor op de meubelafdeling banken en tapijten en lampen op te stellen in de vorm van kleine salons en de eerstvolgende keer dat ze weer naar de winkel ging, stonden de banken niet meer in rijen en waren de lampenkappen niet langer verbannen naar de elektriciteitsafdeling. Vernon feliciteerde haar. De omzet steeg.

Maar als ze probeerde met hem over winst en verlies te praten, over reclamecampagnes en concurrerende zaken, reageerde hij niet. Dat waren dingen waar mannen over spraken. Hij controleerde zelfs haar huishoudboekje.

Verveeld als ze was begon ze te duwen tegen de grenzen die hij had gesteld. Dat hij haar enkele keren had geslagen maakte haar boos, maar nog altijd niet bang. Ze was gewend haar zin te krijgen; haar ouders mochten haar dan hebben verwaarloosd, ze hadden haar zelden gedwarsboomd. Dus droeg ze een jurk waar Vernon een hekel aan had en kwam laat thuis na een bezoek aan Helen. En toen maakte ze een fatale fout: ze flirtte.

Het had de hele dag geregend en ze had zelfs niet de tuin in gekund. Ze had Vernon gevraagd een auto voor haar te kopen – het was belachelijk dat ze geen eigen auto had – en hij had geweigerd. Maia bleef erover mokken. Ze gaven die avond een diner en een van de jongemannen was nogal aantrekkelijk. Het was slechts een onschuldige flirt, het soort spel dat ze had gespeeld met Lionel Cummings, vroeger mama's tennispartner, nu mama's tweede echtgenoot. Een glimlach, een aanraking met de hand, een vleiende reactie op zijn conversatie. Ze voelde dat Vernon zich ergerde en genoot van zijn ergernis, had het gevoel dat ze hem zijn gemeenheid van die ochtend betaald zette. Het besef dat hij vanwege de gasten geen kritiek op haar kon hebben deed haar goed. Tegen het eind van de avond begon ze zich wat losser te voelen, wat minder bang dat ze door haar huwelijk op slag een truttig huisvrouwtje was geworden. Vernon zou later misschien boos zijn – nou goed, ze zou lief voor hem zijn en uiteindelijk zou hij beloven een auto voor haar te kopen.

Toen de laatste gast was vertrokken bood de butler aan cognac te serveren in de salon, maar Vernon weigerde, stuurde hem weg en schonk zich toen zelf een groot glas cognac in. Hij had de hele avond stug doorgedronken, gin-soda, rode wijn, witte wijn, likeur. Maia pakte haar omslagdoek.

'Ik denk dat ik even in de tuin ga wandelen. Het is eindelijk opgehouden met regenen.'

Vernons vingers klemden zich om haar pols. 'Het is bedtijd, Maia.'

Ze wilde tegenstribbelen, maar wist zich in te houden toen ze zijn blik zag.

In de slaapkamer trok hij zijn colbert uit en zei: 'Weet je wat voor iemand die jongeman was, Maia?'

'Welke jongeman?'

'De jongeman die je zat op te vrijen natuurlijk.'

'"Opvrijen",' herhaalde ze. 'Wat een ordinaire uitdrukking.'

'Naar zat te lonken dan. Zat te voeren. Noem het zoals je wilt. Ik vroeg: weet je wat hij is?'

'Leonard... Leonard en nog iets...'

'Niet zijn naam. Ik bedoel: wát hij is.'
Ze ontvingen elke week een tafel vol van Vernons zakenrelaties. Maia kon ze zelden uit elkaar houden. 'Een bankdirecteur... iemand van de golfclub...'
'Het is een van mijn chefs. Intelligente vent – ik heb hem nog maar veertien dagen geleden bevorderd. Nu zal ik een reden moeten vinden om hem te ontslaan.'
Ze fronste haar wenkbrauwen. 'Hoezo?'
'O Maia. Je snapt toch wel dat ik het niet kan hebben dat een van mijn afdelingschefs over mijn vrouw roddelt? Tegen de rest van het personeel zegt dat mijn vrouw hem probeerde te verleiden?'
'Het spijt me, Vernon – ik had het niet in de gaten. Maar ik probeerde niet hem te verleiden.' Ze schonk hem haar liefste glimlach en streelde zijn arm. 'Ik flirtte alleen maar, schat. Ik verveelde me.'
'Flirten... verleiden... het zijn gewoon andere woorden voor hetzelfde.'
Ze probeerde het uit te leggen. 'Flirten is gewoon... spelen, Vernon. Het is alleen maar leuk.'
Maar dat was niet helemaal waar. Wanneer ze met mannen zoals Leonard, zoals Lionel flirtte, voelde ze zich machtig. Niets in haar leven, besefte ze opeens, gaf haar zo'n gevoel van macht.
'Ik zou je nooit ontrouw zijn, Vernon.'
'Ik zou je vermoorden als je dat wel deed, Maia.'
Ze twijfelde er geen moment aan. Zijn stem was kalm, maar zijn ogen hadden een kille intensiteit die Maia beangstigender vond dan woede. Voor het eerst voelde ze angst. Er lag bijna een blik van plezier in zijn ogen. Alsof hij uitkeek naar wat er zou komen.
Hij zei abrupt: 'Je bent er verschrikkelijk goed in, Maia, weet je dat? Flirten, verleiden, hoe je het ook noemt. Even goed als de professionals.'
'Wat wil je daarmee zeggen?'
'Even goed als de hoeren.' Hij ging op een van de rieten stoelen zitten, strekte zijn benen en maakte zijn vlinderdas los. 'Zie je, er waren hoeren in Frankrijk, in de oorlog. Ik heb mijn maagdelijkheid aan een van hen verloren. Toen ik na vier jaar thuiskwam, dacht ik dat de zogenaamde lieve Engelse meisjes die mijn moeder voor me uitzocht anders zouden zijn. Ik vergiste me.'
Maia had haar mouwloze zwarte cocktailjurk nog aan. Ze durfde zich niet uit te kleden. Meestal vond hij het fijn daarbij toe te kijken, maar vanavond wilde ze naar de badkamer rennen, de deur op slot

doen en zich veilig en alleen voelen tussen de gouden kranen en de marmeren tegels.

'Sommigen van die hoeren waren nog jonger dan jij, Maia. Verdomd mooie meiden ook, totdat hun mooie smoeltje werd ondermijnd door de syfilis.'

Ze zei stijfjes: 'Ik wil niets over zulke vrouwen horen, Vernon.'

'Natuurlijk wel. Je bent precies hetzelfde. Je zou een heel goede hoer zijn.'

Woedend siste ze: 'Natuurlijk ben ik niet hetzelfde...'

'Toch wel. Je bent net als de rest. Je zou jezelf verkopen voor een paar sieraden en een kast vol kleren. Kom nou, Maia... ben je uit liefde met me getrouwd?'

Toen herkende ze het cynisme in zijn ogen en ze voelde een ijskoude rilling van angst over haar ruggengraat lopen. Hij kende haar, hij begreep haar.

Hij glimlachte en zei traag: 'Er is niet het minste verschil tussen de sletten in Pigalle en de meisjes achter de toonbanken bij Merchants... of de keiharde teven die er hun inkopen doen.. Ze zijn allemaal eender. Het is gewoon een kwestie van geluk... of kans. Ze zouden zich allemaal verkopen... of het nu is voor een briefje van tien pond of voor een huwelijk en een semi-bungalow in een van de voorsteden. Alle vrouwen zijn in aanleg zo niet feitelijk sloeries.'

'Vernon.' Maia probeerde te lachen. 'Dat geloof je toch zelf niet, wel?'

'Natuurlijk wel. Zonder uitzondering. Mijn moeder... jouw moeder. Keihard, alle twee.'

Ze staarde hem wezenloos aan. Ze durfde niet eens naar de badkamerdeur te kijken.

'Maar je bent mijn vrouw, Maia, en als je de snol uithangt tegenover mijn werknemers, moet je gestraft worden.'

Zijn toon was veranderd. Als kind was ze bang geweest wanneer haar ouders tegen elkaar schreeuwden. Vernon verhief zijn stem niet, maar Maia was op dit moment even bang. Ze rende naar de badkamerdeur, maar toen ze de klink omlaagdrukte, pakte hij haar beet en wrikte haar vingers los.

'Slet,' zei hij. 'Hoer.' Zijn adem was heet in haar nek en zijn handen hielden haar armen achter haar rug terwijl hij haar heen en weer schudde. 'De hoeren in Frankrijk hoefden niet om klanten te bedelen, Maia. We stonden gewoon in de rij, alle soldaten, en de sergeant riep ons nummer af. Tien minuten per man. Toen ik officier was, ging het natuurlijk anders. Toen hadden we chique hoeren. Dat is wat jij bent, nietwaar, Maia? Een chique hoer.'

Ze kon niets zeggen en er stonden tranen in haar ogen. Tot dusver had hij haar alleen maar geslagen en geduwd, maar nu was de pijn zo erg dat haar blik wazig werd en ze moest vechten om lucht te krijgen. Ze wist uit te brengen: 'Laat me los, Vernon. Je doet me pijn. Je draait mijn arm nog uit de kom...'

'Dat moet ik niet doen. Dan zouden we de dokter moeten roepen en dat past niet.' Hij liet haar zo plotseling los dat ze op de grond viel. Overweldigd door opluchting dacht ze dat het voorbij was. Toen zei hij: 'Doe je sieraden af, Maia.'

Ze keek naar hem omhoog. Hij was weer op de stoel gaan zitten. 'Schiet op, Maia,' zei hij zacht en op de een of andere manier gehoorzaamde ze. Haar handen trilden, haar oorbel haakte in haar lelletje en ze wilde de sluiting van haar collier kapotrukken.

'Zo is het beter. Natuurlijk, de kleren kloppen niet. Te duur.' Hij stond op, trok haar overeind en begon haar jurk los te knopen, die als een plas zwarte zijde op de grond gleed. Toen maakte hij, rukkend aan de tere bandjes en het kant, haar lijfje los. 'Ik zal tippelkleren voor je kopen. En je hebt niet genoeg lippenstift. Doe wat meer op – en wat van dat zwarte spul rond je ogen.'

Naakt ging ze aan haar kaptafel zitten. Haar hand beefde en de lippenstift schoot uit, zodat het gezicht dat haar vanuit de spiegel aanstaarde niet het hare was, maar lelijk en goedkoop was geworden.

'Ga op bed liggen, Maia.'

'Vernon. *Alsjeblieft.*'

Hij lachte weer en toonde zijn kleine, witte, spitse tanden.

'Hiervoor heb ik je gekocht.' Ze had die blik in zijn ogen vaker gezien. Hij had diezelfde begerige, hongerige, vergenoegde uitdrukking vertoond vlak voordat hij haar voor het eerst had geslagen.

'Ga op bed liggen, Maia,' herhaalde Vernon en ze deed wat hij haar zei.

Na de rampzalige avond in het restaurant probeerde Robin zowel Francis als Joe te ontlopen. Joe's veronderstelling dat ze weer naar haar ouders zou vluchten zodra het moeilijk werd irriteerde haar verschrikkelijk en wat Francis betrof...

Wanneer ze aan Francis dacht, voelde ze zich verward. Ze had het niet leuk gevonden dat Clodie met hem flirtte. Ze had het evenmin leuk gevonden zichzelf met Clodie te vergelijken. Ze dacht boos dat zowel

Francis als Joe haar vaak behandelde alsof ze twaalf was in plaats van negentien. Het zat haar dwars dat ze na bijna een jaar van huis te zijn geweest geen interessante baan had gevonden, niet naar het buitenland was geweest en evenmin haar maagdelijkheid had verloren. Ze verlangde ernaar Maia en Helen te kunnen schrijven, hen uit te nodigen om het passeren van althans één van de mijlpalen in een vrouwenleven te komen vieren. Vooral Maia, die met haar enorme huis en rijke echtgenoot tamelijk zelfingenomen en onaardig was geworden.

Ze miste de ILP-bijeenkomsten en de spontane avonden in het souterrain in Hackney. Zich vast voornemend niet te piekeren begon ze in de kranten naar ander, interessanter werk te zoeken. Ze nam typeles en kon na veertien dagen met haar ogen dicht 'The quick brown fox jumps over the lazy dog' typen. Dokter Mackenzie vroeg haar één avond vaker te komen helpen in de kliniek en dat deed ze; ze ordende de aantekeningen en dossiers die hij verzamelde voor zijn onderzoek naar armoede in East End. Doordat het werk haar interesseerde, was ze snel en efficiënt.

Toen ze op een avond thuiskwam hoorde Robin stemmen in de salon. Die van de jongste juffrouw Turner en een mannenstem.

Francis. Robin pakte de brief die op het gangtafeltje op haar lag te wachten, stopte hem in haar zak en opende de deur van de salon.

'Robin, lieverd!'

De kamer was bijna volslagen donker; het enige licht was afkomstig van een olielampje midden op tafel. Francis stond op en kuste haar op beide wangen.

'Emmeline heeft me haar gewoonweg wonderbaarlijke ouijabord laten zien. Ik was behoorlijk bang; ik verwachtte dat allerlei geesten uit mijn dubieuze verleden me zouden komen halen.' Hij nam Robins hand. 'Ik heb Emmeline verteld over mijn moeders feest komend weekend. Je bent het zeker vergeten.' Een veelbetekenend kneepje in haar vinger. 'De auto staat buiten,' voegde hij eraan toe. 'Heb je al gepakt?'

Ze aarzelde slechts een moment. Ze kon, waardig en saai, doorgaan met vrijwilligerswerk doen of alleen in haar kamer zitten of ze kon een rol gaan spelen in de exotische en onvoorspelbare wereld waarin Francis Gifford woonde.

Robin glimlachte. 'Geef me vijf minuten, ja, Francis?'

Een kwartier later stonden ze geparkeerd voor de Navigator in Duckett Street, wachtend tot Joe uitgewerkt was. Robins weekendtas zat vol gekreukte jurken, kousen en jumpers. Ze had de auto nooit eerder gezien – van een vriend, legde Francis uit. Hij was oud en had geen kap; een van de spatborden hing los en rammelde onder het rijden tegen de wieldop. Vóór de pub leunde Francis op de claxon. Joe kwam uit het donker tevoorschijn, smeet een tas in de kofferbak en perste zichzelf op de smalle achterbank.

'Hou verdomme op met die herrie en rij, ja?'

Ze reden met halsbrekende snelheid door Londen. Pas toen ze door de voorsteden reden kon Robin zich boven het lawaai van de auto en het verkeer uit verstaanbaar maken.

'Gaan we echt naar je moeders huis, Francis?'

Hij knikte. 'Ik kreeg vanmorgen een telegram van Vivien. We hebben elkaar in geen eeuwen gezien.' Zijn lichtgrijze ogen straalden opgetogen.

'Maar is het goed... ik bedoel... Joe en ik?'

Hij keek haar glimlachend aan. 'Natuurlijk. Vivien is dol op Joe en ze zal ook dol zijn op jou. Hoe meer zielen, hoe meer vreugd. Ze vindt het leuk als de tent vol is.'

Ze reden verder over het platteland. Joe zat onderuitgezakt op de achterbank te slapen. Weldra werd het schijnsel van de straatlantaarns vervangen door sterren die fonkelden in de vrieslucht.

'Waar zijn we?'

'Suffolk,' zei Francis. 'We zijn er bijna.'

Een bleke, volmaakt halve maan was opgekomen. Robin zag het huis eerst als een zilveren silhouet in het maanlicht, zodat alle schoorstenen, kantelen waterspuwers en belvedères als wit kant afstaken tegen de donkere lucht. Ze las de naam van het huis toen ze door de poort reden: Long Ferry Hall.

Toen ze uitstapte en opkeek naar het huis, voelde ze zich zenuwachtig. 'Weet je zeker dat mevrouw Gifford het niet erg vindt?' fluisterde ze tegen Joe. Ze stelde zich een angstaanjagende ouwe draak met een monocle voor.

Joe schudde zijn hoofd. 'Absoluut niet. Maar Francis' moeder is mevrouw Gifford niet meer. Vroeger heette ze mevrouw Collins en nu anders, maar ik weet niet meer hoe. Je kunt haar het beste Vivien noemen, dat doe ik ook. Veel makkelijker dan alle echtgenoten bijhouden.'

Francis ging hen over het voorplein voor naar de voordeur. De stenen waren verweerd, brokkelden hier en daar af en in de goten groeide onkruid. Francis belde aan en ze werden in de hal gelaten: een hoog plafond, gedecoreerd met vervaagde wapenschilden, wanden betimmerd met donker hout.

Er kwam een vrouw uit het donker tevoorschijn. Ze was volstrekt geen ouwe draak, maar lang en slank, met blauwe ogen en haren even blond als die van Francis.

'Francis, lieverd!' riep ze en ze omhelsde haar zoon.

Terwijl ze haar ooit decente avondjurk met een ouderwets strijkijzer probeerde te strijken probeerde Robin zich Francis als kleine jongen in dit huis voor te stellen. Geen enkele vloer of zoldering was waterpas, smalle trappen doemden op onverwachte plekken op en de ramen waren donker, stoffig en hadden verticale raamstijlen. Wat een geweldig huis om verstoppertje te spelen, dacht ze.

De jurk, een donkerbruin geval met terracotta- en goudkleurig borduursel, ooit door Persia voor haar gemaakt, was zo vrij van kreukels als mogelijk was. Robin trok hem over haar hoofd en hoopte dat de ladder in haar kous niet te zien zou zijn. Er was geen spiegel in de kleine, onregelmatig gebouwde kamer, die voor het grootste deel in beslag werd genomen door een hoog, oncomfortabel hemelbed. In de verte galmde een gong; haastig haalde Robin een kam door haar haren en zocht in haar tas naar haar lippenstift. Toen ging ze haastig op zoek naar de eetkamer.

Iedereen zat al aan de soep toen Robin binnenkwam. Ze excuseerde zich tegenover Vivien.

'Maak je absoluut geen zorgen, lieverd. Angus, schenk dit arme meisje een glas wijn in. Volgens Francis moet ik alle gasten een plattegrond geven.'

Vivien stelde haar voor aan haar tafelgenoten. Angus was kolonel van de Royal Scots Guards geweest, een ander was eigenaar van een aantal garages. Er waren een autocoureur, een man met kille ogen en spinachtige handen die een uitgestrekte farm in Kenia bezat en een Amerikaan die juist al zijn geld was kwijtgeraakt op de Newyorkse beurs. Alle vrouwen zagen er tamelijk gewoontjes uit.

'Verdiend in '28 en verloren in '29,' zei de Amerikaan. 'Verdomd jammer.'

'Verschrikkelijk naar voor je, lieverd.' Vivien gaf hem een meelevend klopje op zijn hand.

De soep was lauw en smaakte eigenaardig. Er schenen geen bedienden te zijn; Vivien wees gewoon een gast aan om wijn in te schenken of soep op te scheppen.

'Francis, wees eens lief en ruim de borden af, wil je? En Joe, jij gaat met mij mee naar de keuken om te kijken of de fazant al gaar is.'

Francis stapelde soepborden op elkaar; Joe, gekleed in een oud, verfomfaaid smokingjasje, verdween in de doolhof van gangen achter de eetkamer.

'Die blijven uren weg,' vertrouwde Angus Robin somber toe. 'De keuken is mijlenver weg.'

'De kokkin is alcoholiste, heb ik gehoord,' zei de man met de kille ogen. 'God weet wat er in die soep zat.'

'Er is tegenwoordig zo moeilijk aan personeel te komen. Die arme Vivi slaat zich er dapper doorheen.'

Francis, die in het enorme buffet naar borden zocht, zei: 'De fazanten zullen heerlijk zijn. Vivien heeft ze een week geleden geschoten.'

De fazanten, zes stuks, opgediend compleet met de schitterende staartveren en bestoken met spek en sjalotten, waren overheerlijk. Robin merkte dat ze honger had als een paard; het avondmaal van de dames Turner bestond voornamelijk uit gekookte kool en aardappelen.

Francis was in gesprek met Vivien.

'We hebben het de afgelopen maanden ontzettend druk gehad – ik heb het eerste nummer van het tijdschrift uitgegeven en we hadden volop werk voor de pers.'

De Amerikaan lachte droog. 'Profiteer ervan, meneer Gifford. De vette jaren zullen niet lang duren.'

Francis negeerde hem en wendde zich weer tot zijn moeder. 'Joe heeft de hele pers drie keer uit elkaar gehaald, Vivien. Ik ben er nooit zeker van dat hij hem weer in elkaar kan zetten.'

'Wat knap; dan moet je mijn fornuis eens repareren, Joe. Volgens de kokkin trekt het niet goed.'

'Ik heb een paar positieve reacties gehad op *Oproer*. Iemand die voor de *Listener* werkt zei dat het veelbelovend was.'

Er was een spottende glimlach verschenen om de mond van de Amerikaan. 'Ik zou dat blad maar vergeten, meneer Gifford. Zoek liever een vaste baan nu het nog kan.'

'Een vaste baan...' herhaalde Francis langzaam. 'Het klinkt zo doods, vindt u ook niet? Het is veel meer de moeite waard één groots ding te doen... iets waardoor ze aan je blijven denken. Ik zou gelukkig sterven als ik dat voor elkaar kreeg.'

'*Lieverd*.' Vivien raakte Francis' hand aan. '*Dood*. Wat een onderwerp voor aan tafel.'

'Maar een dat in New York momenteel erg populair is, mevrouw. De rijkaards van gisteren springen uit de ramen van de wolkenkrabbers omdat ze weten dat ze hun gezin morgen niet te eten zullen kunnen geven. Het staat ook hier te gebeuren, meneer Gifford. De Britse economie is afhankelijk van die van de Verenigde Staten.'

Er viel een korte stilte. Robin huiverde. Ondanks het houtvuur kwam er een kille tocht uit de brede schoorsteenopening.

Vivien zei: 'We zouden een lange vakantie moeten nemen, Francis. Ergens in het buitenland. Ergens waar het warm is.'

Francis kuste zijn moeders hand. 'Italië. Al die palazzi en gondels.' 'En fascisten.' Robin kon zich niet inhouden. 'Dat kun je niet doen, Francis.'

'Natuurlijk niet. Spanje dan. Afbrokkelende monarchie, redelijk weer en prachtige stranden.'

De fazant was op. Vivien stond weer op; Francis en twee andere heren begonnen rond te lopen om borden en bestek af te ruimen.

Robins buurman zei: 'Hebt u dan geen bewondering voor het fascisme, juffrouw Summerhayes?'

Ze dacht dat hij knap zou zijn geweest als zijn ogen anders waren geweest.

'Geen enkele.'

'Hebt u geen bewondering voor orde... en fatsoen... en vaderlandsliefde?'

'Natuurlijk wel. Maar ook voor verdraagzaamheid en vrijheid, meneer...?'

'Farr. Denzil Farr. "Verdraagzaamheid en vrijheid"... wat een stoffige begrippen, juffrouw Summerhayes. Ik heb de ervaring dat verdraagzaamheid en vrijheid zo gemakkelijk ontaarden in degeneratie en weekheid.'

'Meent u dat?' Ze merkte dat ze hem verafschuwde. 'Ik denk dat de wereld onbeschaafd zou zijn zonder die dingen.'

Denzil Farr had een sigaar opgestoken, hoewel het dessert nog moest worden opgediend. Hij leunde achterover in zijn stoel en blies rook tussen zijn smalle lippen door.

'Ik vraag me af of u daar nog zo zeker van zou zijn, juffrouw Summerhayes, als u niet over straat zou kunnen lopen uit angst dat u door een of andere bedelaar of schooier werd gemolesteerd. Als uw leven en toekomst gevaar zouden lopen vanwege een joodse woekeraar aan wie u geld schuldig was. Als zelfs de crème de la crème van uw land zou worden verzwakt door het bloed van dégénérés.'

Ze zocht nog woedend naar een antwoord toen Vivien zei: 'Plaag juffrouw Summerhayes niet, Denzil. Iedereen soufflé?'

Toen er in de vroege ochtenduren nog maar enkele gasten meer wakker waren, fluisterde Francis tegen Robin: 'Ik zal je het huis laten zien, lieverd. Een *grand tour*. Veel mooier bij kaarslicht.'

Ze stond op en volgde Francis de kamer uit. De kaars in zijn hand wierp naargeestige schaduwen op de muren en vloeren.

'De hoofdtrap.' Hij was blijven staan in de Grote Hal. Gebeeldhouwde draken op de leuningen. Zwarte schimmen doken weg in hoeken. Francis ging haar voor de trap op. 'Heb je het koud, Robin? Neem mijn jasje maar.'

Op de overloop staand en door het raam turend sloeg Francis zijn smokingjasje om haar schouders. 'Het kon weleens gaan sneeuwen,' zei hij. 'Kijk – de sterren zijn verdwenen.'

Ze wreef de stoffige ruit schoon.

'Vanaf de belvedère kun je de zee zien.'

'De zee...?'

'We zijn maar een mijl van de kust. Ik had vroeger een boot.'

Robin stak haar hand door zijn arm. Terugdenkend aan haar eerdere gedachten zei ze: 'Wat een geweldig huis om in op te groeien. Zo... betoverend.'

Francis' antwoord verbaasde haar. 'Ik heb hier nooit echt gewoond. Vivien kreeg het huis pas toen ik twaalf was en tegen die tijd zat ik natuurlijk op kostschool.'

'Maar de vakanties...'

'Soms. Maar nooit lang. Vivien reist graag. Ik heb een paar keer bij Joe gelogeerd en zijn chagrijnige vader verdragen.'

'O.' Ze haastten zich door kamers en gangen en Francis gooide hier en daar een deur open om Robin in de gelambrizeerde kamers te laten kijken.

'Joe kan niet met zijn vader overweg, is het wel?'

Francis grinnikte. 'Het understatement van de eeuw, lieverd. Ze háten elkaar gewoon. Elliot senior is zo'n bot noordelijk type – je weet wel, strikt fretten voor de gein en vindt iedereen die een boek leest een mietje. Maar hopen geld. Kijk, Robin – dit is onze schuilkelder.'

Ze staarde in het donker. Een paneel ging krakend open en een reeks smalle, stenen treden leidde omlaag het donker in.

'Afgrijselijk, niet? Hele families doken hier onder. Persoonlijk zou ik ervoor bedanken.' Hij schoof het paneel terug en ze liepen door.

Ze kwamen bij een tweede trap, die zich smal en bochtig naar boven slingerde. Behoedzaam probeerde Francis de onderste trede.

'Long Ferry zit vol molm en meutel en houtworm. Oplettendheid geboden. Ik denk dat het wel kan, Robin. Neem jij de kaars, dan loop ik achter je aan. Ik vang je op voordat je te pletter valt.'

Ze lachte en liep de trap op, met de kaars in haar ene hand en met de andere haar rok vasthoudend. Het donker werd intenser met elke trede die ze klommen; de kaarsvlam was klein en onbeduidend tegen de immense zwartheid. Ze had het gevoel dat de muren op haar af kwamen, alsof de kou ondraaglijk zou worden en er ijs op de oude stenen lag.

En toen, opeens, rook ze de buitenlucht en zag ze het weidse uitspansel boven zich.

Ze stonden op het dak, omringd door de muren en balustraden van een klein stenen gebouw. In het midden van het ronde vertrek stond een stenen tafel en er zat geen glas in de brede, slechts door de nacht afgesloten ramen.

'O *Francis.*'

Ze herinnerde zich wat ze had gevoeld toen ze het winterhuis voor het eerst had gezien, toen ze een plek had ontdekt die voor haar en haar alleen was.

'Schitterend, hè? Ik ben er gek op.'

Hij leunde tegen de balustrade en zijn profiel was als een silhouet zichtbaar in het kaarslicht.

'Vroeger werd het dessert hier gegeten. Kun je het je voorstellen? En masse naar het dak klauteren met de blanc-manger, de pudding en de appeltaart?'

Robin lachte.

'We hebben het eens geprobeerd. Ik had schuimtaart gemaakt en Joe en ik gingen ermee naar de belvédère, net twee heren uit de tijd van Elizabeth. Helaas hadden we alle twee een slok te veel op en lieten op de trap alles vallen.'

'Het is schitterend, Francis.' Ze stond naast hem, met haar armen op de borstwering, en staarde naar het donker. Ze tuurde. 'Ik kan de zee niet zien.'

'Te bewolkt. Ik weet zeker dat het sneeuwt.'

Ze bleven enige tijd zwijgend staan; toen zei Francis: 'Waar heb je gezeten, Robin? Je bent op geen enkele bijeenkomst geweest en niet in het appartement.' Hij klonk eerder nieuwsgierig dan klagend.

Ze zei ontwijkend: 'Ik heb het druk gehad.'

'Je bent zo... ongrijpbaar. We hebben je gemist, weet je. *Ik* heb je gemist.'

'Ik jou ook, Francis. Heel erg.'

Hij legde zijn vlakke hand op haar gezicht. 'Dan zijn we alle twee idioten.' En hij boog zijn hoofd en kuste lichtjes haar lippen. 'Prachtige jurk. Heerlijk parfum.'
Er had een flesje L'Aimant in de badkamer gestaan en ze had een paar druppels gepikt. Ze wou dat hij haar nog eens kuste.
'Lieve Robin, wat denk je, zou je een beetje van me kunnen houden?'
Verrast keek ze hem aan en zei bibberig: 'Ik zou het niet weten, Francis.'
Hij knipperde met zijn ogen en lachte toen. 'Je kunt pijnlijk eerlijk zijn, meid.'
Ze zag dat het was gaan sneeuwen. Kleine kristallen vlokken zweefden als pluisjes door de lucht. Francis had zijn armen om haar heen geslagen, maar ze had het opeens koud en toen hij haar dichter naar zich toe trok, drukte ze zich tegen hem aan terwijl hij haar gezicht onder kussen bedolf.

Om drie uur in de ochtend was Joe in de keuken, waar hij het fornuis probeerde te repareren. De keuken van Long Ferry was een ongerieflijke spelonk en het fornuis een gigantische kolenbrander, bezaaid met schijven en knoppen en laatjes en réchauds. Vivien stond achter Joe en moedigde hem aan.
'Het is nog warm, dat is het probleem.' Joe opende een van de deurtjes en tuurde naar binnen. 'Die dingen hebben twee dagen nodig om af te koelen.'
'Pas op dat je je niet verbrandt, lieverd.'
Hij tilde er een la vol as uit en leegde die in een emmer.
'Wordt dat ding ooit schoongemaakt?'
'De kokkin verdomt het sinds ze door haar rug is gegaan. Ik heb het zelf weleens geprobeerd, maar ik ben niet zo goed in zulke dingen.'
Vivien was nog in avondjapon, een nauwsluitend geval van zeegroene satijn en veren. Joe stelde zich voor hoe ze met een suikertang kolen in het fornuis legde, één voor één.
'Nee... Ik zal een poging wagen, Vivien. Ik denk dat het alleen maar verstopt zit.'
'Zie je, als we niet kunnen eten... Ik ben echt dol op dit huis, maar dat zou echt te gek worden.'
Hij zei geruststellend: 'Dergelijke fornuizen gaan nooit echt kapot. Ze hebben alleen wat zorg en liefde nodig.'
'Wie niet, lieverd?'

'Verdomme.' Hij had zijn vinger gebrand aan een heet stuk metaal. Joe schudde zijn hand om de pijn te verdrijven en likte toen aan de blaar.

'Laat mij maar.' Vivien drukte haar kleine rode mond op zijn vinger. Ze keek naar hem op.

'Zo beter, lieverd?'

Haar kleine, koele handen bleven hem vasthouden. Langzaam, weloverwogen, trok ze zijn hand naar zich toe, tot hij op haar borst lag. Zijn hart begon te bonzen. Sinds die avond in het restaurant was Clodie gekmakend ongenaakbaar geweest. Zijn lichaam was aan haar verslaafd geraakt, snakte naar haar.

'We hebben elkaar in geen jaren gezien, is het wel, Joe?' fluisterde Vivien. 'Je was altijd Francis' vriendje... Zelfs toen was je natuurlijk al ontzettend lief, maar ze schijnt verschrikkelijk...'

Hij stond op en ze liet zijn hand los. Haar vingers gleden naar zijn borst, zijn dij. Ze trok hem tegen zich aan en toen ze hem kuste, voelde hij haar tong in zijn mond. Hij reageerde onwillekeurig.

'Weet je, Joe, ik denk dat je de moeder in me naar boven brengt. Ik ben niet zo'n bijzonder moederlijke vrouw, maar je krijgt zin jou te voeden en te knuffelen en allerlei fijne dingen met je te doen...' Haar lichaam bewoog tegen het zijne. Ze voelde heel anders aan dan Clodie; klein, tenger en kronkelend.

Toen liet ze hem plotseling los. 'Lief dat je het fornuis repareert, Joe,' zei ze luid en toen hij zich omdraaide, zag hij Denzil Farr in de deuropening staan.

'Maar je moest er maar eens mee stoppen,' voegde Vivien eraan toe. 'Het is al laat en we willen allemaal naar bed, of niet soms, lieverd?'

Toen Robin de ochtend daarna wakker werd en naar het raam rende, zag ze dat er die nacht een dun laagje sneeuw was gevallen. De sneeuw herinnerde haar ditmaal niet aan de nacht dat ze had gehoord dat Stevie dood was, maar aan de voorgaande avond, aan zichzelf en Francis, elkaar kussend op de belvédère. Met het dekbed om zich heen geslagen leunde ze tegen het raam en voelde de pure blijdschap die ze associeerde met haar vroegste jeugd, met Kerstmis en verjaardagen.

Na zich te hebben aangekleed haastte ze zich naar beneden en ging op zoek naar Francis. De eetkamer was verlaten, nog bezaaid met de resten van het avondmaal. Terwijl ze door gangen en achterkamers terugrende, hoorde ze een geluid in de keuken.

'Joe?'

Hij zat op zijn hurken voor het fornuis, nog gekleed in de zwarte pantalon en het witte overhemd dat hij de avond tevoren had gedragen. Het overhemd was niet wit meer, maar besmeurd met kolengruis. 'Wat voer jij in 's hemelsnaam uit?'

'Dat verrekte ding repareren.' Hij gebaarde naar het fornuis. 'Ik ben er bijna mee klaar.'

'Ben je nog niet naar bed geweest?'

Hij schudde zijn hoofd. 'Ik kon niet slapen.'

'Ik zocht Francis.'

'Ik heb hem nog niet gezien.'

'O... is er ontbijt?'

Ze maakten toost, zetten thee en aten aan de reusachtige houten keukentafel. Geen van de andere gasten liet zich zien en er was evenmin een spoor van de kokkin. De afwas van het diner van de vorige avond stond op de aanrecht.

Joe geeuwde en rekte zich uit. 'We zouden een eindje kunnen gaan rijden, als je zin hebt, Robin.'

Ze keek op de klok. Het was nog geen negen uur. 'Naar de kust?'

Hij knikte. 'Geef me vijf minuten – ik kan me maar beter omkleden.'

Vivien werd om elf uur gewekt door iemand die op haar deur klopte. Ze sliep alleen; Denzil Far had die nacht haar bed gedeeld, maar ze stond geen enkele man ooit toe tot de ochtend bij haar te blijven. Het maakte ze maar bezitterig en trouwens, mannen hadden zoveel plaats nodig. En ze had niet de flanellen nachtjaponnen en de gebreide bedsokken kunnen dragen die noodzakelijk waren om de winternachten op Long Ferry Hall te overleven.

Ze riep: 'Wie is daar?' en Francis antwoordde: 'Ik ben het, Vivien.'

'Een ogenblikje, liever.' Ze trok een kamerjas aan en inspecteerde haar gezicht in de spiegel. Toen liet ze hem binnen.

Hij had een dienblad bij zich. 'Ik dacht dat we samen konden ontbijten.'

'Wat heerlijk.' Er waren koffie, toost en sinaasappelen. Francis begon de sinaasappelen te persen, Vivien schonk koffie in.

'Ik weet dat het onbetamelijk vroeg is, Vivi, maar ik dacht: als we nu niet praten, ben je het hele weekend omringd door die afschuwelijke mensen.'

Ze zuchtte. 'Ze zijn inderdaad saai, is het niet, liever? Mensen lijken saaier te worden naarmate ze ouder worden.'

'Waarom zou je je er dan druk over maken?'

Ze woelde door zijn blonde krullen. Wat een geluk, had ze altijd gedacht, dat haar enige kind zowel charmant als knap was. Ze rilde bij de gedachte aan de nakomelingen die sommigen van haar minnaars hadden kunnen verwekken. 'Een mens heeft vrienden nodig,' zei ze. 'Dat weet je, Francis.' Zijn blik ontmoette de hare, maar ze haalde slechts haar schouders op. 'Angus en Thomas zijn verschrikkelijke druiloren,' zei Francis, 'en Denzil hoe-hij-ook-mag-heten is een varken.'

Vivien nam een slok koffie en antwoordde niet. Niet omdat ze het niet met Francis eens was, maar Denzil Farr was stinkend rijk, wat zijn overige gebreken, zowel in bed als erbuiten, aardig compenseerde.

Francis zei aarzelend: 'Ik zit momenteel wat krap bij kas, Vivien. Ik vroeg me af of jij...' Zijn stem stierf weg terwijl hij de lege sinaasappelschillen in de prullenmand mikte.

Ze lachte even. 'Ik dacht dat het juist zo goed ging, lieverd.'

'Dat is ook zo, maar ik heb zulke enorme onkosten. De huur in Londen... en het heeft een smak geld gekost om het blad van de grond te krijgen.'

'Onkosten!' riep Vivien uit. Haar hoofd bonsde en ze had slechts een tamelijk vage herinnering aan de gebeurtenissen van de voorgaande avond. 'Dit huis verslindt gewoon geld! Volgens de rentmeester moet de hele kap worden vervangen... en de houtmolm in de keukenkasten... net bloemkool!'

'Niettemin... als je kans zou zien me een paar pond te lenen. Niet voor lang. Alleen maar ter overbrugging...'

Vivien had talent om geld uit te geven en talent om eraan te komen. De laatste tijd echter, wanneer ze haar make-up verwijderde en lang en ingespannen naar haar weerkaatsing in de spiegel keek, besefte ze dat ze beter haar best moest doen om te houden wat ze had.

Dus kneep ze in zijn knie en zei: 'Het spijt me verschrikkelijk, lieverd, maar ik heb geen rooie cent. Wat vervelend nou.'

Francis haalde zijn schouder op en glimlachte naar haar. 'Geeft niet. Ik red het wel. Maar we gaan toch wel naar Spanje, hè?'

Ze zag de flakkering van pijn en woede in zijn ogen. Francis had dezelfde plotselinge stemmingswisselingen als zijn vader, een rijk maar vermoeiend man. Vivien zelf was nooit humeurig.

'Schenk me nog een kop koffie in, wil je, lieverd?' Ze glimlachte stralend. Ze kon humeurige mensen niet uitstaan. Ze had vaak het idee dat ze een onredelijke hoeveelheid tijd en moeite spendeerde aan pogingen om haar vrienden en kennissen in een beter humeur te brengen.

Joe en Robin maakten een kilometerslange wandeling over een grauw, met kiezels bezaaid strand. De wind zweepte de golven op tot witte schuimkoppen en meeuwen scheerden en doken boven hun hoofden. Joe gooide kiezelstenen in de branding en Robin zocht schelpen op het strand.

Toen ze rond de middag terugreden naar Viviens huis, was het opgeklaard. Er lag nog een dunne laag sneeuw op de manen van de oude stenen leeuwen die de poort van Long Ferry Hall bewaakten, maar de gazons waren vlekkerig groen. 'Daar is Francis,' zei Joe en hij claxonneerde.

Francis stond in de deuropening. Hij zag er koud en moe uit. Joe bracht de wagen voor het huis tot stilstand.

'Waar hebben jullie gezeten?' vroeg Francis. Hij zag er koud en moe uit. 'Ik heb uren gewacht.'

'Robin wilde de zee zien.' Francis' weekendtas stond in de deuropening. 'Gaan we weg?'

Francis knikte. 'Veel te koud. En er is niks te eten.'

Robin zei: 'En je moeder dan, Francis?'

Hij draaide zich om en keek haar aan. Zijn ogen stonden somber. 'Vivien is met die Farr naar Schotland. De fascist.'

'O.' De zo veelbelovend begonnen dag scheen weg te glippen, te smelten als sneeuw. 'Dan kan ik maar beter gaan inpakken.'

Francis reed terug naar Londen en Joe zat naast hem op de passagiersstoel. Robin krulde zich in de plaid gehuld op de achterbank op. Er werd niet veel gezegd.

Halverwege, toen ze haar handen dieper in haar zakken stak om ze te verwarmen, voelde ze tussen schelpen en zand de brief van Helen. Het was vreemd troostend te lezen over het oogstfeest en de bazaar met Sint-Michiel. Toen, zich bewust van haar verwarring en slaaptekort, stopte Robin de brief weer in haar zak en sloot haar ogen.

Hoofdstuk vier

Maia had het gevoel dat ze in een nachtmerrie leefde. Een andere nachtmerrie dan die welke ze na haar vaders dood had meegemaakt, maar niettemin een nachtmerrie. Op sommige dagen – een of twee weken achtereen misschien – bleef de nachtmerrie uit en werd alles normaal en dan leidde ze weer het leven dat ze gekozen meende te hebben. Mevrouw Merchant, met haar rijke echtgenoot, haar grote huis en haar bedienden. Maar dan verdween het weer en was ze terug in de nachtmerrie en dan leek het huis een gevangenis en haar sieraden, japonnen en bontmantels leken de tralies daarvan.

Gewoonlijk zorgde ze er angstvallig voor althans uiterlijk de onderdanige, gehoorzame vrouw te lijken van wie ze soms nog altijd dacht dat Vernon die wilde. Ze was bang voor lichamelijke pijn, maar bovenal voor Vernons overheersing van haar ziel. Het was alsof ze iets in hem had losgemaakt, iets afgrijselijks dat eerder sterker werd dan zwakker. Ze wist nooit goed of wat hij met haar deed haar dieper kwetste dan wat hij tegen haar zei. Wanneer ze de stukjes verzamelde, de dingen over zijn verleden die hij tegen haar had gezegd in die verschrikkelijke momenten die ze met elkaar doorbrachten, begon ze te beseffen dat dat de echte Vernon was, dat de man met wie ze getrouwd meende te zijn nooit echt had bestaan. Geleidelijk begon ze te begrijpen dat hij haar móest kwetsen en vernederen. Dat hij niet alleen háár verafschuwde, maar iedere vrouw. Dat zijn minachting voor haar een fundamenteel, onveranderlijk deel van hem vormde.

Telkens wanneer hij haar pijn deed voelde ze zich een beetje minder Maia Merchant, een mooie, intelligente vrouw van de wereld, en iets meer een willekeurig gebroken, slaafs voorwerp dat hij had gemaakt. Toen hij haar een keer liet knielen en om vergiffenis liet smeken voor een onbeduidende misstap, rende ze bijna weg, in de wetenschap dat, als ze bleef, hij haar geest tot kleine stukjes zou vermorzelen. Maar ze bleef, omdat ze wist dat de veiligheid die Vernons rijkdom haar schonk in zeker opzicht essentieel voor haar was; ze kon gewoon niet zonder. Een scheiding zou haar goede naam, haar toekomst verwoesten. Dan veel liever weduwe, was de gedachte waarop Maia zichzelf vaak betrapte.

Toen hij de hoek van Butler Street om sloeg zag Joe een man uit Clodies huis komen en in de mist verdwijnen. Joe klopte op de voordeur. Lizzie deed open en hij nam haar in zijn armen, tilde haar op en kuste haar op haar hoofd. 'Voel eens in mijn zak.'

Lizzie stak haar handje in zijn jaszak en haalde er een ijsco uit. Ze jubelde van blijdschap. Joe keek naar Clodie, die achter haar naaimachine zat.

'Wie was dat?'

'Wie?' Ze probeerde een draad door een naald te krijgen.

'Die man die net naar buiten kwam.'

'O, die.' Haar stem klonk ongeïnteresseerd. 'Een of andere verkoper. Hij probeerde me een wasmachine aan te smeren, maar die kan ik me uiteraard niet veroorloven.'

'Laat mij maar.' Clodie was verziend. Joe nam de draad van haar over en stopte hem door het oog van de naald.

'Je zou een bril moeten aanschaffen.'

'Wat? En eruitzien als een vogelverschrikker? Geen denken aan.' Maar ze klonk op dit moment niet chagrijnig.

Terwijl ze de naaimachine aantrapte en de draad van de spoel opnam, mompelde hij: 'Ik heb je zo ontzettend gemist, Clo.'

Haar blik gleed naar Lizzie, die aan de ijsco likte. 'Had mevrouw Clark niet gezegd dat je vanmiddag met Edith mocht komen spelen, lieverd?'

Lizzie rende de deur uit. Clodie stond op.

'Ik jou ook, Joe.' Ze begon zijn overhemd los te knopen.

Ze vrijden op het haardkleed voor de kachel, koortsachtig en gehaast, niet in staat om te wachten. En daarna langzaam, ervan genietend en het genot zo lang mogelijk rekkend. Na afloop vulde Joe de zinken badkuip met water uit de koperen ketel en gingen ze samen in bad. Toen hij haar blanke, zware, blauw dooraderde borsten inzeepte, wilde Joe haar opnieuw nemen, maar Clodie wierp een blik op de klok, duwde hem van zich af en zei: 'Ik ben bang dat ik je niet kan vragen om te blijven eten – ik heb maar twee bokkingen.'

Hij droogde zich af, kleedde zich aan en wou dat hij genoeg geld had om haar mee uit te nemen. Maar aan geld had hij de laatste tijd afschuwelijk gebrek – niets van de drukpers en de *Navigator* betaalde hem net voldoende om zijn aandeel in de huur te betalen en te eten.

Toen hij naar huis liep, was de mist verdicht tot een gelig-grijze brij. Bij het souterrain aangekomen struikelde hij zowat over Robin, die op de trap zat.

'Robin? Wat doe jij hier in godsnaam?'

'Op jou wachten.' Ze zat diep weggedoken in een groene fluwelen jas, maar aan haar oogleden hingen druppeltjes vocht, als kleine parels.

'Je zult wel verkleumd zijn. Kom erin.'

Hij opende de deur en liet haar binnen. In het souterrain was het een beetje warmer dan buiten. Vocht leek door de vloer op te kruipen en de kachel was die dag nog niet aan geweest. Joe begon oude kranten op te frommelen en maakte vuur.

'Waar is Francis?'

'Opdrachten binnenhalen. Verdomd vervelend,' voegde hij eraan toe. 'We raken door ons werk heen. Meestal is het rond deze tijd van het jaar niet zo slecht – Kerstmis en zo.'

Joe wilde al zijn angst onder woorden brengen dat de tegenspoed blijvend zou zijn, dat het te maken had met de instorting van de Amerikaanse effectenbeurs eind oktober, maar toen hij naar Robin keek, merkte hij dat ze niet luisterde.

'Ik kom zeggen dat ik naar huis ga, Joe,' zei ze. 'Mijn broer is ziek.'

'Dat spijt me voor je. Is het ernstig?'

Ze schudde haar hoofd. 'Hugh heeft bronchitis. Hij krijgt het elke winter. Moeder is altijd bang dat het weer longontsteking wordt. Ik vond dat ik het je moest laten weten... voor het geval jullie je zouden afvragen waar ik was...'

Haar stem stierf weg terwijl ze naar de voordeur liep.

'Maar ik ga maar een week of wat,' zei ze opeens uitdagend. 'Denk maar niet dat ik niet terugkom.'

Ze deed de deur achter zich dicht en terwijl hij brokken kool op het vuur legde, merkte hij dat hij glimlachte.

De druilerigheid van de Fens midden december was ongeëvenaard, dacht Robin. Regen droop van elke tak en elk blad en het land had een egaal grijsbruine kleur.

Ze had twee van de nieuwste grammofoonplaten voor Hugh meegebracht uit Londen. Ze hadden haar het grootste deel van een weekloon gekost, maar het was het waard toen ze de blijdschap op zijn gezicht zag. In het winterhuis wikkelde ze hem in dekens, stookte de kachel flink op en danste vervolgens in haar eentje op de muziek van 'You're the Cream in my Coffee' en 'Tiptoe through the Tulips'. Ze struikelde drie keer over haar eigen voeten en zakte ten slotte lachend in elkaar op de grond.

'Het komt door mijn overschoenen.' Robin schopte ze uit en stak haar voeten uit naar het vuur. Hugh, die haar opgetogenheid zag, glimlachte eveneens.

'Mama maakte zich verschrikkelijk bezorgd over je, Hugh. Ze heeft me geschreven.'

Hij grijnsde. 'Ik weet het. Ik wou dat ze niet zo'n ophef maakte. Maar ja' – hij grinnikte – 'de ellende is me in elk geval een paar weken bespaard gebleven.' Hugh had het afgelopen jaar lesgegeven aan dezelfde school als Richard Summerhayes.

'Ben je het lesgeven beu?'

Hij schudde zijn hoofd. 'Het zijn eigenlijk best leuke kinderen – ik geniet ervan. En jij, Rob? Hoe bevalt je werk je? Hoe is het grote, slechte Londen?'

Nu was het haar beurt om een gezicht te trekken. 'Het werk is afschuwelijk, Hugh. Ik heb erover gedacht ontslag te nemen, maar het is momenteel niet makkelijk iets anders te vinden. Maar zeg maar niets tegen vader en moeder, anders zeggen ze nog: Had ik het niet gezegd? Maar Londen... Londen is gewéldig.'

En vervolgens vertelde ze hem, aarzelend, over Francis.

'Hij is zo geestig,' legde ze uit. 'En zijn moeder woont in een ontzettend raar huis met vluchtgangen en belvedères en zo. Het is zo... zo mágisch, Hugh. Zo heel anders dan het troosteloze Cambridgeshire.' Haar stem klonk minachtend. 'En Vivien is verschrikkelijk mooi en ze doet nooit moeilijk over Francis en laat hem zijn eigen leven leiden. En hij is zo... zo verrassend. Alleen, hij is soms weken achtereen weg en ik heb geen flauw idee waar hij is en of hij me volledig is vergeten.'

'Ben je verliefd op hem, Rob?'

Ze staarde Hugh aan en begon toen te lachen. 'Natuurlijk niet – je weet dat ik niet in die dingen geloof.' Niettemin fluisterde Francis' stem in haar oor: *Zou je een beetje van me kunnen houden, Robin?*

'Liefde is niet iets waarin je gelooft... zoals spoken... of gebedsgenezing,' zei Hugh zachtmoedig. 'Het is er gewoon.'

Rusteloos stond ze op en keek uit het raam naar de rivier. 'En jij, Hugh? Ben jij ooit verliefd geweest?'

Hij zei luchtig: 'Waar zou ik verliefd op moeten worden, Robin? De eenden... de palingen... de vissen in de rivier...?'

Ze lachte weer, legde haar hoofd op haar armen en staarde naar de schemering. Uit het donker en de nevel kwam langzaam een gestalte tevoorschijn.

'Helen!' riep Robin.

Helen werd verwelkomd met omhelzingen en kussen. 'Daisy vertelde dat je naar huis kwam, Robin, dus heb ik papa's oude fiets geleend en ben hierheen gefietst.' Helens honingblonde haar was nat van de mist en bedekt met een baret. 'Het is zo fijn je weer te zien – net als vroeger.'

'Je bent in geen weken hier geweest, Helen,' klaagde Hugh.

Helen trok een schuldig gezicht. 'Papa voelde zich niet lekker en ik heb een heleboel genaaid. Ik heb een paar karweitjes aangenomen om iets om handen te hebben. Ik dacht... omdat ik zo van naaien houdt... en we zitten zo ver van alle winkels... ik dacht dat sommige dames...'

'Binnenkort vestig je je nog in Parijs.'

Helen bloosde. 'Zou dat niet schitterend zijn? Maar ik voelde me beetje neerslachtig, zie je, en ik zei tegen papa dat ik erover dacht een baan te zoeken bij een van de naaiateliers in Cambridge of Ely, maar papa zei dat dat niet paste; ons soort mensen werkt niet op zulke plaatsen. Dus toen kreeg ik een idee: waarom zou ik niet thuis als privénaaister gaan werken? En papa vond dat veel passender.'

Robin wilde iets zeggen, maar Hugh was haar voor. 'Ik vind het geweldig. Zonder meer prachtig. Ik weet zeker dat je een doorslaand succes zult zijn.'

Helen straalde. 'Zijn jullie bij Maia geweest, Robin... Hugh...?'

'Mama heeft haar op de thee gevraagd voordat ik ziek werd, maar ze kon niet.'

'Ze leek me tamelijk ongelukkig.'

Robin staarde Helen aan. 'Ongelukkig? Máia? In dat afschuwelijke huis, met haar verschrikkelijke man? Helen – Maia is in de zevende hemel.'

Helen keek beduusd. 'Nou ja... wie weet. Maar toen ik een paar weken geleden met papa in Cambridge was, ben ik bij haar langs geweest en ik vond dat ze er... anders uitzag. Je weet hoe ze eruit kan zien. Hard... en schitterend.'

Hugh zei: 'Maia kan er niet anders dan schitterend uitzien, Helen. Zo is ze gewoon gemaakt.'

Robin herinnerde zich de laatste keer dat ze Maia had gezien. Dat enorme, lelijke, onechte huis. Haar uitgestreken, leep kijkende man, die maar al te duidelijk had gemaakt dat de vriendinnen van zijn vrouw te onbenullig waren om mee te praten. Maia's opschepperige plezier in haar nieuwe status.

Hugh draaide de grammofoon opnieuw op. Maia vergetend pakte Robin Helen beet en begon met haar door het winterhuis te zwieren. 'Je danst echt verschrikkelijk, Rob,' zei Hugh, toekijkend. 'Arme Helen. Kom – mag ik het genoegen hebben?' Hij nam Helen in zijn armen en begon te dansen. De muziek vulde de kleine hut en het schijnsel dat door de ramen viel verlichtte de donkere, met riet begroeide vijver. Halverwege het lied begon Hugh met rood, bezweet gezicht te hoesten. Op dat moment werd de deur van het winterhuis geopend en Daisy kwam binnen. Ze wierp een blik op haar zoon en beval hem naar binnen te gaan. Vervolgens fluisterde ze tegen Robin: 'Hoe kun je zoiets doen? Hem mee naar dit klamme, koude hok nemen, laten dansen, terwijl je weet dat hij zich zo slecht voelt?' Hugh wilde iets zeggen, maar begon weer te hoesten. Helen keek alleen maar dodelijk ontzet. Robin keek haar moeder woedend aan en rende, de deur achter zich dichtsmijtend, naar buiten en over het donkere gazon.

Ze hadden elkaar altijd al op de zenuwen gewerkt, maar nu kreeg Robin het idee dat zij en Daisy er de laatste tijd wel érg goed in waren geworden. Afkeuring bracht alleen maar het slechtste in Robin naar boven, waardoor ze steeds erger probeerde te provoceren. Later verafschuwde ze zichzelf en maakte ze ontelbare voornemens om geduldiger, minder vermoeiend te zijn. Maar de voornemens hielden zelden stand tot na het ontbijt.

De kwestie bereikte een hoogtepunt toen Daisy op een dag tijdens het middagmaal voorstelde dat Robin leraar zou worden, net als Hugh. Op de een of andere manier ontaardde de discussie in een ruzie, zoals altijd, en Robin stormde het huis uit. Zelfs de lange wandeling naar het station was niet voldoende om af te koelen. Ze had net genoeg geld om een retourtje naar Cambridge te kopen. Daar aangekomen dwaalde ze doelloos in het rond en toen ze merkte dat ze zelfs geen geld had voor een kop thee en nog niet naar huis wilde, liep ze in de richting van Maia's huis. Zich de up en downs van Maia's leven herinnerend was ze zich enigszins schuldig gaan voelen dat ze zo lang geen contact had opgenomen. Als ze dezelfde dingen moest verdragen als Maia had moeten verdragen, zou ze dan niet misschien dezelfde dingen op prijs stellen die Maia op prijs stelde?

Toen ze bij de Merchants aanbelde, besloot ze door de zure appel heen te bijten en alle spulletjes van Maia te bewonderen. Niettemin vond ze, opkijkend, het huis nog altijd even lelijk. Donker, massief en dreigend, naar het noorden gericht, zodat de ramen geen enkel licht leken te weerkaatsen.

De eerste bediende die de deur opende vertelde haar dat mevrouw Merchant niet bereikbaar was. Met een mengeling van opluchting en teleurstelling slenterde Robin terug naar de weg. Ze keek om toen ze in de struiken aan de andere kant van de oprijlaan iets hoorde ritselen. Een kleine, zwart-wit gevlekte hond sprong rond in de droge bladeren onder de laurierstruiken. Een bekende stem riep: 'Teddy? Teddy – waar zit je?'

Ze zag Maia's schaduw in het diepe donker van het struikgewas. Robin zag dat ze zich bukte en het hondje optilde.

'Teddy – stouterik.'

Robin zei: 'Maia?' en Maia keek verrast op.

'Je bediende zei dat je niet thuis was.' Het was te donker om de uitdrukking op Maia's gezicht te kunnen zien. Robin liep in haar richting.

'Ik weet dat het een beetje brutaal is, zo te komen binnenvallen, maar ik ben niet vaak...'

Ze bleef staan. Ze kon er niets aan doen dat ze staarde. Eén zijkant van Maia's gezicht was één grote kneuzing, die blauw, paars en geel over haar wang en rond haar oog uitwaaierde.

Maia zei verdedigend: 'Ik ben gestruikeld en met mijn gezicht op de leuning gevallen. Dom hè?'

Sommige vrouwen in de kliniek zeiden ook zulke dingen. Ik ben met mijn hoofd tegen het fornuis gevallen, dokter. Tegen de deur gelopen, hè, zuster? Andere vrouwen deden allang niet meer alsof en gaven het gewoon toe. Mijn man slaat me altijd als hij een paar biertjes op heeft. Ze kunnen het niet helpen, nietwaar?

'Nee, dat ben je niet,' zei Robin. Haar stem klonk zelfs in haar eigen oren vreemd.

'Hoe bedoel je?'

Ze haalde diep adem. 'Maia, ik zie de afdrukken van zijn vingers.'

Het was zo; als ze goed keek, leek de blauwe plek een vijfpuntige ster.

'Onzin.' Maia stapte terug in de schaduw. 'Zeg niet van die idiote dingen, Robin.' Ze klonk woedend.

'Was het Vernon?'

Maia trok de hond dichter tegen zich aan. 'Ik zei toch, Robin, hou op.'

Het schemerlicht overspoelde het huis en de tuin en de ramen staarden hen aan; lege, donkere ogen in een protserige gevel. Robin koos haar woorden zorgvuldig.

'Ik zal er niets over zeggen als je dat niet wilt, Maia, maar heus, je denkt toch niet dat ik je om zoiets zal veroordelen? Je denkt toch niet dat ik slechter over je zou denken?'

Iets in Maia leek af te brokkelen en bijna in te storten. Ze liet haar schouders hangen en sloot haar ogen. Toen zei ze heel zacht: 'Weet je, ik walg van mezelf, Robin. Dat is nog het ergste. Dat heeft hij me aangedaan.' Ze liep terug naar het huis.

In de keuken zette Maia thee. De kokkin had een halve dag vrij, legde ze uit, en de keukenmeisjes werkten allemaal halve dagen. De hond at koekjes van een bord terwijl het water aan de kook werd gebracht. De keuken was groot, warm en licht, maar Maia's handen beefden toen ze thee in de pot schepte. Met pijn in het hart sloeg Robin haar gade. Maia droeg een exquis gemaakt parelgrijs deux-pièces, dat strak om haar slanke figuur sloot. Haar kousen waren ongetwijfeld van zijde en haar schoenen van bijpassend grijs geitenleer. Maar haar gezicht, haar mooie gezicht, was grotesk geworden.

Robin realiseerde zich dat ze had zitten staren toen Maia zei: 'Meestal slaat hij me niet in mijn gezicht. Het was de eerste keer.'

Ondanks de warmte in de keuken kreeg Robin het koud van binnen. 'Heeft Vernon je al vaker geslagen, Maia?'

'O jawel.' Maia schonk kokend water in de theepot. Fel voegde ze eraan toe: 'Kijk me niet zo aan, Robin. Ik kan het niet verdragen.'

Knipperend wendde Robin haar blik af. Maia schonk thee in. Vernon Merchant sloeg zijn vrouw niet in het gezicht omdat hij niet wilde dat er pijnlijke vragen werden gesteld. Eén blauw oog kon je afdoen als een ongelukje, maar een reeks blauwe ogen niet. Robin walgde van de kille, berekenende wreedheid.

'Waarom ga je niet bij hem weg?'

'Weggaan?'

'Ja, scheiding aanvragen. Op grond van wreedheid...'

Maia snoof minachtend. 'En alles wat me is overkomen breed laten uitmeten in de kranten? Me laten uitlachen door alle meisjes met wie ik op school heb gezeten? Op me laten neerkijken door mijn moeder – en nicht Margery? Dat nooit.'

'Verlaat hem dan gewoon. Je hoeft niet naar de rechter te stappen.'

'Waar zou ik naartoe moeten?' vroeg Maia verbitterd. 'Ik zou nergens heen kunnen. Ik zou op straat staan.'

'Je hebt mij, Maia – je hebt Helen.' Maar nog terwijl ze het zei dacht ze dat Helens vader Maia misschien geen onderdak zou geven. 'Je zou bij mij kunnen intrekken, Maia, tot je weer op eigen benen kunt staan.'

'Ik kan het me gewoon niet voorstellen, wij samen op een verschrikkelijk, miezerig kamertje in een afschuwelijk pension.' Maia lachte hol. 'Weet je, ik heb geen cent van mezelf. Het is allemaal van hem.' Verbijsterd staarde Robin haar aan. 'Maar je kunt toch niet vrijwillig bij hem blijven.'

'O jawel.' Maia's gezicht was opeens kalm. Ze ging tegenover Robin aan de tafel zitten en zei: 'Snap je het dan niet, Robin? Ik mag hém dan niet willen, maar zijn geld wel.'

Dat legde haar het zwijgen op en haar blik ontmoette die van Maia. Er lag een onverzoenlijkheid in Maia's blik die Robin zelden had gezien. Die lichtblauwe ogen, het ene mooi, het andere dik en lelijk, waren allebei immoreel en koud.

'Niemand pakt me dit af.' Maia's blik nam de grote keuken in zich op, het fonkelende interieur en de moderne apparatuur.

Robin rilde. Op dit moment wilde ze alleen maar thuis zijn, met Hugh en Daisy en Richard. Ruziënd desnoods. Gewoon ergens zijn waar het leven normaal, redelijk en begrijpelijk was. Ze meende iets in Maia's ogen te zien dat niet helemaal rationeel was.

Ze probeerde het nogmaals. 'Maia.' Haar stem klonk teder. 'Hij heeft je al pijn gedaan. Het kan erger worden. Stel dat...'

Maia legde haar hoofdschuddend het zwijgen op. 'Nee. Je snapt het niet. Vernon heeft me nodig. Hij heeft me nodig als zijn vrouw en als gastvrouw bij zijn diners, om de mensen op wie hij indruk probeert te maken te onderhouden. Daarvoor is hij met me getrouwd. En hij heeft me nodig om zijn bed te delen. Ik ben goedkoper dan naar Londen gaan om een of andere sloerie te kopen.' Maia's glimlach was een afschuwelijke parodie op haar normale schoonheid.

'Hij zou zijn zelfbeheersing kunnen verliezen, Maia.'

'Vernon beheerst zich altijd. Hij weet altijd precies wat hij doet. Ik zei toch... hij heeft me nooit eerder in mijn gezicht geslagen. Ik bewoog, zie je. Hij had er naderhand gruwelijke spijt van. Hij stuurde me bloemen.'

Walgend volgde Robin Maia's blik naar een gigantisch boeket kasrozen in de gootsteenbak.

'Je ziet wel, je hoeft je geen zorgen te maken.' Maia stak een sigaret op en hield Robin het pakje voor. 'Je moet dadelijk gaan, schat – Vernon komt zo thuis van zijn werk. Het lijkt me geen goed idee dat jullie elkaar ontmoeten.'

Ze klonk bijna geamuseerd. Onvast kwam Robin overeind. 'Vlug, door de achterdeur, lieverd. Ik geloof dat ik zijn auto hoor.' Ze aarzelde even. 'Kan ik niet...?' Maia's mond vertrok spottend. 'Wat ridderlijk van je, Robin. Nee. Ik denk het niet.'

Robin sloeg haar armen om Maia's hals en kuste haar. Ze hoorde Maia één keer diep ademhalen en voelde toen dat ze zich losmaakte. 'Mocht je me ooit nodig hebben... schrijf me, Maia. Je weet waar ik woon.'

Toen ze zich omdraaide om te gaan, hield Maia haar aan haar elleboog tegen.

'Je mag niemand vertellen over Vernon en mij, Robin. Absoluut niemand. Beloof je dat?'

Vastgehouden door die grote, lichte, gewonde ogen knikte ze. 'Ik beloof het.'

Toen Helen van de bushalte naar huis liep, werden haar pakjes meegenomen door de gure wind. Adam Hayhoe stopte met het schoffelen van zijn wintergroenten en hielp haar om ze bijeen te rapen.

Toen ze de lappen stof, het garen en het band weer in haar mand had gegooid, zei ze buiten adem: 'Heel vriendelijk van je, Adam. Wat een wind!'

'Verwoestend, juffrouw Helen.'

De felle wind rukte aan haar hoed. Helen slaakte een kreet, greep vergeefs naar de rand en liet de mand nogmaals vallen.

Haar hoed bleef hangen in de rozenstruiken die rondom de deur van Hayhoes' huis groeiden. Adam maakte hem los uit de doorns terwijl Helen uitriep: 'Kijk daar! Je hebt een roos, Adam! In december.'

Hij plukte de enkele gele bloem en stopte hem achter het lint rond de rand van haar hoed. 'Alstublieft. Zo ziet-ie er beter uit, of niet soms?'

Ze glimlachte naar hem en hij pakte haar mand en liep naast haar over de oprit naar de pastorie.

'Hoe gaan de zaken, Adam?'

'Ik ben al een maand of zo bezig in het Grote Huis; raamkozijnen en keukenkasten repareren.' Adam wierp een blik op Helens mand. 'Ik heb gehoord dat u ook voor uzelf bent begonnen, juffrouw Helen.'

Geheimen bestonden niet in een gehucht als Thorpe Fen. Helen bloosde.

'Ik doe wat naaiwerk. Daar is dit' – ze gebaarde naar de lappen stof en het garen – 'voor.'

Ze stonden bij de poort van de pastorie. Adam gaf de mand weer aan Helen.

'Beter dan al die confectiespullen, waar of niet, juffrouw Helen?' zei hij en hij tikte tegen zijn pet en ging ervandoor.

Ze ging de pastorie binnen. Het was een uur of drie, maar omdat het de eerste donderdag van de maand was, was Julius Ferguson in Ely, bij de bisschop. Helen liep eerst naar de keuken, waar Betty groenten en vlees stond te snijden om stoofpot te maken, en Ivy, het hulpje, de provisiekast opruimde. Vervolgens ging ze in de eetkamer aan tafel zitten en beantwoordde haar vaders correspondentie. Dominee Ferguson krabbelde aantekeningen onder aan elke brief, Helen schreef de brieven uit in haar moeizame handschrift. Op het buffet stond een grote sepiakleurige foto van Florence Ferguson in een rand gedroogde sneeuwklokjes en eronder in cursief de zin 'De witte bloem van een onschuldig leven'. Helen had een omslagdoek over haar schouders geslagen (Betty maakte het vuur in de eetkamer nooit eerder dan om zeven uur aan) en Percy, haar kat, lag opgekruld op haar schoot. Toen ze klaar was, knipte Helen de drie blouses die de vrouw van de aartsdiaken bij haar had besteld. Ze had beloofd ze eind deze week klaar te hebben en had haast om ze op tijd af te maken. Ze was opgehouden doordat ze naar Ely had gemoeten om materiaal te kopen – de kerstbazaar, de notulen van de parochievergadering en natuurlijk het huishouden waren er allemaal tussengekomen.

Toen ze klaar was vouwde Helen de lappen zorgvuldig op en legde ze in de naaimand. De eetkamer leek heel groot, donker en stil. Betty en Ivy waren allebei naar hun gezin in het dorp. De Fergusons hadden geen inwonend personeel. Helen stak twee olielampen aan, maar die wierpen slechts kleine lichtvlekken in het donker. Ze wou dat ze een radio hadden, maar papa was tegen radio's. De kat verveelde zich en was naar buiten gegaan. Ze haalde het boekje onder uit de naaimand en noteerde de kosten van het materiaal dat ze in Ely had gekocht. Dit was het minst prettige deel. Ze hield van naaien, maar van geld had ze geen benul. Toen ze de rijen getallen optelde, was het alsof ze meer geld had uitgegeven dan ze mee naar Ely had genomen. Dat kon natuurlijk niet. Ze probeerde het opnieuw en het totaalbedrag kwam uit op twee shilling en zeven pence, wat verschrikkelijk weinig leek. Vermoeid en met bonzend hoofd klapte Helen het boekje dicht en legde haar hoofd op haar armen. Het geld baarde haar zorgen. Ze wilde liever niets aan haar vader vragen, die alleen maar zou zeggen dat ze te veel hooi op haar vork had genomen. Opeens dacht ze aan Hugh Summerhayes. Hugh was ontzettend intelligent en geduldig en zou niet in het minst boos op haar zijn. Ze dacht terug aan hoe zij en Hugh hadden gedanst in het winterhuis, aan de warmte van zijn armen toen hij haar vasthield, de vaste, makkelijke gratie van zijn lange lichaam. Hugh zou alles in orde maken. Glimlachend viel Helen in slaap.

Toen ze wakker werd was ze niet langer alleen. Haar ogen openend zag ze haar vader tegenover zich aan tafel zitten, haar aankijkend. Ze had er geen idee van hoe lang hij daar al zat.

Een week voor Kerstmis nam de assistent-manager van het verzekeringskantoor Robin ter zijde en praatte met haar. Doordat hij mompelde en weigerde haar aan te kijken, duurde het even voordat ze begreep waar hij het over had. Iets over modernisering, tegenslag en bezuinigingen. Ten slotte riep ze furieus: 'U ontslaat me!'

'Het is spijtig, juffrouw Summerhayes, maar gezien de situatie...'

'Maar u kunt niet zomaar...'

Het bleek te kunnen. Het waren moeilijke tijden, ze werkte er pas een jaar en haar bijdrage was wisselvallig geweest, om het beleefd te zeggen. Met haar mantel en hoed en een weekloon liep Robin de voordeur van het kantoor uit.

Tot haar grote blijdschap was Francis thuis. Ze had hem met tussenpozen gezien sinds ze terug was uit de Fens en had soepel het vroegere contact hervat tijdens politieke bijeenkomsten en af en toe een feest. Eventuele vluchtige gedachten dat Francis meer voor haar zou gaan betekenen dan een vriend had ze opzijgezet. Toen hij haar op Long Ferry had gekust, waren ze alle twee aangeschoten geweest.

Francis trok een fles bier open. 'Je eerste ontslag moet je vieren.' Hij hief zijn glas. 'Op fouten en onwetendheid.'

Ze giechelde en begon zich wat beter te voelen. 'Maar waar moet ik van leven, Francis? Ik heb de huur betaald tot eind december en... eens even kijken...' ze gluurde in haar portemonnee, '...zes pond, twaalf shilling en twee pence.'

'Ga mee naar Frankrijk. Het leven in Frankrijk is veel goedkoper.'

Ze hoorden het geluid van een sleutel in het slot toen Joe het souterrain binnenkwam. Het regende nog steeds en zijn donkere haren plakten aan zijn schedel.

'Ik zei net tegen Robin,' zei Francis terwijl hij een derde glas bier inschonk, 'dat ze met ons mee naar Frankrijk moet gaan.'

'Waarom ook niet.' Joe schudde zijn natte jasje uit en gooide het over een rugleuning.

'Angus heeft een huis in Deauville – Vivien heeft me de sleutel gegeven. Je bent toch niet echt van plan met Kerstmis in Londen te blijven Robin? Veel te saai. Smakeloze kalkoen, pudding en spruitjes. Afschuwelijke spelletjes... protocollen...'

'Sardientjes.'

'Mahjong.'

'Misschien,' zei Joe veelbetekenend, 'wil Robin met Kerstmis naar huis.'

'Naar de familieschoot...'

Ze verfoeide de gedachte. Naar de grauwe, natte Fens, naar familieuzies en familierituelen. Het idee was ondraaglijk.

'Frankrijk!' fluisterde ze. Ze had altijd willen reizen. 'O Joe... Francis! Dat zou heerlijk zijn.'

Twee dagen later zat ze op de veerboot over het Kanaal. Zij en Joe werden niet zeeziek tijdens de woelige overtocht, maar Francis lag kreunend en in zijn overjas gewikkeld op een bank aan dek. Hij zou alleen gezond blijven, zei hij, als Robin hem voorlas. Iets heel saais. Ze las de sportpagina van de *Daily Express* voor, de ene kolom na de andere over voetbal, paarden- en hondenrennen.

'Afschuwelijk,' mompelde Francis. 'Wat heerlijk langdradig.' Toen viel hij in slaap.

Haar eerste blik op het vasteland kreeg ze toen ze met haar onderarmen op de reling naast Joe stond en in de mist en het donker staarde. Frankrijk doemde op uit het duister, aanvankelijk een donkere strook land en vervolgens, langzaam, een kustlijn met kliffen, stranden en havens.

'De eerste keer?' vroeg Joe.

Robin knikte. 'Ik ben nooit buiten Engeland geweest. Nou ja, we zijn eens met vakantie naar Schotland geweest. En jij, Joe?'

'Ik ben als kind hier geweest met mijn moeder.'

Verrast keek ze hem aan.

'Mijn moeder was een Française. We logeerden bij haar familie in Parijs... eh, een keer of twee, drie. Maar na haar dood hebben we het contact verloren.'

'Woont je familie daar nog steeds?'

'Ik heb geen idee. Geen enkel.'

Hij had, dacht ze, altijd iets ontwortelds gehad. Nieuwsgierig vroeg ze: 'Ga je ze zoeken?'

'Misschien. Francis wil in Deauville blijven – hij denkt dat Vivien daar aankomt. Maar misschien dat ik naar Parijs ga.'

Ze wilde meer vragen, maar achter haar op het dek klonk een gekreun. Het schip liep om drie uur 's middags binnen, te midden van luidruchtig krijsende meeuwen en regenvlagen. Tijdens de treinreis van Dieppe naar Deauville monterde Francis op en toverde champagne en een reep chocolade tevoorschijn uit zijn rugzak. Het enige middel tegen zeeziekte, zei hij terwijl hij stukken chocolade afbrak en onder de passagiers in het derdeklasserijtuig uitdeelde – kinderen, streng kijkende grootmoeders in het zwart en een hond. Angus' appartement keek uit over zee. Er waren twee slaapkamers, een voor Francis en een voor Robin. Joe zou op de bank slapen. Er was een plank vol twijfelachtige boeken en niets te eten, op een wel erg oud blik zalm na. Er stak een storm op in het Kanaal, die het zachte knetteren van Angus' kristalontvanger overstemde. Ze aten zalm en chocolade en maakten de fles goedkope calvados soldaat die Joe in de trein vanuit Dieppe had gekocht van een boer.

Drie dagen voor Kerstmis ging Joe naar Parijs, meeliftend met hondenkarren en vrachtwagens.

De storm was gaan liggen en de lucht was helder, blauw en koud. Parijs, dat Joe als kind een sprookjesstad had geleken, leek in elk opzicht even betoverend als hij het zich herinnerde. De brede boulevards, de met bomen omzoomde avenues en de met kasseien geplaveide pleinen waren bedekt met een dun laagje ijs. Vergeleken met Parijs, de Lichtstad, waren de industriesteden in het noorden van Engeland incarnaties van de duisternis.

Het duurde even voordat hij zich kon oriënteren. Het feit dat hij omringd werd door mensen die een andere taal spraken bracht hem meer in verwarring dan hij had gedacht en verplaatste hem onverwachts en abrupt naar het verleden. Wanneer ze met zijn tweeën waren had zijn moeder altijd Frans met hem gesproken. Zijn vader verafschuwde de taal en zei dat elke fatsoenlijke Engelsman er zijn tong over brak. Toen Joe naar kostschool ging, sprak hij vloeiend Frans, maar het werd verpest door een leraar die nooit een voet buiten Engeland had gezet. Nu zweefde de taal ongemakkelijk op zijn lippen, net buiten zijn bereik.

Eindelijk vond hij de straat en telde de huizen af tot hij voor nummer vijftig stond, een elegant gebouw van vier verdiepingen met een krullerige smeedijzeren leuning langs een trap die naar een imposante voordeur leidde. Achter een van de ramen stond een kerstboom, compleet met kaarsen. Hij bleef even buiten staan en dacht aan vroeger. Een jonge vrouw met het kanten mutsje van een dienstmeid staarde hem door de ruit argwanend aan. Joe wierp haar een kushand toe en verdween in het café aan de overkant.

Het café was één en al rood pluche en weelderige art nouveau-lampen en -spiegels. De kelner bekeek Joe neerbuigend en wilde hem naar een bank achter in de zaak brengen, maar Joe stond erop bij het raam te zitten. Er was slechts één leeg raamtafeltje; de andere waren bezet door luidruchtig pimpelende studenten. Joe bestelde een kop koffie en een glas marc. Vervolgens stak hij een sigaret op en staarde uit het raam. De voordeur van het huis ging open en er kwam een vrouw de trap af. Hij kon haar gezicht niet zien; ze was dik ingepakt in een bontmantel en een pothoed. Een abrikooskleurige poedel trippelde achter haar aan. Ze beantwoordde niet aan zijn herinneringen aan grandmère, een ontzag inboezemende, waardige gestalte. Hij zag de vrouw de straat uitlopen. Hij wist, na enige tijd, dat hij niet die trap zou beklimmen om aan die deur te kloppen. Als hij dat wel zou doen, dan zou de geüniformeerde bediende die opendeed hem aankijken zoals de kelner hem had aangekeken, zijn oude corduroy broek in zich opnemen, zijn bij de ellebogen versleten jasje en zijn schoenen die hoognodig verzoold moesten worden. Als hij zei: Ik ben de zoon van Thérèse Elliot, zouden ze hem in zijn gezicht uitlachen. Zelfs als hij hen van zijn identiteit zou kunnen overtuigen, zouden ze hem nog altijd aanstaren, nog altijd verwonderd kijken. Hij zou die trap beklimmen, op die deur kloppen wanneer hij iets in het leven had bereikt.

Het punt was, dacht hij, dat hij geen flauw idee had wat hij ermee aan moest. Zijn vader had verwacht dat hij in de fabriek zou gaan werken en ze hadden er slaande ruzie over gehad. Joe had naar de universiteit gewild, maar zijn vader vond dat iets voor verwende jongetjes en rijke nietsnutten. Dus was hij het huis uit gegaan en had de laatste vijf jaar rondgezworven. Hij had Francis opnieuw ontmoet en was verliefd geworden op Clodie. Hij was lid geworden van de Labour Party, waar hij iets vond dat strookte met zijn overtuigingen. Hij was in leven gebleven, had onderdak gevonden, kleding en voedsel, maar dat was alles. Talloze anderen schenen een doel te vinden, hij niet.

Joe inhaleerde de rook van zijn sigaret en dronk zijn cognac op. Enkelen van de studenten die naast hem zaten hadden een blauwe regenjas aan en een baret op, het uniform van de Jeunesses Patriotes, een fascistische organisatie. Een exemplaar van 'L'Ami du peuple', een verfoeilijk rechts vod, lag voor hen op tafel. Joe legde al zijn kleingeld op de tafel en verliet het café. Toen liep hij terug over de avenue, zoekend naar een steeg die naar de achterkant van het huis leidde. Er was meer dan één manier om een vesting te bestormen.

Robin was die morgen om zes uur wakker geworden, toen Joe al naar Parijs was vertrokken. Ze had sindsdien een halfslachtige poging gedaan om het appartement op te ruimen, had croissants en baguettes gekocht voor het ontbijt en vergeefs geprobeerd haar ouders een kerstkaart te schrijven.

Francis werd om negen uur wakker, slenterde in Angus' zwierige bruine kamerjas door de keuken, maalde bonen en zette koffie. Met zijn koffiekom tussen zijn handen kwam hij naast Robin staan en keek naar het strand.

'Zullen we een eind gaan wandelen?'

Ze trok haar jas aan en ze verlieten de flat en liepen naar de zee. De promenade lag er modderig en verlaten bij in de wind en de regen. Aan de waterkant werd het natte zand overspoeld door de golven. Francis bouwde een groot zandkasteel, één en al barokke torentjes en schelpen en grillige slierten zeewier. Het opkomende getij zoog het terug de zee in.

'Wat symbolisch,' zei Francis. Hij keek op zijn horloge. 'Eén uur. Zullen we iets gaan eten? Ik ken een heerlijk restaurantje.'

Hij trok Robins hand door zijn arm en liep met haar door de stad. Grijze wolken stapelden zich op aan de horizon en de regen werd hardnekkiger.

Het restaurant was klein, slechts een stuk of zes tafels. Aan de bar zaten vissers, kleine, gedrongen, zwartharige mannen, te roken en te drinken. De verf bladderde van de raamkozijnen en de enige versiering bestond uit een vergeeld reclamebiljet voor Pernod.

'Vivien en ik zijn één keer in Deauville met vakantie geweest... o, een eeuwigheid geleden. Ze was net tussen twee echtgenoten. We kwamen hier iedere dag. Het eten is volmaakt goddelijk.' Francis schoof een stoel aan voor Robin en ze ging zitten. 'Vooral de *fruits de mer*.'

'Dat heb ik nog nooit gegeten.'

'De eerste keer is altijd de beste.' Francis wenkte de kelner.

In het sjofele restaurantje gezeten dacht Robin dat het leven niet volmaakter kon zijn. Een sigaret rokend terwijl ze op hun maaltijd wachtten voelde ze zich werelds en volwassen. De geur van knoflook en Gauloises was wonderbaarlijk en het leek bijna verdorven decadent om rode wijn te drinken bij de lunch. Ze feliciteerde zichzelf dat ze was ontsnapt aan de dodelijke verveling van Blackmere Farm, zich had losgemaakt van de verschrikkelijke saaiheid van een familiekerstfeest – en van haar vaders verwachtingen omtrent haar en haar moeders moeiteloze efficiëntie.

Het eten kwam, één enkele schotel met een hoorn des overvloeds aan schaal en schelpdieren, waarbij de parelmoerachtig glanzende schelpen waren gegarneerd met schijfjes citroen en strengen glinsterend zeewier.

'Val aan,' zei Francis, met een vork zwaaiend.

Toen ze er niet in slaagde een wulk uit zijn schaal te peuteren en hem door het halve restaurant keilde, kreeg ze de slappe lach en hij voerde haar stukjes kreeft en mossel, die hij behendig uit de schaal wurmde en die naar zee smaakten.

'Net zout rubber,' zei ze.

Francis schudde quasi-wanhopig zijn hoofd. 'Proef dit eens.' Hij prikte een stukje krab aan zijn vork en hield het haar voor. Ze ontmoette zijn blik en voelde dat ze bloosde. Mannen keken niet op die manier naar haar, met zo'n mengeling van verlangen en bewondering en... begeerte. Mannen keken alleen zo naar vrouwen als Maia.

Plotseling kon ze geen hap meer door haar keel krijgen en ze wendde zich af. Maar hij had zijn hand op de hare gelegd en zijn duim streelde haar knokkels.

'Eén hapje maar,' zei Francis smekend. 'Voor mij.'

Ze pakte de krab van de vork en proefde. Het smaakte verrukkelijk. Francis schonk hun glazen nog eens vol.

'Redelijk eetbaar, niet dan?'

'O Francis... het is héérlijk!' Ze keek de kleine bar rond. 'Het is allemaal zo... volmaakt.'

Hij bracht haar hand naar zijn mond en kuste hem; zijn lippen rustten op haar huid. 'Net als jij. Klein, volmaakt en verrukkelijk.'

Ze trok haar hand terug en staarde naar haar bord. Ze hoorde hem zeggen: 'Sorry, Robin. Ik dacht...' Hij klonk onthutst.

'Wat, Francis?'

'Ik dacht dat je hetzelfde voelde als ik.'

Ze kon niets zeggen. Het was alsof er een brok in haar keel zat.

'Blijkbaar niet. Stom van me. Vergeet het. Vergeef het me alsjeblieft.'

Ze keek op en zag de gekwetste blik in zijn ogen. Ze stak haar hand uit en raakte zijn mouw aan.

'Francis... het komt gewoon doordat...' De zocht naar de juiste woorden. 'Het is gewoon omdat ik aan zulke dingen niet gewend ben.'

Hij fronste zijn wenkbrauwen. 'Bedoel je het eten, of Frankrijk of het feit dat mannen je willen beminnen?'

'Allemaal! Het eten en Frankrijk zijn natuurlijk gewoonweg geweldig.' Ze zweeg even. Haar hart bonsde in haar borst.

Voorzichtig drong hij aan: 'En mannen?'

Ze probeerde het uit te leggen. 'Mannen schijnen me over het algemeen als een vriendin te beschouwen, of een soort zuster, of een goede kameraad!' Haar stem klonk wanhopig.

'Afschuwelijk.' Hij keek haar indringend aan. 'En wat idioot van ze.' Francis schudde zijn hoofd. 'En dat terwijl ik je al eeuwen zie als een vrouw met wie ik het heerlijk zou vinden naar bed te gaan.' Hij verstrengelde zijn vingers met die van Robin. 'Zullen we?'

Overmand door een mengeling van angst en verlangen staarde ze hem aan en knikte sprakeloos. Francis rekende af en ze verlieten het café.

Het regende hard; door de wind voortgejaagde regenvlagen kwamen horizontaal aandrijven vanuit zee. Onder de rafelige gestreepte markies van het restaurant nam Francis haar in zijn armen en kuste haar. De regen kletterde in haar gezicht en sijpelde langs haar nek, maar ze merkte het niet. De warmte van zijn lichaam tegen het hare en de smaak van zijn lippen waren heerlijk.

Maar even later liet hij haar los en zei: 'Je bent drijfnat, arme meid van me. Het spijt me. We kunnen beter haast maken.'

Hij pakte haar hand en ze renden door de verlaten stad terug naar het appartement. Daar hielp hij haar uit haar natte mantel. Daarna haar sweater en vervolgens begon hij haar blouse los te maken. Hij pauzeerde slechts één keer om te vragen: 'Weet je het zeker, Robin?' en ze zei glimlachend: 'Volkomen zeker.' De aanraking van zijn handen en zijn mond met haar hals was heerlijk. Zijn lippen gleden over haar mondhoeken en het kuiltje in haar kin. Ze liet haar vingers door zijn haren glijden en raakte in vervoering doordat ze hem aanraakte. Toen haar blouse van haar schouders gleed schaamde ze zich heel even voor de veiligheidsspeld die het bandje van haar kamizooltje bijeenhield. Maar het scheen Francis niet te deren en toen hij haar maag en haar borsten kuste, maakte ook zij zich er niet druk meer over.

Ze had over deze dingen gelezen, maar die boeken hadden niet gezegd hoe ze zich zou voelen. Hoe groot het genot was dat je in een ander kon vinden. Ze wilde dat de regen eeuwig zou duren om hen af te sluiten van de rest van de wereld. Zijn neus gleed over haar buik, haar borsten. In het schijnsel van het vuur was zijn lichaam stevig en gespierd. Toen hij ten slotte het hete, hunkerende plekje tussen haar dijen kuste kreunde ze van genot en gaf zichzelf aan hem. Ze had niet anders gekund.

Joe kwam kort voor middernacht weer in Deauville aan en zodra hij hen zag, vermoedde hij wat er gebeurd was. Het bracht hem nogal van zijn stuk; hij had Robin altijd gezien als iemand die ze deelden. Haar gezicht vertoonde een soort transparante blijdschap die hem inwendig deed kreunen. Ze huppelde in het rond, zei dat hij zijn natte spullen moest uitrekken en voor het vuur moest drogen en ze maakte zelfs een kop klonterige chocolademelk voor hem. Ze kon absoluut niet koken. Zelfs Joe kookte beter dan Robin.

Op de bank tegen Francis aangekruld vroeg ze hem hoe zijn dag was geweest. Joe vertelde hun alles wat hij had ontdekt, wat niet veel was. Het knappe meisje in het elegante huis had hem verteld dat zijn grootouders gestorven waren en dat er nu een ander gezin in het huis woonde.

'O, Joe, wat erg.'

Hij haalde zijn schouders op. 'Ik heb ze amper gekend. En ze waren eigenlijk nogal angstaanjagend.'

'Heb je nog meer familie?' vroeg Robin. 'Tantes... neven of nichten?'

'Ik heb een tante gehad.'

Tante Claire was een jongere, kleinere, molligere versie van zijn moeder. Zij en Joe hadden regenachtige dagen doorgebracht met bézique spelen, om centimes. Hij zou haar nog weleens opzoeken.

Joe stond op en keek Robin en Francis aan.

'Ik neem aan dat ik vannacht niet op de bank hoef te slapen?'

Vernon gaf Maia haar kerstcadeau twee dagen voor tijd. Iets bijzonders, zei hij toen hij haar het pakje laat op de avond gaf. De rest krijg je op kerstavond.

Ze zat op de rand van het bed en haar handen trilden toen ze het pakje openmaakte. Het was een lijfje, een goedkoop geval van zwart satijn met rode linten, en een paar ordinaire netkousen. Ze wilde ze hem in zijn gezicht gooien, maar durfde het niet. In plaats daarvan deed Maia wat haar gezegd werd en trok ze aan. Terwijl ze haar gezicht opmaakte zoals hij het leuk vond en in de spiegel van de kaptafel naar zichzelf keek, voelde ze tranen in haar ogen prikken. Maar ze weigerde ze te laten vallen.

Toen het voorbij was en ze weer in het donker lag, wist ze dat Robin gelijk had gehad. Ze kon dit niet verdragen. Ze kon het verdragen wanneer hij haar sloeg, maar dit niet. Langzaam, onherroepelijk veranderde hij haar in iets anders. Niet iemand anders, íets anders. Iets wat hij verachtte, maar desondanks nodig had. Ze was bang dat ze het op een dag niet meer zou merken, er niets meer om zou geven. Dat, wanneer hij haar had verkracht, ze hier zou liggen, starend naar het plafond en denkend aan de kleren die ze wilde kopen of de feesten die ze wilde geven. Dan zou hij een hoer van haar hebben gemaakt.

De volgende ochtend, vechtend tegen de misselijkheid die haar steeds veelvuldigere reactie scheen te zijn op de gebeurtenissen van de voorgaande avond, durfde Maia niet eens een toilettas mee te nemen toen ze het huis verliet. Ze pakte de weinige sieraden die ze kon vinden, wat niet veel was, aangezien Vernon haar sieraden altijd in een kluis legde, waarvan alleen hij de sleutel had. Ze zei tegen de butler dat ze ging winkelen, maar vroeg de taxichauffeur haar naar het station te brengen. Tijdens de reis naar Londen dacht ze aan alles wat ze achterliet en vroeg zich af of ze het zou kunnen verdragen. Ze kon geen enkele eerlijke manier bedenken waarop een vrouw het soort leven kon verdienen dat Vernon had verdiend. Vernon had zelf fortuin gemaakt, maar zelfs Vernon was begonnen met een kleine erfenis van zijn moeder. Maia zou niets hebben. Ze zou waarschijnlijk de kost kunnen verdienen als hoer, dacht ze en ze giechelde hysterisch. De passagiers in het eersteklasrijtuig staarden haar aan.

Ze nam een taxi van Liverpool Station naar het pension waar Robin woonde. Nadat ze door een bleek daghitje was binnengelaten wachtte Maia in de smalle gang. Het huis rook naar gekookte kool en iets ondefinieerbaars en mufs. De traploper was kaal en de netgordijnen waren vergeeld van ouderdom.

Er kwam een vrouw uit het schemerdonker tevoorschijn die zich voorstelde als juffrouw Turner, de hospita van juffrouw Summerhayes. Het haar van juffrouw Turner ontsnapte uit haar haarnetje en ze droeg een buitensporig en vormloos ensemble van donkerpaars geplet fluweel en kant. Juffrouw Turner legde uit dat juffrouw Summerhayes voor de kerstdagen naar het buitenland was gegaan. Wilde mevrouw Merchant een boodschap achterlaten? Wilde mevrouw Merchant – een hoopvolle blik, een stap naar voren – op een andere manier Contact Leggen? De astrale lichamen waren zeer actief rond deze tijd van het jaar...

Maia sloeg het aanbod beleefd af, maakte dat ze wegkwam en stond weer op straat. Toen ze in haar portemonnee keek, zag ze dat ze bijna al haar contante geld had uitgegeven voor de taxi. Aarzelend bleef ze even op het trottoir staan, in het besef dat ze op het punt stond in tranen uit te barsten. Zij en Vernon waren tientallen keren in Londen geweest, maar ze kon geen van de mensen die ze er had ontmoet een vriend noemen. Ze realiseerde zich dat ze op de hele wereld maar twee vriendinnen had: Robin en Helen. Robin zat in het buitenland en naar Helen kon ze niet; Helens vader zou vast en zeker zeggen dat het haar plicht was naar haar man terug te gaan. Terwijl ze daar zo stond in de koude decembermiddag ontsnapte er een kleine traan uit Maia's oog en rolde langzaam over haar wang. Ze veegde hem weg en begon de straat uit te lopen.

Door geldgebrek gedwongen nam ze de metro terug naar Liverpool Station. De mensen staarden naar haar bontmantel en haar sieraden, een paar fabrieksmeisjes gaapten haar na. Ze wist dat ze geen andere keus had dan naar Vernon teruggaan omdat ze nergens anders naartoe kon. Ze verdwaalde twee keer in de metro doordat haar gewoonlijk zo snelle brein, moe en van streek als het was, de plattegronden niet begreep. Ze had de hele dag nog niets gegeten; misselijk en gedeprimeerd had ze die ochtend alles geweigerd behalve de thee. Toen ze eindelijk in Liverpool Street aankwam, dwong ze zichzelf te gaan zitten om een broodje te eten en een kop thee te drinken, bang dat ze zou flauwvallen. In de lunchroom zittend en kleine hapjes brood naar binnen werkend hoorde ze dat de band van het Leger des Heils buiten begon te spelen. 'Vreugde der wereld...' Ze was vergeten dat het kerstavond was.

Het was zeven uur toen ze thuiskwam. Toen ze over de oprijlaan liep zag ze dat alle lichten in het huis brandden. Een ogenblik lang kon ze geen reden bedenken; toen wist ze het weer. Ze hadden een feest. Zij en Vernon gaven een kerstavondfeest voor het personeel van Merchants.

Aan de grond genageld van afgrijzen bleef ze een ogenblik staan, met haar handen voor haar mond. Muziek drong door de ramen naar buiten. Het huis dat Maia ooit zo luisterrijk, zo groots had geleken, kwam haar nu enorm, donker en dreigend voor. Ze hoorde voetstappen op het grind en schrok op.

Maar het was slechts haar dienstmeisje, niet Vernon. 'Ik moest van meneer Merchant naar u uitkijken, mevrouw. Hij zegt dat u door de achteringang moet komen en zich zo snel mogelijk moet omkleden. Hij heeft de gasten verteld dat u migraine hebt en even moest gaan liggen.'

Maia volgde het meisje door de keuken en over de bediendentrap naar boven. In haar slaapkamer nam ze haastig een bad en trok een japon van nachtblauwe kant aan. Beneden kuste ze Vernon op zijn wang en begroette alle winkelmeisjes, kantoorbedienden en chefs. Ze wist dat ze haar benijdden, maar zijzelf, dacht Maia, benijdde hen nog veel meer. Ze zou ervoor boeten. Ze wist dat ze zou worden gestraft. Toen ze Vernon aankeek, glimlachte hij naar haar, hoffelijk en liefhebbend, de goede echtgenoot. Maar hij dronk stevig door en naarmate de avond vorderde werd ze steeds zenuwachtiger.

De laatste gasten vertrokken om een uur 's nachts. Maia bleef achter in de salon en luisterde naar het geklets van de bedienden die in de keuken opruimden. Ze voelde zich lichamelijk kwetsbaar en geestelijk uitgeput. En ze was altijd nog wel zo prat gegaan op haar gezondheid.

Ze hoorde Vernon tegen haar mompelen, zoals ze wist dat hij zou doen: 'Je was te laat, Maia. Waarom was je te laat?'

'Ik ben bij Helen geweest,' loog ze. 'Ik heb de trein gemist.' Met een kortstondige opflakkering van haar oude energie voegde ze eraan toe: 'Als je een auto voor me had gekocht... Het is belachelijk dat ik geen eigen auto heb.'

'Als je een eigen auto had, Maia, hoe zou ik dan weten waar je uithangt?'

Voor de tweede keer die dag welden er tranen op achter haar oogleden. Ze knikte zwijgend dat ze hem begreep. Ze was zijn eigendom, precies zoals dit huis, de winkel, haar sieraden zijn eigendommen waren.

Hij zei zacht: 'Hoe denk je dat ik me voelde toen alle gasten arriveerden en ik niet wist waar je was?'

Ze zei sarcastisch: 'Heb je me gemist, Vernon?'

'Ik verafschuw het... ja, dat is het goede woord, *verafschuw*... tegen mijn werknemers te moeten liegen.'

'Dan had je ze de waarheid moeten vertellen,' siste ze, 'dat ik de hele dag weg ben geweest en het nauwelijks kon opbrengen om bij je terug te komen.'

Ze rende de salon uit en de gang in. Er was iets in haar gebroken en ze had vergeten voorzichtig te zijn. Ze voelde zich in het nauw gedreven en wanhopig.

Hij haalde haar in voordat ze halverwege de trap was. Ze wist dat hij stomdronken was, want zijn lepe ogen glinsterden en hij wankelde toen hij naar boven kwam. Toen hij haar beetpakte, bleef ze staan, verkild door zijn aanraking. Ze had, dacht ze, walgend van zichzelf, zich aangewend hem te gehoorzamen.

Hij zei: 'Ik heb je gekocht, Maia.'

Op de een of andere manier verzamelde ze haar laatste verspreide restjes moed. Ze moest hem ervan doordringen wat hij haar aandeed. Ze moest hem ervan doordringen dat ze aan de rand van een afgrond stond en dat er achter die afgrond een peilloze diepte lag waaraan ze niet eens durfde te denken. 'Je mag me geen pijn meer doen, Vernon.' Haar stem klonk schor. 'Je mag me niet dwingen die dingen te doen.'

Ze begon weer naar boven te lopen, zich als een invalide aan de leuning vastklemmend. Haar hoge hakken klikten onvast op de geboende houten boorden. 'Je doet wat ik je zeg, Maia.'

Toen ze de baluster boven aan de trap vastpakte, voelde ze een zo heftige opwelling van haat dat ze even haar ogen sloot en vocht tegen de duizeligheid. Ze voelde dat hij zich langs haar drong. In dat korte moment van contact werd ze zich opnieuw bewust van de kracht van zijn lichaam, de zwakte van het hare. Voor de zoveelste keer vervloekte ze zichzelf vanwege haar eigen onmacht, de gehypnotiseerde verlamming waartoe hij haar reduceerde.

'Niet meer, Vernon,' fluisterde ze. 'Ik wil niet...'

Op dat moment haalde hij uit, volkomen onverwachts, maar ze dook instinctief in elkaar tegen de baluster en het drong tot haar door dat hij nog erger dronken moest zijn dan gewoonlijk. Een sprankje hoop werd in haar ontstoken. De tomeloze woede in zijn ogen herkennend begon ze achterstevoren weer de trap af te lopen, zo snel als ze durfde, trede voor trede. Ze durfde haar blik niet van hem af te wenden, vastgenageld door de heftigheid van zijn gelaatsuitdrukking. Vernon stommelde achter haar aan en greep opnieuw naar haar, kreeg een handvol donkerblauwe kant te pakken. Maia zag de lange, brede trap onder hen en plotseling bloeide er hoop op, die haar voor het eerst de mogelijkheid van vrijheid aanbood.

Op nieuwjaarsdag bleef Francis met Vivien achter op het vasteland en Robin en Joe gingen samen naar huis. Robin kon er niets aan doen dat ze tevreden was over zichzelf. Ze was, in een tijdsbestek van enkele dagen, twee van de belangrijke mijlpalen in een vrouwenleven gepasseerd. Ze had een buitenlandse reis gemaakt en ze had haar maagdelijkheid verloren. Van beide had ze intens genoten. Ze had het aanbreken van de jaren dertig gevierd in een kleine bar in Deauville, in het schemerdonker samengeperst met een groot aantal aangeschoten Fransen en met Francis aan haar ene en Joe aan haar andere zijde. Ze hadden getoost op de wereldvrede.

111

Joe bracht haar naar haar kamer. Toen ze de sleutel in het slot stak, verscheen de jongste juffrouw Turner, bezorgd dribbelend en met een stuk papier in haar hand.

'Juffrouw Summerhayes. Wat afschuwelijk dat u er niet was... Dit is een week geleden aangekomen... Wat een zwarte aura...'

Robins knieën knikten toen ze het telegram aanpakte en ze moest onder aan de trap gaan zitten. Ze dacht aan Stevie en Hugh, zo lang geleden. De telegrammen die de hele dag op het gangtafeltje hadden gelegen...

'Ik kan het niet,' fluisterde ze tegen Joe. 'Alsjeblieft. Zou jij...?'

Toen hij het telegram openscheurde en uitvouwde, zei ze: *'Hugh...?'* en hij keek op, schudde onmiddellijk zijn hoofd.

'Nee. Maar het komt wel van je moeder. Over een zekere Merchant.'

Robin nam het telegram van Joe over en las het zelf. *Vernon Merchant dood STOP Vooronderzoek vijf januari STOP Moeder STOP* Ze moest het enkele keren lezen voordat de losse woorden tot haar doordrongen. Toen werd haar eerdere angst om Hugh bijna onmiddellijk verdrongen door een volstrekt andere angst. Maia's stem klonk in haar hoofd. *Ik mag hém dan niet willen, maar zijn geld wel...*

Ze werd zich ervan bewust dat Joe tegen haar praatte. Ze slaagde erin te zeggen: 'Maia Merchant is een oude vriendin. Zij en Vernon zijn pas vorig jaar getrouwd.'

Juffrouw Turner deed bezorgd, Joe zei honend: 'Het spijt me, Robin. Was je gek op hem?'

Verbaasd keek ze hem aan en zei: 'Nee. Hij was walgelijk,' en herinnerde zich toen pas wat Maia nog meer had gezegd.

Je mag niemand vertellen over Vernon en mij, Robin. Absoluut niemand. Beloof je dat?

En ze had het beloofd. Ze had die arme, mishandelde, gebroken Maia beloofd dat ze het geheim van haar rampzalige huwelijk zou bewaren. Ze zei haastig, verward: 'Ik bedoel... het huwelijk en zo. Je weet dat ik er tegen ben, Joe.'

'En mevrouw Merchant is vlak voor Kerstmis hier geweest, juffrouw Summerhayes,' zei juffrouw Turner bedeesd. 'Ik heb gezegd dat u in het buitenland was.'

Ze voelde zich leeg. Ze wilde alleen zijn; ze moest tijd hebben om na te denken. Ze nam afscheid van Joe en rende het huis uit en naar het postkantoor. Nadat ze haar moeder een telegram had gestuurd dat ze de volgende dag naar huis zou komen, liep Robin langzaam en peinzend terug naar haar pension. Haar conclusies waren somber en alarmerend.

Ze keek op haar horloge, zag dat het bijna vijf uur was en herinnerde zich dat het donderdagavond was, haar avond om te helpen in de kliniek.

De rijen snuffende kinderen en vermoeid kijkende vrouwen leken langer dan gewoonlijk. De laatste patiënt ging pas na negen uur weg.

Dokter Mackenzie viel tegen haar uit omdat hij zijn receptenboekje kwijt was, maar in plaats van terug te roepen zoals ze meestal deed, bracht ze water aan de kook en zette een grote pot thee. Ze pakte kopjes, suiker en melk, zette alles op een dienblad en ging ermee naar zijn kamer.

Hij zat aan zijn bureau, achter een berg dossiers en artseninstrumenten. Dokter Mackenzie was midden veertig, een grote, vriendelijke, luidruchtige beer van een vent. Hij keek op toen Robin binnenkwam.

'Gevonden.' Hij zwaaide met het receptenboekje naar haar. 'Onder de telefoongids.'

Ze grinnikte naar hem en schonk thee in.

'Je hebt de hele avond amper een woord gezegd, Robin. Meestal kwebbel je aan één stuk door. Wat is er aan de hand?'

'Ik voel me prima. Gewoon een paar dingen aan mijn hoofd.'

'Vertel op. Ik kan me niet permitteren dat je in de put zit. Je bent de beste assistente die ik in jaren heb gehad.'

Ze straalde bij het zeldzame compliment. 'Nou ja... ik ben mijn baan kwijt.'

'Aha. Pech. Een nieuwe rekruut in de gelederen van de werklozen?'

Ze knikte. 'Als ik niets anders kan vinden, zal ik naar huis moeten, denk ik.' Een afschuwelijk vooruitzicht.

Hij roerde in zijn thee en keek haar aandachtig aan. 'En dat wil je niet, is het wel?'

Ze schudde heftig haar hoofd.

'Zou je voor mij kunnen werken?'

Robin staarde hem aan. 'Wat... hele dagen bedoel je?'

'Precies... al zou ik je maar een schijntje kunnen betalen, vrees ik.'

Haar handen om haar theekop leggend zei ze: 'Ga door.'

'Je weet dat ik geïnteresseerd ben in de met armoede samenhangende ziekten in deze buurt – tuberculose, rachitis, difterie en zo. Ik heb geprobeerd een artikel voor een van de medische tijdschriften te schrijven, maar ik ben op een probleem gestuit. Het is gemakkelijk genoeg voor me om materiaal over ziekten te verzamelen – ik zie ze iedere dag. Maar er zijn dingen die ik niet weet – ik weet bijvoorbeeld niet hoe mijn patiënten eten en ik weet niet genoeg over hun woonsituatie.

113

Ik weet niet altijd of het gezin in de bijstand zit of niet. Er is dringend behoefte aan een of ander onderzoek, Robin, dat het verband tussen armoede en ziekte aantoont. Politici proberen heel vaak te ontkennen dat zo'n verband bestaat. Er moeten artikelen worden geschreven, een paar boeken misschien, iets wat het grote publiek zou bereiken. Maar ik heb hulp nodig. Ik heb geen tijd om alles zelf te doen.'

Ze glimlachte onwillekeurig. 'Ik?'

'Wat denk je ervan?'

'Ik zou het geweldig vinden. Echt, Neil.'

'Dat hoopte ik al. En je hebt een goed, methodisch verstand, Robin, als je de moeite wilt nemen het te gebruiken. Nou, wat doen we? Zullen we een maatschap beginnen?'

Voor het eerst in haar leven had ze het gevoel dat haar werk werd aangeboden dat haar iets deed. Nuttig werk, iets wat uiteindelijk verschil zou maken. 'Ja,' zei ze. 'Nou en of.'

'Het wordt hard werken,' waarschuwde hij haar. 'Ik kan je een hoekje van de apotheek geven voor je dossiers, maar het grootste deel van de tijd zul je het alleen moeten redden. Je zult veel moeten rondreizen en je zult dingen zien die je liever niet had gezien. Het wordt steeds erger, Robin, ik weet het zeker. De rimpels van de instorting van de Amerikaanse economie hebben ons nog maar net bereikt.'

Hij begon dossiers in laden te gooien, borg zijn stethoscoop en thermometers op. Toen hij zag dat ze er nog steeds was, zei hij: 'Je zei dat je twee dingen aan je hoofd had. Goed, het ene is opgelost. Wat was het andere?'

Robin dwong zichzelf niet te blozen. 'Ik heb een minnaar, dokter Mackenzie,' zei ze trots. 'Ik wil niet met hem trouwen en ik wil zeker geen baby op dit moment. Denkt u dat iemand me een pessarium zou kunnen verstrekken?'

Terwijl ze wachtte op het begin van het gerechtelijk vooronderzoek in Cambridge was Robin blij dat Daisy naast haar zat. Zowel Richard als Daisy was geschokt geweest door wat Maia, voor wie ze een diepe genegenheid koesterden, was overkomen. Niettemin werd, dacht Robin, de kloof tussen haar en haar ouders steeds breder. De sympathie van Richard en Daisy voor Maia was onvermengd, die van Robin niet.

Het vooronderzoek constateerde, koel en feitelijk, dat Vernon Merchant van de trap was gevallen en dat zijn schedel op de marmeren vloer van de gang was verbrijzeld. Zijn vrouw was de enige die op het moment van zijn overlijden bij hem was geweest, aangezien alle bedienden ofwel naar huis waren gegaan of naar bed op de zolder van het huis. De heer Merchant, die op de avond van zijn dood gastheer was geweest voor het kerstfeest van zijn personeel, had veel gedronken.

De moed zonk Robin in de schoenen naarmate een stoet artsen, politieagenten en huisbedienden hun verklaringen aflegden. Vanwaar ze zat kon ze Maia zien, op de eerste rij in de rechtbank. Toen Maia ten slotte in de getuigenbank plaatsnam en haar sluier omhoogsloeg, zag Robin dat haar gezicht bleek was en dat ze donkere kringen rond haar grote, blauwe ogen had. Maia vertelde de rechter-commissaris wanneer ze getrouwd was en hoe lang ze haar man had gekend voordat ze in het huwelijk waren getreden. Toen de rechter-commissaris vroeg of het een gelukkig huwelijk was geweest, kneep Robin in haar handen en beet op haar lip.

'We waren erg gelukkig, edelachtbare. Erg gelukkig.'

Terwijl ze Maia gadesloeg, dacht Robin terug aan dat andere vooronderzoek, naar de dood van Jordan Read. Ook toen had Maia gelogen.

Nu vertoonde Maia's gezicht de stille, gebeeldhouwde trekken van een renaissance-piëta terwijl ze de rechtbank de gebeurtenissen op de dag van haar mans dood beschreef. Dat ze naar Londen was geweest om haar vriendin, juffrouw Summerhayes, te bezoeken en had vernomen dat juffrouw Summerhayes buitenslands verbleef. Ze had haar trein gemist en was pas laat thuisgekomen. Zij en Vernon waren gastheer en gastvrouw geweest tijdens het feest en na afloop was ze, vermoeid als ze was, naar boven gegaan om te gaan slapen. Vernon had gerend om haar in te halen en was over een trede gestruikeld. Maia's stem beefde toen ze beschreef hoe ze een hand had uitgestoken om hem te helpen, maar hem niet had kunnen vastpakken. De rechter-commissaris gaf een parketwachter opdracht Maia een glas water te brengen en liet haar gaan. Robin merkte dat ze haar adem had ingehouden en tot bloedens toe op haar lip had gebeten.

Toen was het allemaal voorbij. De rechter-commissaris oordeelde dat het een dood door ongeval was geweest en Robin wist dat alleen zij de glinstering in Maia's ogen zag voordat de uitspraak kwam. Een glinstering van hoop misschien, of van angst? Niet van spijt, dacht Robin toen de sluier weer voor Maia's bleke gezicht zakte. Zeker geen spijt.

'God zij dank dat het achter de rug is,' fluisterde Daisy en ze kneep in Robins hand. 'Arme Maia. Wat een afschuwelijke gebeurtenis.'

Ze kon niets bedenken om te zeggen. Zonder haar moeder antwoord te geven baande ze zich een weg uit de rechtszaal. Het leek er plotseling warm en benauwd en ze kon het nog niet opbrengen naar Maia toe

115

te gaan en zich te voegen bij de menigte die haar condoleerde. Ze was drie van de grote mijlpalen in een vrouwenleven gepasseerd, dacht Robin terwijl ze haar longen vol koele, frisse lucht zoog. Ze had werk dat ze leuk zou vinden, ze had gereisd en ze had een minnaar. Maar op de een of andere manier kon ze zich niet voorstellen dat ze naar die bleke, stille gestalte toe ging om die dingen met haar te delen. Die belofte was uit iets haar jeugd. Ze waren geen kinderen meer.

Ze vroeg zich af of, als haar ergste vrees klopte, ze een andere uitspraak had willen horen. Of ze, indien ze naar de getuigenbank was geroepen, zelf niet eveneens meineed zou hebben gepleegd. Of, indien Maia schuldig was aan de dood van haar man, zij, Robin, het gevoel zou hebben gehad dat er een soort gerechtigheid in school. Ze wist het eenvoudig niet.

Het was allemaal van haar. Het geld, het huis, de zaak. Ofwel Vernon had zich niet kunnen voorstellen dat hij jong zou sterven of het was zijn laatste betaling aan haar, Maia de hoer.

Op de een of andere manier had ze het overleefd. Er restte nog één klein, knagend probleem, maar ze was ervan overtuigd dat ze ook dat zou oplossen. Ze keek naar de op het bed verspreid liggende landkaarten. Ze zou minstens een halfjaar op reis gaan en tegen de tijd dat ze naar Cambridge terugkeerde, zouden alle eventuele roddels zijn weggeëbd. Tenslotte kende alleen Robin de gedeeltelijke waarheid en ze had nooit aan Robins loyaliteit getwijfeld. Wanneer ze thuiskwam, zou dit alles van haar zijn. Ze zou nooit meer iets met welke man ook delen.

Zich ervan bewust dat ze op een haar na aan een ramp was ontsnapt drukte Maia de sloten van haar koffer dicht.

116

DEEL TWEE

1930-1931

Hoofdstuk vijf

Door haar werk voor dokter Mackenzie ontdekte Robin een ander Londen en wat ze zag maakte haar boos en radeloos. Haar gekrabbelde aantekeningen vormden een getuigenis van de eindeloze worsteling van andere mensen. 'Twee slaapkamers, huiskamer en keuken. Huur zes pond. Man 31 jaar, vrouw 28, en vijf kinderen van 10, 9, 7, 3 jaar en 5 maanden. Man werkloos. Gezin is achter met de huur en betaalt hoge doktersrekeningen voor jongste zoon, die astmatisch is.' En vervolgens, en op de een of andere manier erger, een pathetische beschrijving van de ontoereikende maaltijden, grotendeels bestaand uit brood met margarine en gecondenseerde melk.

Soms wanneer ze aan vreemde deuren klopte werd ze weggestuurd met een trots hoofdschudden van mensen die liefdadigheid vermoedden. Soms werd ze uitgemaakt voor bemoeial en één keer was ze languit in de modder gegooid door een man die haar ervan beschuldigde dat ze voor de sociale dienst werkte. Vaak werd ze tegemoetgetreden met de soort apathie waarvan ze begon te beseffen dat die het vaakst voorkomende en misschien afschuwelijkste gevolg was van maanden of jaren van werkloosheid, maar meestal werd ze hartelijk begroet door mensen die elke afwisseling tijdens een lange, doelloze dag verwelkomden.

Met Francis ontdekte ze nog een ander Londen. Een stad van groezelige cafés, nachtclubs en restaurants. Een stad van donkere, natte straten, betoverend in het eerste vale licht van de dageraad. Een stad van onverwachte, geheime plekken, van mensen die als exotische vlinders haar leven in- en uitfladderden.

In september 1930 zat Robin te wachten in een rokerige nachtclub in een kelder. Tegen elf uur keek ze op en zag Francis door het gedrang heen naar haar toe komen. Hij boog zich voorover en kuste haar en wenkte vervolgens de kelner om iets te drinken te bestellen.

'Guy en Charles kunnen er elk ogenblik zijn. En ik ben Angus in Fortnums tegen het lijf gelopen.'

119

'Waar is Joe?'

Francis keek vaag. 'Bij Clodie, denk ik.' Hij stak een sigaret op. 'Ik denk dat Joe bang is dat ze hem bedriegt. Wat ze natuurlijk ook doet. Dus houdt hij haar in de gaten.'

'Joe bespioneert Clodie? O Francis. Dat zou hij nooit doen. Vast niet.'

'Joe is verliefd. Mensen doen gekke dingen als ze verliefd zijn.'

Ze dacht zonder speciale reden aan Maia en Vernon. Maia had nooit van Vernon gehouden, maar had Vernon, op zijn verwrongen manier, van Maia gehouden?

'Liefde,' zei Robin radeloos. 'De mensen knoeien alleen maar wat met seks en bezit. Het is volkomen bespottelijk.'

'Precies. Ontzettend burgerlijk.' Francis leunde achterover in zijn stoel en kneep zijn ogen halfdicht. 'Niettemin voel ik een zeker medeleven met de arme donder.'

Anderen begonnen zich rond hun tafel te verdringen: Guy Fortune, die gedichten schreef, zijn zus Charis en een communist die af en toe pamfletten liet drukken bij Gifford Press. Angus, die Robin had ontmoet in Long Ferry Hall, verscheen met een welgevormde blondine aan zijn arm. Selena Harcourt, een artieste, had het grootste deel van een jazzband op sleeptouw. Degenen die geld hadden trakteerden alle anderen, de toosts werden steeds buitenissiger telkens wanneer de glazen werden geheven.

Om middernacht verlieten ze de nachtclub. De nacht was geel van de mist, die straten en stoepen nat maakte. Ze zwalkten over straat, een luidruchtig, bont gezelschap. Na enige tijd zetten ze Angus en zijn vriendin in een taxi en lieten Guy en Charis achter om revolutionaire rijmende coupletten met rode verf op de muren van een leegstaande te fabriek schilderen. Aangekomen in Francis' donkere, koude en stille appartement vrijen ze met elkaar, al het andere buitensluitend.

Vaak wanneer de schemering inviel bleef het stil in Clodies huis. Op zulke avonden haatte Joe, die aan de overkant toekeek, zichzelf omdat hij haar niet vertrouwde. Maar soms stopte er een auto of een taxi voor haar huis en dan sloop hij in het donker naar voren in een poging een gezicht te identificeren of gefluisterde woorden af te luisteren voordat de groene deur dichtging. Soms ging de deur na tien minuten weer open, andere keren vertrok Clodies bezoek pas nadat er een uur of twee was verstreken. De bezoekers waren altijd mannen.

Joe wist dat hij zich onredelijk gedroeg; hij wist dat hij Clodie gewoon moest vragen of ze andere mannen ontmoette. Maar hij was bang haar te kwetsen, bang ook voor het antwoord dat ze zou kunnen geven. Hij werd steeds bozer terwijl hij heen en weer werd geslingerd tussen hoop, wanhoop en zelfverachting. Hij verzon allerlei verklaringen voor Clodies veelvuldige bezoekers, verklaringen die bij daglicht volkomen redelijk leken. Clodie had een dokter geroepen voor Lizzie of haar huisbaas kwam de maandelijkse huur ophalen. Toen Clodie hem vertelde dat ze tegenwoordig ook herenkleding maakte, voelde Joe een groot gewicht van zijn schouders glijden terwijl hij keek naar de halfvoltooide jasjes en vesten die ze zorgvuldig over de rugleuningen van haar eetkamerstoelen had gehangen. Hij begon bijna te lachen en wilde haar al van zijn verdenkingen vertellen, maar wist zich net op tijd in te houden, in het besef dat zijn jaloezie hun verhouding even effectief kon beëindigen als haar trouweloosheid.

Maar hij móest gewoon blijven observeren. Op een avond volgde hij een van haar bezoekers naar huis en stapte op hetzelfde metrostation uit als zijn prooi. Clodies bezoeker woonde in een grote villa in een groene buurt van Hampstead. Op de een of andere manier kon Joe zichzelf er niet van overtuigen dat de soort man die in dat soort huis woonde zijn kostuums zou laten maken door een naaistertje in Hackney.

Toen Maia na een afwezigheid van negen maanden naar Cambridge terugkeerde, voelde ze haar ongerustheid groeien. Zonlicht speelde over de torentjes en colleges toen ze door de Gog Mahog-heuvels reed en een harde bal van angst verzamelde zich in haar maag. Haar klamme handen gleden over het stuur terwijl heuvels en bossen plaatsmaakten voor de brede wegen die de voorsteden vormden. De lange, kronkelende oprijlaan, de dichte laurierstruiken en Vernons huis, enorm en beschaduwd, knepen haar keel dicht totdat ze nauwelijks meer kon slikken. Toen ze haar auto voor de voordeur tot stilstand bracht, wist ze dat haar leven sinds het begin van het jaar onherroepelijk in tweeën was gespleten en dat de donkere onderstroming altijd verborgen moest blijven onder het glinsterende, gladde oppervlak. Ze opende het portier en vroeg zich even af of ze de façade overeind zou kunnen houden.

Maar toen de bezoeking van het begroeten van het personeel achter de rug was, toen ze de nieuwsgierigheid in hun ogen had zien opflakkeren en uitdoven, merkte Maia dat ze haar zelfvertrouwen had hervonden. Het was een moeilijk jaar geweest, maar ze had het overleefd. Terwijl ze door de kamers liep, de brede trap beklom, realiseerde ze zich dat alles anders was. Híj was er niet. Zijn afwezigheid had het huis volkomen veranderd, had het het hare gemaakt, verleende het een intens gevoel van vrijheid.

Ze bracht de morgen door met haar accountant en haar advocaat en reed 's middags naar de Fens om Helen te bezoeken. Ze reed Thorpe Fen uit en naar de lange, rechte oever van de Hundred Foot Drain. Daar parkeerde Maia de auto en haalde een thermosfles thee uit het handschoenenvak.

Helen legde haar hand bewonderend op het dashboard. 'Is-ie van jou?'

Maia knikte. 'Is-ie niet prachtig? Ik ben ermee door heel Frankrijk en Italië gereden.'

'Was je niet bang?'

'Ik ben nooit bang voor zulke dingen.' Maia schonk twee bekers thee in.

Helen warmde haar handen aan de beker. 'Je zult je nog wel verschrikkelijk voelen, Maia. Wat Vernon betreft, bedoel ik. Wat een tragische gebeurtenis.'

Er stonden tranen van medeleven in Helens ogen. Maia zei flink: 'Ik wil er niet over praten.'

'Natuurlijk niet. Ik wilde je niet van streek maken...'

'Je hebt me absoluut niet van streek gemaakt, lieverd.' Ze raakte Helens hand aan.

'Dan moeten we een toost uitbrengen. Je hebt een buitenlandse reis gemaakt, Maia – een van de mijlpalen in een vrouwenleven.'

Maia knipperde met haar ogen. 'Dat was ik helemaal vergeten. Het lijkt zo lang geleden.' Ze wilde er al *wat kinderachtig* aan toevoegen toen ze Helens gezicht zag; in plaats daarvan glimlachte ze en hief haar beker.

'Ook op jou, Helen. Op je naaiatelier.'

Helen keek terneergeslagen. 'O... dat. Ik ben ermee gestopt. Ik maakte er financieel zo'n warboel van en hoewel Hugh Summerhayes ontzettend lief was en me heeft geholpen, wilde ik hem niet te vaak lastigvallen. En de mensen schijnen zich momenteel geen nieuwe kleren te kunnen permitteren.'

'Degenen die het wel kunnen, kopen confectie, neem ik aan,' zei Maia peinzend. Toen dwong ze zichzelf te vragen: 'En Robin? Heb je haar nog gezien?'

'Ze is afgelopen zomer een week thuis geweest. Ze heeft een nieuwe baan, waar ze het ontzettend druk mee heeft.'

Maia luisterde met een half oor naar wat Helen over Robins werk vertelde. Ze dacht heimelijk dat Robin nog steeds probeerde de wereld te veranderen, wat volkomen zinloos was. Maia wist dat de wereld niet te veranderen was en dat degenen die rijk of slim of knap waren altijd naar de top zouden klimmen, over de ruggen van de armen en dommen heen. Ze was zich ook bewust van haar rilling van opluchting terwijl ze God in stilte bedankte dat ze nooit had geloofd in Robins blijvende trouw.

Maia voelde geen angst, maar gespannen verwachting toen ze de volgende ochtend naar Merchants reed. Ze genoot van de kleine opschudding die ze veroorzaakte toen ze door de brede dubbele deuren de zaak binnenliep en toen ze een glimp van zichzelf opving in het chroom en de spiegels van de parfumerie-afdeling, wist ze dat zij zagen wat zijzelf ook zag: een slanke, elegante vrouw, met een blanke, slechts licht door de zomer op het vasteland gebruinde huid, sober en exquis gekleed.

Tegen de tijd dat ze op de tweede verdieping aankwam moest haar komst via de een of andere tamtam de winkelchef, Liam Kavanagh, al hebben bereikt. Kavanagh, een kleine, gespierde Ier met blauwe ogen, begroette haar toen ze door de afdeling damesmode naar de kantoren liep.

'Mevrouw Merchant. Wat aardig dat u komt binnenlopen. Wilt u plaatsnemen... een kop thee...?'

'Nee, dank u, meneer Kavanagh. O...' Er verschenen kleine rimpeltjes in Maia's voorhoofd '... er is iets. Zou u meneer Twentyman en meneer Underwood willen halen? Ik zou ze willen spreken. En u natuurlijk.'

Meneer Twentyman was hoofd inkoop en meneer Underwood het hoofd van de boekhouding. Maia glimlachte Liam Kavanagh bevallig toe.

'Natuurlijk, mevrouw Merchant. Wilt u in de personeelskamer wachten?'

'Liever niet, meneer Kavanagh. Het kantoor van mijn man zaliger zou een geschiktere plek zijn voor wat ik te zeggen heb.'

Ze zag de flikkering van snel verborgen ergernis die over zijn gezicht gleed. In Vernons kantoor realiseerde ze zich de oorzaak. Liam Kavanaghs dossiers en pennen lagen over het hele bureau verspreid, Liam Kavanaghs jas hing aan de kapstok. Ze was niet boos. In zijn positie zou ze hetzelfde hebben gedaan.

Toen alle drie de mannen aanwezig waren gaf Maia hun een hand en nam plaats op de stoel achter Vernons bureau.

'Om te beginnen, heren, wil ik u bedanken voor uw harde werken in deze moeilijke tijd. Ik ben ervan overtuigd dat u al het mogelijke hebt gedaan om Merchants te leiden zoals Vernon het zou hebben gewild.'

Meneer Twentyman mompelde een eerbiedige condoleance, meneer Underwood kuchte en keek verveeld. In Liam Kavanaghs lichtblauwe ogen lag een uitdrukking van... Maia wist niet precies wat.

Hij zei: 'Ik denk dat u zult merken dat uw investeringen naar tevredenheid zijn beschermd, mevrouw Merchant.'

'Ik twijfel er niet aan, meneer Kavanagh.'

'En ik denk dat u eveneens zult merken dat Merchants in goede handen is geweest en zal blijven.'

Ze keek hem stralend aan. 'We schijnen het volkomen eens te zijn, meneer Kavanagh.'

'Meneer Underwood zal zoals gewoonlijk contact houden met uw accountant, mevrouw Merchant.'

Maia raakte even de dossiers op het bureau aan. 'O, ik denk niet dat dat nodig zal zijn, meneer Kavanagh. Het zal tenslotte veel makkelijker zijn voor meneer Underwood om gewoon op de deur van mijn kantoor te kloppen.'

Drie paar ogen staarden haar aan. Alleen in die van Liam Kavanagh ontwaarde ze ongerustheid, vermengd met woede.

'Je kunt een zaak moeilijk van thuis uit leiden, wel?' voegde ze er luchtig aan toe. 'Je zou zo veel missen.'

Het hoofd van de boekhouding, wie het eindelijk begon te dagen, zei: 'De zaak léiden, mevrouw? U wilt toch niet...' Zijn stem stierf weg.

'Maar ik wil het wel, meneer Underwood,' zei Maia zoetsappig. 'Merchants is nu van mij en ik ben van plan erop toe te zien dat het goed gaat. Ieder van u brengt voortaan verslag uit aan mij zoals u dat deed aan Vernon toen hij nog leefde. Goed, dan wil ik nu met de afdelingshoofden en de inkopers praten. Zoudt u dat willen regelen, meneer Twentyman? En stuur juffrouw Dawkins naar me toe, als u wilt, meneer Underwood.'

Maia keek op haar horloge. 'Tegen de middag moet ik klaar zijn met de eerste voorbereidingen. Is dat tijd genoeg voor u, meneer Kavanagh, om uw spullen uit mijn kantoor te halen?'

Die herfst klopte Robin op de deuren van de ergste huizen in Stepney. Het motregende en ze had haar paraplu in de bus laten liggen, maar ze vergat het weer toen ze het smerige straatje stelselmatig afwerkte. De rijtjeshuizen waren privé-eigendom en hadden geen van alle waterleiding; alle twaalf deelden ze twee kranen en twee afvoerbuizen op het achterplein. Twee smerige wc's aan de achterkant van de huizen zochten bij elkaar beschutting tegen de regen.

De deur van het laatste huis in de rij werd geopend door een kind op blote voeten en in een smoezelig, laag uitgesneden hemd. Robin rook de geur van vies linnengoed, ongewassen baby en vocht. Een vrouw kwam sloffend tevoorschijn.

Robin legde uit dat ze met een onderzoek bezig was. 'Het zijn maar een paar eenvoudige vragen. Ik zal niet te veel van uw tijd in beslag nemen.'

Ze werd binnengevraagd en keek de kamer rond. Er stonden sinaasappelkistjes bij wijze van tafels en zakken gevuld met stro als stoelen. De baby en de kleuter die had opengedaan keken hol en lusteloos voor zich uit. De muren waren bedekt met een dikke laag schimmel en de regen sijpelde door de ramen. Hoewel er een klein kolenvuurtje flakkerde in de haard, was het koud in de kamer.

Robin werkte snel haar vragenlijst af. De vrouw heette Lewis en haar man was een werkloos havenarbeider, die sinds een ongeval met zijn rug al zes maanden thuis zat. Meneer Lewis was eenendertig, zijn vrouw negenentwintig. Maar negen jaar ouder dan ik, dacht Robin vol afgrijzen terwijl ze naar het magere, bleke schepsel keek dat de baby in haar armen hield. Meneer Lewis kreeg vijfentwintig shilling per week van de bijstand en de huur bedroeg tien shilling en zes pence.

'We zijn achter,' zei mevrouw Lewis. 'De huisbaas heeft ons tot vrijdag de tijd gegeven.' Haar stem was toonloos en apathisch en er was geen angst of ongerustheid in te horen.

Robin moest zichzelf herinneren aan dokter Mackenzies waarschuwing, maanden geleden. Raak niet te zeer betrokken. Wees objectief.

'Hoeveel kinderen hebt u, mevrouw Lewis?'

'Dit hier zijn Lily en Larry en dan nog twee op school. En de baby. En Mary, ginds.'

Ze dacht aanvankelijk dat mevrouw Lewis het dochtertje bedoelde dat in de achtertuin aan het spelen was, maar toen hoorde ze de jammerende geluiden in het aangrenzende vertrek en ze liep achter mevrouw Lewis aan naar de keuken. Het duurde even voordat Robins ogen aan het zwakke licht gewend waren. Toen ze het kind zag, begon ze bijna te kokhalzen. Mary lag in een grote mand vol smerige repen van een deken. Als een hond, dacht Mary. Haar mond hing open en ze kwijlde, haar blik dwaalde rond en haar haren zaten vol klitten.

'Ze is niet helemaal goed,' legde mevrouw Lewis uit. 'Ze is al zo sinds haar geboorte. Stil maar, Mary.'

'Hoe oud is ze?'

'In april tien geworden. Ze is mijn oudste.'

Robin knielde neer naast de mand en streelde teder het smoezelige gezicht van het kind. 'Hallo Mary.' Mary pakte Robins vingers en schommelde op haar hurken heen en weer.

Mevrouw Lewis ging verder: 'Mijn Jack is altijd zo lief voor haar geweest, maar sinds hij door zijn rug is gegaan, kan hij haar niet meer naar boven dragen. Daarom slaapt ze hier beneden.'

Op de een of andere manier wist Robin het gesprek te beëindigen. Haar hand trilde toen ze het uit brood, margarine en kaas bestaande dieet van het gezin opschreef. Toen ze klaar was, zocht ze in haar tas en haalde een hand vol snoepjes tevoorschijn.

'Voor de kinderen. En kunt u me de naam van uw huisbaas zeggen, mevrouw Lewis?'

De huisbaas van mevrouw Lewis woonde nog geen kilometer verderop in een huis dat groter en beter ingericht maar niet schoner was dan dat van zijn huurders. Robin bonsde vijf minuten op de deur voordat die werd geopend. Eddie Harris was groot, breed gebouwd en in gezelschap van een grote hond.

Hij liet Robin in de voorkamer, die bezaaid was met vettige friteszakjes en lege bierflesjes en keek haar achterdochtig aan. Robin vertelde over het onderzoek.

'Ik heb vanmorgen enkelen van uw huurders ontmoet, meneer Harris. Het gezin Lewis in Walnut Street. Ze vertelden dat ze achter zijn met de huur.'

Hij haalde een verfomfaaid aantekenboek uit een la en bladerde het door. 'Vijf weken achter.'

'Mevrouw Lewis zei dat u hen uit hun huis laat zetten wanneer ze eind deze week niet betaald hebben.'

'Zes weken is de gebruikelijke termijn.'

'Zou u ze niet wat meer tijd kunnen geven, meneer Lewis?'

Hij boerde. 'Zes weken is de gewoonte. Goede zakelijke gewoonte.'

Ze dacht aan het afschuwelijke huisje met de schimmel, het vocht en het gebrek aan faciliteiten. 'Misschien zou u de huur kunnen verlagen, meneer Harris, dan zou het gezin makkelijker kunnen betalen.'

Hij staarde haar aan en begon toen te lachen, een mond vol zwarte tanden tonend. 'De huur verlagen? Waarom zou ik dat in godsnaam doen, juffie?'

'Omdat het huis niet waard is wat u ervoor vraagt.'

De geamuseerde blik verdween uit zijn scherpe oogjes. 'Ik ken een half dozijn gezinnen dat best zo'n leuk huisje zou willen.'

Robin dwong zichzelf beleefd te blijven. 'Meneer Harris, ik ben ervan overtuigd dat u weet dat de huur hoog is voor bouwvallige huisjes zoals die in Walnut Street. U weet misschien niet dat meneer Lewis werkloos is en dat ze zes kinderen hebben, onder wie een dochtertje dat al sinds haar geboorte ziek is. Waar moeten ze naartoe als u hen op straat zet?'

'Dat zijn mijn zaken niet, is het wel?' De wezeloogjes namen haar onderzoekend op. 'En de uwe evenmin, juffie.'

Hij staarde haar op een verontrustende manier aan. Ze droeg zoals gewoonlijk een rok tot aan haar knieën, haar groene fluwelen mantel en hoge hakken. Ze was dol op de hoge hakken omdat ze er langer door leek, maar nu wenste ze bijna dat ze een op haar enkels vallende zak en overschoenen aan had gehad.

Hij grijnsde. 'Is dat alles wat je kwam zeggen, lieffie? Of kan ik verder nog iets voor je doen?' Zijn hand lag op haar schouder en ze deinsde onwillekeurig terug onder zijn aanraking. De hond lag ineengedoken naast de deur te hijgen.

'Dus u wilt er niet over nadenken?'

Hij zei zacht: 'Dat hangt ervan af wat je biedt, schatje?' en zijn korte, dikke vingers gleden langzaam van haar schouder en betastten haar borsten. Zonder erbij na te denken draaide ze haar hoofd en zette haar tanden in zijn pols.

Bij zijn gebrul van pijn kwam de hond grommend overeind, maar Robin zag haar kans schoon en terwijl Eddie Harris haar losliet, ontweek ze de hond en rende de straat op.

Ze was onthutst over de reactie van dokter Mackenzie toen ze hem die avond in de kliniek vertelde wat er gebeurd was.

'Je bent naar de huisbaas gegaan? Eddie Harris? Je bent in je eentje naar die hersenloze lomperik gegaan om te vragen of hij de huur wilde verlagen?'

Robin zei verdedigend: 'Wat moest ik anders? Iemand moest het proberen.'

Hij sloeg met zijn vuist op tafel. 'Maar jij niet, Robin! Niet in je eentje!'

Plotseling werd ze eveneens boos. 'Ik ben geen kind, Neil. Ik moet mijn werk doen.'

'Je bent bij mij in dienst,' zei hij koel. 'Als je ooit nog eens zoiets stoms doet, ben je niet langer bij mij in dienst. Begrepen?' Ze staarde hem woedend aan.

Radeloos ging hij verder: 'Die vent is een beest – ik heb de schade die hij heeft veroorzaakt meer dan eens moeten herstellen. Snap je het dan niet, Robin – er had van alles kunnen gebeuren.'

'Maar dat arme kind,' jammerde ze, terugdenkend aan het meisje in de keuken. 'Kun je niets voor haar doen, Neil?'

'Niet als ze bij haar geboorte is beschadigd. Die dingen gebeuren, het is tragisch, maar er zijn dingen die onherstelbaar zijn.'

'Je had eens moeten zien hoe ze woont.'

'Waar zou je haar liever zien wonen, Robin? In het werkhuis? In een weeshuis? Ze kan nergens naartoe. Het arme ding is waarschijnlijk het beste af waar ze is. Ze mag dan in de vuiligheid wonen, maar ze is in elk geval bij haar familie. De geestelijk onvolwaardige kinderen van de rijken worden vaak naar zogenaamde tehuizen gestuurd en niemand die ooit nog aan ze denkt – zie je, sommige mensen denken dat die dingen erfelijk zijn, dus schamen ze zich voor die arme kinderen. Ik ben in een paar van die tehuizen geweest, Robin, en ze zijn erger dan wat je vanmorgen hebt gezien.'

Dokter Mackenzie begon zijn dossiers lukraak in een kast te gooien. 'En nu naar huis, ja? En denk eraan wat ik gezegd heb. Wees objectief. Bemoei je niet met wat niet veranderd kan worden.'

Het leek in het begin makkelijk genoeg, in Vernons kantoor zitten en brieven dicteren aan Vernons magere, strenge secretaresse, juffrouw Dawkins, of twee keer per dag door de winkel sluipen, de verkoopsters de stuipen op het lijf jagen, met haar vinger over toonbanken te strijken, op zoek naar stof.

Te makkelijk. Na een paar weken realiseerde Maia zich dat ze op een zijspoor was gezet, buitengesloten door Merchants driemanschap, even doeltreffend als Vernon haar ooit had buitengesloten van al deze macht en deze invloed. Terwijl zij zich in haar kantoor zat te vervelen, bleven de chefs en de inkopers gewoon met hun problemen naar Liam Kavanagh lopen, aan de andere kant van de gang. Haar maandagochtendbesprekingen met haar boekhouder, haar winkelchef en haar hoofdinkoper waren een lachertje, een toneelstukje om haar rustig te houden. De brieven die ze ondertekende vormden slechts een fractie van de brieven die juffrouw Dawkins typte; het werk dat het grootste deel van de dag van de secretaresse in beslag nam, werd gedicteerd door Liam Kavanagh.

Toen ze protesteerde tegenover meneer Underwood en meneer Twentyman, hielden ze haar een paar dagen aan het lijntje. De onbenulligheid van de problemen waarmee ze naar haar kwamen, het geringe belang van de kwesties die ze zogenaamd met haar bespraken deden haar inwendig zieden van woede. In stilte concludeerde Maia dat meneer Twentyman ijdel was, dat meneer Underwood dom was en dat ze een confrontatie moest aangaan met Liam Kavanagh die geen van beide was. Meneer Kavanagh was intelligent, aantrekkelijk en werkte hard. De meeste verkoopsters waren verliefd op hem en degenen die dat niet waren, waren bang voor hem. Een glimlach van hem reduceerde juffrouw Dawkins, een trouw kerkgangster van tegen de zestig, tot meisjesachtig gegiechel. De mannen respecteerden Liam Kavanagh vanwege zijn onbetwijfelbare capaciteiten en waren op hun hoede voor hem vanwege zijn scherpe tong en zijn opvliegendheid.

Maia wachtte tot laat op een vrijdag en toen alle kantoorbedienden, verkoopsters en inkopers naar huis waren vroeg ze Liam Kavanagh in haar kantoor.

'Een sigaret, meneer Kavanagh?' Toen ze hem haar sigarettenkoker voorhield, zag ze de minachting in zijn ogen.

'Graag, mevrouw Merchant.'

'Ga toch zitten.' Er stonden twee makkelijke leren fauteuils. Maia nam plaats in de ene. 'Ik weet niets over u, meneer Kavanagh. Bent u getrouwd?'

Zijn lip krulde even om. 'Nee, dat ben ik niet, mevrouw Merchant.'

'Waarom niet?'

Zijn ogen werden groter. 'Dat zijn mijn zaken, vindt u ook niet?'

Ze haalde haar schouders op. 'Ik stel belang in het welzijn van mijn personeel.'

'Is het heus? In dat geval... ik ben nooit getrouwd omdat ik er de tijd niet voor had.'

'U gaat dus volledig op in uw werk.'

'Ik ben bijna veertig, mevrouw Merchant, en ik heb er sinds mijn vijftiende over gedaan om de positie te verwerven die ik nu heb. Ik ben dan wel niet getrouwd, maar ik heb het niet slecht gedaan voor een jochie uit de achterbuurten van Dublin, wel dan?'

Zijn blik ontmoette de hare, daagde haar uit. Ze zei kalm: 'Terwijl ik een verwend meisje ben die alles op een zilveren schaaltje aangereikt heeft gekregen?'

Hij wendde zijn blik af. 'Dat zei ik niet.'

'O... dat zegt u volgens mij al enige tijd. Zij het zonder woorden.'

Zijn bleke huid werd wat roder, maar hij zei niets. Maia vervolgde: 'Laat me u iets over mezelf vertellen. Ik ben opgegroeid in een aardig huis in Cambridge en ik had een eigen leraar. Inderdaad, met een zilveren lepel in mijn mond geboren. Maar mijn ouders maakten ruzie vanaf de dag dat ik werd geboren en het grootste deel van de tijd merkten ze mijn aanwezigheid niet eens op. Mijn vader verloor al zijn geld en hij stierf toen ik achttien was. Ik ben een halfjaar met Vernon getrouwd geweest, zoals u weet, en vóór mijn eenentwintigste weduwe geworden. U vindt het misschien moeilijk te geloven, maar ik heb nooit op iemand kunnen steunen dan op mezelf.'

Afgezien van mijn vriendinnen, dacht Maia. Maar de gebeurtenissen van het afgelopen jaar hadden een kleine maar waarneembare wig gedreven tussen haar en Robin. En wanneer ze zichzelf met Helen vergeleek, voelde ze zich vaak cynisch en gebruikt.

Liam Kavanagh zei: 'Het is allemaal heel tragisch, mevrouw Merchant, maar het verandert niets aan het feit dat u zomaar bent binnengevallen in iets waarvoor ik twintig jaar nodig heb gehad.'

'Ik leer snel.'

'En...' begon hij en zweeg.

Maia glimlachte bijna. 'En ik ben een vrouw?'

'Inderdaad.' De korenbloemblauwe ogen ontmoetten haar, tartten haar.

'We hebben misschien tegen verschillende vooroordelen moeten vechten, maar de strijd is dezelfde, nietwaar? Ik had gedacht dat een jongen uit de veenstreek die zichzelf heeft opgewerkt meer sympathie zou hebben voor mijn positie.'

Een opflakkering van woede gleed over zijn gezicht en werd snel onderdrukt.

'Blijkbaar,' zei Maia effen, 'heb ik me vergist. En aangezien u niets kunt inbrengen tegen het onwankelbare feit dat ik de eigenares van Merchants ben, probeert u me op andere manieren onderuit te halen.'

'Ik weet niet wat u bedoelt.'

'Kom nou, meneer Kavanagh. We zijn geen van beiden dom. Ik denk zelfs dat we heel wat gemeen hebben.'

Zijn blik gleed over haar heen, van haar glanzende donkere haren tot de punten van haar kleine hooggehakte schoenen. Voor het eerst voelde ze zich ongemakkelijk en onzeker van zichzelf.

'Denkt u, mevrouw Merchant?' zei hij lijzig.

Maia voelde dat ze rood werd. 'Denkt ú misschien dat een vrouw dit werk niet aankan?' Hoewel ze zich probeerde in te houden, kon ze haar woede horen. 'Dat ik niet kan optellen, of verkoopcijfers begrijpen of winsten kan berekenen?'

'Er zijn weinig vrouwen die dat kunnen.'

'Alleen doordat ze het niet geleerd hebben. En ik kan het, daar heb ik voor gezorgd.'

'Een zaak zoals Merchants leiden houdt meer in dan bedragen optellen,' zei Liam Kavanagh langzaam en neerbuigend. 'Het houdt ook personeel aannemen en ontslaan in... weten wat je wel of niet moet inkopen... Je moet meedogenloos zijn.'

Je moest eens weten, dacht ze. Herinneringen flikkerden, herinneringen die ze gewoonlijk wist te vermijden. Het geluid van een schot en het beeld van een lichaam dat van een trap tuimelde. De vier witte muren van een kloostercel... Maia moest haar ogen neerslaan.

'En met wie zult u trouwen, mevrouw Merchant? Nee, ik excuseer me niet voor mijn vraag: u hebt ook naar mijn privé-leven gevraagd. Dat is het ergste: met wat voor fortuinjager, wat voor incompetente kerel zult u trouwen?'

Dat is het dus, dacht ze. 'U bent bang dat ik hertrouw en Merchants aan een ander geef?'

'Natuurlijk.' Hij keek haar opnieuw aan en opnieuw moest ze zichzelf beheersen om de zoom van haar rok niet omlaag te trekken, de voorpanden van haar jasje niet over elkaar te slaan.

'Een jonge vrouw zoals u blijft niet de rest van haar leven weduwe.' Zijn blik vestigde zich op de diepe V van haar blouse.

'Ik trouw nooit meer.' Maia's stem klonk fel. 'Dat garandeer ik u. Nooit meer.'

Hij keek haar ongelovig aan. 'Dat zegt u nu...'

'En over vijf, tien, twintig jaar zeg ik het nog steeds.'

'Verdriet verbleekt.'

'O ja?' Ze wist dat ze de op een nachtmerrie lijkende maanden van haar huwelijk nooit meer zou vergeten. Nooit zou vergeten wat voor obsessieve, wrede vrouw Vernon bijna van haar had gemaakt. De belangrijkste erfenis van de eerste eenentwintig jaar van haar leven was een diepe minachting voor mannen.

'Dat zeggen ze.' Liam Kavanagh doofde zijn sigaret en keek op zijn

131

horloge. 'Dit is allemaal zeer interessant, mevrouw Merchant, maar ik heb nog meer te doen.'

Hij deed haar af alsof ze een onhandig verkoopstertje was of een of andere deerne met wie hij had gerollebold in de heuvels van Donegal. Ditmaal kon Maia haar woede niet bedwingen.

'U blijft hier en luistert naar me, meneer Kavanagh, als u uw baan wilt houden.'

Ze zag de opflakkering van woede in zijn ogen branden en hij zei met gespannen stem: 'Wat wilde u tegen me zeggen, mevrouw Merchant? Bent u niet te spreken over mijn werk?'

Ze siste: 'U weet waar ik niet over te spreken ben, Liam Kavanagh. Ik ben er niet over te spreken dat u me voor dom verslijt, ik ben er niet over te spreken dat ik word behandeld als een marionet, met u aan de touwtjes.'

Ze dacht dat hij glimlachte. Als ze het zeker had geweten, had ze hem op staande voet ontslagen. Maar hij zei: 'Ik probeer alleen maar u van dienst te zijn, mevrouw Merchant. Het gemakkelijker voor u te maken.' De spot werd ternauwernood verhuld.

'Als ik uw hulp nodig heb, meneer Kavanagh, dan vraag ik er wel om. Tot die tijd zorgt u ervoor dat alle problemen, alle beslissingen aangaande Merchants aan mij worden voorgelegd. Dit warenhuis is míjn eigendom, niet het uwe. Hebt u dat begrepen?'

Hij stond op. 'Volkomen, mevrouw Merchant.'

'Dan kunt u nu gaan.'

Nadat hij het vertrek had verlaten bleef Maia enkele ogenblikken zitten. De spieren in haar benen trilden en haar vingers waren krampachtig verstrengeld. Ze vond dat haar overwinning hol was, dat ze eigenlijk had verloren. Hij had haar voor gek gezet en dat liet een zure smaak achter in haar mond.

Ze stond op, liep naar de dossierkast en haalde uit de onderste la de halve fles whisky die iemand daar ooit had laten liggen. Ze ontkurkte hem en nam een grote slok.

Toen Joe bij Clodies huis arriveerde zag hij, net zoals op de vorige vier vrijdagavonden, de auto die voor de deur stond. Hij vloekte binnensmonds, stapte toen terug in een portiek en leunde tegen de muur terwijl hij een sigaret opstak.

Hij werd er ditmaal niet rustiger van. Hij dacht aan de dingen die de laatste tijd in Clodies huis waren verschenen: de nieuwe naaimachine, het speelgoed voor Lizzie, de parfum die ze tegenwoordig gebruikte. En het ergst van al: de kleren en sieraden. De groene fluwelen jurk die zo schitterend om haar weelderige lichaam sloot, de parels die aan haar oorlellen hingen. De nieuwe mantel, de zijden kousen, het kwieke hoedje. Ze had nonchalant gezegd: 'Ik heb de laatste tijd veel werk, Joe. Je kunt vijf pond verdienen op een colbertje,' en de zelfgenoegzame manier waarop ze zich bij zijn naïviteit had neergelegd had zijn jaloezie nog verder aangewakkerd. Hij moest het weten. Hij kon niet langer wachten. Hij gooide zijn sigaret op de grond, stampte hem met zijn hak uit op het plaveisel, stak de straat over en klopte luid op de groengeverfde deur.

Het duurde vijf volle minuten voordat Clodie opendeed. Ze droeg een fleurige kimono en haar haren hingen los. Haar ogen werden groot toen ze hem zag.

'Het is laat, Joe... bijna één uur.'

'Maar je sliep niet, is het wel, Clo?'

Haar blik ontweek de zijne. 'Natuurlijk wel. Ik ben doodmoe. Je kunt niet binnenkomen, schat.'

Hij drong zich langs haar heen en wierp een snelle blik in de voorkamer. Het vuur was nog maar net uit en er stonden twee lege wijnglazen op tafel.

'Ik heb Lizzie een slokje gegeven,' zei Clodie haastig. 'De dokter zei dat een beetje wijn goed is voor haar maag.'

Met een ruk draaide hij zich om en keek haar aan. 'Het ergste is... het ergste is dat je blijkbaar denkt dat ik idioot ben...'

Haar ogen fonkelden van woede, maar ze kwam naar hem toe en streelde teder zijn gezicht. 'Ik denk helemaal niet dat je idioot bent, Joe. Ik vind je ontzettend lief.'

Hij duwde haar van zich af. 'Waar is hij, Clodie?'

'Wie?'

'Verdomme...' Hij liep naar boven. Hij hoorde haar roepen: 'Je gaat niet naar boven, Joe... je maakt Lizzie wakker!' maar hij negeerde haar en smeet, op de overloop aangekomen, haar slaapkamerdeur open.

Hij lag in bed, uiteraard. Van middelbare leeftijd en al kalend. Hij griste zijn achteloos weggeworpen kleren van de vloer zodra hij Joe zag. Het lijkt wel zo'n afschuwelijke Franse klucht, dacht Joe en hij wilde bijna lachen, maar toen hij zich de tijd herinnerde die hij en Clodie in ditzelfde bed hadden doorgebracht, had hij absoluut geen zin meer om te lachen.

'Maak dat je wegkomt.' Hij haalde uit naar de man op het bed.

'Dat is nergens voor nodig.' Clodie pakte Joe's arm en probeerde hem weg te trekken. 'Kenneth gaat net weg, hè, Kenneth?'

Het schouwspel verwerd opnieuw tot een klucht toen Kenneth in het rond huppelde, haastig overhemd, sokken en schoenen bijeenraapte en de trap af rende. Joe hoorde de voordeur dichtvallen.

Hij draaide zich om naar Clodie. 'Zijn er nog meer?'

Ze schudde haar hoofd. 'Natuurlijk niet, Joe. Ken is gewoon een oude vriend.'

'Je liegt!' gilde hij. 'Ik heb ze gezien, Clodie... ik heb maandenlang voor dat verrekte huis van je op de uitkijk gestaan en ik heb ze gezien.'

Ze probeerde hem niet meer te sussen. Woede vlamde op in haar groene ogen.

'Nou en?' siste ze. 'Wat heb jij daarmee te maken?'

Over een van de stoelen hing een bontmantel. Hij pakte hem en hield hem haar voor. 'Was het híervoor?'

Ze zei honend: 'Zou jij me zoiets kunnen geven? Zou je, Joe?'

De mantel gleed uit zijn handen op de grond. Clodie raapte hem op, streelde hem liefhebbend en hing hem op een hangertje. 'Kenny heeft hem voor me gekocht,' zei ze. 'En de oorbellen ook. En Eric heeft al dat prachtige speelgoed voor Lizzie gekocht en hij betaalt al vanaf het begin van het jaar de dokterskosten. Albert gaat met ons uit eten en neemt ons mee in zijn auto.'

Hij zei: 'Je hebt jezelf verkocht, Clodie. Verkoop je Lizzie ook als ze oud genoeg is?' en ze sloeg hem met haar vlakke hand hard in zijn gezicht.

'Eruit!' siste ze. 'Eruit!'

Toen hij buiten stond, proefde Joe bloed in zijn mond waar haar ringen zijn lip hadden geraakt. Hij liep terug naar het souterrain, maar de kille avondlucht kon zijn woede niet bekoelen. In het appartement aangekomen schopte hij de deur achter zich dicht en stak met trillende handen de gaslamp aan.

'Joe?' Hij draaide zich om en zag Robin staan. Ze had een van Francis' overhemden aan en haar ogen waren dik van de slaap. Ze staarde naar zijn gezicht. 'Je bent gewond...'

'Ik heb niets,' zei hij ongeduldig. 'Ga weer naar bed.'

Maar ze bleef waar ze was. 'Is er gevochten in de pub?'

'Ik ben niet naar de pub geweest.'

'Wat is er dan...?'

Haar onverzadigbare nieuwsgierigheid was een van haar ergste tekortkomingen. 'Clodie... amuseerde zich met... die ontzettende klootzak. Een of andere dikke, kale, opgeblazen...'

'Heeft Clodie een ander?'

Hij lachte verbitterd. 'Clodie heeft dríe anderen. Het is afgelopen.'

'Waarom?'

Hij kon niet geloven dat ze zo onnozel kon zijn. Bemoeiziek, ja, zelfs naïef, maar over het algemeen redelijk intelligent. Joe had moeite om zijn geduld te bewaren.

'Ligt dat niet voor de hand?'

'Niet echt, nee.'

Hij smeet zijn jasje op de bank. 'Ik wist niet dat ik deel was van een viermanschap. Dat ik aandelen had gekocht.'

'Omdat jij en Clodie minnaars waren, was ze jouw éigendom?'

Ze verdraaide zijn woorden. 'Natuurlijk niet. Ik dacht alleen maar dat we iets hadden... dat we van elkaar hielden.'

Robin ging op de bank zitten en sloeg zijn jasje om haar schouders om warm te blijven. 'Jullie begeerden elkaar, Joe, meer niet. Maakt het echt verschil voor je als Clodie ook andere mannen begeerde?'

Plotseling wist hij dat ze het mis had, volkomen mis. En hij wist ook dat de woede die hij voelde slechts tijdelijk de pijn maskeerde die weldra zou beginnen en lang zou aanhouden.

'Mensen verwarren begeerte met liefde,' las ze hem de les. 'En ze denken dat ze de mensen van wie ze houden moeten bezitten. Je gedraagt je als de eerste de beste burgerlijke echtgenoot, Joe.'

'Ze nam géld aan, verdomme!' siste hij haar toe. 'Kleren... sieraden...'

Hij wilde niet dat ze zijn verwarring zag en draaide zich om. Hij hoorde haar met zachtere stem verdergaan: 'Weduwen zijn de armsten van de armen, Joe, vooral als ze een kind hebben dat ze aan huis bindt, zoals Clodie.'

'Ik weet het,' mompelde hij, zich ervan bewust dat zijn onvermogen om hen te onderhouden nog het ergste was. En dat hij Lizzie net zo erg zou missen als Clodie.

Het bleef even stil; toen zei hij: 'Ik zou haar niet met een ander kunnen delen, Robin. Nooit. Jij zou Francis toch ook niet kunnen delen, of wel soms?'

'Wat heeft Francis ermee te maken? We zijn vrienden en we zijn met elkaar naar bed geweest, dat is alles. Ik hou niet van Francis.'

Hij keek haar aan zoals ze daar klein en ineengedoken zat in Francis' overhemd en zijn eigen jasje en zei lusteloos: 'Natuurlijk wel, Robin.'

Hij wreef door zijn ogen en ging naast haar op de bank zitten. 'Je houdt van Francis, al meer dan een jaar, en het wordt tijd dat je stopt met jezelf een rad voor ogen te draaien.'

135

Hij hoorde dat ze tegenwerpingen begon te maken, maar hij sloot zijn ogen en sloot zich af. Hij kon het niet opbrengen om naar bed te gaan. Toen hij in slaap viel werd de scène met Clodie opnieuw afgedraaid in zijn hoofd en hij voelde zich diep ellendig en berouwvol.

Tot die tijd zorgt u ervoor dat alle problemen, alle beslissingen aangaande Merchants aan mij worden voorgelegd, had Maia gezegd en binnen een week of twee realiseerde ze zich dat Liam Kavanagh haar instructies letterlijk opvolgde. Tot en met de laatste komma, tot en met de zwierige, flamboyante krul onder zijn handtekening.

Elk probleem, groot of klein, belandde op Maia's bureau. De late bestellingen op de afdeling huishoudelijke waren, de zwerfkat in de garages. De gestage, niet te stuiten winstdaling in de afgelopen twee kwartalen, de klontjes in de rijstepap in de kantine. Wanneer ze 's morgens om negen uur arriveerde, vond ze op haar de vorige avond opgeruimde bureau een stapel memo's, te ondertekenen brieven, boekhoudstaten. Ze wist dat hij haar op de proef stelde, wist dat klagen zou bevestigen dat ze een zwak, incompetent, jammerend vrouwtje was, zowel in zijn ogen als in die van zijn medestanders.

Ze ging elke morgen om halfacht naar Merchants en vertrok zelden vóór tien uur 's avonds. Een zwijgende wedstrijd tussen haar en Liam Kavanagh, die eveneens lange dagen maakte, was begonnen. In haar geval echter, bijna overspoeld door zowel onbeduidende klachten als reële zorgen over de toekomst, waren de lange dagen noodzakelijk. Wanneer Maia sliep, droomde ze van orderboeken en kredietbeperkingen; wanneer ze in haar eentje at, had ze constant een memoblok bij de hand om aantekeningen en memo's voor zichzelf te schrijven. Het was niet slecht, hield ze zichzelf voor, dat Liam Kavanagh haar had gedwongen zich te bemoeien met alle ridicule ruzietjes die in een groot bedrijf als Merchants uitbraken. Ze moest de zaak van nabij leren kennen, als een minnaar. Er was zoveel wat ze niet wist.

Ze besefte de risico's. Dat ze in de brij van banaliteiten de essentie uit het oog zou verliezen, zodat de daling van de winst van Merchants, zichtbaar in de halfjaarcijfers, steeds sneller zou gaan. Dat ze een gigantische, duidelijke blunder zou maken, zodat zij, de mannen, in zichzelf zouden glimlachen en mompelen *Ik had het toch gezegd.* Wanneer ze voelde dat ze haar in de gaten hielden en wachtten tot ze een fout maakte, werkte ze nog harder en sloeg alle informatie die ze in de eerste maanden bij Merchants had opgedaan op in haar uitstekende geheugen. Ze was uitgeput, ze was vermagerd, ze had in weken geen vriendinnen gezien, maar ze begon het bedrijf te doorgronden. Ze stelde een plan op, een gevechtsstrategie.

Ze begon met juffrouw Dawkins. Ze wist dat, als ze juffrouw Dawkins voor zich kon winnen, ze een duidelijke voorsprong zou hebben. Juffrouw Dawkins' adoratie voor Liam Kavanagh (subtiel gekoesterd natuurlijk door meneer Kavanagh zelf) en haar ouderwetse ideeën over de inferioriteit van de vrouw maakten Maia's taak dubbel moeilijk. Het grootste deel van de immense hoeveelheid paperassen ging op enig moment door juffrouw Dawkins' benige, bekwame handen. Liam Kavanaghs campagne om Maia onder triviale dingen te bedelven kon niet slagen zonder de medewerking van juffrouw Dawkins.

Maia nodigde haar uit om op een zondagmiddag op de thee te komen. 'Met doodgewone cake,' legde ze uit om eventuele puriteinse tegenwerpingen over de dag des Heren voor te zijn. Maia stak zich, net als op het werk, in het zwart en liet het theeservies gereedzetten in de salon. De grote foto van haar en Vernon op hun trouwdag, die een jaar lang onder in een la had gelegen, werd afgestoft en kreeg een opvallende plek op de schoorsteenmantel. 'Ik werk bij Merchants voor Vernon,' legde ze uit, een traan wegpinkend terwijl ze suiker in het kopje van juffrouw Dawkins schepte. 'Het is moeilijk voor een alleenstaande vrouw, maar hij zou gewild hebben dat ik zijn naam in ere hield. Hoe moeilijk, hoe *smakeloos* ik het soms ook vind, ik voel dat ik ermee door moet gaan ter wille van die arme Vernon.' Door met tranen beparelde wimpers keek Maia de oudere vrouw aan. 'U begrijpt het, is het niet, juffrouw Dawkins?' De maandagochtend daarna was de enorme, vormeloze stapel paperassen op Maia's bureau geselecteerd en gesorteerd in kleinere stapeltjes naar gelang urgentie en onderwerp.

Bleven over de mannen. Het hoofd inkoop, ontdekte Maia, kon over de streep worden getrokken door op zijn ijdelheid te spelen en wanneer het zo uitkwam een meelijwekkend zij het walgelijk vertoon van hulpeloosheid ten beste te geven. Haar hoofdboekhouder, meneer Underwood, maakte haar gek met zijn gebrek aan fantasie en zijn starre gevoel voor traditie. Ze kwam tot de conclusie dat Vernon hem alleen maar had gedoogd vanwege zijn pietepeuterige grondigheid, een noodzakelijkheid in zijn werk. Maar grondigheid was niet genoeg meer; wanneer Maia de financiële pagina's van de dagbladen las of met eigenaars van andere detailhandelszaken praatte, begon ze te vrezen voor de toekomst. Toen ze eens een hele nacht opbleef en haar vingers langs de rijen getallen liet glijden, keerde haar oude angst gedeeltelijk terug. Dat ze alles zou kwijtraken, dat het haar door de vingers zou glippen, dat ze niet veilig zou zijn. Ze begon aantekeningen te maken, plannen te smeden. De volgende ochtend, toen ze door de winkel liep en voorraden inspecteerde, dreef ze meneer Twentyman in zijn kantoor in het nauw.

Ze zei: 'U koopt te grote hoeveelheden in, meneer Twentyman. U moet uw bestellingen terugbrengen.'

Hij keek haar aan, zijn knappe gezicht één en al onbegrip en zijn opgetrokken wenkbrauwen verdwenen bijna in zijn haargrens.

'We hebben veel te grote voorraden, meneer Twentyman.' Maia spreidde een aantal facturen uit op zijn bureau. 'Linnen... vloerbedekking... meubels. We kopen te veel tegelijk. Als we kleinere hoeveelheden zouden inkopen, zouden we opslagkosten besparen.'

Hij glimlachte. 'Laat me het uitleggen, mevrouw Merchant. De leveranciers bieden grotere kortingen bij grotere bestellingen. Zo werkt dat.'

Ze had hoofdpijn na een slapeloze nacht en geen behoefte aan neerbuigendheid. Ze legde haar handen plat op het bureau, boog zich naar voren en zei: 'En hebt u de korting vergeleken met het renteverlies op de investeringen? Hebt u zich gerealiseerd dat, zelfs afgezien van de opslagkosten, Merchants meer verliest door dergelijke hoeveelheden te kopen?'

Zijn glimlach week nauwelijks. 'Dat is een zaak voor meneer Underwood, mevrouw Merchant.'

'Dat is míjn zaak, meneer Twentyman. En dus de uwe.'

Het bleef even stil. Toen zei Maia: 'U brengt uw bestellingen met minstens vijfentwintig procent terug. En u gaat werken met offertes.'

Nu had ze zijn aandacht. 'Mevrouw...'

'Concurrentie, meneer Twentyman.' Haar mondhoeken krulden omlaag. 'Zo werkt dat.'

Hij richtte zich stijfjes op. 'Zo hebben we altijd gewerkt, mevrouw.'

'En nu gaat u op mijn manier werken,' zei Maia zoetsappig. 'Breng me eind van de week uw orderboek, meneer Twentyman, dan kan ik de cijfers bekijken.'

Ze zag de uitdrukking van woede op zijn gezicht en voelde geen triomf, maar radeloosheid, voornamelijk gericht tegen zichzelf. Ze had een nieuwe vijand gemaakt. Toen ze zich omdraaide en Liam Kavanagh kijkend en luisterend achter hen in de gang zag staan, werd ze zich bewust van een dodelijke vermoeidheid, vermengd met een voorgevoel van naderend onheil.

'Meneer Kavanagh.' Met geheven hoofd dwong Maia zichzelf zijn blik te ontmoeten.

'Mevrouw Merchant.'

Toen ze door de gang liep realiseerde ze zich hoe moe ze was. Ze meende in Liam Kavanaghs lichtblauwe ogen geen woede te hebben gezien, maar bewondering. Ze hield zichzelf voor dat ze zich moest hebben vergist.

Hoofdstuk zes

Helen had meer tijd nodig dan verwacht om inkopen te doen en de bus bereikte de rand van Thorpe Fen pas toen de schemering de velden en sloten onderdompelde in donkere, purperachtig-grijze schaduwen. Ze struikelde bij het uitstappen, haalde haar kous open en bleef met haar boodschappennet achter een steen haken en toen ze, naar huis lopend, achterom keek, zag ze een spoor van uien en knollen die haar route markeerden; ze waren door het gat in de tas op de modderige weg gevallen.

Het was de vrije middag van de meid. Toen ze zichzelf de pastorie binnenliet, zag Helen het kanten gordijn voor het raam in de voorkamer bewegen.

'Helen?' Haar vaders stem. 'Je bent laat.'

'Ik heb de bus gemist, papa. Ik moest een uur wachten.'

Dominee Ferguson kwam tevoorschijn uit de schemerige, met linoleum belegde gang. Het donker beschaduwde zijn oogkassen en benadrukte de volle, welvende rood lippen en de lange, enigszins opwippende neus, trekken die hij gemeen had met zijn dochter.

'Mevrouw Lemon is er. Ze komt de inschrijvingen voor het parochiefonds ophalen.'

Helen sloeg haar hand schuldbewust voor haar mond. 'Ik ben nog niet klaar met de collecte, papa. O hemel.'

In werkelijkheid was ze er nog niet eens mee begonnen. Ze had er een hekel aan om aan te kloppen bij mensen die ze niet goed kende en het geld bracht haar zoals altijd in de war.

'Lieve help, Helen, je moet toch echt niet zo slordig met je verantwoordelijkheden omspringen. En we zitten al een halfuur op onze thee te wachten.' Dominee Ferguson verdween weer in het donker. Toen hij de deur van de spreekkamer opende, hoorde Helen hem zeggen: 'Ik vrees dat u even geduld moet hebben, mevrouw Lemon. Helen is er nog niet mee klaar,' en mevrouw Lemon antwoordde: 'Het geeft niets. Er is geen haast bij.'

Helen nam de brief op die op het gangtafeltje op haar lag te wachten. Haar vaders stem galmde door de gang en volgde haar naar de keuken. 'Helen is soms wat traag, maar ik ben toch blij dat ze zo'n huiselijk meisje is. Die moderne meisjes die autorijden en op kantoor werken zijn niet bepaald een sieraad voor hun sekse.'

In de keuken borg Helen de boodschappen op en waste de modder van haar knie. Vervolgens ging ze aan tafel zitten en scheurde de brief van Maia open. Het was een korte, niet meer dan een halve pagina. *Liefste Helen, ik vrees dat ik onze lunchafspraak moet afzeggen. Robin kan niet en ik kom gewoon om in het werk. Ik regel zo snel mogelijk een andere. Veel liefs. Maia.*

Het water kookte. Helen stond op, deed thee in de pot en sneed de cake. Ze begreep niet waarom ze zich zo neerslachtig voelde. Misschien vanwege het vochtige lenteweer en omdat ze plotseling pijnlijk duidelijk zag dat haar vriendinnen haar voorbij waren gestreefd. Ze kon zich niet voorstellen dat ze het ooit te druk zou hebben om met Maia en Robin te gaan lunchen. Ze kon zich niet voorstellen dat ze een eigen zaak leidde, zoals Maia, of zelfstandig in Londen woonde, zoals Robin. Ze was nog geen stap dichter bij haar bescheiden, nuchtere ambitie van huwelijk en moederschap dan drie jaar geleden, toen ze op de veranda van Robins winterhuis zaten en over de toekomst praatten.

Toen mevrouw Lemon vertrokken was wenkte haar vader haar. Zijn altijd onvoorspelbare stemming was omgeslagen. 'Ik was zo ongerust toen je te laat was, Helen,' fluisterde hij. 'Zo ongerust. Als jou iets ergs zou overkomen, zoals met mijn lieve Florence is gebeurd... ik zou het niet kunnen verdragen.' Zijn lange, magere vingers streelden Helens weelderige, honingkleurige haardos. 'Wat een prachtige haren, kuikentje. Precies die van je lieve mama.' Hij bukte zich en kuste haar wang, vervolgens haar mond. Zijn lippen waren ruw en droog.

Maia las elke dag in de *Financial Times* over bedrijven die over de kop waren gegaan, bedrijven die ooit betrouwbaar waren geweest, zoals het hare. Hoewel de openlijke vijandigheid van de eerste paar maanden bij Merchants waren overgegaan in een soort wapenstilstand, slopen zij en Liam Kavanagh nog steeds om elkaar heen, zich opsluitend in hun eigen kantoor, macht uitoefenend op hun eigen, zorgvuldig afgebakende terrein. Wrijving was veranderd in beleefdheid of misschien in een zeker afstandelijk respect. Ze dacht dat hij zijn tijd beidde, zijn munitie spaarde. Desondanks had ze hem nodig. Dringend nodig.

Ze nodigde hem bij haar thuis uit voor een diner. Toen ze dat deed, zag ze weer minachting flakkeren in meneer Kavanaghs ogen en ze glimlachte even in zichzelf. Maar die zaterdagavond om zeven uur belde hij aan de voordeur, chic uitgedost in avondkostuum en gesteven overhemd.

Tijdens het voorgerecht, eieren met mornaysaus, praatten ze over koetjes en kalfjes. Hij was rusteloos; Maia zag dat hij op zijn horloge keek.

Ze zei: 'Toen ik u uitnodigde om bij me te komen eten, meneer Kavanagh, wat dacht u toen?'

Zijn ogen werden groot.

'U zult me hopelijk het genoegen doen van een eerlijk antwoord.'

Hij leunde achterover en keek haar aan. 'Zoals u wilt. Ik dacht dat u me probeerde te lijmen, mijn goedkeuring te krijgen.'

'U te verleiden?'

Ze zag zijn hand verstrakken rondom zijn glas. Hem recht aankijkend voegde ze eraan toe: 'In overdrachtelijke zin natuurlijk.'

'Natuurlijk.'

Maia de hoer, dacht ze cynisch, had nog niet al haar talenten hoeven ontplooien.

De meid ruimde de hors d'oeuvre af en serveerde het visgerecht. Toen ze weg was zei Maia: 'Je bent een aantrekkelijke man, Liam – ik mag je toch wel Liam noemen – maar ik heb geen plannen om je te verleiden. Ik zou er geen nut van hebben.' Ze glimlachte en zag tot haar genoegen dat ze hem had geschokt. 'Zie je, ik beschouw mijn uiterlijk als een wapen in mijn arsenaal – net als jij. Het is een waardevol wapen en ik zou dom zijn als ik het niet gebruikte. Maar niet tegen jou. Je zou me alleen maar verachten, of niet soms?'

Voor het eerst keek hij ongemakkelijk. 'Ik bied mijn excuses aan als ik de indruk heb gewekt dat...'

Ze viel hem in de rede. 'O, Liam, alsjeblieft, dat is nergens voor nodig. Ik heb je niet uitgenodigd om je te verleiden, maar om het over kostenbesparingen en reclame te hebben. Om de overtollige voorraad weg te werken, de overheadkosten terug te dringen. Klinkt dat niet veel interessanter dan verleiden?'

Ze dacht dat hij zou opstaan, de kamer uitlopen en de tong Dover koud zou laten worden op zijn boord, maar toen was het alsof zijn trots en zijn verdedigende houding bijna zichtbaar van zijn schouders gleden. Hij glimlachte en zei: 'Een onmogelijke vraag, mevrouw Merchant. Als ik het ermee eens ben, beledig ik u als vrouw en als ik het er niet mee eens ben, beledig ik u als mijn baas.'

Ze keek hem aan en voelde hoe haar hele lichaam zich ontspande, hoorde haar eigen lach. Voor het eerst kwam het in haar op dat Liam Kavanagh een vriend zou kunnen zijn, iemand met wie ze de immense last die ze op haar schouders had genomen kon delen. Ze zei zacht: 'Ik heb je nodig, Liam. Ik heb je intelligentie, je loyaliteit en je ervaring nodig. En ik heb je nodig omdat je een man bent. Ik heb je nodig omdat er plaatsen zijn waar ik altijd buitengesloten zal worden, waar jij naartoe moet als mijn vertegenwoordiger.'

Hij kneep zijn ogen halfdicht. 'Ga door.'

Ze kwam ter zake. 'De winst is de afgelopen drie kwartalen gedaald.'

'Geen buitensporige daling, mevrouw Merchant. Vergeleken met anderen hebben we ons redelijk staande gehouden.'

'Ik vergelijk Merchants niet met andere zaken. Dat weet je. Ik heb mijn eigen maatstaven om Merchants te beoordelen. En ik ben ervan overtuigd dat jij net als ik vermoed dat het nog erger zal worden voordat het weer beter wordt.'

Hij neeg zijn hoofd bij wijze van instemming.

'Ik heb een paar voorstellen, Liam.' Ze legde haar mes en vork weg, deed niet eens meer alsof het om het eten ging. 'Ik ben van plan de uitleenbibliotheek te sluiten, wat me in staat zal stellen de elektriciteitsafdeling uit te breiden. En ik ga een grootscheepse reclamecampagne op gang brengen. We gebruiken een nieuw bureau.'

'Niet Naylors?' Naylors deed al tien jaar alle reclame voor Merchants.

'Te star, vind je ook niet? Ik wil iets nieuws, opwindends, iets geraffineerds. Iets waarvan de mensen rechtop gaan zitten en opletten.'

'Had u een ander bureau in gedachten?'

'Nee.' Maia schudde fronsend haar hoofd. 'Ik dacht dat jij misschien enkele suggesties had. De golfclub... de Town and Gown... al die restaurantjes en pubs en clubs waar mannen naartoe gaan – jij zult vast over zulke dingen horen praten.'

Ze realiseerde zich vaak hoeveel moeilijker het simpele feit dat ze een vrouw was haar taak maakte. Als ze een man was geweest zou ze zelf alle ingewikkelde en informele contacten hebben gelegd die de weg zouden hebben geëffend. Als vrouw was ze daarvan buitengesloten.

'Jij bent veel beter in die dingen, denk ik, Liam. Een echte man, als het je uitkomt.'

Opnieuw was hij niet beledigd. Hij trommelde met zijn vingers op

144

een hoek van de tafel en zei langzaam: 'De uitleenbibliotheek sluiten is verstandig; die maakt maar al te weinig winst. Maar het betekent wel dat we een stuk of zes mensen werkloos maken.'

Maia knikte. Toen ze de afgelopen paar weken overwerkte, was ze overvallen door het afgrijselijke vermoeden dat het ontslag van niet meer dan een half dozijn medewerkers niet genoeg zou zijn. Ze vertrouwde Liam Kavanagh nog niet voldoende om haar radicalere ideeën met hem te delen. Ze verwachtte nog steeds spot en neerbuigendheid. Bovendien deinsde een deel van haar terug voor wat ze vermoedde dat ze zou moeten doen. De loonkosten waren hoog, een groot, gapend gat dat hun dalende winst opslokte. Ze vertelde hem evenmin dat ze de laatste tijd bijhield wie er te laat op zijn werk verscheen en een lijst maakte van de personeelsleden die een langere middagpauze namen dan de toegestane drie kwartier. Merchants had meer dan honderd mensen in dienst. Maia wilde ervoor zorgen dat elk van die honderd mensen zich net als zij volledig inzette voor het voortdurende succes van warenhuis Merchants.

'En wat de reclame betreft...' Liam Kavanagh streek door zijn dichte, golvende haren '... zou u naar Londen moeten gaan, mevrouw Merchant. Er is in Cambridge niemand die u kan geven wat u zoekt.'

Verhit en verward kwam Robin laat aan voor de ILP-bijeenkomst. Toen ze zich tussen Francis en Joe op een stoel liet zakken vielen er snoepjes door het gat in haar zak en Francis fluisterde: 'Je bent helemaal blauw.'

Haar vulpen was leeggelopen over haar jasje. 'Verdomme,' mopperde Robin. 'Verdomme nog aan toe.'

Ze depte de inkt op met Francis' zakdoek. Joe scheen te slapen; Francis verorberde een van de blauwe snoepjes. Om haar heen werd wild gediscussieerd, maar ze kon er deze avond haar gedachten niet bij houden.

Tegen het eind van de middag was ze bij het gezin Lewis geweest, dat met het gehandicapte kind. Hoewel dokter Mackenzie haar de les had gelezen over haar bemoeizucht had hij niettemin contact opgenomen met een plaatselijke liefdadigheidsinstelling en het gezin was er op de een of andere manier in geslaagd in hun afschuwelijke huisje te blijven wonen. Meneer Lewis had werk gevonden en Robin was zo eens per maand binnengewipt om de kinderen snoepjes te geven en mevrouw Lewis te helpen om de arme Mary in bad te doen.

Die middag had ze gehoord dat de azijnfabriek waar meneer Lewis werkte was gesloten, zodat vijftig mannen op straat stonden. Er heerste weer chaos in het rijtjeshuis in Walnut Street; het gezin Lewis was opnieuw vier weken achter met de huur.

Na afloop van de vergadering slenterden ze, nog steeds discussiërend, over het trottoir naar de pub.

'Collectivisatie,' riep Guy terwijl hij met een briefje van tien shilling in zijn hand aan de bar ging staan. 'Dat is de enige manier. Stop alle arbeidsopbrengsten in één grote pot en verdeel ze onder de arbeiders. Stalin heeft gelijk.'

'Je zou lid moeten worden van de Communistische Partij, Guy.'

'Dat ben ik ook van plan. De moeilijkheid met het socialisme is dat het zo'n slap gedoe is.'

'Het communisme is onmenselijk; het geeft geen moer om de rechten van de arbeiders en zo.'

'Dat kan het ook niet, Joe. Als je eenmaal concessies begint te doen aan de vakbonden of geld gaat uitdelen onder de armen, stel je de revolutie alleen maar langer uit.'

Robin keek op van haar bier. 'Wat wil je daarmee zeggen, Guy? Dat je de mensen moet laten verhongeren?'

'Desnoods. Het is een middel tot een doel.'

Robin dacht aan het huis van de familie Lewis, met zijn sinaasappelkistjes-meubilair en beschimmelde muren. 'En het doel heiligt de middelen, neem ik aan?'

'Guy heeft niet helemaal ongelijk, Robin.' Francis leunde achterover op zijn stoel en stak een sigaret op. 'Al die maatregeltjes van niks – armenhulp, bijstand, noem maar op – zijn alleen maar pleisters op een gapende wonde, waar of niet?'

'Ze werken in elk geval niet,' zei Joe. 'De bourgeoisie doet al eeuwen aan liefdadigheid, maar er zijn nog steeds armen. De rijke stinkerds met hun hoge hoeden en Bentleys zijn nog altijd aan de macht.'

Robin was woedend. 'Dus we moeten niets doen?'

Joe zei meesmuilend: 'Een beetje verbetering maakt de arbeiders alleen maar een beetje minder kwaad. En dan verandert er niets. Mee eens, Guy?'

'Volkomen.' Guy zocht in zijn zak. 'Verdomme. Bijna door mijn geld heen. Mijn toelage is niet toereikend voor nog een week. Jouw beurt, Francis.'

Francis doorzocht zijn zakken en haalde een leeg pakje Craven A tevoorschijn, een verfomfaaid exemplaar van *Chrome Yellow* en een hand vol kleingeld.

'Laat maar,' zei Selena, opstaand. 'Ik ga wel. Ik heb een paar houtsneden gemaakt voor een sprookjesboek, dus ik ben welgesteld. Ik moet je voorstellen aan mijn neef Theo, Francis. Ik heb hem een aflevering van *Oproer* laten zien en hij was diep onder de indruk. Hij heeft gewoon hopen geld en is verschrikkelijk geïnteresseerd in kunst.'

Robins woede was nog niet weggeëbd. Terwijl Selena iets te drinken haalde, keek ze Joe en Francis dreigend aan. 'Dus jullie vinden dat we niets moeten doen, dat we het steeds slechter moeten laten worden...'

Francis fronste zijn wenkbrauwen. 'Wat kun je doen, als puntje bij paaltje komt? Het kapitalisme loopt onmiskenbaar op zijn laatste benen; overal in Europa gaan banken failliet. Het systeem moet veranderen.'

'En tot die tijd?'

'Wat stel je voor, Robin? Rommelmarkten en benefietdiners voor de hulpbehoevende armen?' Joe's stem klonk sarcastisch.

'Natuurlijk niet! Je weet dat ik zulke dingen haat.'

'Particuliere liefdadigheidsinstellingen dan, die zelf kiezen wie ze willen helpen.'

'Néé...'

'Of we zouden allemaal hetzelfde kunnen doen als jij, Robin,' zei Joe. 'Ons lunchpakket aan een of ander havenarbeiderskind geven van wie de vader werkeloos is. Dat zal de wereld veranderen.'

Ze staarde hem aan, heel even sprakeloos. Hij zag er bleek, boos en verbitterd uit.

'Ik bedoelde gewoon,' zei ze, bijna buiten adem van woede, 'dat we moeten doen wat we kunnen. Ik doe niet veel, maar ik probéér het tenminste. Ik besef tenminste dat ik een verantwoordelijkheid heb. Jullie tweeën, jullie spelen gewoon politicus, of niet soms? Spelen het leven. Langs de zijlijn staan, nergens bij betrokken raken. Je amuseren met discussies over niet-marxistisch socialisme, trotskisme en alle andere - ismen terwijl je aan de kant staat te kijken hoe moeilijk anderen het hebben.'

Het bleef even stil. Toen stond Joe op en liep de pub uit.

Terwijl de deur met een klap achter hem dichtviel, zei Francis langzaam: 'Ik denk dat Joe voor het eerst en waarschijnlijk het laatst in zijn leven spijt heeft dat hij heeft afgezien van het familiekapitaal,' en Robin keerde zich naar hem toe en vroeg: 'Wat bedoel je in 's hemelsnaam, Francis?'

Francis drukte zijn sigaret uit. 'De arme sodemieter is er vandaag

achtergekomen dat Clodie een of andere mafkees met een Morris Minor en een villa in Brompton aan de haak heeft geslagen.'
Vol afschuw staarde ze hem aan: 'Clodie is getróuwd?'
Hij knikte. 'Joe liep haar vanmorgen in de stad tegen het lijf en sindsdien lijkt-ie wel een beer met hoofdpijn.'
'O Fráncis.' Robins boosheid verdween als sneeuw voor de zon en ze werd overspoeld door schuldgevoelens. 'En ik zei...' Haar stem stierf weg.
'Maak je niet druk. Hij gaat zijn verdriet verdrinken en morgen weet hij van niets meer.'
'Arme Joe. We moeten hem gaan zoeken.' Robin stond op.
Francis keek haar aan en zuchtte. 'Ik neem aan dat het zinloos is als ik erop wijs hoeveel pubs er in een straal van tien kilometer zijn? En dat Joe in elk daarvan kan zijn – of in allemaal?' Hij kreunde, maar kwam overeind.

Ze vonden Joe ten slotte in een donker kroegje bij de rivier, onvast aan de bar hangend en discussiërend met een beer van een dokwerker. Robin loodste hem weg van de bar en Francis trakteerde de dokwerker op een glas bier. Hij kwam naar hen toe en zei: 'We hebben besloten je gezelschap te houden, Joe.'
'Flikker op, Francis.' Joe baande zich met zijn ellebogen een weg naar buiten en wankelde door de straat. Ze liepen achter hem aan.
Ze dwaalden door de havens en legden aan bij elke pub die ze passeerden. Het zwarte, olie-achtige water van de Thames glansde in het maanlicht en golfjes kabbelden tegen rottende houten steigers. Tegen sluitingstijd hadden ze een nieuw socialistisch manifest opgesteld, een grote hoeveelheid bier gedronken en Joe aan het lachen gekregen. Op de terugweg naar Hackney kwamen ze langs het huis van de familie Lewis.
Robin fluisterde tegen Joe: 'Je meende toch niet wat je in de pub zei, wel?'
Hij bleef staan en keek haar aan. 'Natuurlijk niet.' Hij boog zich naar voren en kuste haar op haar wang.
Francis' ogen schitterden van vrolijkheid. 'We zullen je onze goede socialistische bedoelingen bewijzen, Robin. Voor elk overeenkomstig zijn behoefte enzovoort. Welk huis bezoek je?'
Ze wees naar het huis van Lewis. Ze zag dat Francis naar Joe toe liep en iets tegen hem zei en ze hoorde Joe iets mompelen en in zijn zakken zoeken. Vervolgens keek ze, met haar knokkels tegen haar mond gedrukt om haar lach te smoren, toe hoe Francis al hun kleingeld door de

brievenbus van de familie Lewis schoof. De florijnen, sixpences en pences rinkelden toen ze op de tegels vielen.

Robin trof Maia in het Lyons Corner House in Oxford Street. 'Je ziet er geweldig uit, Maia. Ontzettend elegant.' Ze omhelsde haar en kuste haar op haar wang.

'Jij ziet er pips uit. Ik bestel een gigantische lunch.'

'Te lange dagen.'

Te lange, vermoeiende en moedeloos makende dagen. Ze had, dacht Robin vaak, het meeste van wat Neil Mackenzie van haar had verlangd ook bereikt. Ze had informatie vergaard en geanalyseerd en haar werk had bijgedragen aan een artikel dat ze samen met dokter Mackenzie had geschreven en dat de vorige maand in een wetenschappelijk tijdschrift was verschenen. Nu maakten ze plannen voor een boek. In slechts één opzicht had ze jammerlijk gefaald. Ze kon zich niet afzijdig houden, een objectieve getuige zijn van de ellende die ze zag. Ze voelde zich altijd betrokken.

Ze vonden een tafel en gingen zitten. 'Ik heb ons reclamebureau geraadpleegd,' zei Maia. 'De aardigste van het stel doet de opdracht van Merchants. Hij heet Charles Maddox en hij is lang, donker en knap.'

Er viel een stilte terwijl ze het menu bestudeerden. Ze hadden, dacht Robin, de moeiteloze intimiteit van hun jeugd nooit kunnen herstellen. Maia's gecompliceerde, woelige verleden was tussen hen gekomen, zodat Robin zich afvroeg of ze Maia ooit echt had gekend of alleen had gezien wat Maia haar toestond te zien.

'Maia...' begon ze aarzelend.

Ze zag de kleine rimpel tussen Maia's wenkbrauwen en vermoedde dat ook Maia zich opgelaten voelde. Zij en Maia, alle twee met een sterke wil en uitgesproken meningen, hadden in het verleden vaak ruzie gehad; Helen was degene geweest die hen bij elkaar had gehouden. Maar nu meende Robin iets anders in Maia waar te nemen – een soort wrok, het begin van een vage antipathie. Mensen – vooral gesloten mensen zoals Maia – voelden zich zelden op hun gemak bij degenen die hun ergste geheimen kenden.

Maar Maia keek slechts op en zei glimlachend: 'Ja, liever?'

De serveerster wachtte met notitieboekje en pen in de hand. De kans was verkeken. Ze kon Maia onmogelijk iets over Vernon vragen; ze zou, besefte Robin, Maia nooit iets over Vernon vragen. Ze had geleerd discreet te zijn en trouwens, er waren misschien dingen die je beter niet kon weten.

'Maia... ik heb een nieuwe avondjurk nodig.'

Ze meende een glinstering van opluchting te zien in Maia's lichte, ondoorgrondelijke ogen. Maia bestelde salade voor zichzelf en rundvlees en nierpastei voor Robin.

'Een nieuwe avondjurk?'

'Iets glamourachtigs. Ik weet absoluut niet wat. Mijn jurken zijn altijd gemaakt door moeder en Persia en je weet dat ik geen hoge dunk heb van die dingen.'

Robin zag dat Maia een blik wierp op haar gebreide jumper met een gat in de elleboog en haar oude zwarte plissérok.

'Nee...' zei Maia langzaam. 'Je haar ziet eruit alsof het met een broodmes is afgesneden, lieverd. Je moet echt eens naar een fatsoenlijke kapper. Ik zal je de naam geven van een echt geweldige man.'

'Ik schijn naar een massa feesten en bals te gaan en ik kan niet elke keer dezelfde jurk aantrekken. Misschien moest ik maar zo'n satijnen geval kopen.'

'In de schuinte geknipt en met van die dunne schouderbandjes?' Maia schudde haar hoofd. 'Daar ben je niet lang genoeg voor.'

De bestelling kwam. Maia zei: 'Ik zal wel iets voor je zoeken, want ik durf te wedden dat je anders het eerste het beste afschuwelijke oude vod koopt dat je ziet. Ik stuur je iets moois, Robin.' Maia deed Franse dressing op haar salade en begon over iets anders.

'Vertel eens over je vriend, lieverd. Francis. Heeft hij een heleboel sex-appeal?'

Het Thorpe Fen-festival, in september, was voor Helen een jaarlijks terugkerende bezoeking. Alle dorpsbewoners namen eraan deel, zowel parochianen als niet-parochianen, de gezinnen uit de smerigste landarbeidershuisjes en de verst afgelegen boerderijen. Er werden enorme hoeveelheden broodjes, sandwiches, jam en cake verorberd. Helen moest elk jaar opnieuw beslissen of ze de schragentafels in de pastorie moest opstellen of in de tuin. Toen ze die morgen was geconfronteerd met een grijze lucht en laaghangende wolken, had ze geaarzeld. Het was beter het feest buiten te houden in plaats van in de donkere, galmende kamers van de pastorie. Op hoop van zegen had ze de tuinman en zijn knechtje opdracht gegeven de schragentafels op het grasveld te zetten. Rond een uur of drie echter besefte ze dat ze de verkeerde beslissing had genomen. De wolken werden dreigender en de wind blies over de Fens, een vlagerige, deprimerende motregen met zich meevoerend. De paden werden glibberig door een laag zwarte modder en het gazon van de pastorie, vertrapt door tientallen paren werkschoenen, werd een brij van gras en water.

Helen en een stoet helpsters renden rond, vulden schalen bij met cake en sandwiches, schonken thee in. Nog een geluk, dacht Helen, dat de sandwiches van de schalen werden gegrist en in monden gepropt voordat de regen kans kreeg ze te doorweken.

Een van de kinderen Dockerill vroeg om meer limonade. Toen Helen met een zware tinnen kan terugkeerde uit de keuken, gleed ze uit op een glibberige graspol. De kan vloog uit haar handen en maakte twee kinderen drijfnat en Helen zelf tuimelde op de schoot van een varkensboer. Terwijl ze overeind krabbelde, hoorde ze hem zeggen: 'Zo'n leuk feest heb ik in geen jaren gehad!' en ze zag dat hij naar haar borsten staarde. Het bovenste knoopje van haar blouse was losgeraakt. Ze werd vuurrood en zou het liefst van schaamte door de grond zijn gezakt. Adam Hayhoe mompelde: 'Hou je vuile bek, Elijah Readman,' terwijl zij onder de tafel kroop, op zoek naar de kan. Toen ze haar blouse dicht probeerde te maken, hield ze het knoopje los in haar hand en ze wilde alleen maar onder de tafel blijven en nooit meer tevoorschijn komen. De twee natte kinderen jankten en het tafellaken was drijfnat. Haar vader, die aan het hoofd van de tafel zat, prevelde: 'Hemeltjelief, Helen, O hemeltjelief.'

Op de een of andere manier dwong Helen zichzelf onder de tafel uit te komen, de kan in haar ene hand, de twee strak gespannen helften van haar blouse bijeenhoudend met de andere. Adam had het natte tafellaken weggehaald en Helen slaagde erin de huilende kinderen met beloften van snoep en zoethout de keuken van de pastorie binnen te loodsen. Toen ze ze aan de grote stenen aanrecht schoonmaakte, hielden ze op met janken en begon ze zich wat minder gegeneerd te voelen.

'Kan ik helpen, lieverd?'

Mevrouw Lemon stond in de deuropening. Helen schudde haar hoofd. 'Ik geloof dat ze bijna droog zijn.'

Mevrouw Lemon zocht in haar grote handtas en toverde een veiligheidsspeld tevoorschijn. 'Hier moet het mee lukken, Helen.'

Met hun mond vol snoepjes renden de kinderen terug naar de tuin. Helens handen trilden toen ze haar blouse dichtspeldde.

'Ik weet nog,' zei mevrouw Lemon, 'dat ik aan Alfreds moeder werd voorgesteld – mijn toekomstige schoonmoeder, een angstaanjagende vrouw – en dat ik zag dat ze naar mijn voeten staarde. Toen ik omlaagkeek zag ik dat ik zwarte wollen kousen aanhad bij mijn roze zijden jurk en knoopschoenen. Zie je, we droegen thuis nooit zijden kousen, daar was het huis te koud voor, en ik had vergeten andere aan te trekken. Stel je voor, Helen: een roze zijden jurk met zwarte wollen kousen, gebreid door mijn oude kindermeisje!'

Helen bracht een fletse glimlach op.

'Ik ben natuurlijk volstrekt hopeloos met kleren. Terwijl jij zo slim bent.' Mevrouw Lemon zette de ketel op het fornuis en schepte thee in de pot. 'Een vogeltje heeft me verteld dat je naaiwerk hebt gedaan voor mevrouw Longman.'

Mevrouw Longman was de vrouw van de bisschop. 'Een paar dingetjes,' zei Helen en ze voegde er haastig aan toe: 'Ik dacht dat ik naaister kon worden, maar het lukte niet.'

Mevrouw Lemon schonk kokend water in de theepot en keek Helen onderzoekend aan.

'Het geld,' legde deze uit. 'Ik ben hopeloos in rekenen.'

De herinnering aan haar vaders woorden, *Helen is zo'n huiselijk meisje*, weergalmde in haar oren. Ze was bijna in tranen.

Mevrouw Lemon pakte twee kopjes uit het dressoir. 'Je zult het hier wel ontzettend saai vinden, zo met zijn tweeën, opgesloten in dit grote, tochtige oude huis. En thuis naaiwerk doen is de oplossing niet. Een jong meisje zoals jij heeft gezelschap nodig, iets wat haar het huis uit haalt.'

Helen was sprakeloos. Mevrouw Lemon klopte op haar hand en zei zonder enigerlei verontschuldigende klank in haar stem: 'Let maar niet op mij, lieverd. Alfred zegt altijd dat ik de tact van een olifant heb. Niettemin – ik heb gelijk, waar of niet?'

Helen fluisterde: 'Ik kan niets anders bedenken. Ik kan niet typen, ik heb niet eens een schooldiploma. Ik ben nergens echt goed in.'

Ze kreeg een kop thee toegeschoven. 'Onzin. Je kunt ontzettend goed met kinderen omgaan, Helen. Ik weet nog dat je, toen je bij ons op de thee kwam, Edward binnen een paar minuten in slaap had. En dat was een ontzettend drukke baby. Je moet een opleiding tot kindermeisje gaan volgen, of tot verpleegster in een kindertehuis. Ik zou je EHBO en moederschap kunnen leren. Ik heb er tenslotte zelf een half dozijn gehad.'

'Ik zou u niet tot last willen zijn...'

'Het zou geen lastigvallen zijn. Ik zou het heerlijk vinden. Wat vind je ervan, Helen?'

Ze staarde in haar thee. Ze was inderdaad altijd dol geweest op kinderen. Ze stelde zich voor dat ze in een kindertehuis werkte, met een kinderwagen door het park liep en een schattige baby in slaap wiegde...

Haar fantasieën vielen in duigen. 'Ik zou papa niet alleen kunnen laten.'

'Dat zou niet hoeven,' zei mevrouw Lemon kordaat. 'Je zou een baan kunnen zoeken waarbij je niet inwonend hoeft te zijn, in Ely misschien, of in Cambridge. En ik praat wel met je vader, zodat hij inziet dat het een eerzaam beroep is, en ik help je met het zoeken naar een baan bij een gegoede familie. De ervaring zou je ten slotte goed van pas komen wanneer je trouwt en zelf kinderen krijgt.'

Mevrouw Lemon dronk haar thee op en begon de kopjes om te wassen. 'Ik verwacht je woensdagochtend om tien uur, Helen,' riep ze terwijl ze de keuken uit liep.

Op woensdagochtend fietste Helen naar Burwell. De angst die haar sinds het feest had achtervolgd – dat Geoffrey thuis zou zijn – verdween toen mevrouw Lemon, terwijl ze haar binnenliet en haar hoed en handschoenen aannam, vertelde dat haar twee oudsten, Geoffrey en Hilary, in Frankrijk op vakantie waren bij familie. Helen slaakte in stilte een zucht van verlichting.

'Goed, waar beginnen we?' vroeg mevrouw Lemon kordaat. 'Natuurlijk – de voedingen. Ik heb Violet gevraagd Anthony's flessen hier te laten. Kom mee naar de keuken, lieverd. Trek dat schort aan over je jurk, dan laat ik je zien hoe je het melkpoeder afmeet. Zes schepjes, lieverd – zo ja. Het belangrijkste is dat je de flessen en de spenen eerst steriliseert. Alles moet grondig worden uitgekookt.'

Maia stuurde Robin een japon van olijfkleurige ruwe zijde en bijpassende schoenen en een tas. In een begeleidend briefje legde ze uit dat er een heel klein foutje in de jurk zat, zodat ze hem niet kon verkopen. Robin stuurde een postwissel voor de schoenen en de tas. Ze zag de bewondering in Francis' ogen toen ze de jurk voor het eerste aan had. 'Oogverblindend,' zei hij en hij liet zijn vinger over haar met zijde bedekte ruggengraat glijden, zodat ze bijna flauwviel van begeerte naar hem. Toen begon hij haar nek te kussen en ze vergaten het feest waar ze naartoe moesten en de jurk kwam als een kleine plas van donkergroene zijde op de vloer van Francis' slaapkamer terecht.

Ze was geen avond thuis, ging naar de kliniek, naar bijeenkomsten of uit met Francis. Ze gaf de voorkeur aan de donkere kelderclubs of naar de luidruchtige avonden in de pub boven chique feesten. Ze gaf de voorkeur aan Joe en Guy en zelfs Angus boven Selena Harcourts neef Theo en zijn volgelingen. Wegens dringend geldgebrek om *Oproer* te financieren probeerde Francis in het gevlij te komen bij Theo Harcourt.

Robin dacht schuldbewust dat ze haar oude vriendinnen verwaarloosde; ze had in geen maanden deelgenomen aan een van juffrouw Turners seances en had slechts een gehaast bezoekje gebracht aan Maia en Helen. Francis ging een week met haar naar Wales om de toestand in de mijnstadjes in de Rhondda Valley in ogenschouw te nemen. Zijn aanwezigheid in de stille, grauwe straten stelde haar gerust. Terug in Londen, terwijl Robin tot diep in de nacht werkte om de gemiddelde hoeveelheid eiwitten en koolhydraten in het dieet van een werkloze mijnwerker te berekenen, schreef Francis een woedend, fel artikel over wat hij had gezien. Toen Theo Harcourt het nieuwe nummer van *Oproer* doorbladerde, gaf hij Francis een lauw complimentje. Francis werd uitgenodigd voor steeds meer feesten, steeds meer etentjes. Er verzamelden zich steeds meer vrienden in het souterrain in Hackney; Robin lag zelden vóór twaalf uur in bed.

Toen de door de Conservatieven gedomineerde regering in oktober de verkiezingen won, vertrok Francis, woedend en ontgoocheld, met Angus naar Vivien in Tanger. Zonder Francis leek Londen koud, saai en grauw. De avond daarna nam Robin op Liverpool Station de trein naar Ely. Ze dommelde weg in de trein en nadat Hugh haar van het station in Soham had afgehaald, viel ze in de auto opnieuw in slaap. Blackmere Farm rees als een spookbeeld op uit de drassige velden, maar de verveling die ze gewoonlijk voelde wanneer ze naar huis ging werd ditmaal verdrongen door iets van opluchting. Ze omhelsde haar ouders, verorberde het gigantische maal dat Daisy had bereid, ging naar bed en sliep tot tien uur uit. Toen ze met haar vader over haar werk praatte, zag Robin tot haar verrassing de trots in zijn ogen, trots die ze niet meer had gezien sinds haar weigering om aan Girton te gaan studeren.

Toen ze na een week terugging naar Londen, realiseerde ze zich dat ze achterop was geraakt met haar werk. De kleine tafel in haar slaapkamer was bezaaid met aantekeningen, sommige op de achterkant van enveloppen of boodschappenlijstjes. Robin sloot zichzelf op in haar kamer, kwam er alleen uit om te eten en had de aantekeningen tegen het eind van de maand omgezet in keurig getypte vellen. Zichzelf feliciterend haalde ze een kam door haar haren en probeerde haar lippenstift te vinden. Er werd geklopt juist toen ze hem vond onder het bed.

Robin opende de deur. De jongste juffrouw Turner fluisterde: 'Meneer Gifford is er, Robin.'

Beide dames Turner adoreerden Francis. Robins hart sloeg over en ze rende naar beneden. Francis zat in de salon op haar te wachten; hij was bruin geworden en zijn haren waren verbleekt door de Afrikaanse zon. Ze liet zich in zijn armen vallen en kuste hem. De tot dusver tamelijk gewone dag was verrukkelijk geworden.

'Hoe was het in Tanger?'

'Warm. Ik moet drie truien aantrekken sinds ik weer thuis ben. Angus had gierstkoorts en het eten was verschrikkelijk.' Francis klonk rusteloos, gespannen. 'Trek je beste spullen aan, schat, dan neem ik je mee uit.'

Ze schudde haar hoofd. 'Ik kan niet.'

'Alsjeblieft, schat. Ik heb je zo gemist.'

'Ik jou ook, Francis, maar ik heb vanavond een bijeenkomst.'

'Zo'n saaie pacifistische bedoening? Kom op, Rob, dat kun je wel één keer missen. Al die oude feministen en bebaarde christenen.'

Zijn neerbuigendheid tegenover wat haar het nauwst aan het hart lag maakte haar woedend. 'Ik zit in het comité, Francis. Ik moet de gastspreker inleiden. Ik kan het echt niet overslaan.'

Hij staarde haar een ogenblik aan en zei toen: 'Zoals je wilt.' Met een ruk draaide hij zich om en liep de kamer en het huis uit.

Ze wilde hem achterna rennen, maar wist zichzelf te weerhouden. Ze hield het de rest van die dag vol en daarna de volgende twee dagen, afwisselend zichzelf vervloekend om haar trots en zich eraan herinnerend dat Francis fout was geweest. Na drie dagen was ze ervan overtuigd dat ze hem kwijt was en ze had haar nagels tot op het leven afgebeten en snauwde iedereen af die haar aansprak. In gedachten draaide het schouwspel van zijn vertrek voortdurend opnieuw af, tot ze er hoofdpijn van kreeg. Totdat, toen ze op een avond terugkeerde naar haar kamer, ze hem zag zitten op de muur voor het huis van de dames Turner. Het grootste deel van zijn bovenlichaam ging schuil achter een gigantisch boeket bloemen. Ze rende naar hem toe.

'Het spijt me verschrikkelijk – ik heb lomp gedaan.' Francis overhandigde haar de bloemen, een grote roze en witte massa lelies en stefanotis. 'Tanger was afschuwelijk. Veel te heet en die slang van een Denzil Farr was er de hele tijd. Ik liep een of andere buikaandoening op en heb het grootste deel van de tijd doorgebracht met braken.'

Toen Robin hem aandachtig bekeek, zag ze dat onder de bronskleur de fijne rimpeltjes rond zijn ogen bleek waren. Hij zei: 'Vergeef je het me?' en sloeg zijn armen om haar heen, de bloemen plettend, zodat de zware geur de grauwe Londense lucht parfumeerde. Dat weekend reed hij met haar naar Long Ferry. Ze brachten twee dagen alleen door in het oude huis, vrijden, voerden elkaar sardientjes en perziken uit blik in de belvedère, omringd door vorst en sterren.

Daarna werd haar leven weer zoals het was geweest voordat hij was weggegaan. Ze was elke avond van de week de deur uit en de meeste weekends eveneens. Het souterrain in Hackney was altijd vol mensen; wanneer ze 's morgens opstond om de melk binnen te halen, moest ze in de huiskamer over snurkende lichamen stappen. Eén keer liep ze midden in de nacht in de keuken een verdwaalde dichter tegen het lijf, die in de kasten op zoek was naar eten. De oudste juffrouw Turner begon afkeurend te mompelen en Robin was gedwongen steeds wildere smoezen te verzinnen om haar afwezigheid te verklaren.

Midden december gingen ze naar een fototentoonstelling. Joe liep rond en tuurde met intense blik naar de donkere, korrelige afdrukken. Francis legde uit: 'Eeuwen geleden, tijdens de schoolvakanties, sleepte Joe me altijd mee naar ijskoude heidevelden om foto's van sténen te maken!'

Joe hoorde het en zei: 'Van rotsblokken, Francis; het waren rotsblokken, verdomme. Je kent die dingen wel, Robin. Stemmige opnamen van riet en vennen, kale heuvels. Ik zag mijn foto's al in een galerietje in Hampstead hangen.' Hij grijnsde, maar Robin zag de hartstocht in zijn donkere ogen.

Op een vroege ochtend stond ze naast Francis op Waterloo Bridge naar de zonsopgang te kijken. De nevel boven de Theems werd roze en goud gekleurd door de zwakke stralen van de winterzon. Ze herinnerde zich dat ze in geen weken naar huis had geschreven toen ze een ansichtkaart kreeg van Hugh, die wilde weten of ze nog leefde. Ze krabbelde haastig een misleidend briefje en deed het onmiddellijk op de post.

Toen ze op een middag aan het werk was, realiseerde ze zich dat ze maar een paar straten van het huis van de familie Lewis was. Het sneeuwde met vlagen en de goten en straten waren grauw en blubberig door een mengsel van modder en ijs.

Toen ze Walnut Street naderde, werd ze getroffen door enkele welgemikte sneeuwballen. Ze zwaaide naar Eddie en Larry, die in de goot zaten te spelen, en zocht in haar zak naar snoepjes.

'Mama is ziek.' Eddie nam de pluizige stukjes drop aan die Robin hem aanbood. 'Ze heeft een baby gehad, maar die was nog niet af.'

Larry knikte met grote ogen. Robin duwde de voordeur open.

Mevrouw Lewis lag ineengedoken op het bed in de voorkamer. Haar gezicht was uitgemergeld en ze had donkere wallen onder haar ogen.

Robin knielde naast het bed. 'U had me moeten laten roepen...'

'Ik heb gewoon een miskraam gehad.' De stem van de oudere vrouw klonk zwak en radeloos. 'Hoewel het deze keer erg is geweest... erger dan de andere keren. Juffrouw Summerhayes...' Mevrouw Lewis kwam moeizaam overeind. Robin hielp haar met de stapel grauwe, hobbelige kussens. 'Zou u eens naar Lil willen kijken? Volgens mij heeft ze kroep. Ze wilde niet eten.'

Ze zette een kop thee voor mevrouw Lewis en ging vervolgens naar de kamer boven, waar de meisjes sliepen. De drie jaar oude Lily en de baby, Rose, sliepen in één bed. De baby sliep als een roos, maar Robin maakte zich zorgen toen ze naar Lily's verhitte, rode gezicht en opgezette hals keek. Het kind ademde luidruchtig en onregelmatig. Heel voorzichtig tilde Robin het kind uit het bedje, opende haar mond en keek in haar keel.

Achter in de keel zat een dik, wit vlies, dat de luchtwegen nagenoeg verstopte. Heel even slechts voelde Robin zich verlamd en niet tot denken in staat. Toen pakte ze een deken van het bed, wikkelde het meisje erin en droeg haar de trap af.

'Ik breng Lily naar de kliniek, mevrouw Lewis. Maakt u zich geen zorgen over de kosten: dokter Mackenzie zal niets rekenen.'

Ze zou zich de tocht van nog geen kilometer van het huis van de familie Lewis naar de kliniek naderhand altijd herinneren als iets uit een nachtmerrie. Het schemerde al en het was weer gaan sneeuwen. Ze gleed voortdurend uit in de natte sneeuwbrij. Half rennend, half lopend werd ze opgejaagd door de gruwelijke geluiden die het kind maakte terwijl het om lucht vocht. Er reden geen taxi's en geen van de bussen ging in de goede richting. Een vreemdeling vloekte haar uit toen ze, verward door het donker en de vallende sneeuw, tegen hem op botste. Haar armen en rug deden pijn door het gewicht van het kind. Ze zag alleen het blonde haar dat uit de deken stak, hoorde alleen het kreunende gevecht om lucht.

Toen ze bij de kliniek aankwam, stormde ze door de zware voordeur en rende de gang door. Ze klopte niet op de deur van dokter Mackenzies spreekkamer, maar duwde hem open met haar schouder. De patiënt op de onderzoektafel, wiens voet half in het verband zat, staarde haar met open mond aan terwijl dokter Mackenzie furieus zei: 'Robin, in godsnaam...'

'Neil... ik denk dat ze difterie heeft. Je moet naar haar kijken, alsjeblieft.'

Zijn gelaatsuitdrukking veranderde. Hij zei: 'Als u zo vriendelijk zou willen zijn buiten even te wachten, meneer Simpson,' en zijn patiënt hinkte naar buiten.

'Ga zitten, Robin, en laat me eens naar haar kijken.'

Ze ging zitten met Lily op schoot. Lily's ademhaling leek luidruchtiger geworden, moeilijker. Het angstaanjagende geluid vulde het vertrek terwijl Neil Mackenzie uiterst voorzichtig de mond van het meisje opende en met zijn lampje in haar keel scheen.

'Goeie god,' zei hij zacht. 'Het arme ding.'

Zwijgend staarde ze hem aan, hopend dat hij zou zeggen dat het kind zou herstellen, dat ze niet te laat was gekomen. Maar hij stond op en liep naar de telefoon.

'Ik laat haar onmiddellijk in het ziekenhuis opnemen.'

Hij draaide juist de centrale toen het gebeurde. De stilte; een korte rilling die door het kinderlijfje trok, de plotselinge afwezigheid van het afschuwelijke geluid van het gevecht om adem. Heel even dacht Robin dat het verstikkende vlies was gebroken en dat Lily weer gewoon kon ademhalen. Toen keek ze naar het stille gezicht van het meisje en fluisterde: 'Neil... O, Neil..'

Hij stond al naast haar, nam Lily uit haar armen en legde haar op de onderzoektafel. Het leek een eeuwigheid te duren voordat hij zei: 'Het arme meiske is dood, vrees ik. Haar hart moet het hebben opgegeven. Zo gaat het soms.'

Ze stond op, liep wankelend naar de tafel en staarde naar Lily's gezicht, snel bleek wordend boven de grotesk opgezette hals.

'Ik ben niet snel genoeg geweest.'

'Robin... we konden haar niet meer helpen.' Zijn stem klonk teder terwijl hij de deken omhoogtrok. 'Zelfs als we haar in het ziekenhuis hadden gekregen, zou het geen verschil hebben gemaakt. Je moet me geloven.'

Ze kwam weer tot zichzelf in de keuken, met een mok hete, zoete thee in haar handen. Plotseling opkijkend naar Neil Mackenzie zei ze: 'Ik zal het mevrouw Lewis moeten vertellen.'

'De moeder? Je zei dat ze een miskraam had gehad? Ik ga zelf wel. Jij moet naar huis gaan, Robin, alles wat je aanhebt verbranden en je goed wassen met een desinfecterend middel. En dat is een bevel.'

Maar ze ging niet naar huis. Ze wist dat ze de bezorgdheid van juffrouw Turner evenmin kon verdragen als de vier muren van haar kamer. Ze dwaalde door de straten en liet de sneeuwvlagen haar gezicht striemen. Toen ze het souterrain in Hackney bereikte en duisternis en stilte de enige reactie waren op haar kloppen, had ze zin om haar hoofd tegen de deurstijl te leggen en te huilen. Maar ze liep verder, door een lange straat met huizen, pubs en winkels. Ze dacht terug aan die andere sneeuwstorm, dat andere sterfgeval. Maar Stevies dood was onzichtbaar geweest, iets wat in een ver land was gebeurd en voor het kind dat ze toen was niet echt had geleken. Deze avond had ze een glimp opgevangen van de dunne lijn tussen leven en dood.

Ze kwam op een bekend punt. Toen ze de deur van de Navigator opende en naar binnen liep, was de herrie in de pub oorverdovend en schokkend. De bar was stampvol; mannen met petten staarden haar aan, riepen haar toe, boden haar iets te drinken aan. Ze zag geen enkele andere vrouw. Zich tussen de zwetende, dringende lijven door wurmend bereikte ze de bar en bleef daar geduldig staan wachten tot Joe haar zag.

'Robin...?'

'Ik zoek Francis.'

'Hij had een afspraak met iemand over een artikel voor *Oproer*. Zei dat-ie een dag of twee zou wegblijven.'

Haar benen trilden. Als ze niet zo ingesloten was geweest door mensen, zou ze zijn gevallen. Als door een waas zag ze dat Joe een fles brandewijn en een glas pakte en onder de bar door dook. Hij legde zijn arm om haar heen en loodste haar naar een tafel tegen de wand.

'Hier. Drink op.'

De brandewijn was vies, goedkoop en branderig en haar tanden klapperden tegen de rand van het glas.

Ze hoorde Joe zeggen: 'Robin... wat is er? Wat is er gebeurd?'

Stamelend vertelde ze hem over Lily.

'Mijn God. Het arme kind.'

'Ze was pas drie, Joe! Zo'n leuk ding...' Ze wreef over haar natte oogleden. 'Ik voel me zo nútt, loos.'

'Je bent niet nutteloos. Denk aan je werk, aan alles wat je gedaan hebt...'

Wild viel ze hem in de rede: 'Ik dóe niets, Joe. Niemand van ons dóet iets. We gaan naar bijeenkomsten, we ondertekenen petities en we schrijven pamfletten, maar we dóen niets, of wel soms?'

Zijn blik ontmoette de hare en ze zag de waarheid, bitter en somber, weerspiegeld in zijn donkere ogen. Toen zei hij: 'Je hebt bijna gelijk, Robin. Francis en ik zijn natuurlijk niksnutten. We praten alleen maar. Oeverloos gepraat.' Joe schudde zijn hoofd en zocht in zijn zak naar sigaretten. 'Ik schijn niets te kunnen vinden wat de moeite waard is om voor te vechten en Francis mag dan wel grootse ambities hebben, ik betwijfel of hij zich lang bij één ding kan houden.' Hij stak twee sigaretten aan en gaf er een aan Robin. 'Maar jíj doet iets. Jij zorgt dat mensen opkijken en notitie nemen.'

Ze probeerde het hem te laten begrijpen. 'Het is mijn schuld, Joe. Ik was in geen weken bij de familie Lewis geweest. Te druk met feestjes en zo.' Haar stem klonk schor.

Hij trok aan zijn sigaret en keek haar aan. 'Dan hangt het ervan af of...' begon hij en zweeg toe.

'Wat, Joe?'

'Het hangt ervan af of je Francis wilt.'

Ze hoefde het zich niet meer af te vragen. Ze had zichzelf het afgelopen jaar leren kennen. Haar emoties waren blootgelegd, tot bloedens toe gegeseld zodat iedereen het zag. Nu wist ze dat ze niemand ooit zo had gewild als ze Francis wilde.

'Aha. Geen concurrentie.' De blik in Joe's ogen was ondoorgrondelijk. 'Dan zul je het met hem moeten doen, Robin. Hij is gewoon in niets anders geïnteresseerd.'

Hoofdstuk zeven

De meid hielp Maia in haar avondjapon: satijn, schuin geknipt en soepel rond haar volmaakte welvingen passend. Maia streek de koele, gladde stof strak over haar heupen en keek in de spiegel. De jurk was kobaltblauw van kleur, een tint donkerder blauw dan haar ogen. Ze had haar haren laten groeien en borstelde het tegenwoordig achterover tot een donkere, gladde knot.

'Goed,' zei Maia tevreden en ze liet de meid gaan.

Het was bijna zeven uur. Ze inspecteerde haar gezicht nog één keer in de spiegel en begaf zich naar de salon.

'Charles,' zei ze en ze stond Charles Maddox toe haar wang te kussen.

Charles Maddox werkte voor het reclamebureau dat Merchants als klant had gekregen. Maia had toegestaan dat haar relatie met hem in korte tijd was veranderd van collegialiteit in vriendschap. Ze wist dat, wilde ze ooit toegang zou krijgen tot de mannennetwerken van clubs en pubs, ze moest beginnen haar plaats in de samenleving weer in te nemen, want zaken werden gedaan en contacten werden gelegd tijdens de bals en diners waarvoor zij, als weduwe, niet werd uitgenodigd. Ze had een begeleider nodig en Charles Maddox was een knappe en adorerende begeleider.

Via Charles was ze uitgenodigd voor deze cocktailparty, haar eerste sinds de dood van Vernon. Terwijl ze met grote snelheid door de Backs reden, vertelde Charles Maia over zijn voormalige mentor.

'De oude Henderson was een beetje sikkeneurig geloof ik toen ik in de reclame ging. Maar ik had het academische leven nooit kunnen verdragen. Cambridge heeft soms iets van een klooster, weet je.'

Hij grijnsde naar haar, een flits van witte tanden, blauwe ogen en donkere krullen boven een glad, rimpelloos voorhoofd. Ze bedacht voor de zoveelste keer wat voor knappe jongen hij was. Charles Maddox was vijfentwintig, drie jaar ouder dan zij, maar jaren jonger qua ervaring.

'Heeft hij het je vergeven?' vroeg Maia loom.

'Mijn mentor?' Charles remde af en bracht de wagen tot stilstand voor een groot, goed verlicht huis. 'Ik denk het wel. Hij leest me af en toe de les dat ik mijn kandidaats heb weggegooid, maar ik geloof dat hij zich erbij heeft neergelegd.'

Ze glimlachte, maar ze hoorde hem nauwelijks. Toen hij het passagiersportier opende en met haar de trap naar de voordeur beklom, voelde Maia opnieuw een rilling van voldoening.

Toen ze aan de andere gasten werden voorgesteld, herkende Maia enkele gezichten. Er waren er een paar die bij haar hadden gedineerd toen Vernon nog leefde. Niet de academici, maar ze herkende een bankdirecteur en een of twee mannen die Vernon had gekend van de golfclub. Ingetogen glimlachend zag Maia de herkenning in hun ogen.

En de begeerte. Een geoefende blik door de kamer werpend wist ze onmiddellijk dat ze veruit de bestgeklede vrouw hier was. Het was geen zelfbedrog dat Maia vertelde dat ze tevens de mooiste was, maar een koele, objectieve taxatie van haar eigen waarde. De mannen glimlachten naar haar, brachten haar iets te drinken, zorgden ervoor dat Maia, in haar strapless jurk met diep uitgesneden rug, niet op de tocht stond. Hun vrouwen, van wie de meesten twee keer zo oud waren als Maia en wier ingesnoerde lichamen zwaar waren geworden door hun zwangerschappen, keken haar afgunstig, afkeurend of ongeïnteresseerd aan. Het liet Maia koud; de mannen hadden macht en invloed, hun vrouwen niet.

'Maia?'

Glimlachend keek ze op naar Charles. Zijn blik ontmoette de hare, ze zag de kleine fonkeling in zijn ogen en wist dat hij verliefd op haar was.

'O Maia...' fluisterde hij.

'O Charles,' zei ze droog. Toen kreeg ze medelijden met hem en liep met hem mee de volle salon uit en naar de tuinkamer. De keurig bijgehouden, koude tuin baadde in het maanlicht en de struiken en bomen vormden een veelheid van grijstinten.

Ze zei: 'Ik dacht juist hoe intelligent je bent, Charles.'

'Ik dacht juist hoe mooi je bent, Maia.'

Hij stond tegenover haar, zijn vingertoppen rustten licht op haar heupen en ze moest zichzelf dwingen om niet terug te deinzen. Als ze hem liet merken dat zijn aanraking haar deed walgen en bang maakte, zou ze hem kwijtraken.

In plaats daarvan zei ze luchtig: 'Heb je een sigaret voor me, lieverd? Ik heb een beetje hoofdpijn.'

Bezorgd nam hij een sigaret uit zijn koker en stak die voor haar op.
'Zal ik een glas water voor je halen, Maia?'

Ze was doodsbang dat hij haar wilde kussen.

'Met een gin-tonic moet het ook lukken.'

Toen hij terugkwam met haar glas, zei ze: 'Een vermoeiende dag,
lieverd... genoeg om wie dan ook hoofdpijn te bezorgen.'

'Je moet het wat rustiger aan doen.'

Ze glimlachte afwezig, dronk haar glas leeg en wreef met haar vingertoppen over de kleine rimpel tussen haar ogen. *Rustiger aan...* zelfs
áls ze het rustiger aan had kunnen doen, zou ze het niet hebben gewild.
De kleine veranderingen die ze had aangebracht in de enorme, onwrik-
bare hiërarchie van Merchants – zelfs de opzienbarende reeks advertenties die het bureau Maddox had laten verschijnen – hadden het verval van Merchants niet tot staan gebracht. Er waren paardenmiddelen
nodig en ze had een vergadering voor haar driemanschap uitgeschre-
ven voor de volgende ochtend om negen uur.

Korte tijd later vertrokken ze. Maia reed in Charles' blitse kleine
MG; ze was aangeschoten en reed snel om de spanningen en frustraties
van de afgelopen dag te verdrijven. Toen ze de auto tot stilstand bracht,
zei Charles hoopvol: 'Zaterdag...?' maar Maia schudde haar hoofd.

'Ik moet dit weekend weg.'

Toen beriep ze zich op het late tijdstip en haar hoofdpijn, kuste hem
vluchtig welterusten, slaakte een diepe zucht van verlichting toen hij
het portier achter haar dichttrok en was weer alleen.

Ze kwamen bijeen in de vergaderzaal: Maia, Liam Kavanagh, meneer
Underwood en meneer Twentyman, plus juffrouw Dawkins met haar
stenoblocnote en potlood in de aanslag. Maia had die nacht slecht geslapen, maar ze had zich zorgvuldig opgemaakt en alle eventuele sporen van vermoeidheid gemaskeerd.

Ze viel met de deur in huis. 'Als onze winst blijft dalen zoals de laatste tijd het geval is, staan we binnen enkele maanden in het rood. Dat
kan ik niet toestaan. Ik heb u bijeengeroepen, heren, om de maatregelen die ik wil nemen te bespreken.'

Met droge mond schonk Maia zichzelf een glas water in. 'Allereerst
wil ik het concurrerende inkoopbeleid dat ik al heb ingevoerd uitbrei-
den. U moet nieuwe leveranciers vinden, meneer Twentyman, voor een
zo groot mogelijk deel van onze voorraden.'

Hij begon te protesteren, zoals ze had geweten dat hij zou doen.
'Maar we hebben profijtelijke afspraken met veel van onze oude leve-

163

ranciers, mevrouw Merchant. Relaties die in de loop der jaren zijn opgebouwd... die wederzijds voordeel opleveren.'

'Voordeel voor Mérchants?' informeerde Maia, die geruchten had gehoord over een relatiegeschenk in de vorm van een kist whisky, en dat Giles Twentyman was voorgedragen als lid van de golfclub. Ze zag het gladde gezicht van het hoofd inkoop rood worden.

'Mevrouw Merchant...'

'Ik verwacht dat u de kosten met minstens vijftien procent terugdringt. Liever meer.'

Het was alsof hij zichzelf opblies, met een vuurrood gezicht en kille ogen. 'Ik heb afspraken met een groot deel van de vaste leveranciers; u verwacht toch niet in alle ernst dat ik dergelijke afspraken negeer?'

'Ik verwacht dat u uw uiterste best doet om Merchants drijvende te houden, meneer Twentyman. Ons aller toekomst – úw toekomst – is daarvan afhankelijk.'

Er viel een stilte, slechts onderbroken door het gekras van juffrouw Dawkins' potlood.

Maia voegde eraan toe: 'U mag zich voor hulp tot meneer Kavanagh of mij wenden als u zich verheven voelt boven harde onderhandelingen, meneer Twentyman.'

Het gezicht van het hoofd inkoop was nog steeds donkerrood, maar hij zei niets. Maia's verhulde dreigement was duidelijk genoeg geweest: dat hij zijn gezag en wie weet zelfs zijn baan zou verliezen als hij niet meewerkte. Ze vermoedde dat meneer Twentymans gevoel voor zelfbehoud goed ontwikkeld was. Maia wierp een blik op haar aantekeningen.

'Goed. Welnu, aangezien we onze voorraden met succes hebben verminderd, wil ik het magazijn in Histon Road verkopen.' Ze keek de tafel rond. 'Ik heb het geluk gehad een koper te vinden, een man die er een garage wil bouwen.'

Instemmend gemompel van meneer Underwood, een knikje van Liam Kavanagh. Meneer Twentyman zat nog te mokken.

'Ten derde: kredieten. We geven te veel krediet, gedurende te lange tijd. We voldoen onze rekeningen momenteel prompt terwijl onze klanten chicaneren over de hunne. Dat is volkomen verkeerd. Ik eis dat u al onze betalingen stopzet tot en met de tweede herinnering, meneer Underwood...'

'Mevrouw Merchant!' Uit zijn gebruikelijke lethargie gewekt leek de hoofdboekhouder net een woedende kalkoenhaan. 'Mevrouw Merchant... dat is nauwelijks...'

'Beschaafd, meneer Underwood?' Maia glimlachte niet. 'Dat zal wel niet. U zorgt niet alleen dat de betalingen worden uitgesteld, u stuurt ook brieven om betalingen van onze rekeningen te eisen nadat er een maand is verlopen. Behalve aan onze allerbeste klanten natuurlijk.' Maia zocht in haar map en haalde er een lijst uit. 'Die nemen Liam en ik voor onze rekening.' Ze keek de hoofdboekhouder aan. 'Is er iets, meneer Underwood? Nee? Mooi.'

Maia nam nog een slok water. Toen zei ze: 'Verder wil ik de salarissen met gemiddeld tien procent verlagen. Uw salaris, heren... en het uwe, vrees ik, juffrouw Dawkins. De salarissen van de inkopers, chefs, kantoorbedienden en assistenten. Schoonmakers en chauffeurs. Wie niet tevreden is met zijn salarisverlaging mag gebruik maken van zijn voorrecht om elders werk te zoeken.' Ze profiteerde van de geschokte stilte die volgde om eraan toe te voegen: 'Tegelijk met deze verlaging zal ik een commissiestelsel invoeren voor lager personeel en een systeem van bonussen voor de chefs en inkopers en voor uzelf, heren. Zodat, als... wannéér we deze moeilijke tijd te boven komen, u gepast beloond zult worden voor uw inspanningen.'

De stilte eindigde.

'Elders werk zoeken? Er is geen werk elders...'

'Er zal veel onrust ontstaan, mevrouw Merchant.'

'Een moeilijk te administreren systeem...'

'U vindt vast wel een manier, meneer Underwood.' Maia overstemde het lawaai en haalde diep adem. Ze zorgde ervoor dat haar stem niet trilde.

'En we moeten personeel kwijt, vrees ik. Ongeveer dertig mensen.'

De mond van meneer Twentyman viel open. In de grijzig-bruine ogen van meneer Underwood zag ze een flikkering van angst. Liam Kavanagh zei: 'Op straat zetten, bedoelt u?'

Ze boog haar hoofd. 'Ik ben bang van wel. We zijn overbezet. En er zijn mensen die het zout in de pap niet verdienen. Dat kunnen we ons niet permitteren.'

Ze staarde hem aan en tartte hem haar tegen te spreken terwijl ze hem de lijst met namen overhandigde. Maar Liams gezicht veranderde terwijl hij las en zijn lichtblauwe ogen werden kleiner.

'Ik denk er al enige tijd hetzelfde over, mevrouw Merchant. Met één of twee uitzonderingen.'

Ze zou geen uitzonderingen toestaan. Ze vermoedde dat, zodra ze hun de kans gaf om haar voorstel te wijzigen, ook haar onafhankelijkheid zou worden ondermijnd en dat alles waarvoor ze had gewerkt haar door de vingers zou glippen. Ze zei kordaat: 'U bent het ermee eens dat de inzinking steeds erger wordt. U bent het ermee eens dat mensen minder geld te besteden hebben. Dat het eerder erger zal worden dan beter. Ik ben van plan het te overleven.'

Liam Kavanaghs sterke, vierkante vingers wezen naar haar memo.

'Dat sómmigen van ons het overleven, mevrouw Merchant.'

'De meesten, Liam. Ik heb zorgvuldig geselecteerd. Niemand die hard en consciëntieus werkt hoeft voor zijn baan te vrezen. Sommigen van die meisjes zijn verloofd en hebben het drukker met de huwelijksvoorbereidingen dan met het verlenen van de best mogelijke service. Die zouden hoe dan ook binnenkort vertrekken. We zullen hen eenvoudig niet vervangen. En sommigen van de oudere mannen staan vlak voor hun pensioen.'

Liam zei, zoals ze had geweten dat hij zou doen: 'Maar meneer Pamphilon... Die werkt al jaren bij Merchants.'

Edmund Pamphilon was de kleine, gezette, opgewekte chef van de afdeling herenkleding. Sommige jongere mannelijke assistenten imiteerden zijn huppelende tred, zijn lichte gestotter, zijn stralende glimlach. Maia had zich niet door zijn ouderwetse hoffelijkheid om de tuin laten leiden en had ontdekt dat hij slordig was met zijn urenregistratie en zijn verslag over de dagomzet vaak te laat inleverde.

'Ik kan me niet permitteren een chef te handhaven die te laat op zijn werk komt en die een halve dag extra lijkt te nemen wanneer het hem uitkomt.'

Liam Kavanagh keek Maia over de tafel heen aan. 'Ik geloof dat hij thuis problemen heeft. Pamphilon is een trotse man, dus hij praat er niet over, maar...'

Ze viel hem scherp in de rede, hoewel ze bang was dat ze de broze vorm van samenwerking die ze met Liam had opgebouwd zou ondermijnen.

'De privé-zaken van meneer Pamphilon zijn niet mijn zorg, Liam,' zei ze. Haar stem was kil.

'De man is al vijftig geweest,' zei Liam kortaf. 'Hij zal geen nieuw werk vinden. Niet in deze tijd.'

Ze voelde geen sympathie voor inefficiëntie of voor het chaotische, blunderende soort leven dat Edmund Pamphilon vermoedelijk leidde.

'Dan zullen we moeten hopen dat meneer Pamphilon een verstandige pensioenvoorziening heeft getroffen, nietwaar?' Maia keek op haar horloge. 'Dat was het voorlopig, heren. Juffrouw Dawkins zal u zo snel mogelijk een exemplaar van de notulen van deze vergadering geven.

En u denkt er natuurlijk aan dat alles wat tijdens deze bespreking is gezegd volstrekt vertrouwelijk is.'

Ze keek hen na, pakte haar aantekeningen bij elkaar en liep naar haar kantoor. Daar opende ze haar dossierkast en zag dat haar vingers trilden toen ze zich rond de schroefdop van de whiskyfles sloten. Een stem zei: 'Erg vroeg in de ochtend voor zoiets, vindt u ook niet, mevrouw Merchant?' en ze draaide zich met een ruk om. Liam Kavanagh was het vertrek binnengekomen.

'Dat zal wel.'

'Let wel, ik was precies hetzelfde van plan.'

Ze glimlachte, koud en bevend van opluchting, en stak hem haar glas toe. 'Ik heb maar één glas. Je vindt het toch niet erg om uit één glas te drinken, wel, Liam?'

Na de eerste week in haar nieuwe baan realiseerde Helen zich dat ze gelukkig was. Ze was aanvankelijk bang geweest dat ze niet aan de verwachtingen zou voldoen, maar algauw had ze gemerkt dat haar werkgevers, het echtpaar Sewell, even aardig was als mevrouw Lemon had verteld. Meneer Sewell was docent aan de universiteit; zijn vrouw, Letty, was een warrig, lief, hartelijk mens. Ze hadden slechts twee kinderen: Augusta, een dikkerdje van drie, en Thomas, een mollige baby van zes maanden. De kinderkamer was groot, goed ingericht en hopeloos rommelig. Mevrouw Sewell, die Helen rondleidde, verontschuldigde zich voortdurend voor de rommel.

'Ik heb het zonder kindermeisje geprobeerd, lieverd; massa's mensen doen dat tegenwoordig. Ik heb een meisje gehad, maar ze is zes weken geleden getrouwd... een heel aardig meisje en haar jongeman ook en ik ben blij te kunnen zeggen dat ze dolgelukkig zijn... Gussie was gek op haar... Een leuke kamer, vind je ook niet, en met uitzicht op de tuin natuurlijk. Je moet de tuin gebruiken wanneer je maar wilt, Helen... zo fijn, denk je ook niet, na de lunch...'

Mevrouw Sewell fladderde de eerste twee dagen achter Helen aan en uitte een stroom van ongerijmdheden. Toen eisten haar andere interessen – haar man, haar vele vrienden en bekenden – haar weer op en werd Helen alleen gelaten om haar twee pupillen te leren kennen.

Gussie van drie was blond, ernstig en ordelijk. Thomas had twee tanden midden in zijn bovenkaak en een glimlach waardoor Helen op het eerste gezicht verliefd op hem werd. Gussie was aanbiddelijk, maar Thomas had iets dat Helens hart volledig deed smelten. Tegen het eind van de week hadden Helen en Gussie de kinderkamer opgeruimd, de boeken in één hoek en het speelgoed in een andere, en een kleine ruimte vrijgemaakt waar ze hun elfuurtje en hun vieruurtje konden gebruiken. Helen werkte van maandag tot en met vrijdag en ging elke avond naar huis.

Tegen de tijd dat ze zes weken bij het gezin Sewell was, vond ze het merkwaardig moeilijk zich een leven zonder hen te herinneren. De laatste paar jaren waren eindeloos geweest, zodat ze zich, verspreid over de maanden, slechts enkele gebeurtenissen kon herinneren. Nu leken haar dagen overvol. In het begin was ze geschokt geweest door het gezinsleven van de Sewells: meneer Sewell die, slechts gekleed in pyjama en kamerjas, 's morgens om warm water riep om zich te scheren; mevrouw Sewell, die haar man een standje gaf omdat hij had vergeten dat ze hadden beloofd bij mevrouw Sewells moeder te gaan eten. Helen vond die dingen verwarrend en lichtelijk onrustbarend. De nonchalante chaos in huis – het speelgoed van de kinderen dat over alle stoelen verspreid lag, de stapels kranten, week- en maandbladen in de salon – zaten haar dwars, zodat ze zich een groot deel van de eerste twee weken schuldig voelde over de wanorde in het gezin Sewell. De vrolijke luchthartigheid in een huis waar de kokkin meneer Sewell op zijn kop gaf omdat hij het beste servies in de tuin gebruikte en waar mevrouw Sewell en Helen vaak een kop thee dronken in de keuken, maakte haar aanvankelijk gespannen en in verwachting van vergelding. Toen realiseerde ze zich plotseling dat de Sewells nu eenmaal graag zo leefden. Vanaf dat moment vond ze, wanneer ze 's avonds naar de pastorie terugkeerde, het oude huis angstaanjagend stil en zag ze hoe geïsoleerd Thorpe Fen was, hoe eenzaam ze de laatste jaren was geweest.

Toen ze op een dag bij Merchants nieuwe laarzen voor Gussie kocht, zag ze in de verte Maia staan en ze begon wild te zwaaien. Maia, elegant in zwart en gebroken wit, liep de winkel door om haar te begroeten. Helen stelde Gussie voor; Maia keek het kind aan, glimlachte even stijfjes en bleef toen, terwijl haar hele lichaam rusteloze, woedende verveling uitdrukte, luisteren terwijl Helen een lang verhaal ophing over het kleine meisje. Halverwege zweeg Helen, geïntimideerd door die kille, lichtblauwe ogen, en ze moest haar gekwetstheid verdringen door zichzelf eraan te herinneren dat Maia niet van kinderen hield. Even later nam Maia afscheid.

Eén keer, toen mevrouw Sewell de kinderen had meegenomen om thee te gaan drinken bij een vriendin, trof Helen Hugh Summerhayes in de Botanische Tuin. De school waar Hugh lesgaf had een feestdag en Hugh had de namiddag vrij genomen. Het aprilweer was afwisselend zonnig en bewolkt toen ze door de watertuin liepen. Toen het begon te regenen, stak Hugh zijn paraplu op en nam Helens hand in de zijne terwijl ze naar de kassen renden.

'Drijfnat,' zei Hugh terwijl hij de deur opengooide om Helen voor te laten gaan.

'Ik zal er wel niet uitzien.' Helen had haar lange haar die dag niet opgebonden en het hing, nat en zwaar als zeewier, als een krans rondom haar gezicht.

'Helemaal niet. Je ziet er even mooi uit als altijd, Helen.'

Ze moest zich omdraaien en doen alsof ze naar de geraniums keek, om te voorkomen dat hij haar zag blozen. Ze dacht dat hij haar zou gaan kussen, maar op dat moment kwam er drie jongetjes de kas in rennen, afwezig toegeroepen door hun moeder, en het moment ging voorbij.

'Hoe maken de ondeugden het?' informeerde Hugh terwijl hij haar een arm gaf.

'Helemaal niet ondeugend. Thomas is zo knap, Hugh; hij kan al rechtop zitten.'

De kille lucht in het alpine huis met zijn potten delicate miniatuurplanten werd gevolgd door de zware vochtigheid van het tropische huis. Aan de glazen daken hingen vetplanten met vlezige, slingerende bladeren en doordringend geurende, fel gekleurde bloemen. Een palmboom wierp zijn schaduw over hen. Met haar hand om Hughs elleboog waande Helen zich in India of Afrika. Hugh kon les geven op een zendingspost en zij...

Zijn stem onderbrak haar mijmerijen. 'Gaat alles naar verwachting, meid? Je vader zal je wel verschrikkelijk missen.'

Met een ruk keerde ze terug naar Engeland en Cambridge en de vluchtige exotische pretentie van de Botanische Tuin. Ze keek Hugh glimlachend aan. 'Papa maakt het uitstekend. Er zijn natuurlijk bedienden om voor hem te zorgen en ik doe het achterstallige parochiewerk op mijn halve vrije dag.'

Hugh trok haar even tegen zich aan. Het leek Helen onmogelijk dat een meisje gelukkiger kon zijn. Hugh begon over Maia te praten en Helen, glimlachend naar hem opkijkend, babbelde terug.

Ze ging vaak met de kinderen naar de Botanische Tuin voor hun middagwandeling. Wanneer ze Thomas' kinderwagen over de brede grindpaden duwde, keek Helen naar de gazons en herinnerde zich hoe Hugh haar hand had vastgehouden terwijl ze door de regen renden. Vaak fantaseerde ze verschillende wendingen in hun gesprek; ze kon zijn prettige, vertrouwde stem bijna horen zeggen: *Tjee, Helen, meid – ik ben ontzettend dol op je, weet je.* Hughs lippen drukten op de hare; zijn sterke, warme armen lagen om haar heen, drukten haar tegen hem aan. Eén keer droomde ze over Hugh en ze werd verhit en gelukkig, maar overstelpt door schuldgevoelens wakker.

Het was zomer geworden, een droge, stralende zomer en het had in geen weken geregend. Helen zette de kinderwagen bij de vijver en ging met Thomas op haar schoot in het gras zitten. Niet tot lang stilzitten in staat wurmde hij zich met zijn knuistjes in de hare overeind en lachte breed. Hij had nu drie tanden; Helen meende het begin van een vierde te zien. Hij rook heerlijk naar talkpoeder en babyzeep. Helen hield hem tegen zich aan; ze vond het heerlijk zijn warme, fluweelzachte huid tegen de hare te voelen. Gussie gooide de eenden nog wat brood toe en Helen hield haar goed in de gaten om te zorgen dat ze niet te dicht bij het water kwam. 'Is dit net als de zee?' vroeg het meisje aan Helen. 'De zee is veel, veel groter,' antwoordde Helen glimlachend. Ze had de zee nog nooit gezien, maar ze zou over twee weken met de Sewells op vakantie gaan, in Hunstanton, aan de oostkust. Helen vermoedde dat ze nog opgewondener was dan Gussie. Enkele dagen geleden had ze haar moed bijeengeraapt en haar vader toestemming gevraagd om met het gezin Sewell op vakantie te gaan. Het is maar één week, papa, had ze gezegd. Ik zal elke dag schrijven. Hij had haar niet verboden mee te gaan en er welde een verrukkelijk gevoel van gespannen verwachting in haar op wanneer ze zich een warme zee, blauwe luchten en goudgeel zand voorstelde. Ze was begonnen aan een badpak voor zichzelf.

Het was vier uur. Helen zette Thomas weer in de kinderwagen en keerde terug naar het huis. Zodra ze de hoek van de straat omsloeg, wist ze dat er iets mis was. Mevrouw Sewell stond in de deuropening en op haar bleke, knappe gezicht lag een frons van bezorgdheid. Met een bang gevoel duwde Helen de kinderwagen sneller over het trottoir.

Mevrouw Sewell rende haar tegemoet. 'O, Helen... je moet onmiddellijk naar huis toe.... We zijn opgebeld... Je vader...'

Helens handen klemden zich om de beugel van de kinderwagen en ze staarde mevrouw Sewell aan.

'Is papa ziek?' Haar stem was nauwelijks meer dan een fluistering.

'Een ongeluk, zeiden ze. Het was een verpleegster die belde... ze wilde verder niets zeggen... Meneer Ferguson ligt in een verpleeghuis in Ely, lieverd. Ik zou Ronald wel vragen je naar het ziekenhuis te brengen, maar hij heeft college en ik ben echt zo onhandig met de auto... nukkige dingen, zie je, Helen, en je moet verschillende dingen doen met je handen en je voeten. Maar over een halfuur gaat er een trein.'

Tijdens de treinreis van Cambridge naar Ely had ze tijd te over om zich voor te stellen wat er gebeurd was. Haar vader had zich verbrand terwijl hij een kop thee probeerde te zetten of Betty had hem vis gegeven, waarvan hij altijd ziek werd. Of zijn zomerverkoudheid was overgegaan in longontsteking of Percy was voor hem uit gehuppeld, waardoor papa van de trap was gevallen.

In het verpleeghuis kromp haar maag ineen van angst en haar hart bonsde terwijl ze door de galmende, geboende gangen liep. Een stijve, streng kijkende zuster blafte informatie over haar schouder terwijl Helen achter haar aan naar haar vaders kamer rende.

'Uw vader is gevallen, vrees ik, juffrouw Ferguson. Hij heeft zijn been gebroken. Hij is rillerig en heeft een shock.'

Haar hart kneep en wrong in haar borstkas toen ze de kooi over haar vaders been zag. Zijn huid was grauw en hij lag languit in de kussens. Ze had hem nog nooit zo weerloos gezien, zo... oud. Een traan welde op uit haar oog en biggelde over haar wang.

'Papa...' fluisterde Helen en ze nam zijn hand.

'Ben over de tuinbezem gevallen... iemand had hem op het pad laten liggen...' zei Julis Ferguson schor. Zijn volle lippen krulden om in een berouwvolle glimlach. 'Domme oude man.'

Onthutst staarde ze hem aan. De avond tevoren had ze in de tuin gewerkt. Hoe ze het ook probeerde, ze kon zich niet herinneren of ze de bezem had opgeborgen.

'De ouwe Shelton is zo doof als een pot,' legde dominee Ferguson uit. Shelton was de tuinman. 'En zijn knechtje was vandaag niet bij hem. Ik heb daar een uur gelegen. De meiden konden het binnen niet horen, denk ik. Ik heb me zowat hees geschreeuwd. Gelukkig kwam er een scharensliep voorbij en die heeft me gevonden.'

De zuster redderde in het rond, trok de dekens glad. 'We zullen meneer Ferguson een paar weken hier moeten houden, juffrouw Ferguson, maar er is geen enkele reden waarom hij niet volledig zou herstellen.'

'O nee,' zei Julius Ferguson. 'Ik kan niet tegen ziekenhuizen. Sinds mijn arme lieve vrouw...' Zijn ogen ontmoetten die van Helen. 'Ik ga naar huis. Helen kan voor me zorgen, nietwaar, kuikentje?'

Helen bracht de nacht alleen door in de pastorie. Ze kon niet slapen en zag voor zich hoe haar vader urenlang verkleumd en gepijnigd op het tuinpad had gelegen. Om vijf uur in de ochtend stond ze op en begon het huis schoon te maken. Ze zag de gevolgen van haar maandenlange afwezigheid: het stof op elke plank, de bolletjes pluis in de hoeken van de trap en de spinnenwebben aan de hoge plafonds.

Toen ze klaar was met poetsen schreef ze mevrouw Sewell een brief. Ze begon te huilen toen ze zich realiseerde dat ze niet behoorlijk afscheid had genomen van Gussie en Thomas en ze kruiste haar armen voor haar borst, wiegde heen en weer en verlangde ernaar de baby weer vast te houden. Ze voelde een opwelling van wrok tegenover haar vader en werd vervolgens, toen ze hem weer bleek en hulpeloos voor zich zag in het ziekenhuisbed, overmand door schuldgevoelens. Opeens moest ze het huis uit; de kale, sombere kamers, de koude gangen en zelfs het tikken van de klokken vervulden haar van een naamloze angst. Boven de gootsteen spatte ze wat koud water in haar gezicht, pakte de brief en liep naar de brievenbus.

De wind was aangewakkerd en geselde de droge, fijne zwarte aarde van de velden en akkers. Tegen de tijd dat ze bij de brievenbus aan het eind van de straat was, prikten er zandkorrels in haar ogen en maakten haar haren vies. Haar ogen beschuttend zag ze kleine zandhozen door de voren van de omgeploegde akkers trekken, de jonge graanscheuten plettend. Een storm kon een ramp betekenen voor boeren en pachters. Helen staarde naar de donkerder wordende lucht en voelde het gewicht van haar angst groter worden. Het was alsof het land om haar heen opdrong en haar afsneed van de rest van de wereld. De wind waaide feller, deed haar jurk opwapperen en bestookte haar benen met duizenden kleine, scherpe zandkorrels. Stofwolken bolden op naar de lucht en verduisterden de ondergaande zon. De lucht was donker en onheilspellend; alle groen was uitgewist door de wind en het stof. *Hij verzwelgt de grond met felheid en woede*, dacht Helen terwijl ze daar stond en toekeek hoe de onnatuurlijke nacht bezit nam van de Fens.

Doordat er zoveel kleine bedrijven failliet gingen, leverde de drukpers weinig op. Joe zocht ander werk, informeerde in garages, op bouwplaatsen en in de haven. Het ontbreken van een doel in zijn leven bleef aan hem knagen. Maar honderden andere jongemannen zoals hij waren eveneens op zoek naar werk en veel bouwbedrijven waren gesloten, en in de haven werkten vaak hele families van geslacht op geslacht. 's Avonds werkte hij in de pub, in het besef dat hij geluk had dat hij werk had. Overdag raakte hij steeds meer betrokken bij de activiteiten van de National Unemployed Workers' Movement, liep mee in NUWM-marsen en deed mee aan hun betogingen bij de arbeidsbureaus. Aangezien de NUWM door de communisten werd gesteund, had de Labour Party geen officiële banden met de organisatie, maar vele leden van de partij hielpen heimelijk, uit medeleven met het lot van de werklozen, stelden voedsel en onderdak ter beschikking voor de deelnemers aan de hongermarsen en stonden toe dat hun gebouwen werden gebruikt voor bijeenkomsten.

In juni keerde Vivien terug naar Engeland en Francis organiseerde een feest om haar thuiskomst te vieren. Een gekostumeerd feest, legde Francis uit, en Joe, die eindeloos saaie avonden had gewerkt, bier tappend voor eindeloos saaie mensen, keek ernaar uit één lange, glorieuze nacht lang dronken te worden. Francis leende een auto van een van zijn rijke nieuwe vrienden en op een zaterdagochtend reden ze naar Long Ferry. Selena en Guy reisden per trein naar Suffolk. Robin zat voorin naast Francis en Joe viel zoals gewoonlijk in slaap op de achterbank.

Hij werd wakker toen ze de poort van Long Ferry Hall binnenzwenkten. Een grote stofwolk opwerpend kwam de auto slippend tot stilstand voor het huis. De lucht geurde naar zeezout; Joe wreef in zijn ogen.

Francis stapte uit en staarde, met Robins hand op zijn arm, naar het huis. 'Goeie god, moet je dat onkruid eens zien,' zei hij. Joe staarde naar het kruiskruid en de zuring die tussen de stenen van de binnenplaats waren opgeschoten. In de goten groeiden varens en de roos die zich rond de grote voordeur slingerde was doornig en kaal geworden. De zon glinsterde in het oude kantwerk van kantelen en waterspuwers die het dak sierden en de stoffige ruiten vingen het licht en kaatsten het dof terug. Long Ferry Hall was als een ouder wordende schoonheid, nog steeds trots en elegant in de jaren van verwaarlozing.

Het gekostumeerde feest zou griezelromans als thema hebben, legde Francis uit. Long Ferry Hall moest gehuld zijn in spinnenwebben en mysteries – niet moeilijk, dacht Joe, de Hall rondkijkend. Er hing een kille, klamme sfeer en een of ander klein schepsel – een muis, hoopte Joe – flitste terug naar de keuken toen Francis de zware gordijnen opende.

Ze plunderden koffers en kisten, garderobes en kleerkasten. Selena liet haar kunstenaarsblik door het huis glijden, deed voorstellen en gaf bevelen en Francis en Joe balanceerden op ladders en balustrades, hingen tapijten op en drapeerden de meubels met zwarte mousseline die Selena uit Londen had meegebracht. Robin knipte spinnenwebben van crêpepapier en Guy, somber Byron en Shelley citerend, hakte de broden in de keuken tot dikke sandwiches.

Om vijf uur stopte Angus' Rolls op het voorplein. Angus laadde wijn uit terwijl Vivien, gillend van verrukking, iedereen om beurten omhelsde. 'Ik heb een cateringbedrijf besteld,' zei Angus. 'Ze kunnen er elk moment zijn.'

Ze arriveerden om zeven uur, na in de wildernis van Suffolk te zijn verdwaald. Francis snuffelde nog eens in de kasten en wierp Joe, Robin, Selena en Guy halfvergane, door de motten aangevreten kledingstukken van zwarte zijde en vuurrood fluweel toe. Robin trok een lange, zwarte, strakke japon aan en moest de zoom met veiligheidsspelden opnemen. Er hoorde een halflange mantel van een gaasachtige, grijzige stof bij. Ze leek wel een vleermuis, besloot ze, een kleine, dreigende, zwarte vleermuis. Ze poederde haar gezicht tot het passend bleek en interessant was, zette haar lippen aan met het donkerste rood dat ze had kunnen vinden en keek uit naar een hele avond met Francis. Francis' steeds urgenter wordende zoektocht naar een financier voor *Oproer* had een groot deel van de afgelopen weken in beslag genomen. En het leven leek de laatste tijd wat verward geworden, een constant draaiend rad van werk, haar vrijwilligersactiviteiten en haar sociale leven. Robin kreeg soms het idee dat ze een gecompliceerd circusnummer opvoerde en dat, als ze zich niet goed concentreerde, alle breekbare glazen ballen op de grond zouden vallen.

De deur ging open en Francis kwam de kamer in. Hij legde zijn handen op haar schouders en ze keek naar zijn weerkaatsing in de spiegel van de kaptafel. In het schemerige licht in de van kleine ramen voorziene kamer was zijn haar zilverachtig blond en zijn gezicht was bleek en beschaduwd. Ze legde haar wang tegen de rug van zijn hand, sloot haar ogen en ademde de geur van zijn huid in. Zijn lippen raakten haar kruin en zijn hand streelde haar borsten. Ze was zich bewust van zijn andere hand, die de haakjes en oogjes losmaakte die ze zojuist had vastgemaakt.

'Het feest...'

'Het feest kan wachten, vind je ook niet?' Francis schopte de deur dicht. Ze vrijden op het hemelbed, gretig en haastig, niet in staat lang genoeg te wachten om zich naar behoren uit te kleden. Auto's stopten op het voorplein en gasten renden naar elkaar roepend door de gangen.

Maar voor Robin bestonden alleen het bed, Francis en een begeerte die wederzijds onverzadigbaar leek.

Het diner was een chaotisch lopend buffet. Zestig gasten krioelden door de grote hal, dienstmeisjes gingen rond met dienbladen vol uitdrogende sneden geroosterd brood en slappe vol-au-vents. Francis praatte met Vivien en Angus over *Oproer*. Vivien glimlachte dankbaar terwijl Angus haar wijnglas volschonk.

'Wat moeilijk, lieverd. Ik ben hopeloos in spellen en interpunctie en zo.'

Angus klopte op Viviens hand. 'Je kunt niet intelligent én mooi zijn, schat.'

'Ik heb altijd van mijn hersens moeten leven.'

Francis' wenkbrauwen gingen even omhoog. 'Maar ik ben bang dat het blad failliet gaat. Ik zit afschuwelijk krap bij kas.' Hij klonk somber.

'Hoe,' vroeg Angus terwijl hij zijn bord schoonveegde met een broodje, 'wil je de wolf dan van de deur houden, beste jongen, als ik vragen mag?'

'Guy heeft een toneelstuk geschreven. Er zit een schitterende rol in. We zoeken iemand om het te regisseren. Het zou me wat kunnen opleveren.'

'Je moet met Freddy praten.' Vivien pakte Francis' hand. 'Hij doet iets met theaters. Hij is een afschuwelijke oude zeur, maar hij heeft gewoon hópen geld. Denzil heeft me aan hem voorgesteld.'

Robin keek onopvallend de hal rond. Ze zag geen Denzil Farr.

'Je hebt hem in Tanger achtergelaten, is het niet, moeder?' Er klonk een vleugje boosaardigheid door in Francis' stem.

'De arme schat moest een en ander regelen.'

'Knappe jongens en af en toe een onsje hasjiesj.'

'Néé, lieverd. Denzil is een schat. Ik zou willen dat jullie wat beter met elkaar overweg probeerden te kunnen.'

Viviens stem klonk slechts mild opstandig. Ze had nauwelijks concessies gedaan aan Francis' griezelthema en een modieuze, nauwsluitende crèmekleurige zijden japon aangetrokken, die haar blanke huid en blonde haren des te beter deed uitkomen. Diamanten fonkelden aan haar oren en haar hals. Vergeleken met Vivien voelde Robin zich klein en onbeduidend.

Na het diner werd er gedanst. Kaarsen flakkerden in de muurblakers; een van Robins papieren spinnenwebben vatte vlam en moest met champagne worden geblust. De wijn stroomde als zomerregen. Toen

175

Robin laat in de avond over de lange sleep van haar zwarte jurk struikelde, bedacht ze dat ze meer dan een tikkeltje aangeschoten was. Half vallend vond ze zichzelf terug in Joe's armen.

'Je ziet er...' zei hij, terwijl hij probeerde haar scherp in beeld te krijgen 'je ziet er vampierachtig uit.'

'En jij stomdronken, Joe.'

'Dat komt doordat ik stomdronken bén.' Zijn donkere, diepliggende ogen fonkelden. 'Stompzinnige kleren, vind je ook niet?'

Robin glimlachte. 'Zwart staat je goed, Joe. Het past bij je magere, uitgehongerde figuur.'

Maar terwijl ze door de zaal zwierden lette ze niet op Joe, maar keek de balzaal rond en onderzocht elk paar en elk groepje pratende gasten rondom de dansvloer.

'Hij is in de salon,' zei Joe, haar observerend.

Hij was gestopt met dansen. Ze keek naar hem omhoog. Zijn handen lagen nog op haar heupen. Ze zei: 'Francis?'

'Natuurlijk.'

Er lag een mengeling van medelijden en spot in zijn blik. Hij zei: 'Je zocht Francis toch?'

Ze knikte zwijgend. Maanden geleden had Joe tegen haar gezegd: *Dan zul je het met hem moeten doen, Robin.* En mijn god, ze had het met hem gedaan, tot haar adem stokte in haar borst.

Joe stak een sigaret op. 'Maak je geen zorgen. Hij is een of andere klootzak met een te dikke portemonnee aan het verleiden. Ga zelf maar kijken.'

Vivien vroeg Joe ten dans en aan het eind van de foxtrot ging ze op haar tenen staan en kuste hem. Haar lippen bleven op zijn mond rusten.

'Ik móet gewoon een luchtje scheppen, Joe.'

Haar kleine, slanke hand pakte de zijne en hij volgde haar de balzaal uit en door de doolhof van kleine vertrekken aan de achterkant van het huis. In wat volgens zijn wazige conclusie ooit een wapenkamer moest zijn geweest en nu een opslagplaats van overschoenen, oude regenjassen en gebroken paraplu's bleef ze staan, draaide zich naar hem toe en begon doelgericht zijn overhemd los te knopen.

'Je ziet er zo goddelijk uit dat ik je wel kan opvreten, Joe. Zo uitgeteerd en prachtig Byroniaans. Ik heb altijd van donkere mannen gehouden. Francis' vader was natuurlijk een uitzondering.'

Ze benadrukte haar woorden met kussen. Hij kuste haar terug; hij was veel te dronken om tegenwerpingen te maken over de aard van hun

176

relatie, de ongepastheid van deze vrijpartij, zelfs al had hij het gewild. Hij duwde haar tegen de wankele oude ladekast en ze kreunde van genot toen hij haar borsten, maag en dijen streelde. De ladekast rammelde en een oude donderbus, die er wankel bovenop lag, kletterde op de grond. Viviens ogen glansden en haar lippen weken uiteen. Hij hoorde verre geluiden van muziek en gelach in de balzaal. Haar kleine vingers maakten deskundig de knopen van zijn kleding los, Joe worstelde vruchteloos met haar strakke jurk, haar ingewikkelde onderkleding.

'Laat mij maar, schat,' fluisterde ze en toen hij in haar kwam, was zijn overheersende gedachte er een van opluchting dat hij niet té veel had gedronken.

'... een gewoonweg verbijsterende productie, Freddy,' zei Francis. 'De belichting, de regie... alles. Zo origineel.'

Robin was in de deuropening van de salon blijven staan. Francis liep door het vertrek met een slungelige, sluikharige man van middelbare leeftijd. De man – Freddy – was gekleed in dezelfde wijde, negentiende-eeuwse kleren als Francis. Desondanks zag hij er bespottelijk uit in plaats van romantisch.

'Dat was mijn tweede productie,' zei Freddy. 'Halverwege de jaren twintig heb ik een kleine revue gefinancierd – dat zul je wel niet meer weten.'

Ze waren blijven staan naast een van de schilderijen aan de muur. 'Mijn grootvader,' zei Francis, naar het portret wijzend.

Freddy keek op. 'Je hebt iets van hem... de ogen, denk ik.'

'Hij was een beest.' Francis grijnsde jongensachtig. 'Allerlei kwalijke gewoonten.' Hij legde zijn hand even op de arm van de ander.

Ze draaide zich om, maar zijn stem volgde haar.

'Je móet Guys stuk lezen, Freddy. Ik weet zeker dat je het prachtig zou vinden. Er zit een schitterende hoofdrol ik... ik heb natuurlijk weinig acteerervaring, alleen op school en later af en toe een bijrolletje, maar ik weet zeker dat ik het aan zou kunnen...'

Vivien zat aan de grote, geschrobde keukentafel, met een kop chocolademelk voor zich en een oude duffelse jas om haar schouders. Toen ze opkeek naar Francis, zag deze dat haar gewoonlijk onberispelijke make-up enigszins was uitgelopen en dat haar blonde haren in de war zaten, en hij zag ook, misschien voor het eerst, dat ze niet jong meer was. Hij voelde een vlaag van medelijden met haar.

'Je ziet er moe uit, Vivi.' Hij kuste haar op haar kruin.

'Het is bijna twee uur.' Vivien geeuwde. 'Maar het is een geweldig feest, Francis. Ontzettend bedankt.'

Hij ging naast haar zitten en zei: 'Ik denk dat je vriend me wel wil helpen met het stuk.'

'O, prima.' Ze keek hem stralend aan. 'Ik wist wel dat die lieverd over de brug zou komen.'

'Heb je Joe en Robin gezien?'

Ze schudde haar hoofd 'Ik dacht dat Robin bij jou was, lieverd. En Joe liep ik even geleden tegen het lijf in de wapenkamer, maar waar hij nu is weet ik niet.' Ze rilde en trok de duffelse jas dichter om zich heen. 'Dit huis wordt langzamerhand echt onbewoonbaar. Zelfs in juni is het er koud en ik heb er een halfuur voor nodig gehad om een kop chocolademelk te maken op dat ellendige fornuis. Ik zal iets moeten doen.'

Francis stak voor hen allebei een sigaret op. 'Wil je het verkopen?'

'Wie zou het willen hebben?' Vivien haalde haar smalle schouders op in een gebaar van berusting terwijl ze aan haar sigaret trok. 'Die afschuwelijke crisis, lieverd... Mijn makelaar vertelde dat je huizen zoals dit niet aan de straatstenen kwijtraakt. Trouwens, ik ben best dol op dit oude huis. Het geeft me iets om naar terug te keren. Er moet alleen wat geld in worden gestoken.'

'Als dat stuk doorgaat – en dat denk ik wel – kan het tot andere dingen leiden. Dan zal ik je iets kunnen sturen, ik weet het zeker. Dat zal wel helpen, niet dan?'

'Lief van je, Francis.' Ze klopte op zijn hand. 'Maar ik moet heel gauw aan geld zien te komen. Er is een vervelend probleem met de afvoer.'

Vivien had altijd maar één manier gekend om aan geld te komen. Francis zei ongerust: 'Je gaat toch niet weer trouwen, wel, Vivien?'

'Wie weet. Ik kan moeilijk wérk gaan zoeken, is het wel, lieverd?'

Francis drukte zijn sigaret uit op een schoteltje en drentelde rusteloos door de keuken. 'In godsnaam, niet met Denzil Farr, moeder.'

Plotseling terneergeslagen bedacht hij dat de patronen uit zijn jeugd gewoon werden voortgezet. Vivien was, betoverend en mooi, met onregelmatige tussenpozen op school verschenen, in gezelschap van telkens weer een andere man, en had hem overladen met cadeautjes en kussen. Zijn wankele zekerheid over haar liefde en aandacht was steevast gevolgd door een lange, braakliggende periode waarin ze schreef noch op bezoek kwam. Soms dacht hij dat alleen Joe het goed had gedaan door zich voorgoed van zijn familie los te maken.

Voorzichtig, in de wetenschap dat, als hij zijn boosheid liet blijken, ze hem alleen maar zou ontlopen, zei hij: 'Ik kan die vent niet uitstaan, dat is alles. Hij is niet goed genoeg voor je. Trouw met iemand anders, trouw met Angus, als je per se wilt, trouw met iedereen behalve Denzil Farr.' Hij boog zich voorover en kuste haar nek. 'Beloof het me,' fluisterde hij.

'Ik beloof het,' zei Vivien, naar hem opkijkend. Francis zag de oprechtheid in haar blauwe ogen.

Later die avond zwermden de gasten uit over het voorplein. De grote stenen vleugels van Long Ferry Hall omringden hen. 'Net een amfitheater,' fluisterde Francis en hij rende naar de muur en begon in een gammele regenpijp te klimmen. Hoewel ze kaarsen en olielampen mee naar buiten hadden genomen, verdwenen zijn gezicht en lichaam in de schaduwen en alleen zijn blonde haar werd verlicht door het schijnsel van de maan. Op het dak aangekomen liep hij, met een fles champagne in zijn hand en met zijn andere arm zwaaiend om zijn evenwicht te bewaren, over de afbrokkelende kantelen. Toen hij het hoogste punt van de vleugel bereikte en afstak tegen een achtergrond van sterren en hemel, begon hij te spreken. Zijn stem klonk helder in de galmende stilte van het plein.

'O, welk een schavuit en boerse slaaf ben ik...'

Staande op de kantelen declameerde hij de hele monoloog en zijn kleren, vervaagd door het donker, konden redelijk goed doorgaan voor Hamlets plechtig-zwarte kostuum. Aan het eind ervan boog hij gevaarlijk en Vivien klapte en anderen juichten en klapten, maar Robin drukte haar knokkels tegen haar mond en vond dat hij er zo breekbaar uitzag, zo verloren, zo wankel.

Daarna dansten ze op het dak, een lange, slingerende rij die tussen de belvedères en schoorstenen door kronkelde. De dans ebde weg en iemand stelde voor verstoppertje te spelen en ze verspreidden zich door het huis, waarden als dronken spoken door de vluchtgang, de kasten en alkoven. Selena verstuikte haar enkel toen ze van de stenen wenteltrap viel en Angus zakte in de bijkeuken snurkend in elkaar, overdekt met gemorst meel en bessen. Francis, met een demonisch licht in zijn ogen, regisseerde alles.

Tegen de ochtend liep Robin het huis uit en ging op een stenen bank op het plein zitten. Ze was haar grijze mantel kwijt en de vroege-ochtendlucht was koel en weldadig aan haar blote armen. Haar hoofd werd helder terwijl ze naar het trage aanbreken van de dag keek. Een afbrokkelende griffioen uit wiens grijnzende mond een waterpijp stak, hing

179

boven haar aan de muur. 'Jóu is het allemaal om het even,' zei Robin hardop, hem dreigend aankijkend.

'Eerste teken van krankzinnigheid,' fluisterde Francis terwijl hij over de bank naar haar toe gleed.

Ze had hem niet horen aankomen. Ze was zowel Francis als Joe uren geleden al kwijtgeraakt. Ze besefte, in het donker zittend, dat de tijden die ze met Francis doorbracht altijd zo waren; ze moest hem steevast met iemand delen.

'Ik heb je gemist,' zei Francis.

Ze zag dat hij zijn verdediging had laten zakken en dat ze een glimp kon opvangen van de neerslachtigheid die af en toe achter het aantrekkelijke uiterlijk zichtbaar werd.

'Ik heb alle vertrekken in het huis naar je afgezocht, Robin. Ik heb er úren voor nodig gehad.'

'Ik had behoefte aan frisse lucht. Er waren te veel mensen.'

Hij zei somber: 'Die zijn er altijd, niet dan? Te veel mensen, te veel herrie, te veel gepraat. Soms kun je niet eens denken, jij wel?'

Ze schudde zwijgend haar hoofd.

'Je blijft toch bij me, hè, Robin?'

Ze kon de angst in zijn stem horen.

'Ik weet dat ik het druk heb gehad, Robin. Ik weet dat ik je meesleep naar dingen waar je net zo lief niet naartoe ging. Maar je blijft toch bij me, hè?'

Ze schoof naar hem toe en legde haar hoofd tegen zijn borst. Hij sloeg zijn arm om haar heen. Zijn kussen waren nu anders dan tijdens de hartstochtelijke vrijpartij van de voorgaande avond. Teder en niets vragend, eerder tekenen van vriendschap dan van begeerte.

Ze fluisterde: 'Natuurlijk, Francis. Dat weet je toch.'

Maia was het hele weekend weggeweest. Ze was op vrijdagmiddag uit Cambridge vertrokken en zaterdags laat thuisgekomen. Ze had de gewoonte ontwikkeld om het eerste weekend van elke maand weg te gaan. Niemand wist waar naartoe – Liam Kavanagh niet, haar huishoudster niet, Robin en Helen niet. Ze was doodmoe van de lange rit, tenminste, ze maakte zichzelf wijs dat ze daarom zo moe en van streek was. Alleen in de salon met een gin-tonic tussen haar handen probeerde ze niet aan vrijdag te denken. Maar de herinnering bleef zich opdringen: Edmund Pamphilons laatste dag bij Merchants. Hij had haar per se onder vier ogen willen spreken. Het enige dat hij had gezegd was: *Wilt u er niet nog eens over nadenken, mevrouw Merchant?* maar ze had de blik in zijn ogen begrepen. De vage jovialiteit die haar altijd had geïrriteerd was verdwenen en had plaatsgemaakt voor wanhoop en angst. Ze had de gebruikelijke clichés van medeleven en spijt gemompeld en hij had zijn hoofd gebogen in een parodie op een ouderwetse buiging en Merchants voor het laatst verlaten. Ze snapte niet waarom zo'n onbeduidend incident haar bleef achtervolgen. Ze hield zichzelf voor dat het in orde was, dat het ergste leed geleden was, dat ze gedaan had wat ze moest doen. Maar haar onbehagen bleef en dwong haar haar zekerheden in twijfel te trekken. Ze wist dat ze dronk omdat ze anders naar zichzelf zou kijken en misschien niet dol zou zijn op wat ze zag.

Aangespoord door zijn eigen en Viviens behoefte aan geld ontmoette Francis Theo Harcourt in diens club in Mayfair. Theo bestelde whisky terwijl Francis zich in een van de diepe leren fauteuils liet zakken.

Francis sloeg een grote slok whisky achterover. Vervolgens zei hij: 'Ik heb me afgevraagd of je kans hebt gezien nog eens over *Oproer* na te denken, Theo. Of je zin hebt er geld in te steken.'

Theo keek vragend, maar zei niets.

Francis hoorde zichzelf stamelen. 'Het punt is... ik weet niet hoeveel langer ik nog kan doorgaan als ik geen steun vind.'

Theo Harcourt deed Francis altijd denken aan een slang. Een python of een cobra, zich opmakend om te spugen. Theo's ogen waren diepliggende, grijsbruine, glanzende kralen. Francis, die zichzelf dwong hem aan te kijken, verwachtte altijd gele pupillen te zien, verticaal, als die van een hagedis.

In die ogen kijkend glimlachte hij geforceerd. Hij voelde hoe zijn charme, waarvan hij altijd had geweten dat het zijn kostbaarste eigenschap was, hem onder die kille blik in de steek liet.

Ten slotte zei Theo: 'Het punt is, kerel: er zijn zo veel kleine bladen. Ik kan echt niet het enthousiasme opbrengen om een zoveelste te steunen.'

Francis voelde een steek van teleurstelling en woede. Teleurstelling omdat *Oproer*, dat hij had grootgemaakt, op het punt stond ten onder te gaan aan geldgebrek, en woede omdat Theo, die al járen aanmoedigende geluiden maakte, hem nu liet stikken. Op dat moment haatte hij Theo Harcourt. Hij haatte zijn macht, zijn rijkdom, de kille manier waarop hij zijn hoop verpletterde. Hij stond op.

'Dan ga ik maar. Sorry dat ik je heb lastiggevallen, Theo.'

Theo stond haastig op en pakte Francis bij zijn mouw toen die bij de deur was. Hij zei zacht: 'Je moet je opvliegendheid echt onder de duim leren houden, Francis.'

Francis bleef een ogenblik staan, niet wetend of hij naar Theo zou luisteren of hem zou slaan.

Theo zei: 'Ik wil *Oproer* niet steunen. Maar ik zou het wel willen kópen.'

Overweldigd door een mengeling van emoties staarde Francis hem aan.

'Het is momenteel een blaadje van niks, maar ik weet zeker dat er met wat geld iets van te maken valt. Ik kan de faciliteiten vinden voor kleurendruk – reproducties van foto's – dat soort dingen. Het zou er minder amateuristisch uitzien.' Theo keek Francis aan. 'Ik zou je een eerlijke prijs geven, kerel.'

Zijn woede om Theo's kritiek onderdrukkend wist Francis uit te brengen: 'En ik zou de redactionele zeggenschap houden?'

'Ik ben ervan overtuigd dat al die details tot wederzijdse tevredenheid geregeld kunnen worden. Laten we eerste de financiële kant afwerken. Daarna kunnen we de technische dingen regelen, als heren.'

Drie dagen later ontving Francis per post een cheque. Hij signeerde hem op de achterkant, stopte hem in een envelop en schreef Vivien een kort briefje. *Dacht dat dit zou kunnen helpen met de afvoer en zo. Nu hoef je niet met Druiloor Denzil te trouwen. Heel veel liefs, Francis.*

Het was eind juni, Hughs verjaardag, dus ging Robin een weekend naar huis. Op zondag kwam Maia over uit Cambridge. De hemel was diep vergeet-mij-nietjes-blauw, de warme lucht zwaar en heiig. Libellen – blauw en groen en goudkleurig – scheerden tussen het riet. Hugh haalde de boot uit de schuur en roeide hen over de rivier, de kronkelingen volgend tot zowel het winterhuis als Blackmere Farm uit het gezicht was verdwenen. Achteroverleunend in de boot liet Robin haar hand door het donkere water glijden en begon zich wat minder geprikkeld, wat minder opvliegend te voelen.

Maia zei: 'Heb je Helen uitgenodigd, Hugh?'

Hij knikte. 'Ze kon niet.'

'Waarom niet? Zelfs Helen,' zei Robin loom, 'gaat niet 's middags naar de kerk. En ze gaat zondags niet werken.'

'Ze werkt helemaal niet meer.' Maia zette de rand van haar hoed zo, dat de zon niet in haar gezicht scheen. 'Heeft ze jou niet geschreven, Robin?'

Ze herinnerde zich vaag een van Helens warrige brieven te hebben bekeken.

'Haar vader is gevallen,' legde Maia uit. 'Zijn been gebroken. Dus Helen is weer veilig thuis.'

Maia's ogen waren licht, zuiver blauw, net als de lucht, maar haar stem klonk koel en spottend.

Hugh mompelde zachtmoedig: 'Wanneer dominee Ferguson beter is...'

'O, ik denk het niet, jij wel, Hugh? Ik zie Helen niet nog eens ontsnappen.'

Robin staarde Maia aan. Maia ging verder: 'Als hij er niet in was geslaagd over de schoffel of zo te struikelen, was hij op de tocht gaan zitten tot hij longontsteking kreeg of hij had paddestoelen gegeten en zichzelf vergiftigd. Alles om die arme Helen kort te houden.'

'Ze zou echt tegen hem in opstand moeten komen.'

'Doe niet zo dwaas, Robin. Hoe zou ze kunnen?'

Hugh roeide de boot naar de kant. Robin zei ongeduldig: 'Helen is tweeëntwintig. Ze moet er gewoon vandoor gaan. Dat heb ik ook gedaan.'

Ze was zich ervan bewust dat ze zelfingenomen klonk, maar Helens ruggengraatloosheid ergerde haar. Ooit, jaren geleden, hadden ze elkaar hun ambities verteld. Helen had nota bene willen reizen, maar ze zat nog steeds opgesloten in die grote, sombere pastorie.

Hugh hielp beide meisjes uit de roeiboot en zette de picknickmand in het gras. Terwijl hij hem openmaakte zei hij: 'Het is voor Helen anders dan voor jou, Rob. Toen jij wegging, wist je dat papa en mama elkaar hadden. Helens vader is volledig van haar afhankelijk.'

'Maar ze verspilt haar leven! Gooit het zomaar weg!' Robin maakte een wild, allesomvattend gebaar.

'Je snapt het niet, is het wel, Robin?' Maia begon de broodjes te smeren. 'Helens vader wil haar bezitten. Hij denkt dat hij het récht heeft haar te bezitten.'

'Ze is alles wat hij heeft, Maia.' Hugh bond het touw van de roeiboot om een oude boomstronk. 'Eén kuiken in het nest, meer niet.'

'Soms heb ik het idee dat hij meer een echtgenoot voor haar is dan een vader...' mompelde Maia. 'Ik zou willen dat ik Helen vaker kon bezoeken, maar ik heb het zo druk met de zaak. Hugh, zou jij...?'

'Ik zal er zo vaak heen gaan als ik kan.'

'Je bent een schat, Hugh. Een schat.'

Hugh stond met zijn rug naar Robin en Maia de wijnfles te koelen in de rivier. Toen hij zich weer omdraaide, bloosde hij. Hij zocht in de mand en haalde er een cake uit. 'Mijn god, roze glazuur,' zei hij met een soort vermaakte radeloosheid. 'Mama denkt dat ik nog steeds in korte broek loop.'

Maia rommelde in haar tas. 'Ik heb kaarsjes voor je meegebracht.' Haar lichte ogen glinsterden ondeugend. 'Drieëndertig. Je moet ze allemaal uitblazen en daarna mag je een wens doen.'

Ze zette de kaarsjes keurig in de roze glazuur en stak ze aan. Hugh deed zijn ogen dicht en blies. In het felle, onbarmhartige zonlicht zag Robin de grijze strepen in zijn donkerblonde haren en de dunne rimpeltjes rond zijn ooghoeken. De kaarsen beefden en gingen uit.

Omdat ze worstelde met grafieken nam Robin op een ochtend haar boeken mee naar het souterrain in Hackney om Joe om raad te vragen. Na een lange nacht werken in de Navigator slofte hij door het appartement, ongeschoren en slechts gekleed in een broek en een loshangend overhemd.

'Ik trakteer je op een ontbijt als je me helpt met die vervloekte dingen,' zei ze met een kritische blik op zijn slungelige, ondervoede gestalte.

Ze zette zwarte koffie; hij stak een sigaret op en bladerde haar aantekeningen door. Robin wist dat Joe het praktische, evenwichtige verstand had dat zulke uiteenlopende dingen als automotoren en wiskunde kon bevatten. Na haar de les te hebben gelezen over haar onleesbare handschrift gaf hij een korte, heldere uiteenzetting over x- en y-assen en zei toen: 'Maar dat heb je allemaal niet nodig, Robin. Gewoon een paar mooi, stevige kolommen om de aandacht te trekken. Iets ingewikkelders kunnen de meeste mensen toch niet bevatten.'

Ter illustratie maakte hij een snelle schets op de achterkant van haar aantekeningen en opeens voelde ze zich enorm opgelucht. Het afschuwelijke gevoel dat ze haar taken verwaarloosde was er nog steeds, maar als haar werk in orde was, voelde ze zich minder in het nauw gedreven.

'Je bent een schat,' zei ze en ze kuste hem op zijn hoofd. 'Ontbijt?'

'Ik moet om tien uur bij het arbeidsbureau zijn.' Hij keek op zijn horloge. 'Er is een betoging tegen de inkomstencontrole. Zin om mee te gaan?' Hij keek naar haar op en grijnsde. 'Denk aan de frisse lucht en de lichaamsbeweging... veel leuker dan achter een bureau zitten tellen.'

'Je moet beloven...'

184

Hij hief zijn handen op. 'Geen geweld. Het wordt geen grote demonstratie.'

Maar toen ze bij het arbeidsbureau in Hackney aankwamen, krioelden er al zo'n tweehonderd mensen rond voor de deuren van het gebouw. Spandoeken en borden protesteerden tegen de onrechtvaardigheid van de inkomstencontrole. De krachtige zomerzon scheen fel op de hoofden van de mannen met hun petten, de vrouwen met hun baretten of goedkope strohoeden. Groepjes werklozen dromden bijeen op de straathoeken, schuifelden met hun kapotte schoenen over de klinkers en sloegen de betogers met apathische blik gade.

Toen opeens, 'Verdomme,' fluisterde Joe en Robin keek hem aan.

'Wat?'

'Daar is Wal Hannington. Kijk dan, Robin.'

Iemand had een oranje kist op het trottoir voor de deuren van het arbeidsbureau gezet; een man baande zich door de menigte een weg erheen. Robin keek geïnteresseerd naar de leider van de NUWM.

'Je kunt beter weggaan, Robin.'

'Weggaan?' zei ze verongelijkt. 'Geen denken aan. Ik wil hem horen spreken.'

Joe keek haar aan en legde ongeduldig uit: 'Als Hannington hier is, is de politie niet ver weg. Hij is communist en een ophitser en hij heeft het afgelopen jaar meer dan eens in de gevangenis gezeten. Er komt rotzooi van – ga nou maar.'

Ze keek hem dreigend aan. De menigte achter haar deinde toen de mensen zich verdrongen om Wal Hannington te horen spreken. Ze besloot niet weg te gaan; daar was het trouwens hoe dan ook al te laat voor. Toen Hanningtons eerste, oorverdovende kreet 'Kameraden!' door de lucht sneed, drongen de aanwezigen plotseling naar voren en ze voelde Joe's vingers de hare raken toen hij probeerde haar hand te pakken. Toen, vechtend om in het rond te kijken, zag ze hem niet meer.

Robin wist later niet precies wat er vervolgens was gebeurd. Hannington begon te spreken, maar het gejuich waarmee hij werd begroet veranderde bijna onmiddellijk in een gemompel van woede. Toen ze er met veel moeite in slaagde over de hoofden van de menigte achterom te kijken, zag ze het zonlicht glanzen op een gepoetste gesp, een hoge helm, een houten wapenstok. De politie was te paard en de grote, gespierde lijven van hun paarden torenden uit boven de menigte.

Ze wist niet wie de aanzet gaf. Een wapenstok zwaaide door de zonnestralen, een fles vloog door de lucht en spatte in glinsterende scherven uiteen op het plaveisel. Bakstenen, brokken van klinkers, uit een vuilnisbak gehaalde blikjes vlogen naar de politieagenten toe. De stellingen waren betrokken; heen en weer geduwd door grotere, zwaardere lichamen gleed Robin uit en kwam hard op haar knie terecht. Iemand – niet Joe – trok haar overeind. 'Ga naar huis, meid; je hoort hier niet te zijn.' Ze wist dat haar redder gelijk had en dat zij, die zelden angst voelde, zich bewust was van een koud, strak gevoel in haar borst en een paniekerige afkeer van de plotselinge uitbarsting van geweld. Ze baande zich een weg terug door de menigte, in de richting van de steeg via welke zij en Joe waren gekomen. Een politieagent, die door een steen aan zijn kaak was getroffen, viel tegen haar aan; een man met een pet en een neus waar het bloed uit stroomde, drong langs haar heen en bracht zichzelf rennend in veiligheid. De menigte drong tegen haar aan en ze kon nauwelijks ademhalen. Het lawaai – het schreeuwen en het neerkomen van stokken en wapenstokken op lichamen en gebouwen – galmde in haar oren.

Iemand drong zich tussen hen in en hoewel Joe naar Robins hand greep, glipten haar vingers door de zijne. Hij riep haar naam, wetend dat ze hem niet kon horen. Iemand duwde tegen zijn schouder en Joe viel achteruit in de menigte, en toen hij weer keek, was ze verdwenen.

Meegenomen door de beweging van de menigte werd hij tegen de muur van het arbeidsbureau gedrukt. In een oogwenk concentreerde het gevecht zich rondom Wal Hannington; de politie zou voor de zoveelste keer proberen Hannington te arresteren. Hanningtons supporters wilden natuurlijk dat hij op vrije voeten bleef. Stokken en wapenstokken suisden door de lucht; een man naast Joe schreeuwde telkens weer dezelfde verwensing. Een vuist raakte Joe tussen zijn ribben en hij haalde uit. Er klonk een luid gerinkel toen er een steen door een ruit vloog en glasscherven regenden, glinsterend als diamanten, op zijn rug en schouders. Joe ving een glimp op van lichtbruine haren aan de overkant van de straat en toen werd ze aan het oog onttrokken door de rijen deinende lichamen en was ze verdwenen. Met gebalde vuisten baande hij zich een weg door de menigte en mepte naar iedereen die zijn weg kruiste. De kracht van de menigte, die één enkel, uitzinnig lichaam was geworden, dreigde hem tegen de muur te pletten. Schoppend en duwend drong hij naar voren.

Hij bereikte de steeds dunner wordende rand van het opstootje, maar hij zag Robin nog steeds niet. Een hand greep hem van achteren bij zijn schouder en een stem zei: 'We gaan toch nergens heen, hè jongen?' Hij reageerde instinctief. Met een ruk en een felle stoot achterwaarts van zijn elleboog in iemands zachte, bolle maagstreek was hij vrij en rende langs de overkant van de straat.

Maar slechts even. Hij ving een wervelende glimp op van hoeven, manen en oogwit voordat hij werd geveld door een klap op zijn achterhoofd en terwijl hij buiten bewustzijn raakte, hoorde hij: 'Daar heb ik je, klootzak.'

Bij de ingang van de steeg bleef Robin staan, keek achterom en zocht Joe. Hij was onzichtbaar in de massa deinende lichamen en toen ze zijn naam gilde, ging haar stem verloren in het kabaal. Nog geen meter verderop zag ze een politieagent zijn wapenstok opheffen om een betoger te slaan. De wapenstok zwaaide omhoog en kwam toen met misselijkmakende kracht neer. Robin hoorde het kraken van hout op bot. De man zakte door zijn knieën en gleed, naar adem happend van de pijn, onderuit op de stenen. En toen, terwijl ze verstard van angst en walging toekeek, hief hij zijn wapenstok op om nogmaals te slaan.

Plotseling won haar woede het van haar angst. Ze hoefde maar twee stappen te zetten om zich tussen hen op te stellen. 'Nee,' zei ze. Haar eigen stem klonk haar vreemd in de oren. 'Ziet u niet dat u hem verwond hebt?' Met open mond staarde de politieagent op haar neer en heel even moest ze bijna lachen om de uitdrukking op zijn gezicht, maar als ze haar vuisten niet zou hebben gebald, zouden ze hebben gebeefd als trilgras.

Ze bukte zich om naar de gewonde betoger te kijken en toen ze over haar schouder keek, was de politieman verdwenen. De man op de grond – van middelbare leeftijd, mager gezicht, pet op – was bleek onder de vuurrode striemen die de zijkant van zijn gezicht bedekten. Ze haalde haar zakdoek uit haar zak en drukte die op de wond zoals ze dokter Mackenzie had zien doen. 'Er is een dokter vlakbij die u zal verzorgen. Ik ben bang dat u zult moeten lopen, maar u kunt op mij steunen.'

Ze slaagde erin hem overeind te helpen. Hem zo goed mogelijk ondersteunend schuifelde ze voetje voor voetje door de steeg. Terwijl ze het geluid en de regen van stenen achter zich lieten, mompelde hij: 'De bijstandscommissie heeft vorige week mijn halve meubilair laten weghalen. Ik wilde gewoon even uitrazen.'

'Ik weet het.' Ze had haar arm om hem heen geslagen en hij leunde zwaar tegen haar aan. 'Het is niet ver. Niet praten.'

Op de een of andere manier wisten ze de kliniek te bereiken. Ze meende een uitdrukking van vermoeide gelatenheid op Neil Mackenzies gezicht te zien toen ze met de zoveelste onverwachte patiënt kwam aanzetten. Ze keek toe terwijl hij de diepe wond onderzocht en hechtte. Ze vond het altijd fijn hem aan het werk te zien. Toen hij klaar was en de gewonde man in iemands auto naar huis was gebracht, keek hij haar aan en wachtte zwijgend op een verklaring.

Ze zei verdedigend: 'Er was een betoging voor het arbeidsbureau in Hackney. Er brak een gevecht uit.'

'Ik heb het gehoord. Heb je eraan meegedaan, Robin?'

'Natuurlijk niet. Je weet dat ik pacifist bent, Neil.'

Hij stond met zijn rug naar haar toe zijn handen te wassen. 'Ik neem aan dat het zinloos is je voor te stellen dat je je beperkt tot schrijven over de gevolgen van werkloosheid in plaats van mee te doen aan de opstootjes?'

Woedend zei ze hem stijfjes goedendag en rende de straat op. Toen ze omzichtig door de steeg terugliep, zag ze dat er op wegdek voor het arbeidsbureau geen spoor van het gevecht meer te zien was. Ze zetten het op een rennen naar Francis' souterrain.

Toen ze op de deur bonsde, werd die geopend door Francis. Robin hijgde slechts: *'Joe...?'* en hij staarde naar haar verfomfaaide kleren en schudde zijn hoofd.

Toen ze kon uitleggen wat er gebeurd was, pakte hij zijn jas en zei haar in het appartement te wachten. Te uitgeput om tegen te stribbelen liet ze zich in een stoel vallen en hoorde de deur achter hem dichtslaan en toen het geluid van zijn voeten die de trap op renden. Ze bleef enige tijd op haar nagels zitten bijten, drentelde vervolgens rusteloos door de onopgeruimde kamers, zette een kop thee en vergat die op te drinken.

Laat in de middag kwam Francis terug. Ze zag aan de grimmige uitdrukking op zijn gezicht dat hij slecht nieuws had. Zwijgend wachtte ze tot hij iets zou zeggen.

'Joe zit op het politiebureau in Bow Street.'

Robins hand ging naar haar mond. *'Waarom?'*

'Blijkbaar heeft hij een politieagent geslagen. Ze wilden me niet bij hem laten. Morgen probeer ik het opnieuw. Hij wordt maandag voorgeleid.'

'Francis... we moeten iets doen...'

'Weet je, ze kunnen hem zes maanden geven, Robin. Ik zal eens navraag doen; er moet iemand zijn die voor hem kan getuigen. Ze kan vertellen over zijn onberispelijke karakter en zo.'

Het ergste was niet de hoofdpijn, de blauwe plekken of de opsluiting, maar de onwetendheid. Joe kwam heel even bij in de boevenwagen, maar verloor opnieuw het bewustzijn toen hij vanuit de wagen naar de cel werd gebracht. Wat later nam een agent zijn naam en adres op alvorens hem terug te sturen naar de overvolle, stinkende cel. Na een uur of zo, toen zijn hoofd weer wat was opgeklaard, stond hij op en schreeuwde naar de celdeur tot er iemand kwam zeggen dat hij zijn mond moest houden. Beleefd vroeg hij de politieagent naar Robin en hij kreeg te horen dat er geen vrouwen waren aangehouden. Er waren echter wel enkele gewonden; de agent kende geen namen en zou ze toch niet tegen Joe hebben gezegd. Vervolgens werd het luikje in de celdeur dichtgesmeten.

De volgende ochtend werd hij naar boven gebracht, naar een vertrek waar ze hem een verklaring lieten schrijven. Zijn herinnering aan het laatste deel van het opstootje was vaag en het enige dat hij zich kon herinneren was zijn alles overheersende angst dat Robin gewond was geraakt. Toen hij het document had ondertekend, zei de agent tegen hem: 'Er is iemand om je te spreken, Elliot.'

Francis werd binnengelaten. Joe dacht dat hij nog nooit zo blij was geweest hem te zien. Het enige dat hij zei was: *'Robin...?'*

'Maakt het goed, stomme zak. Nou ja, dodelijk ongerust over jou.'

Heel even sloot hij zijn ogen van opluchting. Opeens leek alles minder somber.

'Ze willen je aanklagen wegens molest van een politieagent,' zei Francis. 'Ik heb een advocaat voor je gezocht en die gaat proberen het terug te brengen tot verstoring van de openbare orde. Daar krijg je een boete voor, als je geluk hebt – de molestaanklacht zou je bijna zeker op gevangenisstraf komen staan.'

'Dat maakt niets uit; een boete kan ik niet betalen.'

'Ik wel. Het is goddank het begin van de maand; mijn toelage is net binnengekomen.'

Woedend zei hij: 'Francis, ik kan onmogelijk...'

'Natuurlijk wel.' Francis stond op en legde een bruin papieren pakje op de tafel. 'Dat is mijn pak; trek het maandag aan. Er zit ook een schoon overhemd in en ik heb mijn oude schooldas gevonden, dus draag die ook. Je weet nooit; misschien helpt het.'

Joe wilde opnieuw protesteren, maar Francis viel hem in de rede.

'Als je de bak in draait, Joe, raak je je baan kwijt en God weet wanneer je een andere vindt. Robin heeft uren besteed aan het strijken van je overhemd en het schoonmaken van de das en ik heb een paar afschuwelijke oude zeuren stroop om de mond gesmeerd om je een goede advocaat te bezorgen. Tot ziens in de rechtszaal.'

Al had hij er nog zo'n hekel aan, Joe deed wat hem was opgedragen en trok het pak en de das aan en een berouwvol gezicht. De advocaat, een zalvend type, legde in wellevende, neerbuigende bewoordingen uit dat Joe, de enige zoon van een vooraanstaand heer in het noorden, een deugdzame maar opvliegende jongeman was. Hij was toevallig in de menigte verzeild geraakt en had, bezorgd om het welzijn van de jongedame als hij was, in de hitte van de strijd een politieagent aangezien voor een oproerkraaier. Joe liet zich de les lezen aangaande passend gedrag, kreeg twintig pond boete en zes maanden voorwaardelijk.

Na afloop vierden ze het. Het feest, uit het niets ontstaan in het souterrain, breidde zich spontaan uit totdat zo'n honderd mensen zich verdrongen in de vier kleine vertrekken en de herrie in de hele straat te horen was. Het liep al tegen de ochtend toen Joe, die zich met een fles bier, een pakje sigaretten en een barstende hoofdpijn in een hoek had teruggetrokken, zich herinnerde wat hem gedurende zijn drie nachten in de cel had achtervolgd.

Een kus. Koele lippen die vluchtig zijn kruin beroerden.

Hoofdstuk acht

De wereld, die haar even had verwelkomd, had Helen weer buitengesloten. Na een week in het ziekenhuis was Julius Ferguson weer naar de pastorie teruggekeerd en naar de voorste slaapkamer boven gebracht, die hij jaren geleden met zijn vrouw had gedeeld. De kamer was vol van herinneringen aan Florence: een olieverfschilderij aan de muur tegenover het bed, de teddybeer en de verzameling porseleinen poppen – allemaal van Florence – op de ladekast, samen met de foto die kort na hun huwelijk was gemaakt. Op die foto droeg Florence een witte jurk met strikjes en pijpenkrullen. Ze zat op een schommel met een jong hondje op haar schoot.

De kamer lag op het noorden en was donker en somber. De ramen hadden kleine ruitjes, de muren waren okerkleurig geschilderd en het linoleum, gelegd om Florence Ferguson als bruid in haar nieuwe huis te verwelkomen, was inmiddels gebarsten en gescheurd. Helen zette er elke dag verse bloemen neer, maar in de grote, galmende ruimte leken ze op de een of andere manier vaal en verloren. Omdat hij uitgeput was en pijn had, was dominee Ferguson in een nukkig humeur en zijn goedkeuring, zo noodzakelijk voor Helens gemoedsrust, bleef vaak uit. Hij at met lange tanden van de custardpudding, de kwark en de soepen waaraan zoveel tijd was gespendeerd. Hoe vaak ze zijn kussens ook opschudde of zijn bed opnieuw opmaakte, het was nooit goed. Zijn stem volgde Helen ruzieachtig en veeleisend wanneer ze de trap afdaalde met haar dienbladen en kruiken en trok haar weer naar boven zodra ze zich in de salon opkrulde om te lezen.

Naarmate de weken zich voortsleepten raakte haar geduld op en werd ze steeds korter aangebonden. Op een ochtend klaagde haar vader over de temperatuur van zijn scheerwater en ze draaide zich om en liep de kamer uit, haar gezicht verbergend om te voorkomen dat hij haar plotselinge woede zag. Als dikke, verticale pijpenstelen van regen de paden en het gras niet hadden gegeseld, als ze niet bang was geweest voor de nieuwsgierige blikken van de bedienden, zou ze naar buiten zijn gerend.

In plaats daarvan klom ze naar zolder, merkwaardig onbevreesd voor de smalle, wankele ladder. Ze had altijd een hekel gehad aan de zolderkamers en waagde zich slechts een of twee keer per jaar naar boven om spullen voor rommelmarkten of bazaars te zoeken. Voorzichtig tussen de koffers, kisten en oude ladekasten door schuifelend zag ze een harp staan, behangen met spinnenwebben, de snaren onregelmatig als het gebit van een oude man, een paraplubak gemaakt van een olifantspoot en kisten vol boeken met gebarsten en rafelende ruggen en beschimmelde bladzijden. En een kinderwagen – de hare waarschijnlijk – en een wieg. Helen raakte de wieg aan, die krakend schommelde, en haar vingertoppen trokken een spoor in de viltachtige stoflaag. Spinnen, verrast door beweging in hun stille domein, renden over de vloer. Helen liep door, zich onder balken door bukkend en op de tast de weg zoekend wanneer het licht dat door het luik viel het donker niet meer verlichtte. De zolder besloeg het hele oppervlak van het huis en was onderverdeeld in een reeks kamers. Algauw was ze alle bekende dingen gepasseerd en kwam het haar voor alsof ze was teruggekeerd in de tijd en tussen de oude, in verval rakende bezittingen van haar vaders voorgangers door stapte. Kandelaars, een fonograaf en een hoge hoed. Verkruimelende bladmuziek: sentimentele Victoriaanse liedjes over harten en tranen en wenende kinderen. Toen opende ze de deur van de laatste kamer.

Het licht stroomde over haar heen terwijl ze het kleine, lege vertrek rondkeek. Het vierkante raam keek uit over de tuin en toen ze met haar vingertoppen het stof wegveegde, kon ze Adam Hayhoe beneden bezig zien in de moestuin. Het ontroerde haar dat hij, wetend dat hun tuinman ziek was, sinds haar vaders ziekte twee keer per week kwam om de tuin bij te houden. Helens woede verdween plotseling en ze ging op de stoffige vloer zitten, deed haar ogen dicht en probeerde te bidden.

Hugh reed minstens twee keer per week naar Thorpe Fen en bleef dan een uur of zo, hielp lakens vouwen of aardappelen schillen als Helen in de keuken bezig was. In de woestijn van tijd tussen zijn bezoekjes dacht ze aan zijn vorige visite of keek uit naar het volgende. Ze herhaalde in gedachten hun gesprekken en haalde zich Hugh voor ogen zoals hij in de keuken, de tuin of de salon zat, dacht terug aan het zonlicht op zijn zachte, goudbruine haren of aan de manier waarop zijn lange, dunne, blanke vingers het oor van zijn kopje hadden vastgehouden. 's Nachts, voordat ze in slaap viel, fantaseerde ze over zichzelf en Hugh, over het vasteland rijdend of misschien varend in een boot. De boot werd heen en weer geslingerd door een stormwind en ze viel in zee en Hugh redde haar dan. *Ik zou het niet kunnen verdragen als ik je kwijtraakte, Helen,* zei hij voordat hij haar kuste...

Wanneer Hugh niet kwam leken de dagen lang en somber. Als ze haar middagwandeling maakte, voelde ze dat ze werd geobserveerd vanuit de kleine, lage huisjes waaruit het dorp bestond, en het landschap om haar heen, met zijn eindeloze vlakten van velden, sloten en moerassen, wekte een redeloze angst in haar op. Ze wist niet waar ze bang voor was; de oude schimmen van de Fens misschien, de heidense fantomen en moerasgeesten misschien die volgens vele dorpelingen de eenzaamste paden en moerassen teisterden. Zelfs de woorden van de vertrouwdste gebeden konden haar niet troosten en het donkerder wordende landschap leek oeroud, voorchristelijk, ongewijd.

Het weer sloeg plotseling om van zomer naar herfst. Een grauwe wolk hing laag in de lucht, maar het regende niet. Het was windstil en toen Helen, na te hebben gekeken of haar vader gerieflijk lag voor zijn middagdutje, door het raam van de salon keek, was het alsof alles in de greep was van een tegennatuurlijke stilte. Geen blad, geen vogel of insect bewoog in de tuin. Tralies van liefde en plicht hielden haar gevangen.

Ze kon haar zwartgallige gedachten niet van zich afzetten. Hugh was al meer dan een week niet geweest; ze had de dagen met stijgende onrust in haar dagboek afgeteld. Wanneer ze dacht aan Gussie en Thomas had ze zin om te huilen. Ze probeerde piano te spelen, maar haar vingers waren onhandig en ze vergat de woorden van haar lievelingsliedjes. Ze sloeg een boek open, maar kon zich er niet in verliezen. Het was twee uur en ze moest enkele brieven posten. Ze zette haar hoed op, knoopte haar mantel dicht en verliet het huis met de brieven in haar hand geklemd. De deur viel achter haar dicht en ze bleef doodstil staan terwijl het grijze, stille landschap wazig werd door haar tranen. Toen, opeens, rende ze naar de schuur en haalde haar vaders fiets tevoorschijn uit de wirwar van tuingereedschap en bloempotten. De brieven vielen onopgemerkt op het pad. Helens rok hing onelegant over de stang toen ze de acht kilometer naar Blackmere Farm fietste.

Alleen Hugh was thuis. Hij had bronchitis, legde hij uit, en was een week lang niet naar zijn werk geweest. Doordat hij was afgevallen leek hij langer en magerder dan ooit en zijn hoestbuien leidden Helen af van haar eigen misère en vervingen die door bezorgdheid om hem.

'Dit is de eerste dag dat ik op ben. Bevel van mama. Het is de bedoeling dat ik oude spullen sorteer.'

De keukentafel ging schuil onder stapels oude kleren. Hugh staarde er somber naar. 'Ik voel me zo verdomd nutteloos – sorry, Helen, neem me niet kwalijk – maar ik dacht, als ik iets kon doen in plaats van overal achterna te worden gelopen... Maar nu voel ik me al uitgeteld als ik ernaar kíjk.'

'Ik help je wel, als je wilt, Hugh.'

'Heus, meid? Dat zou ontzettend lief zijn. Maar je vader dan?'

Helen begon de stapels kleren te sorteren. 'Papa doet 's middags altijd een dutje. En de kapelaan zei dat hij zou komen.'

'Toonbare spullen daar, dingen voor de voddenkoopman in de mand en alle echt afschuwelijke dingen in het fornuis.' Hugh trok een gezicht toen hij een verkleurde lange onderbroek oppakte. Met zijn rug naar Helen toe deed hij het fornuis open en zei: 'De afgelopen paar maanden moeten afschuwelijk voor je zijn geweest. Krijg jullie veel bezoek?'

'De kapelaan.' Helen inspecteerde een kinderjurk op gaten. 'En de dokter natuurlijk.'

'Ik bedoel voor jóu, Helen.'

'Alleen jij, Hugh,' zei ze, de jurk opvouwend. 'En Maia, als ze tijd heeft. Maar ze heeft het ontzettend druk.'

'Maia heeft het graag druk. Je kunt je niet voorstellen dat Maia banale dingen doet zoals een boek lezen of gewoon in een leunstoel zitten dromen.'

Wanneer Hugh glimlachte, verschenen er rimpeltjes rond zijn heldere, hazelnootbruine ogen. Helen wilde die dunne lijntjes gladstrijken met haar vingertoppen, het holletje onder aan zijn hals kussen. In plaats daarvan ging ze verder met het sorteren van de oude spullen.

Toen ze klaar waren, gingen ze in de salon beschuitbollen zitten roosteren boven het vuur. Hugh gezicht was vuurrood, zijn hoest verergerd en zijn rusteloosheid, vermoedde Helen, een gevolg van koorts. Ze hielp hem met het begin van de grote legpuzzel die Daisy tussen de oude spullen had gevonden en terwijl ze zo rustig zaten, tussen de stukken zochten en de thee dronken die ze had gezet, zag Helen dat zijn kleur langzaam weer normaal werd en dat zijn ogen minder schitterden. Later, toen Daisy weer thuis was, speelde Helen piano en Hugh viel in de leunstoel in slaap. Toen Daisy Helen uitliet, fluisterde ze: 'Bedankt, Helen. Ik heb me verschrikkelijk bezorgd over hem gemaakt. Je kunt zo goed met hem opschieten,' en onder het naar huis fietsen vergat Helen haar angsten en genoot van de koude lucht in haar gezicht en de opwinding van de lange, rechte, vlakke wegen door de Fens.

Er waren drie soorten huizen in Thorpe Fen. Er was de pastorie, die ongeveer even groot was als alle andere huizen bij elkaar; er waren de huizen van de ambachtslieden, zoals het huisje van Adam Hayhoe, en er waren de huizen van de boerenknechts, kleine hutten van één verdieping en met een rieten dak, samengedrongen op het laagstgelegen stuk grond. Het waren rijtjeshuizen, eigendom van de familie die in het Grote Huis woonden. De vanwege de verzakkende grond scheve voordeuren lagen enkele decimeters hoger dan de rijbaan, de ramen hingen scheef en het laatste huisje, met een zigzag lopende scheur in het metselwerk, was onbewoonbaar. Ze deelden een gemeenschappelijke put, die in hete zomers opdroogde en in natte winters overstroomde. De straat was afwisselend stoffig en modderig.

Helen trof Percy, haar kat, die al twee dagen niet meer in de pastorie was verschenen, aan bij de waterput die bij de huisjes hoorde. Zijn nek vertoonde grote kale plekken en zijn snorharen hingen er geknakt bij. 'Je hebt weer gevochten, is het niet, lieverd?' zei Helen teder, zonder op het blazen en snauwen van de kat te letten toen ze hem uit zijn schuilplaats tilde en tegen haar borst vlijde.

Onderweg naar huis vertelde Helen Percy fluisterend over Hugh. Ze besefte dat ze verliefd was op Hugh; wat ze voor Geoffrey Lemon had gevoeld was niets vergeleken met wat ze voor Hugh voelde. Ze kende Hugh al jaren; hij was, realiseerde ze zich, een van de weinige mannen door wie ze zich nooit geïntimideerd had gevoeld. Hugh verhief nooit woedend zijn stem en, het belangrijkst van allemaal, hij was altijd eender. Zijn vriendschap was constant. Ze vond het niet erg om met Hugh alleen te zijn; ze voelde zich volmaakt op haar gemak bij hem. Helen dacht dat Hugh haar eveneens graag mocht, erg graag. Hij zocht haar gezelschap, hij had haar verteld dat ze mooi was. Waarom, vroeg ze zich af, vroeg hij haar dan niet ten huwelijk? Helen besefte dat hun verloving op grote obstakels stuitte: Hughs atheïsme en zelfs het leeftijdsverschil van tien jaar waren problematisch genoeg. Het leek haar niet onmogelijk dat Hughs atheïsme minder diep zat dan dat van Robin. Als hij een vrouw vond, zou hij misschien ook God vinden. En Helen wist dat ze Hugh nodig had. Ze had slechts een vaag idee van de lichamelijke huwelijksplichten, aangezien haar vader haar uiteraard niets had verteld. Robin zou, als ze de kans had gekregen, alles natuurlijk tot in de wetenschappelijke details hebben uitgelegd, maar Helen, wier aard een mengeling was van preutsheid en romantiek, had Robins voorlichtingspogingen altijd een halt toegeroepen. Door de romans die ze in de bibliotheek haalde stelde ze zich een eenvoudig, heerlijk met elkaar

195

versmelten voor. Zoiets als kussen, maar dan in verhevigde mate. Ze bracht een groot deel van de dag door met fantaseren over hoe Hugh haar kuste.

Het grootste obstakel voor hun huwelijk echter was haar vader. Het moest Hugh inmiddels even duidelijk zijn als Helen dat ze haar vader nooit in de steek zou laten. De mogelijkheid dat ze de rest van haar leven een oude vrijster zou zijn besloop haar langzaam en beangstigde haar.

Via Charles Maddox had Maia een kennissenkring opgebouwd. Uitnodigingen voor diners vielen in haar brievenbus, mensen met goede relaties belden haar op en vroegen haar aanwezig te zijn op cocktailparty's. Maia besefte dat ze, jong, rijk en weduwe als ze was, een waardevol bezit was. Ze speelde een omzichtig spel met haar bewonderaars, in de wetenschap dat ze hun belangstelling gaande moest houden, maar hun niet te veel hoop mocht geven.

Deze avond zou Charles haar opnieuw mee uit nemen. Ze keek er niet naar uit en zag er evenmin tegenop; het was gewoon iets wat ze moest doen. De eigenares van Merchants moest het eerste liefdadigheidsbal van het seizoen bijwonen. Het was een evenement waar zij en Vernon vroeger samen naartoe waren gegaan. Bij de herinnering daaraan zette Maia haar glas aan haar lippen en nam een grote slok.

Het herfstweer was koud, er zat vorst in de lucht en Charles, die haar in haar bontmantel en in de auto hielp, deed beschermend. 'Maak je niet zo druk, Charles,' zei Maia zachtmoedig terwijl hij de plaid zorgvuldig om haar heen sloeg. Zijn blauwe ogen die haar aankeken waren zacht van de aanbidding die ze de laatste tijd een tikkeltje irritant begon te vinden. Op het bal slaagde ze erin hem kwijt te raken; stralend, mooi en gevat fladderde ze van de ene bewonderaar naar de andere. Ten slotte vond hij haar terug, overlaadde haar met champagne en canapés, legde bezitterig een hand op haar heup, sloeg zijn arm om haar schouder alsof hij de rest van de wereld afweerde. Toen hij haar blote hals met zijn lippen aanraakte, veranderde haar ergernis in afkeer en ze excuseerde zich.

Er was nog een tiental vrouwen in de damestoiletten; ze stonden zich voor de spiegel op te doffen en hadden het over bevallingen, de soort conversatie die Maia altijd koste wat het kost probeerde te ontlopen. Maar ze wilde nog niet terug naar de balzaal en Charles, dus haalde ze haar lippenstift en poederdoos uit haar kralentasje en begon zorgvuldig haar lippen te stiften, terwijl ze probeerde niet naar het gebabbel

196

te luisteren. Het was nog geen twaalf uur; veel te vroeg om naar huis te gaan. Zichzelf in de spiegel inspecterend wist ze dat het perfect was. De andere dames wierpen tussen hun gesprekken door nieuwsgierige blikken op haar.

'Drieëntwintig uur lang weeën...'

' O meid, het duurde wéken voordat ik weer behoorlijk kon lopen...'

'De dokter moest een tang gebruiken. Het hoofd van die arme kleine Roger had zo'n rare vorm...'

Maia keerde terug naar de balzaal. Het orkest speelde; mannen verdrongen zich rond haar en vroegen haar ten dans. Ze danste met de een na de ander, zonder aan iemand de voorkeur te geven, stond toe dat ze iets te drinken voor haar haalden, een sigaret voor haar opstaken. En toen sloot een hand zich om haar schouder en trok haar weg van haar partner en een bekende stem zei: 'Hebbes.'

Charles leidde haar naar het midden van de zaal. 'Nu laat ik je niet meer gaan,' prevelde hij. 'Je bent de mijne nu, Maia, en ik ben niet van plan je aan wie ook af te staan.' Hij keek haar aan en de klank van zijn stem veranderde. 'Maia? Is alles in orde?'

Ze voelde zich een beetje misselijk en een beetje slapjes. Ze zei: 'Ik ben moe, Charles, meer niet,' en liet zich naar een van de balkons leiden die aan de balzaal grensden. Daar ging ze zitten en vouwde haar handen, zodat ze niet zouden trillen.

'Arme schat, je ziet er doodmoe uit.'

'Ik zei toch dat ik me goed voel, Charles.'

Door de rit naar huis klaarde haar hoofd wat op. Charles wilde per se mee naar binnen en ze had gewoon de energie niet om hem af te wijzen. Terwijl hij haar uit haar mantel hielp en iets te drinken inschonk, vroeg ze zich af waarom ze zich niet tot hem aangetrokken voelde. Andere vrouwen waren dat wel; ze had vaak de begeerte in hun ogen gezien wanneer ze hem aankeken. Hij was jong, lang, donker, had blauwe ogen... elke vrouw moest hem toch aantrekkelijk vinden? Het kwam in haar op dat Vernon elk verlangen van dien aard in haar had gedoofd. De gedachte maakte haar neerslachtig. De enige mannen bij wie ze zich op haar gemak voelde, waren Liam en Hugh. Liam en zij waren tot overeenstemming gekomen; Hugh was Robins broer en dus haar vriend. Ze dacht dat er nog iets van Vernon was overgebleven, dat hij nog altijd probeerde haar leven te beheersen.

'Maia?'

Ze realiseerde zich dat Charles iets tegen haar zei. Ze glimlachte naar hem. 'Neem me niet kwalijk, Charles, ik zat te dromen. Wat zei je?'

'Dat je jezelf nog opbrandt door zo hard te werken. Het is niet goed dat een knappe vrouw zoals jij zo hard moet sloven.'

Ze probeerde het hem te laten begrijpen. 'Maar ik vind het heerlijk. En ik ben er goed in.'

'O, je leert het wel, daar ben ik van overtuigd. En je hebt goede mensen om je heen. Liam Kavanagh kent zijn vak.'

Ze zei zoetsappig: 'Vind je dat niet een beetje neerbuigend, Charles?' Verbaasd staarde hij haar aan. 'Jee, meid, ik bedoel er niks mee. Ik weet zeker dat je ze allemaal op het puntje van hun stoel houdt.'

Rusteloos stond ze op en ging de gordijnen dichttrekken. Ze hoorde hem zeggen: 'Ik probeer je alleen maar te vertellen, Maia, dat ik altijd voor je klaarsta. En dat, als je ergens bij geholpen wilt worden, je maar hoeft te kikken.'

'Lief van je, schat,' zei ze afwezig.

Toen zei hij: 'Je weet dat ik gek op je ben, hè?' en ze bleef bij het raam staan, met de lange kwasten van de gordijnkoorden in haar handen, de strengen telkens weer vlechtend en ontvlechtend.

'Ik aanbid je, Maia.'

Het maakte haar woedend en tegelijk bang dat ze slechts een mengeling van angst en verveling voelde bij deze verklaring. Er was iets mis met haar. Wat Vernon haar had aangedaan, had haar voorgoed getekend. Of misschien deed ze gewoon niet genoeg haar best. Ze had sinds Vernon geen enkele man echt gekust, ze had geen enkele man toegestaan haar te beminnen. En Charles Maddox was knap, voorkomend, charmant.

Ze draaide zich naar hem om. 'Echt, Charles.'

Zijn ogen waren hartstochtelijk en donker. Hij kwam door de kamer naar haar toe en nam haar in zijn armen. Hij boog zijn hoofd en kuste grote handenvol van haar donkere haren en de welving van haar hals. Toen raakten zijn lippen de hare.

Ze wilde kokhalzen. Ze bleef roerloos staan, met open maar nietsziende ogen. Ze rook de mannelijke, zilte geur van zijn huid en de brillantine in zijn haar en zijn reukwater. Vernon had altijd reukwater opgedaan, Vernon had brillantine gebruikt. Charles' snor schuurde over haar gezicht zoals die van Vernon had gedaan; Charles' vingertoppen klauwden in haar rug zoals die van Vernon hadden gedaan. Zijn adem was die van Vernon, de harde kracht van zijn lichaam dat zich tegen het hare drukte was die van Vernon... Toen hij haar losliet en een stap achteruit deed, verwachtte ze dat hij zou zeggen: *En nu je kleren uit, Maia. Ga op bed liggen.*

Maar hij deed het niet. In plaats daarvan zag ze, toen ze hem aankeek, dat het verlangen in zijn ogen was veranderd in geschoktheid. Ten slotte kwam ze in beweging, schikte haar jurk, streek haar haren glad met haar handen, boende haar mond met haar zakdoek in een poging elk spoor van hem van haar lichaam te verwijderen. Hij stond haar nog steeds aan te staren toen ze klaar was, maar ze wist dat hij haar niet meer begeerde.

In plaats daarvan zei hij: 'Mijn god, je hebt niet de minste belangstelling, is het wel?' en zijn stem trilde enigszins. 'Je bent alleen geïnteresseerd in winstmarges... en opdrachten... in géld...'

Ze deed geen poging om het uit te leggen. Ze wist dat het zinloos zou zijn.

'Je kunt beter weggaan, Charles.'

'Trut. Berekenende trut.'

'Ga weg. Alsjeblieft.'

'Je bent niet in staat tot gewone menselijke emoties, is het wel, Maia? Je bent niet in staat tot líefde.'

Hij greep zijn over een stoel gesmeten overjas en beende de kamer uit. Maia hoorde de voordeur slaan toen Charles Maddox het huis verliet en daarna het ronken van zijn auto die wegreed.

Ze schonk zichzelf nog iets te drinken in. Ze had het koud en haar hoofd bonsde. Ze rolde zichzelf op in een stoel, sloeg haar bontmantel om haar schouders en nipte van haar gin. Ze vroeg zich af of hij gelijk had. Of ze ooit het vermogen tot liefhebben had bezeten en zo ja, of Vernon haar dat tegelijk met haar maagdelijkheid en haar zelfrespect had ontnomen.

Guys toneelstuk, getiteld *Op het kruispunt linksaf,* begon aan de eerste van zijn zes weken. Het theater waarin het werd opgevoerd voldeed uiteindelijk niet aan Francis' verwachtingen. In plaats van een schitterende première in een theater in West End zaten ze te rillen in een tochtige parochiezaal in Islington. Maar de zaal was vol; Guy had al met enig succes twee gedichtenbundels gepubliceerd en Francis had genoeg vrienden om de tent drie keer te vullen. De landelijke dagbladen waren er weliswaar niet, maar vele kleine linkse kranten en tijdschriften wel. 'Een snijdende veroordeling,' schreef één ervan, 'van de tekortkomingen van het kapitalistische stelsel.' Het stuk, volledig in vrije verzen geschreven en brekend met de traditionele opbouw in drie akten, bood werk aan een gemaskerd koor en een stuk of zes andere figuren. De hele handeling speelde zich af op een kruispunt, gerepresenteerd op een nagenoeg leeg toneel door banen gekleurd licht. Aan het eind van het stuk schoven de lichten langzaam naar boven tot het kruis, inmiddels rood gekleurd, werd weerkaatst door het achterdoek en de hoofdpersoon, gespeeld door Francis, links afging. 'Slim,' zei Merlin goedkeurend terwijl hij enthousiast klapte en Robin aanstootte. 'Socialisme als het nieuwe christendom.'

Zij en Francis brachten het weekend samen door, reden op zaterdagavond naar Suffolk, huurden de volgende ochtend een boot en zeilden op hun gemak langs de kust. Robin zat aan de helmstok en Francis deed alle ingewikkelde dingen met zeilen en roeren. De zee was groen en doorschijnend, als door golven overspoeld glas, en de naderende winter maakte de koude bries scherper.

Enkele dagen later nam Robin een trein naar het noorden. Neil Mackenzie had geregeld dat ze bij vrienden van hem in Leeds kon logeren, zodat ze in hun boek een hoofdstuk over armoede in het geïndustrialiseerde noorden kon opnemen. Het kwam Robin voor dat ze duizend grauwe straten had afgesjouwd, in duizend donkere, te kleine huizen was binnengelaten. De interieurs waren deprimerend vertrouwd; armoede had in Leeds bijna hetzelfde gezicht als in Londen. De groezelige vloerkleden op het gebarsten zeil, de overjassen op de bevlekte matrassen, de insecten en het ongedierte waarvan de huizen waren vergeven, ze had het allemaal al gezien in het oosten van Londen. Het was alleen alsof er in Yorkshire meer van was – en alsof er meer armelijk geklede mannen waren die op straathoeken stonden en meer bleke vrouwen, oud voor hun tijd.

Het was er ook kouder. De wind kwam vanaf de heidevelden, gierde door de trechters van de straten vol rijtjeshuizen en schopte de oude kranten, de weggegooide sigarettenpakjes en de kroonkurken in de goten. In de vroege ochtend, wanneer het geluid van de fabrieksmeisjes die op hun klompen naar het werk klepperden deed denken aan de cavalerie van een invasieleger, waren de plassen in de straten bedekt met ijs en de bomen in het park waren berijpt. Ondanks haar dikke rok en trui, haar handschoenen, haar baret en haar mantel had Robin het nooit warm. Het was alsof de kou in haar botten was gesijpeld, zich er had gevestigd en weigerde om weg te gaan.

Ze logeerde in een bakstenen villa in een van de betere wijken van Leeds. Ze reisde naar Keighley, naar Barnsley en in Leeds zelf, werkte 's avonds haar aantekeningen uit en probeerde niet elke nacht te dromen van wat ze had gezien. Probeerde zich niet wanhopig te voelen, probeerde het optimisme te bewaren dat voordien altijd een deel van haar was geweest. Maar de ellende die ze zag was zo enorm, zo hardnekkig. Zoveel mannen zonder werk, zoveel krotwoningen, zoveel apathie, zoveel onverschilligheid. Waar ze vroeger had geloofd dat al die problemen op een goede dag zouden worden opgelost, merkte ze nu dat dat vertrouwen haar ontglipte. Armoede leek evenzeer bij het landschap te horen als de reusachtige fabrieksschoorstenen die boven de rug aan rug staande huizen uittorenden, als het kolenstof dat in de muren van de gebouwen was gedrongen.

Daags voor haar voorgenomen terugkeer naar Londen nam Robin de bus en ging naar de heidevelden. Ze had de nacht tevoren niet geslapen en kon het geen dag langer in de stad uithouden. De lucht was koel en geurde naar veen en heide; de wind was eindelijk gaan liggen. De bleekblauwe hemel was bevederd met hoge witte wolken en de zon maakte de heuveltoppen goudkleurig. Het deed haar denken aan de stille uitgestrektheid van de Fens, hoewel de twee landschappen sterk verschilden. Kilometers lopend begon ze zich weer vrij te voelen, minder aan de aarde gekluisterd. Rond een uur of drie verliet ze de heuvels en nam de bus. In een dorp langs de rivier stapte ze uit voor thee en cake. Het dorp heette Hawksden en werd beheerst door de fabriek. Eén enkele ronde schoorsteen rees op ten hemel en de brede gevel van het fabrieksgebouw, met op de bakstenen in grote hoekige letters de naam 'Elliot's Mill', nam zowat de hele straat in beslag. Eromheen stonden rijen bakstenen huizen. Toen de fluit ging voor het eind van de dagploeg werden de straten overstroomd door fabrieksarbeidsters, de oudere vrouwen met hun omslagdoek over hun hoofd, de jongere meisjes met goedkope, kwieke hoedjes. Het geluid van hun klompen kaatste terug van de keien.

Ze zat net een stuk Yorkshirepudding te eten toen ze voor de tweede keer naar de woorden op de gevel keek en met haar ogen knipperde. *Elliot's Mill*. Joe's vader, had Francis verteld, bezat een fabriek in Yorkshire. Robin kreeg het idee dat wie deze fabriek bezat, ook het dorp bezat. Ze dacht aan Joe, een donkere vogelverschrikker, zwijgzaam, altijd hongerig, altijd gaten in de ellebogen van zijn jasjes, en ze voelde verwarring, vermengd met een opflakkering van nieuwsgierigheid.

Terwijl ze afrekende was het niet moeilijk haar nieuwsgierigheid te bevredigen. De Elliots, zei het meisje dat Robin haar wisselgeld gaf, hadden de fabriek vijftig jaar geleden gebouwd en sindsdien in eigendom gehad. De fabrikant heette John Elliot en inderdaad, hij had twee zoons. Maar hij had geen geluk gehad, want de oudste was tijdens de oorlog gesneuveld en hij had ruzie gekregen met de jongste. En hij had alle twee zijn vrouwen overleefd – de onopvallende uit Buxton, die bij de geboorte van Johnnie was gestorven, en de knappe, de Française.

Het begon te schemeren toen Robin de lunchroom verliet en door Hawksden liep. Het was weer gaan regenen en de gele zwavellampen glommen geelbruin op de natte bestrating. Het was niet moeilijk het huis van John Elliot te vinden, het huis waarin Joe waarschijnlijk was opgegroeid. Er was eenvoudigweg geen ander huis van die afmetingen in Hawksden. Het was groot, lelijk, drie verdiepingen hoog en had een achthoekige toren die onhandig tegen een van de muren was geplakt, overdekt met foeilelijke guirlandes en tierlantijnen van steen en het verhaalde Robin van rijkdom en van de macht die altijd met rijkdom gepaard gaat. Het lag enigszins afzijdig van de rest van het dorp, omringd door een hoge muur en een zwart gazon met park-allures. Er stond een auto voor de voordeur, maar slechts enkele van de vele ramen waren verlicht. Bij de poort staand en naar binnen kijkend probeerde Robin vergeefs zich het kind Joe voor te stellen dat in de voortuin met een bal speelde of met zijn Franse mama tussen de bloembedden liep.

In oktober was Joe op Trafalgar Square toen de eerste fascistische bijeenkomst werd gehouden. De gelederen van de Zwarthemden, de bulderende, hypnotiserende stem van Sir Oswald Mosley en het uniforme gebral van de menigte maakten hem woedend en zetten hem ertoe aan te blijven en lastige vragen te stellen. Maar hij weerstond de verleiding; verplicht als hij was zich zes maanden lang koest te houden, kon hij het zich niet permitteren opnieuw in moeilijkheden te raken. Trouwens, hij zou te laat op zijn werk komen en de waard van de Navigator zou korten op zijn loon. De twintig pond die Francis hem had geleend om de boete te betalen had hij bijna afbetaald. Het was alsof hij de laatste paar maanden had geleefd op brood met margarine en af en toe een pint bier die hij in de pub achterover had geslagen, maar zijn schuld was in elk geval bijna ingelost. Niet dat Francis hem onder druk zette; zorgeloos goedgeefs als hij was, was hij het bedrag vergeten zodra hij het had uitgeleend. Maar Joe wilde bij niemand in het krijt staan, zelfs niet of zeker niet bij Francis. Hij had de laatste tijd gemerkt dat hij steeds norser tegen hem deed. Het stuk was twee weken voor de geplande datum uitgegaan als een nachtkaars, wat Joe volkomen voorspelbaar had gevonden, en Francis vulde het appartement opnieuw dag en nacht met vrienden. En Joe, overuren makend, was moe. Twee nachten geleden, rond een uur of drie in de ochtend, had hij een bijzonder luidruchtige en vals spelende pianist bij zijn lurven gepakt en hem naast de trap in de gang gezet, bij het andere afval.

Terug in Londen ging Robin op zoek naar Francis. Ze vond hem in de Fitzroy Tavern, samen met een tiental vrienden. 'We gaan straks naar mijn kamers,' fluisterde Selena tegen Robin terwijl die zich op een bank perste. 'Francis en ik hebben een seance georganiseerd.'

De seance was schitterend in scène gezet, een en al flikkerende lichten en spookachtig gekraak. Niet onder de indruk van de geestenwereld sloeg Robin Francis gade. Hij stond een beetje afzijdig en regelde alles. Hij was bang noch geamuseerd; het plezier dat hij had ontleende hij aan het regisseren van het stuk. Zijn ogen waren lichte, door de zee overspoelde kiezelstenen en er lag een wat spottende trek rond zijn mond terwijl hij naar Selena keek die, gehuld in shawls en kralen, over haar ouijabord gebogen zat. Toen een van de mannen, schrikkend van een stem die uit het niets scheen te komen, een glas whisky over zichzelf gooide, zag Robin Francis' snelle, vluchtige glimlach. En toen Charis Fortune flauwviel, was Robin degene die haar naar de keuken hielp, haar hoofd tussen haar knieën legde en haar water gaf. Francis bleef op de vensterbank zitten, observerend. Robin ging naar hem toe en fluisterde: 'Francis. Je weet dat Charis een zwak hart heeft.'

Hij draaide zich langzaam naar haar om. Ze dacht niet dat hij te veel had gedronken, maar zijn ogen stonden glazig.

Hij zei: 'Maar het is allemaal onzin, of niet soms?' Vervolgens fluisterde hij: 'Ik heb er genoeg van. Kom, we gaan.'

Ze liepen de twee kilometer terug naar het appartement. Ze had gemeend dat ze hem veel te vertellen zou hebben, over haar werk, over Hawksden, maar hij beende haastig over het trottoir, met haar hand om zijn arm, en het lawaai van het verkeer en de wind ontnamen haar alle lust tot spreken.

In het appartement trokken ze hun natte spullen uit en ze stapte in bed. Voordat hij haar aanraakte, zei hij: 'Je hebt morgen toch vrij, hè, Robin?

Zijn gezicht was beschaduwd; ze kon zijn uitdrukking niet zien.

'Ja. Waarom?'

'Omdat we naar Long Ferry moeten. Vivien trouwt.'

Hij stond naakt naast de gaslamp. Nu zag ze dat zijn ogen emotieloos waren, leeg, afwezig. Zijn lichaam, met de krachtige spieren en de atletische gratie, leek van steen gemaakt.

Ze fluisterde: 'Met wie?'

Ze raadde het antwoord voordat hij het gaf. 'Denzil Farr,' zei Francis en hij kuste haar en deed het licht uit.

Hij had nooit eerder zo met haar gevrijd. Zijn lichaam gebruikte het hare, verkende elke vierkante centimeter vlees, dwong haar tot een heftigheid van gevoelens die ze nooit eerder had ervaren. Zijn lippen kneusden de hare, zijn tanden verwondden haar borsten. In het donker kon ze geen onderscheid meer maken tussen haar lichaam en het zijne. Haar huid leek versmolten met de zijne, haar lichaam verteerd door het zijne. Hij bezat haar zoals een incubus het voorwerp van zijn begeerte zou kunnen bezitten, zoog haar leeg, brandmerkte haar ziel, versmolt haar met zichzelf tot ze niet langer man en vrouw waren, maar verenigd waren in hun extase.

Maar toen ze de volgende dag naar Suffolk vertrokken, ebde haar blijdschap geleidelijk weg en werd vervangen door een soort angst. Ze versliepen zich en Robin moest in allerijl terug naar haar eigen kamer om een geschikte jurk te halen. Vervolgens misten ze hun trein en de volgende was zo druk dat ze niet naast elkaar konden zitten. In Ipswich aangekomen keek Francis op zijn horloge.

'We zijn te laat voor de ceremonie. Laten we maar naar de receptie gaan.'

De aansluitende trein kroop over de rails; tegen de tijd dat ze het eind van de lijn bereikt hadden was de bus al vertrokken. Ze liepen de laatste drie kilometer naar Long Ferry. De lucht was loodgrijs, grijze wolken rolden aan vanaf de zee. Francis' gezicht was bleek en het was alsof de wind hem boog, hem verpletterde. Ze zeiden amper iets. Eindelijk, toen ze het niet meer kon verdragen, ging ze voor hem staan, pakte hem bij zijn armen en hield hem tegen.

'We hoeven niet te gaan.' Haar stem leek te verwaaien in de wind.

Hij staarde haar kil aan. 'Natuurlijk gaan we. Het is mijn moeders trouwdag. De mensen zouden denken...'

'Daar heb je je nog nooit druk over gemaakt. Laten we naar huis gaan, Francis.'

'Naar huis?' De lichtgrijze ogen keken haar slechts even aan. 'Long Ferry is mijn thuis, Robin.'

Hij liep door. Ze volgden het pad langs de zee; het wateroppervlak was mat, gebroken door golven. Het verfijnde silhouet van Long Ferry Hall werd zichtbaar.

'Ik snap niet,' zei Francis plotseling, 'waar je je zo druk over maakt. Het is tenslotte maar een bruiloft.'

Haar ogen prikten. Van de zilte lucht, van de wind, dacht ze. Ze legden de laatste paar honderd meter door de zoutmoerassen in stilte af. Lang voordat ze het huis bereikten zag ze de rijen auto's op het plein en de oprijlaan. Muziek drong door de ramen naar buiten en sijpelde door de oude stenen. Francis stak een sigaret op terwijl ze het huis binnengingen. Robin meende iemand haar naam te horen roepen en op het moment dat ze keek, bewoog de menigte en onttrok hem aan het oog.

Ze voelde zich zoals nooit tevoren een vreemde op Long Ferry. Er was geen Joe, geen Selena, geen Guy... zelfs geen Angus. De meubels stonden anders, de oude kamers waren schoongemaakt en geboend. Tijdens het diner kwam ze tussen twee onbekenden terecht, die beiden volledig opgingen in een gesprek met de gasten aan hun andere zijde. De maaltijd – een gecompliceerd Frans menu – werd opgediend door bedienden in uniform. De gesprekken gingen over jagen en schieten en bezittingen en het personeelsgebrek. Het leek wel zo'n sprookje, dacht Robin, waarin je dacht dat je maar een paar maanden weg was geweest, maar waarin alles bij je terugkeer onherkenbaar was veranderd.

Tegen de tijd dat het nagerecht werd opgediend had ze hoofdpijn en probeerde ze zelfs niet meer aan het gesprek deel te nemen. Ze zat de toespraken zwijgend uit: de getuige was langdradig, Denzil Farr welbespraakt en glad. Francis, aan het andere eind van de tafel, zat tijdens Denzil Farrs speech onafgebroken tegen zijn tafeldame te fluisteren. Het gegiechel van het meisje onderbrak de gladde monoloog en Farrs heildronk op de bruid werd herhaaldelijk onderbroken door een onvergeeflijke reeks gemompelde zinnen en gesmoord gelach. Francis had, merkte Robin op, nog geen woord tegen Vivien gezegd. Voor hem stond een fles champagne, waaruit hij zijn glas onafgebroken bijvulde.

Na de toespraken gingen ze van de grote zaal naar de balzaal. Francis werd omringd door mensen; Robin hoorde zijn diepe, vertrouwde stem, hoorde ook het geamuseerde gelach van de kring rondom hem. Toen ze zich er even bij aansloot, richtte hij zich niet tot haar, kwam niet dichter naar haar toe en maakte op geen enkele manier verschil tussen haar en de anderen. Ze vond zijn onverschilligheid ondraaglijk pijnlijk. Een deel van haar wilde roepen en schreeuwen en hem herinneren aan wat er de afgelopen nacht tussen hen was gebeurd, maar het grootste deel wilde zich terugtrekken, met ongeschonden trots. Zijn kille, schitterende grijze ogen gleden over haar heen met dezelfde bestudeerde onschuld waarmee ze over Vivien heen waren gegleden. Ze zag hoe zijn volgelingen applaudisseerden en hem aanmoedigden bij elke nieuwe overschrijding van de grenzen van acceptabel gedrag. Ze zag dat Vivien hem benaderde en aansprak en het trage, zelfgenoegzame schudden van Francis' hoofd toen hij weigerde wat ze hem had gevraagd. Ze had bijna medelijden met Vivien. Het kwam in haar op dat Vivien iets onschuldigs had, een hulpeloos onvermogen om de gevolgen van haar daden te overzien. Francis was erin geslaagd zichzelf in plaats van Vivien in het middelpunt van de belangstelling te plaatsen. Wat een wraaklust, dacht Robin, die het niet langer kon aanzien.

Ze liep van de ene kamer naar de andere, onwelkom in de groepjes onbekenden, een buitenstaander bij elke kliek. Zichzelf bekijkend wist ze dat ze volstrekt verkeerde kleren had aangetrokken. Ze had de zijden jurk moeten dragen die Maia haar had gestuurd in plaats van haar favoriete geborduurde terracotta japon. Deze mensen beoordeelden je naar je uiterlijk en hadden, Robin afwijzend aankijkend, besloten dat ze niet de moeite van een gesprek waard was. Ik kan beter naar huis gaan, dacht ze opeens. Ze had geen toiletspullen meegenomen en het vooruitzicht nog eens twaalf uur in dit zo vreemd, zo afstotend geworden huis te moeten blijven was ondraaglijk. Toen ze een blik op het voorplein wierp, zag ze dat het donker was geworden. Brede, bleke banen licht verspreidden zich vanaf de ramen en overgoten het onkruid dat tussen de tegels groeide met een felle glinstering. Long Ferry zelf, mooi, in verval rakend Long Ferry, was op de een of andere manier onlosmakelijk verbonden met haar verliefdheid op Francis. Hij kon het niet allemaal zomaar weggooien. Ze zou het niet toestaan.

Ze keerde terug naar de balzaal, waar ze zag dat hij een hoge, taps toelopende toren van champagneglazen had gemaakt. Terwijl ze toekeek trok hij een fles champagne open en begon wijn in het bovenste glas te schenken, die als een waterval langs de schuine zijden van de piramide omlaagstroomde. Maar zijn hand beefde, hij gooide het glas om en het hele wankele bouwsel trilde, waarna de glazen een voor een op de grond in scherven vielen. Flinters kristal zeilden over het geboende hout, zodat de balzaal eruitzag alsof hij was bezaaid met diamanten. Er klonk een bulderend gelach en een klaterend applaus van Francis' publiek, maar Robin zag heel even de schrik en de verwarring in zijn ogen. Tussen de glasscherven en de champagne door lopend ging ze bnaar hem toe.

Ze legde een hand op zijn arm en fluisterde: 'Francis... we kunnen beter gaan.'

'Gaan?' Hij probeerde zijn blik op haar te richten. 'Geen denken aan. Ik vermaak me prima.'

'We kunnen samen naar het station lopen.' Ze hoorde de dringende klank in haar stem. 'We kunnen de laatste trein nog halen.'

'Ik wil de laatste trein niet halen. Ik zeg toch, ik vermaak me prima. Dit...' zijn arm maakte een weids, allesomvattend gebaar '... dit zijn mijn vrienden.'

'En wat ben ik, Francis?' Zodra ze het zei wilde ze de woorden terugtrekken, bang voor zijn antwoord.

'Jij?' Het was alsof hij haar voor het eerst zag. Zijn gelaatsuitdrukking veranderde van glazige verbijstering tot boosaardige vermaaktheid. Hij leunde tegen de muur van de balzaal, met één schouder tegen het stucwerk. Hij zei duidelijk: 'Je staat op de lijst, Robin. Je hoeft je geen zorgen te maken.'

Zonder na te denken hief ze haar arm op om hem met vlakke hand in zijn knappe, beledigende, dronken gezicht te slaan en toen haar hand in de lucht bleef hangen, enkele centimeters van zijn wang, keek hij ernaar en toen naar haar gezicht en hij begon te lachen. Hij hield niet op met lachen, zelfs niet toen hij langzaam langs de muur omlaag gleed tot hij in een plas champagne en glasscherven zat.

Robin rende het huis uit, alleen even pauzerend om haar mantel uit de garderobe te halen. Pas toen ze halverwege het winderige zeepad naar het station was keek ze omlaag en zag ze het bloed dat uit haar voetzool sijpelde, op de plek waar een glasscherf door de dunne fluwelen zool van haar slipper was gedrongen.

Dat weekend sloeg Maia alle andere uitnodigingen af en reed naar de Fens. Ze haalde Helen op in Thorpe Fen, bracht al haar charme in stelling tegen de norse oude dominee (meneer Ferguson, had Maia lang geleden al gemerkt, weigerde nooit iets wat hem door een leuk geklede jonge vrouw werd gevraagd) en reed toen plankgas door naar Blackmere Farm en Hugh.

Ze brachten de middag door in Ely, giechelend om een afschuwelijke film in de Electric Cinema, en aten na afloop sandwiches en slagroomgebak in een kleine lunchroom. Maia vermaakte hen beiden met anekdotes over Merchants en gaf een ongelooflijke goede imitatie van Madame Wilton, het hoofd van de afdeling damesmode. Tegen de tijd dat ze uit Ely wegreed, voelde ze zich beter, in staat haar eigen gezelschap onder ogen te komen, in staat de beschuldigingen die nog altijd in haar oren galmden te ontkennen. *Je bent niet in staat tot gewone menselijke emoties, is het wel, Maia? Je bent niet in staat tot liefde.* Ze reed erg snel naar Blackmere, zodat Helen gilde en naar haar hoed graaide wanneer ze een bocht namen. Toen ze aan het eind van de avond afscheid nam van Helen en Hugh, omhelsde ze hen stevig, als om zichzelf gerust te stellen dat het niet waar was wat Charles Maddox tegen haar had gezegd.

Hugh bracht Helen met de auto terug naar Thorpe Fen. Het was een zoele avond en alle sterren gingen schuil achter een dicht wolkendek. Toen ze de pastorie bereikten en Hugh remde en voor de poort tot stilstand kwam, stapte hij niet meteen uit om haar te helpen uitstappen. In plaats daarvan nam hij haar hand, juist toen ze haar tas pakte en haar verwaaide haren onder haar hoed stopte.

'Wacht even, wil je, Helen?'

Ze was blij dat hij de blos die over haar gezicht kroop in het donker niet kon zien. Zijn hand lag nog op de hare en zette haar zelfs door haar dunne handschoen heen in vuur en vlam.

'Hoe vond je haar?'

Ze begreep aanvankelijk niet over wie Hugh het had. Haar verwarring moest zichtbaar zijn geweest, want hij voegde eraan toe: 'Maia... ik vond dat ze van streek leek.'

Uit alle macht dacht ze aan Maia. Ze fronste haar wenkbrauwen en knikte. 'Ze schitterde. Dat is Maia's manier om van streek te zijn.'

'Schitterde? Ha.' Hij scheen haar woordkeus grappig te vinden.

'Ik vermoed dat het komt doordat het bijna Kerstmis is. Je weet wel, Hugh. Vanwege Vernon. Hij stierf op eerste kerstdag.'

'Natuurlijk.' Hugh streelde even haar vingers, liet ze toen weer los. 'Stom van me dat ik het niet in de gaten had.'

Helen bedacht hoe fijn dit was, hoe kameraadschappelijk dat ze hier zo konden zitten om over een oude vriendin te praten. Hij stapte uit en liep om de auto heen om het portier voor haar open te houden. Ze legde haar hand op zijn schouders, ging op haar tenen staan en kuste hem op zijn wang. Tegenover Hugh, die ruim een meter negentig was, voelde ze zich nooit lang en onhandig.

Hij keek op naar de pastorie en zei: 'Wat een gigantisch huis, Helen. Jij en je vader moeten er zowat in verdwalen. Je zou wel vijf gezinnen in dat huis kwijt kunnen.'

Pas toen ze over het pastoriepad liep realiseerde ze zich dat Hugh de oplossing voor hun probleem had gevonden.

Joe had Francis de afgelopen maand nauwelijks gezien. Hoewel ze een appartement deelden, was Francis de laatste tijd nogal aan het nachtbraken; hij sliep het grootste deel van de dag en ging 's avonds uit, terwijl Joe vroeg opstond en zijn tijd verdeelde tussen de pub en zijn politieke activiteiten. Joe wist dat Vivien hertrouwd was (hij was voor de bruiloft uitgenodigd geweest, maar had de uitnodiging afgeslagen met een beroep op zijn werk) en hij was drie dagen later getuige geweest van Francis' terugkeer in het souterrain, in de rillerige, misselijke fase van een te lang voortgezette braspartij. In de veertien dagen sindsdien hadden ze elkaar nauwelijks gesproken. Zowel hun interessen als hun vrienden waren uiteengelopen.

Ook Robin had hij de laatste tijd nauwelijks gezien. Natuurlijk, Robin had het altijd druk, raasde als een kleine, drukbezette wervelwind door Londen en mengde zich furieus in andermans problemen. Joe zou ervan uit zijn gegaan dat Francis Robin 's avonds ontmoette wanneer Diana Howarth, Selena Harcourt en Charis Fortune, alle drie oude vlammen van Francis, niet hadden gebeld. Joe hield zich weliswaar voor dat het niet zijn zaak was wat er tussen Robin en Francis gebeurde, maar voelde zich niettemin onbehaaglijk.

Op een avond was hij aan het bedienen in de pub toen Francis binnenkwam. Het was vrijdagavond, tien uur, en de Navigator puilde uit van de mannen die hun weekloon er in de kortst mogelijk tijd doorheen probeerden te jagen. De waard stond juist naast de bar, met opgerolde mouwen, op zijn hoede voor problemen.

Joe schonk Francis een whisky in en gaf hem de waterkan door. Francis stak een sigaret op terwijl Joe zich omkeerde om een andere klant te bedienen. Toen hij weer vrij was, zei Joe terloops: 'Waar is Robin? Ik heb haar al een hele tijd niet gezien.'

'Ik ook niet.' Francis sloeg een teug whisky achterover.

'Is ze weg?'

'Ik heb geen flauw idee,' zei Francis onverschillig. 'Waarschijnlijk niet.' Hij wijdde zich weer aan zijn sigaret en zijn whisky, zonder Joe aan te kijken, wazig naar de rijen flessen achter de bar starend.

Mannen riepen om hun pul te laten vullen. Nadat Joe er een paar had bediend, ging hij koppig door.

'Hebben jullie ruzie gehad?'

'Wie hebben ruzie gehad?'

Hij wist dat Francis zich opzettelijk van de domme hield. Op vlakke toon zei hij: 'Jij en Robin.'

'Een klein meningsverschil.'

'Wanneer.'

'Tijdens de bruiloft. Ik... eh... had er een paar te veel op.'

Francis glimlachte en keek Joe aan. 'Kijk niet zo verontwaardigd. Het doet er niet toe. Ze komt teruggerend zodra ik met mijn vingers knip. Als een hondje.'

Joe dacht niet eens na. Zijn gebalde vuist trof Francis op zijn wang, zodat deze achterover tuimelde en het glas whisky omver sloeg. Toen sprong hij over de bar heen, trok Francis overeind en sloeg hem nogmaals. De uitdrukking van opperste verbazing op Francis gezicht deed hem goed, maar Francis vocht nog niet terug. En Joe wilde dat hij terugvocht.

Er opende zich een kleine ruimte om hen heen in de stampvolle bar. Joe sleurde Francis overeind en fluisterde hem iets toe. Francis' bleke gezicht werd rood van woede en zijn vuist trof Joe in diens maag. Joe dreef hem achteruit de menigte in en sloeg hem opnieuw. Meegesleept door een mengeling van gewelddadigheid en genoegen besefte Joe dat Francis stomdronken was. Francis' slagen troffen zelden doel, terwijl de zijne met onheilspellende kracht neerkwamen. Anderen begonnen zich in de strijd te mengen; flessen, glazen en barkrukken vlogen door de lucht. Joe bleef Francis slaan tot de waard, een reusachtige man met machtige onderarmen, zich tussen hen in drong en hen uit elkaar hield.

Hij zei zacht tegen Joe: 'Ik weet niet waar je ruzie om hebt, jongen, maar ik hoop dat het de moeite waard was om je baan voor kwijt te raken,' en Joe, plotseling nuchter, liet zijn vuisten langs zijn lichaam vallen.

Trouwens, Francis was niet meer bij machte om te vechten. Hij hing hoestend tegen de bar en er stroomde bloed uit een wond boven zijn oog. De pub was plotseling leeggestroomd; alleen enkele dronkelappen hingen in de hoeken nog boven hun bier. De vloer was bezaaid met glasscherven.

Eenmaal in het souterrain aangekomen propte Joe zijn schamele bezittingen in een tas, smeet zijn sleutels op de keukentafel en vertrok. De koude winterlucht spoelde zijn laatste woede weg. Hij voelde zich moe en gekneusd en toen hij over het trottoir snel wegliep van het huis waar hij de laatste vijf jaar van zijn leven had doorgebracht, begon hij zich de gevolgen van zijn daden te realiseren.

Hij had zijn baan, zijn enige bron van inkomsten, weggegooid in een tijd waarin banen steeds moeilijker te krijgen waren. Hij had geen onderdak in het koudste seizoen van het jaar. Hij had – Joe groef in zijn zakken – alles bij elkaar twee pond, drie shilling en zeven pence. Hij wist dat het geen zin had de waard van de Navigator om zijn loon van de afgelopen week te vragen – daarvan zou de schade worden vergoed.

Als parttimer had hij geen recht op een werkloosheidsuitkering en trouwens, hij was ontslagen in plaats van overbodig geworden. Hij dacht niet dat de bijstandscommissie een aanvraag welwillend zou bekijken.

Maar wat hem het meest verbaasde, was waaróm hij Francis had geslagen – hij kon zich tenslotte goed beheersen. En waarom had hij, toen Francis niet wilde terugvechten, hem dat ene ding verteld dat de breuk tussen hen onherroepelijk zou maken? Rillend zette hij de kraag van zijn jas op en dacht terug aan hun gesprek. Ze hadden het over Robin gehad. *Ze komt teruggerend zodra ik met mijn vingers knip,* had Francis gezegd. *Als een hondje.* Hij balde zijn vuisten weer.

Hij had Francis geslagen omdat hij zich niet afzijdig wilde houden terwijl Francis Robin beledigde. Elliot, idioot dat je bent, mompelde Joe in zichzelf, je bent al eeuwen verliefd op Robin Summerhayes. Hij kon zichzelf voorspiegelen dat Robin en hij gewoon vrienden waren, dat hij haar graag mocht, dat hij zich een oudere broer tegenover haar voelde, maar hij wist dat hij dan zou liegen. Hij kon niet het moment aanwijzen waarop zijn vriendschap was overgegaan in liefde, maar hij wist wel, de afgelopen jaren overziend, wanneer het enigszins neerbuigende misprijzen dat hij aanvankelijk voor haar had gevoeld was veranderd in respect. Dat was geweest toen hij zich had gerealiseerd dat zij als enige van hen drieën een richting, een doel had in het leven. Hij was getuige geweest van haar diepe gevoelens voor het kind dat aan difterie was gestorven en van de standvastigheid waarmee ze doorging met werk dat vaak teleurstellend en deprimerend moest zijn. Zelfs nu, wanneer hij dacht aan haar kleine, koppige gestalte, gehuld in haar vertrouwde groene fluwelen mantel, sjouwend door de meest trooteloze straten van Londen, kromp zijn hart ineen en hij wilde zijn arm om haar heen slaan, haar iets geven wat warm was en beschut en goed om in thuis te komen.

Maar Robin hield van Francis. En hij zelf had altijd al weinig gehad en nu, na zijn werk deze avond, had hij niets meer.

Hoofdstuk negen

Hughs trimester was afgelopen, dus ging hij met Helen kerstinkopen doen in Ely. Ze kocht breiwol om cadeautjes te maken voor de dienstmeisjes en de tuinman, en glazen ogen voor de lappenpoppen die ze voor de kleine meisjes in het dorp had gemaakt. Hughs cadeau – een warme das – had ze al klaar en voor haar vader breide ze elke Kerstmis nieuwe wanten en sokken. In de etalage van een speelgoedwinkel kijkend probeerde ze te beslissen wat ze zich voor de dorpsjongens kon permitteren. Telkens weer keek ze in haar beurs en telde moeizaam de halve crowns, florijnen en sixpences. De ballonnen kostten een penny per stuk, wat makkelijk kon, maar de tinnen autootjes, waarvan ze wist dat alle jongens ze prachtig zouden vinden, waren twee pence en drie farthings. Er woonden vijf jongetjes in Thorpe Fen. Het was een bedrag dat ze onmogelijk vond.

'Helen?'

Ze keek op naar Hugh. De blik in zijn ogen deed haar knieën knikken.

'Kan ik helpen?'

Ze werd vuurrood, maar wist niet goed of het was omdat ze zich schaamde over haar domheid of omdat hij haar op die manier aankeek. Ze flapte eruit: 'Ik weet niet hoeveel geld ik nog heb, Hugh. Zou jij het voor me willen tellen?'

Ze leegde haar beurs in de kom van zijn handen en binnen enkele seconden zei hij: 'Je hebt tien shilling en vijf pence, Helen? Hoeveel speelgoed moet je kopen?'

Samen kochten ze de cadeautjes; zij koos ze uit en Hugh telde op en betaalde. Toen ze de winkel verlieten, zei ze, nog steeds blozend: 'Je zult me wel een domme gans vinden.'

Hij pakte haar bij haar elleboog en hield haar midden op het trottoir tegen. 'Nooit, Helen,' zei hij. 'Nooit.'

Ze liepen terug naar de auto. Ze voelde een soort paniekerige opwinding. Ze had zich voorgenomen vandaag met Hugh te praten, maar ze had het telkens weer uitgesteld, tot ze alleen de rit naar huis nog had

213

om het te doen. Ze reden enige tijd in stilte. Een zwerm ganzen in grote V-vormige formatie vloog over; het riet en het dunne laagje ijs op de sloten waren grijs berijpt. Het had de afgelopen weken veel geregend en de velden vertoonden strepen van bevroren watertongen.

Hugh verbrak het stilzwijgen. 'Maakt je vader het goed, Helen?'

'Papa doet weer alle diensten. Maar volgens dokter Lemon is zijn hart zwak.'

'Dus je gaat niet meer werken?'

Langzaam schudde ze haar hoofd. Toen ze een paar weken geleden tegenover haar vader de mogelijkheid om weer te gaan werken ter sprake had gebracht, was hij blauwbleek geworden en had de rest van de dag moeten rusten. Hugh glimlachte haar meelevend toe.

'Pech gehad, meid.'

Ze wist dat ze moest praten. Ze legde haar hand op zijn arm en zei: 'Zet de wagen even stil, Hugh, als je wilt?'

Hij remde en ze stopten langs de rand van de weg. Op datzelfde moment werd Helen overstroomd door een zeldzaam gevoel van zelfvertrouwen, een zekerheid dat datgene waartoe ze dadelijk zou overgaan volstrekt juist was. Ze stapte uit en Hugh volgde haar tot ze aan de rand van een vaart vol bevroren rietstengels stonden.

Ze zei: 'Ik wilde je alleen maar zeggen dat het wel goed komt met papa. Hij maakt zich er geen zorgen over dat ik trouw, maar dat ik het huis uit ga.'

Hij keek verward en ze besefte dat ze het niet erg goed had uitgelegd.

'Ik bedoel, de pastorie is zo groot. En jij zou met de auto naar school kunnen, niet dan? Ik zou niet weg hoeven gaan.'

Zij en Hugh zouden de logeerkamer en de aangrenzende woonkamer kunnen gebruiken. Helens slaapkamer zou de kinderkamer worden. Misschien zou papa zelfs genieten van het gezelschap van een man in huis.

Hugh fluisterde: 'Helen...?' en ze glimlachte en zei: 'Ja, lieverd?'

Toen keek ze op naar zijn gezicht. Ze wist onmiddellijk dat het helemaal mis was. In zijn vertrouwde, geliefde bruine ogen lag geen liefde of geluk, maar medelijden. Het was alsof de grond onder haar wegzakte en in dat lange, afschuwelijke moment wilde ze gewoon ophouden met bestaan.

Hij zei: 'Helen... Helen, ik mag je heel erg graag, maar...'

'Maar je houdt niet van me.' Het vergde meer moed dan ze had geweten dat ze bezat om dat te zeggen.

'O, jawel.' Zijn stem klonk heel teder. 'Maar niet op die manier.'

Ze stond daar, keek naar de bevroren moerassen en wist met afschuwelijke zekerheid dat dit een keerpunt was in haar leven en dat ze nooit meer dezelfde zou zijn.

'Ik zou van je móeten houden, Helen. Je bent mijn liefste vriendin en je bent lief, aardig en mooi en je zult een of andere geluksvogel heel gelukkig maken. Maar niet mij. Het spijt me verschrikkelijk als ik de indruk heb gewekt dat...'

Zijn woorden stierven weg, maar niet voordat ze een mes in haar hadden omgedraaid. *'Waarom?'*

Een stilte. Toen: 'Omdat ik van iemand anders hou.' Een korte zin, bijna verwaaid door de wind, die haar laatste flarden hoop verwoestte. Ze staarde hem enkel aan, haar vraag geschreven in haar ogen. Maar opeens vielen alle stukjes op hun plaats en ze fluisterde: *'Maia.'*

Hij boog zijn hoofd. 'Ik hou al... o, jaren van haar. Sinds de eerste keer dat ik haar zag. Ik weet dat het hopeloos is.'

Heel even vergat ze bijna haar eigen ellende en schaamte bij het zien van de zijne. Toen, beseffend dat dit ondraaglijk was en vastbesloten haar laatste restje waardigheid te redden, zei ze: 'Wil je me naar huis brengen, Hugh?'

Ze spraken nauwelijks tijdens de rest van de rit terug naar Thorpe Fen. Toen ze de pastorie bereikten beledigde hij haar niet door te smeken om vrienden te blijven, maar wachtte terwijl ze haar tassen uit de auto haalde en over het pad naar het huis liep. Eenmaal binnen hing ze met trillende handen haar mantel en hoed op. Ze hoorde Betty vanuit de keuken roepen: 'De lunch is bijna klaar, juffrouw Helen!' maar gaf geen antwoord. In plaats daarvan rende ze trappen op, over gangen, door de donkere spinrag-schemering van de zolder tot ze alleen was in de kleine, kale zolderkamer.

Ze huilde niet. Ineengedoken in een hoek, met haar hoofd op haar knieën en haar vuisten tegen haar gezicht, wist ze dat de herinnering aan haar gesprek met Hugh haar de rest van haar leven zou achtervolgen. Dat de schaamte de komende dagen, weken, maanden eerder groter dan kleiner zou worden. Ze rilde, wiegde heen en weer en bonsde met haar achterhoofd telkens weer tegen de muur van de zolderkamer.

Je staat op de lijst, had Francis tegen haar gezegd. Robin meed hem, in het besef dat die paar woorden haar broos en kwetsbaar hadden gemaakt. Ze had nooit geweten dat hij tot zoveel wreedheid in staat was. Tijdens de pijnlijke nasleep van Viviens bruiloft was ze gedwongen te erkennen dat Francis twee kanten had, de kant die geestig, intelligent en teder was en waarvan ze hield, zonder voorbehoud, en de andere kant, de duistere kant, die zowel grillig als boosaardig was. Ze realiseerde zich dat ook zijzelf veranderd was. Ze had altijd geloofd dat haar kern ongeschonden zou blijven, onaangeraakt door elke man. Ze probeerde vergeefs haar ellende in haar werk te begraven en stortte zich weer op haar boek. Het voltooide manuscript moest eind maart bij de uitgever zijn.

Haar hele dag, de drukke activiteiten waartoe ze zichzelf verplichtte, waren niets anders dan een poging om niet aan Francis te denken. Zonder Francis had ze meer tijd om de krant te lezen en naar de radio te luisteren. Ze las over gebeurtenissen in Duitsland en kwam tot de onontkoombare conclusie dat het ondenkbare opnieuw kon gebeuren, dat er opnieuw oorlog kon uitbreken in Europa. Ze wilde doen wat de meeste mensen deden, doen alsof het niet kon gebeuren, maar ze dwong zichzelf brieven te schrijven, naar bijeenkomsten te gaan, toespraken te houden, zich al die tijd bewust van een kille, verlammende angst. Er waren er maar weinig die naar haar luisterden; sommigen bespotten haar. Ze vatte een kou en raakte haar stem kwijt, maar hield koppig vol, schor een boodschap brengend die weinigen wilden horen.

Haar dagen vielen uiteen in een onoverzichtelijke chaos. Ze struikelde van de ene kleine crisis naar de andere. Ze liet haar aantekeningen in de bus liggen en was een dag kwijt aan het aflopen van bureaus voor gevonden voorwerpen. Alle kinderen van het gezin Lewis kregen de mazelen; drie uitputtende nachten lang hielp ze mevrouw Lewis hen te verplegen. De moeder van de dames Turner stierf; het was tijdens een seance voorzien en het huis was al met zwart gedrapeerd voordat het telegram arriveerde. Haar hospita's verdwenen naar het verre Essex om de begrafenis te regelen, met achterlating van ingewikkelde instructies voor Peggy, het meisje voor alle werk, met betrekking tot de grasparkieten en voor Robin aangaande de geiser, aangezien ze veronderstelden dat die de capaciteiten van de meid te boven ging.

Ze was juist aan het worstelen met de geiser toen er werd geklopt. Peggy deed open en bij het horen van Francis' stem begon Robin weer te hoesten en de vlam die ze de afgelopen tien minuten had gekoesterd flakkerde en doofde weer. De deur ging open en daar stond hij, haar aanstarend. Het meisje stond besluiteloos naast hem, staarde hem met halfopen mond, lopende neus en domme ogen van bewondering aan. Toen Robin erin slaagde op te houden met hoesten, zei ze: 'Ga maar naar huis, Peggy. Ik red het wel.'

Peggy slofte weg.

'Als je wilt dat ik ga,' zei Francis toen ze alleen waren, 'dan ga ik.'

Ze vertrouwde zichzelf niet genoeg om iets te zeggen en haalde slechts haar schouders op. Omdat de geiser het niet deed en omdat het koud was in huis, had Robin twee dikke truien, een das en hoge schoenen aan. Ze wist dat haar neus rood was en dat haar ogen traanden. Ze vond het afschuwelijk dat hij verscheen terwijl ze er zo uitzag. Het scheen haar ongeluk uit te schreeuwen.

'Ik kwam zeggen... o, verdomme...' Francis trok een gezicht. 'Ik kwam zeggen dat het me spijt.'

Ze staarde hem aan. 'Spíjt?' Ze balde haar vuisten van woede.

'Ik weet het.' Zonder zijn gebruikelijke attributen van sigaretten, drank en gezelschap leek hij vreemd weerloos. 'Zwakjes, nietwaar? Woorden zijn zo ontoereikend.'

Plotseling doodmoe ging ze aan tafel zitten en legde haar hoofd in haar handen.

'Ik wilde iemand pijn doen,' zei hij. 'Maar het was Vivien die ik pijn had moeten doen, niet jou.'

'Allemaal heel Freudiaans, Francis.' Haar stem klonk sarcastisch en ze zag hem ineenkrimpen.

'Ik weet het, ik heb me abominabel gedragen. Ik vind mezelf ook niet bepaald aardig, als dat een troost is.'

Ze dacht dat hij de waarheid sprak. Zijn stem was vlak, zijn bewegingen waren spaarzaam. De lagen misleiding, de excuses, de glitterende buitenkant waren afgepeld. Hij mompelde: 'Ik kon gewoon niet geloven dat ze met dat varken zou trouwen. Ik geloof het nog steeds niet. Ik had haar wat geld gestuurd, zodat ze niet zou hoeven. Hij zal haar niet eens gelukkig maken.'

Viviens geluk liet haar op dat moment koud. Woest zei ze: 'Ik wil er niet in betrokken worden, Francis. Begrijp je me. Ik wens niet gebrúikt te worden.'

Hij boog zijn hoofd. In de daaropvolgende stilte verzamelden zich enkele tranen aan de randen van haar oogleden.

Toen zei hij: 'Daags voor de bruiloft had ik een gesprek met Theo Harcourt. Je weet dat hij *Oproer* heeft gekocht. Hij vertelde me dat hij de hoofdredactie aan iemand anders gaf – niet aan mij. Mijn naam is kennelijk niet bekend genoeg.' Zijn stem klonk bitter.

Ontsteld staarde Robin hem aan. Ze wist hoeveel *Oproer* voor Francis betekende. Ze huiverde en zei zwakjes: 'Die verdomde kou...'

'Het vriest hier, verdomme. Hoe hou je het vol?'

'Peggy had een van haar buien en vergat de kachels aan te steken en ik heb de geiser uit laten gaan. Het is een verschrikkelijk nukkig ding. Ik heb Joe nodig, denk ik.' Ze realiseerde zich dat ze Joe niet meer had gezien sinds vóór Viviens bruiloft.

'Laat mij eens proberen.'

Ze merkte voor het eerst op hoe goed gekleed Francis was: een kostuum, een schoon overhemd met stropdas, een overjas. Zijn blonde, golvende haar was kort en schoon; de ongezonde bleekheid van de afgelopen maanden was verdwenen.

'Je bederft je kleren.'

Zijn ogen werden groot. Terwijl hij een lucifer aanstak keek hij omlaag naar zichzelf. 'Ik heb een baan, Robin. Secretaris van een vriend van Theo die zijn pols heeft gebroken.'

'Maar ik dacht... ik dacht dat jij en Theo ruzie hadden.'

Zijn gezicht stond somber. 'Ik moet werk hebben, Robin. Er is tegenwoordig weinig te vinden. Zeker niet voor mensen zoals ik. Ik kan een beetje schrijven, een beetje acteren, een heleboel praten. Ik heb het juiste accent, maar niet helemaal de juiste achtergrond. Theo ként mensen, zie je. Daar gaat hem om.'

Ze zei niets. Hij ging verder: 'Het is maar voor een paar maanden, maar ik moet me ernaar kleden.' Er lag een mengeling van trots en spot in zijn stem. Hij hield de lucifer bij het gas en wachtte enkele ogenblikken. 'Ik denk dat het gepiept is.'

Ze boende met haar mouw over haar ogen. Francis draaide zich weer naar haar om en zei: 'Ik heb je nodig, Robin. Het was niet waar wat ik zei. Jij bent niet zoals de anderen; jij bent eerlijk tegen me. Het leven lijkt minder een puinhoop als jij er bent. Ik aanbid je, dat weet je.'

Hij had nog steeds niet gezegd wat ze wilde horen. Ze verachtte zichzelf omdat ze er behoefte aan had, aan die vier keukenmeidenroman-woorden. Maar ze had er een vermoeden van hoeveel het hem had gekost te zeggen wat hij had gezegd, te bekennen dat hij iemand nodig had. Ze wist dat ze op haar beurt even oprecht moest zijn.

'Ik ben je moeder niet, Francis. En ik ben je zus niet. En ik weet niet zeker of ik weer gewoon je vriendin kan worden.' *Ik zit er te diep in,* dacht ze. Zelfs nu, terwijl ze hem haatte om zijn onverschilligheid tegenover haar gevoelens, was ze zich bewust van zijn fysieke aanwezigheid. Ze walgde ervan dat ze nog steeds naar hem verlangde. Het was vernederend te weten dat, wanneer ze aan hem dacht zoals hij met een andere vrouw danste, ze niet alleen afgunst voelde, maar ook begeerte.

Hij zei: 'Ik wilde je vertellen dat ik een paar maanden naar Amerika ga. De vent voor wie ik werk overwintert graag in Florida. Het kan best geinig worden – oceaancruises en schitterende stranden.' Toen hij haar aankeek zag ze de mengeling van optimisme en onge- rustheid in zijn ogen. 'Ik heb die baan aangenomen om jou, Robin. Ik wilde je bewijzen dat ik iets van mezelf kan maken. Ik weet dat je tien keer meer waard bent dan ik, maar ik beloof je dat ik zal veranderen – dat ik anders zal worden. Als ik terugkom, kom ik je weer opzoeken. Je hebt eens gezegd dat je me niet in de steek zou laten, weet je nog? Denk er alsjeblieft over na. Ik beloof dat ik zal veranderen. Ik beloof dat alles anders zal worden. Ik zal je nooit meer pijn doen. Alsjeblieft, kunnen we het niet nog eens proberen?'

Niet in staat om iets te zeggen wendde Robin haar blik af. Ze hoorde Francis de kamer uitlopen en hoorde de voordeur dichtvallen toen hij het huis verliet.

De eerste paar nachten sliep Joe bij een vriend op de bank of op de grond, net wat er beschikbaar was. Maar zijn vrienden waren vaak ook Francis' vrienden en stelden dientengevolge te veel pijnlijke vragen en toen zijn kleine geldvoorraad slonk, besefte hij dat hij het risico liep te worden wat hij het meest verachtte: een klaploper. Dus zocht en vond hij een kamer in een pension, voor drie shilling en zes pence per week, een afgrijselijk gebouw met gammele brandtrappen en sloffende, ver- slagen pensiongasten. Zijn kamer, een van de goedkoopste van het huis, lag op de begane grond. 's Nachts kropen er naaktslakken over het lage plafond, die een zilverachtig spoor achterlieten op het gebar- sten pleisterwerk. De schoorsteen trok niet goed en trouwens, hij had geen geld voor kolen.

Aanvankelijk trok hij er enthousiast en met enig vertrouwen opuit om werk te zoeken. Het enthousiasme slonk, tegelijk met het geld in zijn zak, toen hij de ene afwijzing na de andere kreeg. Na de eerste paar weken wist hij dat hij er arm, koud en hongerig uitzag; hij kon zien dat mogelijke werkgevers zijn versleten, vieze kleren in zich opnamen, zijn hoge schoenen waarvan de neuzen begonnen te verslijten, en con- cludeerden dat hij een geboren verliezer was. Hij was geneigd het met hen eens te zijn. In de drie weken voor Kerstmis had hij slechts één dag werk, het verkopen van encyclopedieën aan afgetobde huisvrouwen die er geen wilden of konden betalen. Toen hij merkte dat hij het met zijn verhoopte afnemers eens was dat de boeken een veel te dure geld- verspilling waren, besefte hij dat hij een hopeloze verkoper was en hij

219

smeet zijn monsterexemplaren in een vuilnisbak en klopte nergens meer aan.

Het ergste was de honger. Hij leefde op margarine en thee, wat hem in leven hield, maar meer ook niet. Hij hoopte dat hij eraan zou wennen, maar dat gebeurde niet. Hij dacht onafgebroken aan eten; als hij sliep, droomde hij van eten. Hij kon minuten achtereen voor een bakkerij staan, starend naar de stapels broodjes, cakes en pasteien, er even belangstellend naar kijkend als naar een bijzonder goede film in de bioscoop. De geuren van braadvlees, ham, biefstuk en nierpudding die uit restaurants en eethuizen kwamen maakten hem zowat krankzinnig. Hij realiseerde zich dat hij zich ontzettend verveelde en ontzettend eenzaam was. De verveling verraste hem; het was iets wat hij nog nooit had meegemaakt. Mensen zoals Francis, intelligent maar weinig vasthoudend, verveelden zich, niet mensen zoals Joe. Hoewel hij zijn boeken had meegenomen uit het souterrain in Hackney, werd hij te zeer afgeleid door honger en kou om te lezen. En hoewel er in zijn kamer volop dingen waren die niet behoorlijk functioneerden, leek het zinloos ze te repareren. Hij sliep 's nachts nooit goed, maar dommelde tijdens de lange, saaie, lege uren daglicht herhaaldelijk in. Hij miste het gezelschap van anderen, maar wist, zichzelf bekijkend, dat hij ongeschikt was voor gezelschap. Hij was niet meer gewend aan een echt gesprek en zijn kleren waren smoezelig. Hij kon zich zijn laatste bad niet heugen. Het pension had geen stromend water; hij had de onfrisse gemeenschappelijke zinken teil kunnen lenen en die met water uit de kraan op de binnenplaats kunnen vullen, maar het leek allemaal te veel moeite. Wanneer hij aan Robin dacht, en dat gebeurde vaak, kwam het Joe voor dat ze in een andere wereld leefde, een wereld waarin hij niet meer werd toegelaten. Hij wilde haar opzoeken, maar wist dat het hem alleen maar pijn zou doen.

Op een dag waren alle winkels dicht en er hing een merkwaardige stilte in de straten. Hij snapte er aanvankelijk niets van, maar realiseerde zich toen dat het Kerstmis was. Hij maakte een kilometerslange wandeling naar een van de betere wijken van Londen en keek naar de mensen die na de ochtenddienst uit de kerken kwamen. Er kwam een dame naar hem toe die iets in zijn hand drukte en toen hij omlaagkeek, zag hij dat ze hem een sixpence had gegeven. Heen en weer geslingerd tussen een lach en woede staarde hij naar het geldstuk. Hij betrapte zich erop dat hij zich Francis' vrolijkheid voorstelde wanneer hij hem het voorval vertelde en toen herinnerde hij zich dat zijn langdurige vriendschap met Francis voorbij was, weloverwogen door hem verbroken met één gemompeld zinnetje. Hij ging naar huis en bracht de rest van de dag in bed door, niet eens in staat zijn sixpence te besteden, aangezien de winkels dicht waren. Laat in de avond werd hij overvallen door een razende honger en at alles in zijn kast op wat eetbaar was. Toen, omdat zijn handen wit waren geworden van de kou, trapte hij zowel de gammele stoel als de tafel in elkaar, gooide de stukken in de kachel, stak ze aan en had het voor het eerst sinds een maand warm. Een paar dagen later verliet hij het pension, naar buiten sluipend toen de hospes niet oplette. Hij had geen drie shilling en zes pence voor de huur meer. Hij sliep enkele nachten op banken in het park, maar de temperatuur daalde en hij realiseerde zich dat hij dit geen week kon volhouden. Dus ging hij naar een logement, waar je voor acht pence een soort bed kon krijgen. De nacht die hij in het logement doorbracht was, dacht hij, de ergste van zijn hele leven. Het was er droog en door het grote aantal mensen in de slaapzaal betrekkelijk warm, maar de afschuwelijke agressiviteit, de nutteloosheid en de hopeloosheid van de levens van de anderen vervulden hem met wanhoop. Er brak een gevecht uit over de eigendom van een tandeloze kam; van afschuw vervuld sloeg Joe ze gade, die mannen naar wier leeftijd hij niet eens kon raden, kalend, hun spieren verslapt door de tijd en de ontberingen, die op het smerige zeil lagen te vechten. 's Nachts, in het donker, werd hij wakker uit een rusteloze slaap en voelde een hand die zijn lichaam streelde. Hij rook een hete, stinkende adem en hij kwam zo snel overeind en vloekte zo luid dat de meeste andere mannen in de slaapzaal wakker werden. Zijn verleider kroop terug in zijn bed. Joe kreeg zijn gezicht niet te zien.

De volgende dag stal hij een pastei uit een kraam op een marktplein. Terwijl hij deze verslond, ving hij zijn spiegelbeeld op in een etalageruit. Ongekamde haren, bleek gezicht, haveloze kleren.

Toen wist hij dat hij geen keus had. Bijna acht jaar geleden had hij zijn vader getart en was van huis weggelopen met de bedoeling zelf iets van zijn leven te maken. Hij had gefaald; hij had niets van zijn leven gemaakt. Hij wist niet of zijn vader hem zou verwelkomen, de verloren zoon, maar hij herkende wel de diepe schaamte die hij voelde bij dat spiegelbeeld in de ruit. Joe gooide zijn rugzak over zijn schouders en zette koers naar de Great North Road.

Gedurende de kersttijd werd Maia overstelpt met uitnodigingen voor feesten en diners. Ze hoorde op drieëntwintigjarige leeftijd bij de *jeunesse dorée* van Cambridge. Een soiree, een cocktailparty werd pas als geslaagd beschouwd indien Maia Merchant aanwezig was. Ze was erin geslaagd haar handicaps – het feit dat ze weduwe was, haar carrière – te veranderen in een bron van fascinatie. Soms verscheen ze zelfs zonder begeleider en veroorzaakte dan een opgewonden geroezemoes van afkeuring en bewondering.

Voor oudejaarsavond was ze uitgenodigd voor een feest in Brackonbury House, ten noorden van Cambridge, niet ver van Thorpe Fen, waar Helen woonde. Toen ze door de maanverlichte Fens reed realiseerde ze zich dat ze Helen in geen eeuwen gezien had. Ze had haar zoals altijd eens per week geschreven, maar had slechts korte, nietszeggende antwoorden gekregen. Op tweede kerstdag, de dag waarop zij, Robin en Helen gewoonlijk bijeenkwamen in Robins winterhuis, was Helen afwezig geweest, het bed houdend met een verkoudheid. Uit het autoraam naar het zwarte, vormloze landschap kijkend voelde Maia een zwakke opflakkering van schuldgevoel. Ze moest Helen gauw eens opzoeken. Niet komend weekend, want dat was het eerste weekend van de maand en dus het weekend dat ze uitging, en niet het weekend daarna, aangezien dat de eerste dag van de winteruitverkoop was. Maar binnenkort.

Het was een gekostumeerd feest. Maia had zich verkleed als Colombina, in een wijde gestreepte rok en zwart lijfje en bloemen in haar haren. De lichten van Brackonbury House, dat gebouwd was op een van de vele door land omgeven eilandjes waarmee de Fens waren bezaaid, scheen over de velden en moerassen als de lichten van een schip op een kalme, donkere zee. Maia had deze uitnodiging aangenomen in plaats van een van de vele andere omdat Brackonbury House eigendom was van Lord en Lady Frere, die tot de landadel behoorden. Maia vond het prachtig dat zij, wier zijden kousen ooit bijna volledig uit gestopte gaten hadden bestaan, vanavond zou dineren met leden van de landadel.

Eenmaal binnen ontdeed ze zich van haar begeleider, een geniale maar saaie man, en ging door met zich te amuseren. Binnen een halfuur na haar aankomst was haar balboekje vol en overal waar ze kwam werd ze omstuwd door een adorerende kring van bewonderaars. De aantrekkelijkste, gevatste, rijkste mannen, allemaal wisselden ze die avond een woord met Maia. Ze danste de tango met een idioot knappe, als piraat verklede man en kreeg een huwelijksaanzoek van een teddybeer met een vuurrode strik om zijn nek. De negentienjarige zoon van Lord Frere, Wilson, achtervolgde haar met de soort slaafse aanbidding die ze gewend was te krijgen van haar spaniël.

Tijdens het diner zat ze tussen een als Harlekijn verklede kapitein van de Guards en een als Charlie Chaplin-zwerver uitgedoste magistraat. Er was een onuitputtelijke voorraad champagne en Maia's glas was voortdurend vol. Er brak ruzie uit tussen enkele jongemannen, die ermee eindigde dat een stuk of zes van hen in de ijskoude fontein op het voorplein werden gegooid. De grote lichten in de balzaal werden gedoofd, zodat het grote vertrek slechts werd verlicht door de muurblakers. Het schemerige licht wierp schaduwen op de gezichten van de dansenden en benadrukte hun opzichtige schmink. Maia voelde een geweldige opwelling van triomf toen Lord Frere zelf haar ten dans vroeg, maar toen ze na afloop van de tango pauzeerden en zijn vingers over haar ruggengraat gleden, excuseerde ze zich haastig en rende naar de toiletten. Op de trap liep ze voorzichtig om een jonge vrouw heen die snikkend tegen de leuning zat. Ze moest twee glazen champagne achteroverslaan om voldoende moed te vinden om weer naar de balzaal te gaan, maar toen was het inmiddels twaalf uur en ze omhelsden en kusten elkaar en zongen Auld Lang Syne. Haar geest was voldoende verdoofd door de alcohol om de omhelzingen van haar bewonderaars enthousiast te accepteren. Plotseling voelde ze zich opgetogen en sterk. Ze was een onafhankelijke vrouw met geld op de bank, een groot huis en een kast vol mooie kleren. Haar zaak overleefde de ergste recessie van deze eeuw. Ze had opnieuw toegang gekregen tot de maatschappij.

Toen zei een stem achter haar beleefd: 'Mevrouw Merchant?' en toen ze zich omdraaide, zag ze een dienstmeisje in uniform.

'Er is een heer om u te spreken, mevrouw Merchant.'

Ze volgde het meisje de balzaal uit naar de salon. Liam Kavanagh stond bij het raam. Haar onmiddellijke plezier bij het zien van hem werd tenietgedaan door de grimmigheid van zijn gezicht. Ze werd opeens bang; gedachten aan een brand of diefstal flitsten door haar hoofd.

'Liam? Wat is er?'

Hij deed de deur dicht, zodat ze alleen waren. Toen haalde hij een krant uit de zak van zijn overjas.

'Ik vond dat ik je dit moest laten zien voor iemand anders het ziet.'

Hij stak haar de krant met de voorpagina naar boven gekeerd toe.

Het was een editie van de *Cambridge Daily News*. De kop schreeuwde haar toe: 'Ontslagen man verdrinkt zichzelf'.

Ze pakte de krant aan en begon te lezen. Edmund Pamphilon... ontslagen uit de functie bij het warenhuis Merchants die hij twintig jaar had vervuld... zijn chronisch zieke vrouw... een opeenstapeling van hoge doktersrekeningen... Er stond een foto bij van meneer Pamphilon terwijl hij zijn eeuwige welwillende glimlach lachte, en een foto van het gedeelte van de Cam waar zijn lichaam was gevonden. Het water zag er erg zwart, erg koud uit.

'Maar ze weten toch niet...' fluisterde ze, Liam aanstarend. 'Zelfmoord.. ze kunnen niet weten... hoe kunnen ze er ooit zeker van zijn?' Ze wist zichzelf het zwijgen op te leggen. Hij zei, en ze meende een spoor van medeleven in zijn ogen te zien: 'Natuurlijk weten ze het niet zeker. De verslaggever is op de zaak vooruitgelopen... het lichaam is vandaag pas gevonden. Maar ik heb hier en daar geïnformeerd, een paar mensen gebeld, en er schijnt weinig twijfel te bestaan.'

Ik kon het onmogelijk weten, wilde ze zeggen, maar de herinnering aan haar eigen woorden galmde in haar oren en snoerde haar de mond. *De privé-zaken van meneer Pamphilon zijn niet mijn zorg, Liam.*

Ze vertrok zonder afscheid te nemen van haar gastheer en gastvrouw. Terwijl ze wachtte op het meisje dat haar mantel haalde, zag ze hoe goedkoop en bespottelijk de verkleedkostuums waren. De piraat had een buikje en de schmink van de clown begon uit te lopen. Het huis was reusachtig en eeuwenoud, maar de muren vertoonden witte plekken van schilderijen die waren verkocht om de belasting te betalen.

Tijdens de lange rit naar huis wist Maia de luide stemmen bijna tot stilte te brengen. De zin *nu zijn het er drie* weerkaatste als tromgeroffel in haar hoofd. Ze had de twee inwonende bedienden opdracht gegeven niet op haar te wachten. Ze smeet haar bontmantel op de bank, schonk zichzelf een groot glas in, liet het bad vollopen en dompelde zich onder in het geurige water. Colombina's verfomfaaide vodden lagen op een hoopje op de tegels. Naderhand droogde ze zich af, trok haar nachtjapon aan en ging naar bed.

Ze viel zonder moeite in slaap, maar in de vroege ochtenduren kwamen de nachtmerries. Een groot gewicht drukte op haar borst en ze probeerde te gillen. Ogen staarden haar aan, kleine, bruine, lepe ogen. Vernons ogen. Zelfs toen ze er eindelijk in slaagde zichzelf te wekken, bleef Maia die ogen zien. Vertrouwd, verwijtend, omkranst door witte rijp alsof hij in de jaren sinds zijn dood ingevroren was geweest.

Joe had er twee dagen voor nodig om naar het noorden van Yorkshire te liften. De laatste twaalf kilometer van de grote weg naar Hawksden moest hij te voet afleggen. Het was donker en hij had geen zaklamp, maar de hemel was helder en koud en de smalle, slingerende, onverharde weg werd verlicht door een volle maan. Toen hij het dorp binnenkwam hoorde hij de kerkklok middernacht slaan.

Terwijl hij met het ijskoude ijzeren slot van de poort worstelde wist hij dat hij niet veel langer had kunnen doorgaan. Hij kon zich niet herinneren wanneer hij voor het laatst een fatsoenlijke maaltijd had gehad of 's nachts goed had geslapen. Alles leek onwezenlijk. De steile, met kinderkopjes geplaveide straten van Hawksden, glanzend in het theatrale maanlicht, de uitgestrekte, zwarte fabriek, het grote, dreigende decor van de heuvels leken allemaal subtiel de werkelijkheid in en uit te schuiven. Hij realiseerde zich dat hij had staan dommelen, bij de poort van zijn ouderlijk huis, met zijn vingers nog op de klink. Hij wist niet hoe lang hij had geslapen; een paar minuten waarschijnlijk, maar hij kon er niet zeker van zijn. Hij liep het pad op, met zijn handen diep in zijn jaszakken en zijn kraag opgezet rond zijn nek. Hij rilde hevig, maar of het van de kou was of omdat hij bang was, daarover wilde hij niet nadenken. Hij beklom de bordestrap, leunde tegen de deurstijl en trok aan de bel.

Bij de deur staand viel hij opnieuw in slaap, met zijn hoofd tegen de koude steen. Toen de deur met veel gerammel van kettingen, sloten en grendels werd geopend, verraste het hem bijna. Er verscheen een brede baan licht en daar stond de huishoudster, met een omslagdoek over haar wijde nachtjapon. Hij zag de blik in haar ogen veranderen toen ze hem scherp aankeek. Van ergernis omdat ze gewekt was in afkeer bij het zien van hem en toen, langzaam, terwijl ze hem herkende, in verbazing. Haar woedende *Scheer je weg* bevroor op haar lippen en ze fluisterde weifelend: 'Jongeheer Joe...?'

Hij knikte. Hij zei: 'Ik heb je wakker gemaakt, is het niet, Annie?' maar hoewel ze opzijstapte om hem binnen te laten, kon hij zich nog niet meteen bewegen. Zijn ledematen zouden hem niet gehoorzamen. Hij zei onzeker: 'Zo verdomd koud...' en hij hoorde haar automatische tut-tut om de krachtterm.

Toen zei een andere stem: 'Nou, kom binnen, jongen, en gooi die deur achter je dicht,' en hij keek op en zag zijn vader.

Op de een of andere manier wist hij naar binnen te schuifelen. Het licht in de hal – elektrisch licht, John Elliots trots en vreugde – verblindde hem bijna, zodat hij de uitdrukking op zijn vaders gezicht niet goed kon zien. Een mengeling van geschoktheid en afkeuring... en iets anders, haastig verborgen.

'Door je centen heen zeker, hè jongen?'

John Elliots stem was een vertrouwde mengeling van sarcasme en triomf. Joe merkte dat hij niet de kracht had om zich te verdedigen. Of de wil. Hij liep langs zijn vader en de huishoudster, ging onder aan de trap zitten en legde zijn hoofd in zijn handen. Hij had niet beseft hoe het hem zou overweldigen, de herinnering aan zijn moeder. Dat hij nog steeds zou verwachten dat ze deze trap af kwam, hem in haar armen zou nemen en hem zou kussen. Dat hij zich haar parfum, haar tederheid, het zachte accent in haar stem zou herinneren.

Zijn vader staarde hem aan. Toen Joe eindelijk opkeek, zag hij hoeveel ouder John Elliot was geworden. Zijn vader was altijd klein, potig en zwaargebouwd geweest, Joe's tegendeel, maar nu zaten er grijze strepen in het blonde haar en zijn ruwe gezicht was doorgroefd met diepe rimpels. Hij was een oude man geworden. Joe hoorde hem fluisteren: 'Goeie god, wat zie je eruit...' en vervolgens tegen de huishoudster zeggen: 'Maak wat soep warm, mens. Blijf daar niet als een zoutzak staan.'

Joe at in de keuken. Het verbaasde hem hoe weinig hij op kon. Een halve kom en hij voelde zich al misselijk, opgeblazen. Zwijgend zette zijn vader een glas whisky voor hem neer.

'Drink op, jongen, en daarna moest je maar eens naar bed gaan. Je zou zo te zien wel een bad kunnen gebruiken, maar dat kan beter tot morgen wachten.'

Zijn vader liep met hem mee naar boven. Een paar keer kreeg Joe de indruk dat hij hem bijna zijn arm aanbood – als steun of om een andere reden. Maar ze raakten elkaar niet aan en Joe, die zich volledig gekleed op het bed liet vallen en bijna ogenblikkelijk in een diepe, droomloze slaap viel, nam aan dat hij zich had vergist.

Toen hij de volgende ochtend wakker werd had iemand – Annie, vermoedde hij – hem zijn schoenen en zijn jasje uitgetrokken en een deken en een dikke donssprei om hem heen ingestopt. Hij bleef enkele ogenblikken liggen, nog steeds verdwaasd en duizelig van slaap en vermoeidheid. Hij had geen flauw benul hoe laat het was, maar het zonlicht stroomde helder door het raam. De kamer was vertrouwd en vreemd tegelijk; al zijn spullen – zijn boeken, zijn bladmuziek, de gedeukte modeltreinen uit zijn jeugd – waren er nog steeds, maar hij kon niet echt geloven dat ze ooit van hem waren geweest.

Hij sleepte zichzelf uit bed en door de gang naar de badkamer. Hij liet het bad vol dampend water lopen en begon zijn vieze kleren uit te trekken. Zijn voeten waren één en al blaren en schrijnende plekken. Op zijn borst zaten vuurrode vlekken waarvan hij vermoedde dat het vlooienbeten waren. Hij liet zich in het water zakken, dompelde zijn hoofd onder en liet de warmte in zijn botten trekken.

Hij kleedde zich in een mengelmoes van zijn eigen oude kleren en die van Johnnie. Hij kon geen laarzen of schoenen vinden die hem pasten, maar zijn voeten waren sowieso te pijnlijk voor schoenen. Opnieuw afkeurend prevelend bracht Annie een desinfecterend middel en verbandgaas aan. Een van de meiden maakte een gigantisch ontbijt met spek, worst, bloedworst en eieren voor hem klaar. Nadat hij gegeten had hinkte hij een tijd lang door het huis. Er was niet veel veranderd. Elliot Hall was altijd onnodig groot geweest en onnodig lelijk en vol afschuwelijke, nutteloze dingen zoals cocktailkabinetten en weids 'pièces de milieu' genoemde tafelversieringen. Hij probeerde de krant te lezen, maar viel, plotseling vermoeid, weer in slaap. Hij werd gewekt door de geur van beschuitenbollen en cake. De meid – een nieuwe die hij niet kende – zette een pot thee naast de schalen en verliet de kamer. Joe at alsof hij uitgehongerd was.

Later speelde hij op de kleine vleugel die ooit van zijn moeder was geweest. Hij had lang niet gespeeld en zijn handen wilden niet, zochten vaak naar toetsen, maar hij zette door en stond ervan te kijken hoeveel hij zich nog herinnerde. Hij was halverwege een nocturne van Chopin, een van zijn moeders lievelingsstukken, toen hij zich realiseerde dat hij niet langer alleen was. Zijn handen bleven als verstard boven de toetsen zweven en toen hij omkeek, zag hij zijn vader.

Joe Elliot zei: 'Tja, je hebt altijd handigheid gehad in dat soort dingen.' Hij slaagde erin, dacht Joe, pianospelen te laten klinken als een van de mindere ondeugden.

Hij stond open en sloot de klep van de piano. 'Je bent vroeg terug, vader.'

'Tja, nou ja... de zaken gaan slecht. Heel slecht. We werken met maar één ploeg.'

Het nieuws overviel Joe. Dwaas van hem, besefte hij, te denken dat Elliot's Mill immuun zou zijn voor de gevolgen van de crisis. Hij keek op en zag dat John Elliot hem aanstaarde, waarbij zijn blik bleef rusten op de blote, verbonden voeten van zijn zoon. 'Ik kan me in elk geval nog leren schoenen permitteren,' mompelde hij. 'Ik heb een rokertje nodig. Kom mee naar de huiskamer, Joe. Ze wilde hier nooit tabak ruiken.'

Ze verlieten de kleine, aardige salon en liepen naar de woonkamer. Deze was groot, voorzien van pilaren, mannelijk en beantwoordde volstrekt niet aan de onaanzienlijke, huiselijke benaming 'huiskamer'. De naam was, veronderstelde Joe, een overblijfsel uit zijn vaders jongere, armere jaren.

John Elliot stak een pijp op, een omslachtig, puffend gedoe. Toen de pijp blauwe wolken uitbraakte, zei hij: 'Er zijn sigaren, jongen. En ik heb nog een tweede pijp.'

'Heb je sigaretten?'

De afkeurende uitdrukking keerde terug. 'Idiote dingen. Ik heb ze nooit gemoeten. Meidenspul... maar ja, over smaak valt niet te twisten. Ik zal de knecht wat laten halen.'

Joe mompelde woedend: 'Ik heb geen geld, vader...' en zijn vader keek hem opnieuw aan en zei: 'Nee, dat dacht ik wel. Maar ik regel het aan het eind van de maand wel met Thwaites, als je eraan denkt. En ik neem aan dat ik wel een pakje kan missen. Goed, schenk eens iets in, Joe, en hou op met dat gefriemel.'

Ze dronken whisky en rookten samen in een stilte die in een ander gezin kameraadschappelijk zou zijn geweest. Voor Joe echter was ze slechts beladen met alles wat onuitgesproken bleef. Pas later, tijdens de Yorkshirepudding, gevolgd door braadvlees met mierikswortelsaus, kwamen de onvermijdelijke vragen.

'Zo, en wat heb je bereikt, jongen? Bijna acht jaar, is het niet, dat we taal noch teken van je hebben gehoord.'

Joe verdrong de herinnering aan de heftige ruzie die ertoe had geleid dat hij uit Hawksden was weggegaan. Maar aan Londen denken was niet veel gemakkelijker. Als hij aan Londen dacht, dacht hij aan Robin. Robin, die alleen Francis wilde en die hem niet nodig had.

'Ik hielp een drukpers aan de praat houden – een kleintje maar, vader. We drukten pamfletten en vlugschriften en zo.'

Joe Elliot snoof. 'Communistisch gewauwel, te oordelen naar wat je naar huis stuurde. Bracht zeker aardig wat op?'

Joe schudde zijn hoofd. 'Niet bepaald. Ik werkte erbij in een pub, om me staande te houden.'

'Een zoon van mij die bier tapt... en dat na al die scholen...'

Hij kon zich niet verdedigen. Jaren van onafhankelijkheid en hij was geëindigd in een logement, met niet eens genoeg geld om zijn eigen sigaretten te kopen.

'Die dure school was weggegooid geld... Johnnie zou iets hebben bereikt, maar jij, Joe... jij hebt er alleen fatsoenlijk leren praten en denken dat je beter was dan de rest van ons...'

Zijn vader stem was gedaald tot een zacht gemompel. Joe moest zijn woede inslikken.

'Ik heb nooit gedacht dat ik beter was dan jij, vader.'

'O nee?' John Elliots dof geworden blauwgrijze ogen ontmoetten die van Joe. 'Ik dacht dat ze je ginds wat verstand zouden bijbrengen. Je moeder wilde niet dat ik je erheen stuurde. Misschien had ze gelijk.'

Zijn ouders hadden nooit ruzie gehad, maar ze waren erin geslaagd in één huis nagenoeg gescheiden levens te leiden. Afzonderlijke slaap-kamers, afzonderlijke salons, verschillende interessen en verschillende kennissen. John Elliot had de fabriek gehad, Thérèse had geleefd voor muziek, brieven en haar enig kind.

'En wat nu, Joe? Nu je terug bent?'

Het vergde een enorme inspanning om zijn trots in te slikken, maar hij slaagde erin en zei: 'Ik heb er in Londen een puinhoop van gemaakt. Kun je me hier gebruiken?'

Zijn vader was van tafel opgestaan. Met zijn rug naar Joe staarde hij in de haard.

'Tja... nou ja... het werd verdomme tijd. Je hebt lang genoeg gelan-terfant. Maar je zult een keer naar de kapper moeten en fatsoenlijke kleren kopen. En zorg dat je wat aankomt. Ik wil niet dat mijn zoon eruitziet als een halfverhongerde zwerver.'

In het nieuwe jaar keerde de mist terug en dompelde Londen in een geelgrijze schemering. De mist maakte Robins hoest erger en weer-spiegelde haar geestestoestand. Ze had het gevoel dat ze bezoedeld was door een mist van eigen makelij; haar werk, haar belangstelling, haar vrienden en, het rampzaligst van allemaal, haar liefdeleven wa-ren chaotisch en moeilijk. Hoewel ze de meeste informatie voor haar boek had verzameld, bleken de laatste paar hoofdstukken onver-wachts moeilijk te schrijven. Haar kamer was bezaaid met stapels pa-pier, dossiers, boeken en aantekeningen. De jongste juffrouw Turner verlegde enkele stapels tijdens haar donderdagse poetsbeurt; toen Ro-bin na een ochtend in de bibliotheek thuiskwam, viel ze tegen haar uit. Ik heb wéken nodig om het weer in orde te krijgen, riep ze, vol afgrij-zen naar de door elkaar gegooide papieren kijkend. Toen juffrouw Turner bijna in tranen de kamer uitliep, werd Robin overweldigd door schaamte en ze had zin om op het bed te gaan zitten en ook te huilen. In plaats daarvan rende ze naar de salon en maakte haar excuses, kneep juffrouw Emmeline in haar wang terwijl de oudste juffrouw Turner en de grasparkieten afkeurend toekeken. Weer boven begon ze met bonzend hoofd en pijnlijke keel haar paperassen opnieuw te orde-nen. Het probleem was, concludeerde ze terwijl ze papieren weer in mappen stopte en notitieboeken doorbladerde, dat ze nooit bijster or-delijk was geweest. Ze had iemand zoals Joe nodig om voor zulke din-gen te zorgen en haar te zeggen hoe ze het moest aanpakken. Maar ze had Joe in geen eeuwen gezien. Ze wist niet waar hij was. Wetend dat Francis in Amerika zat was ze verscheidene keren naar het souterrain gegaan en had aangeklopt, maar het raam was onverlicht geweest en er was niet opengedaan.

Ze miste Joe, ze miste Francis. Ze miste het soort leven dat ze had geleid toen ze nog maar pas in Londen was, toen alles nog leuk was geweest. Het leek niet langer leuk. Ze wist niet wat ze met Francis aan moest. Niemand had hetzelfde vermogen om haar leven te veranderen en niemand had hetzelfde vermogen om haar te kwetsen. Hoewel hij duidelijk had gemaakt dat hij haar wilde terugzien, wilde een deel van haar zich terugtrekken, teneinde de pijn te vermijden die hij, vreesde ze, haar misschien opnieuw zou doen.

Haar werk was een vormloos monster geworden dat haar beentje lichtte, haar verwarde. Toen dokter Mackenzie vroeg hoe het ermee ging, snauwde ze hem af. Toen hij opperde dat ze moe was en een paar dagen vrij moest nemen, stormde ze zijn spreekkamer uit. Woedend op hem, bang voor neerbuigendheid, ontliep ze hem en verscheen slechts nu en dan in de kliniek. Hoewel ze nog altijd naar bijeenkomsten van de Labour Party ging, verwachtte ze altijd half en half Francis en Joe te zien verschijnen, luidruchtig en vrolijk plaatsnemend op de stoelen naast haar. Ze bleef werken als secretaris van de vredesbeweging, maar ze wist dat haar toespraken ongeïnspireerd en pessimistisch waren. Het nieuws uit Duitsland joeg haar angst aan; ze durfde de kranten nauwelijks te lezen.

Toen ze op een dag van mevrouw Lewis kwam, miste ze de bus en begon, niet in staat de metro tijdens het spitsuur het hoofd te bieden, naar huis te lopen. Het begon te regenen toen ze in Hackney aankwam, een fijne, nevelige motregen die door haar kleren drong en haar verkilde. Het was donker en ze verdwaalde, maar kwam uiteindelijk uit in Duckett Street, voor de Navigator. Toen ze naar binnen ging, werd ze begroet door het vertrouwde koor van gejoel en gefluit van de mannen die de hele bar bevolkten. Ze negeerde hen en drong zich door de menigte heen.

Ze keek de bar langs, maar zag Joe niet. Een barmeisje sprak haar aan. Robin zei haastig: 'Ik was op zoek naar Joe Elliot. Hij werkt hier.'

Het meisje haalde haar schouders op. 'Stanley....' gilde ze naar een grote man aan de andere kant van de bar, 'werkt hier een zekere Elliot?'

'Vroeger,' zei de man. 'Niet meer.'

Robin voelde zich verward. 'Heeft Joe ontslag genomen?'

'Ik heb hem de laan uit gestuurd.'

Ze staarde hem aan. 'Wanneer? Waaróm?'

'Een week of zes geleden. Hij had gevochten.'

'Gevochten? Jóe?'

'Net wat ik zeg, meissie. Vloog een of andere kameraad van hem aan – ik heb ze zelf uit elkaar moeten halen. Ik kan het niet hebben dat mijn personeel ruzie maakt in mijn eigen zaak.'

Ze dacht aan het lege, stille souterrain. Aarzelend zei ze: 'Die vriend... was die blond... ongeveer even oud als Joe...?' en ze zag de waard knikken.

Buiten op straat regende het nog steeds. Ze voelde zich opeens verschrikkelijk moe en wanhopig. Ze begon aan de laatste kilometer naar haar kamer en probeerde wijs te worden uit wat de waard had gezegd.

Bij de dames Turner lagen enkele brieven op haar te wachten, van haar ouders, van Maia en van Helen. Ze las ze allemaal, maar niets scheen tot haar door te dringen. Ze at wat ze op kon van haar vieruurtje en ging weer naar haar kamer. Over haar bureau gebogen begon ze aantekeningen te maken voor het slothoofdstuk van het boek, maar ze kon zich niet concentreren, haar geest leek verlamd en terwijl haar potlood over het papier struikelde begon ze te hoesten.

Dat ze aanvankelijk geen ruzie kregen kwam alleen maar doordat Joe zijn tong afbeet in een poging zijn mond te houden. Er lag, zoals altijd het geval was geweest, een wereld van verschil tussen hem en zijn vader. Alles wat Joe dierbaar was – muziek, boeken, het socialisme – verachtte zijn vader. John Elliot had kritiek op Joe's manier van kleden en praten, op hoe hij zijn vrije tijd besteedde. Ze hadden absoluut niets gemeen. Dat hij zich niet meer terugtrok in de puberale gemelijkheid van zijn jongensjaren kwam alleen maar doordat hij ouder en wijzer was geworden en omdat hij respect begon te krijgen voor zijn vaders onuitputtelijke werkkracht.

Hij had zich erbij neergelegd dat hij, door naar Yorkshire terug te keren, eveneens moest terugkeren tot de rol die hij eertijds had afgewezen. Hij was zijn vaders enige erfgenaam; na de dood van John Elliot zou hij de fabriek, het huis benevens een groot deel van het dorp erven. Joe deed de ronde door de fabriek en zag opnieuw de rijen grote, dreunende weefgetouwen; wanneer hij op kantoor werkte en hielp met de administratie, werd hij zich bewust van de niet-aflatende inspanning die het kostte om Elliot's Mill open te houden in het midden van een crisis.

Zijn vader was eigenaar van de meeste rijtjeshuizen waaruit Hawksden bestond. Hij had de school gebouwd; zijn klandizie hield de drie kleine winkels overeind. De dorpelingen zetten hun pet af voor de Elliots, de dorpsmeisjes maakten een kniebuiging. John Elliot zag zichzelf als een soort liefdadige landjonker, maar Joe keek er volstrekt anders tegenaan. Hij was zich ervan bewust dat de kleine, met de achterkanten aan elkaar grenzende huisjes elektriciteit noch stromend water hadden, dat de kinderen van de fabrieksarbeiders blootsvoets op de keien speelden en dat patronage een armzalig surrogaat was voor onafhankelijkheid.

Hij zag en had medelijden met zijn vaders voortdurende strijd tussen de wortels die aan hem zouden blijven trekken en de aristocratische leefwijze die hij imiteerde. De stem die zou blijven terugvallen in het Yorkshire-dialect, het constante wisselen tussen het 'u' van de radioomroepers en het koninklijk huis en het 'gij' uit zijn jeugd. Door Joe op kostschool te doen had John Elliot van zijn eigen zoon de soort man gemaakt die hij benijdde en minachtte tegelijk.

Hun onenigheden waren nu slechts een verre, zwakke echo van hun vroegere conflicten. Het was alsof ze er geen van tweeën de energie meer voor hadden. Tijdens elke maaltijd kibbelden ze of aten in stilte; tot iets anders leken ze niet in staat. Andere gezinnen slaagden erin met elkaar te praten, maar zo niet de Elliots. In de loop van een van hun hakkelige, fragmentarische gesprekken ontdekte Joe dat zijn tante Claire, de zuster van zijn moeder, jaren geleden naar Hawksden had geschreven om Joe's adres te vragen. *Ik heb haar verteld dat ik geen flauw idee had, aangezien je het niet nodig had gevonden het me te laten weten,* zei John Elliot geringschattend terwijl hij zijn pijp stopte. De brief, compleet met de eventuele aanwijzingen die hij had bevat aangaande Claires verblijfplaats, was allang kwijt.

De stilten herinnerden Joe levendig aan de soortgelijke stilten tijdens zijn jeugd: het enorme, lelijke, lege huis, de avondmaaltijden, doorspekt met zijn vaders langdradige, ellenlange beschrijvingen van nietige voorvallen in de fabriek; zijn moeders beleefde, onverschillige antwoorden. Indertijd had hij medelijden gehad met zijn moeders verveling; nu, nu hij zelf beminde zonder te worden bemind, herinnerde hij zich zijn vaders onhandige pogingen tot een gesprek en kromp ineen.

Veertien dagen verstreken. Hij probeerde niet aan Robin te denken, maar deed het onafgebroken. Hij had al bijna twee maanden geen contact met haar gehad. Hij kon haar niet bellen; er was geen telefoon in haar pension. Hij had haar kunnen schrijven, maar wist niet goed wat hij moest zeggen. Wanneer hij in zijn moeders kamer piano speelde, herinnerde hij zich duidelijk de koelheid in het huwelijk van zijn ouders en vroeg hij zich af of een dergelijke hopeloosheid van de ene generatie op de andere kon worden doorgegeven, zoals blauwe ogen of een bochel. Door een van Beethovens turbulentere sonates ploegend probeerde hij zichzelf af te leiden. Zijn vaders stem verstoorde zijn gedachtegang.

'Heb je soep in je oren, jongen? De gong voor het diner is al bijna tien minuten geleden gegaan.'

Joe haalde zijn handen van het klavier. Zijn vader keek meesmuilend naar de piano.

'Pure tijdverspilling, dat ding.'

'Het maakte haar gelukkig.' Verbaasd over de felheid in zijn stem draaide Joe zich met een ruk om op de pianokruk.

'Ik bedoel voor een jongen. Voor meisjes ligt dat anders. Trouwens, Thérèse was altijd gelukkig. Ze had alles wat ze wilde.'

'O, in godsnaam...' Joe stond op en sloeg de klep van het instrument zo hard dicht dat de snaren trilden en zongen. Toen liep hij naar het raam. 'Kijk dan, vader. Kijk dan.'

Het was een grijze, sombere dag in januari. Alle gebouwen in het dorp waren zwart door jaren van kolenvuren, alle paden, stoepen en onvolgroeide bomen glommen in de satijnachtige glans van de regen.

'Geen enkel huis is zelfs maar half zo groot als het onze, wel? Met wie praatte ze? Waar ging ze naartoe? Ze was opgegroeid in Parijs, verdomme. Je bent er geweest, is het niet?'

Het bleef even stil. 'Eén keer,' zei John Elliot ten slotte.

Voor de honderdste keer vroeg Joe zich af hoe zo'n onwaarschijnlijke verbintenis ooit tot stand had kunnen komen. Waarom zijn moeder had gekozen voor verbanning in deze koude eenzaamheid, afgesneden van haar familie en van het land waarvan ze hield?

'Ik gaf haar dit huis, een eigen pony met een sjees en alle jurken en dure sieraden die ze maar wilde.'

Joe hoorde het korte, woedende uitblazen van zijn eigen adem. Toen zei hij: 'Ze is hier gestorven. Ze is weggekwijnd en gestorven en ik heb het gezien.'

Hij wilde onmiddellijk dat hij zijn woorden kon terugnemen, maar toen was de glimp van pijn in zijn vaders ogen al overschaduwd door verbittering terwijl John Elliot zei: 'En jij denkt dat je hetzelfde bent, is het niet, Joe? Wat ik je kan geven, is niet goed genoeg voor je.'

'Daar ligt het niet aan,' zei hij vermoeid. 'Het is gewoon dat ik hier niet pas. Snap je dat dan niet?'

Er viel een lange stilte. Toen zei zijn vader: 'En de fabriek?' en Joe haalde, naar woorden zoekend, zijn schouders op.

Zijn overtuiging dat hij iets van zijn leven moest maken voordat hij in de schoenen zou stappen die zijn vader voor hem had gemaakt, zou, wist hij, op misprijzend onbegrip stuiten. En zijn aarzeling om zich volledig van Robin af te snijden door in zijn geboorteplaats te blijven maakte dat hij zichzelf minachtte.

'Ik ben er nog niet klaar voor, vader. Nog niet...'

Zijn vader staarde hem aan en zei ten slotte: 'Nou ja, ik geloof niet in het verspillen van een goede maaltijd,' en hij liep naar de deur. In de deuropening bleef hij staan en draaide zich om naar Joe.

'Ik neem aan dat je weer weggaat dan?'

Hij kon zijn vaders blik nauwelijks verdragen. Wat een mengeling van minachting, verbijstering en verdriet. Joe zei zachtmoedig: 'Het is maar voor even. Ik kom terug, vader. En ik zal schrijven.' Hij wilde opstaan en er *Het spijt me* aan toevoegen, maar John Elliot had zich al omgedraaid, liep al de kamer uit. Hij hoorde zijn vaders wegstervende voetstappen. Doodstil bleef hij staan, met gebalde vuisten, zijn mond tot een smalle streep getrokken. Toen ging hij naar zijn kamer en begon te pakken.

Hij vond zijn foto's, schrille opnamen van heide, rotsen en rivieren, met een lint bijeengebonden en netjes opgestapeld in zijn moeders schrijfbureau. En zijn moeders adresboek; het doorbladerend zag hij de namen van langvergeten Franse neefs en nichtjes. Hij bekeek de foto's op de schoorsteenmantel: zijn moeder, sepiakleurig onder een parasol; Johnnie, stralend en besnord, zijn medailles opvallend op zijn legeruniform; een baby, hijzelf waarschijnlijk, somber kijkend in een kinderwagen. Hij stopte de foto van zijn moeder in zijn jaszak, keek nog één keer zijn kamer rond en begreep waarom zijn herinneringen aan zijn moeder zo verrassend scherp waren. De kamer was niet veranderd, onaangeraakt door de jaren sinds haar dood. Het vertrek wachtte ademloos tot de deur zou opengaan en Thérèse Elliot zou terugkomen, om piano te spelen, brieven te schrijven, de geur van de kasbloemen op het bijzettafeltje op te snuiven. Met een plotselinge huivering realiseerde Joe zich dat zijn vader een schrijn voor haar had gemaakt. Zoveel liefde, dacht hij, zoveel onbeantwoorde, vernederde liefde.

Joe pakte zijn rugzak op en sloeg zijn overjas om. Hij sprak eerst de huishoudster en daarna de opzichter van de fabriek aan en ontdekte toen dat zijn vader een halfuur tevoren naar Bradford was vertrokken. Gegrepen door een mengeling van radeloosheid, medelijden en spijt liep Joe het dorp uit. Hij stopte niet voordat hij drie kilometer van Hawksden was en het hoge, slanke silhouet van de fabrieksschoorsteen schuilging achter de heuvels. Toen leunde hij tegen een muur en zocht in zijn zak naar zijn sigaretten. Het pakje was halfvol en er was iets tussen de sigaretten en het zilverpapier gestopt. Joe vouwde drie nieuwe biljetten van twintig pond open. Hij staarde er een ogenblik naar alvorens ze in zijn zak te steken en begaf zich, zijn sigaret opstekend, weer op weg.

Robin kon die nacht niet slapen vanwege haar hoest. Juffrouw Emmeline maakte een citroenkwast met honing voor haar klaar, maar het scheen geen goed te doen. De oudste juffrouw Turner werd ziek en werd met pleuritis in het ziekenhuis opgenomen. Twee van de grasparkieten gingen dood, Peggy kreeg een uitbrander en de verloofde van juffrouw Emmeline, die in de oorlog was gesneuveld, verscheen tijdens een seance. Het kleine pension gleed af naar chaos en verwarring.

Met het boek wilde het maar niet lukken. Telkens weer gooide ze alles om en probeerde ze het opnieuw te ordenen, maar het leek steeds slechter te worden. Ze werkte tot diep in de nacht, gekweld door hoofdpijn en in de greep van een koortsige onrust. In East End heerste een roodvonkepidemie, waardoor Neil Mackenzie het veel te druk had om door Robin te worden lastiggevallen over haar gezondheid of haar problemen met haar werk. Toen ze in de kliniek verscheen om te helpen, stuurde de verpleegster haar weg en gaf haar een standje omdat ze over de moeders en hun baby's heen hoestte.

Ze kreeg brieven van Helen, Maia en Richard en Daisy, die allemaal klaagden dat ze niet schreef, en een ansichtkaart van Francis uit Amerika. In de gang staand keek Robin naar de foto van blauwe luchten en witte stranden. Met haar vingernagel raakte ze de schuimkop aan die op het strand liep, de stralende zon in de wolkeloze hemel en ze kon nauwelijks geloven dat zulke plaatsen bestonden. Ze stopte de kaart in haar zak; de erop geschreven woorden kende ze al van buiten. *Kom in maart terug. Mis je verschrikkelijk. Veel liefs, Francis.* Ze opende de voordeur en liep de straat op. De regen gutste in dikke, koude stralen neer en hoewel het vroeg in de middag was, waren de straatlantaarns al ontstoken. Met haar muts diep over haar hoofd en haar kraag opgezet liep Robin naar de bibliotheek.

Ze las over kinderziekten en borstvoeding en begreep er geen woord van. Hoewel ze vanaf het raam zag dat de regen overging in natte sneeuw en hoewel de meeste andere lezers jas en hoed droegen, had ze het onaangenaam warm. Ze trok haar mantel, das en handschoenen uit, frommelde haar muts tot een bal en stopte hem in haar tas. Haar gezicht brandde en haar handen waren klam van het zweet. Ze maakte aantekeningen, maar toe ze ze teruglas kon ze er nauwelijks wijs uit worden. Ze had ondraaglijke hoofdpijn en liep even de bibliotheek uit voor een kop thee in het aangrenzende café. Ze voelde zich er niet veel beter door; ze ging terug naar haar schrijftafel, pakte haar spullen bij elkaar en ging naar haar kamer.

Het huis was verlaten. Op het gangtafeltje lag een briefje van juffrouw Emmeline dat ze op bezoek was bij haar zuster in het ziekenhuis en dat ze een stoofschotel voor Robin in de oven had gezet. De geur van gebraden vlees maakte Robin misselijk; langzaam liep ze naar haar kamer en ging volledig gekleed op bed liggen.

Ze wist dat ze ziek was, maar kon niet bedenken wat ze eraan moest doen. Ze verlangde naar Francis, ze verlangde naar haar vrienden. Ze verlangde naar haar moeder. Ze schopte haar schoenen uit, rolde zich op, trok de dekens over zich heen en haalde de ansichtkaart uit haar zak. Ze keek ernaar, naar de saffierblauwe golven en het fijne, witte zand. Toen ze haar ogen sloot en in slaap viel, lag ze op dat strand en er kwamen gruwelijks wezens uit het water die geluidloos over het strand naar haar toe glibberden. Verhit en geschrokken werd ze wakker en kreeg het opeens weer koud. De kamer zag er donker en onvertrouwd uit. Helen was bij haar en ze liepen door een groot, leeg huis. Er ging een soort dreiging van uit – de lange, slecht verlichte gangen, de toegeschoven gordijnen en gesloten deuren die de dreiging van iets verborgens, iets afwachtends nauwelijks verhulden. Helen droeg haar witte jurk, witte handschoenen en strohoed, en witte knoopschoenen. Ze kwamen bij een trap; boven aan de trap zag Robin Vernon en Maia staan. Ze praatten, ruzieden. Helen scheen weg te zijn en Robin voelde zich erg eenzaam terwijl ze toekeek hoe Maia zich langzaam omdraaide en Vernon een duw gaf, zodat hij de trap af rolde. Ze had Maia niet in staat geacht tot zoveel kracht, zoveel woede. Vernon lag onder aan de trap, maar toen Robin opnieuw keek, zag ze dat ze zich vergist had, dat het niet Vernon was die daar roerloos lag, maar Hugh. Ze begon te gillen, maar toen begon het hele huis te trillen, zodat ze beefde, beefde...

Toen ze haar ogen opende en Joe herkende, kon ze wel huilen van opluchting. In plaats daarvan begon ze te hoesten; ze kon niet achter haar adem komen of zelfs maar iets zeggen. Hij hielp haar overeind.

'Ben je naar de dokter geweest?'

Ze schudde haar hoofd.

'Waarom niet, verdomme?' Hij klonk boos.

'Ik wilde hem niet lastigvallen.' Ze was zo blij dat ze hem zag – bekwame, efficiënte Joe zou de puinhoop die ze ervan had gemaakt opruimen. 'Waar ben je geweest, Joe?'

'Thuis... in Yorkshire, bedoel ik. Ik ben vanmiddag teruggekomen. Ik heb geklopt, maar er werd niet opengedaan. Ik zag je jas in de gang hangen, dus ben ik achteromgelopen. Die dokter voor wie je werkt, waar woont die?'

Toen ze hem het adres van dokter Mackenzie had gegeven, deed ze haar ogen weer dicht en dommelde weg. Ze verloor elk besef van tijd, maar hoorde in haar slaap juffrouw Emmeline thuiskomen en later de auto van dokter Mackenzie, die stopte voor het huis. Toen hij naast haar bed stond, verwachtte Robin een uitbrander, maar dokter Mackenzie was aardig en zachtmoedig. Hij constateerde bronchitis en schreef medicijnen en veel rust voor. 'Ik wil Joe spreken,' zei ze schor, opeens wetend wat ze moest doen.

Ze hoorde Joe met twee treden tegelijk de trap op rennen. Ze stak haar handen naar hem uit, pakte de zijne en fluisterde: 'Breng me naar huis, Joe, alsjeblieft? Breng me alsjeblieft naar huis. Nu.'

Hij pikte een blitse sportwagen van een van Francis' rijke vrienden, verbond in het maanlicht de contactdraden door, hechtte een biljet van tien pond aan een stukje papier waarop hij enkele woorden had gekrabbeld en schoof dat in de brievenbus. Kort na middernacht vertrokken ze naar Cambridgeshire.

Hij wikkelde haar in dekens en gaf haar thee en aspirines. De natte sneeuw werd vaster naarmate ze noordelijker kwamen. Er lag een landkaart in het handschoenenvak; Joe legde hem op het dashboard en reed via Essex naar East Anglia en vervolgens door de ijzige uitgestrektheid van de Fens. Hij vond de stilte van de omgeving, de afwezigheid van heuvels, het lege landschap van lucht en horizon ongelooflijk. Het begon al te schemeren toen hij langs Cambridge reed, maar de dageraad was niet meer dan een laag, zwaar, glanzend licht. Sneeuw wiste de horizon uit en verduisterde de zon.

Robin sliep het grootste deel van de reis. Joe keek haar om de paar minuten aan, inspecteerde haar kleur en haar ademhaling. Ten slotte zag hij dat ze haar ogen open had.

'Kijk, Joe,' zei ze hees. 'Daar is het. Dat is Blackmere Farm.'

Hij tuurde ingespannen om iets te onderscheiden in de wervelende witheid. Toen zag hij het kleine, vierkante gebouw, de onvolgroeide bomen en de vlakke weilanden, doorsneden door sloten die de grenzen aanduidden. Rijp glinsterde op het dak; huis en landschap waren betoverd en schitterden zilverachtig wit. Joe minderde vaart, stopte voor het huis en stapte uit.

Nadat hij enkele minuten op de deur had gebonsd, werd deze geopend. Hij zou Robins vader uit duizenden hebben herkend. Hij had dezelfde donkere ogen als zijn dochter, dezelfde verfijnde jukbeenderen en hetzelfde hoge voorhoofd.

'Ik ben een vriend van Robin. Ze is ziek. Ik heb haar naar huis gebracht.'

Hij droeg Robin naar binnen. Toen haar moeder en haar broer verschenen, wist hij dat alles goed zou komen. Mevrouw Summerhayes was klein, blond en efficiënt. Niemand maakte kabaal, iedereen deed gewoon rustig en kalm de nodige dingen. De broer – Hugh, wist Joe zich met moeite te herinneren – kwam naar Joe toe en zei: 'Kom bij het vuur zitten, kerel, Je zult wel bekaf zijn.'

Hij werd meegenomen naar een salon vol boeken, planten en kleurige Indische tapijten. De piano in de hoek van de kamer was bedolven onder muziek. In de haard brandde een groot vuur. De kamer was mooi, kleurig en vriendelijk. Hugh verdween naar de keuken om thee te zetten en toost te maken, maar Joe, die de twee nachten sinds zijn vertrek uit Hawksden niet had geslapen, viel in de fauteuil in slaap voordat hij terugkeerde.

Toen hij, stijf en gedesoriënteerd, wakker werd, zocht hij de benedenverdieping van het huis af en vond Robins vader in diens werkkamer.

'Aha. Je bent wakker.' Robins vader glimlachte en stak zijn hand uit. 'Ik vrees dat het voorstellen erbij is ingeschoten. Ik ben Richard Summerhayes.'

'Joe Elliot.' Ze gaven elkaar een hand. Joe zei: 'Is Robin...?'

'Ze slaapt momenteel. Daisy is bij haar en Hugh is naar Burwell gereden om dokter Lemon te halen.' Hij keek Joe aan. 'Ik weet niet hoe ik je moet bedanken. We maakten ons met Kerstmis zorgen over haar, Daisy en ik – ze leek zo moe en van streek. En ze schreef niet sinds ze weer naar Londen was gegaan. Hugh wilde erheen om haar op te zoeken, maar Daisy en ik vonden... nou ja, als je een vriend van Robin bent, weet je hoe fel ze haar onafhankelijkheid beschermt.'

Joe grijnsde onwillekeurig. 'Als een kat.'

'Precies.' Richard Summerhayes' gelaatsuitdrukking veranderde.

'Maar we hadden het mis. Soms moet je je ermee bemoeien.'

Het bleef even stil. Toen zei Richard Summerhayes: 'Wat onattent van me. Je zult wel honger hebben, Joe. Ga mee naar de keuken, dan zullen we eens zien wat we voor je kunnen vinden.'

Het keukenmeisje, een wezenloos, chaotisch schepsel, slaagde erin eieren met spek te bakken en een pot thee te zetten. Joe, die plotseling een razende honger had, at aan de enorme keukentafel. Terwijl hij at, praatte Richard Summerhayes. Hoewel het absoluut niet op een verhoor leek, leek het er toen hij klaar was met eten op dat er weinig was over de eerste vijfentwintig jaar van Joe's leven dat Richard niet wist. Joe, die het niet gewend was vertrouwelijke mededelingen te doen, merkte dat hij Richard zelfs vertelde over het logement.

'Ik had vlóóien. Het is onvoorstelbaar, de afkeer van jezelf. Je wilt alleen maar al je kleren verbranden en een desinfecterend bad nemen.' Joe liet zijn hand over zijn stoppelige kin glijden. 'Neem me niet kwalijk. Ik zie er natuurlijk niet uit...'

'Verontschuldig je maar niet.' Richard legde zijn hand op Joe's schouder. 'Daisy en ik hebben geld bijeengebracht voor een mannenlogement in Cambridge. De dingen die we gezien hebben... jongemannen zoals jij, zonder geld of hoop.' Er klonk oprecht medeleven in Richards stem. 'Jij hebt in elk geval nog familie, Joe.'

Joe stond op van tafel. 'Bedankt voor het ontbijt. Ik moest maar eens gaan...'

'Gaan?' Richard keek verbaasd. 'Geen denken aan. Je moet bij ons blijven. Je bent onze gast.'

Joe aarzelde, zijn sigaret onaangestoken tussen zijn vingers, onzeker.

Richard zei zachtmoedig: 'Maar misschien ben ik egoïstisch. Je hebt ongetwijfeld redenen om weer naar Londen te gaan... werk... of een meisje...'

Joe schudde zijn hoofd. In Londen had hij nog altijd geen huis, geen werk. En het enige meisje dat hij wilde – het enige meisje dat hij ooit zou willen – lag boven in dit huis te slapen.

'Nee, niets,' zei hij. 'Als u het goed vindt, zal ik met alle genoegen blijven.'

En hij merkte tot zijn verbazing hoezeer hij dat meende.

Bijna een week lang moest Robin het bed houden, in opdracht van zowel dokter Lemon als haar moeder. Geleidelijk werd het hoesten minder, haar koorts daalde en was ze weer in staat behoorlijk te eten en te

239

slapen. De gemoedsrust die haar de afgelopen zes maanden bijna volledig had verlaten, kwam voor een deel weer terug. Het bleef sneeuwen en ze voelde zich tevreden wanneer ze wakker was en lag te kijken hoe de grote, zachte, dikke vlokken door de lucht dwarrelden. Vanuit haar slaapkamerraam kon ze de rivier en het winterhuis zien; het dak van het huisje was bedekt met een dikke sneeuwdeken en er hingen ijspegels aan de dakranden.

Wanneer ze zich verveelde, las Richard haar voor, Hugh kaartte met haar en Joe praatte met haar. Op een middag lag Joe onderuit gezakt in de fauteuil naast haar bed, zijn lange benen recht voor zich uit. Ze gaf hem geen kans haar blik te ontwijken toen ze zei: 'Je hebt ruzie gehad met Francis.'

'Wij alle twee. Niet dan?'

Ze keek hem aandachtig aan. 'Maar jullie leggen het toch weer bij, Joe?'

'Ik denk het niet.'

Haatdragendheid was niet een van Francis' ondeugden. Ze vond het een afschuwelijk idee dat de breuk tussen hen misschien voorgoed zou zijn.

'Joe, wat het ook was, Francis zal het vergeten. Dat doet hij altijd.'

Hij schudde zijn hoofd.

Radeloos zei ze: 'Maar jullie kennen elkaar al jaren! Je bent toch niet van plan hem voorgoed te laten vallen? Jóe! In godsnaam...'

'Het ligt niet aan wat Francis heeft gedaan, Robin,' zei hij meesmuilend. 'Het ligt aan wat ík heb gedaan.' Hij zweeg en staarde naar het plafond. Toen zei hij: 'Ik heb tegen Francis gezegd dat ik met Vivien naar bed ben geweest.'

Heel even was ze sprakeloos en ze staarde hem aan.

'Dan verbaast het me niet dat Francis... Maar je vertelt hem hoe het echt is, niet dan, Joe?'

Hij zei niets, keek haar alleen maar aan.

'O,' zei ze ten slotte zwakjes.

'Dus je ziet wel, het is geen kwestie van elkaar een hand geven en zand erover.'

'Nee.' Haar hoofd begon weer pijn te doen. Ze voelde zich dom, naïef en terneergeslagen. Ze had moeten merken dat Joe zich aangetrokken voelde tot Vivien en ze kon zich maar al te goed voorstellen wat Francis ervan vond dat Joe met zijn moeder naar bed was geweest. Ze hoorde Joe zeggen: 'Je ziet er moe uit. Ik ga wel,' en toen bukte hij zich, kuste haar op haar voorhoofd en verliet de kamer. Ze staarde naar de sneeuw en wist dat wat Joe had gedaan het eind van een tijdperk betekende. Dat het hen drieën ten slotte uiteen had gedreven en dat alles wat zij, Joe en Francis ooit hadden gedeeld voorbij was, voorgoed verdwenen.

Hij had het haar niet willen vertellen, maar uiteindelijk had hij geen andere keus. Hij liep het huis uit en door de tuin naar de rivier. De witheid van de besneeuwde velden versmolt met een bleke lucht, zodat de einder onzichtbaar was. Hij bedacht wat voor puinhoop het allemaal was. Dat Robin van Francis hield, dat hij van Robin hield, dat hij Francis, die misschien van niemand hield behalve Vivien, had gekwetst, op de ergst denkbare manier.

Hij hoorde knerpende voetstappen in de sneeuw en toen hij zich omdraaide, zag hij Hugh Summerhayes. Hij was Hugh gaan mogen gedurende zijn week in de Fens.

'Schitterend, nietwaar?' zei Hugh. Zijn bruine ogen vestigden zich op de besneeuwde velden, de met ijs bedekte rivier.

Joe knikte.

'Je krijgt zin om sneeuwpoppen te maken en de eerste voetstappen achter te laten en zo.'

Joe realiseerde zich dat Hugh hem aandachtig gadesloeg, naar woorden zoekend misschien. Ten slotte zei Hugh: 'Die kerel met wie Robin omgaat. Francis. Ken je hem?'

Opnieuw knikte hij. 'Ik ken Francis al jaren. We hebben samen op school gezeten.'

Hugh zei onomwonden: 'Is hij haar waard?'

Hij dacht niet dat iemand Robin waard was. Francis niet en hijzelf zeker niet. Maar hij probeerde eerlijk te zijn.

'Francis is... je ontmoet in je leven maar een of twee mensen zoals hij. Hij heeft alles mee: uiterlijk, talent, charme, hersens. Ik denk niet dat ik het op school zou hebben volgehouden als ik Francis niet had gehad.'

Hugh Summerhayes, niet gek, merkte wat Joe probeerde te ontwijken. 'Maar zal hij goed voor haar zijn?'

Joe liep langs de oever in de richting van het huisje dat half boven het water hing. 'Soms.'

'Verdómme.' Het was de eerste keer dat hij zoiets als een vloek van Hugh Summerhayes' lippen hoorde ontsnappen. 'Onbeantwoorde liefde is zo afmáttend. En Robin houdt verschrikkelijk veel van hem, is het niet?'

Joe antwoordde niet. Toen hij op de veranda van het huisje sprong, kon hij door het raam een kachel, een tafel en stoelen zien staan. 'Van Robin,' legde Hugh uit. 'Ze zal het je vast en zeker laten zien zodra ze zich goed voelt. Ze zal iemand nodig hebben om op haar te letten. Ik zou het zelf wel willen doen, maar ik ben nutteloos in Londen. Ik heb er het lef niet meer voor. Dus als jij...?'

De vraag bleef hangen in de gure wind. Joe ontmoette Hugh Summerhayes' blik en wist dat Hugh hem begreep. Hij zei zacht: 'Is het zo duidelijk?' en Hugh zei: 'Alleen voor mij. Ik ben behoorlijk goed in onbeantwoorde liefde.'

Joe bleef een ogenblik op de veranda staan, met zijn armen op de dunne houten leuning. Hij besefte wat het hem zou kosten om te doen wat Hugh vroeg; hij had een vermoeden van de pijn die de terugkeer met Robin naar Londen onherroepelijk zou teweegbrengen. Je afzijdig moeten houden en toekijken hoe Francis haar kwetste, telkens weer, en na afloop de scherven oprapen.

Maar hij had uiteindelijk geen keus. 'Ik zal zorgen dat het goed gaat,' zei hij.

Er viel een stilte. Toen zei Hugh Summerhayes grinnikend: 'Sneeuwpoppen dan maar? Als we ze vlak bij de rivier maken, kan Robin ze vanuit haar raam zien.'

Ze maakten een sneeuwman en een sneeuwbeer en een iglo en iets wat een pinguïn moest voorstellen. Tegen die tijd was het donker en moesten ze de tuin met fakkels verlichten en sneeuwballen naar Robins raam gooien tot ze naar buiten keek en in haar handen klapte en Daisy ze een uitbrander gaf omdat ze zoveel herrie maakten.

Joe maakte elke ochtend een lange wandeling naar de bevroren Fens, vaak alleen, soms met Hugh of Richard. Richard, die hem in de eerste week van zijn verblijf zijn hartstocht voor de fotografie had ontfutseld, wilde eerst per se de foto's zien die hij uit Yorkshire mee terug had gebracht en hem vervolgens zijn oude boxcamera lenen. Joe zat uren ineengedoken in ijzige rietvelden, met de zware camera op een statief en probeerde het sombere, spookachtige land vast te leggen. Hij was verliefd geworden op de streek en werd betoverd door de afgelegenheid, de breekbaarheid. Hij reed naar Cambridge en kocht ontwikkel- en afdrukapparatuur en werkte daarna urenlang in een van de ijskoude bijgebouwen van Blackmere Farm, voor het raam waarvan hij een deken had gehangen om het licht te weren. Hij ervoer het begin van een bijna vergeten voldoening toen hij de negatieven in het ontwikkelbad legde en de beelden langzaam uit het niets zag verschijnen. Richard Summerhayes liet zijn blik over de beelden van paden en moerassen glijden, complimenteerde hem en schreef de naam van een bevriend fotograaf in Londen op de achterkant van een envelop. Joe stribbelde verlegen mompelend tegen, maar begon voor het eerst sinds jaren een uitweg te zien.

Op de dag dat hij hoorde dat Adolf Hitler, de leider van de nazipartij, kanselier van Duitsland was geworden, maakte Joe een eenzame, mijlenlange wandeling. Hij voelde dat niets hen hier kon deren; hier waren ze veilig. Het was onmogelijk te geloven dat de wreedheden van het fascisme deze oeroude stilte ooit zouden verstoren, onmogelijk ook te geloven dat dit land, ontstolen aan de zee, ooit door de oorlogsdreiging zou worden aangeraakt.

Daags daarna vierden ze Robins eerste hele dag op. Daisy bereidde een enorme lunch en Richard trok een fles wijn open. Het gesprek slingerde wild heen en weer tussen politiek, muziek en literatuur. Na de koffie en nadat Richard piano had gespeeld en Daisy had gezongen, kroop Robin naast Joe en zei: 'Kom mee naar mijn winterhuis kijken, Joe.'

'Trek mijn bontmantel aan, Robin,' riep Daisy, 'en Joe, breng haar over een halfuur terug.'

Robin droeg Daisy's door de motten aangevreten bontmantel toen ze samen over het besneeuwde gazon naar het huisje liepen.

'Doe alsjeblieft de kachel aan Joe, en de olielamp.'

Hij deed het. Er lag al hout in de kachel; de lamp hing aan een haak aan het plafond. Het houten huisje glansde als een schatkamer in het gouden licht.

'Dat zijn mijn verzamelingen en dat zijn de takken die ik van Maia heb gekregen en dit is de tekening die Helen van ons drieën heeft gemaakt.'

Hij bestudeerde de potloodtekening die tegen de houten wand was geprikt. Drie meisjes: een donkere, een blonde en Robins vertrouwde, geliefde gezicht.

'Je vriendinnen?'

'Mmmm. Maar we zijn elkaar schijnbaar ontgroeid.' Haar stem klonk bedroefd.

'Het is een goede gelijkenis.'

Ze glimlachte. 'Ja, hè?' Ze knielde naast de kachel en warmde haar handen.

Hij zei: 'Ik zou eigenlijk...' Hij was zich weer rusteloos gaan voelen, in de wetenschap dat dit een tussenspel was, een tijdelijke haven, meer niet.

'Ga je terug naar Yorkshire?'

Hij schudde zijn hoofd. 'Nee. Het was... onthutsend.' Hij leunde tegen het raam, waar de vorst ijsbloemen op had geschilderd. 'En jij, Robin? Blijf je hier nog even?'

Ze stond op en kwam naast hem staan. Het was behoorlijk warm geworden in het huisje. 'Ik wil binnenkort weer naar Londen gaan,' zei ze. 'Het is heerlijk geweest hier – raar, ik heb er altijd een hekel aan gehad, maar het is zo vredig geweest. Maar ik heb een en ander te doen.' Ze legde haar hand op zijn arm. 'Ga met me mee naar Londen, Joe, alsjeblieft?'

Heel even sprong zijn hart op en stond hij zichzelf toe hoop te hebben. Maar hij wist dat hij het moest vragen.

'En Francis?'

Haar gezicht was beschaduwd in het zwakke licht. Ze zuchtte zacht. 'Ik heb nagedacht en nog eens nagedacht, maar ik heb eigenlijk geen keus. Ik probeerde erachter te komen of ik zonder hem kan, maar ik kan het niet. En Francis zal veranderen, Joe. Ik weet het zeker. Hij heeft het beloofd. Het is net als in het lied dat mijn moeder zong. Mijn hart is verstrikt, Joe. Hopeloos verstrikt. Dat zal altijd zo zijn.'

Hij trok haar tegen zich aan, sloeg zijn armen om haar heen en legde zijn kin op haar hoofd. Hij besefte dat zijn eigen hart even verstrikt was als het hare. Hij besefte wat het hem zou kosten om te zien dat ze van een ander hield.

De woorden van Daisy's lied weergalmden door zijn hoofd terwijl hij naar het zwarte water staarde dat de besterde hemel weerkaatste.

Sinds ik je gezicht zag, zwoer ik
Je te eren en te roemen.
Nu ik word versmaad zou ik willen
Dat mijn hart je nooit had gekend.
Wat? Ik die beminde en jij die mocht,
Zouden we gaan vechten?
Nee, nee, nee, mijn hart is verstrikt.
En kan zich niet bevrijden.

DEEL DRIE

1933-1935

Hoofdstuk tien

Maia had de wekelijkse afrekeningen zitten bestuderen en keek nu op naar Liam Kavanagh.

'We maken weer winst, Liam. We maken al weer winst sinds juni.'

'Zes maanden aan één stuk.' Ook Liam glimlachte.

'Ik zal de kerstgratificatie verhogen. Ze hebben allemaal zo hard gewerkt.'

'Vooral u, mevrouw Merchant. Gefeliciteerd.'

Ze zei niets, maar ze wist dat hij gelijk had. Ze had tijdens de ergste crisisjaren de val van Merchants afgewend, ze had de bankiers gerustgesteld en haar personeel aan het werk gehouden. Ze had moeilijke beslissingen moeten nemen, maar ze had de juiste genomen.

Maia's lichte ogen glansden. 'We gaan door met de plannen voor het nieuwe restaurant. De aannemer kan na nieuwjaar beginnen.'

Het was zaterdagavond en door het raam van haar kantoor zag Maia de regen op de daken kletteren. Opeens zei ze: 'We zouden het eigenlijk moeten vieren, Liam. Er is een balletuitvoering in de schouwburg... hou je van ballet?'

Hij keek gegeneerd. 'Het spijt me, mevrouw Merchant... het zou geweldig zijn, maar... nou ja, het zit zo... ik heb andere verplichtingen.'

Ze dacht aanvankelijk dat hij de Irish Society bedoelde of de golfclub, maar toen ze hem aankeek, besefte ze dat het iets anders was en ze moest haar pijn verbergen.

'Liam... heb je een jongedame leren kennen?'

'Niet zo jong. Mijn hospita. Eileen is weduwe – ze is altijd goed gezelschap geweest. We zijn al jaren bevriend, maar sinds kort...' Zijn gezicht was vuurrood geworden.

'Sinds kort zijn jullie meer dan vrienden?' Maia stond op en kuste hem op zijn wang. 'Ik verwacht een uitnodiging voor de bruiloft.'

Toen hij weg was bleef ze enige tijd roerloos staan en luisterde naar het gekletter van de regen. Vervolgens, toen ze zag dat het al tegen achten liep, pakte ze haar aktetas, trok haar mantel aan en zette haar hoed op en verliet haar kantoor. Toen ze door het schemerig verlichte warenhuis liep, voelde ze zoals altijd de vertrouwde opwelling van trots. Ze herinnerde zich hoe ze jaren geleden door Merchants had gelopen, gehypnotiseerd door de kleurige, glinsterende vitrines, het glanzende chroom en glas en de zachte, pastelkleurige achtergrond. Nu was dit alles van haar en niemand kon het haar afnemen.

Ze reed naar huis, nam een bad en dineerde alleen. Terwijl ze, bediend door een dienstmeisje in uniform, zat te eten, begon haar gevoel van opgetogenheid te verkruimelen en op te lossen. Zodra het meisje de koffie had ingeschonken stuurde ze haar weg, staarde naar de donkere vloeistof in het dure Clarice Cliff-kopje en bewoog de lepel op en neer.

Ze probeerde te werken na het diner, spreidde haar grafieken en tabellen uit op het tapijt voor het vuur in de salon en zette de radio aan, zodat het niet zo stil was in huis. Ze hoorde de voetstappen van de kokkin en het keukenmeisje op het grind van de oprijlaan en wist dat ze alleen was. Ten slotte, niet in staat zich te concentreren, liep ze naar het kabinet en pakte een glas en een fles gin. De muziek kabbelde op de achtergrond, maar kon haar niet opbeuren. Ze hoorde gelukkig te zijn, hield Maia zichzelf voor – waarom was ze niet gelukkig? Niet om wat Liam haar had verteld – dat nooit. Ze had nooit gewild dat Liam meer dan een collega was. *Je bent niet in staat tot liefde,* had Charles Maddox gezegd en ze had zijn beschuldiging niet kunnen ontkennen. Als ze zich niet tot mannen aangetrokken voelde, had ze het dan nodig dat mannen zich tot haar aangetrokken voelden? Of kwam het gewoon doordat alleen zijn op een zaterdagavond, wanneer je pas vierentwintig was, haar plotseling verschrikkelijk leek? Ze had gemerkt dat ze de laatste tijd uitkeek naar het eerste weekend van de maand, haar vaste weekend uit. Wat begonnen was als een plicht, was een genoegen geworden. Ze voelde tranen in haar ogen prikken, veegde ze boos weg en schonk zichzelf nog eens in.

Nog maar een jaar geleden had ze elke avond uit kunnen gaan. Maar toen was Edmund Pamphilon gestorven en het onderzoek had uitgewezen dat hij zelfmoord had gepleegd, en sindsdien keken de mensen nog wel naar haar, maar op een andere manier. Vroeger hadden ze gekeken met bewondering en begeerte; nu keken ze met afkeer en met... angst. Wat een ironie, dacht Maia vaak, dat de dood van degenen die haar na stonden – de dood van haar vader en van haar man – geen gevolgen voor haar had gehad. De dood daarentegen van een man die ze onbelangrijk had gevonden, een inefficiënte werknemer, meer niet, had ervoor gezorgd dat de mensen haar zo hard beoordeelden.

Terwijl ze daar zo zat kon Maia haar herinneringen aan haar gesprek met mevrouw Pamphilon niet ontlopen. Ze was niet voor haar verantwoordelijkheden teruggedeinsd, ze had gedaan wat ze moest doen als Edmund Pamphilons werkgeefster en had zijn invalide weduwe bezocht om haar deelneming te betuigen. Ze had beleefde dankbaarheid verwacht voor de bloemen, het fruit en het aanbod van een pensioen, of in het ergste geval een verhulde, huilerige wrok. In plaats daarvan stuitte ze op woede, haat en een soort spugende, katachtige minachting. *U denkt toch niet dat ik een cent aanneem van de vrouw die mijn man heeft vermoord?* Met grote ogen bij de herinnering sloeg Maia de inhoud van haar glas naar binnen en staarde in de vlammen.

Vernon was haar die nacht verschenen. Hij bezocht haar af en toe, alleen in haar dromen. Hij was op zijn knieën aan het voeteneind gaan zitten en had naar haar gelachen. Het had even geduurd voordat ze begreep waarom hij lachte en toen had ze beseft dat het was omdat zij net zo was geworden als hij. Ze had zijn meedogenloosheid geleerd, zijn onverschilligheid voor het welzijn van een ander menselijk wezen. Ze had geroepen: *'Ik wilde me alleen maar veilig voelen!'*, maar hij was blijven lachen.

Helen wachtte tot haar vader het huis had verlaten en liep toen zachtjes naar boven. Betty was in de keuken bezig en toen Helen op de overloop uit het raam keek, zag ze Ivy bezig met het afhalen van de was. Helen liep door de kronkelige gangen van de pastorie tot ze de zoldertrap bereikte. Ze klom naar boven, duwde het luik open en betrad de schemerige, bespinnenwebde ruimte onder het dak.

Ze was het afgelopen jaar vertrouwd geworden met de grauwe, met spinrag overdekte dingen waarmee de zolderkamers bezaaid waren. De olifantspoot, de grammofoon, de kinderwagen, de hoedendoos. Meer dan vertrouwd. Helen voelde een rilling van opwinding in zich opstijgen toen ze de deur openduwde die naar het kamertje aan de achterkant van de zolder leidde.

Háár kamer. Ze zag hem als haar kamer zoals ze haar slaapkamer nooit als haar kamer had gezien. De meiden veegden deze kamer niet, haar vader kwam niet onverhoeds binnen wanneer ze haar haren zat te borstelen of haar schoenen dichtknoopte. Ze had het stof op de ene kleine ruit laten zitten, bang dat iemand het zou merken als ze het schoonmaakte. Trouwens, ze hield van de grijze wazigheid tussen zichzelf en de buitenwereld. Ze hield van het gevoel van geborgenheid. Ze was geleidelijk op verkenning uitgegaan, aanvankelijk bang kisten te verschuiven en in hutkoffers te graven, uit angst dat haar bewegingen in de slaapkamers beneden hoorbaar zouden zijn. Haar weerzin was nog groter gemaakt door het stof en de spinnen; één keer had ze een muis gezien, boven op een oude hoge ladekast; zijn kraaloogjes schitterden en ze had een hand voor haar mond moeten slaan om een kreet te smoren. Een paar dagen geleden echter had ze een hutkoffer onder de schuinte gevonden.

Helen had hem geopend, het hangslot forcerend met een vindingrijkheid en kracht die haar verbaasden, en had, op haar knieën in het donker en een kaars op de rand van de hutkoffer, tussen de linten en verweerde omslagdoeken gezocht, aanvankelijk niet precies wetend wat ze had gevonden. Toen, opeens, had ze het geweten. 'Florence Stevens' stond er in het oude balboekje. De brieven en foto's lagen begraven onder de kanten handschoenen, korsetten en door de motten aangevreten bontstola's. Alsof iemand ze er in het wilde weg had ingegooid, de koffer had dichtgesmeten en onder de schuinte geschoven, niet verwachtend dat hij ooit nog zou worden geopend.

Nu, gezeten op de grond naast het raam, knoopte Helen moeizaam het lint los dat de papieren bijeenhield. De knoop zat strak en uiteindelijk moest ze hem doorbijten, zodat alle vergelende, verkruimelende stukjes papier uit haar hand gleden en over de vloer dwarrelden. Ze hield een kaars bij een van de stukjes en las het onbekende, ronde handschrift. *Schoenveters... drie paar kinderhandschoenen... met kruidenier over rozijnen hebben.* Een boodschappenlijstje. Helen legde het opzij en pakte een envelop op. Ze wierp er een blik op en herkende het handschrift. Ze begon te blozen toen ze de brief die haar vader jaren geleden had geschreven uit de envelop haalde.

Maar ook deze was teleurstellend. *'Liefste juffrouw Stevens,'* had Julius Ferguson geschreven. *'Ik schrijf om u te bedanken voor de prettige avond die ik met u heb mogen doorbrengen. Uw aanwezigheid verminderde mijn onbehagen bij een bezigheid die volgens sommigen niet bij mijn roeping zou passen. Ik hoop dat het dansen u niet te zeer heeft vermoeid.'* Vervolgens iets over het weer, zijn beste wensen voor Florences voogd en een afsluitend *'Met de meeste hoogachting, Julius Ferguson.'*

Helen legde de brief op de vensterbank en spreidde een handvol foto's uit op de vloer. Een heel jonge Florence met haar ouders, stijf en ernstig kijkend; Florence in haar padvindersuniform, waarvan de breedgerande hoed schaduwen wierp op haar smalle gezicht met de grote ogen. Florence op de schommel in de pastorietuin; Florence staande onder de kastanjeboom op het voorgazon. Een stuk of tien foto's van Florence, allemaal genomen in de pastorietuin. Op elke foto droeg ze een lichte jurk met strikjes, knoopschoenen en lange handschoenen. Hoewel ze al getrouwd moest zijn geweest toen de foto's werden genomen, hingen haar pijpenkrullen nog steeds los tot haar schouders. Toch had het huwelijk Florence veranderd, dacht Helen, terugkijkend naar de oudere foto's. Haar ogen waren anders geworden, terughoudend en ontwijkend, en om haar mond lag niet meer die bedeesde, aarzelende glimlach.

Haar vader was de hele daaropvolgende week verkouden, dus bracht ze hem citroenkwast met honing en wikkelde hem naast het vuur in de salon in plaids. Helen zat aan zijn voeten en las de brieven voor die ze voor de parochie-inzameling had geschreven. December bracht meer regen en een vlagerige wind, die rond de vele schoorstenen van de pastorie gierde en dakpannen aan stukken smeet op het terras. De weg in het dorp veranderde in zwarte modder, die tot aan de rand van Helens overschoenen kwam wanneer ze naar de brievenbus liep. Adam Hayhoe, die bij één bijzonder bouwvallig huisje aan het helpen was om drijfnat riet op het dak te bevestigen, kreeg haar in het oog en gooide zijn oliejas over de diepste plas. Hem bedankend pakte ze zijn hand terwijl ze als een vorstin van de ergste blubber op betrekkelijk droge grond stapte.

Op een zaterdag kwam Maia op bezoek. 'Ik vond dat ik mezelf maar eens een middag vrij moest geven,' legde ze monter uit voordat ze Helen meesleepte in haar auto.

Ze reden naar Ely, dwaalden door de met kinderkopjes geplaveide straten, beschut door Helens paraplu. De wind wakkerde aan, zodat de paraplu omklapte en ze renden de eerste de beste winkel binnen. Het was een kledingzaak, met het ene rek na het andere vol confectie. Maia betastte de stof en zei: 'Ze beknibbelen natuurlijk op het materiaal,' maar Helen was zowat in trance.

'Ik heb nooit... ik heb altijd mijn eigen...' De goedkope jurken met hun vergulde knopen en kunstzijden kragen leken Helen plotseling ondraaglijk begeerlijk.

'Pas er eens een. Welke maat heb je? Probeer deze eens... en deze.'

De kleedkamer binnengeduwd met drie jurken en een hooghartige verkoopster verdween Helens tijdelijke opgetogenheid. Ze wist niet hoeveel geld ze in haar portemonnee had, maar ze wist zeker dat het niet genoeg was om een jurk te kopen. Maar in de val zittend en verlegen als ze was kon ze niet anders dan toestaan dat de verkoopster haar

251

hielp de jurk over haar hoofd aan te trekken en de achterkant dicht te knopen terwijl ze de goedkope, klevende stof gladstreek over haar heupen.

Ze paste ze alle drie: de kersenrode, de marineblauwe en de zwarte. Perplex keek ze naar haar spiegelbeeld; ze herkende zichzelf nauwelijks. Met haar ogen tot spleetjes geknepen liet Maia haar ronddraaien als een mannequin.

'De zwarte maakte je te oud. De marineblauwe is leuk, Helen.'

'Ik vond de rode zo mooi.' Toen, zich herinnerend dat ze zich geen van beide kon permitteren, keek ze Maia aan. Deze fluisterde haar glimlachend iets in het oor.

'Ik koop hem voor je als kerstcadeau. Niet tegenstribbelen.'

Helen wilde de jurk per se aanhouden toen ze thee met scones gingen gebruiken in een kleine gelegenheid in de hoofdstraat. In de damestoiletten draaide Maia Helens goudblonde haren tot een knot, die ze met haarspelden vastzette, en bood Helen haar lippenstift aan. Ze had nog nooit lippenstift gebruikt. Toen ze weer naar de tearoom liepen riep een stem: 'Zin om vanavond mee naar de film te gaan, schatje?' toen ze langs een van de tafels kwamen. Maia liep hooghartig door, maar toen Helen een tweede blik wierp op de tafel en de drie mannen die eraan zaten, realiseerde ze zich dat de man met de snor het tegen haar had gehad en niet tegen Maia. Ze staarde hem een ogenblik aan, niet goed wetend of er een antwoord van haar werd verwacht, en voegde zich toen vuurrood weer bij Maia.

Maia zette haar af bij de pastorie, nam afscheid en reed terug naar Cambridge. Toen Helen de voordeur opende, ging de gong voor het diner. Ze liep naar de eetkamer en ving haar spiegelbeeld op in het matte glas van de ingelijste etsen en in het donkere, glanzend geboende meubilair. Ze had de lippenstift in de auto afgeboend, maar de jurk had ze nog aan en haar haren waren nog opgestoken. Ze kuste haar vader en liet zich op haar stoel glijden terwijl Ivy de soep opschepte en de kamer verliet.

Julius Ferguson zei: 'Dat is een nieuwe jurk, is het niet, Helen?'

'Ik heb hem van Maia gekregen.' Helen wist dat ze verdedigend klonk. 'Een kerstcadeautje.'

'Echt waar?' Hij staarde haar aan en kneep zijn volle rode lippen op elkaar in een uitdrukking van afkeuring. 'En Maia ziet er altijd zo elegant uit.'

Helen zei niets, maar was zich bewust van haar stijgende woede toen Ivy weer verscheen om het hoofdgerecht op te dienen. Toen ze weer alleen waren hoorde ze zichzelf zeggen: 'Vind je mijn nieuwe jurk dan niet mooi, papa?'

Hij zei nonchalant: 'Ik weet niet of het gepaste kledij is voor een jong meisje.'

'Maar ik ben geen jong meisje. Ik ben vierentwintig. Een oude vrijster bijna.' Haar stem klonk woest. Ze probeerde niet aan Hugh te denken. Hoewel het al een jaar geleden was, kon ze het nog steeds niet verdragen aan Hugh te denken of zich te herinneren wat zij en hij hadden gezegd.

Julius Ferguson bestrooide zijn lamsvlees met zout en depte zijn mondhoeken met zijn servet, een gewoonte die Helen de laatste tijd ondraaglijk irritant was gaan vinden.

'Wat een onzin,' zei hij zachtmoedig. 'Je zult altijd mijn kleine meisje blijven.'

Ze kon niet eten. Ze was zich bewust van de stilte in de kamer, van het zachte tikken van de klok, van het verlaten landschap buiten. Ze hadden al duizend keer eerder zo bij elkaar gezeten en zouden zo nog duizend keer bij elkaar zitten. Voor de rest van haar leven misschien. Tot zij of hij stierf. Precies zoals hij en Florence vijfentwintig jaar geleden hier hadden gezeten, luisterend naar de stilte, omringd door leegte.

Hij zei: 'En het staat je echt niet dat je je haar zo draagt, Helen. Het maakt je ouder. En tamelijk goedkoop, ben ik bang.'

Merlins nieuwste expositie werd gehouden in een leegstaande fabriek in Whitechapel. Toen Robin er met Joe arriveerde, zag ze dat een deel van het machinepark er nog stond; portretten stonden schuin tegen weefgetouwen en een reusachtige triptiek met een bijzonder bloederige uitbeelding van de kruisiging keek omlaag vanaf een oven.

Charis Fortune sleepte Joe mee naar de dansvloer; Robin zocht Merlin. Ten slotte vond ze hem, ineengedoken op een wenteltrap, met zijn hoofd in de schoot van een roodharig meisje en zijn handen om een fles whisky. Het roodharige meisje sliep.

'Merlin.' Ze bukte zich en kuste hem op beide wangen. 'Het is schitterend. Gewoonweg schitterend.'

'Vind je?' Somber overzag hij de menigte. 'Denk je dat ze voor de schilderijen komen of voor de gratis drank?'

Ze zei eerlijk: 'Voor allebei, denk ik. Heb je al iets verkocht?'

'Víer!' Hij trok een vies gezicht. 'Ik heb Maia's portret geschilderd. Wil je het zien?' Merlin verloste zich uit de omhelzing van het roodharige meisje en krabbelde overeind. 'Het hangt ginds.'

Robin gaf hem een arm terwijl ze tussen de dansenden door kronkelden. Ze zag een stuk of tien bekende gezichten – Diana Howarth en Angus en Freddy en een stel bekenden van Persia Bloomsbury. Toen ze bij het portret kwamen, verdwenen het gepraat en gedans naar de achtergrond terwijl Robin ernaar keek. Maia was in het wit. Er was een suggestie van veren en golven en de weidse luchten van de Fens.

'Ik heb het "De zilveren zwaan" genoemd,' zei Merlin. 'Weet je nog?'

Natuurlijk wist ze het nog. Haar eerste kus. Zij en Merlin op de veranda van het winterhuis, uitkijkend over het water terwijl Maia zong.

Merlin lachte: 'Weet je, Robin, ik ben bang dat ik heb geprobeerd haar te verleiden. Toen het schilderij af was, natuurlijk. Ik was nieuwsgierig.'

'En?'

'Ze vroor mijn ballen er bijna af. Ik beklaag de arme klootzak die verliefd op haar wordt.'

Ze had Maia het afgelopen jaar nauwelijks gezien. Ze had natuurlijk gehoord over de werknemer van Merchants die zelfmoord had gepleegd nadat Maia hem had ontslagen, maar toen ze er met Maia over probeerde te praten, had die zo ijzig arrogant gereageerd, dat zelfs Robin het zwijgen was opgelegd. Het had de kloof die sinds de dood van Vernon tussen hen was ontstaan nog dieper gemaakt, een kloof waarvan Robin nu vermoedde dat hij niet te overbruggen was.

Merlin zei: 'Waar is hoe-heet-ie-ook-al-weer? De zoon van Vivien? Vivien is al geweest, samen met Denzil. Ik probeer hem over te halen mijn kruisiging te kopen.'

'Francis is naar een bijeenkomst. Joe is hier ergens. Hij komt met Kerstmis naar Blackmere.'

'Ik ook.' Merlin was bijna onverstaanbaar. 'Ik geef jullie wel een lift. En nu, lieve Robin, ga ik compleet en volslagen laveloos worden. *Pas vier stukken verkocht, verdomme...*'

Merlin keerde terug naar de roodharige en de whiskyfles. Iemand drukte Robin een glas bier in de hand, iemand anders vroeg haar ten dans. De muziek van de jazzband schalde door de enorme loods. Terwijl ze de ronde deed dacht ze na over de gebeurtenissen van het afgelopen jaar. Francis' terugkeer uit Amerika, de geweldige zomervakantie die ze hadden doorgebracht op het vasteland en Francis' besluit om te proberen carrière te maken in de politiek. Het verschijnen in oktober van het boek dat zij en Neil Mackenzie hadden geschreven; het was goed, zij het zonder veel tamtam ontvangen, maar hoewel ze een rilling van trots had gevoeld toen ze een presentexemplaar van het voltooide boek had opengeslagen, was ze niet voornemens door te gaan met schrijven. Ze verdiende tegenwoordig de kost als deeltijdmedewerkster in de kliniek en met een reeks kortdurende onderzoeksopdrachten. Haar oude rusteloosheid keerde terug en maakte haar van streek.

Ze danste met Guy en met Joe en vervolgens met Selena, die haar enkel had gebroken en op één been rondhinkte, leunend op Robins schouder en dronken van bier en gelach. Iemand had de grote dubbele deur aan het eind van de loods opengegooid en ze zagen het silhouet van kerken en kantoren tegen de vlekkerige, oranjezwarte lucht boven Londen. Een klok sloeg middernacht en toen Robin tegen de deuren ineenzakte om weer op adem te komen, voelde ze even een hand aan haar elleboog.

'Fräulein Summerhayes?'

'Ja?' Ze keek op. Er stond een man naast haar, met donkere haren, verfomfaaide kleren en een mager gezicht. Robin glimlachte. 'Herr Wenzel. Wat leuk u weer te zien.'

Eerder dat jaar had de Duitse rijkskanselier, Adolf Hitler, de dictatoriale macht naar zich toe getrokken en de daaropvolgende vervolging van raciale en politieke minderheden had geleid tot een gestage vluchtelingenstroom vanuit Duitsland – joden, communisten, socialisten, kunstenaars en intellectuelen – van wie velen in Groot-Brittannië wensten te blijven. Tijdens haar inzamelingsactiviteiten voor het Internationaal Solidariteitsfonds van de Labour Party en de vakbonden had Robin enkele maanden geleden Niklaus Wenzel ontmoet, een politiek vluchteling uit München.

'Al iets over uw broer gehoord, Herr Wenzel?'

'Hans zit nog steeds in het kamp in Dachau. Ik heb al drie maanden niets van hem vernomen.'

Zijn stem was zacht en hoffelijk, maar ze zag de wanhoop in zijn ogen. Ze leunde tegen de deurstijl, half in en half uit de loods. Aan de ene kant van haar waren de warmte, de muziek, haar vrienden, aan de andere een kille, mistige lucht die langs haar gezicht streek en klam in haar huid drong.

Korte tijd later verliet ze de expositie en liep alleen naar de club waar ze Francis zou ontmoeten. Hij wachtte al op haar toen ze er aankwam, met een glas in zijn handen in een hoek gezeten. Ze bestudeerde hem een ogenblik onopgemerkt en het deed haar een innig, vertrouwd genoegen hem te zien. Het blonde, enigszins golvende haar dat juist de kraag van zijn zwarte jasje raakte, de halfgesloten, slaperig-grijze ogen, het slanke, sierlijke lichaam waarmee ze zo graag de liefde bedreef. Sinds zijn terugkeer uit Amerika in het voorjaar had Francis de tering naar de nering gezet en serieus nagedacht over een politieke loopbaan. In ruil daarvoor had zij geaccepteerd dat hij zijn vrienden en andere interessen nodig had. Ze was tenslotte nog steeds wars van bezitterigheid.

Hij keek op, liep het vertrek door en kuste haar.

'Hoe was de vergadering?

Francis grinnikte. 'Dodelijk saai. Je zou het niet geloven, Robin – ze hadden een uur nodig om te beslissen of de volgende inzameling een diner zou zijn of een rommelmarkt. Niet bepaald een slagvaardige democratie.'

Ze kuste hem opnieuw. 'Maar je houdt vol, hè, Francis?'

'Natuurlijk. Ik doe het voor jou.'

Hij nam haar hand, bracht hem naar zijn mond en drukte zijn lippen op haar handpalm. Toen zei hij: 'Er is vanavond een Amerikaanse fuif in Soho. Iedereen gaat erheen. Zullen we?'

Op tweede kerstdag wachtte Helen, nadat ze de uitnodiging van Daisy Summerhayes om te komen lunchen beleefd had afgeslagen, tot haar vader na het diner in slaap was gevallen alvorens ze naar de zolder ging. Ze nam een olielamp mee en krulde zich op op de vloer van haar kamer, met een dik vest rond haar schouders tegen de kou. Ze had de mooiste ontdekking voor het laatst bewaard. Haar moeders in leer gebonden dagboek. Nu, terwijl de rijp kristallen vormde op de ruiten, opende ze het en begon te lezen.

Er waren twee of drie aantekeningen per week. Soms niet meer dan één alinea ('Juffrouw Cooper' – Florences gouvernante, vermoedde Helen – 'vandaag vertrokken. Ik heb uren gehuild. Ze is naar de familie Bowman in Aylesbury gegaan. Ik heb een boekenlegger en een harenzakje voor haar gemaakt als afscheidscadeau.') Andere keren bedekte Florences ronde, meisjesachtige handschrift wel twee bladzijden: een lange beschrijving van haar eerste dansavond, waarop ze een witte japon van tussorzijde met een queue had gedragen en 'liters zalige limonade' had gedronken en nog eens twee en een halve bladzijde waarop ze de verschrikkingen van een feest beschreef. Helen liet haar blik over de pagina's glijden en sloeg ze snel om. Toen ze de eerste vermelding van haar vader vond ('8 mei 1908, Benton House') begon ze aandachtiger te lezen.

'Stella stelde me voor aan dominee Ferguson, die in East Anglia woont.' Meer niet. Helen had iets meer verwacht – liefde op het eerste gezicht misschien, of een aanwijzing dat Florence voor Julius hetzelfde had gevoeld als Julius voor haar had gevoeld.

'26 mei, Benton House. We dubbelden. Teddy was Stella's partner en dominee Ferguson de mijne. Het was erg vreemd om te tennissen met een dominee. Hij is ontzettend oud, bijna dertig. Stella en ik hielden een middernachtelijk feest. We plunderden de voorraadkeuken toen de kokkin naar bed was gegaan. Net als op school!'

Helen sloeg nog enkele bladzijden om. Opnieuw een bal... het toneelstuk dat Florence, Stella en een derde schoolvriendin, Hilary, hadden opgevoerd. Een cricketwedstrijd op het achtergazon met Stella's broers ('Teddy is heel lief en stil. Helemaal niet jongensachtig') en een fietstocht over het platteland.

'18 juni 1908, Benton House. Het was zo warm dat we in de molenvijver achter in de tuin hebben gezwommen. Ik had geen badpak, dus trok ik mijn jurk uit en stopte mijn onderjurk in mijn broekje. Het was heerlijk – zo koel en lommerrijk en er zaten kleine visjes en stekelbaarsjes in het water. Maar we hoorden de theebel niet en dominee Ferguson kwam ons zoeken. Ik schaamde me verschrikkelijk dat hij me zo gekleed zag, maar Stella zei dat geestelijken wel ergere dingen hebben gezien – lijken en zieke mensen en allerlei afschuwelijke dingen.'

Helen stelde zich de vijver voor zoals die bij Robins winterhuis. Ze dacht aan de vele zomerdagen dat ze op de veranda had zitten kijken terwijl Robin en Maia zwommen en voelde een steek van spijt dat ze nooit had meegedaan. Florence zou het wel hebben gedaan. Helen keek weer naar het dagboek en las verder.

'19 juni 1908!!! Ik kan nauwelijks schrijven. Ik heb zojuist mijn eerste aanzoek gehad!!!'

'20 juni 1908, Benton House. Ik ben een verloofde vrouw. Stella's vader, die mijn voogd is, zei natuurlijk dat ik het aanbod van dominee Ferguson moest accepteren. *Julius* Ferguson moet ik hem nu eigenlijk noemen. Julius (Julius!) heeft een eigen inkomen en zijn stipendium en niemand om voor te zorgen, dus hij is een Goede Vangst (een vulgaire uitdrukking, zegt Stella). Volgens mevrouw Radcliffe zouden we begin september kunnen trouwen, al moet ik geen grootse bruiloft verwachten. Ik zou willen dat ik er met iemand over kon praten. Ik heb het geprobeerd met Stella, maar ze is een beetje gepikeerd dat ik als eerste een aanzoek kreeg en deed nogal kattig. Ik mis mama zo.'

Helen knoopte haar vest dicht. Haar vingers, die de bladzijden van het dagboek omsloegen, waren ijskoud. Ze las verder: Florences bruidsjurk, het menu voor het bruiloftsontbijt, haar sleep. Eindeloze lijsten van ondergoed, lakens, linnen en porselein. '9 september 1908, Benton House. Een afschuwelijke dag. Mevrouw Radcliffe nam me apart en begon over de smaak van mannen. Ik denk dat ze zeker wilde weten of ik genoeg grote maaltijden wilde opdienen – mannen eten nou eenmaal meer dan vrouwen. Maar ik begon te huilen en probeerde met haar over de bruiloft morgen te praten en over alle dingen waar ik me zorgen over maakte en ze deed heel kortaf. Ze zei dat het huwelijk onmogelijk kon worden uitgesteld en dat ze verwachtte dat meneer Lindrick Stella een dezer dagen een aanbod zou doen en dat het echt te gek was dat ik op zo'n moment zoveel drukte maakte. Stella zag dat ik had gehuild en vroeg of het vanwege de bijtjes en de bloemetjes was. Ik wist niet wat ze bedoelde, maar ze vertelde me dat kinderen door de navel van de vrouw worden geboren en dat het heel veel pijn doet. Ik geloof haar niet. Het is allemaal te gruwelijk.'

Helen sloeg de bladzijde om. Hij was leeg. Opnieuw een bladzijde omslaand en toen nogmaals ontdekte ze dat er maar zeven woorden meer in het dagboek stonden.

Lieve God, wat moeten vrouwen veel verdragen.

Met Kerstmis ging Robin een week naar huis. Blackmere Farm barstte zowat uit zijn voegen: Richard en Daisy en Hugh, Persia, Merlin, Joe, Maia en een strijkkwartet uit Beieren dat Richard Summerhayes had leren kennen via de internationale studentenorganisatie, verdrongen elkaar in het huis. Merlin sliep bij Hugh op de grond, Persia en Maia persten zich in de kleine logeerkamer. Joe verdroeg het winterhuis, met drie doorgestikte dekens en zijn overjas over zich heen om de kou te weren. De Beieren spraken nauwelijks Engels en hadden nog nooit Kerstmis gevierd, maar hun muziek was meeslepend en betoverend. Maar de afwezigheid van Helen – stille, onopvallende Helen – was voor Robin steeds merkbaarder.

Toen ze probeerde het te verklaren, kon ze zich niet herinneren wanneer ze Helen voor het laatst had gezien. Minstens zes maanden geleden. Helen had zoals altijd elke week geschreven, maar haar brieven waren kleine catalogi geworden van nog kleinere voorvallen. 'Mensen groeien uit elkaar,' zei Daisy toen Robin haar erover ondervroeg. Maar op derde kerstdag fietste Robin met een gevoel van onbehagen naar Thorpe Fen.

Ze trof Helen aan in een donker kamertje aan de achterkant van de pastorie, waar ze zat te naaien. Helen keek op en boog zich weer over haar werk. 'Ik moet dit afmaken.' Ze wees naar de lappen sits waarvan ze kussens zat te maken.

'Dat kan wachten, niet dan?' Robin voelde een vlaag van ergernis. 'Ik heb je in geen tijden gezien.'

Er kwam geen antwoord. Helens bleke, spitse vingers regen draden door naalden, streken stof glad. *Mensen groeien uit elkaar,* had Daisy gezegd en Robin begon te denken dat ze weleens gelijk kon hebben, dat Helen ongemerkt was veranderd in deze saaie, afstandelijke vrouw. Dat de passiviteit van Helen waaraan ze zich altijd had geërgerd was verergerd tot apathie.

Ze probeerde het nog één keer. 'Komt het door je vader?'

Helens hoofd bleef gebogen. Robin zei ongeduldig: 'Je moet voor jezelf opkomen, Helen. Je hebt recht op een eigen leven. Het is belachelijk dat je nog steeds thuis zit om voor je vader te zorgen.'

Eindelijk keek Helen met grote ogen op. Toen schudde ze haar hoofd, maar tijdens die korte opwaartse blik ving Robin een glimp op van de uitdrukking in de roodomrande ogen. Sommigen van de vluchtelingen keken zo; niet de zelfverzekerde, rijke, getalenteerde vluchtelingen, maar degenen die verbijsterd en bang waren door hun plotselinge ontheemding.

'*Helen,*' fluisterde ze.

De draad in Helens handen brak. 'Het komt niet door papa. Het komt door Hugh.'

Verward staarde Robin haar aan. Helen had de gebroken draad opgeraapt en wond hem rond haar vingers.

'Ik heb tegen Hugh gezegd dat ik van hem houd.'

Ze kon zien waar de draad in Helens gave, bleke vingers sneed. Robin kreeg een hol gevoel in haar maag.

'Ik heb tegen Hugh gezegd dat ik van hem houd. En ik heb hem gevraagd met me te trouwen.' Een zacht geluid ontsnapte aan Helens lippen, een geluid dat Robin niet onmiddellijk herkende als een lach, tot Helen haar aankeek. 'Ik! Een man vragen met me te trouwen! Kun je het je voorstellen, Robin? Helen Ferguson, die niet eens het lef heeft de meiden te commanderen de trap fatsoenlijk te vegen, vraagt een man met haar te trouwen! Hij weigerde natuurlijk.' Er klonk een hoorbare verbittering in haar stem.

'Misschien is Hugh tegen het huwelijk... Ik weet dat hij dol op je is...'

'Hugh houdt van Maia.'

'Onzin,' zei Robin. Ze lachte bijna bij de gedachte dat Helen zo'n belachelijke vergissing kon maken. Toen vervaagde haar lach terwijl ze de woede in Helens ogen zag.

'Hugh houdt van Maia,' zei Helen kil. 'Hij heeft het me zelf verteld.'

Kleinigheden uit het verleden vielen op hun plaats en vormden een zekerheid die Robin niet wenste te geloven. Hughs verjaardag en de uitdrukking op zijn gezicht toen Maia hem *lieverd* had genoemd... De vele keren dat Hugh Helen en Maia had zien zingen, met in zijn ogen een mengeling van verdriet en verrukking.

'Hij zei dat hij altijd al van Maia had gehouden, dus ik had geen enkele hoop.' Helen had zich weer over haar naaiwerk gebogen en trok met woeste, wilde handbewegingen een rijgsteek los. 'Maia heeft alles wat ze altijd heeft gewild, of niet soms? Ze is mooi en rijk en heeft een prachtig huis. En alle mannen worden verliefd op haar, niet dan?'

Hugh hield van Maia. Hugh, haar zachtmoedige, gewonde broer, hield van Maia Merchant. Robin rilde toen ze terugdacht aan Maia tijdens het vooronderzoek naar Vernons dood.

'Weet Maia het?'

Helen schudde haar hoofd. Toen verdween het wilde licht eindelijk uit haar ogen en ze zei: 'Ik heb haar bijna gehaat, maar op de een of andere manier kon ik het niet. Het is tenslotte niet haar schuld, wel? Zo is ze nou eenmaal.'

Maia was met Vernon Merchant getrouwd om zijn geld en zijn bezittingen. Maar Hugh bezat geen cent en had dus niets wat Maia wilde. Hugh hield misschien al wel tien jaar van Maia en Maia was er onverschillig voor gebleven. Er kon niets van komen. Er mocht niets van komen.

'Snap je nou, Robin, waarom ik niet meer kom?' zei Helen terwijl ze de draad door de naald trok en aan een nieuwe zoom begon.

Joe had zijn belofte aan Hugh het afgelopen jaar gehouden. Hij had Robin meegenomen naar lunchrooms en haar volgestopt met chocoladegebak en thee wanneer ze er pips uitzag; hij was 's winters met haar naar concerten gegaan en in de zomer, toen Francis weg was, op trektocht. Hij had geluisterd naar haar angsten om Francis terwijl hij vocht om zijn jaloezie te verbergen en, de laatste tijd, haar angsten om Hugh. Maanden geleden al, toen hij Maia Merchant voor het eerst had ontmoet, had hij geraden dat Hugh Summerhayes van haar hield, maar hij zei er niets van tegen Robin. Hij had bij het zien van haar geweten dat Maia de soort vlekkeloze schoonheid bezat die mannen tot irrationele daden kon aanzetten. Hij was er nog juist in geslaagd Robin ervan te overtuigen dat ze Hugh zijn hopeloze liefde moest laten koesteren, dat inmenging fataal zou zijn.

Joe's gevoelens voor Robin – even hopeloos, even verzwegen – waren niet veranderd. Hij vond de tweeslachtigheid van zijn positie ondraaglijk. Wanneer ze er niet was, verlangde hij naar haar; wanneer ze bij hem was, was het besef dat hij mocht kijken, maar niet aanraken ondraaglijk frustrerend. Soms haatte hij de belofte die Hugh Summerhayes hem had ontfutseld; vaak wanneer hij aan Francis en Robin dacht werd hij bijna overweldigd door een onbeschaafd soort jaloezie waarvoor hij zichzelf minachtte. Voorwendend een vriend te zijn terwijl hij ernaar verlangde minnaar te zijn, moest hij de neteligheid van zijn positie dag in dag uit onder ogen zien.

Maar hij had in een jaar veel bereikt. Joe werkte voor Oscar Prideaux, een vriend van Richard Summerhayes en al twintig jaar eigenaar van een succesvolle fotozaak die werd geleid met de hulp van een reeks onderbetaalde assistenten. Voor Oscar maakte Joe flatterende foto's van debutantes (softfocuslenzen en zacht licht) en bezocht talloze bruiloften. Het was een waardevolle leertijd, maar Joe's ambities lagen elders. Hij had reeds een fotoreportage verkocht aan een progressief dagblad. De kranten die eigendom waren van Rothermere hadden bericht over anti-hongerdemonstranten die hadden gevochten met de politie, maar Joe's foto's hadden een ander verhaal verteld, een verhaal van bereden politieagenten die een charge uitvoerden op ongewapende mannen. Hij wilde binnenkort naar Parijs, zowel om zelf getuige te zijn van de smeulende onrust die door de stad waarde als om te proberen zijn tante Claire op te sporen.

In de eerste week van februari vertrok hij naar Frankrijk. Hij smeet wat kleren in zijn rugzak, maar pakte zijn camera, zijn kostbaarste bezit, met veel meer zorg in. Hij nam de boottrein vanaf Victoria Station. De oversteek was lang en stormachtig, de trein vanaf Calais koud en overvol. Rond de middag kwam hij in Parijs aan en voelde de spanning zodra hij op het Gare du Nord uit de trein stapte. Het was voor een Parijse lunchtijd ongebruikelijk druk op straat en Joe had het idee dat er een lelijkheid en een agressie in de lucht hingen die niet pasten bij de koele élégance van de stad.

Hij gebruikte een maaltijd van stokbrood en rode wijn in een klein café. Hij realiseerde zich dat velen van de mensen op straat lid waren van de Jeunesses Patriotes en het Croix du Feu, twee rechtse organisaties. Op straathoeken braken kleine rellen uit, die door de politie hardhandig werden neergeslagen. Toen Joe de kelner ondervroeg, zei deze: 'Ze willen een staatsgreep uitvoeren. De fascisten en de anti-republikeinen verzamelen zich op het Place de la Concorde en rukken van daaruit op naar het Huis van Afgevaardigden. Volgens de *patron* houdt de politie de wacht langs alle wegen die naar het Huis van Afgevaardigden leiden.' Hij haalde zijn schouders op. 'Dat wordt bloedvergieten, monsieur.'

Het liep tegen het eind van de middag en het begon al te schemeren, maar de straatlantaarns, schemerend in de regen, toonden de opgewonden, wraakzuchtige gezichten van de mensen die over de straten en trottoirs dromden. Joe volgde in grote lijnen de richting van de menigte naar het Place de la Concorde. Wegduikend in een portiek plaatste hij een film in zijn camera, klom vervolgens op een muur en stelde scherp. De uitgestrektheid van het Place de la Concorde was gevuld met mensen, tienduizenden mensen, een niet te schatten aantal. Joe stopte de belichte film voorzichtig in zijn rugzak.

Flarden van toespraken, door megafoons gebruld op het Place de la Concorde, bestormden zijn oren. De decadentie van de Derde Republiek... de samenzwering van de joodse bankiers om Frankrijk te ruïneren... Joe realiseerde zich dat, als hij zich naar voren bleef dringen, hij vast zou komen te zitten in de menigte, dus nam hij een laatste foto van de deinende massa op het Place de la Concorde, draaide zich om en baande zich via zijstraten en de Jardin des Tuileries een weg naar de Seine. In de tuin werd hij, het afgrijselijke getier op de achtergrond ten spijt, opnieuw meegesleept door de schoonheid van Parijs, zijn elegantie, zijn mysterie. Hij had een vage, vluchtige herinnering aan een wandeling met zijn moeder door deze tuinen. Hij verliet des Jardin des Tuileries, bereikte de oever van de Seine en keek omhoog naar de brug die naar het Huis van Afgevaardigden leidde.

Terwijl Joe toekeek, was het alsof het geweld spontaan opsprong op verschillende plaatsen tegelijk, als van glasscherven die op een warme, droge zomerdag een hooiveld in brand steken. In het gele licht van de gaslantaarns zag hij een man die door een politieagent werd neergeslagen en vervolgens door zo'n honderd van zijn mede-fascisten onder de voet werd gelopen. De brede muur van politieagenten zette zich schrap tegen de golf van anti-republikeinen, zodat het was alsof er een huivering door de stad ging. Joe baande zich een weg in de richting van het gevecht, beschermde zijn camera tegen zijn borst en vervloekte de invallende avond.

De volgende dag schreeuwden Franse krantenkoppen over de mislukte staatsgreep en telden de doden. Joe werd na een onrustige nacht van enkele uren wakker in een kleine hotelkamer, viste zijn moeders adresboekje uit zijn rugzak en zocht een naam op.

Hij kon zich zijn nicht Marie-Ange slechts vaag herinneren. Zijn familie van moederszijde, de Brancourts, was net als de Elliots niet erg uitgebreid geweest. Er waren grandpère en grandmère geweest, tante Claire en nicht Marie-Ange en een stel achterneven en achternichten, van wie er niet één in het adresboekje leek te staan. Als kind had hij nicht Marie-Ange ingedeeld bij de indrukwekkende, afstandelijke volwassenen. Tante Claire, die met hem had gebald in het park en met hem naar de keuken was geslopen om koekjes en bonbons te pikken, was een bondgenote geweest, een vriendin.

Parijs was bezaaid met de overblijfselen van de rellen van de afgelopen nacht toen Joe door de straten naar het huis van nicht Marie-Ange liep. Het was nog vroeg en een koud, waterig zonnetje bescheen de daken en trottoirs. Kleine, vijandige groepjes politieagenten op elke straathoek bekeken hem argwanend. Joe liep stevig door om goed wakker te worden, tot hij aan de rand van de stad een klein, grauw gebouw vond. De luiken waren gesloten, het koperen deurbeslag onberispelijk gepoetst. Joe klopte op de deur.

Een grijsharige meid op leeftijd gluurde naar buiten. 'Madame is naar de mis,' zei ze neerbuigend in antwoord op Joe's vraag. De deur ging dicht en hij stond alleen op het trottoir. Hij trok zich terug naar een muur aan de overkant en doodde de tijd tot er een kleine vrouw van middelbare leeftijd, geheel in het zwart gekleed, de hoek om kwam en toen sprong hij van de muur en stak de straat over.

'Madame Brancourt?'

Een blik, gevolgd door een knikje.

'Neem me niet kwalijk, madame – ik ben Joe Elliot, de zoon van Thérèse Brancourt.'

Bij de deur bleef ze staan en keek hem aan. 'De zoon van Thérèse Brancourt?'

'Ik zoek mijn tante Claire. Ik vroeg me af of u haar adres hebt. Ziet u, mijn moeder is enkele jaren geleden gestorven en...'

'Dat weet ik, jongeman.' Madame Brancourt klopte vinnig op de deur. 'Je kunt maar beter binnenkomen, geloof ik. Het lijkt me niet gepast familiezaken op straat te bespreken.'

De meid deed open en Joe volgde madame Brancourt naar de woonkamer. Er hingen kruisbeelden en religieuze afbeeldingen aan de muren en op het buffet stond een grote verzameling familiefoto's. Hij kon een blik erop niet weerstaan.

De zachte, snijdende stem zei: 'Als u uw moeder of uw tante zoekt, jongeman, dan zoekt u tevergeefs. Thérèse en ik hebben nooit goed met elkaar overweg gekund en ik had geen zin nog langer naar Claires dwaze gezicht te kijken nadat ze mijn huis had verlaten.'

'Heeft ze hier gewoond?'

'Enkele maanden. Na de dood van haar ouders.'

'Waar is ze naartoe gegaan?'

'Naar München. Claire is met een Duitser getrouwd. Een musicus, nota bene.'

Zoals zij het zei, dacht Joe, klonk het haast alsof het een crimineel was. 'Hebt u haar adres?'

Opnieuw een kort schouderophalen. Toen belde madame Brancourt de meid.

'Breng me mijn portefeuille, Violette.'

Toen de meid met een leren map terugkwam, begon madame Brancourt door de inhoud te zoeken.

'Nadat Claire was getrouwd, heeft ze me verscheidene brieven geschreven. Ik beantwoordde ze uiteraard niet, dus hield ze er gauw genoeg mee op. Claire was bijna veertig, begrijpt u, monsieur. Op die leeftijd trouwen is onwaardig – beweren dat je uit liefde trouwt is vulgair.'

Joe kon niets anders doen dan daar maar blijven staan en getuige zijn van haar misprijzen. Hij dwong zichzelf zijn mond te houden, vermoedend dat, indien hij haar tegen de haren in streek, ze hem met graagte de informatie die hij zocht zou onthouden.

Ze haalde een vel briefpapier uit een envelop. 'Alstublieft, monsieur. U mag het houden; het betekent niets voor me.'

Hij nam het papier van haar aan, wierp er een blik op, vouwde het op en stopte het in zijn zak. 'Dank u, madame Brancourt. U bent bijzonder behulpzaam geweest.'

Maar hij ging nog niet weg. Haar eerdere woorden schoten hem weer te binnen en wekten zijn nieuwsgierigheid.

'Waarom mocht u mijn moeder niet, madame Brancourt?'

'Ze was lichtzinnig.'

Preuts en zelfingenomen als ze was werden de permanent in haar gezicht gegroefde lijnen van afkeuring verwrongen toen ze glimlachte om zijn woede.

'U gelooft me niet, monsieur? Het is zo. Thérèse is altijd wispelturig geweest.'

Haar oordeel was vernietigend en hij zag dat ze er plezier in had. Haar ogen werden kleiner toen ze Joe aankeek. 'U lijkt op haar. Ik heb God altijd bedankt dat hij me een gewoon gezicht heeft gegeven. Je staat minder aan verleidingen bloot.'

Korte tijd later nam hij afscheid, blij dat hij aan de drukkende sfeer in het huis kon ontsnappen. Hij hield zichzelf voor dat hij had gevonden waarvoor hij was gekomen: dat Claire Brancourt met een Duitse musicus was getrouwd, een zekere Paul Lindlar, en in München woonde. Dat hij ook andere dingen had ontdekt, dat die van venijn doordrenkte beschrijving van lichtzinnigheid een afschuwelijke mogelijkheid leek wanneer hij zich zijn moeders volmaakte onverschilligheid jegens zijn vader herinnerde, probeerde hij van zich af te zetten.

Hoofdstuk elf

In het voorjaar van 1934 maakte Thorpe Fen een zware overstroming mee; de ene dag een zwart glazuur over de velden, de volgende een halve meter water in de laagstgelegen boerderijen en huisjes. Adam Hayhoe hielp de bewoners met hozen, een moedeloos makend karwei, aangezien het water gewoon opnieuw opwelde door het veen en donker en zelfgenoegzaam glansde op de plavuizen.

Hij vulde juist een laatste emmer met modderig water toen er op de deur werd geklopt. Toen hij zich omdraaide zag hij Helen staan. Adam rechtte zijn rug en tikte glimlachend aan zijn pet.

''Morgen, juffrouw Helen.'

'Goedemorgen, Adam. Ik vond dat ik eens moest komen kijken of ik iets kan doen.'

'Als u een kop thee zou kunnen zetten, juffrouw Helen. Die arme ouwe Jack heeft vandaag nog geen druppel gehad.'

Hij keek toe terwijl ze de ketel vulde en hem op het fornuis zette dat hij eerder al had aangestoken. Ze zei: 'Hoe is het met Jack?' en hij verloor zijn aangeboren lankmoedigheid en gaf lucht aan zijn woede.

'Jack Titchmarsh is zeventig, hij heeft reumatiek vanwege het vocht en hij kan zijn rug niet rechten vanwege de jaren dat hij als turfsteker heeft gewerkt. En hij moet wonen in een krot zoals dit hier.'

Ze draaide zich naar hem om. Ze zag eruit als een bange haas, één en al grote ogen, hoog voorhoofd en zachte, welvende wangen.

Hij zei zachtmoediger: 'Ik heb medelijden met de arme drommel... hij houdt het hier geen winter meer uit.'

Het huisje behoorde bij het Grote Huis. Jack Titchmarsh, die bijna zestig jaar voor de Freres had gewerkt, had er alleen maar mogen blijven wonen vanwege de bouwvallige staat waarin het verkeerde. Doordat het op de voortdurend inklinkende turf was gebouwd, hing het hele gebouw uit het lood. De versleten gordijnen moesten aan de muur worden vastgeprikt, anders hingen ze bespottelijk bijna dertig centimeter van de raamdorpel af. De gure oostenwind blies door de kier tussen deur en deurpost. Afgelopen zomer had Adam een keer een stel door het dorp zien rijden, lachend en roepend over het nietige, scheve huisje.

Adam tilde de vieze lap tussen de voor- en de achterkamer op zodat Helen er met de kop thee doorheen kon. Ze bewoog zich met een onhandige gratie die hij betoverend vond. Hij vroeg zich voor de honderdste keer af hoe ze daar woonden, in dat grote, lelijke huis, zij en de oude dominee. Vormden ze een klein, hecht gezin, tevreden met elkaars gezelschap? Adam, denkend aan de ongelukkige blik die hij onlangs in Helens ogen had gezien, had zo zijn twijfels. Ongerust, wensend dat hij haar kon bereiken en wetend dat hij het niet mocht doen, begon hij met de bezem de modder van de vloer te vegen.

De Hayhoes woonden al eeuwenlang in Thorpe Fen. De Hayhoes waren altijd timmerlieden geweest; handigheid en vakbekwaamheid waren van generatie op generatie doorgegeven aan Adam. Tot voor kort had Thorpe Fen altijd een timmerman nodig gehad.

Maar de tijden waren veranderd. Degenen die het zich konden veroorloven kochten goedkope, kant-en-klare meubels in de nieuwe warenhuizen en wie dat niet kon, betaalde die nieuwe in Soham om iets voor ze in elkaar te flansen. Adam wist dat die kant-en-klare spullen het geen vijf jaar uithielden en hij keek neer op het slordige werk van de timmerman in Soham. De dingen die Adam maakte zouden een leven lang meegaan. Hij zou zich geschaamd hebben het anders te doen.

Twintig jaar geleden was er volop werk geweest om de ambachtslieden van Thorpe Fen – de smid, de mandenmaker en de timmerman – een goed belegde boterham te bezorgen. Hun leven was zekerder geweest en in vele opzichten gemakkelijker dan dat van de boerenknechts, de turfstekers, de huisbedienden die de rest van het dorp vormden. Toen was de oorlog ertussen gekomen en de smid en de mandenmaker waren niet uit Vlaanderen teruggekeerd. Toen Adam eind 1918 weer in zijn dorp arriveerde, had hij gemerkt dat de veranderingen zelfs Thorpe Fen niet ongemoeid hadden gelaten. De meisjes namen niet meer automatisch op veertienjarige leeftijd dienst in het Grote Huis, maar zochten werk in de winkels in Ely of Soham, en de jongemannen – voor zover die er nog waren – verhuisden met hun gezin van het platteland naar de stad zodra ze daar werk vonden. De bevolking van Thorpe Fen was geslonken sinds het eind van de oorlog. Adam, zelf met moeite het hoofd boven water houdend, vroeg zich af of het dorp binnenkort nog meer zou zijn dan een kerk, een pastorie en een verzameling vervallen huisjes, slechts bevolkt door geesten.

Sinds ze het dagboek had gelezen was Helen uit de buurt van de zolder gebleven. Wanneer ze terugdacht aan de foto's, aan die korte, vlekkerig geworden laatste zin – *Lieve God, wat moeten vrouwen veel verdragen* – schaamde ze zich voor zichzelf. Het was alsof ze door een sleutelgat had gegluurd en de intiemste ogenblikken van andermans leven had geobserveerd.

Maar erger dan de schaamte was de angst. Die foto's, dat dagboek, bedreigden haar leven op een fundamentele manier. Er was haar altijd verteld dat haar ouders een idyllisch huwelijk hadden gehad, dat de vroegtijdige dood van Florence een klein maar gelukkig gezin had gebroken. Nu werd ze gedwongen zich af te vragen of men haar de waarheid had verteld. Wanneer ze dacht aan de foto's van Florence met haar pijpenkrullen en strikjes, meende Helen zich verdriet in plaats van blijheid te herinneren in die grote, beschaduwde ogen. De inhoud van het dagboek was niet te rijmen met haar vaders beschrijving van liefde op het eerste gezicht en huwelijksgeluk. Ze begon zich af te vragen of haar vader was misleid of juist had geprobeerd de jonge Florence in een keurslijf te dwingen dat haar niet had gepast. Of ook Florence zich gevangen en bang had gevoeld in dit sombere, ongastvrije land.

Toen het eindelijk ophield met regenen dwong Helen zichzelf de karweitjes te doen van het verwaarlozen waarvan ze zich schuldig bewust was. De voorbereidingen voor de paasbazaar, de noodzakelijke bezoeken aan zieken en bejaarden. Over de oprijlaan lopend, weg van het groepje huizen rondom de kerk, werd ze zich opnieuw bewust van de leegheid van het landschap. De zich kilometers ver uitstrekkende vlakke velden, de woeste moerassen en de lange, zilveren strepen van vaarten en dijken. Ze maakten haar kleiner, nietiger. Ze ging naar Ely, in de hoop dat een middagje uit haar zou opvrolijken, maar dat deed het niet: de straten, de winkels en de bioscoop herinnerden haar aan gelukkigere tijden die ze er had doorgebracht met Hugh en Robin en Maia. Haar inkopen vergden meer tijd dan verwacht; ze miste de bus en moest een uur op de volgende wachten. Toen die eindelijk kwam en ze vroeg wat een kaartje kostte, ontdekte ze tot haar schrik dat ze niet genoeg geld in haar beurs had voor de hele rit naar Thorpe Fen. De conducteur keek onverschillig toe terwijl Helen met een vuurrood gezicht moeizaam de munten telde en merkte dat ze twee pence tekortkwam. Ze moest drie kilometer vóór Thorpe Fen uitstappen. Het land was somber en open, met slechts een enkele boerderij en een paar huisjes binnen het blikveld van de bushalte. Het begon al te schemeren en de wolken wierpen voortjagende zwarte schaduwen over de Fens. Helen stapte stevig door, met haar kraag opgeslagen en haar shawl stevig om haar hals gewikkeld. Er was geen levende ziel te bekennen, alleen een overvliegende zwerm ganzen. Maar ze meende ogen te zien die haar in de gaten hielden terwijl ze zowat over de weg rende en toen ze voor zich uit keek en de flakkerende lichtjes in het moeras zag, bleef ze even als aan de grond genageld en doodsbang staan. Bij het horen van een zacht geluid achter zich gilde ze en liet haar tas vallen.

'Juffrouw Helen? Alles in orde?'

Met een diepe zucht van verlichting herkende ze de stem van Adam Hayhoe. Hij bracht zijn fiets achter haar tot stilstand. Ze wees naar het moeras.

'Ik zag lichtjes... ginds.' Haar gezonde verstand keerde terug. 'Moerasgas natuurlijk... wat dom van me...'

Adam raapte Helens tas op, die ze in de berm had laten vallen, en hing hem aan het stuur. In de berm van de weg liepen ze verder.

'Dwaallichtjes, noemen de oude mensen in het dorp ze. Of lijkkaarsjes. Ik denk dat een heleboel sprookjes zijn ontstaan vanwege de Dwaallichtjes. Het moet een paar jaar geleden angstaanjagend zijn geweest om door de Fens te lopen. Altijd bang dat je in drijfzand of een vaart terecht zou komen... de stuipen op het lijf gejaagd door lichtjes waar geen lichtjes horen te zijn. Maar,' hij keek over zijn schouder, 'ik heb ze altijd mooi gevonden.'

De lichtjes dansten weer en vormden een vervliegend, oplichtend patroon in de duisternis.

'Dat zullen ze ook wel zijn.'

Adam keek haar aan. 'We kunnen de weg afsnijden door de velden, als u wilt, juffrouw Helen. Dat is een stuk korter.'

Ze verlieten de weg en namen het smalle, modderige pad tussen de velden door. Het licht van Adams fiets verlichtte het welig tierende riet in de vaarten. Als ze alleen was geweest, wist Helen, zou ze hier nooit hebben gelopen. Maar met Adam smolt haar angst weg en keerden de gedachten die haar sinds ze haar moeders dagboek had gelezen hadden beziggehouden terug. Plotseling zei ze: 'Heb je mijn moeder gekend, Adam?'

Ze zag dat hij haar aankeek. Hij had een aardig gezicht, bruine haren en ogen en de soort gelaatstrekken die geschikter waren voor een glimlach dan voor een frons.

'Ja,' zei hij. 'Oppervlakkig.'

'Was ze knap?'

270

'Blond zoals u, maar smaller in haar gezicht. Lang...' Ze zag zijn lippen omkrullen tot een lach. 'Een en al handen en voeten.'

'Net zo onhandig als ik?'

'O nee, lieverd...' Hij was voor haar uit gelopen en stak de smalle vlonder over die de vaart overspande. De wind was opgestoken en deed het riet en het gras ruisen, zodat ze dacht dat ze het verkeerd had verstaan. Aan de andere kant van de vaart liet Adam zijn fiets vallen en stak zijn hand uit om haar over de vlonder heen te helpen.

'Ik bedoelde... alleen maar heel jong. Op een keer was ze met ons, de jongens, aan het cricketen. We speelden op het dorpsplein en Ted Jackson gaf de bal een lel en ze ving hem op. Toen pakte ze het bat en sloeg de bal en schortte haar rok op en rende als een jongen. Mevrouw Ferguson scoorde zes runs voordat dominee haar zag en haar naar huis stuurde.'

Ze liepen door. De zon, die bijna achter de horizon was verdwenen, wierp een laatste roze en amberkleurige baan licht. De kleuren verlichtten het hele veen, zodat het Helen heel even mooi leek in plaats van bedreigend.

Ze wilde nog één ding weten. Ze had de laatste tijd gemerkt dat ze twijfelde aan haar vaders liefde voor haar. Als hij Florence had gekneed tot iets wat hem goed uitkwam, had hij dan het leven van zijn dochter op dezelfde manier verwrongen? Had hij haar uit egoïsme de man, het huis en de kinderen waarnaar ze verlangde ontzegd?

'Was mijn moeder gelukkig hier, Adam?'

Hij keerde zich naar haar toe. Ze meende medelijden te zien in zijn ogen.

'Ik weet het niet, juffrouw Helen. Ziet u, ik was nog maar een jongen. En ze is zo kort hier geweest. Een jaar maar.'

Adam Hayhoe nam Helen mee naar zijn vrienden, de familie Randall, die het land bebouwden dat tussen de rivier en Thorpe Fen lag. Het waren methodisten, die kerkten in de kleine, lage kapel niet ver van Blackmere Farm.

De Randalls hadden drie kinderen: de acht jaar oude Elizabeth, Molly, die zes was, en de peuter Noah. Noah, mollig, kuiltjes in zijn wangen, opgewekt, klom op Helens schoot; zijn oudere zusjes staarden naar Helens lange, goudblonde haren en gesteven katoenen bloemetjesjurk, hielden zich op de achtergrond en klemden hun pop tegen zich aan. Met haar armen om Noah heen bewonderde Helen de poppen en vroeg hoe ze heetten. Elizabeth vergat haar bedeesdheid en nam Helen mee naar het lage kamertje aan de achterkant van het huis waar ze sliep en liet haar de houten poppenwiegjes zien die Adam Hayhoe de zusjes voor hun verjaardag had gegeven.

Terwijl ze door de velden terugliepen naar het dorp vertelde Adam dat de Randalls hun boerderij onlangs hadden gekocht. 'Samuel Randall was pachter van het Grote Huis. Maar Lord Frere besloot te verkopen, dus moest Sam geld zien te vinden of weggaan.' Adam stak zijn hand uit om Helen over de overstap te helpen. 'Ze hebben het zwaar,' vervolgde hij. 'Maar ja, wie niet, tegenwoordig?' Iets in zijn stem deed Helen verrast naar hem opkijken. 'Jíj redt het toch wel, Adam?'

Hij antwoordde niet meteen. Terwijl ze door de welige weide liepen met zijn wiegende boterbloemen en klaver, bedacht Helen dat Thorpe Fen de afgelopen jaren was veranderd. Ze had gemeend dat het onveranderlijk was, verlamd door de tijd, maar nu herinnerde ze zich opeens de huizen die leegstonden doordat de bewoners naar de steden waren getrokken en de grond die niet meer werd bebouwd, maar slechts bezaaid was met kaardenbollen en distels. In haar kindertijd was er een winkel geweest in Thorpe Fen. Ze kon zich niet herinneren wanneer die was gesloten.

'Adam,' herhaalde ze bedeesd, hem aan zijn hemdsmouw trekken. 'Je redt het toch wel, hé?'

'Natuurlijk.' Hij keek haar glimlachend aan en de vage, vormloze angst loste op. 'Alleen,' zei hij, 'er is tegenwoordig weinig behoefte aan mijn soort werk.'

Ze herinnerde zich de twee poppenwiegjes en het schitterende vakmanschap en ze riep uit: 'Maar de mensen zullen altijd een goede timmerman nodig hebben!'

Aan de andere kant van het veld was geen overstap en hij gaf haar een hand om over het hek te klimmen. Toen ze op de bovenste plank zat, zei hij: 'Kijk eens. Kijk nou eens, juffrouw Helen.'

Boven op het hek gezeten keek ze naar de velden en moerassen die zich als een grote lappendeken om hen heen uitspreidden. Naar de dijken, de rivier en de vaarten, zilverachtig in het zonlicht, kriskras op het patroon van groen en zwart. Boven hen welfde zich de lucht, blauw en wolkeloos.

Adam zei: 'Mijn grootvader is nooit verder dan tien kilometer van Thorpe Fen geweest. Hij had er geen behoefte aan. Mijn vader ging een of twee keer per jaar naar Ely, maar hij vond het een kille, onvriendelijke plaats. Toen ik in 1918 uit Vlaanderen terugkeerde, zwoer ik dat ik mijn huis nooit meer zou verlaten.'

'Ik heb altijd willen reizen.' Helen gaf uiting aan een bijna vergeten verlangen. Terwijl ze zo op het hek zat en neerkeek op Adams golvende haren, voelde ze tranen in haar ogen prikken. 'Maar ik ben nooit verder geweest dan Cambridge.'

'Er is nog tijd genoeg,' zei hij zachtmoedig.

Ze dacht van niet. Ze was vierentwintig en ze had zich op de een of andere manier laten wegglijden in een soort oudevrijstersbestaan, voor haar vader zorgend, de armen van de parochie helpend, dassen breiend voor andermans baby's. De rusteloosheid die ze voelde was ongericht, gedoemd om te verleppen en te vervliegen. Ze wilde door de bloeiende weide rennen of in de verre rivier zwemmen of Adam Hayhoes bruine, gespierde onderarm aanraken die vlak bij haar op het hek lag. Maar ze wist dat ze geen van die dingen zou doen.

Op 7 juni gingen Robin en Joe naar het Olympia. In de metro maakten ze ruzie, hij radeloos, zij verontwaardigd. Toen ze de trap beklommen en hij een laatste poging deed om haar af te brengen van het bijwonen van de bijeenkomst die Sir Oswald Mosley had georganiseerd, draaide ze zich met een ruk om en zei: 'Ik snap niet dat je er zo'n drukte over maakt, Joe, maar ik ga en ik laat me door niemand tegenhouden, punt uit.'

Ze hoorde hem binnensmonds vloeken. 'Blijf dan in mijn buurt en ga weg als het op rellen uitdraait. Beloofd?'

Schoorvoetend beloofde ze het. In het Olympia glipten ze door een zij-ingang naar binnen. Joe hield zijn camera verborgen onder zijn jas terwijl ze een rij fascisten in uniform, bestaande uit zwart overhemd, zwarte broek en zwarte laarzen passeerden. De gescandeerde leuzen van de anti-fascisten buiten vervaagden in de verte. In de zaal waren alle stoelen bezet en elke rij werd geflankeerd door een gewichtig doende, in zwart overhemd gestoken ordebewaarder, handen op de heupen, blik nonchalant en dreigend over de rijen stoelen glijdend.

Onder zijn jas legde Joe een plaat in zijn camera terwijl trompetgeschal de komst aankondigde van Sir Oswald Mosley, in gezelschap van vier blonde jongemannen en een meute met vlaggen zwaaiende Zwarthemden. Terwijl deze formatie langzaam het licht van de schijnwerpers in marcheerde, zwol het applaus aan tot een triomfantelijk, onbeheerst gebrul. Overal om Robin heen werden armen geheven in de fascistische groet. Ten slotte hief Mosley zijn arm op en maande de menigte tot stilte. En toen, ergens achter in de zaal, werd de plotseling stilte verbroken door stemmen die, aanvankelijk aarzelend, vervolgens met meer zelfvertrouwen, scandeerden:

Hitler en Mosley betekenen honger en oorlog!
Hitler en Mosley betekenen honger en oorlog!
Een schijnwerper zocht de betogers en pikte ze uit de menigte. Ordebewakers drongen zich langs de rijen, sleurden de dissidenten van hun stoel, duwden ze de zaal uit. Toen begon Sir Oswald Mosley te spreken

Nadien wist Robin dat Mosley niets substantieels had gezegd. Dat zijn beloften vaag waren geweest, zijn beschuldigingen ongefundeerd en dat degenen die hij beschuldigde gewoon de populaire zondebokken waren. *We zullen ons voorbereiden op een confrontatie tussen de anarchie van het communisme en de georganiseerde kracht van het fascisme ... Het fascisme combineert de dynamische drang tot verandering en vooruitgang met het gezag, de discipline en de orde zonder welke niets groots kan worden verricht.* Loze, lege woorden, maar met zoveel vuur, zoveel hartstocht uitgesproken dat ze een haast hypnotische macht hadden. Enkele keren werd Robins walging verdrongen door een vluchtig besef van de aantrekkingskracht die deze man voor zijn gehoor had. Een haast seksuele macht, een macht die meer een beroep deed op primitieve behoeften dan op het intellect. Maar de protesten gingen door en de agressie waarmee de geschreeuwde vragen van de betogers werden ontvangen was walgelijk. De schijnwerper zocht opnieuw en bleef rusten op een man die slechts enkele rijen voor hen zat. Joe stond op; er was een korte, verblindende flits toen hij zijn foto nam. Mosley begon weer te spreken, maar de protesten werden steeds feller. Zijn woorden – iets over internationale financiën en joodse bankiers en de Sovjetdreiging – verdronken bijna in het gejoel van de menigte. Enkele Zwarthemden pakten een betoger beet, sleurden hem van zijn stoel en ranselden hem af voordat ze hem de zaal uit smeten. De camera flitste opnieuw en heel even ontmoetten Robins ogen die van de ordebewaarder toen hij langs hun rij stoelen naar Joe keek.

'Hij heeft je gezien!' siste ze, aan Joe's mouw trekkend.

Joe laadde de camera opnieuw. 'Ik ga naar buiten,' zei hij. Even dacht Robin dat hij genoeg had gezien, genoeg foto's had genomen. Toen zag ze waar hij op af ging en ze ging, zich door de menigte vechtend, hem achterna. De bijna tastbare sfeer van spanning en geweld omringde haar, hield haar gevangen. Mosley's stem, kleurrijk en schimpend, steeg uit boven het gehuil van de massa en de pogingen van de tegenstanders om de bijeenkomst te verstoren. De vlaggen die aan muren en op het podium hingen en de zwart-geüniformeerde ordebewakers leken alomtegenwoordig. Zich aan de slippen van Joe's jas vasthoudend wurmde Robin zich de zaal uit. Toen ze omkeek, zag ze dat het Zwarthemd dat de camera had gezien verloren ging in de menigte. In de gang buiten de zaal schopten zes mannen één enkele op de grond liggende betoger. Walging steeg op in Robins keel toen hun gelaarsde voeten zijn hoofd troffen, zijn gezicht. Tegen de muur gedrukt, verborgen in de schaduwen, zag Robin Joe's camera opnieuw flitsen en nogmaals terwijl hij snel een nieuwe plaat laadde en de belichte in zijn jaszak liet glijden. De man op de grond bewoog niet meer. Robin wilde naar voren rennen en hem helpen, maar ze kon het niet; ze was letterlijk verlamd van angst. Niet tot bewegen in staat, zichzelf hatend omdat ze niets deed, zag ze Joe een laatste foto nemen terwijl een van de Zwarthemden het ineengedoken lichaam een por gaf met zijn laars, zodat het langzaam van de trap tuimelde. Toen keek een andere ordebewaarder op en zocht de bron van de flits.

Joe mompelde: 'Pak aan...' hij duwde zijn jas in Robins armen '... en gá!'

Ditmaal stribbelde ze niet tegen. Joe sprintte naar de voordeur. Robin drukte zijn jas tegen zich aan, rende de gang door en een andere trap af en glipte door een zijdeur naar buiten. Toen ze door de straat in de richting van het metrostation rende, keek ze om en zag niet Joe, maar twee Zwarthemden, een meter of honderd achter haar. Haar voorhoofd en haar handpalmen waren klam van het zweet. Ze hoorde haar bange, moeizame ademhaling. Toen ze opnieuw omkeek, zag ze dat de Zwarthemden dichterbij waren gekomen en ze versnelde haar pas en struikelde bijna over het stoffige trottoir. Radeloos zocht ze naar een politieagent, maar de rijen bereden politie die ze eerder had gezien waren nergens te bekennen. Ze waren nu nog maar een meter of vijftig van haar vandaan, grote, gespierde, zwaargebouwde jongemannen met brede kaken. Robin zag haar kans schoon toen ze een hoek om sloeg. Tijdelijk buiten het blikveld van haar achtervolgers zag ze de poort die van een steeg naar de achtertuin van een huis leidde. Ze sprong erdoorheen en zocht een plaats om zich te verschuilen. De tuin was leeg, op een vuilnisbak, een verkommerde, kale boom en een kolenhok na. Ze dook in de smalle opening van het kolenhok en perste zich tegen de muur; ze durfde amper adem te halen. Het betonnen gebouwtje was bedolven onder een dikke laag kolengruis. Stemmen galmden in de steeg. Robins knokkels, die de overjas omklemden, waren wit. Toen hoorde ze de voetstappen wegsterven terwijl de Zwarthemden de steeg verlieten en weggingen, en ze begon te beven, ineengedoken in het donker tussen de glinsterende kolen.

In zijn kamer wachtte ze op Joe. Een van zijn buren liet haar het kolen-gruis boven zijn aanrecht afspoelen en gaf haar een kop thee. Om elf uur ging ze de straat op en belde vanuit een telefooncel de ziekenhui-zen op, maar kwam niets te weten. Dus ging ze, met Joe's jas over haar knieën geslagen, boven aan de trap zitten wachten. Af en toe dommel-de ze in alvorens even later met een schok wakker te worden en met grote ogen in het donker te staren.

Het was al na twaalven toen ze wakker werd van zijn langzame, sle-pende voetstappen. Ze stond op.

'Joe?' *Alles in orde?* wilde ze al vragen, maar toen hij de hoek van de trap om kwam en in het schijnsel van de enige lamp in het trappen-huis verscheen, bevroren de woorden op haar lippen. Als hij niets had gezegd, zou ze hem denkelijk niet hebben herkend. Zijn gezicht was een bloederige massa van sneden en kneuzingen, zijn kleren waren ge-scheurd en vies.

'Die klootzakken hebben mijn camera kapotgeslagen,' mompelde Joe halverwege de trap. 'De sleutel zit in mijn zak, Robin. Zou je...?'

Ze haalde de sleutel uit zijn jaszak en opende de deur. 'Ga zitten. Je zou eigenlijk naar een dokter toe moeten, maar ik zal doen wat ik kan.' Haar stem was onvast. Ze trok een stoel bij en hij ging zitten. Aan de ongebruikelijke traagheid van zijn bewegingen merkte ze dat hij pijn had. Waar zijn huid niet bloederig was en open lag, was hij bleek.

Ze zocht in zijn appartement naar een desinfecterend middel en ver-band. De kamers waren kaal, Spartaans. Er was geen verband, dus pak-te ze een schoon kussensloop dat voor de gashaard te drogen hing en scheurde er repen van. Ze ging aan de slag en probeerde hem geen pijn te doen, maar ze zag dat hij zijn vuisten balde wanneer ze de rauwe randen van de wonden aanraakte. Ze probeerde hem af te leiden door te praten. Over van alles en nog wat; over school en thuis en haar vrien-dinnen. Zijn mond was vertrokken tot een dunne, harde streep; het oog dat niet was dichtgeslagen, was donker en bewolkt. 'Ze hadden boks-beugels,' legde hij uit toen ze iets over de onregelmatige wonden zei. Toen ze klaar was keek hij haar aan.

'Je zou een goede verpleegster zijn.'

'Ik zou een goede dókter zijn,' zei ze pinnig terwijl ze de rommel be-gon op te ruimen. 'Neil Mackenzie heeft me EHBO-les gegeven.' Ze bekeek hem aandachtiger en zag hoe geschokt, hoe breekbaar hij was. 'Heb je whisky in huis, Joe? De boekjes raden het af, maar...'

'In de slaapkamer.'

De slaapkamer was al even schaars gemeubileerd als de rest van

Joe's appartement. Alleen een bed en een ladekast – geen kachel, geen vloerkleed, geen prenten, alleen een kleine, ingelijste foto. Robin pakte hem op en keek ernaar. Een vrouw met zwarte, hoog opgestoken haren in fin-de-sièclestijl, donkere, diepliggende ogen. Haar trekken waren frêle en aristocratisch. Ze pakte de fles whisky, ging weer naar de ander kamer en hield Joe de foto voor.

'Je moeder?'

Hij keek op en knikte. Robin schonk twee vingers whisky in een kop en gaf die aan hem. Hij sloeg hem met enkele teugen achterover.

'Ik ga later dit jaar naar München, Robin, om mijn tante te zoeken. Zodra ik geld heb – zodra ik de camera heb vervangen.'

'Joe. München! Spreek je Duits?'

'Geen woord. Jij?'

'Mmm. Mijn vader heeft het me geleerd. Misschien zou ik...' Maar ze dacht aan Francis en haar stem stierf weg.

Joe keek haar scherp aan. 'Verdomme... helemaal vergeten. Mijn foto's...'

Robin haalde zijn overjas, die ze op de overloop had laten vallen, en klopte op de zak met de belichte films.

'Volkomen veilig.'

'Bedankt.' Ze hoorde zijn zucht van verlichting. 'Ik wist dat ik op je kon rekenen, Robin.' Hij zat voorover geleund in zijn stoel, met zijn hoofd in zijn handen.

'Je kunt beter naar bed gaan.' Ze keek de kamer rond. 'Ik slaap wel in een stoel.' Het was bijna één uur, te laat om naar haar eigen kamer te gaan.

'Jij moet het bed nemen.'

'O, doe niet zo idioot, Joe. Je bent op sterven na dood.'

'Dan delen we het,' zei hij. 'In godsnaam, Robin...'

Een ogenblik lang staarden ze elkaar aan, oude tegenstanders. Toen lachte ze en volgde hem naar de slaapkamer.

Ze leende een van zijn overhemden en rolde zich op aan de linkerkant van het eenpersoonsbed. Ze had gedacht dat ze meteen in slaap zou vallen, maar dat gebeurde niet. Het bleke schijnsel van de volle maan en de gele gloed van de straatlantaarns verlichtten de slaapkamer en de aangrenzende woonkamer. Het kwam in haar op dat de kaalheid van het appartement het iets voorlopigs gaf, alsof Joe het als doorgangsstation gebruikte, een plaats om zich terug te trekken voordat hij verdertrok. Haar gedachten zwierven onvermijdelijk naar Francis. Ze had de laatste tijd zijn toenemende rusteloosheid gevoeld en had op de

277

feesten en in de nachtclubs die ze bezochten een glimp opgevangen van een beginnende behoefte aan vleierij in plaats van waardering. Er was niets duidelijk aanwijsbaars, geen terugkeer naar de berekenende boosaardigheid van Viviens trouwdag, maar wakker liggend in het donker voelde ze een mengeling van droefheid en onbehagen.

Haar isolement werd voor Maia een haast tastbaar ding. Haar huis scheen te galmen van het gebrek aan woorden en wanneer ze haar spiegelbeeld opving, schrok ze op, schrikkend van de beweging. Ze werd thuis een ander mens dan op het werk, bleef 's avonds steeds later in het warenhuis en stelde het moment uit waarop ze de plaats waar ze iets betekende moest verlaten om terug te gaan naar het huis waar ze niets betekende. De avonden waren het ergst. Ze deed alle lampen aan, maar wat bleef was het holle geluid van haar hakken op de vloeren, het zachte kraken en ruisen van meubels en gordijnen. En de nachtmerries, wanneer Vernon in zijn dood naar haar toe kwam zoals hij in zijn leven had gedaan. Ze was bang om in slaap te vallen, kon het zich alleen toestaan wanneer ze met alcohol de scherpste randjes van haar angst had geslepen. Haar nachten waren onrustig, onderbroken door afschuwelijke pogingen om zichzelf te wekken, aan hem te ontsnappen. Het slaaptekort en het alcoholgebruik verleenden haar dagen een glazuur van onwerkelijkheid. Getallen dansten voor haar ogen wanneer ze in dossiermappen keek; ze vergat de namen van mensen die ze al jaren kende. Wanneer ze in het weekend dat ze uitging over het platteland reed, verdwaalde ze in de vertrouwde wirwar van smalle lanen en bossen die haar geheime bestemming omringden. Eén keer, toen ze de trap af liep, struikelde ze en ze zou zijn gevallen als ze zich niet aan de leuning had vastgegrepen. Op de trap zittend en kijkend naar de brede treden die onder haar leken te kantelen en naar de harde marmeren gangvloer begon ze te lachen, haar vuist tegen haar mond gedrukt en beseffend dat hij bijna wraak had genomen.

Ze moest vechten om overeind te komen. Ze zou naar een concert gaan en als niemand haar wilde vergezellen, goed, dan zou ze alleen gaan. Ze droeg een japon die ze in het voorjaar in Parijs had gekocht (zwart en zilverkleurig met een kleine bolero) en ze kapte haar haren op een nieuwe manier en maakte zich zorgvuldig op. In de concertzaal, terwijl ze luisterde naar het stemmen van de instrumenten, voelde ze zich prima. Ze was weer de oude Maia Merchant, wie het niet kon schelen wat anderen van haar dachten.

Toen, op het moment dat de zaal bijna vol was, zag ze Vernon. Hij was aan de overkant van de zaal en liep tussen de rijen door. Hij was in rokkostuum en zijn haren waren kort geknipt, precies zoals hij het graag had, en zijn ogen inspecteerden het publiek, op zoek naar haar. Maar de lichten werden gedimd en in de drukte van mensen die hun plaatsen zochten verloor ze hem uit het oog. Gedurende de hele eerste helft van het concert zocht ze hem, maar ze zag hem niet meer. In de pauze haalde ze haar mantel en verliet het concertgebouw. Thuis aangekomen pakte Maia de fles gin uit de kast en krulde zich met Teddy op schoot op in bed. Hughs stem echode. *Je weet dat Vernon dood is, Maia.* Natuurlijk wist ze het; zij, en niemand anders, had hem zien sterven. Wat ze zag was dus een geest, of ze was gek. Op het cynische af rationeel als ze was, had ze nooit in spoken geloofd. Rechtop zittend, met haar knieën opgetrokken onder haar kin, herinnerde ze zich eens te hebben gehoord dat krankzinnigheid in de familie kon zitten, zoals rode haren of linkshandigheid. Het kon in verschillende generaties verschillende vormen aannemen. Zelfmoord of waanbeelden of idiotie... Huiverend schonk Maia haar glas vol en nam een grote slok. Toen de alcohol haar ergste angst had verdreven ging ze naar haar bureau en krabbelde een briefje voor Hugh. Haar handschrift was niet zo keurig als anders, maar ze dacht dat het ermee door kon. Toen sloeg ze haar mantel over haar zijden pyjama en liep naar de brievenbus. Het was middernacht en donker; de leerachtige bladeren van de laurierstruiken ritselden toen ze over de oprijlaan rende.

De volgende middag om drie uur kwam Hugh. Ze maakten samen een wandeling, keken hoe Teddy eekhoorns achternazat in het park en gebruikten de thee in de serre. Even voor achten vertrok hij weer en kon Maia de komende week weer aan. Hij kwam de zondag daarna, en daarna. Toen kwam het weekend dat ze altijd wegging en gebeurde het afschuwelijke.

Er lag slechts één brief voor haar toen ze thuiskwam. Ze werkte zaterdags vaak laat door; er waren altijd bedragen te controleren, dossiermappen door te nemen. Maia was meestal de laatste die Merchants verliet. Tegen de tijd dat ze had gegeten en de brief van het blad nam, was het tien uur en was ze alleen in huis.

Ze schonk zichzelf iets in en scheurde de goedkope bruine envelop open. Teddy sprong rond haar voeten, bedelend om aandacht. In de envelop zat slechts één opgevouwen vel papier. Maia pakte haar glas en vouwde het vel open.

Sloerie.

Het glas gleed uit haar plotseling gevoelloze vingers aan scherven op de grond. Het ene woord in zwarte hoofdletters sprong Maia vanaf de bladzijde tegemoet. Ze hoorde zichzelf kreunen.

Ze wist later niet meer hoe lang ze zo had gestaan. Ze wist alleen nog dat ze de brief in snippers had gescheurd en in de open haard had gegooid en vervolgens naar de bijkeuken was gerend om stoffer en blik te halen en op handen en knieën over de vloer van de salon had gekropen om de glasscherven op te vegen. Ze vond Teddy, ineengedoken in de gang, en nam hem met zich mee naar bed, waar ze gin dronk tot ze bewusteloos achterover in de kussens viel en niet droomde.

Zondags werd ze tegen de middag wakker met een afschuwelijke hoofdpijn. De meid bracht haar zwarte koffie en toen ze ten slotte opstond en in bad ging, beukte er een hamer tegen haar schedel. Ze trok de eerste de beste kleren aan die ze kon vinden – een oude broek en een jumper die Helen voor haar had gebreid. Toen de deurbel ging en de meid aankondigde dat meneer Summerhayes er was, voelde ze een mengeling van opluchting en ontsteltenis. In de salonspiegel kijkend besefte ze dat ze er afschuwelijk uitzag, maar ze had geen tijd om meer te doen dan haastig haar haren gladstrijken met haar handen.

'Hugh! Lieverd – wat fijn dat ik je zie!'

Ze speelde een beetje de oude Maia, sleepte hem mee naar boven om het lakscherm te bekijken dat ze had gekocht, nam hem mee naar de tuin om de bloemenborder te bewonderen. Toen zag ze de verbijsterde, gekwetste uitdrukking op zijn gezicht en ze hield op met lachen en praten en stond naast het bloembed, even slap als de rijen vuurrode begonia's.

'Maia,' zei hij. 'Moet ik weggaan?'

Ze zag dat hij het meende. Ze kon het niet verdragen dat hij weg zou gaan en zij weer alleen zou achterblijven. 'Nee,' fluisterde ze. 'Hugh. Alsjeblieft.' Er biggelde een traan over haar wang en ze keerde zich van hem af opdat hij het niet zou zien.

Hij zei: 'Als je me niet wilt vertellen wat er is, waarom heb je me dan geschreven?'

Ze hoorde zichzelf slikken. 'Ik had gewoon behoefte aan gezelschap...'

'Schrijf dan aan een van de tientallen jongemannen die er vast en zeker naar snakken een halfuur met je door te brengen.' Zijn stem klonk ruw; zo had hij nog nooit tegen haar gesproken. 'Of schrijf Helen of Robin.'

'Helen zou het niet begrijpen en Robin zegt de laatste tijd bijna geen woord meer tegen me.' Uitdagend keek ze hem aan. 'Je moet toch beseffen, Hugh, dat Robin mijn manier van zakendoen afkeurt. Jij misschien ook? Misschien keuren alle deugdzame socialistische Summerhayes mijn slechte kapitalistische gewoonten af?' Ze kon het sarcasme in haar woorden horen.

Heel even maar was de woede in zijn ogen even groot als die in de hare. Toen vertrok zijn mond zich in een glimlach en hij zei: 'O, Maia, je zou ze allemaal in de boeien kunnen slaan en ik zou je nog steeds aanbidden.'

Ze glimlachte gedwongen. 'Lief van je, Hugh.' Toen stak ze haar arm door de zijne. Terwijl ze door de rozentuin wandelden praatte hij.

'Helen heeft eens gezegd dat je "schitterde" als je van streek was. Ze bedoelde... eh, hard en amusant en cynisch en snel. Als een kaars die te fel brandt. Je schittert al wekenlang, Maia, en je hebt me nog steeds niet verteld waarom. En dat vind ik erg – het betekent dat je vindt dat ik die arme ouwe Hugh ben die niet van streek mag worden gemaakt.'

Zijn verbittering verraste haar. Ze bleef onder een rozenboog staan en keek hem aan.

'Dat is het niet, Hugh. Dat is het absoluut niet.'

'Nee? Zeg me dan wat het wel is, Maia.'

'Het is...' Ze dacht weer aan de brief en haar vuist ging naar haar mond, alsof ze wilde verhinderen dat ze erover praatte. Maar ze wist dat ze zich niet kon veroorloven opnieuw een vriend kwijt te raken.

'Ik heb gisteren een brief gekregen. Ik zeg niet wat er in stond, maar het was verschrikkelijk.'

'Een lasterlijke brief?'

'Mmm. En ik dacht...' Nu zweeg ze, niet in staat de verschrikkelijke angst die haar de vorige avond had aangegrepen onder woorden te brengen.

'Wat, Maia. Wát?'

Radeloos zei ze: 'Ik dacht dat hij van Vernon kwam.'

Sloerie, had Vernon altijd tegen haar gezegd voordat hij haar verkrachtte. *Hoer.*

Ze liep door. 'Ik weet wat je zult zeggen, Hugh. Dat hij dood is, dat ik alleen maar denk dat ik hem zie doordat ik van streek en moe en bang ben. Zie je, ik heb mezelf al die dingen ook herhaaldelijk voorgehouden, maar er is een stukje in me dat ik niet kan overtuigen. Dat is het probleem.'

'"Ik ontvlood Hem, in de doolhof van mijn eigen geest..."' mompelde Hugh.

'Precies. Alleen vlucht ik voor een geest in plaats van voor God.' Ze drukte haar knokkels opnieuw tegen haar lippen. 'Al heb ik er zelfs over gedacht me tot de religie te wenden, Hugh.' Ze probeerde te lachen. 'Maar ik ben te zondig, niet? Veel te zondig.'

De klanten met een lopende rekening lieten Merchants in de steek; in het begin één of twee per maand, maar later meer, te veel om te negeren, te veel om toeval te kunnen zijn. Maia vroeg Liam Kavanagh naar haar kantoor te komen.

'Ik heb een brief gekregen van mevrouw Huntly-Page, Liam.' Ze schoof het vel over het bureau naar hem toe. 'Ze heeft bijna tien jaar een rekening bij ons gehad, maar nu schrijft ze dat ze besloten heeft die te sluiten.'

'Verdomme.' Ze kon het zachte, gemompelde woord nog net verstaan.

Maia ging verder: 'Dat is al de zesde deze week. De vijfendertigste in de afgelopen drie maanden.'

Hij haalde zijn schouders op. 'Slechts een klein deel van onze klanten heeft een lopende rekening.'

'Het zijn de meest welgestelden. We kunnen ons niet veroorloven ze kwijt te raken.'

'Ze komen wel terug als ze merken dat ze elders minder goede service krijgen. U moet zich geen zorgen maken, mevrouw Merchant.'

'Je bent erg aardig, Liam, maar de mogelijkheid bestaat, nietwaar, dat ze worden gedreven door andere dan financiële overwegingen.'

Zijn korenbloemblauwe ogen ontmoetten de hare en zij zuchtte en zei: 'Jij komt in de clubs, de pubs, de restaurants, Liam. Wat zeggen ze over mij?'

Hij stond op en liep rusteloos door het vertrek. 'Niets,' loog hij.

Ze pakte de envelop uit haar bureau. Toen ze hem die ochtend had geopend, was ze lichamelijk misselijk geworden.

'Het is de derde al. De andere heb ik verbrand.'

Ze keek toe terwijl hij het vodje goedkoop papier tevoorschijn haalde en het ene boze, beledigende woord las. Het was altijd hetzelfde woord. Hij wilde iets zeggen, maar met een gebaar legde ze hem het zwijgen op.

'Dus – wat zeggen ze over me?'

Het bleef even stil, toen zei hij: 'Het gerucht gaat dat de dood van meneer Merchant niet.... dat u, eh, ertoe heeft bijgedragen.'

Haar hart sloeg een slag over. Zwijgend staarde ze hem aan.

'Ik bedoel... dat u flirtte, waardoor hij ging drinken enzovoort.'

'Is dat alles?' Maia's stem was als ijs.

'Dat u blij was dat hij dood was.' Liam keek dreigend. 'Sorry, mevrouw Merchant. Ik heb de kerel die me dat vertelde natuurlijk een lel gegeven.'

Ze besefte hoe dom ze was geweest door te denken dat ze ooit veilig zou zijn. Je nam besluiten die op het moment zelf misschien onbeduidend leken en ze haalden je in. Alles liet zijn slakkenspoor van zilverachtig bedrog en schuld achter.

Het was een misrekening geweest te denken dat ze de twee delen van haar leven gescheiden kon houden. Ze bestonden, vlak naast elkaar; het donker werd nu en dan, onheilspellend en ondoorschijnend, zichtbaar onder de schittering. Ze hoorde Liam achter zich praten.

'Toen ik u voor het eerst ontmoette, vond ik u een verwaande trut die geen vuile handen wenste te maken. Later, toen meneer Merchant stierf en u het overnam, vermoedde ik dat u het een paar maanden zou volhouden – hoogstens zes. Ik werk nu vier jaar met u samen en ik heb ontdekt dat u er dan mag uitzien als een porseleinen pop, maar even goed voor uw werk bent als welke man ook. Neem me niet kwalijk dat ik vrijpostig ben, mevrouw Merchant, maar u moet weten dat u zowel bewonderaars als vijanden hebt.'

Ze draaide zich naar hem om. Ze wist dat de Liam Kavanagh op zijn minst een zekere eerlijkheid verschuldigd was.

'Misschien dat je daar nog eens anders over gaat denken, Liam. Ik had het je niet willen zeggen, maar ik zal wel moeten. Er doen ook andere geruchten de ronde, vrees ik, die zowel jou als mij aangaan. Die onze namen op een onaangename manier met elkaar in verband brengen. Ik zou het begrijpen als je weg zou willen... als je je ontslag zou willen indienen...' Haar stem stokte. Ze was bang dat hij haar radeloosheid zou merken.

Hij kwam door het vertrek naar haar toe. 'Wilt u dat ik wegga, mevrouw Merchant?'

'Nee.' Maia schudde heftig haar hoofd. 'Natuurlijk niet.'

'Dan blijf ik.' Hij haalde een aansteker uit zijn zak en stak de brief in brand. 'Hebt u enig idee wie u deze charmante *billets doux* schrijft?' Liam liet het brandende papier in de asbak vallen, waar het grijs werd en omkrulde.

'Ik denk het wel. Ik ben er niet zeker van. Maar ik kan raden wie die geruchten in de wereld heeft gebracht.'

'Ik ken een paar kerels, mevrouw Merchant...' zei hij terloops. 'Kerels die andermans problemen oplossen.'

Ze staarde hem aan en schudde toen glimlachend haar hoofd. 'Nee, nee. Niets van dien aard, Liam.'

Die avond na het diner praatte Maia met Hugh over Merchants. Ze vertelde hem over Edmund Pamphilon en daarna over Lord Frere. Hoe ze hem had afgewezen en had beledigd en dat ze vermoedde dat hij zijn invloed aanwendde om haar naam door het slijk te halen. Ze verzweeg dat de eenzaamheid die het gevolg was van haar uitsluiting aan haar knaagde, zodat ze niet meer was dan een zwarte, holle leegte. Maar ze vermoedde dat hij het begreep.

'Mensen zijn jaloers, Maia,' zei Hugh. 'Andere vrouwen benijden je je vrijheid en heel veel mannen willen niet onder een vrouw werken. Zeker niet onder een jonge, mooie vrouw.'

'Ze zeggen zulke afgrijselijke dingen...'

'Vertel op.'

Met haar rug naar Hugh gekeerd schonk ze hem iets te drinken in en zei: 'Ze zeggen dat ik wilde dat Vernon doodging, zodat ik Merchants zou erven.'

Het was de eerste keer dat ze het onder woorden bracht. Het maakte het echter, meedogenlozer. Ze droomde tegenwoordig vaak over de uitdrukking op Vernons gezicht toen hij aan zijn lange, ruggelingse val was begonnen. Doodsangst en ongeloof. Haar dromen achtervolgden haar en ze vroeg zich af hoe lang ze de schijn nog zou kunnen ophouden. Wanneer zouden de twee helften van haar leven samenkomen en haar gevangen houden in een nachtmerrie?

Maia hoorde Hughs 'Goeie God,' terwijl ze zich omdraaide en hem het glas aanreikte. Vervolgens schonk ze zichzelf een groot glas gin in en ging in de stoel tegenover hem zitten.

'Na alles wat je hebt doorgemaakt,' mompelde hij. 'Hoe kúnnen ze zoiets van je denken?'

De whisky vertroebelde zijn woorden, haar angst. Ze zei, luchtiger: 'Het kan me niet schelen wat ze denken, Hugh, dat weet je. Het probleem is dat we onze beste klanten kwijtraken – vrienden van Harold Frere, neem ik aan. Als het zo doorgaat, zal het gevolgen hebben voor Merchants.' Ze zweeg even en dronk haar glas leeg. 'Er is natuurlijk een oplossing mogelijk.'

Hij fronste zijn wenkbrauwen. 'Ga door.'

'Dat ik wegga. Nee, Hugh, laat me uitpraten. De geruchten betreffen mij; onze klanten lopen weg omdat ze míj afkeuren, niet omdat ze Merchants afkeuren. Het zou de eenvoudigste oplossing zijn; we staan er goed voor, er zouden vast en zeker kopers zijn. En ik zou elders opnieuw kunnen beginnen.'

'Je wílt niet verkopen, wel?'

'Natuurlijk niet.' Haar stem klonk heftig. Ze probeerde het uit te leggen. 'Voordat ik Merchants had, verveelde ik me altijd. Ik was nooit tevreden. Ik dacht dat ik een rijke man wilde en een mooi huis en zo en toen merkte ik dat ik dat niet wilde. Of toch wel – ik heb nog steeds behoefte aan mooie dingen – maar ze waren niet genoeg. Maar misschien zal ik móeten verkopen, Hugh. Ik wil het niet, maar ik zal misschien wel moeten.'

Ze vertelde hem niet dat ze soms vreesde voor haar geestelijke gezondheid. Dat ze bang was om in te storten, uiteen te vallen. Dat het broze gebouw dat ze eigenhandig had opgetrokken bedreigd werd en dat ze het niet kon verdragen dat haar vijanden haar zagen falen.

Ze hoorde de vermoeidheid in haar eigen stem. Ze had het gevoel dat ze jarenlang had gestreden en haar vechtlust aan het verliezen was. Met gevouwen handen voor de haard staand voegde ze er verbitterd aan toe: 'Alles wat ik aanraak schijnt in stof te veranderen.'

'Je zult moeten volhouden, Maia. Als je bij Merchants weggaat, maak je die leugens geloofwaardig.'

Ze fronste haar wenkbrauwen terwijl ze met haar vingertoppen haar pijnlijke voorhoofd masseerde en vroeg zich af of hij gelijk had. Of het haar iets kon schelen.

'Ik ben bang dat er mensen zullen zijn die aftreden zullen aanzien voor een stilzwijgende schuldbekentenis,' zei hij onomwonden. 'Het zou op jou afstralen – en op je familie.'

Haar handen klemden zich om het glas. Ze gaf geen zier om haar moeder of nicht Margery of neef Sidney, maar ze realiseerde zich voor het eerst dat er iemand was die ze wilde beschermen. Iemands wier toekomst zij – en alleen zij – kon veiligstellen. Het mocht haar dan koud laten wat anderen van haar dachten, maar ze zag in dat Hugh gelijk had: haar reputatie, haar veiligheid, konden gevolgen hebben voor anderen. Wat ze ook had gedaan, hoe ze ook was geworden, het mocht de worstelingen en geheimen van de afgelopen paar jaar niet in gevaar brengen.

Hugh – vreedzame, zachtmoedige Hugh – zei: 'Ik zou die leugenachtige varkens wel kunnen vermoorden.'

Verrast keek ze hem aan. Toen glimlachte ze. 'Liam Kavanagh bood aan wat zware jongens voor me te zoeken om met die roddelaars af te rekenen. Kun je het je voorstellen, Hugh: een paar potige knapen die Harold Frere in een donker steegje te grazen nemen?'

Ook Hugh glimlachte. 'Knuppels gereed...'

Maia begon te giechelen, tot haar gelach bijna onbeheersbaar was.

'Weet je wat ons probleem is, Maia?' Hugh zette zijn glas weg en keek haar aan. Zich beheersend schudde ze haar hoofd.

'Wij zijn nooit jong geweest. Ik kreeg een uniform aan zodra ik van school kwam en jij was voor je eenentwintigste al getrouwd geweest, weduwe geworden en leidde een zaak. We hebben nooit plezier gemaakt. Niet zoals Robin, die jaren de tijd heeft gehad om haar wilde haren te verliezen.'

Hij stond op en speelde met de knop van de radio tot dansmuziek de salon vulde.

'Misschien moesten we onze opvoeding maar eens afmaken.' Rijzig en sierlijk boog hij zich over haar heen en stak zijn hand naar haar uit. 'Wat vind je, Maia? Zullen we dansen? Zullen we leren plezier te maken?'

Hoofdstuk twaalf

Om in de politiek iets te bereiken moest je, had Francis gemerkt, onderaan beginnen en je opwerken. Vooral in de Labour Party, waar vage adellijke connecties, een opleiding aan een illustere kostschool en een bekakt accent van twijfelachtige waarde waren. Het zou makkelijker zijn geweest, had Francis vaak gepeinsd, als hij zijn principes had laten varen en zijn lot aan dat van de Conservatieven had verbonden. Dan zou een achterneef met een titel vast een introductie hebben geritseld en zou hij binnen de kortste keren op een aardige, veilige, slaperige kamerzetel namens de Shires hebben gezeten.

Zoals het er nu voor stond moest hij eindeloze, langdradige vergaderingen bijwonen, in zaaltjes overal in Londen spreken en altijd, altijd aardig zijn voor invloedrijke ouwe knarren. Het ging allemaal te langzaam en hij merkte dat hij ongeduldig begon te worden. Steeds vaker moest hij de aandrang om te zeggen wat hij werkelijk dacht onderdrukken wanneer ze eindeloos doorzeurden over artikel tien van een of andere saaie motie of het zoveelste verdomde besluit.

Het probleem was dat hij zich niet kon permitteren dat het langzaam ging. Al enige tijd nu was hij al na veertien dagen voor zijn maandelijkse toelage heen, wat betekende dat hij de rest van de tijd op andermans zak leefde of steeds dieper in de schulden raakte. Mensen zoals Guy, Selena en Diana hadden nooit geld en degenen die dat wel hadden – degenen die hij als vrienden had beschouwd – waren niet geneigd hem iets te lenen. Hij had de laatste tijd enkele keren, zichzelf verafschuwend, iets van Robin geleend en telkens gezworen dat het de laatste keer zou zijn. Maar de brieven van de bank bleven maar komen, brieven die hij niet meer durfde te openen. En je moest nou eenmaal eten en je moest er toonbaar uitzien, anders bleven bepaalde deuren voor je gesloten. Het kostte allemaal handel vol geld.

Hij was de laatste tijd gaan denken dat er mogelijk extreme maatregelen nodig zouden zijn om zijn situatie te verbeteren. Hij overdacht de mogelijkheden. Je kon ofwel geld erven, geld verdienen of met geld

287

trouwen. Hij was er niet in geslaagd met geld geboren te worden en hij kende zichzelf goed genoeg om te erkennen dat hij geen speciale talenten had om het te verdienen. Zijn ambitie om iets groots te doen, iets opzienbarends, iets waardoor men zich je zou herinneren, leek voortdurend gedwarsboomd door de strijd om het dagelijks bestaan. Bleef over het huwelijk. De gedachte eraan maakte hem al neerslachtig. Enkele huwelijken van Vivien waren geëindigd in een scheiding en enkele in het weduwschap, maar geen ervan had haar veel meer opgeleverd dan een in verval rakend huis, enkele jaren van betrekkelijke welstand en een paar sieraden die ze de eerstvolgende keer dat ze krap zat kon verkopen. Om de een of andere reden kon hij zich niet voorstellen dat hij een huwelijk tot een groter succes zou maken dan zijn moeder had gedaan.

Weer toegelaten tot Theo Harcourts kringen zwierf Francis van nachtclub naar cocktailparty, van cocktailparty naar feest. Omdat hij Theo enige tijd had gemeden, was hij op proef. Op een avond, nadat hij iedereen was voorgegaan in een dans in de fontein in iemands tuin en hij alleen naar binnen was gestrompeld, koud, drijfnat en stomdronken, hoorde hij een koele stem zeggen: 'Je vat nog een kou, kerel.'

Francis tuurde in het donker. Het enige licht in de kamer was het gloeien van haar sigaret in het pijpje.

Ze ging verder: 'Ik wed dat je niet eens weet waar je bent. De naam van dit huis, bedoel ik.'

'Geen flauw idee,' zei Francis opgewekt.

'Het mijne, lieverd. We zijn in Surrey en dit is mijn huis.'

Ze kwam dichterbij. Francis wreef zijn oogleden droog met de rug van zijn hand en zag haar lange, ovale gezicht, haar schuinstaande ogen, haar lange, slanke neus en kleine, vuurrode mond. En opmerkelijk gezicht: smal, lieflijk en verslindend.

'Ik ben Evelyn Lake,' zei ze. 'We hebben elkaar eerder ontmoet, Francis. Ik denk niet dat je het nog weet, want toen was je eveneens dronken.'

'Sorry.'

'Geeft niet.' Met scheefgehouden hoofd nam ze hem op. 'Je ziet er idioot uit. Je kunt die natte spullen maar beter uittrekken.'

Hij wist even niet goed wat ze tegen hem vertelde, maar toen ze zei: 'Schiet op, Francis, dadelijk komen de anderen,' vermande hij zich en volgde haar naar boven.

In een goudkleurige en turquoise slaapkamer vrijde hij met haar. Beter gezegd: vrijde zij met hem. Ze zei wat hij moest doen en hij deed het. Hij voelde zich even weer zeventien, verbijsterd, niet langer de baas. 'Nee, dát niet,' zei ze vol afkeer wanneer hij iets verkeerd deed. 'Sáái, Francis; stel me niet teleur. Je moet je fantasie gebruiken.' Dus gebruikte hij zijn fantasie, en de hare, die bizar en ongeremd was en een zekere ongeduldige verveling vertoonde. En ergens in de kleine uurtjes, toen ze zich omdraaide en twee sigaretten aanstak en er een aan hem gaf, zei hij: 'Heb ik je teleurgesteld?'

Ze inhaleerde. 'Niet bijzonder.' Toen zei ze: 'Je laat je door ons gebruiken, Francis, is het niet?'

Hij keek haar scherp aan. Evelyn zat rechtop in bed en had de satijnen lakens van zich afgeschopt; schaduwen verzamelden zich onder haar borsten, tussen haar benen.

'Ik neem aan van wel.'

'En jij op jouw beurt gebruikt ons. Met welk doel, Francis?'

Hij was eerlijk. 'Theo kent de juiste mensen. Ik hoop dat hij me aan een paar ervan zal voorstellen.'

'Krap bij kas, lieverd?'

Het kwam in hem op dat ze heel, heel rijk moest zijn. En dat ze geen trouwring droeg.

'Ontzettend,' zei hij.

'De vraag is,' zei ze, 'of je voldoende uithoudingsvermogen hebt. Zie je, Theo eist waar voor zijn geld.'

Hij zag dat ze glimlachte, hem een beetje uitlachte misschien. Hij dacht aan Robin en voelde een golf van intense schuldgevoelens. Hij stond op, kleedde zich aan en zwoer dat hij Evelyn Lake in het vervolg zou mijden.

Maar enkele weken later ontmoetten ze elkaar opnieuw. Hij had Robin meegenomen naar een kleine nachtclub in Soho en op een gegeven moment, tegen de ochtend, werd Francis onder het dansen op zijn schouder getikt en een stem zei: 'Het is allemaal zo voorspelbaar en saai geworden. Een paar van ons zijn uit Theo's huis gevlucht. We hebben je nodig, Francis.'

Hij herkende haar stem onmiddellijk. Hij voelde een rilling langs zijn ruggengraat gaan, een verschijnsel dat hij tot dusver alleen in stuiverromans was tegengekomen. Francis leende de MG van een vriend. Hij reed, Robin zat voorin naast hem en Evelyn Lake achterin. Hij vond haar aanwezigheid verontrustend. Toen Evelyn met verveelde, droge stem zei: 'Rij eens door, Francis – zo saai,' trapte hij het gaspedaal in en scheurde door de donkere straten van Londen, gierde hoeken om en door smalle stegen met slechts enkele centimeters ruimte over.

Het was druk in Theo Harcourts huis in Richmond, maar er waren geen bedienden. Een grammofoon speelde in de salon, waar de tuindeuren waren geopend, zodat muziek en dansenden de ommuurde tuin in stroomden. Jongelui hingen rond in de keuken in het souterrain en plunderden de voorraadkast en de ijskast tot elk oppervlak was bezaaid met lege flessen en vuile borden. Robin zocht schone kopjes en schoteltjes om thee te zetten. Mensen zwermden discussiërend de keuken in en uit.

'Ja... maar als iemand je zús zou bedreigen...'

'Doe niet zo idioot, Leo...'

'Is niet idioot. Als een of andere klootzak met een geweer je zús zou bedreigen... haar wilde... je weet wel.'

'Mijn zus zou zeggen dat ik moest opsodemieteren en haar een beetje lol moest gunnen. Ze heeft een gezicht als de achterkant van een bus.'

Een bulderend gelach. Leo zei klaaglijk: 'Kom op, Bertie, je weet best wat ik bedoel. Je zou die vent moeten doden, niet dan?'

'Hij heeft gelijk, het spijt me dat ik het moet zeggen. Daar houdt het pacifisme op.'

'Zie je,' herhaalde Leo terwijl hij met zijn vinger tegen de borst van de ander porde, 'als een of andere vieze buitenlander het op je zus gemunt had...'

'Heeft je zus er ook nog iets over te zeggen?'

Francis, die tegen een kast leunde en een sigaret opstak, keek Robin aan. De jongemannen ook. Francis wist dat Robin woedend was.

'Jullie praten alsof vrouwen niet voor zichzelf kunnen zorgen. Alsof we niet eens voor onszelf kunnen dénken.'

'Kom, schatje.' Berties beschonken blik bleef even op Robin rusten. 'Er zijn grenzen aan de emancipatie. Als er een oorlog uitbrak en ze vielen ons land binnen, zou het ieder voor zich zijn. De sterksten zouden winnen en de zwaksten zouden tegen de muur worden gezet.'

'Dat is niet bepaald de basis van een beschaafde samenleving, wel?'

Leo zwaaide met zijn vinger naar haar en mompelde weer: 'Als hij het op je zus gemunt had...' gleed langzaam langs de muur omlaag en bleef als een verfomfaaid hoopje op de tegelvloer liggen.

'Heeft nooit tegen drank gekund.' Bertie en zijn vriend sleepten Leo de keuken uit.

'Wat een zakken,' zei Francis mild toen ze weg waren. 'Maar er zit iets in.'

Hij zag dat Robin zich omdraaide en hem aanstaarde.

'Wat bedoel je in 's hemelsnaam?'

Hij haalde zijn schouders op. 'De meesten van Theo's dweperige stuudjes geloven de rotzooi die ze in *The Times* lezen. Dat Adolf Hitler een onbelangrijke, ordinaire buitenlander is die absoluut geen bedreiging vormt voor het grote Britse imperium. Dat stel daar schijnt tenminste een beetje te begrijpen wat er gaande is.'

'Maar ze hadden ongelijk.' Haar stem klonk fel. 'Volkomen ongelijk. Er kan niet opnieuw oorlog komen.' Haar gezicht was lijkbleek geworden.

Hij zei: 'Natuurlijk wel.'

'Hoe kun je zoiets zeggen, Francis...?'

'O, kom nou, Robin. Je weet dat het zo is.'

'Duizenden mensen zijn pacifist tegenwoordig. Gewoon duizenden.'

Ze had het theeblad neergezet. De ketel floot veronachtzaamd op het fornuis. 'En hoe kun je zo zelfgenoegzaam praten...?'

'Ik ben niet zelfgenoegzaam. Alleen maar realistisch.'

'En ik niet, natuurlijk?'

Hij gaf geen rechtstreeks antwoord. In plaats daarvan zei hij datgene waarvan hij al geruime tijd wist dat het zo was. Het was geen waarheid die hij wilde of waarnaar hij verlangde, gewoon een die hem vertrouwd was geraakt.

'Er komt weer oorlog, Robin. En ditmaal worden we er allemaal bij betrokken. Jij, ik, iedereen. Niet alleen de jongemannen, zoals de vorige keer. Wij allemaal.'

'En al het werk dat ik doe... alle petities...'

Hij viel haar in de rede. 'Zullen uiteindelijk geen enkel verschil maken. Duitsland is zowel uit de Volkerenbond als uit de Ontwapeningsconferentie gestapt. Voorspelt weinig goeds, wel? Als mensen oorlog willen, houdt alle gepraat van de wereld het niet tegen.'

Ze staarde hem een ogenblik aan en liep toen stil de keuken uit. Hij wist dat hij haar van streek had gemaakt, dat hij haar achterna moest gaan, maar hij wist ook dat hij gelijk had. Hij had de waarheid gezegd omdat hij dronken was, inderdaad, maar hij geloofde elk woord dat hij zei. Achteraf had hij het minder grof kunnen zeggen, maar meer ook niet.

Er stond een halve fles whisky op de keukentafel. Francis maakte hem open en nam een grote slok. Vervolgens zwierf hij door het huis en probeerde aan iets anders te denken. Hij zag Evelyn en Robin en ontliep hen allebei. Hij kon niet naar Evelyn kijken zonder een gecompliceerde mengeling van vernedering en begeerte en toen hij Robin alleen in de hoek van de salon zag staan, wist hij dat hij haar niet hierheen had moeten brengen. Het deel van hem dat rust en verrukking vond in Robins gezelschap was niet het deel waarvoor Theo Harcourt waardering had. Meer dan ooit had hij Theo's geld nu nodig en de deuren die Theo kon openen. Schuldbewust veronderstelde hij dat Robin weldra een taxi zou bellen en alleen naar huis zou gaan. Stellen vertrokken, zwermden de nacht in. Het was – Francis tuurde op de klok, concentreerde zich uit alle macht – bijna vier uur 's ochtends. Maar de muziek speelde nog en Theo zwierf nog door het huis, vulde glazen bij, begon gesprekken, porde hen op wanneer ze saai of slaperig werden. Het kwam Francis goed uit; hij wilde niet lang genoeg alleen zijn om na te denken.

Hij was in de eetkamer achter in een kast op zoek naar een nieuwe fles whisky toen hij het schot hoorde. Hij vond Theo en een vijftal anderen onder aan de trap. En van die knapen had een pistool in zijn hand en mikte op het grote portret op de overloop. 'Mijn grootmoeder,' zei Theo. 'Afschuwelijke oude heks.' De trekker werd overgehaald, er knalden twee schoten en iedereen keek omhoog. Het stucwerk naast het portret vertoonde twee kleine gaatjes.

'Mijn beurt,' zei Bertie Forbes en hij legde aan en schoot.

'Je hebt haar hoed geraakt, Bertie,' zei een meisje. 'Niet bepaald dodelijk.' Er klonk gelach.

'Francis?' zei Theo, hem het pistool overhandigend.

Hij was altijd een goed schutter geweest. Het was een van zijn merkwaardige, nutteloze talenten, die geen van alle ergens toe dienden. Hoewel hij een hekel had gehad aan de officiersopleiding die hij op kostschool had moeten volgen, had hij niettemin, als hij er zijn zinnen op had gezet, elke schiettrofee gewonnen. De zoveelste ironie van het leven, had hij altijd gedacht.

Francis mikte zorgvuldig en concentreerde zich opdat zijn hand niet zou beven. De kogel drong door het geschilderde voorhoofd van het portret, tussen de wenkbrauwen. Een enkeling applaudisseerde.

'Het probleem,' zei Theo lijzig, 'met walgelijk briljante mensen is, dat ze je zo verpletteren. Ik bedoel...' hij wees naar het schilderij '... wat heeft het nog voor zin om door te gaan?'

Francis glimlachte. 'Er zijn nog meer spelletjes,' zei hij en hij draaide het pistool om en zette de loop tegen zijn voorhoofd. Een meisje gilde toen hij de trekker overhaalde.

Robin ging op het geluid van de schoten af. Toen ze in de gang aankwam, was Francis de eerste die ze zag. Hij glimlachte en hij had het pistool tegen zijn hoofd gezet. Robin hoorde haar eigen zachte, gesmoorde kreet van angst en toen haalde hij de trekker over.

Een zachte klik. Haar knieën knikten en ze zakte tegen de muur. Toen ze haar ogen opende, realiseerde ze zich dat Francis haar had gezien en ze draaide zich om en rende de gang door, gooide de voordeur open en stormde de trap af. De MG cabriolet stond langs de weg. Half achter het stuur vallend drukte ze op de zelfstarter en de motor sloeg pruttelend aan. Toen ze vocht om de handrem los te maken hoorde ze een stem die haar naam riep.

'Robin!'

'Ga weg. Ga weg, Francis.' Ze haatte hem op dat moment.

'In 's hemelsnaam...' Hij leunde over het portier en pakte haar arm beet juist toen ze de wagen van de handrem zette. Ze trapte op het gaspedaal en de hand waarmee ze het stuur vasthield werd wild naar rechts geslagen door de klap van zijn lichaam. De MG sprong naar voren en er klonk een gekraak toen de bumper het achterspatbord van de ervoor geparkeerde Rolls Royce raakte. Toen sloeg de motor af.

'Kijk nou eens wat je gedaan hebt!' Ze hoorde zichzelf krijsen als een viswijf. 'Kijk nou verdomme wat je hebt gedaan.' Op haar knieën op de stoel zittend greep ze de mouwen van zijn jasje en probeerde hem weg te duwen.

'Donder op, Francis... ga weg... laat me met rust...' Haar gebalde vuisten trommelden op zijn borst.

Ze was zich vaag ervan bewust dat ze publiek hadden. Op de trap van Theo's huis zat een kleine, belangstellende groep toeschouwers en in het aangrenzende huis werden gordijnen geopend en lichten gingen aan achter slaapkamerramen.

Ze hoorde Bertie zeggen: 'God. Mijn arme auto...' en toen wist ze de motor weer te starten. Francis was achterover op het trottoir gevallen. Robin zette de versnelling in de achteruit en reed in een wirwar van botsende bumpers en verbrijzelde koplampen weg van Theo Harcourts huis.

Ze remde pas af toen ze de straat had bereikt waar Joe woonde. Daar stopte ze langs de kant van de weg en bleef enkele minuten trillend zitten. Ten slotte slaagde ze erin enkele woorden op een vodje papier te krabbelen, het op te vouwen en er Joe's naam op te schrijven. De inkt liep uit door haar tranen. Toen reed ze naar de huurkazerne waar Joe woonde en stopte het briefje in de brievenbus.

Joe, ik ga met je mee naar Duitsland. Niet tegenstribbelen; je hebt een tolk nodig. Liefs, Robin.

Drie weken later vertrokken ze naar Duitsland. Het onderzoek waaraan Robin was begonnen voor een docent aan de universiteit die bevriend was met haar vader was ten einde, voltooid maar volstrekt onbevredigend. Ze had enkele banen aangeboden gekregen, maar van geen ervan was al iets gekomen. Ze had behoefte aan verandering, dacht ze. Ze moest weg uit het knusse, veilige Engeland.

Ze moest een tijdje weg van Francis. Nadenken. Tijdens de lange treinreis door Europa staarde ze met nietsziende ogen door het raam naar de eindeloze opeenvolging van velden en dorpen en dacht aan Francis. Wanneer ze haar ogen sloot en probeerde te slapen herinnerde ze zich het zachte klikken toen de hamer de lege kamer had getroffen. Wanneer ze uitkeek over de velden en de oogsttaferelen zag die zich in de tijd van Brueghel hadden kunnen afspelen – de sikkels die het koren maaiden, de goudkleurige hooioppers – wist ze dat Francis ongelijk had, dat die dingen niet veranderden, onveranderlijk waren.

Tegen het eind van de middag kwamen ze aan in München en begaven zich naar het adres dat ze van Niklaus Wenzel hadden gekregen. *Käthe en Rolf Lehmann zijn goede vrienden van me. Jullie kunnen hen vertrouwen*, had Herr Wenzel gezegd. De gedachte aan die laatste zin bezorgde Robin een gevoel van onbehagen terwijl ze met de tram door de brede straten van München reden.

Ze werden echter hartelijk verwelkomd door Käthe Lehmann en in een grote salon in een aantrekkelijk appartement gelaten. Käthe Lehmann was een grote, forse vrouw met grijzende, kortgeknipte haren. Ze nam Robins hand en kuste haar op haar wang.

'Fräulein Summerhayes, leuk u te ontmoeten. En Herr Elliot.' Frau Lehmann begroette Joe in het Engels. 'U zult allebei wel moe zijn na zo'n lange reis.'

Het dienstmeisje, Lotte, een stuurs schepsel met blonde haren die in een krans van vlechten rond haar voorhoofd waren gewonden, nam hun hoed en jas aan. Frau Lehmann stelde haar zoontjes Dieter en Karl voor. Haar man, legde ze uit, was aan het werk in het ziekenhuis en zou pas laat in de avond thuiskomen.

Ze aten om zeven uur, nadat de jongens naar bed waren gebracht. De maaltijd was smakelijk, de conversatie licht en luchtig. Telkens wanneer Robin het gesprek op iets interessanters probeerde te brengen dan het aangename weer of de verschillende manieren om kool te koken, leidde Käthe het beleefd maar vastberaden terug naar saaie, alledaagse dingen. Robin verviel al gauw in een verveeld stilzwijgen en liet het aan Joe over de stilten te vullen.

Na de koffie zei Käthe tegen het dienstmeisje: 'Je kunt wel gaan als je wilt, Lotte. Ik weet dat je moeder op je wacht.'

Lotte verliet de kamer. Ze hoorden hoe ze in de gang haar mantel aantrok en haar hoed opzette, vervolgens het slaan van de deur en de wegstervende echo van haar voetstappen toen ze de trap af slofte. Käthe zuchtte, leunde achterover op haar stoel en sloot haar ogen.

'U hebt toevallig geen sigaret, Herr Elliot? Een *Engelse* sigaret?' Joe haalde een pakje uit zijn zak en hield het haar voor.

'Ik durf niet te roken waar Lotte bij is.' Käthe blies rook uit en keek Robin aan. 'Denk eraan, Fräulein, wanneer u in München bent, dat het voor een jonge vrouw niet gepast wordt gevonden dat ze in het openbaar rookt – of lippenstift of poeder gebruikt. Ik heb gezien hoe een meisje in de tram werd gemolesteerd omdat ze zich had opgemaakt. Goed – u helpt me wel met afruimen, nietwaar, Fräulein Summerhayes? Een geringe tegenprestatie voor de kans om vrijuit te praten; ik hoop dat u dat beiden met me eens zult zijn.'

Robin volgde haar naar de keuken.

'Praat u liever niet waar Lotte bij is?'

Käthe stapelde vuile borden op, draaide de warmwaterkraan open en knikte. Haar stem klonk droog. 'Lotte is leidster bij de Bund Deutscher Mädchen. Bij haar Heil Hitlers valt mijn beschaamde gemompel in het niet. Volgens mij heeft ze een foto van de Führer thuis op haar kaptafel staan.'

Robin kon nauwelijks geloven wat Käthe zei. 'U bent báng van Lotte?'

Käthe Lehmann keek haar aan met een mengeling van uitdaging en gelatenheid. 'Ja. Ja, ik neem aan van wel.' Ze drukte haar sigaret uit in een asbak. 'Momenteel worden we nog niet lastiggevallen, Fräulein Summerhayes. Rolf mag doorgaan met zijn werk, al mag ik dat niet, en als we voorzichtig zijn kunnen we lezen wat we willen lezen en naar de muziek luisteren waarnaar we willen luisteren. Een paar woorden van Lotte in de verkeerde oren zouden dat allemaal veranderen.'

'Waarom ontslaat u haar dan niet?'

De gootsteenbak was vol. Käthe draaide de kranen dicht. Toen zei ze geduldig: 'Omdat, Fräulein, ze ons dan zéker zou verraden. Ze wordt goed betaald en heeft het niet moeilijk.'

Robin stak haar handen in het warme water en begon de borden af te wassen. 'Maar dat kan toch niet... in uw eigen huis.'

'Het valt wel mee. Ik heb nog geen Gretchen-vlechten in mijn haren hoeven leggen.' Käthes mond vertrok tot een schaduw van een glimlach. 'U schrobt dat bord zo hard dat de decoratie loslaat, Fräulein.' 'Zeg maar Robin.' Ze haalde het schone bord uit de gootsteenbak en gaf het aan Käthe om af te drogen. 'Je zei dat je niet meer mag werken. Wat deed je vroeger?' 'Ik was arts, net als Rolf. We zijn samen afgestudeerd en hebben in hetzelfde ziekenhuis gewerkt. Ik hield van mijn werk.' 'Maar je stopte ermee toen Dieter werd geboren?' Käthe Lehmann schudde haar hoofd. 'O nee, Robin. Ik had een kindermeisje om op Dieter en Karl te passen. Ik ben vorig jaar gestopt, nadat de nazi's de macht in Duitsland hadden gegrepen. Alle vrouwelijke artsen werden ontslagen. *Kinder, Kirche und Küche*... dat is alles waar we geschikt voor zijn.'

De volgende ochtend werd Joe na een onrustige nacht vroeg wakker. Door het raam van de logeerkamer kon hij neerkijken op de brede boulevard beneden. Zonlicht danste in de lindebomen en de lucht was lichtblauw. Naar buiten kijkend zag hij tussen de mensen die zich naar hun werk haastten enkele mannen die op het asfalt knielden. Verbijsterd begreep hij even niet wat ze deden. Toen realiseerde hij zich dat ze de straat aan het schoonmaken waren, hem met bezems en zeep schrobden om – Joe kneep zijn ogen tot spleetjes en tuurde ingespannen – de op het asfalt geschilderde leuzen te verwijderen. Ze werden geflankeerd door in bruin overhemd gestoken bewakers. Het surrealistische tafereel werd versterkt door de aanwezigheid van de voorbijgangers. Ze renden om de tram te halen of haastten zich met een aktetas onder hun arm naar het werk, zonder zelfs maar een blik te werpen op de op het wegdek knielende gevangenen. Alsof een half dozijn mannen die in een straat in München met bezems in de weer waren een dagelijks gezicht was. Alsof ze onzichtbaar waren.

Hij kleedde zich aan, ontbeet en verliet het appartement van de Lehmanns met het beeld van die onzichtbare mannen nog steeds voor ogen. Eenmaal op straat, die nu ontdaan was van emmers en schrobbezems, vroeg Joe zich een kort, bijna hysterisch ogenblik lang af of hij het allemaal had gedroomd. De tegenstelling tussen prettige gewoonheid en irrationele gruwelijkheid bleef toen hij en Robin met de tram door München reden. Het was een pure verrukking om met Robin in de zon door een vreemde stad te lopen en het verlangen om haar hand te pakken, haar te kussen, was bijna overweldigend. Hij had geen vragen gesteld over haar plotselinge aanbod om met hem mee naar Duitsland te gaan, maar hij vermoedde sterk dat het iets met Francis te maken had. Ze was tijdens de lange reis naar München ongewoon stil geweest en had het de afgelopen dagen niet één keer over Francis gehad. Hier, alleen met haar in het zonlicht en de warmte, dacht Joe terug aan de nacht die ze samen hadden doorgebracht in zijn appartement – de aanraking van haar zachte, warme lichaam, de geur van haar haren tegen zijn gezicht – en liet de zo lang onderdrukte hoop weer opwellen.

Ze kwamen over de Marienplatz met de door een koepel bekroonde kathedraal en het massale, drukke raadhuis. De tram was stampvol en Joe werd met zijn gezicht tegen een met swastika's en insignes bepleisterde SA-er gedrukt. Robin zal op een bank, ongemakkelijk tussen twee dikke matrones geperst. Rolf Lehmann had hun op de kaart gewezen waar het appartement van Claire Lindlar was. Joe had twee keer naar het adres in München geschreven dat nicht Marie-Ange hem had gegeven, maar hij had geen antwoord gekregen.

Eindelijk zette de tram hen af in een voorstad van München, waar huurkazernes aan weerszijden van de straat stonden. Joe keek op naar het vier verdiepingen tellende blok.

'Joe?' Robins hand raakte zijn arm aan. 'Wat is er?'

Hij schudde zijn hoofd, niet in staat om de juiste woorden te vinden. Ze strengelde haar vingers door de zijne en kneep er even in.

Ze glimlachte. 'Het is in orde, Joe. Kom op.' Ze liep naar de voordeur. Hij volgde haar.

De conciërge zat niet achter zijn bureau. De trappen en gangen van de huurkazerne waren hoog en slecht verlicht en de luiken waren gesloten om het zonlicht te weren. Stofjes dwarrelden in de smalle banen licht die door de luiken vielen. Robin liep voorop. Joe voelde zich duizelig door haar aanwezigheid, duizelig door haar nabijheid. Hij vroeg zich af of hij hoop mocht koesteren. Of haar hart nog altijd zo onlosmakelijk verbonden was aan dat van Francis Gifford...

'Joe...?' zei ze opnieuw. Ze stond voor een groen geverfde deur.

Hij vermande zich. Concentreer je, Elliot, hield hij zichzelf voor. Stel je niet aan. Hij klopte en wachtte. Het scheen eindeloos te duren. Toen hoorde hij stemmen en geschuifel en het rammelen van een ketting toen de deur werd ontgrendeld. Ze werd geopend en hij staarde verbijsterd naar de vrouw die in de deuropening stond.

'Neem me niet kwalijk, madame, maar ik zoek een zekere mevrouw Claire Lindlar. Men heeft me verteld dat ze hier woont.'

Hij sprak gek genoeg Frans. De vrouw staarde hem aan met een mengeling van onbegrip en achterdocht. Hij schatte haar een eind in de veertig; haar gevlochten haren waren een mengeling van asblond en grijs, haar gezicht stond vermoeid, haar lichaam was breed bij de heupen en de borsten. Hij hoorde Robin naast zich Duits spreken. Er volgde een kort gesprek, waar Joe niets van verstond. Terwijl ze praatten verdrong zich een half dozijn kinderen rond de deuropening van de flat en ze staarden Joe en Robin nieuwsgierig aan. De oudste jongens droegen het uniform van de Hitlerjugend en het meisje dat de baby op haar armen droeg was gekleed in de dirndlrok en de witte blouse van de Bund Deutscher Mädchen.

Robin bukte zich en bood het kleinste blonde meisje een snoepje aan. De vrouw liep terug de flat in. Na enkele ogenblikken kwam ze terug en hield haar hand open om hun de medaille te laten zien die erin lag.

Robin glimlachte en mompelde enkele afscheidswoorden, pakte Joe bij zijn mouw en loodste hem terug naar de trap. Ze zei niets voordat ze weer op straat stonden.

'Ik ben bang dat ze hier niet is, Joe. Die vrouw heeft nooit van je tante Claire gehoord. Ik heb alle twee de namen genoemd – Brancourt en Lindlar – maar ze herkende ze geen van beide.'

Hij begroef zijn handen in zijn zakken en liep haastig over het trottoir. Het stralende van het eerste deel van de dag scheen te zijn verdwenen. Nu ze te voet waren zag hij overal de neerdrukkende bewijzen van een totalitair regime. De grote aantallen mensen in uniform, de krijgshaftige muziek van de koperorkestjes, de op pilaren gemonteerde luidsprekers op de straathoeken en de radio's in de restaurants. De stille, oplettende menigte die zich rond de luidsprekers verzamelde en de radioberichten met applaus begroetten. De marcherende colonnes geüniformeerde bewakers die door de straten paradeerden. Het enthousiaste 'Heil Hitler!' waarmee de vaandels van de soldaten automatisch werden begroet. Joe besefte na de eerste vijandige blikken dat het niet veilig was de nazigroet niet te brengen. Dus doken ze winkels binnen, bekeken spullen die ze niet wilden kopen en wachtten tot de colonnes waren gepasseerd. Het gebulder van de luidsprekers, het lawaai van trommels en koper maakten hem misselijk. Of misschien was het niet dat wat hem misselijk maakte, maar iets diepers. Een groeiend besef van het kwaad dat hier rondwaarde, geworteld in München, zich als een onsmakelijke, verwrongen uitwas verspreidend over Duitsland en daarna misschien over heel Europa. Koud van teleurstelling en met opeengeklemde lippen doorlopend kon Joe zich maar al te makkelijk voorstellen hoe het ging. Je conformeerde je aan kleine dingen – de groet, de gespannen aandacht voor de toespraken op de bijeenkomst in Nürnberg die via de alomtegenwoordige luidsprekers werden uitgezonden – omdat het slechts uiterlijke tekenen waren, niet de moeite waard om tegen te vechten. Maar dan zaaide de sluipende besmetting zich uit naar andere delen van je lichaam, drong je huis binnen, bepaalde wat je droeg, waarover je sprak, hoe je je kinderen opvoedde. En ten slotte natuurlijk wat je dacht.

Robin trok aan de mouw van zijn jasje. 'Joe? Kunnen we stoppen? Ik heb honger.' Ze rende naast hem, tussen de voetgangers op het trottoir door zwenkend.

Hij bleef zo plotseling staan dat voorbijgangers vloekten toen ze tegen hem op botsten. 'Natuurlijk. Sorry.' Hij keek om zich heen. 'Geen restaurant... ginds is een park – we zouden wat sandwiches kunnen kopen.' Hij zocht in zijn zak en haalde een hand vol marken tevoorschijn.

Ze kochten sandwiches en twee flessen bier en vonden een rustig plekje onder een beuk. Hij legde zijn jasje op het gras, zodat Robin erop kon zitten. Ze keek hem aan en zei: 'Arme Joe. Je zult wel ontzettend teleurgesteld zijn.'

Hij trok een gezicht. Toen zei hij: 'Ik dacht dat familie onbelangrijk was. Dat ik blij was dat ik van ze af was. Maar nu...' Zijn stem stierf weg.

Ze reikte hem de bierflessen aan en hij wipte de kroonkurk eraf met zijn zakmes. Hij zag het medelijden in haar ogen. Hij probeerde het uit te leggen.

'Trouwens, daar ligt het niet aan. Het is deze stad. Denk je ook niet?'

Hij zag dat ze huiverde en om zich heen keek.

'Ze heeft twee lagen... bovenop de stralende, glanzende... en vlak daaronder de lelijke.' Robin nam een slok bier. 'En die wordt telkens weer zichtbaar. Luister naar onszelf, Joe, We durven niet eens hardop te praten.'

Dat was zo, realiseerde hij zich. Hun stemmen klonken zacht en gedempt, hoewel ze alleen in het kleine, lommerrijke park waren.

'Zelfs in de huizen,' ging ze verder. 'De familie Lehmann... Ze kunnen nooit zeggen wat ze vinden. Ze moeten voortdurend doen alsof. Het is walgelijk, vind je ook niet?'

De bladeren aan de boom beschilderden haar gezicht en hoofd met gespikkelde schaduwen. Joe dacht dat ook hij te lang had gedaan alsof. Hoeveel langer kon hij de schijn nog ophouden? Hij begon een hekel aan zichzelf te krijgen vanwege zijn vrijblijvende houding. Hij wist dat hij moest praten.

'Walgelijk,' herhaalde hij. 'Robin...'

'Francis heeft eens tegen me gezegd dat het hypocrisie was waarvoor hij de grootste minachting had. Het ene zeggen en het andere doen. Ik weet dat hij niet volmaakt is, Joe, maar hij zegt nooit dingen die hij niet meent. Hij is nooit onecht.'

Hij zag, geschokt, dat er tranen in haar ogen stonden. Hij liet de hoop die hij even had gekoesterd varen, vergeten, bijna onbetreurd. Ze knipperde met haar ogen en wendde haar blik af. De sandwiches waren omgekruld door de warmte.

'Robin.'

'Ik wil er niet over praten.' Haar stem was een soort snik. 'Het komt wel goed.'

Hij dacht dat dat hun motto kon zijn, van hem en Robin – en misschien ook van Francis. *Het komt wel goed.* Als ze het maar vaak genoeg zeiden, kwam het misschien ook uit. Maar de laatste tijd hoorde hij een vage radeloosheid in de herhaalde frase.

Hij zocht wild naar een nieuw gespreksonderwerp en dacht ten slotte aan de medaille die de Duitse vrouw hun had laten zien.

'Ze was zo te zien ontzettend trots. Was-ie van haar man?'

Robin schudde haar hoofd. Ze vermande zich en haar ogen waren niet rood meer. 'Hij was van haar. Ze heeft negen kinderen, Joe, en daarvoor heeft ze het Gouden Erekruis van de Duitse Moeder gekregen. Hitler zelf heeft het haar afgelopen augustus opgespeld.'

Ze dineerden die avond samen: Käthe en Rolf Lehmann, Joe en Robin. Opnieuw voelde Robin de spanning verdwijnen zodra het dienstmeisje het huis verliet. Rolf trok een fles rijnwijn open, Joe zette zich achter de piano van de Lehmanns en begon te spelen. Later vertrok Rolf voor zijn dienst in het ziekenhuis en Joe zei dat hij moe was en ging naar zijn kamer. Käthes ogen volgden hem toen hij de salon verliet en keken vervolgens Robin aan.

'Zijn jullie gewoon vrienden, jij en Joe?'

Robin knikte. 'Gewoon vrienden.'

'Hij is erg op je gesteld, denk ik.'

'We kennen elkaar gewoon al eeuwen.' Ze fronste haar wenkbrauwen en telde de jaren af. 'Bijna zes jaar.'

'Joe vertelde dat hij fotograaf is. En jij, Robin, wat doe jij?'

'Niet veel bijzonders, momenteel.' Rusteloos, zich ergerend aan zichzelf, stond ze op en liep naar het raam. 'Ik heb geloof ik van alles gedaan, maar nooit erg lang. Ik heb een tijd kantoorwerk gedaan, maar dat was ontzettend saai, en ik heb een boek geschreven. Maar sindsdien heb ik alleen maar... klusjes gehad. Willekeurige dingen.'

Käthe stak een nieuwe sigaret op. 'Niets wat je echt raakt?'

Ze echode bedroefd: 'Niets wat me echt raakt.'

Ze keek uit het raam; de zon ging onder en de stille straten waren roze, goud en rood gestreept. Heel even maar leek München vredig, sereen.

'Wat doet je familie?'

'Mijn vader en mijn broer zijn leraar. En alle Summerhayes op mij na zijn ontzettend goed in muziek en kunst en zo.'

Käthes stem klonk mild spottend. 'En jij hebt geen talenten, Robin? Is er niets waar jij goed in bent?'

Ze dacht aan de kliniek. Aan de uren die ze er had doorgebracht – vele onbetaald. Aan het feit dat ze, als ze daar was, zich nooit verveelde en nooit ergens anders wilde zijn. Ze zei: 'Ik wil iets nuttigs doen. Iets wat verschil maakt. Ik dacht...' en toen zweeg ze.

'Je dacht...?'

'Ik dacht dat ik misschien medicijnen kon gaan studeren.' De woorden tuimelden eruit; het was de eerste keer dat ze zo'n enorme, angstaanjagende ambitie tegenover iemand had verwoord. 'Maar ik heb het lang uitgesteld en de artsenopleidingen nemen toch geen vrouwen aan, dus...' De woorden stierven weg.

Käthe stond op en schonk beide wijnglazen nog eens vol. Toen kwam ze naast Robin op de bank zitten.

'Luister, Robin. Veel vrienden van ons zijn al uit Duitsland weggegaan – die mogelijkheid is er, als je een vrij beroep uitoefent en geld hebt. Rolf en ik zouden ook kunnen emigreren. Je ziet hoe we leven, altijd nadenkend voordat we iets zeggen, altijd bang om te tonen wat we in feite denken. En ik mis mijn werk verschrikkelijk. Maar ik hoop dat alles anders zal worden.' Käthe legde haar gebalde vuist op haar hart. 'Ik moet geloven – híer – dat alles zal veranderen. Als je echt dokter wilt worden, Robin, dan moet je dat doen. Ik zou het erg vinden als je je door angst of besluiteloosheid zou laten weerhouden.' Ze glimlachte en hief haar glas op.

'Doe het voor mij, Robin. Compenseer het een beetje.'

Een week later vertrokken ze uit Duitsland. Joe had inmiddels ontdekt dat Paul Lindlar was overleden, slechts drie jaar nadat hij met Claire

Brancourt was getrouwd en dat Claire daarna terug was gegaan naar Frankrijk.

Verder wist hij niets. Geen adres, een spoor zo koud als as. Op een kille herfstochtend stapten ze in München in de trein en keken niet meer om.

De herfst in de Fens was nat, koud en stormachtig. Er vertrok opnieuw een gezin naar de stad, hun sjofele linnengoed en gehavende meubilair op een kar geladen, hun verlaten tuin weldra overvallen door de wind. Er vielen pannen van het dak van de pastorie van Thorpe Fen en de bonenstaken lagen als kegels door de hele tuin verspreid.

'Ik zal Adam vragen of hij een paar dagen voor ons kan werken, goed, papa?' zei Helen 's middags tijdens de pudding. 'Eddie Shelton is nou toch écht te slecht ter been om op het dak te klimmen.'

Het bleef even stil terwijl haar vader zichzelf custardpudding opschepte. Toen zei hij: 'Ik vertrouw erop dat je nooit zult vergeten, Helen, dat je Adam Hayhoes meerdere bent en blijft.'

Ze keek hem aan. 'Hoe bedoel je, papa?'

Hij ging door met custard over zijn gestoofde pruimen scheppen. Rond zijn mondhoeken zweefde een vage, geduldige glimlach.

'Alleen maar dat jullie herhaaldelijk samen worden gezien. Er wordt gekletst, vrees ik, Helen. En niets is zo smakeloos als een ongelijk huwelijk.'

Zijn blauwgrijze uitpuilende ogen richtten zich op haar en hij depte zijn volle lippen met de punt van zijn servet. Ze had, als altijd, het gevoel dat hij tot in haar ziel keek. De vriendschap waarvan zij en Adam in de zomermaanden hadden genoten werd door haar vaders blik iets smerigs, iets om je voor te schamen. Ze herinnerde zich hoe ze Adam had willen aanraken, haar hand op zijn sterke, bruine hand had willen leggen. Ze herinnerde zich dat ze eens had gedacht dat hij haar *lieverd* had genoemd.

'Er gebeurt toch niets ongepasts tussen jullie, wel?'

Ze schudde heftig haar hoofd. 'Nee, papa. Natuurlijk niet.' Ze wist dat ze bloosde en toen ze haar glas oppakte, trilde haar hand en er stroomde water over het geboende tafelblad.

'Schrijf Adam Hayhoe en zeg dat we enkele karweitjes voor hem hebben.' Dominee Ferguson verorberde zijn laatste pruim, legde zijn lepel op zijn bord en wachtte tot Betty had afgeruimd.

Nadat hij het dankgebed had uitgesproken en opstond, volgde Helen hem naar zijn werkkamer. Hij dicteerde en terwijl ze schreef brandde in haar het begin van een intense woede. *Vergeet nooit dat je Adam Hayhoes meerdere bent*, had haar vader gezegd, maar ze vroeg zich nu af of hij gelijk had. Ze zag niet in dat zij, Helen Ferguson, in enig opzicht superieur was. Adam had voor zijn land gevochten en zijn weduwe geworden moeder tot haar dood onderhouden en hij had ontelbare mooie, nuttige dingen gemaakt. Helen haalde diep en huiverend adem. Zij had niets van haar leven gemaakt. De toekomst beangstigde haar en ze zag met afschuwelijke helderheid hoe haar vader elke poging tot vrijheid had gedwarsboomd en hoe haar eigen zwakheid had bijgedragen tot haar opsluiting. Haar moeder was slechts door de dood aan die verstikkende liefde ontsnapt.

Maar ze hield niet van Adam Hayhoe. Adam was ouder dan zij en had een heel gewoon gezicht, heel anders dan de portretten van de helden op de kaften van de boeken die ze in de bibliotheek leende. Maar hij was haar oudste vriend.

Toen haar vader zei dat ze haar naam onder aan de brief moest zetten, wilde Helen de pen breken of de kamer uit rennen. Maar ze deed geen van beide; de glimpen van de vrijheid die ze af en toe opving waren onvoldoende geweest om haar gewone gehoorzaamheid te doorbreken. Op haar lip bijtend zette ze haar handtekening.

Bij gebrek aan vast werk had Adam Hayhoe tijdelijk werk aangenomen als drijver voor de Freres. Het was afschuwelijk en vernederend werk. Wanneer hij in de stromende regen in het bos aan de rand van het landgoed Brackonbury stond, de fazanten opjoeg en toekeek hoe ze opfladderden, merkte hij dat hij wilde dat ze zouden ontsnappen, dat het geweerschot ze niet zou bereiken. Wanneer de glanzend gevederde vogels op de grond ploften, kaatste het geluid terug tegen de bomen.

Hij had een week lang werk. Een week van 's morgens voor dag en dauw opstaan, willekeurige kleren aantrekken die niet drijfnat waren van de vorige dag en de negen kilometer naar Brackonbury House fietsen. Vervolgens acht uur onder druipende bomen staan terwijl de modder door de naden van zijn schoenen sijpelde en elke laag kleding drijfnat werd. Het gezelschap van Lord Frere dineerde onder door bedienden gespannen zeilen; Adam en de andere drijvers verorberden hun roggebrood ineengedoken onder struiken of tegen boomstammen geleund.

Maar het was niet het weer wat hij het meest verafschuwde. Hij had erger meegemaakt; in Vlaanderen (en hij glimlachte even bij de vergelijking) had hij gegeten, geslapen en gewerkt in de modder. En daar hadden ze op hém geschoten in plaats van op fazanten. *Uw land heeft u nodig*, had het aanplakbiljet gezegd, al die jaren geleden en omdat hij van zijn land hield had hij dienst genomen en zijn plicht gedaan. Nu echter had zijn land hem niet nodig. De crisisjaren die East Anglia, afhankelijk van de landbouw als het was, zo zwaar hadden getroffen, hadden hem zijn werk afgenomen. Mensen die zich nauwelijks konden veroorloven te eten of zich te kleden, kochten geen nieuwe meubels. Adams ziel verzette zich tegen in dienst gaan of genoegen nemen met het schijntje dat je als boerenknecht verdiende. Dus was hij aangewezen op dit.

Hij realiseerde zich, alles aankijkend, dat de drijvers slechter werden behandeld dan de honden. De honden kregen voer en water en lovende woorden wanneer ze het goed deden; Adam en zijn mededrijvers werden uitgevloekt, toegeschreeuwd en neerbuigend behandeld. Sommigen van de drijvers waren jongemannen, enkelen waren oude mannen. Een van de jongens gleed uit in de modder en joeg de vogels uit hun dekking voordat de schutters gereed waren. Lord Frere brulde woedend: 'Maak dat je wegkomt, stomme idioot,' en Adam staarde hem even aan en daarna de wit weggetrokken jongen. Toen, wetend dat dit onverdraaglijk was, liep hij weg, het bos uit, met in de drassige grond soppende schoenen, zonder zich af te vragen hoeveel fazanten geschrokken en met snorrende vleugels opfladderden.

Tierende stemmen volgden hem. 'Heedaar... wat denk je wel...? Hou die vent tegen, zeg – hij bederft verdomme de hele dag.' Maar hij liep gewoon door, genoot van de regen in zijn gezicht en ademde de frisse lucht met diepe teugen in.

Toen hij zijn huis bereikte vond Adam het onder de deur door geschoven briefje. Het water sijpelde van zijn kleren op de stenen vloer toen hij het opraapte en las.

Het vroeg hem – nee, bevál hem – de volgende ochtend naar de pastorie te komen om enkele klusjes te doen voor de Fergusons. Het was getekend 'H. Ferguson'. Dat was alles. Adam legde het briefje op het dressoir, pakte de waterketel, vulde die onder de handpomp in de tuin en zette hem op het fornuis. Vervolgens bereidde hij een maaltijd.

Terwijl hij zo bezig was zag hij zijn huis duidelijk voor zich. De stenen vloer, de lage muren met het verschoten behang, de buitenplee. Hoewel hij zelf het altijd mooi zou vinden, wist hij dat het voor Helen, die iets beters gewend was, nooit goed genoeg zou zijn. Hij wist nu dat hij dwaas was geweest door een tijd lang te geloven dat de barricade tussen hem en Helen Ferguson kon worden geslecht. Hij had zichzelf voor de gek gehouden. Hij koesterde geen wrok tegen haar, hij kon geen hekel aan haar hebben, maar hij wist dat de liefde die hij haar had kunnen bieden – inderdaad, had kunnen bieden, jaren en jaren geleden – nooit acceptabel voor haar had kunnen zijn. Daar zorgden de starre maatschappelijke scheidslijnen in het dorpsleven wel voor.

Helen was in de tuin rozen aan het snoeien toen een kleine jongen het briefje bracht. Ze stuurde hem weg met een penny uit haar zak en vouwde het papiertje open. Er stond: *Kan helaas niet komen. Vr. gr. A. Hayhoe.*

Ze staarde er even naar en smeet toen de snoeischaar en de mand weg en rende de poort door en over de weg. Toen ze bij Adams huis aankwam, zag ze dat de deur openstond. Ze riep hem, gluurde door de deuropening en ging naar binnen.

Het was er koud doordat de kachel niet brandde. Adam, gekleed in zijn oude uniformjas en laarzen, stond in een hoek van de kamer met een rugzak te worstelen. Hij keek haar aan en zei: 'Te veel boeken. Ziet u, ik kan niet besluiten welke ik moet achterlaten.'

Ze zei verdwaasd: 'Ga je weg, Adam?'

Hij had de sluiting dicht. 'Er is hier geen werk te krijgen, juffrouw Helen. Nou ja, geen fatsoenlijk werk.'

Zijn woorden deden pijn. Ze keek het huisje rond, van de rommelige knusheid waarvan ze altijd had gehouden, en knipperde met haar ogen. Het was veranderd nu zijn spullen er niet meer stonden. Ze zag voor het eerst de vochtplekken op de muren, het behang dat voortdurend losliet rond de ramen.

Helen verzamelde al haar moed. 'Ga je weg vanwege mijn brief?'

Adam schudde zijn hoofd, maar hij keek haar niet aan. 'Jem Dockerill kan uw dak repareren. Ik heb het er met hem over gehad. Hij wordt al wat ouder, maar hij is nog steeds een goede werker.'

Ze zei bijna: *Mijn vader dwong me het te schrijven*, maar ze wist dat het zowel zwak als deloyaal zou klinken. In plaats daarvan zei ze: 'Maar je komt toch terug, hè, Adam?'

Voor het eerst glimlachte hij. 'Thorpe Fen is mijn thuis. Natuurlijk kom ik terug, juffrouw Helen.'

'Hélen,' verbeterde ze hem boos. Haar ogen prikten. 'Gewoon Helen.'

Adams handen, die de laatste riem van de rugzak vastzetten, talmden even. Toen draaide hij zich om en kwam naar haar toe. Er lag een kalme zelfverzekerdheid in zijn donkerbruine ogen. Heel even dacht ze dat hij haar zou aanraken, dat hij haar hand zou pakken, maar hij deed het niet. Ze hoorde hem zeggen: 'Ik ga iets van mijn leven maken, Helen. Daarna kom ik terug.'

Hugh en Maia leerden plezier maken. Niets ernstigs, niets waarover ze hoefden na te denken, zei Hugh, Maia's voorstellen voor een concert of een stuk van Shakespeare van de hand wijzend. Dus gingen ze naar een kermis op Midsummer Common, aten suikerspinnen en gepofte appels en gingen in de schommels. Hugh won een teddybeer bij een schietkraam en Maia koesterde hem in haar armen, een beest met een slap oor en een rode strik om zijn nek.

Ze gingen dansen in het Dorothy Café en deelden de dansvloer met winkelmeisjes en typistes en kantoorbedienden met brillantine in hun haar en steenpuisten in hun nek. Bij mooi weer huurden ze een boot en punterden op de Cam en anders deden ze spelletjes en poften kastanjes in de open haard. Ze fietsten naar Grantchester en namen thee met gebak in de theetuin. Hugh leerde Maia vissen en toen Maia op een avond aardig aangeschoten was, zette ze krijtstrepen op het terras en leerde Hugh hinkelen.

In december reden ze naar de kust. Het was ijskoud en windstil in Aldeburgh en de zee was glazig en grijs. Ze maakten een strandwandeling en keilden stenen over het water. Ze hadden een picknick meegenomen. Maia spreidde de plaid uit op het kiezelstrand, Hugh zette de mand neer. Vissers staarden hen aan en meeuwen scheerden over hun hoofden in afwachting van de restjes.

'Ze zullen wel denken dat we getikt zijn.' Maia knikte naar de vissers.

Hugh glimlachte. 'Ingelegde garnalen.' Hij hield Maia de glazen pot voor.

'We hebben het er ontzettend goed afgebracht, Hugh, vind je ook niet?'

'We hebben keihard gewerkt om plezier te maken.' Zijn stem klonk slechts vaag spottend. 'Als we zo doorgaan, een jaar of vier, vijf misschien, zouden we de status van lichtzinnige jongelui moeten kunnen bereiken.'

Maia giechelde. 'De zaak zou op de fles gaan.'

'Maia,' zei Hugh streng. 'Je wordt serieus.'

Nadat ze gegeten hadden volgden ze de kustlijn in noordelijke richting en hun voeten knersten op de kiezels. Maia verzamelde schelpen, zeewier en de kleine, doorschijnende skeletten van krabben. Ze realiseerde zich dat dit de eerste keer was dat ze zoiets deed. Haar jeugd had niet bestaan uit dagen zoals deze. Het was Robin geweest die grote, chaotische verzamelingen had aangelegd, Helen die sentimentele gedichten had geschreven over Dagen op het Platteland of Picknicks aan de Rivier. Ze besefte niet dat ze had gezucht voordat Hugh zei: 'Wat is er, meid? Je kijkt zo triest. Heb je het koud?'

'Een beetje.' Toen, doordat ze zich had aangewend tegen Hugh eerlijker te zijn dan tegenover wie ook, ging ze verder: 'Ik bedacht net... ik heb dit soort dingen eigenlijk nooit eerder gedaan.'

'Ik weet het.' Hij keek haar aan. 'We moesten maar eens teruggaan. Ik trakteer je op een kop thee in die grappige lunchroom die we zagen en dan kun je jezelf warmen.'

Hij sloeg zijn arm om haar schouders en trok haar tegen zich aan terwijl ze naar het dorp liepen. Terwijl ze zo liepen, realiseerde Maia zich verscheidene dingen. Eén ervan was dat ze Vernon al heel lang niet meer had gezien of van hem had gedroomd. Het was alsof Hugh haar tegen die dingen beschermde. En het was weken – maanden – geleden dat ze zo'n afschuwelijke brief had ontvangen. Misschien had de schrijver genoeg gekregen van de monomane taak die hij zichzelf had opgelegd. Door die dingen – door Hugh – was ze er zelfs in geslaagd haar drankgebruik binnen de perken te houden. Zij en Merchants waren de ergste crisis te boven.

Ze wist ook dat Hugh van haar hield, altijd van haar had gehouden. Ze ging ervan uit dat mannen verliefd op haar werden, maar begon te begrijpen dat Hughs liefde anders was. Ze vroeg zich af of ze zijn liefde kon verdragen en of hij sterk genoeg was om van haar te houden. Ze had er ten slotte een handje van degenen die van haar hielden te vernietigen.

Het andere wat ze zich realiseerde was, dat ze het niet erg vond dat hij haar aanraakte. Zijn arm lag om haar schouders op een wijze die aangenaam, warm en beschermend was. Hugh was een van haar oudste vrienden; ze vond het prettig zijn gracieuze, slanke lichaam naast zich te weten. Hij maakte dat ze zich veilig voelde. Wanneer ze naast Hugh liep, dacht ze dat ze kon veranderen. Ze was de afgelopen tijd in andere opzichten veranderd; ze was (de gedachte verbaasde haar) gaan vóelen. Als ze, eindelijk, had geleerd te beminnen, kon zij, de kille, harde Maia Merchant, dan ook liefde úitdrukken? Het idee beangstigde haar, zodat haar hart begon te bonzen en haar handen in de zachte leren handschoenen klam werden.

Maar toen ze in het café aankwamen vatte ze weer moed. En toen Hughs arm van haar schouders gleed draaide ze zich om en raakte met haar lippen de zijne aan.

Soms besefte Francis dat de wankele zelfbeheersing die hij ooit had gehad hem begon te ontglippen. Dat de intelligentie en het observatievermogen die hem vroeger in staat hadden gesteld afstand te nemen van figuren zoals Theo Harcourt en Evelyn Lake hem in een waas van alcohol, doorwaakte nachten en nicotine bijna hadden verlaten. Hij wist dat ze hem alleen in hun vergulde kringetje toelieten omdat hij hen aan het lachen maakte, omdat hij dingen deed waar ze zelf het lef niet voor hadden. Soms voelde hij zich een circusdier dat salto's maakte voor de wortel van een lucratief baantje of een winstgevende vriendschap. Hij vertoonde zijn kunsten voor hen, deels, erkende hij, omdat hij altijd van publiek had gehouden, maar ook omdat hij wist dat zijn financiële situatie niet slechts netelig, maar wanhopig was. Zijn maandelijkse toelage leverde hem niet langer een positief banksaldo op.

Hij bracht de kerstdagen door op Long Ferry, met Denzil en Vivien. Het huwelijk was al gestrand, Viviens blikken dwaalden af naar knappe jongens en Long Ferry, wist Francis, was de soort bodemloze put die elk fortuin zou verzwelgen. Desondanks sprak hij zichzelf voldoende moed in (met een halve fles uit de salon gepikte en in zijn kamer verstopte whisky) om Denzil om een lening te vragen. Hij moest wel.

Denzil maakte bijtende, vernietigende opmerkingen. Francis volhardde in zijn zelfvernedering en informeerde naar een baan in Kenia of welk veel te warm land het ook was waar Denzil boerde. Ik denk het niet, Francis, zei Denzil lijzig. Heb je jezelf de laatste tijd weleens bekeken? Weer op zijn kamer sloeg Francis de rest van de whisky achterover en keek in de spiegel. Hij moest toegeven dat hij er verschrikkelijk uitzag. Hij bracht de middag door in de keuken, zoekend naar enkele bijzonder grote kakkerlakken om in zijn stiefvaders bed te stoppen en vertrok toen naar Londen.

Op nieuwjaarsdag reisden hij en Robin af naar de Cotswolds, waar ze in de heuvels wandelden en in jeugdherbergen overnachtten. Hij realiseerde zich voor de honderdste keer dat, wanneer hij bij Robin was, hij nergens anders wilde zijn, bij niemand anders. Zijn gezondheid ging vooruit en veertien dagen lang dronk hij niets sterkers dan thee. Hij leende wat geld van Robin, loste zijn ergste schulden af en besloot Theo en Evelyn en heel hun kliek te mijden. Theo zat in het buitenland, dus dat was niet moeilijk, en Evelyn was niet de soort vrouw die je achternaliep. Weer in Londen hield hij zich enkele maanden aan zijn besluit. Hij vond parttimewerk, bijles geven aan een jongen die herstellende was van reumatische koortsen, en betaalde opnieuw enkele schulden af. Toen ging het allemaal weer mis.

Op een avond zaten hij en Robin in hun favoriete restaurant toen ze hem vertelde dat ze dokter wilde worden. Ze ratelde uren door dat ze spaarde om het collegegeld te betalen en dat ze de avondschool bezocht om haar wiskunde bij te spijkeren. Francis luisterde met stomheid geslagen toe. Hij wist wat ze bedoelde, al zei ze het niet met zoveel woorden. Dat ze hem zou verlaten, dat hij een fase in haar leven was geweest, iets tijdelijks, en dat ze verder zou trekken. Hij had zich tot dat moment niet gerealiseerd hoe afhankelijk hij van haar was geworden. Hij zag zijn genegenheid voor haar plotseling als iets gevaarlijks, iets wat hem alleen maar zou blootstellen aan pijn. Ze namen tamelijk beleefd afscheid van elkaar, maar Francis was zich bewust van zijn smeulende woede.

De avond daarna moest hij naar een vergadering van het algemeen uitvoerend comité van de plaatselijke Labour Party. Niet in staat deze nuchter het hoofd te bieden dronk hij tevoren wat. Ze kozen kandidaten voor de plaatselijke verkiezingen en Francis werd geacht zijn beste beentje voor te zetten. Verveeld en woedend luisterde hij naar langdradige toespraken over flutkwesties. *Er kan hier elk moment een oorlog uitbreken!* wilde hij roepen, maar toen het zijn beurt was om te spreken, hoorde hij zichzelf het zangerige Lancashire-accent van de voorzitter, Ted Malham, overnemen. Hij depte zelfs zijn voorhoofd met zijn zakdoek zoals Ted dat deed, schuifelde zelfs met zijn voeten in een imitatie van Teds arbeidersschroom. Hij kon er niets aan doen. Het was de soort imitatie die het altijd goed had gedaan in de pub, waarbij Selena en Guy en een deuk hadden gelegen.

Ditmaal lachte er niemand. De secretaris viel hem ijzig in de rede: 'Ik geloof dat we genoeg hebben gehoord, meneer Gifford,' en de voorzitter zei met vuurrode kop: 'Sommigen van ons hebben niet het voorrecht gehad van een opleiding, jongen,' zo nederig en gekwetst dat Francis zin kreeg om ofwel Ted of zichzelf neer te schieten, hij wist niet zeker wie.

Buiten, in de mist, liep hij naar de dichtstbijzijnde telefooncel en vroeg de telefoniste het nummer van Evelyn Lake.

In Adams afwezigheid bleef Helen het gezin Randall bezoeken. De nieuwe baby van mevrouw Randall, een jongetje, werd tegen de zomer geboren. Toen Helen op de middag van zijn geboorte op de boerderij kwam, werd ze door Elizabeth meegesleurd om hem te bekijken.

'Hij heet Michael. Is-ie niet kléin?'

Helen zette de bloemen die ze had meegebracht in een vaas naast Susan Randalls bed en ging toen op haar knieën zitten om in de wieg te kijken. Ze sloeg het dekentje terug en streelde met haar vinger heel teder de kleine, donzige, welvende wang. Hij bewoog, kneep zijn lippen samen en fronste zijn voorhoofd.

'Mag ik hem eruithalen?'

'Natuurlijk, Helen.' Mevrouw Randall probeerde te glimlachen, maar ze zag er uitgeput uit.

Heel voorzichtig tilde Helen de baby uit de wieg en hield hem tegen zich aan. Zijn hoofd, ondersteund door haar handpalm, nestelde zich tegen haar schouder. Zijn nietige lijfje was warm tegen haar borst. Ze kon de kleine, snelle beweging van zijn ademhaling voelen en het kloppen van zijn hart. Ze kon geen woord uitbrengen en toen ze op hem neerkeek, stonden er tranen in haar ogen. Toen hij begon te jammeren en zijn mond open en dicht deed, zoekend naar voedsel, wilde ze hem niet loslaten.

Die week liep ze elke dag naar het huis van de Randalls. Mevrouw Randall had koorts en kon de baby niet voeden; Helen hielp Elizabeth met het klaarmaken van flesvoeding. Michael voerend, verschonend en badend was ze volmaakt gelukkig. Soms, wanneer ze met de baby op schoot in de schommelstoel zat, fantaseerde ze dat hij van haar was. Dat niemand hem van haar kon afpakken, dat ze eindelijk iets van zichzelf had.

Op een dag, tijdens de thee, bracht haar vader het gesprek op het gezin Randall.

'Het zijn natuurlijk protestanten, geen anglicanen.'

Helen zei niets.

'Je moet je tijd niet te veel in beslag laten nemen door één gezin, Helen. Ik hoop dat je de brieven voor de parochieinzameling hebt geschreven. En ik hoop dat je met de voorbereidingen voor de jubileumfeesten bent begonnen. Lady Frere is zo goed ze bij te willen wonen.'

Ze zei nog steeds niets, maar ze wist wat zijn bedoeling was. Hij probeerde haar van Michael te scheiden zoals hij haar van Adam en van Geoffrey had gescheiden. Misschien ook van Hugh. Had Hugh van Maia gehouden omdat Maia, anders dan Helen, onafhankelijk was, sterk, een vrouw in plaats van een meisje? Elke avond wanneer ze wakker lag dacht Helen terug aan de kansen die ze zich door haar vader had laten ontnemen; elke avond werd haar woede groter wanneer ze zag hoe haar leven was teruggebracht tot het naakte bestaan.

Helen schonk zichzelf nog een kop thee in. Toen zei ze koel: 'Er hangt een kruimel aan je kin, papa,' en begon te drinken.

Gekleed in een overjas, een zonnebril en een breedgerande hoed ging Francis naar Joe's fototentoonstelling.

Robin had hem erover verteld. Terwijl hij, met een mengeling van afgunst en nieuwsgierigheid, naar haar ontboezemingen luisterde, had hij gezegd: 'Ik neem aan dat je in München met hem naar bed bent geweest, schat? Seks tussen de SA-ers. Ontzettend erotisch.' Ze had gekwetst gekeken (Robin was ontzettend gemakkelijk te kwetsen) en was toen opgestaan van de bank en zijn appartement uit gelopen. Hij had haar sindsdien niet gezien.

Achteraf haatte hij zichzelf omdat hij haar had geplaagd. Hij wist dat hij binnenkort naar haar toe zou gaan, het bij zou leggen, zou beloven opnieuw te beginnen, maar hij was zich er onaangenaam van bewust dat de dingen hem onherroepelijk uit de hand begonnen te lopen.

Hij kon zich weinig van de laatste paar weken herinneren. Er had zich een tamelijk onaangenaam incident voorgedaan – twee boeven in een steeg, iets over speelschulden, afschuwelijk afgezaagd – en hij was gedwongen afstand te doen van het gouden horloge dat van zijn vader was geweest. Theo had hem de vage mogelijkheid van een baan bij de BBC voorgespiegeld. En Evelyn. Achteraf walgde hij van sommige van de dingen die hij met Evelyn had gedaan.

Hij liep naar de smoezelige studio in Soho waar Joe werkte. Op het trottoir stond een straatmuzikant te zingen. Francis gaf hem zijn laatste kleingeld. Toen hij de galerie binnenkwam zag hij dat Joe en Robin er niet waren, dus gooide hij zijn jas uit – veel te warm in mei – en begon de foto's te bekijken.

Het tuig van Mosley dat voor het Olympia een of andere arme donder te grazen namen. Oproerpolitie en betogers in – Francis tuurde, herkende het Place de la Concorde – Parijs. SA-ers, de hakenkruizen op hun armbanden duidelijk zichtbaar, schopten een man die ineengedoken op straat lag. De foto's vertoonden neerslachtig makende overeenkomsten die hun eigen verhaal vertelden. Francis liep verder naar het volgende paneel. 'München' luidde het opschrift. Deze foto's waren anders – op het eerste gezicht portretteerden ze iets dat verkillend sterk leek op het gewone leven, maar de donkerdere onderstroom werd zichtbaar wanneer je keek en nadacht. Een straattafereel, waar Francis aandachtig naar moest kijken om de rij Bruinhemden te zien die tussen de huisvrouwen en schoolkinderen door liepen. Het dienstmeisje, een krans van blonde vlechten rondom haar plompe, glimmend geboende gezicht. Iets in haar ogen deed Francis huiveren. Het vreemdste en meest verontrustende van alles: de op de weg knielende mannen die het asfalt schrobden. Om hen heen haastten mensen zich naar hun werk, naar school, naar de winkels. Niet één van hen keek naar de voorovergebogen mensen op de straat. *Briljante klootzak*, mompelde Francis binnensmonds. En op dat ogenblik, als Joe er geweest zou zijn, zou hij het verleden hebben vergeten, naar hem toe zijn gegaan en hem op zijn rug hebben gemept om hem te feliciteren.

Maar Joe was er niet. Francis verliet de galerie en liep weer de straat op; hij zag het schitterende zonlicht en de zich voortbewegende menigte met volstrekt andere ogen.

Hoofdstuk dertien

Robin wachtte op Francis in een café in Oxford Street. Ze was om zes uur binnengekomen; ze zouden naar de film gaan en na afloop gaan eten met Guy en Charis. Voor de zoveelste keer keek ze uit het raam en over het trottoir. Geen spoor van Francis, alleen meisjes in zomerjurken en zakenlieden in lichtgewichtkostuums die zich haastten om hun trein te halen.

De serveerster staarde haar aan en Robin bestelde thee en keek op de klok. Kwart voor zeven. De film zou om halfacht beginnen. Ze had een hol gevoel in haar maag, maar had onmogelijk iets kunnen eten. Ze haalde haar agenda uit haar tas en controleerde de datum, het tijdstip. De menigte op straat begon uit te dunnen nu de forensen naar de voorsteden vertrokken, maar de rij voor de bioscoop aan de overkant kronkelde nu over het trottoir. De meisjes in de rij droegen geen hoed en jurken met korte mouwen. De mannen hadden open overhemden en corduroy broeken aan. De warmte bleef tot 's avonds laat hangen en maakte Londen benauwd en drukkend. De zomer van 1935 had iets onnatuurlijks, onrustbarends. Alsof men wachtte op het losbarsten van een storm.

Toen meende ze hem te zien, een blonde jongeman in witte cricketpantalon en een overhemd met openstaande kraag die uit de ondergrondse kwam. Hij had Francis' verende, zelfverzekerde tred, maar ze realiseerde zich bijna onmiddellijk dat het een vreemde was. Ze keerde zich af van het raam en begon aan haar thee. Als ze niet naar hem uitkeek zou hij komen. Het kleine café, gedecoreerd met imitatie-Weense guirlandes van fluweel met kwasten, was overvol. Stemmen weerkaatsten tegen de geboende houten vloer. Een man ging op de stoel tegenover haar zitten. Ze wilde al zeggen: *Het spijt me, die stoel is bezet*, maar de woorden verlepten en stierven op haar lippen en maakten plaats voor een vage, beleefde glimlach. Tien voor halfacht. De lange rij mensen voor de bioscoop was korter geworden. De bloemenverkoopster aan de overkant reed haar handkar met door de warmte verlepte bloemen weg van de metro-ingang.

Ze dacht inmiddels dat hij niet meer zou komen, maar ze bleef wachten. Al die jaren dat ze elkaar kenden hadden ze geruzied en getierd en het bijgelegd met een hartstocht die haar bijna had verteerd. Ze had nooit gedacht dat het zo zou eindigen: wachten, kijken, een langzaam sterven van iets wat ooit had gebrand als een vuur.

Haar thee was koud geworden. Aangespoord door de serveerster ('Alleen consumpties zijn na acht uur niet toegestaan, juffrouw') bestelde ze een sandwich, die ze met haar handen doormidden brak. Ze bleef uit het raam kijken, maar verwachtte niet meer dat ze hem zou zien. De rij was allang verdwenen, opgeslokt door de bioscoop. Stelletjes wandelden over het trottoir, gearmd op de genoeglijke, vanzelfsprekende manier die zij en Francis waren kwijtgeraakt. Ze wist dat hij iemand anders ontmoette. Ze zag het hier onder ogen, nu, in het rode, pluchen, benauwde café, zag het voor het eerst onder ogen en vond het ondraaglijk. De geruchten hadden haar bereikt, samen met andere: pikante gefluisterde beschrijvingen van de minder stichtelijke manieren waarop Francis de tijd doorbracht. Wat ooit amusant was geweest, was morsig geworden; wat haar ooit had betoverd, begon haar nu tegen te staan.

Ze wist niet wie Francis' minnares was. Niet Selena, niet Diana, niet Charis, hoewel ze wist dat die alle drie ooit zijn bed hadden gedeeld. Een gevaarlijker iemand, dacht ze. Iemand naar wie Francis even heftig verlangde als Robin nog steeds naar hém verlangde. Iemand bij wie zelfs Francis, die graag leidde in plaats van volgde, verloren en stuurloos werd. Zijn afwezigheid was zowel geestelijk als lichamelijk en wanneer hij bij haar terugkwam, was hij veranderd, uitgeblust, breekbaar.

Ze wist dat ze uit elkaar moesten gaan. Dat ze zijn briefjes niet moest beantwoorden, dat wanneer hij naar haar huis kwam ze hem moest wegsturen. Dat wat er tussen hen had bestaan bijna voorbij was, uitgeput, en dat doorgaan met pogingen om het tot leven te wekken gelijkstond aan het lelijk en vernietigend maken ervan. Maar ze kon er geen eind aan maken. Nog altijd zag ze soms zijn behoefte aan haar in zijn ogen. Toen Robin opstond en het café uit liep, zag ze dat de felle zon wat zwakker was geworden. Zij, die altijd prat was gegaan op haar moed, merkte nu dat ze zichzelf verachtte om haar lafheid. Ooit had ze zich laten voorstaan op haar gebrek aan bezitsdrang; nu, beseffend dat ze Francis aan het kwijtraken was, wist ze niet tot welke diepten ze zich zou verlagen om een claim op een deel van hem te kunnen blijven leggen. *Nee, nee, nee, mijn hart is verstrikt en kan zich niet bevrijden.*

Er stond een auto op de weg naast de pastorie toen Helen terugkeerde van haar bezoek aan de Randalls. De bestuurder stapte juist uit toen ze passeerde en tilde zijn hoed op. Hij was midden dertig en had korte bruine haren, een dunne snor en blauwe ogen. Een sigaret hing tussen zijn vingers.

''Middag, mevrouw.'

'Goedemiddag,' zei Helen beleefd terwijl ze het hek opende. Hij leunde tegen zijn auto en keek haar aan op een manier die ze verontrustend vond. Ze liep het pad op. Achter zich hoorde ze hem zeggen: 'Rare ouwe tent.' Maar zijn blik was nog steeds op Helen gericht, niet op de pastorie. 'Hebt u een koelkast, mevrouw?'

Verward keek Helen om. 'Nee. We hebben een voorraadkeuken en een vliegenkast.'

Hij blies een rookpluim uit en schudde zijn hoofd. 'Nou, dat noem ik nou een schande. Dat een lieve jongedame zoals u het moet stellen zonder een mooie, moderne koelkast. Kijk.'

Hij pakte een boek uit de auto en bladerde het door. 'Ziet u, ik verkoop koelkasten, mevrouw. Dit is het kleinste model...' hij wees naar een grote, rechthoekige kist '... maar voor zo'n huis zou u iets groters nodig hebben. De "Suprême" of de "Prinses". Wat vindt u ervan?'

Ze keek naar de foto van een gigantische koelkast, waarvan de schappen vol koude kip, puddingen en hammen lagen. Ernaast stond een jonge vrouw in een kort rokje en met een wespentaille en een eeuwige glimlach.

'Heel mooi,' zei ze bedeesd, 'maar...'

'Stel u eens voor hoe aangenaam verrast uw man zou zijn, op een warme dag zoals vandaag, als u hem op elk gewenst moment iets koels te drinken zou kunnen geven.'

Helen voelde dat ze vuurrood werd. 'Ik ben niet getrouwd.'

'Niet getrouwd!' Ze kon het ongeloof in zijn stem horen.

'Ziet u, ik woon hier met mijn vader. Hij is de dominee van de St Michael's.'

'Dan moet ik me excuseren.' De verkoper schudde zijn hoofd en tilde de rand van zijn hoed even op. 'Maar... een aardig meisje zoals u...'

Hij was best knap, dacht Helen. Hij deed haar denken aan de illustratie van de held in de roman die ze laatst had geleend in de openbare bibliotheek in Ely, *Haar trouwe hart*. Kort donker haar, blauwe ogen, brede schouders.

De verkoper liet zijn peuk vallen en draaide hem met zijn hak in het zand. Zijn blik was afkeurend toen hij het groepje van huisjes, kerk en pastorie opnam dat Thorpe Fen vormde. 'U woont hier wel in de rimboe, is het niet? Niet veel bioscopen of danszalen, wel?'

'En ik ben bang dat we geen elektriciteit hebben,' zei ze met een spijtige blik op de glanzende brochure.

'Geen elektriciteit! Dan verdoe ik mijn tijd, waar of niet?' Hij ging echter niet weg, maar keek haar glimlachend aan.

'Ik denk het wel.' Helen legde haar hand weer op het hek.

'Bent u ooit in een wegrestaurant geweest?' Met haar hand op de klink bleef ze staan en schudde haar hoofd.

'Ontzettend leuk. Je kunt er dansen, iets drinken, een hapje eten. Ik ken een leuke tent bij Baldock.'

Haar hart bonsde zo luid dat ze dacht dat hij het zou horen.

'Wat denkt u ervan? Morgenavond?'

Helen schudde haar hoofd. 'O... ik kan onmogelijk...'

'U zult weinig plezier beleven, in een negorij zoals deze. U verdient het.'

Ze schudde bijna haar hoofd, maar hield zichzelf net op tijd tegen. Ze had te veel kansen gemist; ze dacht eerst aan Geoffrey Lemon en toen aan Adam Hayhoe. Ze had Adam al bijna een jaar niet gezien of van hem gehoord. Het was in haar opgekomen dat Adam, ondanks zijn belofte, misschien nooit meer naar Thorpe Fen zou terugkeren. De gedachte vulde haar met een plotselinge, onverwachte wanhoop.

Als ze deze kans zomaar liet glippen, welk recht had ze dan haar vader verantwoordelijk te stellen voor haar bekrompen leven? Helen hield zichzelf voor dat dit eindelijk een gelegenheid was om een beetje volwassen te worden. De soort dingen te doen die andere meisjes vanzelfsprekend vonden. Een avond doorbrengen met een knappe man, een paar uur ontsnappen aan de gevangenis die Thorpe Fen soms leek te zijn.

Ze hoorde hem zeggen: 'Hee... geen kwade bedoelingen en zo. Ik dacht gewoon dat u misschien wat plezier wilde maken,' en ze knikte en fluisterde: 'Goed dan.'

Hij glimlachte. 'Zo mag ik het horen. Ik kom u om zes uur halen, goed?'

Snel nadenkend en met bonzend hart zei Helen: 'Halfzeven.' Dan zou haar vader veilig in de avonddienst zitten. 'En niet kloppen. Ik wacht buiten.'

'Okido' De verkoper legde zijn boek weg en stapte weer in. Toen boog hij zich naar buiten en zei grinnikend: 'Tussen haakjes, mijn naam is Maurice Page, juffrouw...?'

316

'Ferguson.' Verward stak Helen haar hand naar hem uit. 'Helen Ferguson.'

De volgende ochtend nam Helen de bus naar Ely en kocht, biddend dat niemand haar zou zien, bij de drogist lippenstift en poeder. Terwijl de dienstmeisjes aan het middageten zaten streek ze de kersenrode jurk die Maia voor haar had gekocht. Hij zou tamelijk warm zijn bij zulk broeierig weer, maar het was de enige chique jurk die ze had.

Ze zei tegen haar vader dat Maia haar op de thee had gevraagd en keek hem, met een hart vol schuldgevoelens en opwinding, na toen hij om zes uur het huis uit en naar de kerk liep. In haar kamer trok ze haar rode jurk aan en bracht lippenstift en poeder op. Ze borstelde haar haren uit en draaide de lange blonde vlecht tot een knot in haar nek, precies zoals op een illustratie in het damesblad van Betty. Zo schrok van het spiegelbeeld dat haar vanuit de spiegel aanstaarde. De lippenstift benadrukte de volheid van haar lippen, het achterover gekamde kapsel deed haar hoge jukbeenderen en haar enigszins opwippende neus met de brede neusgaten goed uitkomen. Bang wilde ze alles van haar gezicht boenen om weer de oude Helen te worden, papa's kleine meisje.

Maar het was al vijf voor halfzeven. Ze had nog slechts tijd om haar beursje, kam en zakdoek in een handtas te stoppen, haar schoenen dicht te knopen en de deur uit te rennen. Toen ze bij het hek kwam kon ze de auto van Maurice Page in de verte zien aankomen, een stofwolk op de weg. Hij kwam naast haar tot stilstand en zette grote ogen op toen hij uitstapte en haar zag.

'Tjee zeg. Adembenemende jurk.' Hij opende het linkerportier voor haar. Helen bukte zich en stapte in. Ze was dikker geworden, realiseerde ze zich, sinds Maia de jurk voor haar had gekocht; hij zat een beetje strak bij haar borsten en heupen en schoof omhoog toen ze ging zitten. Ze trok haar jurk herhaaldelijk omlaag terwijl hij de auto startte.

Terwijl ze naar het zuiden reden vertelde Maurice haar over zichzelf.

'Ik had een montagebedrijfje, maar de hele mikmak ging over de kop tijdens de crisis, waarna ondergetekende geen rooie cent meer had.'

Helen maakte meelevende geluiden.

'Ik maakte een paar moeilijke jaren door, maar toen begon het er beter uit te zien en kreeg ik dit werk. Schitterende branche – de mensen staan in de rij om elektrische spullen te kopen. Daarna kocht ik dit schatje...' hij klopte op het dashboard '... Austin Seven, vier jaar oud, loopt als een naaimachientje.'

'Hij is prachtig.' De auto hotste en rammelde over de hobbelige wegen in de Fens. 'Je zult wel ontzettend veel moeten reizen.'

'Nogal. Maar ik ben eigen baas en ik ontmoet allerlei mensen.' Hij glimlachte naar haar en legde zijn hand heel even op haar dij. Helen, plotseling bang worden, verstarde en al haar twijfels keerden dubbel zo sterk terug. Ze wist niets over deze man; ze had zich veilig gevoeld bij Adam, die ze al van jongs af aan kende, en ze had zich veilig gevoeld bij Geoffrey, wiens vader hun huisarts was. De hand van Maurice Page keerde terug naar het stuur en Helen probeerde zichzelf gerust te stellen. Ze herinnerde zichzelf eraan dat ze gewoon iets deed wat Maia en Robin jaren geleden al hadden gedaan. Maurice Page sprak beschaafd en hij droeg een kostuum met stropdas. Hij zag eruit als een heer en zou zich gedragen als een heer.

De vlakheid van de Fens maakte plaats voor het glooiende land van zuidelijk Cambridgeshire. Terwijl ze langs Cambridge reden realiseerde Helen zich dat ze nog nooit zo ver weg was geweest. Aarzelend zei ze: 'Is Baldock in Londen?'

Maurice wierp zijn hoofd achterover en lachte. 'Je hebt een beschut leventje geleid, is het niet?'

Ze bloosde van woede. 'Ik ben het vergeten, meer niet. Ik ben er vaak genoeg geweest.'

'Dit hier is een mooi recht stuk weg,' zei hij. 'Zal ik eens laten zien wat hij kan?'

De wagen meerderde vaart en raasde over de beschaduwde weg. Hij reed even snel als Maia, maar de auto, die, vermoedde Helen, niet zo duur was als die van Maia, rammelde en slingerde tot ze zich misselijk begon te voelen. Ze was opgelucht toen Maurice remde.

'Daar is het. De parkeerplaats is zowat vol. Je zult het prachtig vinden – een levendig tentje.'

Het wegrestaurant was een nieuw gebouw van rode baksteen langs de grote weg. Maurice manoeuvreerde de kleine Austin tussen twee grotere auto's en opende het portier voor Helen. Het leek hier nog warmer dan in de Fens. De strakke jurk met de lange mouwen was onaangenaam warm.

In de bar was het iets koeler. Helen keek om zich heen en probeerde niet te staren. Ze was nog nooit in een pub geweest. De rijen flessen, het rinkelen van glazen en de vage bierlucht leken zowel afstotelijk als opwindend.

318

'Wat zal het zijn?'

Ze realiseerde zich dat hij haar vroeg wat ze wilde drinken. Ze flapte eruit: 'O... limonade,' maar hij grijnsde en schudde zijn hoofd. 'Je moet niet denken dat ik een krent ben. Wat denk je van een G en T?'

Ze had geen flauw benul van wat een G en T was, maar knikte. 'Ginds is een leuk hoektafeltje. Ga zitten, Helen, dan haal ik het voor je.'

Er dreven ijsblokjes en schijfjes citroen in haar drank, die eruitzag als goedkope gazeuse. Dorstig als ze was nam ze een grote slok en begon toen te hoesten. Met haar hand voor haar mond voelde ze hoe Maurice op haar rug klopte.

'Rustig aan, schatje. Langzaam maar zeker is mijn leus.'

Ze dwong zichzelf het afschuwelijke spul te drinken omdat ze zich schaamde om het niet te doen. Toen ze om zich heen keek zag ze dat de meeste mensen in de bar weliswaar mannen waren, maar dat er aan de tafeltjes langs de wanden enkele vrouwen zaten. De vrouwen dronken en rookten, precies zoals de mannen. Eén vrouw droeg geen handschoenen, maar had felrode nagels, zoals Maia soms had, al was ze niet zo knap als Maia.

'Rokertje?' zei Maurice, haar een pakje sigaretten voorhoudend.

Helen nam er een en hij stak hem voor haar aan. Ze onderdrukte haar hoest, ging rechtop zitten en speelde met haar glas zoals de vrouw met de rode nagels aan de overkant. Hoewel de gin afschuwelijk smaakte, gaf hij haar een ontspannen gevoel. In het aangrenzende vertrek hoorde ze muziek. Helens voeten begonnen te tikken.

Maurice bestelde een bord sandwiches en nog een glas gin voor haar en vertelde haar meer over zichzelf. Een jeugd met zijn ouders in een kustplaatsje, gevolgd door enkele jaren kostschool in Hampshire. Hij was van school gegaan toen zijn vader stierf, was in het leger gegaan, maar afgekeurd. Platvoeten, nota bene, zei Maurice gniffelend. Helen had moeite om zich te concentreren; ze voelde zich licht in haar hoofd. Toen hij zweeg en wachtte tot ze zou lachen om een mop die ze niet helemaal had gesnapt, klonk haar gegier van de pret onvertrouwd en veel te hard. Hij stelde geen enkele vraag over haar zelf.

Ze at de sandwiches op en rookte nog een sigaret. Als je de rook snel uitblies, smaakte het niet al te smerig. 'Nog een drankje?' vroeg Maurice en Helen knikte. De drank smoorde de vage onrust die ze al voelde sinds hij haar in de auto had aangeraakt. Helen zag dat Maurice naar de hal liep en met de vrouw achter de receptiebalie praatte. Toen hij de sleutel die de receptioniste hem gaf in zijn zak stopte, concludeerde ze dat hij in het wegrestaurant logeerde.

Ze dronk haar derde gin op en hij leidde haar naar de dansvloer. Een klein orkest speelde de soort lenige, lome muziek die haar vader afkeurde. *Swing*, noemde Maurice het. Ze vond het verrukkelijk; het was alsof het dwars door haar lichaam ging, zodat zelfs zij, grote, lompe Helen, kon dansen. Maia had haar leren dansen, jaren geleden, in Robins winterhuis. Ze was ontzettend moe; wanneer ze haar ogen sloot, zag ze zichzelf daar, in de kleine, rokerige, gezellige houten hut, met daarachter de trage rivier en de Fens.

Hij mompelde: 'Hee, niet in slaap vallen, schatje,' en ze keek hem aan, schudde haar hoofd en lachte dat rare lachje. Ze probeerde het uit te leggen: 'Ik ben gewoon dolgelukkig,' maar de woorden tuimelden over elkaar heen. 'Natuurlijk ben je dat, lieverd,' mompelde hij terwijl hij haar tegen zich aan trok. Zijn lichaam drukte tegen het hare en ze voelde zijn mond in haar hals. Zijn adem rook onaangenaam, zuur. Helen struikelde en bleef toen wankelend midden op de dansvloer staan.

'Een beetje duizelig...' zei ze.

'Arm ding. Kom, laten we naar een rustig plekje gaan, goed?'

Ze dacht dat hij haar naar de tuin bracht, waarvan ze achter de ramen een glimp opving, maar in plaats daarvan merkte ze dat ze zowat de trap op werd geduwd, met zijn hand op haar achterwerk en een begerige trek op zijn gezicht die ze niet begreep. Toen stonden ze voor een deur waarop een koperen nummerbordje was bevestigd en had Maurice de sleutel die hij van de vrouw had gekregen uit zijn zak gehaald.

'Zo is het beter, niet dan?' zei hij terwijl hij de deur opende en haar naar binnen duwde. Ze hoorde de deur achter zich dichtgaan.

In de kamer stonden een stoel, een kleine tafel, een wastafel en een bed. Helens hart begon te bonzen. Opeens wist ze dat ze het volkomen mis had gehad, dat ze hem een verkeerde indruk had gegeven. Dat hij dacht dat ze goedkoop was.

'Maurice... ik kan misschien beter gaan... het moet ontzettend laat zijn...' Ze kon zichzelf nerveus horen brabbelen.

'Doe niet zo dom. Wees geen dom klein ding.' Hij kuste haar en zijn lippen drukten hard op de hare en zijn kin schraapte langs haar gezicht. 'Dat was fijn, hè?'

Toen, voordat ze hem kon wegduwen, begon hij de sluitingen van haar jurk los te maken. Zijn handen gleden rond haar middel, kropen over haar maag, zochten haar borsten. Ze hoorde hem fluisteren: 'O

320

God!' en toen trok hij de jurk van haar schouders. Hij boog zijn hoofd, drukte zijn mond tegen haar borsten en kneedde ze met zijn handen. De pijn wekte haar met een schok uit haar roerloze verstarring en ze duwde hem weg. 'Niet doen... je mag niet...' Ze dacht dat hij haar liet gaan toen hij met een laatste pijnlijke streling zijn hand uit haar jurk trok. Maar in plaats daarvan leunde hij tegen haar aan, zodat ze struikelde en op het bed viel. Zijn handen graaiden naar haar rok, schoven de strak gespannen stof over haar dijen, haar kousenbanden, haar broekje omhoog.

'Nee... niet doen...' hoorde ze zichzelf gillen.

'Bek dicht. Bek dicht. Ik heb al die drankjes verdomme niet gekocht om je de preutse maagd te laten spelen.'

Zijn ogen waren glazig en hij ademde zwaar. Hij probeerde haar benen uit elkaar te duwen. Helen schopte wild om zich heen. Ze hoorde hem schreeuwen en opeens liet hij haar los. Hij was dubbelgevouwen en zijn gezicht was verwrongen van pijn. Hij mompelde: 'Trut, trut dat je bent,' en ze zag haar kans schoon en rende de kamer uit. Bijna de trap af vallend dacht ze eraan haar jurk te fatsoeneren, haar rok omlaag te trekken. Terwijl ze door de bar rende zag ze dat de mensen haar met open mond aanstaarden en ze hoorde gelach.

Ze kwam weer tot zichzelf op de parkeerplaats voor het wegrestaurant. In de berm keek ze wild naar links en rechts, maar ze zag geen andere gebouwen. Bang dat hij achter haar aan zou komen begon ze, struikelend op het asfalt, de weg af te rennen. Toen ze bij een gat in de heg kwam en het weiland in dook, zakte ze op het gras in elkaar en gaf over.

Ze dook weg in een hoek van het weiland en bleef lange tijd zitten, bevend en huilend. Ze had haar tas in die afschuwelijke kamer achtergelaten, ze had geen geld en geen vervoer naar huis. Ze had geen idee waar ze was. Haar hoofd bonsde en ze was bang dat ze opnieuw misselijk zou worden.

Ten slotte keerde ze terug naar de weg en begon te lopen. Telkens wanneer er een auto passeerde was ze bang dat het de zijne zou zijn. Ten slotte bereikte ze een dorp met enkele huizen en een pub. In de pub vroeg ze of ze de telefoon mocht gebruiken en belde Maia op haar kosten. De waardin bekeek haar argwanend terwijl ze belde, zodat ze Maia niet kon vertellen wat er gebeurd was. Tranen stroomden onafgebroken over haar gezicht en vielen van het puntje van haar neus.

Toen ze naar het damestoilet ging, snapte ze waarom de waardin haar zo had aangekeken. Haar lippenstift was uitgesmeerd, zodat ze

321

eruitzag als een clown, en haar knot was losgeraakt, zodat haar haren in een wanordelijke bos rond haar hoofd hingen. Haar ogen waren wazig en het rood van het lippenstift vloekte bij het rood van haar jurk. Ze zag er, dacht Helen, even goedkoop uit als Maurice Page had gedacht dat ze was.

Maia was alleen thuis toen Helen belde. Snel rijdend was ze binnen een uur bij haar. In het damestoilet van de pub dompelde ze haar zakdoek in koud water en depte teder Helens rode, gezwollen gezicht en kamde haar verwarde haren. Helen beefde en zei nauwelijks iets. Maia bood haar bezorgd een glas cognac aan, maar Helen schudde heftig haar hoofd.

In de auto, op de terugweg naar Cambridge, begon Helen te praten. De woorden tuimelden in verwarde zinnen naar buiten, maar uiteindelijk slaagde Maia erin er wijs uit te worden. Helen had een afspraakje gemaakt met een of ander afschuwelijk handelsreizigertje en hij had haar aangerand. Toen Helen het wegrestaurant beschreef, deed Maia meelevend, maar was heimelijk onthutst. Daar zíjn zulke gelegenheden voor, had ze bijna gezegd, maar in plaats daarvan vroeg ze omzichtig: 'Je hebt hem toch niet alles laten doen, wel, lieverd?'

Helen staarde Maia met grote, rooddoorlopen ogen aan. Maia kreeg het idee dat Helen niet echt begreep wat ze vroeg.

'Ik bedoel... wat heeft hij gedaan, Helen?'

Helens gezicht betrok. 'Hij kuste me. Het was heel anders dan ik had verwacht. Het was *afschuwelijk*. En hij... hij betástte me. Daarom heb ik hem geschopt.' Tranen welden op uit Helens ogen.

Opgelucht streelde Maia haar hand. 'Je bent in elk geval van hem af, het varken. En het lijkt erop dat je zijn liefdeleven voor een paar dagen hebt bedorven.'

Helen glimlachte niet. Maia dacht snel na. Het belangrijkste was dat Helen naar de pastorie werd teruggebracht alsof er niets was gebeurd. Ze kon zich maar al te goed de reactie van dominee Ferguson voorstellen als hij hoorde over Maurice Page. Maia voelde een golf van intense woede. Meisjes zoals Helen, aan wie de samenleving een kunstmatig verlengde onschuld opdrong, waren het minst in staat zichzelf te beschermen en werden het scherpst veroordeeld wanneer ze door hun onschuld terechtkwamen in een situatie die ze niet aan konden.

'Ik breng je naar huis,' zei Maia, 'en ik zeg tegen je vader dat je hoofdpijn hebt en meteen naar bed moet.'

Helen zei nog steeds niets. Toen Maia haar aankeek, zag ze dat ze weer begon te beven en dat haar ogen glazig, groot en star voor zich uit staarden. Maia zei teder: 'Het is afschuwelijk wat je is overkomen, lieverd – mannen zijn zúlke beesten,' maar er kwam geen reactie. Maia trapte het gaspedaal in en reed sneller.

In Thorpe Fen aangekomen hielp ze Helen uit de auto en de pastorie in. Het was laat en het huis was donker en somber, zoals gewoonlijk, zodat dominee Ferguson, toen hij als een magere zwarte kat in de gang verscheen, Helens geschonden gezicht niet kon zien. Maia zei luchtig: 'Ze heeft verschrikkelijke hoofdpijn, vrees ik, meneer Ferguson. Ik breng haar wel naar haar kamer,' en ze schonk hem haar liefste glimlach voordat ze met Helen meeging naar haar slaapkamer boven. Ze hielp Helen uit de rode jurk en in haar nachtjapon. 'Klim erin, lieverd, en slaap eens goed, dan zul je je morgen stukken beter voelen.' Gehoorzaam stapte Helen in bed.

Maia ving een glimp op van haar ogen in het zwakke, gouden licht van de olielamp. Ze schrok van wat ze zag: een soort doodsheid, een verlies van hoop. Ze wist dat ze niet goed was in zulke dingen, dat ze, precies zoals ze haar eigen diepste gevoelens jaren lang had opgesloten, zich jaren had verschanst tegen de pijn van anderen. Robin of Daisy of Hugh hadden dit aangekund, maar zij, Maia Merchant, niet. Maia bleef een ogenblik van de ene voet op de andere schuifelend staan en probeerde iets te zeggen te bedenken, toen boog ze zich voorover, kuste Helen op haar voorhoofd en liep de kamer uit.

Zich ervan bewust dat ze Helen had verwaarloosd vanwege haar vriendschap met Hugh reed ze de daaropvolgende zondagmiddag naar Thorpe Fen. Het was een stralende zomerdag, maar anders dan Maia had verwacht was Helen niet in de tuin. Dominee Ferguson was niet thuis en aanvankelijk kon Maia alleen het tweede dienstmeisje vinden, een warrig, dom schepsel. Enkele ogenblikken later verscheen Helen, enigszins buiten adem.

'Ik zag je auto.'

'Waar was je mee bezig, Helen? Er zit iets in je haren.' Maia trok een gezicht. 'Jasses. Een spinnenweb.'

Helen haalde haar vingers ongeduldig door haar haren. Toen pakte ze Maia's arm. 'Kom eens mee.'

Maia volgde Helen de trap op, door gangen en opnieuw een trap op. 'Mijn schoenen!' Maia droeg spitse hooggehakte schoenen.

'Doe ze dan uit.'

Ze klommen naar de grote zolder met de schuine wanden, waar vreemd gevormde dingen in het donker voor Maia opdoemden. Helen had een olielamp meegenomen en de speldenpunt van licht deinde voor Maia uit terwijl ze, met haar schoenen in haar hand, tussen de koffers en kisten door stommelde.

Helen opende een deurtje in de scheidingswand. Ze draaide zich om en keek Maia aan.

'Kijk. Is het niet prachtig?'

Maia liep achter Helen aan de kamer in. Ze hoorde Helen zeggen: 'Het is mijn geheim; niemand weet ervan. Je bent de enige aan wie ik het heb laten zien,' en Maia keek om zich heen.

Doordat er een raam was en doordat de wanden gekalkt waren was het vertrek veel lichter dan de rest van de zolder. Maia knipperde met haar ogen. Er stonden een stoel en een tafel en een kleine boekenkast vol – Maia liet haar vinger langs de ruggen glijden – goedkope roman-netjes. Aan de muren hingen afbeeldingen – Helens aquarellen en uit tijdschriften geknipte pagina's – en er lag een tapijt op de grond. Er was een kleine oliekachel, een kom en een bord en een bestek. Er was een wastafel, met daarop een lampetkan en -kom.

En er stond een wieg, een bewerkte houten wieg, in een hoek van het vertrek. Toen Helen ging zitten zag Maia dat de beweging van de los-liggende planken de wieg deed schommelen.

Francis' dagen gleden steeds vaker in een waas voorbij. Vaak herkende hij het bed niet waarin hij wakker werd, soms herinnerde hij zich abso-luut niets van wat er de voorgaande avond was gebeurd. Eén keer raak-te hij een volledig etmaal kwijt.

Door de wirwar van zijn dagen liepen twee duidelijke draden. De lichte draad was Robin, de donkere Evelyn. Geen van beide brachten ze hem momenteel geluk. Robin maakte dat hij zich schuldig voelde, en hij kon het nou net niet hebben dat welke vrouw ook hem een schuldgevoel bezorgde, en Evelyn wekte (na afloop) een schrijnende afkeer van zichzelf in hem op. Hij besefte dat Evelyn niet in staat was schuld of afkeer van zichzelf te voelen, dat ze de soort onschuld bezat die hij altijd had voorgewend, maar nu gedwongen was te erkennen dat hij die niet bezat. Soms haatte hij hen alle twee vanwege de zelf-kennis die ze hem opdrongen, vanwege de slappeling die hij besefte te zijn. Hij wist dat hij ter wille van Robin een besluit moest nemen. Dat hij vroeg of laat moest kiezen tussen Evelyn en Robin. Het was geen keuze waartoe hij zich in staat voelde, maar hij verachtte zichzelf om-dat hij de dingen op hun beloop liet, omdat hij zichzelf de ellende be-spaarde van Robin de waarheid opbiechten, oog in oog, en vanwege zijn gebrek aan moed en zelfrespect om weerstand te bieden aan Evelyn.

Wanneer hij bij Robin was, bezwoer hij zichzelf dat hij Evelyn nooit meer zou zien. Zijn andere problemen – zijn geldgebrek, het ontbreken van iets wat je een loopbaan kon noemen – leken minder belangrijk te worden wanneer hij bij Robin was. Wanneer hij bij haar was, kon hij geloven dat hij de problemen nog steeds kon ontwarren. Maar wanneer hij vrijde met Evelyn, die zijn donkere kant weerspiegelde, vergat hij Robin. Eén keer slechts, toen hij Evelyn in een schouwburgfoyer tegen het lijf was gelopen en ze, met een blik op Robin, had gezegd: 'Dus dat is je vriendinnetje, Francis,' had hij haar met een diepe afkeer aangekeken. Gewoonlijk kon hij alleen afkeer opbrengen als ze er niet was.

Een enkele keer begon Evelyn over trouwen, op een vage, generaliserende manier die Francis niettemin hoop gaf. *Zo handig – je hebt altijd een begeleider nodig.* Wanneer ze er niet was, waren zijn gevoelens gemengd. Een huwelijk met Evelyn Lake zou zijn financiën opkrikken, maar het idee boezemde hem afkeer in. Als hij al met iemand trouwde, dan liever met Robin. Robin eiste niets van hem. Maar ja, Robin had geen cent.

Soms dacht hij dat hen alle twee in de steek laten de enige oplossing was. Het land verlaten, bij het Vreemdelingenlegioen gaan. Dan kon Robin met Guy trouwen, die al jaren verliefd op haar was, en Evelyn zou een ander slaafje vinden. En hij, Francis, zou zich herinneren wat hij had willen worden en zou eindelijk in staat zijn het ene grootse ding te doen dat de puinhoop die hij van zijn leven had gemaakt zou compenseren.

Maia en Hugh hadden de gewoonte aangenomen elkaar drie van de vier zondagen te ontmoeten; het eerste weekend van de maand ging ze nog altijd weg. Op Hughs ene, tactvolle vraag naar die eenzame reizen was Maia weinig toeschietelijk geweest. Hugh respecteerde zoals altijd haar privacy en vroeg niets meer.

Met Hugh leerde Maia paardrijden, zeilen, zandkastelen bouwen en de bloemen herkennen die langs de rivieroevers groeiden. Het warme weer hield aan en ging tegen eind augustus over in een broeierige, rusteloze hitte. Ze reden naar de Fens en picknickten aan de rand van een weiland. Nadat ze hadden gegeten ging Maia tegen een boomstam zitten en Hugh legde zijn hoofd in haar schoot. Toen hij zijn ogen sloot, keek ze op hem neer en zag de fijne rimpeltjes die samenkwamen bij zijn ooghoeken en de zilveren strepen in zijn donkerblonde haren.

'Je wordt grijs, Hugh.' Maia pakte één enkele grijze haar beet en trok hem eruit, als bewijs.

Hij kreunde en keek ernaar. 'En straks vallen mijn tanden uit.'

'Arme schat. Ik zie je al voor me: grijs, met je huisje en je moestuin...' Ze glimlachte. Toen ze opkeek zag ze dat de wolken zich samenpakten aan de horizon en de blauwe lucht verduisterden.

'Ik word een chagrijnige oude vrijgezel, met mijn honden en mijn pijp. En jij?' Hij keek haar met half dichtgeknepen ogen aan, de gouden ogen in het vlekkerige licht.

Ze dacht nooit aan de toekomst. Ze had zichzelf geleerd alleen in het heden te leven, in de wetenschap dat, als je je verleden niet aandurfde, je niet van je toekomst op aan kon.

Maia haalde haar schouders op. 'Ik weet het niet.'

'Je bent onveranderlijk, Maia. "Tijd kan haar niet verleppen, noch gewoonte haar eindeloze verscheidenheid verschalen."' Hugh ging rechtop zitten en masseerde zijn stijve nek.

'Reumatiek, lieverd,' zei Maia spottend en ze begon de picknickmand in te pakken.

De wolken zeilden omhoog en vormden een reusachtig aambeeld. Maia vouwde de plaid op. Hugh zette de mand achter in de auto. De schaduw van de wolken verfde het land in donkerder kleuren. Ze dacht: *De zomer is voorbij*, en voelde zich opeens neerslachtig. Hij moest de blik op haar gezicht hebben gezien, want hij kwam naar haar toe, sloeg zijn arm om haar heen en hield haar enkele ogenblikken tegen zich aan. 'Er komen nog zomers genoeg,' zei hij en toen begon de regen te vallen, in ronde, zware druppels op de stoffige grond en ze lieten elkaar los.

'We blijven de bui wel voor.' Hugh startte de auto.

In het begin dacht ze dat het zou lukken. De wagen in een grote stofwolk kerend raasde Hugh over de weg terug. Ze bereikten het zonlicht weer, lieten de schaduwen achter zich. Maia lachte. 'Je hebt het klaargespeeld – je hebt het klaargespeeld!' Toen ze Hugh aankeek, zag ze haar eigen lach weerspiegeld in zijn ogen.

Maar de regen haalde hen in terwijl ze door de Fens reden. Gordijnen van ijskoud water, afgezoomd met kleine hagelstenen, kletterden op de open auto. In de verte hoorde Maia het rommelen van de donder en gilde toen de regen haar huid striemde. Het razen van de regen en de donder overstemde het motorgeluid bijna. 'Ik kan de kap beter omhoogdoen,' riep Hugh en hij stopte langs de weg.

Ze sprong uit de auto om hem te helpen, maar haar vingers trilden en de riemen waren stijf en nat. Hij kwam haar te hulp en zijn lichaam drukte tegen het hare terwijl ze de kap probeerde los te maken. En toen, en ze wist naderhand niet precies hoe het was gebeurd, lag ze in zijn armen en ze kusten elkaar, zich niet langer bewust van de regen, het onweer.

Zich slechts bewust van zijn warme lichaam tegen het hare. Zijn armen, die haar tegen zich aan trokken, zijn lippen, die haar voorhoofd, haar ogen, haar hals kusten. En, lieve God, haar mond. Ze had nooit geweten hoezeer ze daarnaar had verlangd. Haar honger naar hem was gedachteloos en instinctief, gedreven door een primitieve behoefte waarvoor Maia zich immuun had gewaand. En slechts een heel klein deel van haar stond ter zijde en keek toe hoe ze de vrijwillige kuisheid van de afgelopen vijf jaar verbrak.

Toen hij haar eindelijk losliet, realiseerde ze zich dat elke draad die ze aan haar lichaam had doorweekt was. Textielverf droop over haar huid en haar zijden jurk was geruïneerd. Het stof was in modder veranderd en de regen kletterde nog altijd neer, met harde stralen die haar armen kneusden. Hij hief haar hoofd op met zijn handen en toen ze de blik in zijn ogen zag, wist ze dat ze voor het eerst in haar leven iemand volmaakt gelukkig had gemaakt. Het was iets wat ze nooit eerder had ervaren en het besef gaf haar een schok. 'Lieve Hugh,' fluisterde ze en hoewel de regen haar woorden overstemde wist ze dat hij haar had verstaan.

Ze stapten weer in en reden verder, nauwelijks sprekend. Cambridge leek te druk, wemelend van de mensen na de rust van de Fens. Ze vond het verschrikkelijk dat er bedienden in haar huis waren, ze had, voor het eerst, een hekel aan de kille formaliteit ervan – de marmeren vloeren, het donkere, geboende hout, de afgezaagde prenten van jagers en paarden. Terwijl ze een bad nam en zich verkleedde nam Maia zich voor alles te veranderen. Ze zou bloemen en boeken en spulletjes kopen zoals de Summerhayes die hadden en dan zou het een thuis zijn, geen huis.

Hugh had vuur gemaakt in de salon en stond zich erbij te drogen toen Maia beneden kwam. Ze aten samen, konden geen hap door hun keel krijgen, dronken alleen een paar slokken. Later vulde de radio de stilte terwijl ze in de serre zaten, met de grote tuindeuren open, zodat ze naar de verregende tuin konden kijken. Het was nog altijd warm en er steeg damp op van de grond. Rozenblaadjes dwarrelden omlaag, van de takken gerukt door de slagregen. Het gazon was een veelkleurig tapijt geworden: roze, abrikooskleurig, wit en rood. De wind wierp de blaadjes op tot een wervelende dans en verstrooide ze tussen bomen en tegen muren.

De bedienden waren weg; ze waren weer alleen.

Maia zei: 'We kunnen naar bed gaan als je wilt, Hugh.'

Met droge mond en een hart dat tegen haar ribben bonsde wachtte ze op zijn antwoord. Ze keek hem niet aan.

Ten slotte zei hij: 'Dat is niet wat ik wil,' en ze wist niet of ze teleurgesteld was of opgelucht. Ze glimlachte bijna bij de gedachte aan de vele mannen die ze in de loop der jaren had afgewezen, om te ontdekken dat de enige man die ze in haar bed kon verdragen haar niet wilde.

Hij nam opnieuw het woord. 'Ik bedoel... natuurlijk wil ik het. Ik wil jou meer dan wat ook ter wereld, Maia. Maar je weet dat ik een wat ouderwetse vent ben. Ik wil geen stiekeme verhouding. Ik wil met je trouwen.'

Hij stond aan de rand van het terras. Het water dat van de blauweregen droop maakte zijn haren donker. Ze zei: 'Hugh... kom binnen. Zo krijg je nog longontsteking,' en haar stem trilde.

Met haar handpalmen tegen elkaar bleef ze zitten en probeerde haar verwarde gedachten te ordenen. Hij kwam over het terras naar haar toe en knielde voor haar neer. Ze zei met bevende stem: 'Ik dacht dat we vríenden waren.'

'Dat waren we ook. Ik wilde dit niet, Maia, maar het is gebeurd en we kunnen niet terug. Ik kan nu niet meer doen alsof ik gewoon een vriend ben. Ik kan je over zoiets niet misleiden. Ik zou je nooit kunnen misleiden.'

Ze keerde zich van hem af, niet in staat de blik in zijn ogen te ontmoeten. Ze had zo'n mengeling van verrukking en angst op zijn gezicht gezien. 'Er is niets veranderd,' fluisterde ze. 'We kunnen op dezelfde voet verdergaan.'

Hij stond op, stopte zijn handen in zijn zakken en ging weer naar de regen staan kijken. Ze hoorde het kletteren ervan op het glazen dak, als geweerhagel.

'Zie je dan niet, Maia... wat er tussen ons is kan groeien of het kan sterven, maar het kan niet hetzelfde blijven. We staan op een keerpunt. We kunnen dingen niet ontkennen of ongedaan maken.'

Ze herinnerde zich zijn lippen op de hare en de zilte geur van zijn huid.

'Als je me niet wilt, zeg dat dan gewoon. Ik zal geen scène maken. Ik word gewoon weer Hugh Summerhayes, vrijgezel, leraar. Alleen dat ik misschien naar de Hebriden of zo ga om les te geven. Maar ik zou het je nooit moeilijk willen maken.'

Maia beet op haar lip en herinnerde zich hoe eenzaam ze zich had gevoeld voordat Hugh was gekomen. Hoe groot, hoe leeg dit huis had geleken. Hoe haar dromen haar hadden achtervolgd, hoe ze het gezicht van haar dode minnaar op het gezicht van de levenden had geprojecteerd. Ze rilde bij de gedachte dat het zou terugkeren.

De muziek uit de radio vermengde zich met het tikken van de regen toen ze hem hoorde zeggen: 'Ik kan niet teruggaan naar hoe ik was; je aanwezigheid heeft me veranderd. Mijn liefde voor jou – en de jouwe voor mij, een beetje, misschien – heeft me veranderd. Als ik dacht dat je een beetje van me hield... je bent zo mooi, zo sterk, Maia. Als ik bij jou ben, ben ik ook sterk.'

Ze dacht dat ook zij veranderd was. Kon ze degene worden die hij in haar zag? Maar een stem weerklonk nog steeds door haar hoofd. Haar eigen stem, sprekend tegen Liam Kavanagh.

Ik trouw nooit meer. Nooit.

'Trouwen...' Ze lachte onvast. 'Ik ben er niet zo goed in, Hugh. Ik ben niet zo'n goede vrouw geweest voor Vernon. Ik heb je verteld dat ik hem haatte en dat was ook zo. Een vrouw hoort haar man niet te haten, wel dan? Ik was bang van hem, hoewel ik nooit eerder van wie ook bang was geweest. Hij mishandelde me, zie je.'

'Dat vermoedde ik al,' zei hij en ze keek hem verrast aan.

'Je wilt niet dat mensen je aanraken,' legde hij uit. 'Het is alsof je van menselijk contact eerder pijn verwacht dan troost.'

'Ik ben met Vernon getrouwd om zijn geld en hij met mij omdat ik erg jong en erg naïef was. We waren teleurgesteld in elkaar. Het geld was niet genoeg voor me... en ik...' Maia's stem stokte '... ik was hem niet *gedwee* genoeg.'

Ze durfde hem niet aan te kijken, maar ze hoorde hem heel teder zeggen: 'Je hoeft het me niet te vertellen, Maia.'

'Jawel. Je moet het begrijpen.' De woorden vormden een snik. 'Hij sloeg me, zie je. Erger nog. Ik kan het niet zeggen. Ik voelde me... vies. Nog steeds.'

Ze keek hem aan, bang dat ze afkeer of afwijzing in zijn ogen zou zien, maar ze zag slechts medeleven.

'Ik was blij toen hij stierf. Het is dus voor een deel waar wat ze over me zeggen. Ik was slecht, nietwaar?'

'Nee. Jij zou nooit slecht kunnen zijn, Maia. Je bent er gewoon niet toe in staat.'

Ze kon hem niet aankijken. Ze sloot haar ogen en wilde dat ze het verleden kon uitwissen en ze hoorde hem zeggen: 'Wat Vernon jou heeft aangedaan, maakt jóu niet ten schande, Maia. Het maakt alleen Vernon ten schande.'

Ze vroeg zich af of hij gelijk had. Ze had vele andere redenen voor schaamte – dingen die ze Hugh nooit zou kunnen vertellen – maar vanavond viel een van de vele lasten die zo vele jaren op haar schouders hadden gerust geruisloos van haar af en ze voelde zich lichter, vrijer.

'Ik ben Vernon niet,' zei hij. 'Als je met me trouwt, zal het anders worden dan het met Vernon was. Ik zou je nooit pijn kunnen doen, Maia. Ik houd al van je vanaf de eerste dag dat ik je zag.'

Ze dacht dat Vernon eveneens van haar had gehouden, op zijn perverse manier, maar ze zei nog niets.

'Trouw met me, Maia.'

'Ik weet het niet, Hugh... misschien....' Ze had haar vuist tegen haar mond gedrukt, maar ze zag de uitdrukking op zijn gezicht veranderen. Alsof hij voorbereid was geweest op zekere wanhoop en zojuist hoop had gevonden. Zoveel geluk. Zoveel doorschijnend geluk. Zij, Maia Merchant, had het vermogen om iemand gelukkig te maken. De oude vloek was misschien opgeheven; ze verwoestte niet alleen maar. En ze was hem zoveel verschuldigd. Zonder Hugh werd ze misschien weer het eenzame, achtervolgde schepsel dat ze ooit was geweest. Ze kon het niet verdragen.

Ze fluisterde: 'Maar ik ben bang...' en hij stak zijn handen naar haar uit en trok haar overeind. Hij zei, oneindig teder: 'Je moet niet bang zijn. Er is niets om bang voor te zijn. Wil je met me trouwen, Maia?'

Langzaam boog ze haar hoofd, zich nauwelijks ervan bewust dat ze rilde.

'Laten we in het weekend naar de kust gaan,' had Francis voorgesteld. Pas toen hij voor haar huis stopte en Robin de twee anderen zag die bij hem in de auto zaten – Guy Fortune en Evelyn Lake – realiseerde ze zich dat ze niet alleen zouden gaan.

Tijdens de rit naar Bournemouth wisselde het weer tussen een waterig herfstzonnetje en korte plensbuien. Vanwege de regen moesten ze de kap van de MG omhoog houden. Evelyn Lake zat voorin, naast Francis. Ze droeg zijden kousen, lakleren schoenen en een lichtgele mantel van crêpe de Chine. Toen ze haar zo zag, gaf Robin toe dat Evelyn zich nooit naast Guy achterin had kunnen persen. Rond een uur of twee kwamen ze aan in Bournemouth. 'Verrukkelijk armoedig,' zei Evelyn terwijl ze om zich heen keek naar de badplaats waar het gezin Summerhayes jaren geleden verscheidene zomervakanties had doorgebracht.

'We nemen geen hotel, Francis. Je moet een afschuwelijk pensionnetje zoeken. Bloemetjesbehang, flanellen lakens en granol. We moeten granol hebben.'

Francis grinnikte en reed door. Rijen pensions dromden samen in de achterafstraten. De MG kroop van het ene huis naar het andere terwijl Evelyn ze inspecteerde. 'Nee, Francis – te netjes. Alle gordijnen passen bij elkaar. En nee – dat daar niet. Er hangen zalmkleurige fil d'écossekousen aan de waslijn. Ik zou geen hap door mijn keel kunnen krijgen als het ontbijt werd opgediend door een vrouw met zalmkleurige fil d'écosse-kousen. *Schat!*' Evelyn keek uit het raam. 'Dat daar is volmaakt. Zachtpaars granol.' Ze legde haar hand even op die van Francis, die nog op het stuur lag.

Toen wist ze het. Achter in de auto zittend, wist Robin bij het zien van de korte intimiteit van dat gebaar, dat Evelyn Lake Francis' minnares was. Het verbaasde haar dat ze niets deed, het niet uitschreeuwde, haar hand niet uitstak en elke glanzende donkere haar uit zijn hoofd trok. In plaats daarvan bleef ze roerloos zitten en sloeg de oudere vrouw gade zoals een muis een slang zou gadeslaan. De smalle, amandelvormige ogen, het lange, ovale gezicht, de lange, ranke neus en het pruimenmondje. Als een portret van Modigliani, dacht Robin. Een heel dure Modigliani.

Francis en Guy droegen hun bagage het pension binnen. De drie aaneengrenzende slaapkamers waren klein en opzichtig en boden uitzicht op een achtertuin vol vuilnisbakken en kolenzakken. Het behang in de kamer die Francis en Robin zouden delen had twee patronen en de cerisekleurige chenille sprei paste bij geen van beide. De badkamer lag aan het andere eind van de gang, een nachtmerrie van buizen en zeil en een sputterende geiser.

Ze lieten de auto voor het pension staan en liepen terug naar de boulevard. Trage golven spoelden over het gele zand. Meeuwen krijsten en de lucht was vervuld van de bittere geuren van zout en zee en teer. Gesprekken welden op en stierven weg, krachteloos wegebbend als de brekende golven. Bezigheden trokken hen aan en werden vervolgens gestaakt met een verveeld gebaar van Evelyn of Francis' rusteloze onvrede. Ze speelden dat ze zich amuseerden, dacht Robin, maar konden de façade niet overeind houden; hij brokkelde af en liet hen verstrooid en op drift achter. Ze aten in een café aan de waterkant: gebakken vis en frites en dikke sneden wittebrood en thee in afgeschilferde mokken. De tafels waren gedekt met zeildoek en de ramen van het café keken uit over zee, waar de zon onderging en haar even in schitterende kleuren dompelde. 'Verschrikkelijk amusant,' zei Evelyn terwijl ze een sigaret in haar pijpje deed en om zich heen keek. 'Vindt u ook niet, juffrouw Summerhayes?' Francis gaf Evelyn vuur.

'Verschrikkelijk,' zei Robin, maar ze was zich bewust van een opperste melancholie, een droefheid die paste bij de naseizoensfeer van het stadje.

Ze bezochten een voorstelling in het theater aan het eind van de pier. Er zat slechts een tiental mensen in de zaal. Op de eerste rij gezeten kon Robin zien dat de *jeune premier* veertig was in plaats van achttien en dat de dijen van de danseressen waren bezaaid met spataders. Ze zat aan het eind van de rij, naast Guy. Evelyn zat tussen Guy en Francis. Tijdens de pauze fluisterde Evelyn tegen Francis: 'Het is gewoonweg verschrikkelijk. Laten we gaan, anders moet we het nog een uur uithouden.'

Ze keerden terug naar het pension. Niemand zei iets en het was harder gaan regenen. De lichten van de passerende auto's weerspiegelden op het natte wegdek. Toen ze bij het pension aankwamen belde Francis aan en de hospita deed open.

'Ga maar vast naar boven, Robin. Ik ben er over een paar minuten.'

Ze liep de trap op. In de kamer deed ze haar regenmantel uit en ging bij het raam staan. Met haar handen op de vensterbank keek ze naar buiten. Er werd geklopt.

'Robin? Mag ik binnenkomen?'

'Hij is open, Guy.'

Guy deed de deur achter zich dicht. 'Ik heb dit langs die ouwe draak weten te smokkelen.' Hij opende zijn jas en liet Robin de twee in zijn binnenzakken verstopte flessen bier zien.

'Francis...?' vroeg ze.

'In de tuin, een sigaretje roken. Er staat een glas op de wastafel.'

Hij had vergeten een flesopener mee te brengen en moest de kroonkurk er dus met zijn tanden af trekken. Bier schuimde omhoog in het bekerglas. Guy greep naar zijn kaak terwijl hij Robin het glas aanreikte.

'Ik heb waarschijnlijk een tand gebroken en van dit spul krijg ik een indigestie. Krijg ik altijd van donker bier.'

Ze dronk en luisterde intussen voortdurend of ze Francis hoorde. Guy vertelde over het epische gedicht dat hij aan het schrijven was.

'Het speelt in een fabriek voor auto-onderdelen. Pakkingen of dinge-tjes of zo. Het ritme van de woorden moet een echo zijn van het ritme van de machines.' Guy ging op het bed zitten en trok zijn schoenen uit. 'Verdomme... ik wist wel dat ik een blaar had. Een soort da da-de-da da-ritme. Tjee, Robin, heb je hier iets voor?'

Hij had een kleine blaar op zijn enkel. Ze rommelde in haar toilettas. Ze hoorde Francis niet.

'Toverhazelaarzalf. Kan dat ermee door?'

'Ruimschoots. Zou jij het voor me willen doen, Rob? Ik ben ver-schrikkelijk kleinzerig.'

Ze smeerde zijn voet in met hazelaarzalf en plakte een pleister over de blaar.

'Francis zit blijkbaar een heel pakje sigaretten te roken.'

Guy zat met een bierfles in zijn hand tegen het hoofdeinde. Omdat er slechts één ongemakkelijke, gammele houten stoel was, ging Robin naast hem zitten.

'Ik probeer het met Kerstmis af te hebben omdat ik niet weet hoe lang ik nog heb.'

Het schoot Robin te binnen dat Evelyn Lake ook beneden bleef. Ze realiseerde zich dat Guy haar aankeek en een antwoord verwachtte.

'Wat af hebben?'

'Mijn gedicht.'

'O.' Ze was zich er schuldig bewust van dat ze slechts met een half oor luisterde. 'Zit je vast aan een bepaalde inleverdatum, Guy?'

Hij schudde zijn hoofd en zette de bierfles weg. 'Ik probeer het af te maken vanwege mijn hoest. Er zit tuberculose in mijn familie, zie je.'

Ze keek hem aan en zag de oprechte angst in zijn ogen, dus zei ze zachtmoedig: 'Guy, je hebt geen tbc. Je hoest gewoon doordat je te veel rookt.'

'Zou je denken?'

Ze hoorde de voetstappen op de trap, twee paar, en voelde een ge-weldige golf van opluchting. Het zachte gemompel van stemmen werd luider toen Francis en Evelyn over de gang liepen. Maar de deurknop werd niet omgedraaid. In plaats daarvan hoorde Robin de deur van de aangrenzende kamer open- en weer dichtgaan.

Ze ging op haar knieën rechtop zitten en haar hart bonsde. Hij zei welterusten, meer niet. Nog even en hij zou hier zijn, bij haar.

'Zou je denken?' vroeg Guy nogmaals.

Ze had geen flauw benul waar hij het over had. Ze vermande zich en zei vastberaden: 'Guy, je weet dat ik in de kliniek werk. Nou, ik heb heel wat mensen met tbc gezien en ik heb ze horen hoesten. Jij hebt een rokershoest, geen teringlijdershoest. Echt niet.'

Hij glimlachte. 'Je bent ontzettend lief, Robin, weet je dat?' zei hij en hij pakte haar hand. 'Ik ben altijd al ontzettend dol op je geweest.'

En voor het eerst kwam de afschuwelijke mogelijkheid in haar op dat dit geen toeval was, dat Francis niet elk ogenblik de slaapkamerdeur kon openen. Ze verdrong de gedachte. Het was onmogelijk. Zo wreed kon hij niet zijn.

Maar Guy hield nog steeds haar hand vast en liet zijn duim over haar vingers glijden. En ze hoorde stemmen in de aangrenzende kamer. De tussenmuur was flinterdun, alleen maar pleisterplaat. Ze kon de woorden dan wel niet verstaan, maar wel de klank interpreteren. Een zacht gemompel van Francis, een kort antwoord van Evelyn. Een paar flemende zinnen, gevolgd door een klaterende lach. Toen stilte.

Ze realiseerde zich dat Guy iets zei. 'Weet je, ik heb het de laatste tijd ontzettend moeilijk gehad, Robin. Pa zit me op mijn huid om in het familiebedrijf te komen werken – kun je het je voorstellen? – en wil me geen cent geven. Hij is zo'n afschuwelijke kapitalist. Mama stuurt me eten en dingen en af en toe een cheque, anders redde ik het domweg niet. Ik word zo verschrikkelijk moe. Mijn wimpers vallen uit, weet je.'

'Arme Guy,' zei ze afwezig en hij boog zich voorover en kuste haar hand. Daarna haar pols en daarna korte, fladderende kussen over haar arm tot aan haar elleboog.

'Guy. Doe niet zo idioot.'

Er was in de aangrenzende kamer al enkele minuten geen woord gezegd. Ze hoorde de springveren kraken. Haar ene helft wilde haar hoofd onder het kussen stoppen, de andere wilde de gang op rennen en op Evelyns deur bonken.

Guy gleed naar het voeteneind van het bed.

'Wat een lieve voetjes.' Hij liet zijn kin over haar wreef glijden.

Ze realiseerde zich dat hij haar probeerde te verleiden. De puberale, hulpeloze, neurotische Guy Fortune probeerde haar te verleidden. Ze hoorde Evelyn door de tussenmuur heen kreunen van genot en wist ook dat ze Guy niet hoefde te vragen of Francis deze verleiding had goedgevonden of voorgesteld. Het ging allemaal te glad, te mooi. *Guy, kerel, Robin is verschrikkelijk gek op je, weet je.* Ze kon Francis' lijzige stem bijna horen. Ze bleef roerloos op het bed zitten terwijl Guy zijn tong over haar voetzool liet glijden. Het verraad was zo groot dat ze het niet ogenblikkelijk kon bevatten. Haar vernedering was zo totaal dat het haar heel goed mogelijk leek dat ze hier lag en haar lichaam liet gebruiken door iemand van wie ze niet hield en intussen luisterde hoe Francis en Evelyn in de kamer ernaast de liefde bedreven. Op de een of andere manier wist ze echter haar laatste beetje trots bijeen te schrapen. Ze stond op en trok haar schoenen en regenmantel aan. Ze hoorde Guy zeggen: 'Robin, waar ga je naartoe?' en ze antwoordde: 'Naar het station. Kom me niet achterna, Guy.' Toen pakte ze haar tas, liep kalm de trap af en liet zichzelf uit.

De stad lag er verlaten bij in de vroege ochtenduren. Ze huilde niet; ze voelde nog steeds die onvoorstelbare, niet te bevatten schok. Met misselijk makende zekerheid wist ze dat het onvergeeflijk was wat Francis ditmaal had gedaan. Hij had haar vernedering in scène gezet met een grondigheid die ze niet achter hem had gezocht. Of hij wel of niet van Evelyn Lake hield was onbelangrijk. Vertrouwen, had ze de afgelopen jaren geleerd, was een noodzakelijk onderdeel van liefde en ze wist dat ze hem nooit meer kon vertrouwen. Vroeger had ze vertrouwen verward met bezitterigheid en had anderen op een naïeve manier veroordeeld. Nu wist ze dat, waar bezitsdrang liefde kon verwoesten, vertrouwen een essentieel onderdeel ervan was.

Eindelijk bereikte ze het station. Het loket was uiteraard gesloten en ze stond schijnbaar urenlang te proberen wijs te worden uit de dienstregeling naar Londen. Toen ging ze met haar tas naast zich op een bank zitten en keek hoe de regen de bladeren van de bomen buiten op straat meevoerde. Ze kon niet slapen; een kat jammerde naar de maan en de wijzers van de klok kropen in het rond en ze deed zelfs geen poging om het allemaal te begrijpen. Ze dacht dat, als iemand haar zou aanraken, ze zou breken als glas, in scherven uiteen zou spatten op het linoleum.

Maar er kwam niemand, behalve een politieagent, die met zijn zaklamp in de wachtkamer scheen, zodat ze haar ogen moest beschermen tegen het licht. Terwijl ze een respectabele reden verzon voor het feit dat ze midden in de nacht in de wachtkamer van een station zat, verbaasde het haar dat hij niet onmiddellijk doorzag dat ze een onecht, hol schepsel was, iemand voor wie de vertrouwde wereld nu was doordrenkt van een diep gevoel van verkeerdheid, alsof de wereld van zijn as was geschoven en vreemd en onherkenbaar was geworden. Maar hij tikte aan zijn helm en liep door, haar weer alleen latend met de klok en de kat en de regen.

Om halfzeven kocht ze een kaartje en stapte in de trein. Toen deze het station verliet meende ze een patroon waar te nemen. Dat, zoals hun liefde was begonnen in de ene badplaats, ze was geëindigd in een

335

andere. Dat, zoals ze ooit, heel jong en heel hoopvol, in een trein was gesprongen om een nieuw leven te beginnen in de stad, ze nu terugkeerde naar diezelfde stad. Maar nu was ze oud, zo ontzettend oud, en ze begreep de dienstregelingen niet meer.

Toen Joe die zaterdagochtend informeerde bij Robins pension, vertelde juffrouw Turner hem dat juffrouw Summerhayes een weekend weg was met meneer Gifford. Terwijl hij wegliep van het huis schopte hij zo heftig in de hopen dorre bladeren die in de goten lagen, dat ze tot halverwege de straat werden verspreid.

Terug in zijn flat besefte Joe dat de frustraties van de afgelopen twee jaar een bijna ondraaglijk niveau hadden bereikt. Hij had zijn belofte aan Hugh Summerhayes gehouden, een belofte die, dacht hij, niet langer relevant was. Robin was veranderd, was sterker geworden, onafhankelijker. Hugh had het mis gehad. Robin had niemand nodig om op haar te passen. Joe twijfelde er niet aan dat ze uiteindelijk haar ambitie om dokter te worden zou verwezenlijken. De kleine rol die hij ooit had gespeeld was overbodig geworden. Haar liefde voor Francis had niet gewankeld, terwijl zijn eigen positie steeds onhoudbaarder en smakelozer was geworden. Hij moest een besluit nemen en met haar breken, opnieuw beginnen.

Het besef deed hem geen plezier. Wetend dat hij uit Londen weg moest, al wat het maar voor een paar dagen, smeet hij wat spullen in zijn rugzak, verliet de flat en liep naar het metrostation. Over een halfuur vertrok er vanaf King's Cross een trein naar Leeds. Sinds zijn laatste bezoek aan Hawksden had hij schriftelijk contact gehouden met zijn vader. Om de zoveel tijd ontving hij een ansichtkaart van zijn vader. Ze leken Joe altijd volmaakt ongerijmd – twee poesjes in een sok aan een waslijn, een rij schoonheden in badpak op het strand van Scarborough – en op de achterkant placht John Elliot iets te schrijven over het weer, de fabriek of de kolenprijs.

Toen hij in Elliot Hall arriveerde, inspecteerde zijn vader hem met een kritisch oog. 'Tja... je ziet er minder uit als een vogelverschrikker, jongen.' Joe liet hem het knipsel over zijn tentoonstelling lezen en werd beloond met een gegrom dat mogelijk op goedkeuring wees. Die maandagochtend leidde John Elliot hem rond in de fabriek. Joe bewonderde de nieuwe weefgetouwen ('Hebben me verdomme een fortuin gekost') en nam foto's terwijl zijn vader hem gadesloeg met een misprijzend, trappelend ongeduld waarvan Joe was gaan vermoeden dat het zijn enige manier was om zijn trots te tonen. Toen ze de enorme, lawaaiige gebouwen verlieten, zei zijn vader: 'Om de drie jaar een paar dagen is niet genoeg om een bedrijf te leren kennen, Joe.'

Over de steile, hobbelige straat liepen ze naar huis. Na enige tijd bleef John Elliot staan en ontmoette Joe's blik. 'Je hebt haar foto meegenomen. Het is altijd een van mijn lievelingsfoto's geweest.'

'Sorry, pa,' mompelde Joe. 'Ik maak een paar afdrukken en stuur je er een toe.'

'Goed. Ik mag het verdomme hopen.' John Elliot liep door, zwaar ademend terwijl ze de steile helling beklommen.

'Je moet het wat kalmer aan doen, pa. Je ziet er moe uit.'

John Elliot snoof. 'Kalm aan doen? En de fabriek naar de knoppen laten gaan zeker? Je zou niks erven dan een lege fabriek en een paar roestige machines als ik het kalm aan deed.'

Joe vroeg zich af of hij het bedrijf op zekere dag zou overnemen. Hij kon een paar dingen veranderen; zelfs Hawksden kon met zijn tijd meegaan. Misschien dat Elliot's Mill zijn negentiende-eeuwse paternalisme kon afleggen en dit kleine, bekrompen gehucht kon tegen wil en dank de jaren dertig binnen worden gesleurd...

Nog niet, dacht hij, nog niet. De krantenkoppen die ochtend hadden melding gemaakt van de inval in Abessinië door het Italië van Mussolini, de eerste openlijk agressieve daad van een fascistische regering. Een verre oorlog in een ver land of een eerste noodlottige stap in een veel gevaarlijker spel? Joe wist dat hij zich in het laatste geval niet veel langer afzijdig kon houden. In München had hij zich afzijdig gehouden en in het Olympia. Maar hij dacht dat het niet genoeg was alleen maar te observeren, te praten, te getuigen. Dat ze weldra allemaal zouden moeten kiezen en dat de kleine, particuliere gevechten van huis en haard overspoeld zouden worden door grotere gevechten.

Joe hield zijn pas in om hem aan die van zijn vader aan te passen. John Elliot was oud geworden sinds zijn laatste bezoek. Zijn vaders haar was nu helemaal grijs en het vlees begon van zijn botten te verdwijnen, zodat er holten verschenen rond zijn ogen en onder de brede vlakken van zijn jukbeenderen. Hij was niet meer de sterke, krachtdadige man wiens hand en tong Joe ooit had gevreesd. Joe legde zijn hand onder zijn vaders elleboog om hem de glibberige treden naar de poort van het huis op te helpen en werd niet weggeduwd.

In de week na haar terugkeer uit Bournemouth hield Robin de schijn op van een normaal leven, maar ze had het gevoel dat ze een onwillige actrice was in een uiterst verward stuk. Ze werkte in de British Library, waar ze de laatste hand legde aan een onderzoek dat ze deed voor een vriend van haar vader, en bracht enkele ochtenden door in de kliniek. De dagen verstreken, traag en vreugdeloos, iets om doorheen te komen, en ze was zich bewust van een immense holheid van binnen, een onvermogen om wat dan ook te voelen. Als ze tot woede in staat was geweest, zou ze woedend zijn geweest omdat Francis haar niet alleen had beroofd van haar passie en ambitie, maar ook van haar trots.

Ze kreeg drie brieven van haar verschillende comités, die informeerden naar haar afwezigheid in de loop van de week. Ze smeet ze in de prullenmand, niet in staat tot schrijven en uitleggen. Voor het eerst in haar leven liet het haar koud. Het vuur dat ze ooit had bezeten leek zinloos en lichtelijk ridicuul. Francis had gelijk gehad: er zou opnieuw oorlog uitbreken en ze kon niets doen om het tegen te houden.

Ze kreeg een brief van Daisy. Ze moest de eerste alinea twee keer lezen voordat ze er iets van begreep en liet zich toen plotseling op het bed vallen, ademloos, alsof iemand haar had geslagen. Toen ze opkeek van de bladzijde, had ze het gevoel dat de muren van de kamer op haar af kwamen. 'Het Licht der Wereld' keek spottend op haar neer terwijl ze haar regenmantel pakte en aantrok. Toen stormde ze de kamer en het huis uit.

Er was maar één persoon naar wie ze toe kon, één persoon die het misschien zou begrijpen. Terwijl ze door de straten rende welde de woede die ze de hele week had onderdrukt op en vond een ander mikpunt dan Francis. Joe's voordeur stond zoals gewoonlijk op een kier, dus rende ze de drie trappen op en bonsde op zijn deur.

Hij deed open, met ontbloot bovenlijf; hij was zich aan het scheren en zijn kin zat nog onder het schuim.

'*Joe.*' Ze viel bijna zijn kamer binnen. 'Joe... ik moet met je praten.'

'Mooi zo. Ik heb jou ook iets te vertellen.'

'Niet hier.' Ze had zijn appartement nooit prettig gevonden; het was die sfeer van een doorgangshuis nooit kwijtgeraakt. 'In het park misschien.'

'Mag ik me aankleden?'

'Natuurlijk.' Ze probeerde te glimlachen. 'Sorry.'

Binnen vijf minuten had hij een overhemd en een jasje gevonden en liepen ze door het kleine park aan de overkant van de straat. Robin haalde de brief uit haar zak.

'Het gaat over Hugh, Joe. Hij en Maia hebben zich verloofd!'

Ze keek hem aan, in de verwachting dat ze haar eigen geschoktheid en woede op zijn gezicht weerspiegeld zou zien. 'Ik weet niet wat ik moet doen... ik zou vanavond de trein kunnen nemen... ik zou van Soham naar Blackmere moeten lopen, maar dat is niet zo ver... O, ik wou dat ze telefoon hadden!'

'*Doen?*' herhaalde Joe. 'Ik zou zeggen dat een felicitatiebrief alles is wat nodig is.'

Ze hield hem Daisy's brief voor. 'Joe, dit mag niet gebeuren. Hugh mag niet met Máia trouwen. Het is volkomen uitgesloten.'

Hij las Daisy's briefje snel door. Ze stonden aan de rand van een kleine, ronde vijver; roodbruine en gele bladeren die van de omringende beukenbomen waren gevallen, dreven op het wateroppervlak.

'Robin,' zei Joe zacht, 'ik weet dat je dol ben op Hugh en dat je gewend bent geraakt aan de gedachte dat hij vrijgezel zal blijven, maar je zult je er bij moeten neerleggen dat Hugh en Maia verloofd zijn en gaan trouwen.'

'Maar ze heeft haar man vermoord!' schreeuwde ze bijna. Een vrouw en een jongetje aan de overkant van de vijver keken op.

'Robin... in godsnaam...' Ze zag de geschoktheid in zijn donkere ogen.

'Ik weet het, Joe. O, ze heeft het nooit toegegeven en de uitslag van het onderzoek was dat Vernon door een ongeval om het leven was gekomen, maar ik wéét het.'

Hij zei kalm: 'Als ze het nooit heeft toegegeven – en je was er niet eens bij, Robin, je zat indertijd in Frankrijk – hoe kun je het dan in 's hemelsnaam weten?'

'Ik ken Maia. Ik weet dat ze in staat is tot meineed. En ik weet dat Vernon een varken en een bruut was en dat hij haar sloeg en vernederde... Maia zou dat nooit zomaar pikken. Nooit, Joe.'

'Er zijn volop vrouwen die dat doen – ze hebben weinig keus.'

Ze schudde haar hoofd. 'Maia niet.' Ze liep door en schopte de dode bladeren op met haar schoenen. 'Ze mag niet met Hugh trouwen. Ik moet het tegenhouden, Joe.'

'Je kunt niet zomaar binnenvallen, met gebalde vuisten...'

'Ik moet wel.' Voor het eerst in haar leven had ze zich gerealiseerd dat ze moest kiezen tussen haar familie en haar vrienden. De keus maakte haar misselijk. Ze moest haar belofte aan Maia breken of Hugh zou trouwen met een vrouw die in staat was hem te vernietigen. Ze haalde diep adem. 'Ik zal Hugh over Vernon moeten vertellen.'

Joe pakte haar bij haar schouder en draaide haar naar zich toe. 'En jij denkt dat hij je zal geloven? Je denkt dat hij zelfs maar naar je zal lúisteren? Mijn god, Robin... heb je niet begrepen dat Hugh al eeuwen van Maia houdt?'

Ze staarde hem een ogenblik aan en zei toen beverig: 'Ik geloof niet dat ik ooit een man heb gekend die niet verliefd was op Maia. Jij net zo goed, vermoed ik, Joe.'

Hij zei boos: 'Nee. Absoluut niet,' en zocht in zijn zak naar zijn sigaretten. Robin schudde haar hoofd toen hij er haar een aanbood.

'Als je naar huis stormt en tegen Hugh zegt dat de vrouw op wie hij stapelgek is een moordenares is, zal Hugh jou afwijzen, niet Maia.'

Ze keek hem aan en wist dat hij gelijk had. De mensen geloofden wat ze wilden geloven over degenen van wie ze hielden.

'Dan praat ik met Maia.'

'En dan? Heb je er goed over nagedacht, Robin? Stel dat je Maia ertoe kunt overhalen de verloving te verbreken. Denk je dat Hugh je dat in dank zal afnemen?'

'Ik kan niet níets doen!'

'Je moet wel, Robin.' Zijn stem klonk vlak, beslist.

Ze balde haar vuisten en drukte ze tegen haar ogen. 'Ik kan het niet verdragen, Joe.' Haar stem beefde. 'Ik kan het niet.'

Hij loodste haar naar een bank onder een beukenboom. 'Je weet het niet zeker over Vernon Merchant, Robin – dat geef je zelf toe. En Hugh is volwassen. Misschien kent hij Maia beter dan jij denkt. Je moet hem zijn eigen beslissingen laten nemen.'

'Je weet niet hoe het was toen Steven stierf, toen Hugh ziek was.' Haar stem was kalmer en haar blik vestigde zich op de vijver terwijl ze terugdacht aan die verschrikkelijke dag in 1918. 'Ik was nog maar een kind. Ik weet nog hoe mijn ouders over Stevie en Hugh praatten en ik weet nog dat ik de tuin in rende en omkeek naar het huis, dat helemaal met sneeuw was bedekt, en dacht dat alles anders was geworden. En ik had gelijk. Alles was anders geworden. Stevie kwam nooit meer terug en Hugh werd nooit meer de oude. Hij was bijna vernietigd. Ik zou het niet kunnen verdragen als hij dat nog eens moest meemaken.'

Ze zag dat Joe zijn wenkbrauwen fronste en met zijn hand over zijn voorhoofd streek. Ze dacht heel even hoe afhankelijk ze van hem was geworden.

'Als ze alle twee beschadigd zijn,' zei hij, 'als ze alle twee gekwetst zijn geweest, zullen ze elkaar misschien genezen.'

De vrouw en het jongetje waren weg en een zachte windvlaag rukte aan de bladeren, zodat ze als donkere confetti van de takken vielen.

'Maia heeft in haar hele leven van niemand gehouden. Hoe zou ze dan van Hugh kunnen houden?'

Haar stem klonk doods. Ze voelde zich op dat ogenblik ontzettend bedroefd. Ze hoorde Joe zeggen: 'Het gaat niet alleen om Hugh, is het wel, Robin?' en ze schudde haar hoofd. Ze had hem niets over Francis vertelde, maar het verbaasde haar niet dat hij het had geraden. De wreedheid en de vernedering die Francis haar had aangedaan moesten op haar gezicht geëtst zijn. In de zes dagen sinds haar vlucht uit Bournemouth op zondagochtend was haar geschoktheid overgegaan in het verlangen hem koste wat het kost weer te zien en later de verwoestende aanvaarding dat het voorbij was.

Ze zei: 'Het is Francis,' en de beklinkerde randen van de vijver werden vaag toen de tranen over haar wangen begonnen te stromen. 'Vijf jaar,' fluisterde ze, 'en hij gooide het weg alsof het er niets toe deed. Hoe kon hij, Joe? Hoe kon hij?'

Ze bleven lange tijd zo zitten, haar hoofd tegen Joe's schouder, zijn arm om haar heen. Tranen druppelden onafgebroken op de revers van haar regenmantel. Haar hoofd deed pijn en haar ogen schrijnden.

Het begon te schemeren. Ze depte haar ogen en zei: 'Lieve Joe... je bent zo'n troost. Wat wilde je tegen me zeggen? Ik heb uren over mezelf gepraat.'

Hij keek haar aan. 'Ik weet het niet meer. Niets belangrijks.' Het was te donker om de uitdrukking op zijn gezicht te kunnen zien.

Ze stond op. 'Ik heb het wel gehad, Joe... liefde. Nooit meer Joe – dat beloof ik je.'

Ze hoorde hem zeggen: 'Laten we daar op drinken. We gaan naar de Six Bells en drinken op het einde van de liefde,' en ze liep naast hem het park uit en de straat op.

DEEL VIER

1936-1938

Hoofdstuk veertien

De wind blies de paden tot zwart poeder en kneusde de zijdezachte, vuurrode bloembladeren van de klaprozen. Terwijl ze van de Randalls naar huis liep, met de herinnering aan Michael nog zwaar in haar armen, streken hoge, rijpende korenaren langs Helens benen. Ze had ditzelfde pad het hele najaar gevolgd, toen de modder aan haar overschoenen had gezogen en de doorns van de braamstruiken aan haar rok hadden getrokken. In oktober had Maia verteld dat ze met Hugh was verloofd. Helen gaf intussen niets meer om Hugh, maar ze dacht om de een of andere reden niet dat ze gelukkig zouden worden. In de winter had de vorst de moerassen geglazuurd en de put waaruit de pastorie zijn water betrok was bevroren. Ze hadden het water uit de regenton gekookt en het in de gapende bakstenen mond gegoten tot het ijs was gedooid.

Nu was het zomer. Helen bereikte de pastorie toen de gong voor het avondeten ging en bleef alleen even staan om haar stoffige mantel uit te trekken. Het was warm en benauwd in huis. Zweet glansde op haar armen, verzamelde zich onder haar borsten en in de ondiepe holte van haar ruggengraat. Ze trok de groene zijden jurk aan die ze jaren geleden had gemaakt en liep naar de eetkamer. Tomatensoep, lamsvlees en niervetpudding. Het lamsvlees was bijna koud en het vet stolde rond de rand van de schaal. Betty was met Kerstmis uit Thorpe Fen vertrokken om in een winkel in Cambridge te gaan werken. Ze hadden geen opvolgster kunnen vinden en Ivy had moeite om het werk alleen te klaren.

Ze kon de pudding niet door haar keel krijgen; er zaten klontjes in de custard en het niervet was bleek en glibberig. Naar haar bord starend veegde Helen de vochtige slierten haar uit haar ogen.

Dominee Ferguson zei: 'Je bent toch niet ziek, Helen? Je hebt niets gegeten.' De strenge winter had hem ouder gemaakt en herhaalde aanvallen van bronchitis en hartproblemen hadden zijn magere, grijze gestalte uitgemergeld.

'Ik voel me prima. Maakt u zich geen zorgen, papa.'

Ze schoof de kom weg en staarde door het raam naar de stille, stoffige tuin. Zo zou ze een jaar geleden niet tegen hem hebben gesproken en hij zou haar onbeschaamdheid niet zomaar hebben geaccepteerd. Waar hij vroeger had geëist, smeekte hij nu. Het machtsevenwicht was verschoven, dacht Helen, te laat.

Hij stond op van tafel en kwam naast haar staan. Ze had er een hekel aan dat hij zo dicht bij haar kwam. Toen hij haar vingers aanraakte en mompelde: 'Je voelt warm aan, kuikentje...' trok ze haar hand terug en legde hem in haar schoot. Zijn aanraking herinnerde haar aan Maurice Page. Door toedoen van Maurice Page was ze gaan begrijpen wat Florence Ferguson in haar dagboek had geschreven. *Lieve God, wat moeten vrouwen veel verdragen.*

De volgende dag, zondag, was het nog steeds warm en drukkend. In de kerk keek Helen naar een hommel die tegen het raam botste, onhandig, zoemend, rond de stukjes gekleurd glas cirkelend in een poging een uitgang te vinden. De woorden van haar vaders preek galmden tegen de stenen muren en bogen. Ze had de bloemen vergeten deze week en de boeketten van vorige week stonden vergeeld en verlept in de vazen. Ze schaamde zich, tot ze om zich heen keek en de lege banken zag. Ze was verrast en kon maar niet begrijpen wat er was gebeurd. Toen herinnerde ze zich dat de gezinnen Lovell en Carter waren vertrokken en dat Jack Titchmarsh en de oude Alice Dockerill afgelopen winter waren gestorven. De kerk was altijd al te groot geweest voor het dorp en nu realiseerde Helen zich, langzaam tellend, dat haar vader preekte voor een parochie van nog geen twee dozijn mensen.

De hommel, gevangen in een spinnenweb, zoemde boos en viel toen, verstrikt in spinrag, op de plavuizen. Helen gleed naar het eind van de bank, bukte zich en nam hem tussen haar in handschoenen gestoken handen. Vervolgens liep ze de kerk uit.

Zalig zijn de zachtmoedigen, want ze... Ze wist dat haar vader haar had gezien, want hij zweeg en vergat de overbekende woorden. Hij had het trouwens mis; de zachtmoedigen bezaten het land niet, ze keken, in de steek gelaten, toe terwijl de sterken en de dapperen en de knappen alles namen. Toen Helen de kom van haar handpalmen opende, vloog de hommel weg en weefde zijn dans boven de hondsrozen en de kamperfoelie.

Terwijl ze wegliep van de kerk zag ze de troosteloosheid die over Thorpe Fen was gekomen. De vervallen huisjes met hun droevige, vuile ramen en doorzakkende daken, de diepe kuilen in de onverharde wegen, waar in de herfst plassen ontstonden. Helen realiseerde zich dat niet alleen zij in de steek was gelaten, maar het dorp ook. Er marcheerden geen electriciteitsmasten door de velden naar Thorpe Fen, de nieuwe wegen vermeden het en verbonden andere dorpen met de steden. Het vertrouwde was aan het verdwijnen en werd door niets vervangen. De oude feesten die ooit het verstrijken van de tijd hadden aangeduid waren stervende. Het christendom had gevochten om een oudere religie te verdringen, maar nu faalde het christendom zelf. Terwijl ze daar stond en naar de verstopte sloten en overwoekerde velden keek, vroeg Helen zich af of Robin al die tijd gelijk had gehad. God bestaat niet. De woorden galmden in haar hoofd als de kerkklokken.

Op de boerderij van de Randalls, met Michael in haar armen, voelde ze zich beter. Het sombere visioen van een vormloos, zinloos universum ebde weg toen hij haar met kraaiend gelach en natte zoenen verwelkomde. Helen hielp mevrouw Randall met het voeren van Michael en legde hem in bed voor zijn middagslaapje.

Pas toen ze haar hoed opzette en wilde vertrekken, zag ze de uitdrukking op het gezicht van Susan Randall. Mevrouw Randall deed de deur van de vestiaire achter zich dicht, zodat ze alleen waren.

'Helen... er is toch niets met je?'

'Natuurlijk niet.' Ze glimlachte stralend.

'Maar meestal kom je niet op zondag.'

'Nee.' Helen knoopte haar handschoenen dicht en fronste haar wenkbrauwen. Ze realiseerde zich dat het raar moest lijken. 'Ik voelde me een beetje misselijk in de kerk,' loog ze. 'Ik had het te warm. En ik zie Michael zo graag.'

'Natuurlijk. Ik weet hoe dol je op hem bent, lieverd.' Maar nog steeds lag er bezorgdheid – en verbijstering – in mevrouw Randalls ogen. Op de terugweg naar de pastorie realiseerde Helen zich dat ze voorzichtiger moest zijn. Wanneer ze zich af en toe niet lekker voelde – ziek, verward, stuurloos, de perioden die ze heimelijk haar Zwarte Dagen noemde, wanneer het was alsof ze aan de rand van een donkere put knielde, op het punt erin te vallen – moest ze het verbergen. Mevrouw Randall zou haar misschien niet vertrouwen met Michael als ze dacht dat ze ziek was. En dat zou ze niet kunnen verdragen.

Maia had zich de onmogelijkheid van haar verloving met Hugh Summerhayes bijna onmiddellijk gerealiseerd. De allereerste avond, de avond waarop hij haar ten huwelijk had gevraagd, had ze wakker gelegen en, met grote ogen naar het plafond starend, in gedachten de brief samengesteld waarmee ze de verloving zou verbreken nog voordat die bekend werd. Maar nadat ze 's morgens was opgestaan, had ze niet geschreven. Het zou te wreed zijn geweest. En toen Hugh was gekomen, met de sporen van zijn eigen slapeloze, euforische nacht in de vorm van donkere wallen van uitputting onder zijn ogen, had ze evenmin iets gezegd.

Dus had ze het op zijn beloop gelaten. Hugh drong niet aan, eiste nooit, maar zijn opgewekte volharding knaagde aan haar. In oktober stemde ze ermee in dat hij zijn familie van hun verloving op de hoogte zou brengen. Met Kerstmis vond ze het goed dat hij een ring voor haar kocht. In april stelden ze de huwelijksdatum vast, in december.

En nu was ze in Londen om trouwkleren te passen. Als weduwe zou ze trouwen in een zilvergrijs mantelpakje en weggaan in een vuurrood. De grote rollen stof vielen als watervallen in glanzende banen naar de vloer van het naaiatelier. Maia vond dat het grijs er stoffig uitzag, als spinrag, en wat het rood betrof... Rood was een vergissing geweest, het stond haar niet, ze was te bleek. Trouwens, rood was de kleur van bloed.

Wat ironisch, dacht ze terwijl de naaister afspeldde en mat, dat Hugh als enige van zijn familie een conventionele vent was en wilde trouwen. De soort relatie die haar met Charles Maddox of Harold Frere van afkeer zou hebben vervuld, zou ze met Hugh graag hebben gehad. Maar toen ze aarzelend een minder formele regeling had voorgesteld, was Hugh onvermurwbaar geweest. Hij wilde zelfs niet met haar naar bed vóór de huwelijksnacht. Ze vroeg zich, terugdenkend, af hoeveel ervaring hij had met vrouwen. De korte opwelling van hartstocht van de dag van het onweer was niet teruggekomen; het leek haar niet onmogelijk dat Hugh wat seks betrof even onzeker was als zij. Het was hun enige punt van overeenkomst. In elk ander opzicht, in het belangrijkste opzicht, verschilden ze volkomen. Want hij was goed en zij niet.

Zijn goedheid, zijn geduld, smoorden haar zwakke pogingen om de verloving te breken in de kiem. Wanneer zij lichtgeraakt was, was hij begrijpend; als ze neerslachtig was, maakte hij haar aan het lachen. Als ze met iemand had kunnen trouwen, zou het Hugh Summerhayes zijn geweest. Ze mocht dan zelf niet goed zijn, maar ze kon goedheid in anderen nog altijd herkennen. Ze voelde, anders dan sommigen in het flitsende, wereldwijze milieu waartoe ze ooit had behoord, geen minachting voor goedheid. Ze wist hoe Hugh was; het probleem was dat Hugh nog niet doorhad hoe zij was. Hij was nooit sarcastisch of cynisch, wapens waarmee zij zich van jongs af aan had beschermd. Vergeleken met hem voelde ze zich soms goedkoop en tweederangs en vond het dan verschrikkelijk dat ze zich zo voelde, zij, die zoveel had bereikt. Merchants floreerde; glimlachend haalde Maia zich het glimmende nieuwe verchroomde en glazen restaurant voor ogen dat net die week was klaargekomen. In juli zou het officieel worden geopend, met een orkest en een thé-dansant en ballonnen en slingers. Ze werd nog steeds buitengesloten, maar het deerde haar niet meer, want ze had haar eigen succesvolle wereld geschapen die niemand haar kon afnemen. De modeshows die de confectieafdeling elke maand organiseerde, de prijstrekking, de thé-dansants, allemaal haar ideeën, allemaal een succes. Ze zou deze middag benutten, dacht ze, om Selfrigdes en Marshall en Snelgrove te bezoeken, inspiratie op te doen bij Merchants' grotere neven.

'Klaar, mevrouw,' zei de naaister en ze hielp Maia uit het afgespelde jasje en in haar gewone jurk.

Hugh stond buiten op haar te wachten. Ze was hem vergeten en ze moest een korte fonkeling van ergernis verbergen over het feit dat ze haar middag met iemand anders moest delen. 'Dag schat,' zei Maia en ze kuste hem.

Maar terwijl ze met hem door Londen liep, wist ze weer waarom ze in dat korte ogenblik van zwakheid ja had gezegd. Wanneer hij haar aankeek, zag ze zichzelf als een complete persoonlijkheid, niet langer in tweeën gedeeld door de gebeurtenissen in het verleden. Als Vernons gewelddadige bezitsdrang een verwrongen weerspiegeling was geweest van liefde, dan waren Hughs gevoelens voor haar helder glas, onbezoedeld door de meer duistere aspecten van begeerte.

'Thee?' vroeg Hugh ten slotte.

Maia keek op haar horloge en schudde haar hoofd. 'Ik moet weer naar Cambridge. Ik heb een vergadering.'

Ze reed zelf, met de kap van de auto naar beneden, en genoot van de koele lucht na de benauwende warmte van Londen. Hugh keek haar aan.

'Hoe staat het met je trouwkleding, lieverd?'

'Goed,' zei ze meesmuilend. 'Maar ik heb een hekel aan passen. Ik zou willen dat ik confectie kon kopen, zoals de meisjes bij Merchants.'

Hij lachte. 'Als je wilt, trouw ik je in overal en tulband, Maia.'

Misschien was het al met al toch mogelijk. Ze kon haar geheim bewaren; Hugh was niet nieuwsgierig of bevooroordeeld; er waren dingen die hij niet hoefde te weten.

Maia stuurde de auto een scherpe bocht om. 'Goddank is het de burgerlijke stand. Ik zou al die poeha verschrikkelijk vinden.'

Hij had aangeboden in de kerk te trouwen en ze had geweigerd. Door in de kerk te trouwen zou het echter lijken. Ze kon zichzelf en Hugh nog steeds niet voorstellen als man en vrouw. Op deze manier leek het nog een soort spel, een restant van de picknicks en fietstochten van vroeger.

Hij zei aarzelend: 'Er is iets waar we over zouden moeten praten, Maia,' en ze keek hem snel aan.

'Ja, lieverd?'

'Ik dacht dat we moesten bespreken waar we gaan wonen.'

De heggen en velden flitsten voorbij, een wazige vlek van stralende zomerkleuren. 'Waar we gaan wonen?' herhaalde ze scherp.

'Ik zit er een beetje mee – dat ik niet zo goed voor je kan zorgen als ik zou willen. Ik heb natuurlijk mijn salaris als docent en een kleine erfenis van een oom die tijdens de oorlog is gesneuveld, maar dat is alles, vrees ik.'

De weg werd versperd door een kudde koeien; Maia remde af en schakelde terug. 'Hugh, doe niet zo idioot en ouderwets.'

Hij trok een gezicht. 'Het is alleen... ik weet dat ik niet het recht heb om het te zeggen, maar, nou ja, ik kan me niet voorstellen dat ik in Vernons huis woon.'

Ze had bijna gezegd: *Waarom zou je dat in 's hemelsnaam doen?*, maar natuurlijk, als ze trouwden, moesten ze gaan samenwonen. Ontbijten met Hugh, een slaapkamer delen met Hugh.

'Nee,' zei ze slapjes. De koeien waren overgestoken en ze startte de auto weer.

'Wat vind jij ervan? Ben je eraan gehecht of zou je elders iets willen zoeken?'

Ze dacht aan Vernons huis en vroeg zich af waarom ze er zo lang was blijven wonen. Zelfs tegenwoordig, wanneer ze de trap op liep, dacht ze er nog aan terug. 'Ergens anders, denk ik. Waar, Hugh?'

'Buiten de stad misschien. Ik ben niet zo'n stadsmens. En het platteland is voor kinderen veel fijner, niet dan?'

Maia's handen klemden zich om het stuur. Ze staarde naar de weg, prentte zich in dat ze moest sturen, haar voet op het gaspedaal moest houden. Een klaterende lach welde op in haar keel, maar ze beet op haar lip en onderdrukte hem. 'We zullen zulke lieve kinderen krijgen,' zei Hugh en ze had willen gillen.

De hele winter van 1935-1936 had Robin aanvankelijk om Francis getreurd en was vervolgens woedend geworden, verbitterd over de verspilde jaren. Jaren die ze had doorgebracht met op hem wachten, jaren van haar leven organiseren rondom het zijne. De woede had maanden nodig om weg te ebben en werd gevolgd door een soort opluchting, een uitgeput besef dat ze ten langen leste een verlangen had verdreven dat haar uiteindelijk meer verdriet had gebracht dan plezier.

Het was alsof ze een bladzijde had omgeslagen en aan de rest van het boek kon beginnen. Haar oordeelsvermogen en doelgerichtheid keerden terug. Ze nam een volledige baan aan als secretaresse-receptioniste in de kliniek; ze vroeg dokter Mackenzie haar te helpen met een sollicitatiebrief aan de artsenopleidingen in Londen. Ze verliet het huis van de dames Turner, nam onder tranen afscheid van de zusters en de grasparkieten, beloofde terug te komen voor seances en betrok een kamer in Whitechapel, een kamer met een gaskomfoor, een aanrecht en een meubelstuk dat optimistisch 'bedbank' werd genoemd en een gemeenschappelijke badkamer. Veertien dagen lang hield ze de kamer wonderlijk netjes en liet hem toen verslonzen tot een gerieflijk rommeltje. Ze versierde de muren met goedkope, felle posters en zette haar boeken op schappen gemaakt van planken en bakstenen. Op haar verjaardag vroeg ze Joe te eten en volgde de recepten in Daisy's oude kookboek met dezelfde aandacht voor details die ze vroeger op school had geschonken aan natuurkundeproeven. Toen hij arriveerde, stond de hele kamer vol potten en pannen en schalen.

'Gefeliciteerd.' Hij zwaaide naar haar met een bos narcissen. En toen ging hij verder: 'Goeie god,' verdwaasd om zich heen kijkend.

'Is het niet verschrikkelijk? Zet alles maar op de kast, Joe, en gooi er iets overheen. Prachtige bloemen; doen me aan thuis denken. Ik zoek even een vaas.'

De kleine tafel stond bij het raam, zodat ze onder het eten op het plein konden kijken. Joe schonk ieder een glas cider in en Robin diende de maaltijd op.

'Gefeliciteerd,' zei hij nogmaals. Hun geheven glazen tinkelden. 'Ik weet niet meer hoe oud je wordt, Robin.'

'Zesentwintig.' Ze trok een gezicht en dacht acht jaar terug, herinnerde zich het winterhuis, het zwemmen in de vijver en de belofte om de belangrijke mijlpalen in een vrouwenleven met Maia en Helen te vieren. De jaren hadden die mijlpalen hun belang ontnomen.

'Stel je eens voor, Joe: als ik al die jaren geleden niet naar die bijeenkomst was gegaan, had ik je nooit ontmoet.'

351

'Of Francis,' zei hij.

Of Francis. Ze staarde hem aan en keek vervolgens naar haar bord, verward, heel even volkomen leeg. Ze hoorde hem zeggen: 'Alles in orde, Robin?'

'Natuurlijk. De rissole smaakt een beetje raar, vind je niet? Ik had geen tomaten meer, dus heb ik rode bieten gebruikt.' Ze nam een grote slok cider.

Joe zei: 'Ik kreeg vanmorgen een brief van mijn vader. Je weet nog dat ik mijn tante Claire in München heb gezocht?'

Hij scheen een antwoord te verwachten. Ze knikte, maar kon niets zeggen.

'Nou, Claire heeft mijn vader weer geschreven; ze had hem jaren geleden al eens geschreven om mijn adres te vragen, maar mijn vader wist toen niet waar ik woonde. In elk geval, hij heeft me haar brief doorgestuurd.'

Eindelijk slaagde ze erin iets te zeggen. 'Geweldig, Joe.' Haar stem klonk merkwaardig hol.

'Ik heb haar teruggeschreven en het adres van mijn appartement gegeven. Ze zit in een klooster, Robin; geen wonder dat ik haar niet kon vinden.'

Haar lippen vertrokken, in een mislukte poging om te glimlachen. Robin zag haar hand omhooggaan om het glas naar haar mond te brengen en vervolgens haar vork pakken. Zelfs de simpelste, vertrouwdste dingen leken opeens anders. Het uitzicht – de trottoirs, de straat en de linden die net blad begonnen te krijgen – waren veranderd, baadden in een ander soort licht. Scherper, strakker omlijnd, doorschijnend. Haar kamer, die ze zo goed meende te kennen, was vreemd geworden; ze inspecteerde elk voorwerp, de stoelen, de tafels, de schemerlamp, en vond ze vreemd.

Als ik niet naar die bijeenkomst was gegaan, had ik je nooit ontmoet.

Of Francis.

Toch was het niet Francis geweest die ze zich toen had herinnerd; wanneer ze er jaren later aan terug had gedacht, had ze alleen Joe te laat zien binnenkomen, met een meesmuilende blik door het middenpad lopend naar de stoel die voor hem vrij was gehouden. En later hoe Joe zich had gebukt om de sandwiches en de munten die uit haar tas waren gevallen op te rapen, en de wandeling naar het souterrain in Hackney, waar ze, op de grond gezeten, kaviaar en koekjes hadden gegeten.

Al die jaren was Joe er geweest. Feesten met Joe, avonden op Long Ferry met Joe. Dat afschuwelijke diner met Clodie en Francis; ze wist nog hoe gekwetst en boos ze zich had gevoeld omdat Joe dacht dat ze een onbeduidend, onverschillig soort persoon was. De reis naar Frankrijk, het opstootje voor het arbeidsbureau in Hackney, haar afschuwelijke, paniekerige angst om zijn veiligheid. Later, toen ze ziek was, had ze alleen naar Joe verlangd en hij was naar haar toe gekomen en had haar naar huis gebracht.

Ze herinnerde zich hoe ze op de stoep van zijn pension op hem had zitten wachten na Mosleys bijeenkomst in het Olympia. Haar geschoktheid bij het zien van zijn verwondingen. Hoe ze het bed met hem had gedeeld. Ze had natuurlijk altijd van Joe gehouden, maar, behekst door Francis, had ze het tweederangs gevonden, van minder waarde dan van liefde werd verwacht.

O Joe, dacht ze. Lieve Joe.

Het was niet zo dat Francis onbelangrijk was geweest, maar hij scheen gewoon vervaagd te zijn, irrelevant geworden, een vluchtige herinnering die ze niet echt meer kon vatten. Wanneer ze zich Francis voor ogen probeerde te halen, kon ze zich hem nauwelijks herinneren. Blond haar, grijze ogen, rechte neus, bracht ze zichzelf in herinnering, maar het leken stukken van verschillende legpuzzels en pasten niet meer bij elkaar. Joe daarentegen... Joe was een man uit één stuk; sterk, loyaal en betrouwbaar. Ze keek naar hem op en hij glimlachte, maar ze merkte dat ze zijn blik niet durfde te ontmoeten. Ze ruimde de borden af, stond op van tafel en gooide de restjes in de vuilnisbak. Hij vroeg haar naar haar dag in de kliniek. Haar antwoorden waren kort en onhandig. Ze wilde dat hij bleef en tegelijkertijd wilde ze dat hij wegging. Ze wilde dat hij bleef omdat zijn aanwezigheid alledaagse dingen – eten, naar de film gaan, een wandeling maken – bijzonder maakte. Ze wilde dat hij wegging omdat ze tijd nodig had om na te denken. Toen hij na de afwas zijn jasje pakte en een wandeling door het park voorstelde, schudde ze haar hoofd, zich ervan bewust dat haar gezicht verhit en vuurrood was, en mompelde dat ze enkele brieven moest schrijven. Eenmaal alleen ging ze op het bed zitten, vouwde haar handen en legde haar kin op haar knieën. Ze wist niet wat hij van haar vond. Ze wist dat hij haar vriend was, maar niet of ze meer voor hem betekende. Terugdenkend aan de voorbije jaren werd ze heen en weer geslingerd tussen hoop en wanhoop. Sommige dingen die hij had gedaan suggereerden dat hij van haar hield, maar als dat zo was, waarom zei hij dat dan niet? Ze herinnerde zich met onthutsende, tergende duidelijkheid hoe ze in het winterhuis had gestaan en Joe had verteld hoeveel ze van Francis hield. Als Joe ooit van haar had gehouden, zouden die woorden zijn liefde vast hebben vernietigd.

Ze begon hem heimelijk te observeren, zoekend naar tekens. Hoop welde op en verdween in een uitputtende, zich steeds weer herhalende cyclus. Een briefje van hem, onder de deur door geschoven, deed haar hart opspringen. Onder aan het krabbeltje het liefhebbende *Liefs, Joe* en ze was optimistisch, zeker. Maar wanneer ze hem zag verdween haar zekerheid als hij geen aanstalten maakte om haar aan te raken of te kussen. Het was een kwelling om in zijn buurt te zijn, een onafgebroken wip van emoties. Kwetsbaar en vermoeid begon ze hem te ontwijken. Ze verloor haar oude gevoel van vertrouwdheid bij hem en zag aan de verbijstering in zijn ogen dat hij haar onbehagen aanvoelde. Al haar ergste fouten keerden terug in een afschuwelijke parodie op de puberteit waarmee ze lang geleden al afgerekend meende te hebben: ze werd zwijgzaam, onhandig en tactloos en ze had het idee dat hij minder vaak op bezoek kwam, dat hij haar op vergaderingen en bijeenkomsten minder stralend en opgewekt begroette dan vroeger.

Ze namen de trein naar de South Downs en wandelden een hele dag in de vochtige zonneschijn van juni. Alles ging verkeerd: Robin viel in een plas toen ze over een hek klom, een stier viel hen aan toen ze een weiland overstaken. Vroeger zouden ze om zulke dingen hebben gelachen, maar ze waren onhandig, formeel geworden en zelfs hun gesprekken verliepen met horten en stoten, stroef en onnatuurlijk. Ze keerden terug naar Londen en aten samen. De maaltijd werd onderbroken door lange stilten en het was alsof het restaurant was doordrenkt van hun nervositeit. Het eten was slecht, werd te laat opgediend en was niet gaar. Joe, die zelden zijn geduld verloor, balanceerde op de rand toen hij met de kelner praatte.

Toen ze klaar waren zei hij: 'Ga mee naar mijn kamer, Robin, alsjeblieft. Ik wil iets tegen je zeggen.'

Haar hart sprong op en maakte haar ademloos toen ze naar zijn kamer liepen. Joe droeg de halflege fles wijn die ze hadden meegenomen naar het restaurant, dat geen drankvergunning had. Het was donker en laat; ze zeiden weinig.

Hij liet haar binnen. Ze gooide haar regenmantel af; het was warm en benauwd in de kamer. Hij pakte twee glazen uit het buffet, schonk ze vol en gaf er een aan haar.

354

Hij zei: 'Ik geloof dat we elkaar minder vaak moeten zien, vind je ook niet?'

Ze keek hem aan. Zijn gezicht stond grimmig, zijn ogen waren donker en koud. Ze zei alleen maar: 'O,' maar voelde een diep, afschuwelijk verdriet. Ze maakte er een gewoonte van, nam ze aan. Als ze er goed over nadacht, bleken weinig van haar vriendschappen langer dan enkele jaren te hebben geduurd. Ze leerde makkelijk mensen kennen, maar uiteindelijk kregen ze schijnbaar genoeg van haar.

Hij ging verder: 'Ik bedoel, het werkt niet, wel dan?' en ze hoorde zichzelf eruitflappen: 'Ben je me beu?'

'*Nee.*' Zijn wenkbrauwen trokken samen; hij klonk boos. 'Het is andersom, nietwaar? Kom op, Robin – je bent veranderd. Dat weet je zelf ook best.'

'Dat zal wel.' Haar stem was een kreet van pijn. 'Maar ik dacht dat we vrienden konden blijven.'

Met zijn glas in zijn hand liep hij naar het raam. Hij stond met zijn rug naar haar toe en zijn lichaam stond afgetekend tegen de donkere lucht. Ze hoorde hem heel zacht zeggen: 'Dat dacht ik ook, maar nu ben ik er minder zeker van. Ik heb genoeg gehad, denk ik. Ik voel me... opgebrand.'

Zijn woorden deden haar pijn. Ze zei wild: 'Ik zal wel niet zo knap zijn als Clodie – en Vivien is zo wereldwijs...'

Met een ruk draaide hij zich om. Ze zag de verwarring in zijn ogen. 'Clodie? Vivien? Wat hebben die ermee te maken?'

'Dat lijkt me nogal duidelijk.' Hij speelde een spelletje met haar, dacht ze boos.

'Mij niet.' Zijn gezicht was weer koud en leeg geworden, met donkere, beschaduwde groeven onder zijn ogen en rond zijn strakke mond.

Ze begon zich diep gekwetst te voelen omdat hij ervoor koos haar in de steek te laten. 'Je bent met ze naar bed geweest.'

Hij knipperde met zijn ogen. 'En jij met Francis.'

Ze zei verbitterd: 'Ik denk dat je alleen houdt van vrouwen die ouder zijn dan jij.' Er stonden tranen in haar ogen; ze bedwong ze. 'Ik vind dat je in elk geval... *consistent* bent, Joe.'

Woede vlamde op in zijn ogen. Een kleine beweging van zijn hand en het glas dat hij vasthield verbrijzelde tussen zijn handen met een korte, schokkende explosie van geluid, en vuurrood vocht spatte op de grond.

'Net als jij?' fluisterde hij. Zijn lip krulde om. '"Nee, nee, nee, mijn hart is verstrikt en kan zich niet bevrijden."'

De vertrouwde, mooie woorden tergden haar. Geschokt staarde ze hem aan. Het rood dat van zijn hand stroomde was niet alleen wijn; er sijpelde bloed uit een snee in zijn handpalm. Haar hart deed pijn uit angst dat ze hem nu zou verliezen, dat ze alles te laat had begrepen. Heel voorzichtig zei ze: 'Ja. Ik heb van Francis gehouden... ooit.' Zweet parelde op zijn voorhoofd. Hij bleef roerloos staan. *'Ooit?'* Ze knikte, niet in staat een woord uit te brengen. Ze stonden nog geen meter van elkaar, maar ze kon die kleine afstand niet overbruggen. Hoe kon je iemand zoals Joe, die in staat was tot een diepe, makkelijk kwetsbare liefde, uitleggen dat je het zozeer mis had gehad? Hoe kon je een hartstochtelijke, bezitterige man ervan overtuigen dat je zo'n fundamentele vergissing had gemaakt?

Toen hij sprak, hoorde ze de uitputting in zijn stem. 'Wat bedoel je precies, Robin?'

En toen, ineens, was het eenvoudig. 'Dat ik van je houd, Joe.'

Hij bewoog nog steeds niet. Bloed sijpelde over zijn onderarm en besmeurde de manchet van zijn opgerolde mouw.

'Ik houd al eeuwen van je, Joe, maar ik was te stom om het te beseffen. Ik hield ook van Francis, maar dat was anders. Het was niet iets duurzaams en het was verkeerd dat ervan te willen maken. En het is uit met hem... ik wil hem niet meer.'

'Liefde is zo'n... onnauwkeurig woord.'

Toch zag ze de hoop in zijn ogen en ze wist dat, zelfs als ze zich vergiste, zelfs als ze zichzelf opnieuw vernederde, ze de waarheid moest zeggen.

'Ik houd van je, Joe. Ik wil bij je zijn wanneer je 's morgens opstaat en ik wil bij je zijn wanneer je 's avonds thuiskomt van je werk. Ik wil de rest van mijn leven met je doorbrengen. Ik wil jouw kinderen.'

Ze liep nu naar hem toe; de zolen van haar slippers verbrijzelde de dunne glasscherven.

'Ik wil met je naar bed, Joe. Nu. Alsjeblieft.'

Ze pakte zijn gewonde hand en kuste de dunne rode streep in zijn handpalm. Daarna zijn hals, zijn mond. Ze hoorde hem fluisteren: 'Weet je het zeker?' maar wist dat de vraag slechts het antwoord van haar lichaam nodig had dat zich tegen het zijne drukte. Toen zijn lippen de hare raakten, toen ze zijn lichaam voelde, gespannen en hunkerend naar haar, verdween haar laatste twijfel.

Hij loodste haar weg van de glasscherven en de plas wijn op de grond. Hij overdekte haar gezicht en haar haren met kussen; haar lippen drukten op zijn huid en zetten haar in vuur en vlam. De harde rand van de gootsteen drukte in Robins rug. Potten en pannen kletterden op de grond; hun haastig uitgetrokken kleren vielen boven op de braadpannen en kannen en lagen als vodden verspreid tussen de chaos. Haar knieën knikten toen zijn mond de hare proefde, toen zijn tong de welving van haar hals volgde, haar borst, haar maag. Ze vielen op de grond en toen was hij in haar en ze bewoog in zijn ritme mee. Haar genot was snel, overweldigend en bijna pijnlijk heftig en ze hoorde zichzelf een kreet slaken en voelde hem huiveren toen ze zich aan hem vastklemde. Haar hoofd viel tegen zijn borst, ze maakte zich niet van hem los. Aanvankelijk werd de stilte slechts verbroken door het gespannen, uitgeputte geluid van hun ademhaling.

Toen: 'Verdomme,' zei Joe. 'Ik heb met een vork in mijn elleboog geprikt,' en zij, hem nog steeds omklemmend, begon te lachen.

Ergens in de loop van die nacht slaagden ze erin de slaapkamer te bereiken en opnieuw te vrijen voordat ze achterover in de kussens vielen. Toen ze vroeg in de ochtend na een korte slaap wakker werd, lag zijn arm nog steeds om haar heen en de lakens en dekens lagen in een slordige hoop op de grond.

Ze gingen een week weg, naar Northumberland, wandelden over woeste, winderige heidevelden en volgden de lange, kronkelende lijn van de muur van Hadrianus. 's Nachts, in de tent, kropen ze dicht tegen elkaar aan. Ze vrijden naast een eenzame waterval en namen na afloop naakt een bad in het ijskoude, veenachtige water. Robin sloeg een deken om en stak heitakjes in haar haren. De Geest van het Bos, zei ze terwijl ze als een tweede Isadora Duncan danste tussen de bemoste boomstronken en groepen honingkleurige zwammen voordat ze giechelend in elkaar zakte op de grond. Tegen een boom gezeten nam Joe de ene foto na de andere van haar, beschaduwd door beukenbladeren, haar gezicht omkranst door heide.

Op de laatste dag van hun vakantie gingen ze naar Dunstanburgh en liepen van het vissersdorp Craster naar de plaats waar de afbrokkelende resten van het kasteel op de zwarte basaltrots stonden. Aalscholvers verzamelden zich op de rotsen en het veerkrachtige gras was bezaaid met zeeanemonen en wilde tijm. In Craster moet je haring eten, zei Joe, en dus aten ze in een kleine pub aan de haven en peuterden de doorschijnende graten uit het bruine vlees van de vis.

Daags daarna namen ze in Alnwick de trein en spreidden zichzelf en hun rugzakken uit in het compartiment in een poging de gekoesterde eenzaamheid nog even te bewaren. Iemand had een exemplaar van *The*

Times op een van de banken laten liggen. Joe vouwde hem open en liet zijn blik over de kolommen glijden. Robin keek hem aan en vroeg: 'Nog nieuws?'

'Iets over een legercoup in Spanje. Een "absurde samenzwering" noemt de verslaggever het. Eh... de coup is in Marokko neergeslagen en heeft zich niet naar Spanje uitgespreid. Zeggen ze.' Fronsend vouwde Joe de krant dicht. De helderblauwe lucht van Northumbria betrok naarmate ze de industriesteden van de Tyneside naderden. De trein rammelde, rook uit zijn schoorsteen uitbrakend, verder en bracht hen terug naar de stad.

Het begon als een veenbrand, smeulend, nauwelijks zichtbaar, maar steeds heter en krachtiger worden tot de felheid onontkoombaar was. *Spanje*. Robin meende het woord in elke pub en nachtclub te horen mompelen, in elke kunstenaarskroeg, tijdens elk chaotisch geïmproviseerd feest. Tegen de tijd dat ze de betekenis ervan begreep hadden de vlammen haar omsingeld en zag ze dat zij en de mensen zoals zij in de val zaten van hun felle schoonheid.

Spanje. Elke poging om de gebeurtenissen te doorgronden stond gelijk aan het voltooien van een legpuzzel waaraan enkele stukken ontbraken. Flarden uit een of andere krant, een brief van iemands grootmoeder in Madrid, een gesprek met een vriend die op trektocht was geweest langs de Spaanse kust toen de opstand begon. Het artikel in *The Times* berustte op onjuiste informatie of een onjuiste interpretatie. Op 18 juli was een groep rechtse legerofficieren, gesteund door monarchisten en fascisten, in verzet gekomen tegen de gekozen republikeinse regering en had een opstand uitgelokt in Spaans Marokko en het Spaanse vasteland. Marokko viel bijna onmiddellijk; in vele Spaanse steden en dorpen braken gevechten uit. Spanje, dat zich pas sinds kort had ontworsteld aan een bitter verdeelde samenleving van arme boeren en immens rijke grootgrondbezitters, leek zijn eerste proeve van democratie te verliezen en weer in duisternis te worden gedompeld.

Joe kocht Franse en Amerikaanse kranten, die uitgebreider – en, vermoedde hij, eerlijker – verslag deden van de Spaanse Burgeroorlog dan de Britse bladen. De kranten beschreven de vliegtuigen die Hitler en Mussolini de Spaanse generaals hadden gestuurd om de pro-fascistische nationalisten te steunen. Vliegtuigen die zowel soldaten uit Marokko vervoerden als steden en dorpen in zuid-Spanje bombardeerden. Kleine groepen vrijwilligers – van wie velen de afgelopen jaren waren gevlucht voor fascistische regimes in Europa – begonnen de Spaanse grens over te steken om aan de kant van de republikeinen te vechten. Een kans voor het individu om terug te vechten, zijn zelfrespect te herwinnen, het fascisme te verslaan voordat het iedereen overspoelde. Spanje was de zaak waarop ze allemaal hadden gewacht. Weldra was het het enige onderwerp van gesprek aan tafel, in de pub, op politieke bijeenkomsten. Als Spanje in handen van de fascisten viel, zo redeneerden ze, zou uiteindelijk heel Europa, inclusief Groot-Brittannië, vallen. Mosleys Zwarthemden zouden geen kleine, extremistische splinterpartij meer zijn, maar een voorbode van gruwelen die komen zouden. De strijd die in Duitsland, in Abessinië, in Italië en het Rijnland was verloren, moest in Spanje worden gewonnen. Terwijl ze toekeken, hopend dat het ditmaal anders zou gaan, dat de democratieën ditmaal standvastig zouden blijven tegenover het fascisme, aarzelden de grote mogendheden.

Joe en Robin gingen naar een feest in Whitechapel, deelden pinten bier met kunstenaars en beeldhouwers en hun modellen.

'Groot-Brittannië zal Franco concessies doen, precies zoals het Hitler concessies heeft gedaan,' zei een schilder terwijl hij een grote pul bier in één teug achterover sloeg.

'Concessies?' zei iemand verbitterd. 'Baldwin veréért de Spaanse generaals. De Britse regering zou de vakbonden maar al te graag onwettig verklaren en al hun leiders in de gevangenis gooien.'

De muren van het atelier waren behangen met posters van door de zon beschenen tractoren en heldhaftige arbeiders, met daaronder bijschriften in cyrillisch schrift. Kleurige pamfletten, gehavende boeken van het Marx-Engels-Lenin Institute en beduimelde exemplaren van de recente aanbiedingsfolders van de Left Book Club lagen door het hele vertrek verspreid.

'De Engelse bourgeoisie is altijd veel banger geweest voor het communisme dan voor het fascisme. Ik vertrek morgen met de veerboot naar Boulogne. Van daaruit lift ik naar Marseille en zoek een schip om me naar Barcelona te brengen.'

De spreker, een tengere aquarelist met een rode baard, was dronken van bier en optimisme. Toen Robin Joe aankeek, zag ze de schittering in zijn ogen en het half luiken van zijn oogleden.

Hoewel ze haar kamer aanhield bracht Robin steeds meer tijd door in Joe's appartement. De twee zolderkamers waren groter en boden meer privacy en het huis werd bewoond door een allegaartje van musici, kunstenaars en gemankeerde dichters. Ze prikte posters op Joe's muren en stouwde het appartement vol, zodat het zijn sfeer van doorgangshuis verloor en op een thuis begon te lijken. Ze brachten de avonden en weekends samen door, kookten om beurten of aten met vrienden in goedkope eethuisjes.

In september hechtte de Russische Communistische Internationale haar goedkeuring aan de vorming van Internationale Brigades om te strijden voor de Spaanse Republikeinse regering en gebruikte communistische hoofdkwartieren overal ter wereld als wervingsbureaus. Werklozen, fabrieksarbeiders, studenten, academici, kunstenaars en dichters, mannen die nog nooit een geweer hadden vastgehouden, aanvaardden de lange reis naar Spanje.

Er bereikten hen geruchten over de beschieting van Madrid; krantenartikelen zinspeelden op de verwoestingen. Foto's van Madrid: verpulverde bakstenen, bomkraters in de wegen en mannen, vrouwen en kinderen die in de metro beschutting zochten tegen de beschietingen. Guy Fortune ging naar Spanje; zijn overtuigingen wonnen het van zijn kwaaltjes en angsten. Niklaus Wenzel, de Duitse vluchteling, was de week tevoren het Kanaal overgestoken. Ze gingen naar Guys afscheid in de Fitzroy Tavern; Joe gaf Guy een hand, Robin kuste hem op zijn wang. Lieve Guy, zei ze, door de bravoure, de angst en de onzekerheid heen kijkend. Schrijf een schitterend gedicht. Vertel de waarheid.

Ze gingen niet rechtstreeks naar huis, maar liepen door Londen, nauwelijks iets zeggend. Het zachte licht van de gaslantaarns verzachtte de scherpe hoeken van de gebouwen. Bladeren, opgejaagd door de wind, ritselden in de goten.

Robin zei: 'Volgens Guy is het 's winters verschrikkelijk koud in Madrid, Joe. Ik zou best een das en een bivakmuts voor je willen breien, maar je weet dat ik niet zo goed ben in die dingen.' Haar stem trilde slechts even.

Onder een straatlantaarn bleef hij staan en keek haar zwijgend aan.

Ze glimlachte. 'Natuurlijk moet je gaan, Joe. Ik weet dat je niet anders kunt.'

'Robin...' Zijn vingers streelden een verdwaalde haarlok uit haar gezicht terwijl hij naar woorden zocht. 'Zie je, in kan niet langer aan de kant blijven staan toekijken. In München, in het Olympia... ik heb mezelf toen gehaat. O, ik weet wel, foto's maken was het enige dat ik kon doen, maar toch... werkloos toekijken begint op medeplichtigheid te lijken, vind je ook niet?'

Hij legde zijn arm om haar schouders toen ze doorliepen. Ze hoorde hem zeggen: 'Ik wil al zo lang iets doen. Ik voel me zo nutteloos. Nu heb ik een kans om terug te vechten.'

'Ik weet het,' zei ze zacht. 'Ik weet het.' Maar terwijl ze zwijgend terugliepen naar Joe's appartement, vroeg ze zich af wat dit voor haar betekende. Ze zou in Engeland achterblijven, alleen, maar dat kon ze aan. Nog net. Maar ze werd achtervolgd door onbeantwoordbare vragen: ze had een even grote afkeer van het fascisme en alles waar het voor stond als Joe, maar anders dan Joe was ze pacifiste. Brak er ooit een moment aan waarop het pacifisme tekortschoot, waarop ze al haar herinneringen aan wat de oorlog haar eigen familie en die van zovelen had aangedaan moest negeren? Moest ook zij aanvaarden dat geweld alleen met geweld kon worden bestreden?

'Wanneer vertrek je?'

Ze waren bij de huurkazerne aangekomen. Joe opende de deur.

'Volgende week, hoop ik, als ik iets met Oscar kan regelen.'

Al haar redelijkheid liet haar plotseling in de steek en ze wilde haar verdriet uitschreeuwen en hem lichamelijk tegenhouden, verhinderen dat hij haar verliet. In plaats daarvan draaide ze zich om, om te voorkomen dat hij haar gezicht zag, in het besef dat ze hem niet mocht laten merken hoeveel pijn dit deed. Ze liepen de trap op.

'Ik heb donderdag vrij. Ik ga naar King Street en informeer naar de procedure. Misschien dat al die jaren van officierstraining op kostschool uiteindelijk nog ergens goed voor zijn geweest.'

Joe had het gevoel dat alle verschillende delen van zijn leven bijeen waren gekomen en eindelijk betekenis kregen. Ooit had hij een doel willen hebben; nu, in Spanje, had hij er een gevonden dat al zijn energie en al zijn idealen waard was. En hij had ook Robin gevonden; wanneer hij wakker werd en haar naast zich zag liggen, kon hij zijn geluk vaak niet geloven. Meer verlangde hij niet. Op het werk glimlachte hij tegen de bedeesde debutantes wier fotoportret hij maakte en ergerde Oscar door in de donkere kamer te zingen. Als hij bij Robin was, deden alleen het besef dat ze binnenkort afscheid moesten nemen en alleen de schaduw van Francis die hij soms nog altijd tussen hen in zag staan, afbreuk aan zijn geluk.

Toen hij aankwam bij het hoofdkwartier van de Communistische Partij in King Street, zaten er enkele andere mannen te wachten, gekleed in zondagse pet en beste pak – werklozen, net als Joe verlangend naar verandering.

Nadien kon hij zich slechts een handvol vragen herinneren die hem waren gesteld. Zijn leeftijd, zijn gezondheid (er was geen arts), zijn politieke overtuigingen. Iemand had hem toegeblaft: 'Waarom wil je naar Spanje?' en hij had eenvoudig gezegd: 'Om tegen de fascisten te vechten,' en had tot zijn opluchting beseft dat hij het juiste antwoord had gegeven.

Op weg naar huis kocht hij enkele dingen voor zijn reis naar Spanje – zeep, een nieuwe tandenborstel en handschoenen. Hij wilde Robin iets geven, maar kon niets bedenken. Hij keek in juweliersetalages naar de rijen armbanden, oorbellen en halssnoeren en kon geen keus maken. Robin droeg zelden sieraden. Zijn blik bleef hangen op een vitrine met ringen: antieke zettingen, parels, granaatstenen en andere halfedelstenen, gezet in verfijnde vattingen van glanzend metaal. Hij opende de winkeldeur.

Toen hij bij zijn appartement aankwam, stond er een vrouw op de stoep te wachten. Klein en mollig en gehuld in middeleeuws uitziend grijs en zwart. Een non. Joe glimlachte in zichzelf; ze leek hier misplaatst.

Hij groette haar in het voorbijgaan met een beleefd knikje, zonder haar echt aan te kijken. Toen zei ze: 'Joseph?' en zijn hand bevroor op de deurklink en hij keek langzaam achterom.

Hij kon haar haren niet zien doordat ze verborgen zaten onder haar kap, maar hij wist dat het vroeger zwart was geweest. Haar ogen hadden dezelfde bruinzwarte kleur als de zijne. Dezelfde kleur als die van zijn moeder. 'Claire...?' fluisterde hij weifelend, 'tante Claire...?' en ze glimlachte, sloeg haar armen om hem heen en kuste hem.

Hij voerde haar mee naar zijn kamer en zette haar op de versleten bank. Toen ging hij op de armleuning zitten en ze zei: 'Ik hoop dat je het niet erg vindt, Joe. Ik had tevoren moeten schrijven, maar ik was zo blij dat ik iets van je hoorde. Trouwens, ik heb weinig tijd meer.'

'Erg?' zei hij. 'Hoe zou ik het ooit erg kunnen vinden. Ik heb járen naar je gezocht.'

'In je brief vertelde je dat je in Parijs en München was geweest, chéri. Ik ben na de dood van Paul uit München weggegaan. En ik wilde niet terug naar Marie-Ange – we konden niet met elkaar overweg.'

Joe dacht aan de grimmige, snibbige vrouw die hem had verteld dat Claire getrouwd was. 'Nee. Dat zal wel niet.'

Hij maakte de kachel aan om de ergste kou te verdrijven en zette thee terwijl zij vertelde over de jaren sinds ze elkaar voor het laatst hadden gezien. De dood van haar ouders, zijn grootouders, nog geen zes maanden na elkaar; haar ontdekking dat er schulden waren in plaats van een erfenis. Haar maanden bij nicht Marie-Ange; haar kennismaking met Paul Lindlar, die ze in een kleine concertzaal in Parijs had horen spelen. Hun huwelijk, zes weken later, gevolgd door drie gelukkige jaren. Haar man was twintig jaar ouder geweest dan zij en was aan een hartinfarct gestorven kort voordat Hitler aan de macht was gekomen. Claire was teruggekeerd naar Frankrijk, van de ene stad naar de andere zwervend, niet in staat zich ergens te vestigen, de kost verdienend met pianoles geven. Joe, die zelf juist het geluk had gevonden, voelde de blijvende intensiteit van haar verdriet. En toen, op een dag, had ze zich haar achternicht in het klooster in Caen herinnerd. Ze had haar bezocht en was op de een of andere manier gebleven. Ze had ooit bemind, zei ze tegen Joe, en had geweten dat ze nooit meer zou beminnen.

'Dus nu ben je een echte non?' Hij zette de kop thee en het pak koekjes voor haar neer.

Ze lachte. 'Nog niet. Ik ben postulante, Joe. Volgende maand doe ik mijn geloften; daarom ben ik naar je toe gekomen. Binnenkort heb ik minder bewegingsvrijheid, zie je. En het heeft me altijd dwarsgezeten dat ik het contact met jou was kwijtgeraakt.' Ze glimlachte. 'Dus we hebben elkaar alle twee gezocht, lieverd.'

Hij wist dat hij het nu moest vragen, anders zou hij het nooit meer doen. Ergens wilde hij het niet, bang voor haar antwoord, maar de vragen die hem jarenlang hadden achtervolgd konden niet langer worden ontweken. Hij zei: 'Ik wilde je iets vragen over mijn ouders. Ik wilde je vragen waarom ze met elkaar getrouwd waren.' Joe dacht aan de kamer die zijn vader voor Thérèse had ingericht: de piano, met de muziek nog op de klep, de bloemen, de foto's en het briefpapier. 'Hij hield van haar, maar zij tolereerde hem slechts. Ze haatte hem niet, maar deed meestal alsof hij lucht was.

Ze fluisterde: 'Pauvre Thérèse.'

Hij had tijd te over gehad om na te denken. Hij zei boos: 'Ze hield van een ander, is het niet?'

'Vind je ook niet, petit,' haar stem klonk omzichtig, 'dat sommige dingen beter met rust kunnen worden gelaten?'

Hij was bij het raam gaan staan en zijn handen klemden zich plotseling om de vensterbank toen hij begreep welke gevolgen de gebeurtenissen uit het verleden konden hebben voor de toekomst. Hij wilde haar woorden bijna beamen, van onderwerp veranderen, over het weer praten of waarom ze non was geworden. Wat dan ook.

Maar als hij het niet vroeg, zou hij het zich altijd blijven afvragen.

Schimmen en schaduwen – Thérèse en Francis – zouden donker flikkeren en het heden bezoedelen. Dus schudde hij zijn hoofd en zei: 'Nee, dat vind ik niet. Vertel me alsjeblieft wat er gebeurd is.'

Toen ze sprak, klonk haar stem terughoudend. 'Je hebt gelijk, Joe; Thérèse hield van een andere man. Bedenk wel, ze was erg jong, twintig pas, en Etienne was... o, alles wat een meisje kon verlangen. Hij was knap, intelligent en charmant – ik ben zelf bijna verliefd op hem geweest. Een jaar lang zagen ze elkaar op bals en feesten en toen verloofde hij zich plotseling met een ander. Zie je, lieverd, Etienne had zelf geen geld en Thérèse evenmin. Hij was een kind uit een groot gezin, zijn vaders landgoed zou na zijn dood worden verdeeld tussen zijn kinderen. Dus moest hij een rijke vrouw trouwen.'

Het werd stil. Knap, intelligent en charmant, had Claire gezegd. Joe stelde zich zijn moeders trouweloze huwelijkskandidaat voor als blond, met grijze ogen, losbandig, zedeloos. Vrouwen vielen op zulke dingen.

Hij luisterde nauwelijks naar wat ze verder zei; hij had de leemten zelf kunnen opvullen. John Elliot was in Parijs verschenen, voor de eerste en enige keer de geneugten van een buitenlandse reis smakend. Ergens – in een park, bij een concert, op een bal – had hij Thérèse Brancourt ontmoet en was verliefd op haar geworden. Hij was eerder getrouwd geweest, maar had nooit eerder van iemand gehouden. De weduwnaar John Elliot had niet verwacht verliefd te worden op een rijzige, slanke, donkere Française, maar het was gebeurd en het had zijn leven veranderd. Hij was met Thérèse getrouwd omdat al het verdienen en uitgeven waaraan hij zich optrok anders zinloos zouden hebben geleken. En zij was met hem getrouwd omdat ze het niet kon verdragen in Parijs te blijven, waar ze dag in dag uit werd herinnerd aan de man die ze had bemind en verloren.

Toch kwam het Joe voor dat Thérèse al die koude, sombere jaren die ze in Yorkshire had doorgebracht een deel van haar hart gereserveerd had gehouden voor haar eerste liefde. Wanneer ze haar man aankeek, was haar blik onverschillig geweest en haar glimlach eerder beleefd dan liefhebbend. Toen zijn vrouw al haar liefde aan haar zoon had geschonken in plaats van aan haar man, moest John Elliot telkens weer de kille pijl van de teleurstelling hebben gevoeld.

Joe voelde een hand die teder op zijn schouder werd gelegd en een stem zei: 'Het is lang geleden. Het maakt niets meer uit.'

Maar het maakte wel uit. Het maakte uit dat een eerste geliefde niet kon worden vergeten; het maakte uit dat felle, meeslepende hartstocht niet kon worden vervangen door trouw, bestendigheid en toewijding. Het maakte verschrikkelijk veel uit.

Hij dwong zichzelf nog een halfuur langer met haar over andere dingen te praten, te vragen of ze een fatsoenlijk onderdak had, haar adres op te schrijven. Maar al die tijd dreigden de schaduwen, die de hoeken van zijn geest verduisterden.

Toen hij haar in haar mantel hielp en uitliet, zag hij dat het was gaan regenen. Hij zag tante Claires tengere, verdwijnende gestalte kleiner worden terwijl ze over het trottoir verdween en toen trok hij zijn jas aan en begon te lopen, een willekeurige kant op.

Toen ze uit de kliniek kwam zag Robin de gestalte aan de overkant van de straat staan, ineengedoken in de motregen.

Hoewel ze Francis sinds die afschuwelijke reis naar Bournemouth, bijna een jaar geleden, niet meer had gezien, herkende ze hem uiteraard onmiddellijk. Aanvankelijk had ze zijn vrienden, zijn favoriete plekken vermeden en toen ze, boos over zo'n tactiek, weer naar de bekende pubs en cafés was gegaan, was hij daar niet geweest.

Ze stak de straat over en legde haar hand op zijn schouder. Hij draaide zich om en glimlachte.

'Robin. Ik stond op je te wachten.'

Ze zag wat het afgelopen jaar had aangericht. De tijd, of zijn manier van leven, hadden hem bijna van zijn schoonheid beroofd, zodat de kleur van zijn haar en zijn ogen verbleekt leek. Er waren fijne rimpeltjes verschenen rond zijn ogen en zijn gezicht was gespannen en vermagerd. Zijn haar begon dunner te worden bij zijn slapen.

Hij scheen haar gedachten te lezen. 'Ik weet het. Ik zie er tamelijk beroerd uit, niet? Ik heb er de laatste tijd een puinhoop van gemaakt.'

Hij haalde een pakje sigaretten uit zijn zak en hield het haar voor. Ze schudde haar hoofd.

'Ik ben ermee gestopt. Ik moet ervan hoesten.'

'Ik probeer de drank af te zweren. Die verrekte dokter heeft me verteld dat mijn lever het anders zal begeven... ik kan dit niet óók nog opgeven.' Hij knipte zijn aansteker aan en stak zijn sigaret op. 'Dat zou té ascetisch zijn.'

Ze zei vermoeid: 'Wat wil je, Francis?'

'Gewoon eens zien hoe je het maakt.'

'Prima. Geweldig zelfs.'

Hij slenterde naar de bank naast de bushalte. Ze vroeg zich af wat hij ditmaal wilde: vergeving of kwijtschelding. Of – ze nam zijn sjofele regenjas, zijn kapotte schoenen in zich op – een briefje van vijf pond lenen?

'Hoe maakt Evelyn het?'

Hij ging naast haar op de bank zitten en zei langzaam: 'Ach ja, Evelyn' en blies een dunne pluim blauwe rook uit. 'We waren bijna getrouwd.'

'Gefeliciteerd,' zei ze bijtend.

'Gelukkig heeft ze zich op het laatste moment bedacht.'

'En jou op het altaar laten staan?'

Francis knipperde met zijn ogen. 'In de pub, met drie dubbele whisky's in mijn hand. En een paar pilsjes. Ik ben drie dagen van de wereld geweest, Robin. Verdomd verwarrend. Daarna bezorgde Theo me een baantje bij de BBC – verslagen over exposities, concerten en zo. Ik dacht dat het allemaal in orde zou komen, maar ik heb het verknald. Domweg verknald.'

Zijn hand trilde toen hij de sigaret naar zijn mond bracht. Robin zei zacht: 'Je dronk?' en Francis knikte en zei: 'Verscheen één keer te vaak aangeschoten op mijn werk. Ze zijn daar bij de BBC heel precies in. Ze willen niet dat hun radioverslaggevers over hun woorden struikelen.'

Ze wilde bijna met hem mee lachen, maar kon het niet bij de aanblik van het wrak dat hij van zichzelf had gemaakt. 'En toen?' drong ze aan.

Francis deed even zijn ogen dicht en streek door zijn haren. Hij zei: 'En toen ging ik door het lint.' Zijn stem klonk vlak, elk spoor van spot was er plotseling uit verdwenen. 'Volkomen door het lint. Raakte een paar dozijn vrienden kwijt, reed mijn auto in puin en kwam uiteindelijk om drie uur in de morgen jankend bij Vivien op de stoep terecht. Ze betaalde een verblijf in een kliniek.'

Goeie god, dacht ze, maar ze zei niets. Ze besefte vaag dat hij haar nog steeds pijn kon doen. Ze draaide zich van hem af en keek naar het wegdek dat in de regen glansde als satijn en naar de kleine stroompjes water die zich in de goten begonnen te verzamelen.

Ze hoorde hem zeggen: 'Ik weet dat ik verrekte stom geweest. Het stomste wat ik ooit heb gedaan was natuurlijk dat ik met jou brak. Toen ik in die afschuwelijke kliniek zat, had ik volop tijd om na te denken. Ik heb vaak aan je gedacht, Robin. Ik weet dat ik verrekte veel tijd nodig heb gehad om erachter te komen, maar ik wilde je zeggen dat ik van je houd.'

Haar verbittering kwam terug toen ze dacht wat voor gevoel zo'n verklaring haar vroeger zou hebben gegeven. Het was te laat. Veel te laat.

Hij vroeg, zoals hij, lang geleden, eerder had gevraagd: 'Wat denk je, zou je een beetje van me kunnen houden?'

Het leek lang te duren voordat ze kon antwoorden. 'O jawel, Francis.'

Een knipperen van zijn oogleden, zijn ogen maskerend. 'Maar...?'

'Francis... Joe en ik gaan al sinds afgelopen zomer met elkaar.'

Een korte stilte. Toen: 'Mooi zo. Dat doet me plezier.'

Ze zou hem hebben geloofd als er niet die korte verdringing van emoties was geweest.

Hij glimlachte en ging verder: 'Ik heb altijd gevonden dat jij en Joe voor elkaar geschapen waren. Het lijkt me alleen maar juist dat de twee mensen om wie ik het meest geef – afgezien van Vivien natuurlijk – elkaar hebben gevonden.'

'Joe gaat naar Spanje,' zei ze.

'O? Goed van hem. Al is het een verloren strijd, weet je.'

En hij boog zich naar haar toe en kuste haar vluchtig op haar wang. Door die kus wist ze dat ze vrij was, dat ze niet meer naar hem verlangde, dat het voorbij was. Ook al hield ze nog steeds een beetje van hem, al zou ze altijd een beetje van hem blijven houden, het was niet de soort liefde die ze Joe kon schenken.

Joe liep maar door, liet alles bezinken en probeerde de sombere stemming die sinds zijn afscheid van Claire Lindlar over hem was gekomen te verdrijven. Haar verhaal achtervolgde hem: eerste liefde, de heftigste, duurzaamste liefde, nooit vergeten, nooit volledig afgezworen. Hij hield zichzelf voor dat Robin van hem hield, dat ze dat had gezegd, dat ze definitief klaar was met Francis, dat hij niets te vrezen had wanneer hij naar Spanje ging en haar in Engeland achterliet. Hij realiseerde zich dat hij enkele straten van de kliniek vandaan was; zijn behoefte om haar te zien, haar in zijn armen te houden, was overweldigend.

Hij sloeg de hoek om en daar zaten ze, Robin en Francis, op een bank aan de overkant van de straat. Alsof zijn jaloerse verbeelding hen had opgeroepen uit het niets. Joe leunde tegen een muur en probeerde op adem te komen. De regen gutste neer; ze hadden hem niet gezien. Toen hij zag dat Francis zich naar haar toe boog en haar kuste, balde hij zijn vuisten en zijn nagels groeven rode halve manen in zijn handpalmen. Hij stopte zijn handen diep in zijn zakken en de knokkels van zijn rechterhand raakte iets hards, iets kouds en metaligs. *Nee, nee, nee, mijn hart is verstrikt en kan zich niet bevrijden.*

Robins stem, haar veroordeling van het burgerlijke instituut van het huwelijk, galmde in zijn oren. De onafhankelijkheid die hij in haar had leren bewonderen tartte hem. Zijn vader had de fout begaan te trouwen met een vrouw wier hart onlosmakelijk verbonden was aan dat van een andere man; hij kon niet toestaan dat het verleden zich herhaalde. Hij kon zichzelf niet schikken in de vernederende, bedelende rol die zijn vader had verdragen en evenmin wilde hij zijn vertrek naar Spanje gebruiken om Robin over te halen een leven van leugens te leiden.

In zijn appartement aangekomen haalde Joe de ring met de kleine amethisten en lapis lazuli die hij had gekocht uit zijn zak en stopte hem onder in zijn rugzak.

Hoofdstuk vijftien

Maia ontmoette Monsieur Cornu, de eigenaar van een lingeriefabriek, in een restaurant aan The Strand. Léon Cornu was, schatte Maia, begin vijftig. Hij was goed gekleed, zag er goed uit, beschaafd en verfijnd op een manier die voor mannen van het vasteland heel gewoon was, maar voor Engelsen zeldzaam. Monsieur Cornu had een vrouw en vier kinderen in Parijs en, aldus een gerucht, een minnares van twintig. Maia's lunch met hem was een jaarlijks terugkerend genoegen; ze spraken nooit over persoonlijke zaken, maar over Merchants en over Monsieur Cornu's kleine, exclusieve winkel aann de Avenue Montaigne. Over de kosten van grondstoffen en arbeid, over de problemen bij het zoeken naar ivoren knopen van een bepaalde grootte of satijnen lint van een bijzondere tint.

'Mijn accountant zal contact met je opnemen,' zei Maia tijdens de koffie, 'en ik kijk uit naar mijn etentje volgend jaar met je, Léon.'

Ze keek op de klok en zag dat er drie uur was verstreken sinds ze elkaar hadden getroffen, drie uur waarin ze de andere reden om die dag naar Londen te gaan uit haar hoofd had weten te zetten.

Léon glimlachte. 'Laten we hopen dat onze kleine lunches mogen voortduren, ma chère Maia.'

Iets in de klank van zijn stem maakte dat ze hem scherp aankeek.

Hij haalde zijn schouders op. 'Je vraagt je net als ik ongetwijfeld af hoeveel langer er nog een markt voor luxe-artikelen in Europa zal zijn.'

'Vrouwen zullen altijd mooie dingen willen hebben... voor hun uitzet... voor verjaardagen...'

Monsieur wenkte de ober en bestelde nog twee koppen koffie. Toen hun kopjes opnieuw vol waren en ze weer alleen waren, zei hij: 'Jullie zullen je hier wel veilig voelen, op jullie kleine eiland.' Zijn blik dwaalde door het drukke restaurant, over de eettafels, de mannen in hun donkere driedelige kostuums, de vrouwen in hun mantelpakjes en met een kwiek hoedje op hun hoofd. Tot haar verrassing meende Maia minachting in zijn ogen te zien.

'Léon. Waar heb je het over?'

Hij wendde zich weer tot haar. 'Lees je geen kranten, Maia?'

'Natuurlijk wel. Al besteed ik eerlijk gezegd de meeste tijd aan de markten, obligaties en aandelen en dergelijke. Het politieke nieuws is zo deprimerend.'

'Maar het ene kan gevolgen hebben voor het andere. En oorlog in Europa, lieve Maia? Zelfs Engeland kan dat niet negeren.' Zijn stem klonk droog, geamuseerd bijna. Hij opende zijn sigarettenkoker en hield hem Maia voor.

'O, Spánje bedoel je.' Hugh had het met haar over Spanje gehad en Daisy en Richard hadden uitgebreid over Spanje gesproken met een felheid die Maia vreemd was terwijl zij, verveeld, moeite had gehad om haar geeuwen te smoren.

'Spanje, uiteraard,' zei Léon. Hij stak hun sigaretten aan.

'Dat is een burgeroorlog, lieverd. Heeft niets met ons te maken.'

Hij trok zijn wenkbrauwen even op. 'De Spaanse oorlog kan de grote mogendheden meesleuren – wat natuurlijk precies is waar Groot-Brittannië en Frankrijk bang voor zijn en waarom ze zich afzijdig houden.'

'Keur je dat af, Léon?'

'Ik denk dat je je niet eeuwig afzijdig kunt houden. Daarom probeer ik mezelf en mijn gezin in te dekken. Ik open een filiaal in New York.'

'Voor het geval er oorlog uitbreekt in Europa?'

Opnieuw die vage, geamuseerde glimlach. Hij zei: 'Wanneer het oorlog wordt, vertrekken ik en mijn gezin naar Amerika. Ik ben joods, Maia.'

Ze had bijna gezegd: *Wat maakt dat nou uit?*, maar wist zich net op tijd in te houden. Hoewel ze zich ervan bewust was dat antisemitisme zowel in Engeland als op het vasteland voorkwam, dacht ze zelf zelden aan dergelijke dingen. Godsdienst, uiterlijk, huidskleur waren nooit erg belangrijk voor haar geweest.

Korte tijd later vertrok Maia, kuste Léon op beide wangen en liet hem beloven dat hij contact zou houden. Ze dacht dat hij het mis had, dat hij nodeloos voorzichtig was, maar hun gesprek bleef haar niettemin dwarszitten.

Eenmaal buiten haalde ze diep adem en wijdde zich aan de moeilijkere dagelijkse beslommeringen. Ze hield een taxi aan.

'Harley Street,' zei ze tegen de chauffeur terwijl ze instapte.

Maia voelde zich prikkelbaar en moe toen ze die avond van Londen naar Thorpe Fen reed. De meid liet haar binnen in de pastorie; Helen en haar vader waren bijna klaar met eten. De Fergusons aten altijd vroeg; Maia stelde zich bruinebonensoep en slecht gebraden schapenvlees voor en geen vuur of kaarsen voordat het donker was. Ze zat te rillen in de huiskamer, met haar bontje rond haar gezicht getrokken en ijskoude handen.

'Maia?'

Helen keek om de deur. 'Helen, lieverd.' Maia stond op en kuste Helen op haar wang.

'Wat donker. Ik haal nog wat lampen.'

Helen kwam terug met twee olielampen en stak ze alle twee aan, zodat ze plassen van licht wierpen op het bruine zeil en het donkere beschot. Toen bukte ze zich en maakte vuur. De schoorsteen trok slecht en rook golfde terug in de kamer.

'Thee, Maia?'

Helen aankijkend meende Maia dat ze veranderd was. De onzekerheid, de bedeesdheid waren verdwenen. Nu was Maia degene die onzeker was, die bijna werd verscheurd door de keus die ze moest maken.

Ze keek op haar horloge. 'Ik kom nog te laat bij de Summerhayes... maar, ja, alsjeblieft, Helen – heel graag.'

De rook en de warme, doordringende geur van de olie maakten haar enigszins misselijk. Ze wachtte met gevouwen handen terwijl Helen de kamer verliet en enkele minuten later terugkwam met het dienblad.

Helen was ook in andere opzichten veranderd. Ze was magerder geworden in haar gezicht en er lagen blauwachtige schaduwen rond haar ogen. Haar haren, vroeger zo zorgvuldig gekruld, hingen nu lang, zwaar en steil op haar schouders. De witte manchetten van haar jurk waren smoezelig en er zat een ladder in haar kous.

Helen reikte Maia een kop thee aan. Toen zei ze: 'Je moet niet met Hugh trouwen als je niet wilt, Maia.'

Maia liet haar kopje bijna vallen. Een deel van de thee klotste op het schoteltje toen ze het op tafel zette. Ze hoorde zichzelf lachen.

'Natuurlijk wil ik met Hugh trouwen.'

Maar ze kon zelfs zichzelf niet overtuigen. Ze probeerde het opnieuw.

'Als ik met íemand zou willen trouwen, dan zou het met Hugh zijn.'

Helen zei: 'Dat is niet precies hetzelfde.'

Boos wendde Maia haar blik af.

'Ik zeg niet dat je niet met Hugh moet trouwen. Ik weet dat hij al eeuwen verliefd op je is en ik zeg zelfs niet dat jij hetzelfde voor hem moet voelen. Maar je moet niet met hem trouwen en er spijt van krijgen. Het zou beter zijn het nu uit te maken dan berouw krijgen.'

Toch had ze, telkens weer, geprobeerd zichzelf te ontslaan van de belofte die ze had gedaan. Uitvluchten en halve zinnen (Misschien moesten we eens praten, Hugh... Er is iets wat ik je moet vertellen...) waren allemaal gestrand op de rotsen van haar schuldgevoel en zijn geduldige toewijding. Ze was gaan geloven dat, om de verloving te verbreken, ze moest zorgen dat hij haar haatte. En daar had ze de moed niet toe.

'Wil je erover praten, Maia?'

In de wetenschap dat het over enkele korte weken op een crisis kon uitlopen, zei ze scherp: 'Met jou? Ik denk het niet.'

Onmiddellijk had Maia haar woorden willen inslikken. Wat ze had willen zeggen maar niet kon zeggen, was dat Helen haar enige vriendin was en dat die vriendschap zou worden verwoest wanneer ze haar de reden vertelde waarom ze niet met Hugh kon trouwen. Juist Helen kon het niet aanvoelen. Ze kon de gedachte ook Helen te verliezen niet verdragen.

Terwijl ze naar woorden zocht zag ze dat Helens gezicht bleek en gesloten werd.

'Oude vrijsters snappen natuurlijk niets van het huwelijk.'

'Helen. Zo bedoelde ik het niet. En je bent geen oude vrijster...'

'Natuurlijk wel. Ik ben zevenentwintig en ik zal nooit trouwen, ik zal nooit zelf kinderen hebben.' Helens stem klonk waardig, ongeëmotioneerd. 'Als Michael er niet was, zou ik waarschijnlijk net zo lief dood zijn.'

Heel even kon Maia niet bedenken wie Michael was. Toen wist ze het weer: het zoontje van een of andere pachtboer bij wie Helen op bezoek ging. Maia staarde haar aan.

'Dat meen je niet, lieverd.'

Langzaam draaide Helen zich om en keek Maia aan. 'O, jawel. Dit huis... dit dorp... ik zit erin gevangen. Andere mensen ontsnappen, maar ik niet. Ik heb altijd gedacht dat het leven zich zou openen wanneer ik ouder was. Maar het mijne is gekrompen, het is bijna niets geworden. Soms denk ik dat ik onzichtbaar ben. Dat niemand me kan zien. Dat niemand het zou merken als ik er niet was.'

Maia rilde. 'Je hebt de mensen in de kerk... en in het dorp...' Ze aarzelde. 'En je vader...'

Helen lachte. 'Papa ziet niet míj als hij naar me kijkt – hij ziet máma. Wist je dat niet, Helen?'

Geschokt keek Maia toe terwijl Helen opstond en kolen op het vuur gooide.

'En er is bijna niemand meer over in het dorp.'

'Maar je hebt míj. *Ik* zou het merken als je er niet was.' Maia, die nooit huilde, was bijna in tranen. De lange dag, dacht ze, en het gesprek dat ze die middag had gehad. Helen, die met haar rug naar haar toe met de pook in het vuur rakelde, antwoordde niet.

Robin kreeg een kaart van Joe met een Parijs' poststempel (*'Vous aviez mon coeur, Moi, j'avais le votre'*) en toen niets meer. De weken gingen voorbij. Ze hield zichzelf voor dat het uitblijven van nieuws niets betekende, dat je geen efficiënte postdienst kon verwachten in een land in oorlog. Elke dag las ze de kranten, bestudeerde elk woord, elke foto, met een kaart van Spanje uitgespreid op tafel. Toen ze in november las over de gevechten in Madrid, kreeg ze het koud van binnen. Ze maakte een pakje voor Joe: een blik koekjes, een heupfles cognac, chocolade, sigaretten en een van de nieuwste Penguinpockets.

Ze werkte in de kliniek, schreef sollicitatiebrieven naar de artsenopleidingen en verwerkte de afwijzingen per kerende post met een mengsel van koelbloedigheid en standvastigheid. Neil Mackenzie was betrokken geraakt bij het Spanish Medical Aid Committee; Robin luisterde, inwendig brandend van een mengeling van emoties, terwijl hij praatte over de ambulances en de medische hulptroepen die naar Spanje begonnen te vertrekken. Ze fungeerde als secretaris van het Spanish Aid Committee, zamelde geld in voor voedsel en medicijnen, organiseerde bijeenkomsten om de Republikeinse zaak te bepleiten. De gulheid van de mensen die deze bijeenkomsten bezochten en de aanblik van de kleine voedselpakketten – blikjes chocolademelk en gecondenseerde melk – geschonken door mijnwerkersgezinnen, ontroerden haar diep.

Joe had zijn appartement tijdens zijn afwezigheid onderverhuurd aan een vriend, een berooide detectiveschrijver. Robin begaf zich één keer naar de flat voordat de schrijver er introk, haalde Joe's post op en haalde het stof af dat zich op de planken begon te verzamelen. Alles in het appartement herinnerde haar aan Joe's afwezigheid: het gaskomfoor dat gerepareerd moest worden, zijn zomerjasje aan de haak aan de deur, het oude scheermesje op het planchet in de badkamer dat ze maar niet kon weggooien.

Eind november bracht Merlin Robin met de auto naar huis voor Richard Summerhayes' vijfenzestigste verjaardag. Hij reed snel en slordig, scheurde met zijn oude auto door gladde bochten en trapte het gaspedaal diep in toen ze de lange, vlakke wegen van de Fens bereikten, vaarten en sloten op een haar na ontwijkend.

'Richard zal binnenkort wel met pensioen gaan,' brulde Merlin terwijl ze over een smalle brug raceten. 'Vijfenzestig. Gouden horloge en zo.'

'Aan het eind van het jaar,' riep Robin terug. 'Hugh wordt hoofd van de afdeling klassieken.'

Ze waren bijna bij Blackmere Farm. Merlin rukte aan het stuur en de wagen reed slippend het erf op, zodat de banden een sneeuwstorm van grind opwierpen. Maia's auto stond bij de zijpoort en overal op de paden en het gazon stonden auto's, fietsen en een motorfiets. Robins adem vormde wolkjes in de ijskoude lucht en op de ruiten van het huis begonnen zich al ijsbloemen te vormen.

Binnen puilde de salon uit van de gasten. Richard riep: 'Er zijn maar zeven dezelfde theelepels, Daisy!' en hij omhelsde Robin en gaf Merlin een hand. Daisy, klein en bevallig in korenbloemenblauwe zijde en een met kralen bestikte shawl, zei: 'De beste lepels liggen in de bijkeuken, lieverd. De meid heeft ze daar neergelegd. Ze dacht behulpzaam te zijn.'

'Omdat ze idioot is.' Hugh kwam uit de salon, vergezeld door Maia. Hugh sloeg zijn arm om Maia's middel; Robin merkte dat ze even terugdeinsde. 'Hester is zeldzaam dom, zelfs voor een dienstmeisje van de Summerhayes.'

'Hugh, wil je iedereen vragen naar de eetkamer te gaan? Ik geloof dat we zover zijn.'

Lange rijen kaarsen stonden op de lange, uitgesleten tafel. De velours gordijnen in diepe, vervaalde tinten van terracotta en oker, waren dichtgeschoven, zodat er slechts een smalle spleet zichtbaar was van het kille, donkere landschap. Twee muren waren van vloer tot plafond bedekt met boeken en de houtblokken in de open haard gloeiden rossig rood tot in de kern. Flarden van gesprekken vulden het vertrek terwijl de meid de soep opdiende.

'Zul je de school missen, Richard?'

'Nou en of. Maar ik houd contact.'

'Afschuwelijke baan, leraar. Ik heb het eens geprobeerd, toen ik vers van de kunstacademie kwam. Ik heb het één week volgehouden.'

'Ik heb wat spullen apart gezet voor de kerstbazaar, Daisy. Ik vind dat de opbrengst dit jaar maar eens naar Spanje moet gaan.'

'Boter... Mama, er schijnt geen boter te zijn...'

'Ik ga wel.'

'Lief van je, Philip. In de voorraadkast, op de bovenste plank. Maia, wat een schitterende jurk.'

'... een geweldig galerietje, Merlin. Ik heb een stuk of zes doeken verkocht – ik zal een goed woordje voor je doen.'

Een afschuwelijke afwezigheid, zwevend aan de rand van wat genoeglijk en vertrouwd was. Als er iets met Joe gebeurde, zou ze het dan op de een of andere manier weten? Of zouden ze gewoon doorgaan met eten en lachen en kletsen?

Koude zalm met komkommer en tomaten. Persia zei: 'Ik weet zeker dat er sneeuw komt,' en toen Robin naar het raam keek, ving ze een glimp op van de nietige vlokken, die het kaarslicht amberkleurig terugkaatsten.

'Gewoon een verdwaalde wolk,' zei Ted Warburton. 'Het is te koud voor sneeuw.'

Braadvlees en Yorkshirepudding. *Pommes dauphinois* en gemengde groenten en Daisy's specialiteit, een pittige mierikswortelsaus. De meid liet de juskom vallen en maakte een grote, donkere plas op de tegelvloer in de hal. Richard gaf het snikkende, hysterische meisje een glas Madeira om te kalmeren en stuurde haar naar haar kamer om even te gaan liggen. Daisy haalde een mop en een emmer en ruimde de troep op terwijl Robin de scherven porselein opraapte. Daisy's zijden jurk vertoonde geen spatje, die van Robin een bruin wordende jusrand rond de zoom. Daisy verscheen weer in de eetkamer en fluisterde: 'Die arme Hester is nog lang niet de oude. Ze mist haar baby nog steeds.'

Persia trok haar wenkbrauwen op. '*O*. Weer een ongehuwde moeder, Daisy?'

'Het is al zes weken geleden, maar soms zit ze alleen maar te huilen, de arme meid.'

'De havermoutpap 's morgens is zout van Hesters tranen.'

'Het is natuurlijk het beste zo.'

'Ja, dat zal best, nietwaar?'

Een plotselinge stilte. Maia's woorden, scherp en sarcastisch, galmden door de volle kamer.

Richard zei beleefd: 'Je bent het er niet mee eens, Maia?'

'Natuurlijk niet.' Maia glimlachte, een kleine, gespannen glimlach, en strooide zout op haar groenten. 'Het komt allemaal ontzettend goed uit, is het niet? Een of andere welgestelde vrouw bespaart zich de moeite van een kraambed, Hester hoeft zichzelf niet te verkopen om haar buitenechtelijke kind te voeden en de Summerhayes hebben een hulp in de huishouding. En een schoon geweten.'

Hugh raakte Maia's arm aan. 'Lieverd...'

Opnieuw die kleine, heftige beweging, alsof zijn aanraking haar brandde. Maia zei: 'Een meisje om de keukenvloer te schrobben én een gloed van zelfingenomenheid. Geen slechte koop. Misschien moest ik mijn personeel ook maar ronselen in een Leger des Heils-tehuis voor gevallen vrouwen.'

Het werd stil. Persia praatte beleefd door tegen Philip Shaw, de War-burtons keken even in Maia's richting, keerden zich toen tactvol af en praatten met Daisy verder over Spanje. Was zij de enige, dacht Robin, die het gevaarlijke licht in Maia's ogen zag en de kronkelende, vernie-tigende woede achter de cynische woorden? Zag alleen zij de pijn op Hughs gezicht?

'Je beschuldigt ons van hypocrisie, Maia,' zei Richard zachtmoedig. 'Daar zit misschien iets in...'

'Pápa.' Met een ruk wendde Robin zich tot Maia. Haar stem klonk honend. 'Je sust alleen maar je eigen geweten, is het niet, Maia?'

Maia hield haar wijnglas tussen haar slanke, blanke vingers. Ze glimlachte vals. 'Verklaar je nader, Robin.'

'Hoeveel mensen heb je bij Merchants ontslagen tijdens de crisis?'

Ze hoorde Hugh zeggen: 'Robin. Alsjeblieft. Niet nu,' maar ze kon niet meer stoppen. Het was alsof er een dijk was doorgebroken en al haar angst en woede van het afgelopen jaren naar buiten stroomden.

'Wij hebben Hester in elk geval nog een thuis gegeven. Zij heeft zichzelf in elk geval niet verdronken...'

Robin!

Ze hoorde Maia sissend naar adem happen. Hugh zei: 'In godsnaam, Robin... het is papa's verjaardag. En Maia is onze gast.'

'Ik heb al jaren voor mezelf gezorgd, dank je, Hugh. Ik heb echt geen kindermeisje nodig.'

Bijna iedereen was opgehouden met eten. Alleen Merlin ging ge-woon door met het opscheppen van worteltjes en bloemkool. Daisy zei opgewekt: 'Dan ruim ik maar af. Iedereen heeft genoeg gehad, ja?' Ze begon borden op te stapelen, bestek op een dienblad te leggen.

Maia's wangen vertoonden twee vuurrode vlekken, alsof iemand haar had geslagen, maar haar stem was kalm toen ze zei: 'Omdat je het vraagt, Robin: ik heb tijdens de crisis vijfendertig mensen ontslagen. Als ik dat niet had gedaan, dan zou Merchants zich, zoals zoveel andere bedrijven, misschien genoodzaakt hebben gezien te sluiten. En inderdaad, ik heb 's nachts wakker gelegen en me afgevraagd of ik het juiste deed. Maar ik heb gedaan wat ik móest doen. Ik vond het niet prettig, maar het was mijn verantwoordelijkheid.' Ze lachte, een hol, onaangenaam geluid. 'Het is zo makkelijk als je nooit dergelijke beslissingen hoeft te nemen. Het is zo makkelijk je gewoon te laten voortdobberen, je afzijdig te houden, het soort leven te leiden waardoor je al die dingen kunt ontlopen. Jezelf te feliciteren met je deugdzaamheid zonder je comfort ook maar enigszins te laten bedreigen.'

Er viel een lange stilte. Hughs gezicht was krijtwit en een spiertje in zijn ooglid trok heftig. Hij zei langzaam: 'Is dat wat je in werkelijkheid van ons vindt, Maia... dat we zelfingenomen zijn?'

Maia schokschouderde, een kort, nonchalant optrekken en weer laten zakken van haar smalle schouders. Haar ogen waren donker en klein, slechts verlicht door twee oranje speldenprikken van weerkaatst kaarslicht.

'Ik wil het weten. Ik moet het weten.' De aandrang in Hugh stem deed Robin huiveren.

'Ja, Hugh? Weet je het zeker?'

Er lag, dacht Robin, geen medelijden in Maia's stem toen ze zich tot Hugh wendde. Geen líefde.

'Dan zal ik het je zeggen. Jullie organiseren jullie rommelmarkten, jullie bazaars... en thuis hebben jullie dit.' Maia's gebaar omvatte de kristallen glazen, de zilveren kandelaars en alle oude, fijne, geliefde rommel waarmee Robin was opgegroeid. 'Ik ben tenminste eerlijk. Ik geef toe dat ik van mooie dingen houd. Ik geef toe dat ik alles wil doen om te houden wat ik heb.' Ze keek Richard over de tafel heen uitdagend aan. 'Zou jij iets waar je echt aan gehecht bent opgeven om iemand te helpen die het slechter heeft dan jij? Je piano, Richard... je auto, Hugh? Ik denk het niet.'

'Er bestaat ook nog zoiets als familieverplichtingen, Maia."

Maia ging verder alsof Richard niets had gezegd. 'En natuurlijk geven jullie geen van tweeën les aan een of ander afschuwelijk dorpsschooltje in de Fens, waar de ouders nauwelijks kunnen lezen en de kinderen eens per jaar in bad gaan. Nee, jullie geven les aan een chique kostschool in Cambridge, waar jullie omringd worden door beschaafde mensen en fatsoenlijke middenklassewaarden. En vervolgens dwingen jullie de andere mensen – de slonzige, inefficiënte, grauwe massa – in wat er overblijft. Omdat jullie je daardoor beter voelen dan mensen zoals ik.'

377

De door Daisy binnengebrachte puddingen stonden onaangeroerd op het buffet. Het schuimgebak, de vruchtentaarten, de custardtaart. Het vuur was bijna uit.

Maia keek de tafel rond. Opnieuw die afschuwelijke, vernietigende glimlach. 'De Summerhayes zijn geweldige verzamelaars, is het niet? Muziek... schilderijen... mensen. Jullie trekken mensen aan om de leemten in jullie leven te vullen, precies zoals jullie het nieuwste boek kopen om dat lege plekje in de boekenkast te vullen. Jullie hebben mij aangetrokken omdat ik knap was en Helen omdat ze lief en onderdanig was. En het was waarschijnlijk verschrikkelijk amusant, niet, dat Helens vader dominee was. Jullie dachten haar te kunnen veranderen, dat jullie iemand zoals jullie van haar konden maken, maar dat lukte niet, wel dan? Dus lieten jullie haar een beetje vrijheid zien en lieten haar vervolgens terugkeren naar haar gevangenis.'

Robin zei woedend: 'Dat is niet waar...'

'O nee? Je weet toch dat Helen ziek is, nietwaar, Robin? O, geen tbc of griep, niets wat te genezen is met een paar filantropische kommen soep of koppen thee. Iets wat niet zo makkelijk aanwijsbaar is... iets wat een beetje meer inspanning vraagt.'

Daisy zei: 'Helen is altijd zenuwachtig geweest... onrealistisch...'

'Natuurlijk.' Maia's stem klonk minachtend. 'Het is zo makkelijk andermans misère opzij te schuiven, nietwaar? *Zenuwen* – wat een handig etiket. Wanneer ben je voor het laatst bij Helen geweest, Robin?'

De koude blauwe ogen richtten zich op haar. Robin dacht ingespannen na. Ze realiseerde zich dat ze zich niet kon herinneren wanneer ze Helen voor het laatst had gezien – afgelopen zomer natuurlijk, maar nee, die zomer was er Joe geweest...

'Helen schijnt mijn gezelschap niet meer op prijs te stellen.' Robin hoorde de verdedigende klank in haar stem. 'Ze komt nooit op bezoek.'

Maia knipte haar sigarettenkoker open. 'Ik neem aan dat niemand bezwaar heeft... we schijnen klaar te zijn met eten...' Haar mondhoeken krulden om terwijl ze een sigaret opstak. Toen zei ze: 'Helen gaat niet naar Londen omdat papa het niet goed vindt, en Helen komt niet hierheen omdat ze ooit stapelverliefd is geweest op je lieve broer.'

Robin had Maia niet in staat geacht tot zoveel opmerkzaamheid. Ze keek gefascineerd toe terwijl Maia een rookwolk uitblies.

'Helen zou natuurlijk verliefd worden op elke redelijke man die iets aardigs tegen haar zei. Ook een erfenis van papa.'

Hugh stond plotseling op en liep de kamer uit. Robin hoorde de voordeur slaan toen hij het huis verliet.

Daisy zei aarzelend: 'Maia... je hebt een lange dag gehad... de rit naar Londen... Ga naar Hugh toe, wil je...?'

Maia boog haar hoofd. Een gordijn van zwarte haren viel voor haar ogen. Toen rechtte ze haar rug en zei: 'Heb je er ooit aan gedacht, Daisy, hoe verschrikkelijk Hugh het vindt om voortdurend te worden beschermd? Dat hij het afschuwelijk vindt zoals jij en Richard hem behandelen alsof hij een kind is of een imbeciel?'

Daisy hapte naar adem. Richard zei: 'Je begrijpt ons verkeerd, Maia. En ik denk dat je Hugh verkeerd begrijpt.' Robin had haar vader zelden zo koel gehoord.

Daisy fluisterde: 'We zouden alles doen om Hugh gelukkig te maken...'

'Is het heus?' Maia doofde haar sigaret. 'Toch hebben jullie hem hier gehouden, aan jullie gebonden, heel zijn volwassen leven. Denk je dat dat hem gelukkig heeft gemaakt?'

Het was, dacht Robin, alsof Maia er doelbewust op uit was alles wat haar familie dierbaar was te verwoesten. Een stelselmatige poging om het rijke, complexe weefsel van hun levens te verscheuren, de zwakste, gemakkelijkst te kwetsen plek te zoeken. De vraag naar het waarom kwam slechts vluchtig in haar op doordat die afgemeten, meedogenloze stem al haar angst om en verlangen naar Joe opnieuw wakker maakte, al haar angsten om Hugh, al haar oude vragen omtrent Maia's woelige verleden. Haar bezorgdheid sloeg om in woede.

'En jij denkt dat je Hugh gelukkig kunt maken, Maia? Jij bent tenslotte de deskundige, nietwaar. Het is immers niet je eerste poging tot huwelijksgeluk?'

Eindelijk zag ze een nieuwe emotie in de lege, blauwe ogen. Voorzichtigheid. Angst misschien. Ze hoorde haar vader zeggen: 'Robin. Dit is geen gepaste conversatie voor bij het diner. Je moeder is moe...' maar ze lette niet op hem.

'Je maakt er een beetje een gewoonte van, vind je ook niet? Van trouwen met mannen van wie je niet houdt.'

'We hebben allemaal onze fouten, lieverd.' Maia's stem klonk zacht, behoedzaam.

'Nou en of.' Nu ze was begonnen de angsten die haar een jaar lang hadden achtervolgd te verwoorden, kon Robin niet meer stoppen. De woorden stroomden naar buiten, venijnig, giftig.

Ze hoorde zichzelf zeggen: 'Alleen richten de mijne veel minder schade aan dan de jouwe, is het niet, Maia? We willen tenslotte niet dat Hugh eindigt zoals Vernon, van een trap geduwd, zijn schedel brekend.'

Robin hoorde Merlin 'Christus' mompelen en ze voelde zijn hand waarschuwend op haar arm. Maar ze schudde hem van zich af en stommelde overeind. Haar servet viel op de grond en ze hoorde de klap toen haar stoel achterover viel terwijl ze de kamer uit rende.

Maia voelde dat ze haar allemaal aanstaarden terwijl ze opstond. Koude, geschokte blikken die een gat in haar huid brandden. In de gang zocht ze haar mantel en tas. Toen liet ze zichzelf uit.

Ze had pas een klein stukje gereden toen ze hem zag. Hugh stapte op het midden van de weg en dwong haar te stoppen. Toen hij naar de auto liep, merkte ze dat het trekken met zijn been erger was geworden. Ze bedacht wat voor anachronisme hij was: zijn ouderwetse rokkostuum, zijn stokoude, glimmend gepoetste leren schoenen, zijn *goedheid* waren iets uit andere tijden.

Ze opende het portier en hij kwam naast haar zitten. Ze reed door en haar hart bonsde pijnlijk terwijl ze over de donkere, bochtige wegen reed. Ze hadden een kilometer of zeven afgelegd voordat hij het woord nam en haar hand pakte die op het stuur lag, zodat ze wagen slingerde en de berm raakte.

'Stop hier even.'

Maia zette de wagen in de parkeerhaven.

'Zet de motor af.'

Toen de motor afsloeg, keerde de stilte terug. Ten slotte zei Hugh: 'Ik begrijp het niet, Maia. Ik vind dat je het me moet uitleggen.'

'Wat? Over Helen?'

'Doe niet zo belachelijk.' Hij had nooit zo ruw tegen haar gesproken. 'Over vanavond. Over de dingen die je gezegd hebt.'

Ze antwoordde niet, maar zocht, doodop van de zenuwen, in haar tas naar sigaretten.

Hugh zei: 'Meende je dat... de dingen die je over mijn familie zei?'

Maia stak haar sigaret aan, leunde achterover en keek niet naar Hugh, maar door de voorruit naar buiten. Met inspanning van al haar krachten raapte ze haar laatste restje moed bijeen. 'Ja,' zei ze ten slotte. 'Ja, ik meende het, Hugh.'

'Dus je hebt een hekel aan Richard... Daisy... Robin?'

Ze zei peinzend: 'Hékel is wat te sterk uitgedrukt. Ze vervélen me. Een beetje. O, Richard en Daisy zijn heel lief en heel respectabel, na-

380

tuurlijk, en dan neem je een beetje saaiheid op de koop toe. Maar Robin is ondraaglijk pedant geworden.'

Er verscheen een mengeling van woede en gekwetstheid in zijn bruine ogen. 'Ik had er geen idee van dat je er zo over dacht.'

'Nee. Jij gaat uit van jullie superioriteit, de superioriteit van het gezin Summerhayes. Wist je dat ik, altijd wanneer ik bij je ouders op bezoek kom, het idee heb dat ik mijn oudste kleren moet aantrekken? Opdat mijn goede kleren niet verspild zijn, begrijp je? De sjofele wanorde die jouw ouders cultiveren was best amusant, neem ik aan, toen ze jonger waren – de hopeloze dienstmeisjes en niets dat op zijn plaats lag – maar het is een beetje vermoeiend geworden. Morsig is morsig, tenslotte.'

Hugh zei even niets. Zijn neusvleugels waren samengeknepen en wit en zijn lange, magere handen friemelden rusteloos.

'Dat was beneden je waardigheid, Maia.'

Met harde, glinsterende ogen wendde ze zich naar hem toe.

'Als je me niet kunt accepteren zoals ik ben, Hugh, moesten we misschien maar uit elkaar gaan.'

Ze hoorde dat hij even zijn adem inhield en zag dat zijn ogen plotseling dichtgingen en dat zijn hand, met een gebaar dat haar zo vertrouwd was geworden, de lok haar wegstreek die over zijn voorhoofd was gevallen.

'Wil je dat dan?'

'Ja. Ik denk van wel.'

Maia begon de ring van haar vinger te trekken. Toen hij achter de knokkel bleef steken, hoorde ze het portier opengaan.

'Hugh...'

'Ik loop wel. Vaarwel, Maia.'

Ze zag hem ineenkrimpen toen hij zijn slechte been moest buigen om uit te stappen. Ze keek zijn verdwijnende gestalte na toen hij zich op weg begaf. Zijn lange, rijzige lichaam en zijn korte blonde haren waren afgetekend tegen het maanlicht.

Ze wist niet hoe lang ze daar bleef zitten staren. Een deel van haar verwachtte dat hij zich zou omkeren, terug zou komen, haar opnieuw een kans zou geven. Maar hij deed het niet, natuurlijk niet, en toen ze eindelijk de de auto weer startte, kropen er strepen grijs ochtendlicht over de heuvels en haar handen op het stuur waren wit van de kou.

Robin ging zoals altijd naar het winterhuis. Haar schoenen vertrapten de dunne laag sneeuw die op het gazon lag en ze haalde haar hand bijna open aan het ijs op de leuning van de veranda. Ze wrikte de deur open, tastte op het schap naar de lucifers en stak de kaarsen aan. Er lag geen hout in de kachel of in de mand; ijs vormde een rijplaag op de raamdorpel en beparelde de spinnenwebben waarmee de wanden en de tafel waren behangen.

Om zich heen kijkend begreep ze maar niet wat er gebeurd was. Het was alsof de plaats die ooit haar toevluchtsoord was geweest in verval raakte. Houtmolm lag als meel op de plinten, een erfenis van de hoge waterstanden van de afgelopen jaren, en koude lucht drong door de kieren tussen de planken. Het winterhuis leek kleiner, lelijker, alsof ze het bijna ongemerkt was ontgroeid. Toen ze naar de tafel keek en de omgevallen dozen met stenen, schelpen en veren zag, galmde Maia's stem in haar oren. *De Summerhayes zijn geweldige verzamelaars, is het niet?* Met een heftige snik begroef Robin haar gezicht in haar zakdoek.

Eindelijk hoorde ze de deur opengaan en voelde ze dat er iets zwaars en warms om haar schouders werd geslagen.

'Je hebt het koud, kind. Kom mee naar het huis.'

Ze keek op naar haar vader. 'Maia...'

'Maia is weggegaan.'

Richards gezicht zag er grauw en doorgroefd uit in het schemerige licht in het winterhuis.

'Een afschuwelijke verjaardag voor je, pa. Het spijt me zo...' Ze kon haar zin niet afmaken.

Richard zei teder: 'Het komt door Joe, is het niet? Je maakt je zorgen om Joe.'

Robin knikte, aanvankelijk niet tot spreken in staat.

'Je mag hem erg graag, is het niet, Robin?'

Ze keek op naar haar vader. 'Ik hóud van hem. En het heeft zo lang geduurd voordat ik het inzag. Ik ben zo'n idióót geweest.'

Richard trok haar overeind en sloeg zijn armen om haar heen. Met haar gezicht in zijn trui perste ze de woorden eruit. 'Denk je dat Maia gelijk heeft, papa? Dat we ons afzijdig houden... de makkelijkste weg kiezen? Soms denk ik...'

'Wat denk je soms, Robin?'

'Dat we misschien pacifisten zijn omdat we bang zijn en niet vanwege iets anders.'

Ze wilde dat hij haar geruststelde, haar ervan overtuigde dat hij in elk geval geen twijfels had.

'Niet uit principe?'

'Omdat we onze vrienden niet willen kwijtraken... of onze beminden of onze zoons. Zodat we anderen ervoor laten opdraaien.' Haar stem brak weer. 'Voor de gruwelijkste dingen.'

Hij zei: 'Duitse vliegtuigen die vrouwen en kinderen beschieten?' en ze liep de veranda op, met haar vaders jasje om haar schouders geslagen.

'Ik ben bang dat we alleen maar pacifisten zijn omdat we onszelf dan niet in gevaar hoeven brengen, of degenen van wie we houden.'

Ze legde haar onderarmen op de leuning en keek naar de vijver. Aan de rand van het water vormde zich aan dunne, doorschijnende laag ijs. Alle vragen die haar sinds Joe's vertrek naar Spanje hadden achtervolgd kwamen terug, tot nieuw leven gewekt door Maia's kille, tartende stem. 'Ik bedoel... keur jij het af dat al die mannen zich vrijwillig hebben gemeld voor de Internationale Brigades? Denk je dat Joe bijvoorbeeld er verkeerd aan doet voor Spanje te vechten?'

Haar vader schudde zijn hoofd. 'Natuurlijk niet, Robin. Joe doet wat hij meent dat goed is. Maar er zijn andere manieren om ergens voor te vechten.'

'Brieven aan kamerleden? Betogingen?' Ze hoorde het sarcasme in haar stem en had er onmiddellijk spijt van.

Het bleef lange tijd stil. De wolkenslierten die de sneeuw hadden aangevoerd waren allang overgedreven en een oranje maansikkel lag op zijn rug in de inktzwarte lucht. Richard zei langzaam: 'Ik lig er 's nachts wel eens wakker van. Inderdaad, zoals Maia al zei, we zamelen geld in voor Spanje, we sturen voedselpakketten en niets van dat alles raakt ons gerieflijke leventje... En als het een zo onbetwistbaar rechtvaardige zaak is... vraag ik me weleens af, als ik een jongeman was...'

Ze zag hoe moe hij eruitzag, hoe oud, en voelde een steek van schuldgevoel en angst. Het schokte haar dat ook haar vader twijfelde aan zijn overtuigingen. Dat zijn woorden een echo vormden van de discussie die zich een groot deel van de tijd in haar hoofd afspeelde. Haar afkeer van geweld; haar verlangen om de onschuldigen te beschermen. Als de onschuldigen alleen beschermd konden worden door middel van geweld, begon dat besef, evenzeer als Maia's wrede, veroordelende woorden, dan afbreuk te doen aan de overtuigingen die de Summerhayes al jaren koesterden?

Ze hoorde het geluid van voetstappen op het gazon. Daisy naar hen toe gerend; haar met kralen bestikte shawl wapperde achter haar aan.

'Richard... ik kan Hugh niet vinden. Ik dacht dat hij op zijn kamer

383

was, maar daar is hij niet. Ik heb het huis en de tuinen afgezocht. O, Richard... ik maak me zo'n zorgen over hem.'

Hugh was met Maia naar huis gegaan of hij was een wandeling gaan maken. Hij zou over een uur of twee terugkomen, of morgenochtend. Ze zeiden alle voor de hand liggende, geruststellende dingen, maar waren niet gerustgesteld. Ze gingen niet naar bed. In plaats daarvan bleven ze in de keuken zitten en keken bij het minste of geringste geluid op.

Hugh kwam niet na een uur of twee terug en hij kwam ook 's ochtends niet terug. Na de middag gingen Merlin en Richard weg, een wandeling maken, zeiden ze – Robin besefte huiverend dat ze de rivieren en vaarten wilden afzoeken. Daisy waste af, veegde vloeren en boende tafelbladen. Het kwam voor het eerst in Robin op dat Daisy's bedrijvigheid, de bekwaamheid die ze altijd zo onverteerbaar had gevonden, gewoon een manier was om haar angsten te verbergen. Als je de vloer maar hard genoeg schrobde, smoorde je je ergste angst.

Ze kregen Hughs brief met de laatste ochtendbestelling op maandag. In de gang staande scheurde Daisy de envelop open. Robin hoorde haar kreet van afgrijzen.

'Richard. O, Richard. Het is verschrikkelijk. Hugh is naar Spanje toe.'

Toen Susan Randall en de kinderen ziek werden, verpleegde Helen hen, bleef 's nachts slapen, schreef een briefje aan haar vader om te zeggen dat ze thuiskwam zodra de Randalls haar niet meer nodig hadden.

Noah en de meisjes waren hun griep binnen een week kwijt; mevrouw Randall en Michael hadden vuurrode wangen en hoestten de hele nacht door. Helen maakte zich zorgen en gaf een van de dorpsjongens een sixpence om naar Burwell te fietsen en dokter Lemon te halen en wachtte, een lok haar rond haar vingers windend, op de hobbelige oprit op het geluid van zijn Bentley. Michael zat in een deken gewikkeld op haar schoot; zijn blonde haren waren vochtig en vol klitten en hij haalde luidruchtig en met open mond adem.

'Het komt door de lucht in dit deel van de Fens,' zei dokter Lemon nadat hij moeder en zoon had onderzocht. 'Te laag en te vochtig, zie je, Helen. Slecht voor de longen.'

Ze zei bezorgd: 'Michael heeft toch geen longontsteking, dokter?' en hij schudde zijn hoofd.

'Geef hem citroenkwast te drinken en houd hem warm, dan komt het prima in orde. Het is een sterk ventje.'

Helen straalde van trots en boog zich voorover om Michaels verhitte gezicht te kussen.

'Ik zal een hoestdrank achterlaten. Ik maak me eerlijk gezegd meer zorgen over de moeder. Het zou het begin van tbc kunnen zijn. Weet je waar ik Sam Randall kan vinden? Ik zou hem even willen spreken.'

Ze wees hem de weg naar de varkensstal en legde Michael in zijn bedje. Toen hij de kamer uit liep, bleef dokter Lemon staan en zei: 'Voel je je zelf wel helemaal in orde, lieverd?'

Helen keek hem verbaasd aan. 'Ik voel me prima, dokter.'

'Je ziet er alleen een beetje pips uit. Bleek. Moet je hoesten, Helen?'

Ze schudde haar hoofd.

Hij drong aan. 'Ben je magerder geworden?'

Ze keek langs haar lichaam omlaag. 'Ik zou het echt niet weten. Een beetje misschien. Het zou geen ramp zijn, wel? Ik ben altijd zo'n dikzak geweest.'

'Het is zo ongezond, die moderne slankheidsrage. Kom een keer op het spreekuur, wil je, lieverd? Ik weet zeker dat je je nergens zorgen over hoeft te maken, maar je kunt er maar beter zeker van zijn.'

Helen zweeg geïrriteerd. Ze hoorde dokter Lemon verdergaan: 'Nou ja, overdrijf niet, dat is alles,' en toen liep hij de kamer uit.

Helen ging de keuken in om iets te drinken te maken voor Michael. Ze begreep niets van dokter Lemons plotselinge bezorgdheid om haar gezondheid en was niet van plan hem te raadplegen. Ze had zich zelden zo goed gevoeld. Ondanks een week van onderbroken nachten om Michael te verplegen blaakte ze van energie, zodat ze, als ze de kans had even weg te dommelen, het niet kon. Woedend perste Helen citroenen, nam vervolgens de ketel van het vuur en schonk heet water op de honing. Haar hand trilde een beetje en ze morste wat water.

Maar toen ze zichzelf in de kleine, verweerde spiegel in de gang van de Randalls zag, bleef ze met de beker in haar handen geschokt even staan. Ze herkende zichzelf amper. De bleke, strakke huid, de diepe schaduwen rond haar ogen, de lange groeven tussen neus en mond. Het vettige blonde haar, woest krullend waar ze het rond haar vinger had gewonden. Ze zag er oud uit, dacht ze. Oud en ziek en misschien een beetje krankzinnig.

Helen zette de beker op de vensterbank. Voorzichtig knoopte ze haar vest los en op de juiste manier weer dicht. Daarna haalde ze een kam door haar haren en vlocht het.

Michael sliep. Helen ging naast zijn bedje zitten en sloeg hem gade. Zijn wimpers wierpen kleine, kantachtige schaduwen op zijn wangen en toen ze zich vooroverboog en zijn oogleden kuste, gleed er een glimlach over zijn gezicht. Iets wat dokter Lemon had gezegd weerklonk in haar hoofd. *Ik maak me eerlijk gezegd meer zorgen over de moeder. Het zou het begin van tbc kunnen zijn.* Als dokter Lemon Susan Randall naar een sanatorium stuurde, dan zou zij Michael mee naar de pastorie kunnen nemen. Met haar gezicht tegen de spijlen van het bedje gedrukt viel Helen in slaap en ze werd pas wakker door het roepen van een uil, een grote, grijze schim die van het dak van de schuur omlaagdook.

Joe was samen met een handvol andere rekruten het Kanaal overgestoken, mannen met petten en regenjassen die te dun waren voor het gure herfstweer. Hij had een paspoort, dit in tegenstelling tot zijn metgezellen, die reisden op driedaagse retourtickets die ter beschikking waren gesteld door functionarissen van de Communistische Partij in King Street. Ze namen de boottrein vanaf Victoria Station en kwamen rond een uur of drie aan op het Gare du Nord. Als enige van de kleine groep die Frans sprak, loodste Joe hen naar de Bureaux des Syndicats, het verzamelpunt in Parijs voor rekruten van de Internationale Brigades. Hij bracht de avond door met het bezoeken van oude vrienden, het drinken van veel wijn en het schrijven van een ansichtkaart aan Robin. De volgende ochtend stapten ze op het Gare d'Austerlitz in de 'Rode Trein'. Het station was vol juichende mensen die zwaaiden met spandoeken waarop de leuzen *Vive la République* en *Vive le Front Populaire* was geschilderd. Joe telde meer dan een dozijn nationaliteiten onder de treinpassagiers voordat hij zich in een compartiment perste met een paar Schotten uit Glasgow en de drie mannen met wie hij uit Londen was vertrokken. Toen deed hij zijn ogen dicht en sliep het grootste deel van de reis naar Perpignan.

Ze brachten een paar dagen met hun duimen draaiend door in Perpignan voordat er bussen arriveerden die hen over de Spaanse grens zouden zetten. In Figueras werden ze ingekwartierd in een schitterend kasteel en brachten hun dagen door met zwerftochten door het doodse, lelijke stadje. Joe maakte enkele foto's en een schets of twee van de donkere bars, de onaanlokkelijke bordelen. Hij schreef opnieuw een brief naar Robin, zich afvragend of die haar zou bereiken.

Ze reisden per trein naar Barcelona, in oude, houten wagons die de hele weg naar de stad rammelden. Op elk station stonden juichende menigten, gebalde vuisten werden geheven en leuzen geroepen. *No pasaran* – ze zullen er niet doorkomen – en *Viva la Brigada Internacional* weerklonken terwijl de trein van het ene station naar het andere slingerde en de rijtuigen zoet geurden van de bossen bloemen die door de meisjes naar binnen werden geworpen. Nog meer vlaggen in het rood, geel en purper van de republiek en banieren verwelkomden hen in het station van Barcelona. Een vrouw sloeg haar armen om Joe's nek en kuste hem en hij had het gevoel dat hij het eindelijk goed deed: hij was niet langer een toeschouwer, hield zich niet langer afzijdig. Hij schreef geschiedenis, hij vormde een onderdeel van de grote volksbeweging die het giftige tij van het fascisme zou keren.

Barcelona was behangen met posters en leuzen. De kerken waren gesloten en de straten wemelden van de mensen. De gebruikelijke uiterlijke kentekenen van de klassenscheiding waren verdwenen – iedereen droeg een overal of een ribbroek, werkmans- of boerenkleren. Er klonken geen eerbiedige aanspreekvormen, alleen het alomtegenwoordige 'kameraad'. Revolutionaire liederen galmden in de bars en de cafés, de woorden van de Internationale klonken in zijn oren terwijl hij over Las Ramblas liep. Joe maakte honderden vrienden, beloofde terug te komen, contact te houden, maar was de volgende ochtend alle namen vergeten.

Met een barstende hoofdpijn stapte hij opnieuw in de trein, nu naar Albacete in Murcia, waar de oude kazerne van de Guardia Civil was veranderd in het centrale opleidingsdepot van de Internationale Brigades. De barakken waren groot en donker, de straten van het sombere stadje werden bevolkt door magere ezels, kromgebogen oude mannen en ondervoede kinderen. De rekruten kregen een uniform; de ribbroek was dertig centimeter te lang voor de gedrongen, kleine mannen uit Glasgow en Ierland en niets paste de reusachtige Franse stuwadoor met wie Joe in Figueras vriendschap had gesloten. Uitgerust met deken, koppelriem, bord, lepel, mok, mes en patroongordel voelde Joe zich een slordig bijeengebonden pakket. Zodra hij bewoog, begon het te rammelen en dreigde hem te laten struikelen.

Het eten in Albacete was eentonig maar toereikend. Iets slechter dan op kostschool, stukken beter dan in het logement. Hij merkte dat de ondervoede mannen uit Glasgow elke kruimel mompelend van genoegen verorberden en dat de rekruten uit de middenklasse kankerden van afschuw bij de gedachte dat ze een oorlog moesten uitvechten op een maag vol dunne soep en granaatappels. De barakken waren koud en klam en ze sliepen op betonnen vloeren onder te weinig dekens.

387

De opleiding bestond uit het marcheren in colonnes en rotten en urenlang rondhollen over het sombere platteland tijdens 'manoeuvres'. Ze hadden geen munitie en het geluid van machinegeweren werd gesimuleerd met behulp van ratels. 's Avonds luisterden ze naar lange en langdradige politieke voordrachten en dronken grappa.

Hij begon te denken dat hij het opnieuw verkeerd had gedaan, dat zijn verlangen om tegen het fascisme te vechten zou oplossen in verveling en frustratie terwijl hij op een of andere Spaanse zandweg stond te zwaaien met een tak die een geweer moest voorstellen en ze te horen kregen dat ze de volgende dag naar het front zouden worden gestuurd.

In het begin deed het Joe denken aan een veldoefening op school. Het verbeten maar zinloos rondrennen, de mengeling van gespannen verwachting en verwarring.

Ze waren ergens niet ver van Madrid – hij had geen kaarten gezien – en hadden de vlakten rond Valencia verwisseld voor een heuvelachtig, winters landschap dat hem, wanneer hij 's morgens wakker werd, vaag aan Yorkshire deed denken. De heuvels vertoonden littekens van holle wegen en waren overdekt met olijfgaarden, waarvan de kromme takken grijs waren van de rijp. Ze rukten langzaam op, telkens twee man tegelijk, van de ene sloot naar de andere, van de ene heuveltop naar de andere rennend. 'Zo loopt mijn ouwe opoe ook,' mompelde Ted Green en Joe grinnikte.

De lucht was blauw en het was windstil. In het begin was het rustig en werd de stilte alleen verbroken door het zingen van vogels en het knerpen van hun voetstappen op de bodembegroeiing. Toen werd Joe zich bewust van een fluitend geluid boven zich in de lucht. 'Hoorns?' vroeg hij aan Ted en deze zei: 'Nee, kogels, stomme zak.' Ze rukten verder op en de kogels sloegen vóór hen in, zodat er kleine stofwolkjes opstegen. Joe vond het onredelijk en opwindend tegelijk dat iemand hen beschoot.

Ze rustten even uit in de beschutting van een holle weg, aten de onvermijdelijke granaatappels en zetten koffie. De zon had de ochtendrijp doen smelten en voor het eerst sinds zijn aankomst in Spanje had Joe het bijna warm. Hij lag op zijn rug en staarde naar de bleekblauwe lucht, blij dat hij, al was het maar voor een paar minuten, de eeuwige dekens, borden en patroongordels kon afleggen.

Toen riep iemand: 'Vliegtuigen – dekking!' en iedereen rende naar de beschutting van de bomen. Joe's deken rolde naar de kant van de weg, zijn tinnen mok stuiterde de helling af. De vliegtuigen van de Nationalisten wierpen schaduwen op de helling en terwijl hij toekeek zag hij rookpluimen uit de romp komen. 'Junkers zevenentachtig,' zei David Talbot, een chemicus uit Manchester deskundig. 'Waarschijnlijk op weg naar Madrid.'

De vliegtuigen vlogen over; ze liepen geen gevaar. Joe keek de grote zilveren vormen na en hoorde in de verte het dreunen van bommen. Ze klommen weer tegen de helling op en doken weg achter de kale struiken en olijfbomen. Opnieuw sloegen er kogels rondom hen in, littekens in de aarde, maar nog steeds voelde hij geen angst. Het leek gewoon niet echt. 'Kop omlaag, verdomme,' mompelde Ted Green terwijl hij naar de rand van een richel tijgerde. Joe hoorde het inmiddels vertrouwde jankende geluid dat kleine stofexplosies veroorzaakte en terwijl hij toekeek was het alsof Teds ellebogen het begaven, zodat hij voorover viel, met zijn hoofd op zijn handen.

Joe gluurde over de rand. Aanvankelijk kon hij ze niet onderscheiden, maar toen de rook optrok zag hij de mannen tussen de bomen en in de holle wegen aan de andere kant van het dal. Zijn eerste oogcontact met de vijand. Zijn hart begon te bonzen.

'Het zijn er verdomme honderden, Ted.'

Ted antwoordde niet. Joe keek in zijn richting. Ted lag nog steeds op zijn buik, met zijn hoofd boven op zijn handen. Het was alsof hij sliep. Kogels floten over hun hoofden, maar nu merkte Joe dat hij er bang van was. Hij tijgerde door het kreupelhout en tikte Ted op zijn schouder.

'Ted?'

De anderen keken hem aan. Ted verroerde geen vin. Voorzichtig draaide Joe hem op zijn rug. Teds ogen waren open en er zat een keurig, rood gaatje midden in zijn voorhoofd.

Joe voelde Teds pols, maar hij wist dat hij dood was. Ted Green, die slechts één keer eerder in het buitenland was geweest, om als zeventienjarige in Vlaanderen te vechten, die in de jaren twintig vakbondsleider was geweest en het grootste deel van de jaren dertig werkloos, wiens vrouw en enige kind waren gestorven aan roodvonk, was dood. Je kúnt niet dood zijn, wilde Joe zeggen. Ik heb je hoofd vastgehouden toen je zeeziek was op de veerboot, ik heb je alsjeblieft en dankjewel leren zeggen in het Frans en het Spaans en jij hebt me geleerd mijn geweer te demonteren en schoon te maken. Je kunt niet dood zijn.

Ze gingen in stelling op de helling van een heuvel en voor het eerst sinds hij van school was gekomen schoot Joe een geweer af. Hij had geen flauw benul of zijn kogel iemand raakte; het was veel te riskant om lang genoeg over de borstwering te kijken om het te kunnen controleren. Joe kreeg het idee dat er aan de overkant van het dal veel meer mensen waren dan aan hun eigen kant.

De volgende ochtend kregen ze bevel een kleine boerderij op de helling in te nemen. Weken later droomde hij over die boerderij. Het was een vervallen bouwsel met witte muren, gebouwd rond een binnenplaats, waarvan de bewoners lang geleden naar de twijfelachtige veiligheid van Madrid waren gevlucht. Joe zag niet in welk strategisch belang de boerderij kon hebben, maar hij vermoedde dat het in alle oorlogen – met name in burgeroorlogen – zo ging. Vechten om strookjes schijnbaar onbeduidende grond, alles innemen wat ook maar enige dekking bood. Ze tijgerden over de helling naar de boerderij toe, hun hoofd door een tinnen helm beschermd tegen de kogels die met het aanbreken van de dag begonnen uit te zwermen. 'Ik heb gehoord dat ze ons een mitrailleur sturen,' zei Jock Byrne optimistisch. 'Dekkingsvuur.'

Om in de boerderij te komen moesten ze over een open stuk van zo'n veertig meter rennen. Een enkele kogel spatte in de grond; als je het meteen na een salvo op een rennen zetten, had je genoeg tijd om de boerderij te bereiken. Binnen ving Joe zijn eerste glimp op van wat de oorlog aanrichtte in het leven van gewone mensen. Het gevluchte gezin had enkele bezittingen kunnen meenemen, maar niet alles. De wastobbe, de ijzeren ledikanten, de gebroken wijnkruiken tegen de muren van de binnenplaats leken een pathetische herinnering aan een verwoest leven. Als hij zijn fantasie had laten werken, had Joe zich het gezin kunnen voorstellen zoals het aan de grote keukentafel zat, een tafel die te zwaar was om per kar naar Madrid te worden vervoerd. In plaats daarvan hielp hij de anderen met het in stukken hakken van de tafel met een bijl, zodat ze vuur konden maken en hun eerste fatsoenlijke maaltijd in zesendertig uur konden bereiden.

De eerste kogel vloog door de dikke ruit van het keukenraam toen Joe juist een hap stamppot wilde nemen. Glas viel in scherven op de grond. 'Jezus,' fluisterde Jock. Joe wenste dat ze de tafel heel hadden gelaten om achter te schuilen.

Zijn handen en knieën zorgvuldig tussen de glasscherven in plaatsend kroop hij naar het raam en slaagde erin op te staan en naar buiten te kijken. Zijn mond werd droog en zijn maag kwam in opstand bij wat hij zag. De vijand was niet langer een verre, vage streep door het dal; in de tijd die ze nodig hadden gehad om de boerderij in te nemen, waren de nationalisten opgerukt. Hij zag hun mitrailleurnesten slechts een meter of honderd verderop. Er was geen spoor van een Republikeins machinegeweer, nog geen spoor van versterkingen. Zich in de beschutting van de muur uitrekkend zag hij dat de anderen naar hem keken, iets van hem verwachtten. Met een misselijk makend gevoel in zijn maag realiseerde hij zich dat, sinds de dood van Ted Green, hij en David Talbot niet alleen de oudsten waren van hun groepje, maar ook de enigen die eerder al een geweer hadden gehanteerd. Hij wilde uitleggen dat hij altijd een afschuw had gehad van de officierstraining op kostschool, dat Francis en hij zich zo veel mogelijk hadden gedrukt, dat Francis de meeste veldoefeningen met een of andere briljante, vernietigende opmerking had ondermijnd. Maar, in enkele minuten verscheidene jaren ouder geworden, wist hij dat hij niets van dien aard zou zeggen.

'We zullen ons moeten terugtrekken, denk ik. Ze zitten over de hele heuvel ten oosten van ons verspreid.'

Het Nationalistische leger had de naam niet zachtzinnig te zijn met krijgsgevangenen en ze vaak ter plekke te executeren. Terwijl ze hun bepakking en geweren bijeenraapten, sloegen er mitrailleurkogels in in de keuken. Eén ervan trof Patrick Lynch in zijn hand. Joe zag dat hij zijn arm hief, naar de rijtwond keek en het vuurrode bloed aanraakte, alsof hij zich ervan wilde vergewissen dat het echt was.

Toen hij voorzichtig weer uit het raam keek liet hij elke gedachte varen dat ze overdag hier konden blijven om zich onder dekking van het donker terug te trekken. Een mitrailleursalvo trof de gebouwen aan de andere kant van de binnenplaats; enkele seconden later schoot er een vuurtong door het raam naar buiten. Stro, dacht Joe. Er moest daar stro hebben gelegen, of olijfolie misschien – iets wat snel ontvlambaar was.

Jock verwoordde Joe's gedachten. 'We zullen terug moeten gaan zoals we gekomen zijn.'

Diep gebukt en de ramen vermijdend liepen ze terug naar de deur aan de achterkant van het huis. Het schieten ging onophoudelijk en in het wilde weg door; het knallen van de kogels die van muren en vloeren ketsten was oorverdovend. Een van de teruggekaatste kogels trof een man in zijn nek. Ze konden niets voor hem doen en lieten hem achter in de boerderij, rechtop tegen de muur, een uitdrukking van verbazing voorgoed in zijn gezicht geëtst.

De gebouwen aan de overkant van de binnenplaats hadden vlamgevat. Het was gaan miezeren en Joe rook de scherpe stank van water op brandend hout. Het regende niet hard genoeg om de vlammen te doven; als ze hier bleven zou het vuur uiteindelijk de kant van de boerderij bereiken waar zij zich schuilhielden en hen het open veld in drijven om door de nationalisten te worden neergelegd.

Op dit moment werden ze nog beschermd door de intacte achtermuur en de rook. Verderop waren de bomen dun, kaal, op enige afstand van de sloot die de eerste echte bescherming bood. Ze moesten veertig meter rennen, blootgesteld aan de Nationalistische artillerie ten westen van hen. Een riskante sprint. Joe slikte.

'Eén voor één, denk ik,' zei David Talbot.

Jock ging als eerste. Klein en mager als hij was vormde hij nauwelijks een doelwit; de kogels floten en misten en met een kreet van triomf en een wolk van stof liet hij zich in de sloot vallen. Een van de andere Schotten volgde hem; zijn laarzen wierpen grond en dode bladeren op.

'Driemaal is scheepsrecht,' zei de jongste van de Cockneys die samen met Joe het Kanaal was overgestoken en hij sprong naar buiten.

De kogels troffen hem toen hij halverwege het open stuk was. Het was alsof hij in de lucht bevroor en zijn lichaam boog achterover voordat hij ineenzakte op de grond. Hij spartelde nog even en bleef toen doodstil liggen. Geen van de mannen die hem vanuit de deuropening nakeken zei iets. Een andere man – Joe wist niet precies wie – stormde met een kreet van wanhoop het open stuk op. De kogels troffen hem en hij viel, ineenzakkend tegen de knoestige stam van een olijfboom.

Hij had de keus, dacht Joe. Hij kon worden neergeschoten terwijl hij over die verrekte strook grond rende, hij kon levend verbranden of gevangen worden genomen en geëxecuteerd. Al met al gaf hij de voorkeur aan worden neergeschoten.

'Ik waag het erop...' begon hij, maar zijn woorden werden onderbroken door een oorverdovend geratel.

'Een mitrailleur...'

'Ze hebben de heuvel verdomme ingenomen!'

'Doe niet zo idioot, Patrick; het is er een van ons.'

Joe rende de deur uit.

Hij bereikte de eerste boom en liet zich op de grond vallen. Hij voelde het snelle bewegen van de lucht terwijl de kogels over hem heen vlogen. Hij wilde voorgoed blijven liggen, met zijn gezicht in de kale grond. Maar met van inspanning en angst trillende spieren dwong hij zichzelf naar de volgende boom te rennen. Het machinegeweer van de Republikeinen ratelde ergens niet ver weg en legde dat van de Nationalisten tijdelijk het zwijgen op.

Hij had de sprint in gedachten in drieën gedeeld, van de ene boom naar de andere. Hij had er twee gehad; er was er nog één. Het minst beschutte stuk, op het hoogste deel. Joe haalde diep adem en rende harder dan hij ooit in zijn leven had gerend. Kogels floten en zouden hem zeker raken, maar toen verdween de grond plotseling onder zijn voeten en met om lucht krijsende longen viel hij voorover in de sloot.

Hoofdstuk zestien

In het opleidingsdepot van het Britse bataljon in Madrigueras, bij Albacete, lag Hugh Summerhayes te slapen op een klamme strozak, met een klam kussen onder klamme dekens. Dat was het opvallendste kenmerk van Spanje, dacht hij, de klamheid. De dekens, de muren, de vloeren, alles was nat, koud en dik beschimmeld. Buiten regende het onafgebroken, een fijne, kille, geniepige regen die in kragen en manchetten sijpelde en doordrong tot in elke laag kleding. Overdag drilden en oefenden ze in de regen; 's avonds, wanneer ze terugkeerden naar de kazerne, waren er nooit genoeg vuren om hun kleren te drogen. Hugh had twee uniformen en alle twee waren ze constant vochtig. Hij had de eerste dag in Madrigueras een kou gevat en kon die maar niet kwijtraken.

Hij dacht dat het aan het weer lag dat zijn shellshock niet terugkeerde. Ze had hem achtervolgd, tijdens de reis van Engeland naar Spanje, de angst dat hij zichzelf voor gek zou zetten, zou schrikken bij luide knallen of zou trillen wanneer ze hem een geweer in de hand drukten. Hij werd zozeer in beslag genomen door de kou en de nattigheid, dat dit alles werd verdrongen. Hij had geen nachtmerries over een loopgravenoorlog of Vlaanderen. Het leek allemaal heel lang geleden. Zijn ergste droom was dat hij op een ijsschots lag, met zijn voeten in ijskoud water terwijl vissen aan zijn tenen vraten.

Bovendien was er de jongen om zich druk over te maken. Hugh had Eddie Fletcher ontmoet op de veerboot. Zijn haren achterover strijkend van een bleek voorhoofd waar nog jeugdpuistjes op zaten had Eddie verkondigd dat hij negentien was, havenarbeider, en dat hij naar Spanje ging om het fascisme te bestrijden. Hugh vermoedde dat hij zeventien en werkloos was, maar hij zei niets en liet de jongen in zijn waarde. 's Avonds, wanneer de andere mannen dronken, rookten en kaartten, schreef Eddie verhalen. Eén keer had hij er, verlegen, een aan Hugh laten lezen. Zijn spelling was abominabel, zijn handschrift kinderlijk-groot, maar het begin van een aanleg voor structuur en ritme waren zichtbaar.

Hugh liet Eddie zien hoe hij zijn geweer moest schoonmaken en demonteren en hoe hij zijn spullen zodanig in zijn ransel moest stoppen dat de inhoud niet over de grond werd uitgestrooid zodra ze begonnen te marcheren. Hij hielp hem met het oprollen van zijn dekens en bond ze zodanig bijeen dat de regen er zo moeilijk mogelijk bij kon. Toen ze eindelijk een oude Maxim-mitrailleur kregen voor oefendoeleinden, was Hugh degene die de manschappen liet zien hoe ze hem moesten gebruiken. Omdat hij achttien jaar geleden in de wereldoorlog had gevochten, omdat hij leraar was geweest en gewend was bevelen te geven, gingen ze ervan uit dat hij de leider van zijn eenheid was. Hij had de rol waardig en met geamuseerde gelatenheid aanvaard en met een besef van de verantwoordelijkheid die het hem oplegde.

In het nieuwe jaar kreeg hij Robins brief. Hij las hem twee keer voordat hij hardop grinnikte, zodat de man op de bank naast hem vragend opkeek.

'Van mijn zus,' legde Hugh uit. 'Ze is blijkbaar in Spanje.'

Hij keek naar het adres boven aan Robins brief. Robin was in Madrid en werkte er in een ziekenhuis. Ze had zijn spoor gevolgd naar Madrigueras, waar de Britse vrijwilligers werden opgeleid. Hugh las haar brief aandachtig en schreef haar terug. Toen snoot hij zijn neus, onderdrukte de hoestbui die in zijn keel kriebelde, zette zijn naam onder aan de pagina en hinkte naar de mess om iemand te zoeken aan wie hij zijn brief kon meegeven.

In oktober waren de legers van de opstandige Nationalistische generaals Franco en Mola, versterkt met troepen uit Italië en Duitsland, opgerukt naar Madrid. In november arriveerden de troepen van het Duitse Condorlegioen in Spanje, popelend om hun nieuwe wapens en nieuwe strategieën te beproeven. De Republikeinse regering ruilde Madrid voor de betrekkelijke veiligheid van Valencia en omstreeks dezelfde tijd kwamen de eerste bataljons van de Internationale Brigades – een mengelmoes van Duitse, Franse, Britse, Italiaanse, Poolse en Nederlandse vrijwilligers – in de hoofdstad aan, waar ze werden begroet met een uitbarsting van blijdschap en opluchting. Nationalistische soldaten rukten vanuit het zuiden en westen op naar de stad; Nationalistische vliegtuigen bestookten de arbeiderswijken, gooiden de gebouwen in puin en dwongen de inwoners beschutting te zoeken in metrostations en kelders. De gewone arbeiders en arbeidsters in de stad, gewapend met alle wapens die ze konden vinden, gingen de straat op en tegen het eind van november waren de rebellerende troepen teruggedreven.

Maar de beschietingen en bombardementen gingen gewoon door, hardnekkig en onophoudelijk, echter zonder het enthousiasme van de Madrilenen te kunnen doven.

Robin was eind december in Spanje aangekomen met de Britse medische hulptroepen onder dokter Mackenzie. In de namiddag van de dag dat Robin Hughs brief had ontvangen waren zij en Merlin naar Londen gegaan, naar het hoofdkantoor van de Communistische Partij in King Street. Ze was bijna opgelucht geweest toen ze merkte dat ze te laat was, dat Hugh al naar Parijs was vertrokken, dat hij misschien zelfs al aan de Spaanse grens stond. Opgelucht omdat ze het nauwelijks kon verdragen Hugh de vernedering aan te doen zijn slechte gezondheid te gebruiken als excuus voor vervroegd ontslag.

Ze huiverde nog steeds wanneer ze eraan terugdacht wat Hughs vertrek naar Spanje haar ouders had aangedaan. Ze hadden opeens oud geleken, verslagen, bang en wanhopig. Alle zelfverzekerdheid waartegen Robin zich nooit opgewassen had gevoeld was verdwenen. Voor het eerst voor zover ze zich kon herinneren was zij degene geweest die had getroost, zij die had gerustgesteld en thee had gezet en plannen had gemaakt. Het was schokkend geweest, te midden van al die wanhoop en verwarring, te ontdekken hoezeer haar ouders haar nodig hadden. Ze haatte Maia niet alleen omdat ze Hugh had verraden, maar ook om wat ze Daisy en Richard had aangedaan.

Op het station in Liverpool Street had ze afscheid genomen van Merlin en had, naar haar kamer lopend, een plan uitgebroed. Die avond was ze naar Neil Mackenzie toe gegaan en had hem gesmeekt haar mee te nemen naar Spanje als lid van zijn medische hulptroepen. Hij had ermee ingestemd en zo was Robin uiteindelijk in Spanje terechtgekomen en had ze geprobeerd Hugh en Joe op te sporen in de chaos van de Spaanse Burgeroorlog. Tijdelijk gestationeerd in een militair hospitaal in Madrid had ze gehoord dat ze dichter naar het front zouden worden verplaatst wanneer de situatie dat eiste.

De chique huizen in de welvarende wijken van de stad vormden een scherp contrast met de puinhopen waarmee de armere buurten bezaaid waren. In het ziekenhuis werden zowel soldaten als burgers behandeld. Toen ze de gruwelijke wonden die kinderen door bommen en granaten hadden opgelopen voor het eerst zag, moest ze haar ontsteltenis wegslikken en zichzelf heftig voorhouden dat ze niemand van nut zou zijn als ze niets zag omdat ze huilde. Omdat ze alleen maar een EHBO-diploma had, was ze de minste van de minsten in het ziekenhuis. Ze leegde beddenpannen, maakte bedden op, boende vloeren tot ze blonken en reinigde instrumenten. Haar handen werden rood en ruw, haar voeten deden onafgebroken pijn. Een enkele keer mocht ze een patiënt helpen met wassen en aankleden, of een man voeren die het gebruik van zijn handen had verloren. Elke keer dat ze een fout maakte scheen de angstaanjagende Schotse verpleegster die hen op hun reis vanuit Engeland had begeleid het te zien. In haar slaap hoorde Robin zuster Maxwells ijzige *'Summerhayes!'* in haar dromen. Toen een van de andere verpleegsters vertelde dat het momenteel even rustig was en dat ze het binnenkort wel drukker zouden krijgen, kon ze het nauwelijks geloven. Ze kon zich domweg niet voorstellen nog meer in één dag te proppen.

Binnen een tijdsbestek van enkele weken was ze aan veel dingen gewend geraakt. Het delen van een kamer met drie andere verpleegsters, haar leven te leiden in de soort publieke arena die ze op school zo had verfoeid. Opdrachten uitvoeren zonder vragen. Langzaam wende ze aan al die dingen. Waar ze nooit aan zou wennen was de aanblik van een kind met slechts een stomp waar zijn been ooit had gezeten of het geluid van een volwassen man die om zijn moeder huilde.

Onmiddellijk na haar aankomst in Spanje was ze op zoek gegaan naar Hugh, had navraag gedaan bij artsen en verpleegsters in het ziekenhuis, bij aan het front gewond geraakte patiënten en bij de organisatoren en administrateurs die door de medische hulptroepen-organisatie in Londen werden gestuurd. Ze had ontdekt dat Hugh nog in het opleidingsdepot in Madrigueras was en had hem haastig een briefje geschreven, dat ze een week geleden had gepost. In de zak van haar schort zat de brief die ze die ochtend had ontvangen en nog niet had kunnen openen. Ze wist dat hij van Hugh was.

Zuster Maxwell keek haar dreigend aan terwijl ze een bed verschoonde. Robin stopte de gesteven ziekenhuislakens met wiskundige precisie in. Toen het eindelijk tijd was voor haar pauze rende Robin naar de verpleegsterskamer, schopte haar schoenen uit en zette de ketel op het gasstel. Vervolgens scheurde ze de envelop open en begon te lezen. Aan het eind van de brief aangekomen slaakte ze een zucht van wanhoop. De enige andere verpleegster in de kamer, een lang meisje dat Juliet Hawley heette, vroeg: 'Slecht nieuws?'

Robin schudde haar hoofd. 'Nee. Van mijn broer, eindelijk. Hij zit in Madrigueras, maar hij zegt dat hij elke dag naar het front kan vertrekken.'

Ze ging op een stoel bij het raam zitten en keek naar de speelplaats van de school die door het ziekenhuis was gevorderd. Er waren geen kinderen op de speelplaats; een ambulance werd schoongemaakt en opnieuw bevoorraad, klaar om naar het front te vertrekken, en er stonden enkele zusters in de regen te praten. Ze had Hughs brief opgefrommeld tot een kleine prop in haar hand. Ze streek het papier glad en vouwde het zorgvuldig op. Ze was niet bang voor de bommen die soms binnen enkele honderden meters van het ziekenhuis insloegen en de gedachte te werken in een eenheid dichter bij het front joeg haar geen angst aan. Maar ze maakte zich wel onafgebroken zorgen om Hugh en Joe, een afschuwelijke, knagende, onbeheersbare angst, een troosteloze vrees die haar geen moment verliet.

De tien minuten waren voorbij. Robin vouwde Hughs brief op en stopte hem in haar zak. Eindelijk wist ze zeker dat Hugh nog leefde. Van Joe had ze niets gehoord.

Wanneer ze van de bushalte naar huis liep kwam Helen altijd langs het huisje van Adam Hayhoe. Vaak pauzeerde ze enkele minuten om onkruid uit de voortuin te trekken of wat afval dat op de drempel was gewaaid te verwijderen. Toen ze die middag het hek opende, hoorde ze zingen.

'"Toen ik op een zomerochtend uitging om de akkers te bekijken en de lucht in te ademen..."'

Helens hart begon te bonzen. Ze liet haar manden in de berm vallen en rende naar de voordeur.

'Adam? Adam... ben jij dat?'

Het zingen stopte en de deur ging open. 'Adam,' zei ze opgetogen. 'Wat fijn dat je weer thuis bent.'

Hij glimlachte naar haar en tikte aan zijn pet. ''Middag, juffrouw Helen.'

'Adam... ik zei toch...'

'Neem me niet kwalijk, Helen. Gewoonte.' Zijn verontschuldiging wiste zijn glimlach niet uit.

Ze merkte op dat hij zijn jas aan had en zijn pet op. Een stukje van haar blijdschap ebde weg.

'Je gaat toch niet meteen weer weg?'

Hij schudde zijn hoofd. 'Ik ga even naar de Randalls. Het huis heeft zo lang leeggestaan, dat de kou in zijn botten is getrokken. Susan Randall zei dat ik vannacht bij hen kon blijven slapen.' Hij keek Helen aan. 'Loop met me mee, wil je, Helen? Ik heb je zoveel te vertellen. Twee en een half jaar is een lange tijd. En ik zou je gezelschap prettig vinden.'

'Twee en een half jaar...' zei ze langzaam. Ze had zich niet gerealiseerd dat het zo lang geleden was sinds Adam Hayhoe uit Thorpe Fen was vertrokken. Ze verloor tegenwoordig vaak elk besef van tijd, zodat de weken en maanden als een dichte brij in elkaar overgingen. 'Je bent geen spat veranderd, Adam. Ik wel, ik weet het. Ik ben zo óud geworden.'

'Oud? Nee.' Zijn gezicht was ernstig. Ze was blij dat hij niet zei, zoals haar vader zou hebben gedaan: *Je bent nog maar een meisje, Helen.* 'Je bent nog altijd even knap. Maar je ziet er moe uit. Het is een heel karwei, dat grote huis onderhouden, alle schoonmaakwerk en zo in de kerk te doen.'

'O... dat. Dat kan iedereen. En thuis heb ik een dienstmeisje om me te helpen en mevrouw Readman doet al het zware werk in de kerk. Ik ben er niet eens erg goed in. Vorige week vergat ik olie te bestellen en moesten we in het donker eten.'

Hij zei: 'Wil je met me meelopen?' en ze knikte en liep het pad af.

Hoewel het pas een uur of vier was, begon het licht al te vervagen. Helen keek naar de lage, met riet gedekte huisjes en rilde.

'Heb je het koud, lieverd?'

Het liefkozende woordje verwarmde haar. Ze schudde haar hoofd. 'Nee, daar ligt het niet aan. Het komt door de huizen – alle ramen zijn zwart. Ik stel me er dingen achter voor.'

Ogen die haar gadesloegen, stemmen die fluisterden achter handen. Soms waren de ogen niet menselijk en de taal waarin de stemmen fluisterden was onherkenbaar.

Adam zei zachtmoedig: 'Toen ik een kind was en bang voor het donker en niet naar de wc in de tuin durfde, zei mijn moeder dat ik me moest indenken dat er een olifant vlak voor de deur stond. Ik had natuurlijk nog nooit een olifant gezien, alleen in een prentenboek... een raar schepsel met flaporen en water dat uit zijn slurf spoot. Daar kon je onmogelijk bang van zijn. Ik keek altijd uit naar dat vrolijke, betoverende, stomme beest als ik de achterdeur uit rende. Dan was ik niet bang.'

Ze voelde zijn hand om haar elleboog toen hij haar over het hobbelige pad leidde. 'Je moet je indenken dat er een olifant achter de ramen staat, Helen. Of iets anders waar je om moet lachen.'

'Kippen. Ik zal aan onze kippen denken. Niemand kan bang zijn van een kip.' Ze voelde zichzelf schokken van een lach die aan hysterie grensde en ze spande zich in om zich te bedwingen.

'Vertel eens wat je gedaan hebt, Adam. Heb je werk gevonden?'

'In het begin was het moeilijk – ontzettend zwaar. Ik heb die eerste paar maanden heel wat nachten in een sloot of achter een heg geslapen. Niet dat ik dat erg vind; dat had ik wel vaker gedaan toen ik als jonge kerel door de omgeving zwierf. Maar een lege maag is moeilijker om aan te wennen. In elk geval, ik dacht dat ik maar beter haast kon maken met werk zoeken voordat ik eruitzag als een regelrechte zwerver, dus ik trok mijn beste kleren aan en ging langs de deuren. Ik bood aan ramen te repareren, hekken te herstellen... willekeurig wat.'

Ze liepen over het smalle pad langs de velden. Adam gaf Helen een hand om haar over het hek te helpen.

'Maar ik had geluk. Ik werkte voor een heer die een paar mooie stoelen had die nodig opgeknapt moesten worden. Ik bood aan het voor hem te doen – ik moest hem een beetje onder druk zetten, ronduit zeggen dat ik een goed vakman ben – maar ten slotte mocht ik het proberen. Ik leverde goed werk – maakte het snijwerk exact na. Toen bracht hij me in contact met een dame die een winkeltje had in Brighton.'

'Brighton!' zei Helen. 'Dat is kilometers hiervandaan.'

'Het is best een leuke plaats. Wel lawaaiig. Ik was er al eens geweest, jaren geleden, vlak voordat ik naar het front werd gestuurd. Had in de zee gezwommen.'

'Ik zou de zee zo graag eens zien. Vertel eens, Adam. Vertel eens hoe hij eruitziet.'

Aan de rand van het veld bleef hij staan en zweeg even. De lucht was donkerder geworden, zodat de helderste sterren zichtbaar werden, en schaduwen gleden over de zwarte randen van het veld.

Langzaam zei hij: 'Hij heeft nooit twee keer dezelfde kleur. Blauw of groen of grijs, maar nooit precies hetzelfde als de vorige dag. En het geluid van de golven op de stenen lijkt op dat van de wind in de rietkragen. En het is zo groot en sterk dat je je er klein bij voelt. Maar dat is nog niet zo'n slecht gevoel.'

In haar eentje zou ze hier nooit hebben gestaan, met aan de ene kant de weidse uitgestrektheid van de velden en aan de andere eindeloze moerassen, sloten en rietkragen. Ze wist wat Adam bedoelde: *het is zo groot en sterk dat je je er klein bij voelt.* Meestal beangstigde het haar.

'Het klinkt mooi, Adam.' De wind wakkerde aan en maakte haar woorden nauwelijks verstaanbaar. Ze liepen door.

'Hoe dan ook, die dame, mevrouw Whittingham, zocht een timmerman die bijzondere dingen voor haar kon maken. Een paar bij elkaar passende kabinetten om wat Chinese vazen op te zetten. Afschuwelijke dingen waren het, lelijk donkerrood en zwart. Mevrouw Whittingham liet me de achterkant van haar winkel gebruiken om ze te maken en toen ze klaar waren, stuurde ze me door naar haar broer in Londen, die een timmerwerkplaats heeft. Ook voor hem heb ik een paar dingen gemaakt.' In het schemerige licht zag Helen Adams glimlach. 'Ik moest met de klanten praten, uitvinden wat ze precies wilden. Rare figuren zaten ertussen – er was een dame met een Siamese kat, waarmee ze de hele dag rondzeulde, onder haar arm, als een boodschappenmand. En een heer die altijd wanneer ik er kwam een kamerjas droeg. Let wel, een chique ding – glanzende stof met draken erop genaaid, maar toch; ik heb hem nooit in een fatsoenlijk pak gezien. En hij had zo'n keurig brilletje.' Adam schudde zijn hoofd. 'En de spullen die ze hebben! De juwelen, de frutseltjes, de rare prenten... Ik snap niet hoe ze het uithouden. Alles op een hoopje. Zelf houd ik van wat ruimte. Ik zou gek worden als ik me druk moest maken over al die dingen.'

Helen zag de lichten van Randalls boerderij aan het eind van het pad.

'Werk je dan nog steeds voor die meneer in Londen, Adam?'

Opnieuw schudde hij zijn hoofd. 'Ik heb weer een tijdje rondgereisd, hier en daar klusjes gedaan. Ik had werk in Peterborough en ik dacht, ik ga eens naar huis, kijken hoe het erbij staat.' Hij keek Helen aan. 'Ik wil voor niemand werken, Helen. Ik wil eigen baas zijn. Ik wil nooit meer op andermans wenken vliegen. Het kan even duren, maar je zult zien, ik begin een eigen werkplaats.'

In februari 1937 zette het opstandige Nationalistische leger een grootscheepse aanval in via het Jarama-dal, gericht op het innemen van de grote weg tussen Madrid en Valencia, om zo de hoofdstad de isoleren. De rivier de Jarama lag ten zuidoosten van Madrid, een landschap van heuvels, dalen en kammen, beplant met olijf- en wijngaarden.

Tegen de tijd dat hij vanuit Albacete naar het front vertrok besefte Hugh dat hij een lichte bronchitis had. Hij had vanaf zijn achttiende elke winter bronchitis gehad; mama deed betuttelend, maar hij kwam er altijd overheen. Het betekende gewoon dat zijn borst een paar weken ratelde als een keteltrommel en een paar beroerde nachten wanneer de koorts hem nachtmerries bezorgde.

Een van de maten stelde voor dat hij naar het ziekenhuis zou gaan totdat hij hersteld was, maar hij deed het niet, vanwege Eddie Fletcher. Eddie had zich aan Hugh vastgeklampt, had Hughs kalme geruststelling nodig om zijn angsten tot bedaren te brengen en Hughs zachtmoedige aansporingen om de dagen door te komen. Hij was gewoon niet de soort knaap waarvan soldaten worden gemaakt en als Eddie leerling was geweest aan de school in Cambridge waar hij les gaf, zou Hugh een of andere smoes hebben verzonnen om de jongen niet te laten meedoen aan de officierstraining of de veldoefeningen.

Maar het was nu oorlog en net als Hugh was Eddie een verplichting aangegaan om met het Spaanse Republikeinse leger te vechten. Toen ze in de vrachtwagens klommen die hen naar het front zouden brengen, zag Eddie er bleek, bedrukt en bang uit. 'Ik heb de laatste chocolade opgespaard,' zei Hugh terwijl hij zijn hand uitstak om de jongen in de truck te helpen. Pijnlijk hoestend herinnerde hij zich dat hij maar een jaar ouder was geweest dan Eddie Fletcher toen hij naar Vlaanderen was vertrokken. Nu kon hij zich nauwelijks de mengeling van opwinding, angst en ongeduld herinneren waarmee hij naar Frankrijk was vertrokken. Hij voelde een opwelling van angst dat datgene wat hem te wachten stond alles weer zou terugbrengen – de nachtmerries, de visioenen, het gevoel van eindeloze, eeuwige gruwelen – maar toen hij de vrachtwagen rondkeek, wist hij dat het goed zou komen. Hij zou niet instorten omdat hij Maia had gekend en omdat ze een tijd lang van hem had gehouden, en dat had hem veranderd.

Terwijl de vrachtwagen door de nacht denderde en de meeste mannen wegdommelden, liet hij zijn gedachten afdwalen naar Maia. Hij geloofde bij nader inzien niet dat ze hem of zijn familie minachtte. Ze had al die verschrikkelijke dingen gezegd omdat er iets destructiefs in Maia was waarvan Hugh besefte dat het de erfenis van haar verleden was. Ze had uiteindelijk niet met hem willen trouwen, maar hij kon haar daar niet om haten omdat hij zichzelf nooit goed genoeg voor haar had gevonden. Maia bezat een koud vuur, een doelgerichtheid, een gedrevenheid die Hugh altijd fascinerend had gevonden. Ze bezat in overdaad al het licht en alle energie die hij jaren geleden op de slagvelden in Vlaanderen had verloren. Hij had sinds zijn achttiende weinig overtuigingen gehad, afgezien van een onafgebroken, knagend gevoel dat er te veel onrecht was in de wereld. Maia had de heldere blik die hem was ontnomen en naast haar had hij zich altijd onaanzienlijk gevoeld, een schaduw. Ze had hem een tijd lang nodig gehad en nu had ze hem niet meer nodig, wat Hugh verbazend noch laakbaar voorkwam. Hij was gekwetst, natuurlijk, diep gekwetst, maar hij wist dat de tijd die hij met haar had doorgebracht een voorrecht was geweest, geen recht.

Hij haalde de foto uit zijn binnenzak en keek ernaar. Naast zich hoorde hij Eddie zeggen: 'Is dat je meisje?'

'Dit is mijn zus...' Hugh wees Robin aan '... en dat is Maia. Een vriendin. Een dierbare vriendin.' De foto was jaren geleden genomen door Richard Summmerhayes: Robin en Maia voor het winterhuis, tussen hem en Joe in.

Zwaar ademend zei Eddie: 'Wat een stuk.'

Hugh glimlachte en stopte het kiekje weer in zijn zak. Toen, rechtop zittend om te voorkomen dat hij zou hoesten, sloot hij zijn ogen en probeerde te slapen.

Met de dageraad kwam de wind, die ijskoud door de open vrachtwagen gierde. Hugh had pijn in zijn borst wanneer hij hoestte. Hij drukte zijn gebalde vuist tegen de pijnlijke plek en hield zichzelf voor dat het niets was, gewoon een steek. De wolken onttrokken de opgaande zon aan het oog en maakten van het Jarama-dal een parelgrijze diepte. Hij had wel ergere dingen meegemaakt, hield Hugh zichzelf voor. In Arras had hij schijnbaar een eeuwigheid gelopen, een gewonde schoolkameraad half dragend, half meesleurend, pas toen hij de EHBO-post bereikte besefte hij dat zijn vriend dood was. Het was een herinnering die hij nooit eerder onder ogen had durven zien, maar die nu vreemd genoeg niet meer de kracht had om hem angst in te boezemen. Hugh wierp een blik op Eddie. 'We zijn er bijna, kerel,' zei hij bemoedigend. In de verte zag hij de zilveren streep die de Jarama was, opglanzend toen de zon even achter de wolken uit kwam.

Toen ze aan het front kwamen en hun posities innamen, groeven ze een loopgraaf. De olijfgaarden op de helling glinsterden nog van de rijp. In de korte gevechtspauze tussen het graven van de loopgraven en het hervatten van het vuurgevecht rustte Hugh uit en stak een pijp op. De pijn in zijn borst was niet minder geworden. De beweging van zijn ribben wanneer hij inademde deed pijn en er verzamelden zich zweetdruppels op zijn voorhoofd en zijn bovenlip. Het kwam in Hugh op dat het geen steek was, dat hij ziek was, echt ziek en het ergerde hem dat zijn zwakheid deze eerste poging om iets van zijn leven te maken in de kiem dreigde te smoren. Toen klonk aan de overkant van het dal het ratelen van een machinegeweer, als het tromgeroffel bij het begin van een ouverture, en het begon.

Adam bleef een week in Thorpe Fen. Eén keer namen hij en Helen Michael in zijn kinderwagen mee voor een wandeling, hotsend over de bevroren modder en met de kap opengevouwen zodat Michael lachend naar wilgenkatjes kon graaien. Helen fantaseerde dat Adam en Michael en zij een gezin vormden dat een zondagswandeling maakte. Ze vertrouwde Adam bijna toe dat ze Michael op een goede dag zou kunnen adopteren, maar deed het uiteindelijk niet. De Randalls waren tenslotte Adams oudste vrienden en hij zou het afschuwelijk vinden als ze zich in Susan Randalls slechte gezondheid leek te verheugen.

In het dorp meed ze Adams gezelschap. Ze had nog altijd het gevoel dat ze werd begluurd en besproken. Praatjes die, als ze ongehinderd mochten voortwoekeren, haar vader zouden bereiken. De ogen van de gluurders waren kritisch en vernietigend. Maar ze waste haar lange haren, kamde de klitten eruit, reinigde en streek haar beste jurk en stopte de gaten in haar kousen.

Op de dag van zijn vertrek liep Helen 's morgens om negen uur naar Adams huisje. Gekleed in zijn overjas en pet deed hij juist de voordeur op slot, de rugzak op de drempel naast zich.

Helen zei: 'Ik ga met je mee naar het station, Adam.

Hij keek om. Ze liet hem haar mand zien.

'Ik heb tegen papa gezegd dat ik een dag eerder boodschappen ging doen, zodat ik morgen in de salon met de voorjaarsschoonmaak kan beginnen.' Helen glimlachte, genietend van haar eigen sluwheid.

Ze liepen samen de weg af. De bushalte stond bij een rij bouwvallige huisjes in het laagstgelegen deel van het dorp. Alleen het laatste was nog bewoonbaar. De zegge waarmee ze alle vier waren gedekt was donker geworden en hing in grote, verkleurde strengen omlaag vanaf het huisje dat vroeger van Jack Titchmarsh was geweest. De scheve raampjes waren bedekt met spinnenwebben en de deur van Jacks huisje stond nu permanent op een kier; een krans van bladeren, door het vocht veranderd in kantachtige skeletten, lag als een tapijt op de vloer. Plakken leem waren uit de muren gevallen, zodat het tengelwerk eronder zichtbaar was als een broos skelet. Toen Helen haar hand uitstak en de muur aanraakte, waren haar vingers zwart van de schimmel die over het natte pleisterwerk kroop.

'De jonker laat het allemaal naar de bliksem gaan,' zei Adam met een boze blik op de huisjes.

'Je moet niet weer twee jaar wachten voordat je terugkomt, Adam, anders is Thorpe Fen weggezakt in het moeras en steekt alleen de torenspits nog boven het veen uit.'

Ze had het bedoeld als een grap, maar het klonk als een klacht. Helens stem weerkaatste bedroefd tegen de vervallen muren. Toen ze de weg af keek, zag ze de bus aankomen.

Ze waren vroeg op het station van Ely; de trein zou pas over een kwartier komen. Adam stelde een kop thee voor en ze gingen de kleine restauratie binnen. Toen hij thee en broodjes had gehaald ging hij te-

genover haar zitten en zei: 'Helen... ik kom terug. Ik beloof het.'
De suiker door haar thee roerend probeerde ze te glimlachen.
'En ditmaal niet over twee jaar. Het gaat steeds beter met me... binnenkort moet ik wat geld opzij kunnen gaan leggen.'
De restauratie was leeg, op de dienster achter de toonbank na.
'Soms ben ik zo bang...' zei Helen plotseling. Ze had niets willen zeggen en haar hand vloog naar haar mond en legde haar het zwijgen op.

Toen hij vroeg: 'Bang waarvoor, lieverd?' hoorde ze de bezorgdheid in zijn stem.

'Ik weet het niet.' Ze lachte even. 'Idioot, niet?'

Adam antwoordde niet onmiddellijk. In plaats daarvan nam hij haar hand stevig in de zijne en strengelde zijn vingers door de hare. 'Zeg eens, Helen.' Hij fronste zijn wenkbrauwen in een poging om het te begrijpen. 'Komt het door het huis... de pastorie? Hij is zo groot... er moeten zoveel ongebruikte kamers zijn...'

Ze schudde haar hoofd en dacht aan haar zolderkamer, waar ze zich veilig voelde. 'Dat kan me niet schelen. Ik heb er tenslotte altijd gewoond.'

'Dan... je vader...?'

Ze staarde hem een ogenblik aan en lachte toen weer. 'Papa? Hoe zou ik bang kunnen zijn van papa?' Toch dacht ze, voor het eerst, dat ze niet de waarheid sprak. *Eert uw vader en uw moeder,* zei het gebod. Niets over liefde. Ze schrok bij de gedachte dat wat ze tegenwoordig voor haar vader voelde niets meer was dan een mengeling van angst, afkeer en plichtsgevoel. Ze wist niet of ze het altijd zo had gevoeld.

Er klonk een gerommel en geraas toen de trein het station binnenreed. Adam stond op en gooide zijn rugzak over zijn schouder. Op het perron werden ze gehuld in een wolk van rook en stoom, die zijn gestalte deed vervagen en hem van haar isoleerde. Zó is het, wilde ze zeggen. Er is iets tussen mij en andere mensen, iets wat me van hen weghoudt, me uitwist. Maar toen voelde ze zijn handen op haar schouders en zijn lippen beroerden haar wang. Ze trok zich niet terug, maar kreunde zacht van verdriet en verlangen en draaide zich naar hem toe, zodat zijn mond heel even de hare raakte.

Toen was hij weg. De trein pufte en rammelde het station uit, een grote, rook uitbrakende draak. Helen bleef op het perron staan tot zelfs de nietige speldenknop van zwart en wit in de verte was verdwenen en toen liep ze weg, haar mand tegen haar borst gedrukt.

Elke dag voerde Hugh twee gevechten – het publieke, tegen het enorme leger van de Nationalisten, en zijn eigen privé-strijd, de oude oorlog tegen zijn wankele gezondheid. Wanneer de koorts steeg, was het soms moeilijk de twee gevechten in gedachten te scheiden. Hij wist niet wat hij het ergst vreesde: een kogel die door huid en botten zou dringen of het vocht dat zich achter zijn longen begon te verzamelen en hem dreigde te verdrinken. Na een paar dagen, waarin hij een kwart van zijn manschappen had zien sneuvelen, begon de koorts hallucinaties op te wekken, kleine verdraaiingen van de werkelijkheid die hem door de jaren heen terugstuurden naar wat hij in 1918 had meegemaakt. Hij leunde achterover tegen de wand van de loopgraaf, sloot zijn ogen en vroeg zich af of hij deze ongelijke strijd om lucht wel wilde voortzetten. Toen riep iemand: 'Eddie!' en Hugh keek net op tijd op om de jongen rechtop te zien staan, hoofd en schouders boven de rand uit, zijn geweer aan de schouder. Hij zag de kogel die de jongen in zijn schouder trof, zodat Eddies tengere lichaam achterover sloeg en zijn knieën het begaven.

Hugh kroop naar hem toe en opende zijn jack. Eddie zei: 'Ik dacht, als ik opsta kan ik beter mikken,' en toen begon hij te huilen. 'Ga ik dood?'

Hugh schudde zijn hoofd. 'Natuurlijk niet.' Toch was hij er niet zeker van of de kogel de longen niet had geraakt.

Hij verbond de wond en maakte het Eddie zo gerieflijk mogelijk. Hij zocht de loopgraaf af naar de hospitaalsoldaat, maar kon hem niet vinden; ze zaten, wist hij, midden in een slachthuis. Hij liet Eddie rechtop zitten en gaf hem water te drinken; toen legde hij zijn geweer weg in de wetenschap dat de slag bij de Jarama voor hem net zo goed voorbij was als voor de jongen. Toen de schemering inviel en de Moren met hun bruine gezichten en zwarte mantels met hun geweer in de hand door het dal begonnen te zigzaggen, besefte Hugh dat hij Eddie naar het hospitaal moest brengen. Er welde nog steeds bloed op uit de kogelwond en Eddies ademhaling ging even moeizaam en hijgend als de zijne. Met de arm van de jongen over zijn schouder daalde Hugh de heuvel af.

Hij zocht naar een EHBO-post of een ambulance, maar vond geen van beide. Hij scheen midden in een gedeeltelijke terugtocht terecht te zijn gekomen. Bang verstrikt te raken in de chaos van manschappen en uitrusting liep hij van het slagveld vandaan. Met Eddie tegen zich aan hangend liep Hugh kilometers lang en raakte al zijn gevoel voor richting kwijt. Het donker werd compleet toen de maan en de sterren schuilgingen achter een wolkendek. Van tijd tot tijd mompelde hij iets geruststellends tegen Eddie, maar de pijn in zijn eigen borst was bijna ondraaglijk geworden. De warmte van de koorts was verdwenen en had plaatsgemaakt voor een bittere kou die hem heftig deed rillen. Hugh wist dat hij het niet veel langer zou volhouden, dat hij de jongen en zichzelf in de steek had gelaten.

Hij hoorde geen geweren meer. De nacht had ze het zwijgen opgelegd of hij was ver van het slagveld. Hij dacht niet dat hij zich ooit zo eenzaam had gevoeld. Toen er een zwarte massa uit het donker opdoemde, streek Hugh een lucifer af en zag dat ze bij een kleine stenen hut waren aangekomen. Het dak was van stro, de deur hing open. Hij hielp Eddie naar binnen. Er lag stro op de grond en stukken houtskool, de overblijfselen van een vuur. Een herdershut, vermoedde Hugh. Het leek verstandig de rest van de nacht hier te blijven en morgen, wanneer het licht werd, een nieuwe poging te doen om medische hulp te zoeken.

Hugh maakte het Eddie zo gerieflijk mogelijk, veegde stro op een hoop en legde de jongen erop, hem toedekkend met zijn eigen overjas. Even later viel Eddie in slaap. Hugh zat op de lemen grond en staarde door de deuropening naar buiten. Hij begon zich weer verhit te voelen; zijn lichaam werd overspoeld door grote golven warmte. De pijn had zich verspreid, kroop door zijn hele borstkas, dwong hem met kleine, pijnlijke stoten adem te halen. Hij vermoedde dat hij longontsteking had.

Eindelijk viel hij in slaap. Hij droomde dat hij met Maia aan het roeien was op de rivier achter Blackmere Farm. Het was warm en zonnig en de oevers waren bezaaid met goudgele boterbloemen. Libellen flitsten door de heiige lucht, hun lijven bezet met goud, saffieren en smaragden. Een ijsvogel met verblindende veren zat op een tak; Maia, wier ogen dezelfde stralende, lichtblauwe kleur hadden als de vleugels van de ijsvogel, glimlachte.

Maar zijn roeiriem raakte een steen en de boot kapseisde, zodat ze alle twee in de rivier vielen. Er lag een ander land onder de stille waterspiegel, één en al schemerende schaduwen; de bedding was bezaaid met schelpen, versierd met wuivend wier. Hij probeerde Maia's hand te pakken om haar te helpen, maar ze ontglipte hem, telkens net buiten zijn bereik. Zijn longen stroomden vol water en hij vocht om adem te halen, zijn hele lichaam schreeuwde om lucht. Toen Hugh wakker werd, hoorde hij de ademhaling van de jongen, snel en gekweld. Na enige tijd viel hij in een onrustige slaap, herhaaldelijk wakker geschud door afschuwelijke dromen.

Ten slotte opende hij zijn ogen en zag door de deuropening het grijze, berijpte silhouet van de heuvels. Hij bleef doodstil liggen, geboeid door de schoonheid van de dageraad, genietend van de stilte. Toen draaide hij zich om naar de jongen en hij zag dat Eddie niet bewoog en dat de rode vlek op zijn uniformjas vuurrood was geworden. Hij stond op, voelde aan het gezicht van de jongen en ontdekte dat het koud was. Hugh wist dat hij zou sterven, net als Eddie. Woede vlamde in hem op toen hij dacht aan het leven dat hem ontzegd was geweest. Hij was nooit getrouwd, was nooit vader geworden, had nooit gereisd, behalve om oorlog te gaan voeren. Hij had een tweedehands soort leven geleid, had hartstocht en avontuur voornamelijk gevonden in boeken en muziek, had bewondering gehad voor betrokkenheid maar was ervoor teruggedeinsd. En nu werd hem zelfs dit schimmige bestaan afgepakt.

De kou was diep in hem gedrongen en verdoofde zijn handen en voeten, maar hij frommelde in zijn zak en zocht papier en potlood. Zijn hand lag als een vuist om het potlood terwijl hij probeerde te schrijven. Hij wilde degene die hen vond vertellen wat er gebeurd was, over de verspilling van dit alles, de heldhaftigheid en de onwetendheid, maar uiteindelijk schreef hij alleen maar: 'Zo koud.' De letters waren groot en wanstaltig. Toen ging hij liggen, met zijn hoofd op een kussen van stro, en keek door de deuropening. Er vielen kleine sneeuwvlokken, dwarrelend in de windstille lucht. In de verte werd het dal verlicht door de zon; lichtstralen sneden door de mist. De mist en de afstand wisten elk spoor van de oorlog uit. Hugh dacht dat hij nooit zoiets moois had gezien en voelde een bittere wrok omdat hij er afscheid van moest nemen. Zijn longen reutelden, zodat hij wanhopig moest vechten om lucht te krijgen.

Toen realiseerde hij zich dat hij op de veranda van het winterhuis stond. Maia en Robin zwommen in de vijver, Helen zat naast hem. Hij hoorde gelach en het zingen van vogels. Maia riep: 'Kom je erin, lieverd?' en hij glimlachte, stapte naar voren en voelde dat het warme, verwelkomende water hem omarmde.

Toen de gevechten in het Jarama-dal losbarstten reisde de medische eenheid waarvan Robin deel uitmaakte van Madrid naar het front. Ze gingen op verkenning uit en vonden een verlaten villa ten zuidoosten van de stad, het voormalige landhuis van een Spaanse edelman, groot, elegant en vervallen, behangen met spinnenwebben. Het glanzende patina van de marmeren vloeren en het rozenhouten meubilair werd verzacht door een grijze, fluwelen deken van stof. Ze kozen de villa uit vanwege de grote, hoge vertrekken en de kostbare kraan met stromend water.

Ze werkten de hele nacht door, schrobden de vloeren, wasten de muren, gooiden olieverfschilderijen en ornamenten in bijgebouwen en op zolders. Ze zetten de kamers vol bedden en britsen en richtten operatiekamers in en een receptie om de gewonden te selecteren. In de vroege ochtenduren arriveerden de eerste veldambulances. Tachtig man op de eerste dag, honderdtwintig op de tweede en meer dan tweehonderd op de derde. Niemand deed een oog dicht. In de imposante voorhal van de villa met zijn vergulde en bewerkte balusters werden de gewonden onderverdeeld in drie categorieën: degenen die dringend behandeling nodig hadden, degenen die veilig en wel naar het basishospitaal in Madrid zouden worden gestuurd en degenen voor wie ze niets anders konden doen dan de pijn verlichten.

Robin was niet langer slechts beddenopmaakster en beddenpannenschrobster. Bijna overspoeld door het aantal gewonden vervaagden de oude hiërarchieën van het hospitaal in Madrid, werden onbelangrijk. Ze legde thermometers aan, stelpte bloedingen, verving bloederige verbanden en knipte de gescheurde kleren van de mannen open terwijl ze op de brancards lagen, intussen zachtjes tegen hen pratend in de taal die ze meende dat ze zouden verstaan. Op een avond was ze bezig in de operatiezaal, met een zaklamp in haar hand, opdat de chirurg zijn werk zou kunnen voortzetten wanneer de generator het begaf. Ze leerde zichzelf door te gaan met haar werk, ondanks de Nationalistische bommen die op het hospitaal werden gericht, zelfs wanneer het hele gebouw schudde en de kalk ruisend van de gipsen kroonlijsten in de weidse ontvangstkamers viel. Omdat ze overal gebrek aan schenen te hebben, moest ze lakens in repen scheuren voor verband en provisorische bedden maken van banken en stoelen. Elke centimeter van de villa was bezet met gewonde mannen; ontvangstzalen en gangen, eertijds bevolkt door de geesten van trotse Spaanse delen, werden volgepropt met gewonde militiemannen in bedden, op brancards, op de grond.

Ze sliepen niet omdat er geen tijd was om te slapen. De chirurgen opereerden zesendertig uur aan één stuk; de volgende ochtend vroeg vond zuster Maxwell dokter Mackenzie opgerold slapend in bed met een dode man. Naarmate de dagen verstreken en de strijd voortwoedde, raakte Robin het spoor tussen dag en nacht bijster. Toen ze op haar horloge keek, kon ze niet uitmaken of het vijf uur in de middag of vijf uur in de ochtend was. Ze liep naar een raam, schoof het gordijn opzij en merkte bijna tot haar verbazing dat de zon nog steeds scheen. Later die avond, na veertien uur aan één stuk te hebben gewerkt, zou ze gaan schrobben en de instrumenten steriliseren die nodig waren voor de volgende ploeg, slechts enkele uren later. Eén keer, terwijl ze verband stond te wassen in een gootsteen, realiseerde ze zich dat ze rechtop had staan slapen, met haar armen tot de ellebogen in het hete water. Haar huid was rood en ontstoken en ze had geen idee hoe lang ze had geslapen.

In elke ambulance die vanaf de vooruitgeschoven EHBO-posten bij het veldhospitaal arriveerde vreesde ze Hugh of Joe te vinden. Ze moest zich even vermannen voordat ze de nieuwe gezichten kon bekijken. Toen haar uitputting verergerde, ving ze soms een glimp van hen op, haar broer en haar minnaar, zag ze hun trekken kort geëtst op de gezichten van vreemden. Sommigen van de Spanjaarden waren nog maar jongens. Hen in haar armen houdend terwijl ze stierven, wist ze dat ze zich niet had vergist, dat oorlog een gruwel was, een onmiskenbaar kwaad.

Sinds Madrid en de verliezen die ze hadden geleden was Joe's eenheid samengevoegd met het Britse bataljon van de vijftiende Internationale Brigade.

Zelfs zijn eerdere ervaring met de gevechten rond Madrid had Joe niet voorbereid op de slag bij de Jarama, op het lawaai, het onafgebroken dreunen van kanonnen en vliegtuigen. De bommen die grote, diepe kraters in de helling sloegen, de granaten die hun vlammentongen uitbraakten in de van kruitdamp doortrokken lucht. De geur van cordiet en verschroeid vlees en de kreten van de gewonden. Zelfs wanneer de kanonnen even zwegen, hoorde Joe ze nog steeds door zijn hoofd galmen. De bleke grond was verpulverd tot een modderige klei; 's nachts bevroor de modder. Ze aten, sliepen en leefden in de ondiepe loopgraaf.

Ze keken toe hoe Duitse Junkers, met de hakenkruisen duidelijk zichtbaar op de staart, een luchtgevecht voerden met Russische Chato's. Hoewel ze hardnekkige grondgevechten voerden, slaagden ze er niet in de gestage opmars van het Nationalistische leger naar de rivier tot staan te brengen. Als de nationalisten de grote weg in handen kregen, zou Madrid verloren zijn. Afgesneden van de eenheden aan weerszijden van hen vroegen ze zich af of die nog bestonden, of ze zich hadden teruggetrokken of door granaten uiteen waren gereten, zodat ze alleen waren achtergebleven, open en bloot op de helling. Bij gebrek aan andere communicatiemiddelen stuurden ze koeriers op pad en gingen om beurten links en rechts op verkenning. Ze hadden allemaal permanent honger en dorst en waren uitgeput. En bang. De onafgebroken angst die aan zijn zenuwen knaagde en zijn slaap allesbehalve rustgevend maakte, overviel Joe. Hij had altijd gedacht dat je aan angst wende, dat ze na verloop van tijd minder werd. Nationalistische troepen waren de Jarama overgestoken. Voor Joe was het dal een schouwspel uit de hel geworden.

Toen hij op een keer een boodschap naar het Amerikaanse Abraham Lincoln-bataljon bracht, stiet hij op een gewonde die in een sloot lag. Bij het zien van de gapende buikwonden kreeg hij braakneigingen. Vliegen kropen over de onherkenbare massa van bloed en weefsel en voedden zich aan de open wond. Het ergste was nog dat de man met open ogen in het Spaans om water smeekte. Het vervulde Joe met ontzetting dat de man op zo'n afschuwelijke, vernederende manier moest sterven en meer nog dat hij wíst dat hij stervende was. Joe zette zijn drinkfles aan de droge, gesprongen lippen van de Spanjaard en legde zijn eigen hemd onder diens hoofd, al die tijd beseffend dat het zinloos was wat hij deed. Hij hoorde zichzelf tegen de militieman zeggen: 'Ik stuur iemand om je te helpen,' waarna hij wegrende, wetend dat hij de man stervend achterliet. Hij had het idee dat hij urenlang zocht in de chaos achter de linies voordat hij eindelijk enkele brancardiers vond en tegen die tijd was hij alle gevoel voor richting kwijtgeraakt, verloren in de kruitdamp en de herrie, en wist hij niet of hij de brancardiers in de goede richting had gestuurd. Zijn spieren trilden van uitputting en hij werd overweldigd door schuldgevoelens en het besef dat hij had gefaald.

Maia kreeg een brief van Léon Cornu, waarin hij haar uitnodigde om met hem in Londen uit eten te gaan. Geïntrigeerd (hun laatste ontmoeting was pas zes maanden geleden) trof ze hem in hun vaste restaurant. Nadat hij haar op beide wangen had gekust, nadat ze hadden besteld en Léon de wijn had gekozen en geproefd, zei ze: 'Zeg op, Léon. Je bent net zo'n gewoontedier als ik. Het is allemaal heel onverwacht.'

De kelner schonk hun glazen vol.

'Ik wil je een voorstel doen, ma chère Maia.'

Ze zei niets, keek hem alleen maar aan.

'Een zákelijk voorstel,' ging hij bedaard verder. 'Weet je nog dat ik je vertelde dat ik op zoek was naar een filiaal in New York?'

Natuurlijk wist ze het nog. Die dag was voorgoed in haar hersens gegrift. De lunch met Léon Cornu was gevolgd door haar afspraak met de specialist in Harley Street. *Naar mijn mening als arts, mevrouw Merchant...*

'Maia... je voelt je toch wel goed?'

Ze dwong zichzelf haastig terug naar het heden en wist glimlachend uit te brengen: 'Ik voel me prima, dank je, Léon. New York, zei je...?'

'Ik ben er in het voorjaar zes weken geweest. Ik heb een veelbelovend pand gevonden in Fifth Avenue.'

Maia fronste haar wenkbrauwen? 'Fifth Avenue? Een winkelbedrijf? Ik dacht dat je op zoek was naar fabrieksruimte.'

'Naar allebei.' Hij haalde zijn schouders op. 'De detailhandelaar zet dertig procent op de fabrieksprijs en steekt dat in zijn zak. Zoals je ongetwijfeld weet!' Zijn ogen twinkelden.

Ze begreep hem en zei: 'En je zou liever...?'

'Die winst in eigen zak steken natuurlijk.' *Enfin,* zoals ik al zei, ik heb een schitterend pand gevonden in Fifth Avenue. Niet te klein, niet te groot. Te groot om alleen maar lingerie te verkopen, maar niet groot genoeg voor fantasieloze spullen...' hij maakte een wegwerpend gebaar '... zoals meubels of elektrische lampen.'

Terwijl de kelner de hors d'oeuvre serveerde bestudeerde Maia Léon Cornu nieuwsgierig, maar ze zei nog niets.

Hij ging verder: 'Ik dacht... lingerie, kostuums en misschien een kleine, selecte parfumerie.'

'Léon... waarom vertel je me dit?'

'Om je te vragen of je mee wilt doen natuurlijk, Maia.'

Ze hapte naar adem. 'Meedoen? Léon... hoe zou dat moeten?'

'Heel eenvoudig.' Hij maalde zout over zijn gekruide niertjes. 'Je stapt in een vliegtuig en steekt de Atlantische Oceaan over. Doodsimpel.'

Maia had haar eten nog niet aangeraakt. Haar blik vernauwde zich. 'Als mede-eigenares... of als winkelmanager?'

'Allebei, hoop ik. In mijn eentje zou ik moeite hebben om voldoende kapitaal bijeen te brengen. Ik zou de fabriek leiden en jij de winkel. We zouden uitstekend kunnen samenwerken, denk je ook niet?'

Maia legde haar vork neer; haar maaltijd bleef onaangeroerd. De gedachte in een vliegtuig te stappen en weg te vliegen, zo ver weg dat geen van haar herinneringen, niets uit haar verleden haar nog kon raken, benam haar heel even de adem.

Ze schudde haar hoofd. 'Ik kan het niet, Léon. Merchants...'

'Je hebt toch een bekwaam manager, is het niet?'

'Liam?'

413

'Die, vermoed ik, niet afkerig zou zijn van meer verantwoordelijkheid, meer salaris. Je hoeft Merchants niet te verkópen, Maia. Je zou eigenares van Merchants kunnen blijven terwijl je onze winkel in New York opzet en leidt.'

'Inderdaad.' Ze had moeite om helder te denken, maar zag in dat het mogelijk was. Peinzend zei ze: 'Japonnen en lingerie, zei je?'

'En parfum.'

'En cosmetica. Een enorme groeimarkt, Léon. Ongelooflijke winsten.'

De kelner keerde terug en ruimde Maia's onaangeroerde hors d'oeuvre af. Er verschenen lachrimpels rondom de ogen in Léon Cornu's knappe gezicht.

'Dus je zit niet aan Cambridge gebakken, lieve Maia?'

Ze zweeg even en dacht na. 'Nee. Nee, dat is zo. Maar Merchants...'

Merchants was een groter probleem. Ze had van Merchants háár bedrijf gemaakt.

'Het is heel gewoon dat je aan Merchants gehecht bent. Merchants is je kind. Maar kinderen worden groot, Maia.'

Ze dacht terug aan de eerste jaren. 'Ik heb zó gevochten, Léon...'

'Natuurlijk. En nu leun je tevreden achterover, rust je op je lauweren...?'

'Dat nooit!' Ze keek hem boos aan. 'O. Je plaagt me.' Ze glimlachte geforceerd.

'Een beetje.' Hij schonk hun glazen opnieuw vol. 'Denk eens na over mijn voorstel. Ik neem nog wel contact op.'

Toen ze enige tijd later het restaurant verliet, begon ze de voordelen van Léon Cornu's voorstel helderder te zien. Ze kon een nieuw begin maken. Een nieuw begin in een stad waar ze niet op haar verleden zou worden beoordeeld en niet op de soort door klassenverschillen ingegeven roddelpraatjes die haar reputatie bijna hadden verwoest, maar op haar talent. Het besef dat ze haar verleden ondanks alles van zich kon afschudden, was bedwelmend.

Op Liverpool Station kocht Maia een exemplaar van *The Times* en zocht een raamplaats in een eersteklascoupé. Daar vouwde ze de krant open en zag de foto. Een gebombardeerd dorp in Spanje, waar kapotte, verkoolde gebouwen als rijen zwarte tanden in het tandvlees van een oude man in een troosteloos landschap stonden.

Maia's euforie verdween. 'O Hugh,' fluisterde ze hardop, niet in staat de gedachte te verdragen dat hij getuige was van dergelijke dingen.

Wanneer ze sliep zag Robin de gezichten van de mannen die ze overdag had verpleegd. Mannen die in haar armen waren gestorven, mannen die gillend van de pijn of om hun moeder huilend waren gestorven. Wanneer ze met bezweet gezicht en bonzend hart wakker werd, bleef ze in het vroege ochtendlicht zitten, met haar knieën opgetrokken tot haar kin. 'Geef het op, Summerhayes,' mompelde Juliet Hawley in het bed naast het hare en ze wist dat ze hardop had liggen huilen. Terwijl ze daar zo zat, nog steeds bevend, vond ze geen troost in het denken aan betere tijden. Het verleden, dat was Hugh en Joe, wier lot nu verbonden was met dat van dit geteisterde land, en Helen en Maia. Helen was ze lang geleden al ontgroeid en voor Maia voelde ze slechts een verbitterde, verraden minachting.

Het eerste nieuws over Hugh kreeg Robin van een Engelse soldaat die met een hoofdwond werd binnengebracht. Philip Bretton was tweeëntwintig en was in de zomer van 1936 afgestudeerd aan Cambridge. Zijn beide ogen waren verbonden en Robin moest hem voeren. Toen ze een druppel soep op de deken morste, bulderde zuster Maxwell in het bijzijn van vijftig patiënten: *'Summerhayes!'* en Philip zei: 'We hadden in onze eenheid een kerel die zo heette.'

Robins hand, die juist de lepel naar Philips lippen bracht, bleef zweven.

'Een aardige vent. Ouder dan de meesten; leraar, geloof ik.'

Robin vocht om haar kalmte te bewaren. 'Húgh Summerhayes?'

'Ja.' Het niet verbonden deel van Philips gezicht werd bleek onder het bruin van de zon. Zijn hand kroop aarzelend over de deken naar Robin toe. 'Ken je hem?'

'Hugh is mijn broer.' Ze pakte zijn dunne, gebruinde vingers, evenzeer om zichzelf als om hem te troosten.

'Hij was ziek. Sinds Albacete al. Hij zei dat het maar een verkoudheid was, maar het was ernstiger.'

Robin zei: 'Je kunt maar beter iets eten, Philip,' en haar hand uit alle macht stilhoudend bracht ze een lepel soep naar zijn mond. Ze was blij dat hij haar gezicht niet kon zien.

Maar hij kon niet veel eten. Na enkele happen schudde hij zijn hoofd en draaide zich om. Ze dacht dat hij sliep, maar toen zei hij: 'Hugh paste op een jonge knaap. Daarom wilde hij niet naar het ziekenhuis. Wilde hem niet in de steek laten. Ik weet niet meer hoe hij heette...' Philips stem was weinig meer dan een fluistering.

'Eddie Fletcher?'

'Inderdaad. In elk geval, Eddie raakte gewond bij de Jarama – een

415

schouderwond. Hugh ging met hem op weg om een dokter te zoeken. Een paar weken geleden, geloof ik, maar ik ben het spoor een beetje bijster.' Teder streelde ze Philip Brettons wang. 'Je bent moe, Philip. Ga slapen. De dokter zal je iets geven tegen de pijn.' Aanvankelijk kreeg ze bijna hoop. Ze voegde wat Philip Bretton haar had verteld samen met wat ze uit andere bronnen vernam. Hughs eenheid had deel uitgemaakt van de eerste bataljons die naar het front aan de Jarama waren gestuurd. De meesten van zijn bataljon waren dood of gevangengenomen. Ze ontdekte dat het stuk grond waarop Hugh had gevochten een bijnaam had: Zelfmoordheuvel.

Zodra ze even tijd had voor zichzelf doorzocht Robin koortsachtig namenlijsten of zeurde de secretaresse van de medische hulptroepen aan het hoofd om te informeren bij andere ziekenhuizen. Maar ze ontdekte niets, geen spoor van Hugh of Eddie Fletcher. Een somber, duister voorgevoel welde in haar op. Bij de dagelijkse aanblik van de afschuwelijke verwondingen van de mannen die aan de Jarama hadden gevochten, groeide in haar het afgrijzen dat haar zachtmoedige broer hiervan getuige was geweest. Ze kon niet eten, kon niet slapen. Wanneer ze aan Hugh dacht, kromp haar maag tot misselijk wordens toe ineen. Toen de tijd verstreek en ze nog steeds niets had gehoord, realiseerde ze zich dat Hugh dood was. Hij was niet sterk genoeg om deze slachting te overleven. Toch was het geen logica waardoor ze er zo zeker van was dat ze er niet in was geslaagd hem te redden. Ze zou haar overtuiging dat Hugh dood was aan niemand kunnen uitleggen; ze zouden haar besef van een gapende leemte in haar leven hebben toegeschreven aan bijgeloof of uitputting. 's Nachts in bed huilde ze om Hugh, haar snikken smorend om de andere verpleegsters niet te storen. Ze ontving een brief van Daisy, die smeekte om nieuws, maar ze antwoordde niet.

Toen ze ten slotte de officiële kennisgeving van Hughs dood kreeg, werd haar verdriet verlicht door een vleugje opluchting. Hugh was niet in de strijd gesneuveld – hij was gestorven aan longontsteking, een mildere dood. Toen ze enkele dagen later, op haar eerste vrije middag in meer dan een maand, met een vriendin in de tuin achter de villa wandelde, zag Robin de gesloten bloesemknoppen aan de bomen en de lichtgroene scheuten van de bloembollen die opschoten uit de aarde. Juliet Hawley had een thermosfles en een plaid meegenomen; ze gingen in het bos achter het terras zitten en dronken de vieze, drassige koffie. 'Getsie,' zei Juliet, een gezicht trekkend. Ze keek op haar horloge. 'We moeten rennen, anders hakt Maxwell ons nog in mootjes.'

Ze liepen haastig terug naar het hospitaal. Juliet vertelde Robin over haar vriend, die een garage had in Bicester. Robin luisterde maar half. Bij het hospitaal aangekomen zagen ze de man op het terras staan, die met zijn onderarmen op de stenen balustrade naar hen uitkeek. Gehavende baret, kaki-jack, net als alle andere militiemannen. Maar deze was anders; ze kende die warrige zwarte haren, die grote, donkere ogen en het gebruinde, gespierde lichaam. *'Joe!'* gilde ze en ze rende de trap op. Hij draaide zich om, strekte zijn armen naar haar uit, ving haar op en omhelsde haar stevig. Toen hij haar ten slotte losliet, keek ze wanhopig naar zijn gezicht, zijn handen, zijn armen, raakte hem aan, probeerde zichzelf ervan te overtuigen dat Joe, anders dan al die andere jongemannen, nog ongedeerd was. Joe was smerig en zat vol schrammen en blauwe plekken en er waren grote holten rond zijn ogen en onder zijn jukbeenderen. Niets ernstigers. Maar hem aankijkend wist ze dat ook hij was veranderd.

Hij had een paar uur tijd, legde hij uit. Officieel had hij geen toestemming om hier te zijn, maar het was vandaag rustig aan het front. Via een militieman in zijn eenheid, die was behandeld in het hospitaal waar zij werkte, had hij ontdekt dat Robin in Spanje was.

'Waarom ben je hier, Robin? Waarom ben je hier?'

Ze zei eenvoudig: 'Vanwege Hugh.' Haar ogen schrijnden van onvergoten tranen toen ze de naam van haar broer uitsprak.

'Hugh?'

'Hugh had zich gemeld voor de Internationale Brigades. Maia had hem verraden, zie je. Ik ben naar Spanje gekomen om hem te zoeken, om te zien of ik hem kon overhalen mee naar huis te gaan.'

'En...?'

Ze schudde haar hoofd. 'Hij wilde niet, Joe. Ik heb het geprobeerd, maar hij wilde niet. Zo was hij nou eenmaal.' Tranen welden op in haar ogen terwijl ze probeerde te glimlachen. 'Hij zou alles voor iedereen doen – hij was de aardigste man van de hele wereld, denk ik – maar als hij ergens volledig achter stond, liet hij zich er niet van afbrengen.'

Ze zag Joe's gezicht veranderen terwijl hij begon te begrijpen wat ze hem vertelde.

'Hugh is dood?'

Robin knikte. 'Een paar weken geleden. Gestorven aan longontsteking, denken ze. Een paar Amerikanen van het Abraham Lincoln-bataljon hebben hem gevonden in een herdershut in de bergen.' Ze veegde met haar mouw langs haar gezicht. 'Ze hebben hem daar begraven. En ze hebben me zijn spullen gegeven.'

417

Een paar brieven, een foto en een vodje papier. Ze had niet kunnen lezen wat Hugh erop had geschreven. Ze haalde de foto uit haar zak, waar ze hem altijd bewaarde, en liet hem aan Joe zien. Tranen stroomden uit haar ogen en druppelden van het puntje van haar neus op haar gesteven schort. Toen ze aan Maia dacht, deed de intensiteit van haar haat haar naar adem happen. Ze was het niet gewend te haten.

In Joe's armen, met haar hoofd tegen zijn borst, zag Robin hoe het bleke maartse zonlicht de bemoste balustrade streelde en ze trok Joe dicht tegen zich aan, alsof ze hem kon beschutten met haar lichaam, alsof alleen zij hem kon beschermen.

Hoofdstuk zeventien

Helen was alleen in de kerk van Thorpe Fen. Lange banen zonlicht vielen door het gebrandschilderde glas en wierpen schemerende gekleurde vierkanten op de stenen vloer. Ze hadden takken delicate appelbloesem en roomwitte lelies in de vazen gezet. De geur van de lelies verdrong bijna die van de bijenwas die ze had gebruikt om de banken te boenen. Ze zette het blik was weg, legde haar tuinschaar opzij en ging in de bank zitten. Ze sloot haar ogen en vouwde haar handen.

Ze had die ochtend een brief gekregen van Daisy Summerhayes dat Hugh in Spanje was gestorven. Zwijgend bleef ze enkele ogenblikken zitten en probeerde te bidden, maar de woorden wilden niet komen. Ze leken van lood, zwaar, terugkerend naar de aarde lang voordat ze konden opstijgen naar God. Ze liet haar gebeden varen en dacht aan Hugh, blij dat ze nu aan hem kon terugdenken met een gelijkmoedigheid en genegenheid die niet waren besmeurd door schaamte. Hugh was haar vriend geweest – hij had van haar gehouden als een vriend – en nu was hij dood. Vluchtig vroeg ze zich af of ze een rol had gespeeld in zijn dood. Ze had Maia afgeraden om met hem te trouwen, Maia had de verloving verbroken en Hugh was naar Spanje gegaan. Toch kwam het Helen voor dat zijn dood iets onvermijdelijks had gehad, alsof de weg voor Hugh al lang geleden in kaart was gebracht en hij alleen maar even van de weg was afgedwaald.

Ze opende haar ogen en zag het raam dat was opgedragen aan de mannen van Thorpe Fen die tijdens de oorlog waren gesneuveld. De soldaat met zijn kepi, onwaarschijnlijk sereen, gesteund door engelen, en de lijst van namen die in de steen eronder waren gegraveerd: Dockerills en Titchmarshes en Hayhoes en Reads. Een deel van Hugh, wist Helen, was heel lang geleden gestorven, op een slagveld in Vlaanderen. Spanje was slechts de vervulling geweest van een noodlot dat vele jaren eerder was begonnen. Helen probeerde zich Hughs lijden voor te stellen, maar tevergeefs. Die wereld – de mannenwereld van soldaten en vechten en een roemrijke dood – was haar onbekend.

Hij sloot haar buiten en dreef tegelijkertijd de spot met de alledaagsheid van haar eigen verdriet. Oorlogen beslisten over het lot van naties, maar stonden vrouwen slechts toe vanaf de zijlijn toe te kijken – verplegend, zoals Robin, of huilend, zoals Daisy Summerhayes. De oorlog ontnam vrouwen de mensen die ze het meest beminden – hun echtgenoten, hun broers, hun zoons. De wereldoorlog had een slachting aangericht onder een hele generatie jongemannen – toen Helen opnieuw naar de gedenksteen keek, herinnerde ze zich als vluchtige schimmen de jongens die naar de oorlog waren gegaan. Harry Titchmarsh en Ben Dockerill en de tweeling Read. Mannen die in Thrope Fen hadden moeten wonen, hun land bebouwend terwijl ze hun eigen zoons zagen opgroeien.

Schuldbewust realiseerde Helen zich dat ze Hugh heel even bijna was vergeten. Opnieuw probeerde ze te bidden voor zijn zielenrust. Haar geprevelde woorden weergalmden door het grote stenen gebouw en kaatsten terug tegen de oeroude muren. Ze keek om zich heen en zocht wanhopig naar de geestelijke troost die ze vroeger zo moeiteloos had gevonden. In zichzelf de woorden van het *Nunc dimittis* reciterend vond ze geen troost. Toen ze haar gezangenboek willekeurig opende, viel haar blik op het eerste vers van haar vaders favoriete hymne: *Voorwaarts, christenstrijders, marcherend als ten oorlog...* De woorden versterkten haar ontroostbaarheid. Ze kon zich Robin voorstellen die op haar eigen manier ten strijde trok, of Maia, maar niet zichzelf. Niet dikke, domme Helen Ferguson, die alleen maar goed was geweest voor het huishouden of het knuffelen van baby's.

Haar ogen waren nu open, strak gericht op het met edelstenen bezette kruis op het altaar. Ze voelde de zwarte treurigheid van het afgelopen jaar terugkeren, aan de rand van haar bewustzijn zwevend. Haar gebeden werden heftiger, met een zweem radeloosheid. Als God haar zijn liefde onthield, wat had ze dan nog over? Ze stond op, liep naar het altaar en raakte, troost zoekend, het kruis aan. Toen, zich realiserend wat ze had gedaan, deinsde ze, schrikkend van zichzelf, terug en wierp een snelle blik door de kerk.

Ze was nog altijd alleen. Er was niets of niemand in de kerk. Het was gewoon een oud gebouw, vol stoffige boeken en monumenten voor de doden. Ineens snakte ze ernaar weg te gaan en ze pakte haar spullen en liep de kerk uit en naar de pastorie. Ook die was verlaten. Helen ging naar haar kamer. Daar begon ze te huilen om Hugh, dikke tranen die ze onmogelijk kon tegenhouden.

In het dal van de Jarama hadden de twee legers een patstelling bereikt en de Nationalisten hadden de Republikeinse linies een schamele vijftien kilometer teruggedrongen. Madrid was voorlopig veilig. Het gevoel van triomf en opluchting in de Republikeinse linies werd getemperd door uitputting en het besef van de enorme verliezen die ze hadden geleden. In drie weken van felle gevechten waren meer dan veertigduizend mannen gesneuveld, met inbegrip van bijna de helft van de zeshonderd manschappen van het Britse bataljon en meer dan een kwart van het Amerikaanse Abraham Lincoln-bataljon.

In maart behaalde het Republikeinse leger een overwinning bij Guadalajara, vijfenveertig kilometer ten noordoosten van Madrid. Het Garibaldi-bataljon van de Internationale Brigades, dat bestond uit Italianen die het regime van Mussolini waren ontvlucht, hielp bij het afslaan van de aanval van de geregelde Italiaanse troepen die aan de kant van het Nationalistische leger vochten. Toen, eind april, kwam het nieuws over het lot van Guernica. Guernica was een stadje in Baskenland, in noord-Spanje. Op 26 april, op een marktdag, bombardeerde het Duitse Condor-legioen Guernica, verwoestte het centrum van de stad en bestookten de burgers die aan de hel trachtten te ontsnappen met machinegeweren.

Hoewel de gewonden nu met drie of vier tegelijk werden binnengebracht in plaats van met tientallen, had het veldhospitaal het nog steeds druk. Maanden van werken in het hospitaal hadden Robin veranderd; efficiency, netheid en ordelijkheid waren inmiddels een tweede natuur. Zelfs haar slaapkamer in de villa naast het hospitaal was netjes en de inhoud van haar laden en haar kist was onverwachts keurig opgevouwen.

Het grootste deel van de tijd dacht ze aan Hugh. Terwijl ze de patiënten voedde en waste, terwijl ze de afdeling schoonmaakte en opruimde, wanneer ze een paar ogenblikken voor zichzelf had, dacht ze aan Hugh. Het zou misschien gemakkelijker zijn geweest als er een begrafenis was geweest, een stoffelijk overschot, iets om over te rouwen in plaats van leegte en afwezigheid. De meeste troost ontleende ze aan gesprekken met Philip Bretton, die Hugh in de dagen voor zijn dood had gekend. De chirurg had de kogel uit Philips hoofd verwijderd en hoewel deze zijn gezichtsvermogen niet had teruggekregen, had hij in elk geval de operatie overleefd en kon op de veranda in het warme lentezonlicht liggen.

Ze had haar ouders geschreven om hun het nieuws mee te delen. Ze had niet de juiste woorden kunnen vinden; haar brieven hadden haar ontoereikend en koud geleken. Ze praatte met niemand dan Philip over Hugh en, heel kort, met Neil Mackenzie. Een deel van haar verzette zich ongelovig en woedend tegen het feit dat ze hem zo had moeten verliezen, dat hij alleen was gestorven, zo ver van zijn familie, maar dat deel van zichzelf hield ze verborgen, niet in staat het met wie ook te delen. Door over hem te praten zou ze haar verdriet ontketenen. Ze wilde zichzelf die luxe niet permitteren; er was zoveel te doen.

Helen stond in de keuken de vaat te doen toen ze op de bijkeukendeur hoorde kloppen. Haastig droogde ze haar handen af aan haar schort en gluurde door het raam.

'Adam!'

Adam Hayhoes grote gestalte vulde de gammele deuropening. Toen Helen hem wenkte binnen te komen moest hij zich bukken om zijn hoofd niet te stoten aan het lage plafond van de bijkeuken.

'Ik zei toch dat ik ditmaal niet zo lang zou wegblijven. Ik heb deze voor je geplukt, Helen.'

'Ze zijn prachtig, Adam.' Ze begroef haar neus in het bosje viooltjes en snoof de geur op. 'Ga zitten, dan zet ik thee. Nee... niet hier...' ze keek de haveloze, rommelige keuken door '... kom mee naar de salon.'

Helen haalde het beste porselein uit de kast, broze, doorschijnende kopjes met een gouden randje, en legde een kanten kleedje op het dienblad. In de salon schonk ze thee in en bood koekjes aan terwijl Adam haar vertelde over de maanden die waren verstreken sinds zijn vertrek uit Thorpe Fen. Hij maakte haar aan het lachen met zijn verhalen over de grappige winkeltjes waarvoor hij dingen maakte en over zijn rijke, excentrieke klanten. Toen hij de plaatsen beschreef die hij had gezien, de grote en kleinere steden, stelde Helen ze zich voor en voelde voor het eerst sinds jaren haar oude verlangen om te reizen weer opwellen.

Na enige tijd zei Adam: 'En jij, Helen?'

'Ik?' Ze kon zich niet één ding herinneren dat was gebeurd sinds zijn vertrek uit Thorpe Fen. De weken leken rommelig en leeg. 'Ik heb niets gedaan.' Helen bekeek zichzelf en zag haar bevlekte schort, haar geladderde kous. 'Ik zie er verschrikkelijk uit...'

'Niet waar.' Adam kwam door de kamer naar haar toe, pakte haar hand en trok haar overeind. 'Je ziet er prachtig uit.'

Ze voelde zijn lippen op haar kruin, haar voorhoofd. Ze stond stil en een deel van haar verwachtte dat hij zou doen wat Maurice Page had gedaan: eisen, kwetsen, vernederen. In plaats daarvan trok hij haar tegen zich aan, legde haar hoofd tegen zijn borst, streelde haar haren, vroeg niet meer van haar dan ze bereid was te geven. 'Lieve Helen,' zei hij zacht en ze snikte even van verrukking en sloot haar ogen. Ze voelde zijn warme huid door de dunne stof van zijn overhemd heen en de kracht van zijn armen die haar omvatten. Ze verbaasde zich erover dat een man die zo groot, zo sterk was, zo teder kon zijn. Ze zag zichzelf weer als kind, toekijkend terwijl hij werkte, hoe zijn vierkante, gespierde handen verfijnde vormen tevoorschijn toverden uit een houtblok.

'Adam,' zei ze, genietend van het uitspreken van zijn naam. Ze raakte zijn vertrouwde, geliefde gezicht aan met haar hand. Ze kon niet geloven dat ze hem ooit gewoon had gevonden.

'Liefste...'

Ze hoorde de gefluisterde liefkozing en zag haar eigen verrukking weerspiegeld in zijn ogen. En toen hoorde ze de voetstappen in de gang. Voordat ze Adam kon loslaten, ging de deur open.

Julius Ferguson bleef op de drempel staan, met zijn handen nog op de klink, en staarde Adam Hayhoe met uitpuilende ogen aan. 'Hoe durft u, meneer!' brabbelde hij, dronken van woede. 'Hoe durft u mijn dochter aan te raken!'

Helens lichaam verstrakte, maar Adam liet haar niet onmiddellijk los. Toen Julius Ferguson een stap naar voren zette, dacht Helen een afschuwelijk ogenblik lang dat haar vader hen letterlijk uit elkaar zou trekken. Ze liet Adam los en liep naar haar vader terwijl Adams handen van haar schouders gleden en slap langs zijn lichaam vielen.

Haastig zei ze: 'Papa...'

'Houd je mond, Helen. En u, lummel... mijn huis uit.'

Adam had slechts een stapje teruggedaan. Zijn gezicht was bleek geworden, maar zijn stem bleef kalm. 'Ik wil Helen geen kwaad doen, meneer Ferguson. Absoluut geen kwaad.'

Een kabel van gezwollen aderen klopte op Julius Fergusons voorhoofd. 'En hoe durft u op zo'n gemeenzame manier over mijn dochter te praten!'

'Papa... alsjeblieft...' Helens stem was een kreet van pijn, maar haar vader schoof haar opzij alsof hij haar ternauwernood zag en ging tussen haar en Adam in staan.

'Mijn huis uit, of ik laat de politie roepen.'

'Dat is nergens voor nodig, meneer,' zei Adam bedaard. 'En u hebt ook geen enkele reden om Helen hard te vallen.'

'U hebt het lef míj te vertellen hoe ik mijn bloedeigen dochter moet behandelen...'

Julius Ferguson zette opnieuw een stap in Adams richting. Helen riep: 'Nee, Adam!' en pakte haar vaders arm, probeerde hem te dwingen naar haar te luisteren.

De blik in zijn ogen toen hij haar aankeek, verkilde haar en legde haar het zwijgen op. Onder het zelfgenoegzame besef van zijn macht herkende ze zijn kille onverschilligheid voor de pijn die hij haar deed. 'Ga naar je kamer, Helen.'

'Je hoeft niet te gaan, Helen.' Adams stem klonk teder en zijn blik zocht de hare. 'Er is niets onbetamelijks gebeurd tussen Helen en mij, meneer Ferguson,' voegde hij er trots aan toe. 'Ik zou Helen nooit pijn doen. Dat weet ze.'

'Ik zei: ga naar je kamer, Helen.' Julius Fergusons stem, schor en hakkelend nu, trof haar als een zweepslag en dwong haar in haar oude gewoonte van gehoorzaamheid. 'Ik spreek je later nog.'

Toen rende Helen de kamer uit en bleef bevend en met haar knokkels tegen haar voortanden gedruk in de gang voor de gesloten salondeur staan.

'Als er iemand moet worden gestraft, dan ben ik dat.' Adams stem was zwakker geworden toen Helen de deur achter zich had gesloten, maar ze kon hem nog verstaan. 'Maar ik zeg u nogmaals, dominee, ik wil Helen geen kwaad doen. Mijn bedoelingen met haar zijn...'

Vervolgens haar vaders stem, die Adam onderbrak, zijn woorden nog gesmoord door woede. 'Uw bedóelingen! U kunt geen bedoelingen met mijn dochter hebben, meneer! Helen is een kind. Een kind dat ik tegen mannen zoals u moet beschermen!'

'Helen is een volwassen vrouw, meneer Ferguson.'

'U vergeet uzelf, Hayhoe. En u vergeet uw plaats in de maatschappij.'

'Ik schaam me niet voor mijn plaats in de maatschappij, meneer. Was Onze Heer niet eveneens timmerman?'

Helen, nog steeds in de gang, hoorde haar vader sissend inademen. Zijn volgende woorden waren als hamerslagen die de nagels in de doodskist van haar isolement dreven.

'U bent schaamteloos, Hayhoe. Hoe durft u zo tegen me te spreken in mijn eigen huis. Hoe durft u zelfs maar te dénken dat iemand zoals u mijn dochter waardig zou kunnen zijn. U komt nooit meer dit huis binnen. U zult mijn dochter niet schrijven of haar proberen te spreken. Begrijpt u me?'

Helen wachtte Adams antwoord niet af. Toen ze van de gesloten deur wegrende, wist ze dat het opnieuw zo zou gaan, dat Adam haar zou verlaten, zoals alle anderen haar hadden verlaten. Haar snikken weergalmden door het uitgestrekte, lege huis. Met betraand gezicht struikelde ze de trap op naar haar kamer, wetend dat ze hem kwijt was. Ze zette een stoel schuin tegen de deur, zodat haar vader niet kon binnenkomen, en liet zich op het bed vallen, heen en weer wiegend terwijl ze het knerpen van Adams schoenen op het grind hoorde toen hij het huis verliet. Ze wist dat hij niet terug zou komen. Ze had hem tenslotte weggeduwd; ze had hem niet verdedigd tegen haar vaders woede.

Helen vroeg zich af of je, als ze zo eenzaam leefde als zij, uiteindelijk begon te vervagen en ten slotte slechts een half mens werd. Of je om te bestaan moest worden gezien door andere mensen, aangesproken door andere mensen, zoals een spiegel lichtstralen weerkaatst. Of je zonder die noodzakelijke weerkaatsing een dwaallicht werd, half gezien, in de schemering aan de randen van het moeras zwevend.

De volgende dag ging Adam op bezoek bij het gezin Randall. Zijn harde werken begon de laatste tijd vruchten af te werpen. Een stuk of zes meubelzaken verspreid over Engeland bestelden tegenwoordig regelmatig bij hem: tafels, stoelen, bedden en ladekasten, prachtig gemaakt van mooi, fijn generfd hout. Naarmate hij meer zelfvertrouwen kreeg begon hij er zijn eigen individuele toets aan toe te voegen – een gekrulde armleuning, een rand van fijn snijwerk boven aan een kast of een beschilderd paneel. Op zijn rondreizen had hij gezien hoe de wereld buiten Thorpe Fen was veranderd sinds hij er de laatste keer was geweest en hij had zich gerealiseerd dat in die andere wereld een timmerman niet verborgen hoefde te houden dat hij van een domineesdochter hield.

Adam had een spaarrekening geopend bij een bank om er het geld op te zetten dat hij verdiende. Hij moest een werkplaats hebben en enkele kamers voordat hij Helen Ferguson ten huwelijk kon vragen. Hij had haar hier en nu uit Thorpe Fen willen weghalen, maar hij wist dat hij moest wachten. Hij kon niet verwachten dat een gevoelig, welopgevoed meisje zoals Helen het armetierige leven dat hij leidde zou delen. Adam dacht aan de opeenvolging van sjofele pensions en goedkope hotels waarin hij zijn nachten doorbracht. Een enkele keer, wanneer hij 's avonds op het platteland strandde, sliep hij nog onder heggen. Hij vond het niet erg, hij voelde zich altijd prettig in de open lucht, maar hij wilde Helen zo'n leven niet aandoen. De noodzaak om een vaste plek te vinden om te wonen en te werken was dringend geworden.

De scène in de pastorie de vorige dag had hem diep geschokt, maar had niets veranderd aan zijn bedoeling om met Helen te trouwen. Hij dacht weer aan het antwoord op de beschuldiging die Julius Ferguson hem had toegeslingerd. 'Ik vind niet dat ik Helen waard ben, meneer. Daarom ben ik uit Thorpe Fen weggegaan. Maar ik zal dag en nacht, week in week uit werken om te zorgen dat ik haar waard ben.' Een besluit dat in de vierentwintig uur sinds hij het huis van de Fergusons had verlaten alleen maar sterker was geworden. Hij had de pastorie via de voordeur verlaten, niet via de leveranciersingang. Een weloverwogen keuze en hij had gevoeld dat hij, als Julius Ferguson niet twintig jaar ouder was geweest dan hij, tot fysiek geweld zou zijn overgegaan, man van God of niet.

Na het avondeten, terwijl Samuel in zijn leunstoel lag te snurken, nam Susan Randall Adam mee naar de keuken. Zij waste af, hij droogde af.

'We gaan weg uit het dorp, Adam. Zodra we de boerderij kunnen verkopen.'

Adam knikte. 'Ik heb Sam gesproken. Hij zei dat het een moeilijke tijd was geweest.' Naar Susans ingevallen, vermoeide gezicht kijkend dacht hij dat ze niet gauw genoeg konden verhuizen.

'Het is een hele verandering, ik heb mijn hele leven hier gewoond, maar we kunnen het gewoon niet meer betalen. En ik voel me de laatste tijd niet zo goed; de dokter zegt dat het aan de lucht ligt. Sams zwager is vorig jaar Kerstmis gestorven en heeft zijn vrouw veertig hectare land in de buurt van Lincoln nagelaten. Vruchtbare grond. Het zou verstandig zijn als we daarheen verhuisden om haar te helpen.'

Hij zei geruststellend: 'Ik weet zeker dat dat het beste is, Sue.'

'Alleen...' ze waste een glas af '... ik maak me zorgen om Helen.'

Hij pakte het glas aan. 'Helen?'

'Ze is zo dol op Michael. Laat dat glas heel, Adam Hayhoe... het hoort bij mijn beste servies.'

'Sorry.' Voorzichtig droogde hij het glas af en zette het op tafel. Hij had altijd al gedacht dat Julius Ferguson een kille, bezitterige vader was, maar gisteren had hij iets verraderlijkers gevoeld. Helen zat gevangen in een kleverig web van zelfzuchtige, verwrongen liefde en Adam, hoe geduldig ook, was gegrepen door een heftig verlangen haar te bevrijden.

Maa hij wist dat hij nog even moest wachten. Hij zei ongemakkelijk: 'Heb je haar verteld dat jullie weggaan?'

Susan Randall knikte. 'Veertien dagen geleden. Maar ik denk niet dat ze me geloofde.' Er verschenen rimpels in haar bleke, knappe gezicht. 'Ik kan soms niet tot haar doordringen. Het is net alsof ze alleen luistert naar wat ze horen wil.'

'Als ze zo dol is op Michael als je zegt, is het heel gewoon dat ze even tijd nodig heeft om aan het idee te wennen. Ze snapt het vast wel.'

Hij droogde de rest van het aardewerk zwijgend af. Toen Susan de natte theedoeken op het fornuis legde en de ketel vulde om een kop thee te zetten, zei hij plotseling: 'Schrijf me alsjeblieft, Susan, als je je zorgen maakt om Helen? Ik zwerf wat rond, maar ik zal een paar adressen achterlaten.'

Na de ruzie tussen haar vader en Adam Hayhoe had Helen verwacht dat haar vader zijn afkeuring zou laten blijken door haar zijn genegenheid te onthouden. Ze kon zich vele gelegenheden uit haar jeugd herinneren waarbij hij, na een of ander klein vergrijp, haar kil had behandeld en al haar verwoede pogingen om zich te verontschuldigen van de hand had gewezen.

Nu echter was hij lief en attent. Hij nam haar mee naar Cambridge om stof voor een jurk te kopen en ging zelfs met haar naar een film in Ely. Terwijl ze in Merchants stof stond te kiezen, voelde Helen zich verhit, verward en afwezig. Ze wist niet meer welke haar lievelingskleuren waren. Groen in elk geval, maar toen ze de appelgroene katoen ophield voor de spiegel, zag ze hoe bleek en ziekelijk het haar maakte. Haar vader stelde wit voor. *Wit staat een jong meisje altijd het beste.* Helen kocht een lap witte diemet en wat mousseline om hem ermee af te zetten. Terwijl ze de lap knipte en de stukken aan elkaar speldde, maakte ze zich zorgen, maar kon er niet achterkomen waarover.

Toen de jurk klaar was paste ze hem en liet hem aan haar vader zien. Hij zat in zijn studeerkamer aan zijn preek te werken.

'Je ziet er leuk uit, lieverd, heel leuk.' Ze zag de goedkeuring in zijn ogen. 'Ik zal me vanavond omkleden voor het avondeten. We moeten de oude gewoonten niet verwaarlozen.'

Die avond trok Julius Ferguson een fles sherry open en stak de kaarsen in de eetkamer aan. Terwijl hij Helens glas volschonk zei hij: 'Ik keur alcohol voor jonge meisjes uiteraard niet goed, maar je hebt de laatste tijd weinig tractaties gehad, nietwaar, kuikentje?'

Het was warm; de tuindeuren stonden open en motten zwermden rond de kaarsen. Van haar zoete sherry nippend keek Helen toe hoe ze hun vleugels verschroeiden aan de kaarsvlammen.

Ze aten gestoofd varkensvlees en pudding. Ivy kookte elke week hetzelfde, ongeacht de tijd van het jaar. Julius Ferguson vertelde Helen kleine anekdotes over zijn vroegste jeugd met zijn ouders in India. 'Het is zo'n vreemd land. Ik had ernaar terug willen gaan, om missiewerk te doen, maar na de dood van Florence... Het klimaat in India is zo ongezond voor kinderen. Toen ik zes was, werd ik naar een kostschool in Engeland gestuurd.'

Helen vroeg nieuwsgierig: 'Vond je dat erg, papa?'

'Erg? Wat een rare vraag. Ik zou het echt niet meer weten.'

Ze gaf het op naar hem te luisteren en liet haar blik dwalen over het verschoten behang en de schaduwachtige aureolen van de olielampem op de muur. Met tussenpozen knikte ze glimlachend. Ze had het idee dat ze een marionet was, met een onzichtbaar iemand die aan de touwtjes trok.

Na het eten wandelden ze door de tuin. De warmte hield tot na het schemeruur aan. De lelies stonden in bloei, de gapende witte kelen bestrooid met stuifmeel. Helen rook de koppige, zoete geur. 'Florences lievelingsbloem,' zei Julius Ferguson terwijl hij een bloem afplukte. Sap welde op uit de gebroken stengel. 'Voor jou, lieverd.' Helen stak hem in haar haren.

Hij vroeg haar piano te spelen voor hem. Ze speelde 'Just a Song at Twilight' en 'Sweet and Low'. Toen sloeg hij het vergeelde exemplaar van 'When your were Sweet Sixteen' open en zette het op de muziekstandaard. 'Florences favoriet,' zei hij opnieuw. Toen Helen opkeek naar de ingelijste foto van haar moeder op de piano, zag ze dat Florence net als zij een witte jurk droeg en een witte bloem achter haar oor had gestoken. Geen marionet, geen dwaallicht, dacht Helen. Ze was een geest geworden.

Toen Joe in mei eindelijk verlof kreeg, kreeg hij van een vrachtwagen een lift tot op enkele honderden meters van het hospitaal waar Robin werkte. Die middag, toen Robin vrij had, wandelden ze door de tuinen van de villa. Karpers lagen roerloos in de ronde vijver en met mos bedekte fonteinen wierpen schaduwen over het stille groene water. Afbrokkelende beelden van mollige cherubijnen keken neer op de stoffige rozentuin. Ze picknickten, brood met ham en olijven, en maakten foto's met Joe's camera.

'Bijna net als vroeger,' zei Joe gelukkig. 'Een fles wijn...'

'Wat behoorlijk eten.'

'We moeten muziek hebben.'

'Een van de verpleegsters heeft een grammofoon.' Robin rende naar het huis en kwam tien minuten later terug met een oude opwindbare grammofoon.

Ze draaiden 'Anything Goes', keer op keer, dansend over de smalle graspaden die zich rond de benedenverdieping slingerden. Korte tijd was Robin zich van niets bewust dan van de zon en de geur van de rozen en de warmte van Joe's armen om haar heen. Toen de veer van de grammofoon eindelijk was afgelopen en het lied van een sopraan vertraagde tot een bas, zakten ze lachend op de grond in elkaar.

Ze lag op haar elleboog steunend naast hem en keek naar hem omlaag. 'O Joe,' zei ze zacht en streek teder een zwarte haarlok uit zijn voorhoofd.

'Wat?' Er lagen rimpeltjes rond zijn ogen vanwege de zon.

Ze glimlachte. 'Ik houd van je. Dat is alles.'

Hij trok haar omlaag en zijn mond vond de hare. Na enige tijd zei hij: 'Vlak voordat ik uit Engeland vertrok zag ik jou en Francis samen.'

Ze zette grote ogen op. 'Daar heb je niets van gezegd.'

'Ik weet het. Stom hè?' Zijn stem klonk luchtig, maar ze herkende het verdriet in zijn ogen. 'Ik dacht...'

Ze legde haar hand op zijn mond en legde hem het zwijgen op. 'Het geeft niet, Joe.'

Teder schoof hij haar hand weg. 'Toch wel. Ik was idioot. Ik dacht dat je nog steeds van Francis hield. Ik dacht... o, dat je zéker moest zijn van liefde. Maar dat kun je niet, wel? Zo is het niet. Het is een gok en als je je je hand overspeelt... nou ja, je had in elk geval het lef het te proberen.'

Ze zei: 'Ik ben geen gok, lieverd. Op mij kun je veilig wedden,' en ze boog haar hoofd en kuste hem opnieuw. Met haar hoofd op zijn borst bleef ze liggen terwijl de zon vlekkerig werd en regenboogkleurige stralen door de lucht zond. Ze hoorde aan Joe's ademhaling dat hij sliep. Toen ze naar hem opkeek, zag ze hoe mager hij was: de holten in zijn hals en zijn schouders, de manier waarop de botten door het vel op zijn ellebogen leken te steken. Het greep haar aan en er prikten tranen in haar ogen. De plaat wentelde nog steeds rond op de draaitafel, maar heel langzaam nu, zodat de woorden nauwelijks te verstaan waren. Toen schoot de naald uit de groef en schaatste over de plaat en het werd stil.

Later die avond wandelden ze door de tuin naar het bosje kurkeiken en jeneverbesstruiken dat achter de villa lag. Er stroomde een rivier doorheen. Op de oever ervan, in de groene beslotenheid van het bos,

429

legde ze haar handen om Joe's hoofd en begon hem te kussen. Aanvankelijk sloeg hij zijn armen om haar heen en trok haar tegen zich aan, maar toen voelde ze dat hij zich terugtrok.

'Nee.'

'Joe...' Ze streelde zijn haren.

'Ik zit onder de luizen. Ik heb gisteren geprobeerd ze kwijt te raken, maar het schijnt niet gelukt te zijn.'

Ze zei: 'Ik ben erg goed in het doodmaken van luizen,' en begon zijn overhemd los te knopen. 'Ik heb een heleboel ervaring opgedaan.' Ze schoof zijn overhemd uit en liet het op de zandige oever vallen. Daarna maakte ze zijn riem los. Ze hoorde hem kreunen en toen gaf ze hem een zachte duw, zodat hij achterover in de rivier viel.

Toen hij de waterdruppels uit zijn haren schudde dook ze in de rivier, sneed door het koude water en zwom naar hem toe en hij nam haar in zijn armen. Ze doken onder en zagen slechts het zwakke, groene licht van de zon voordat ze enkele seconden later ademloos van verrukking bovenkwamen.

In de huiskamer van het gezin Randall keek Helen hoe Michael het pakje openmaakte dat ze hem zojuist had gegeven. Zijn mollige handjes scheurden het zachte papier uiteen en hij lachte toen hij de bal vond die in het blauwe papier zat. Hij rende de tuin in en begon de bal over het pad te rollen.

Susan Randall raapte het matrozenpakje op dat hij op de grond had laten vallen. 'Het is prachtig, Helen. Wat knap van je. Wat een prachtig borduurwerk.' Ze vouwde het pakje zorgvuldig op en wikkelde het weer in het papier. Toen zei ze aarzelend: 'Ik ben blij dat je vandaag gekomen bent, Helen.

Door de deuropening keek Helen naar het jongetje dat in de tuin speelde. Mevrouw Randall kwam naast haar zitten en legde haar magere, bottige handen op die van Helen.

'Weet je nog dat ik vertelde dat we de boerderij probeerden te verkopen? Nou, we hebben eindelijk een koper gevonden. Een kunstenaar nog wel. Hij zegt dat hij weverijen en pottenbakkerijen wil openen in de bijgebouwen. Ik kan me niet voorstellen dat die oude varkensstal wordt gebruikt om potten te bakken, jij wel?'

Helen glimlachte vaag. Met zijn nieuwe bal in zijn handjes rende Michael tussen de kruidenbedden heen en weer. De namiddagzon wierp lange, purperen schaduwen op het tuinpad.

'Dus, zie je, Helen, morgen vertrekken we. Het heeft geen zin te blijven hangen. De inboedel is tegelijk met het huis verkocht en Sam is de vrachtwagen al aan het laden.'

Ze zag dat ze eindelijk Helens aandacht had. Helen draaide zich naar haar om.

'Gaan jullie bij je schoonzuster wonen?'

'Ja. In de buurt van Lincoln.'

De blik van opwinding en gespannen verwachting in Helens ogen verbaasde mevrouw Randall.

'En Michael?'

'Michael?' Enigszins verward keek Susan Randall naar buiten, waar haar jongste zoon waterkers uit de grond trok en op de blaadjes sabbelde. 'Michael zal gauw genoeg wennen. Het is een goed huis voor hem – mooie, grote tuin en geen gevaarlijke smalle trap zoals hier. Ik maak me meer zorgen over Lizzie. Ze zal het niet leuk vinden om van school te veranderen.'

Helen staarde haar aan. 'Neem je Michael mee? Naar Lincoln?'

'Natuurlijk.' Toen mevrouw Randall Helen aankeek keerde het onbehaaglijke gevoel waarmee ze aan het gesprek was begonnen terug.

'Ik dacht...' Helen stond op, liep naar de deur en keek de tuin in. 'Ik dacht dat er misschien niet genoeg plaats was voor twee gezinnen in het huis van je schoonzuster... en je voelt je de laatste tijd niet lekker...'

'Sarah en Bill hebben geen kinderen. Sarah zal het heerlijk vinden de kleintjes om zich heen te hebben. En mij zal het enorm veel goed doen als ik iemand heb om het werk mee te delen. Ik ben in een mum van tijd weer op de been.'

Helens gezicht was krijtwit. Ze draaide een haarlok rond haar vinger. Susan Randall kwam naast haar staan en trok haar tegen zich aan.

'Je komt toch logeren, hè, lieverd? Lincoln is niet ver. En Michael zal het fijn vinden als hij je weer ziet.'

Die avond maakte Helen een kampvuur. De verwarde hoop oude bladeren, twijgen en houtspaanders vatte gemakkelijk vlam in de zomerse hitte. Blauwe rook kringelde omhoog terwijl ze het voedde.

Haar moeders herinneringen en haar dagboek. Haar eigen poppen en haar teddybeer. De gedichten die ze jaren geleden als meisje had geschreven, waarover ze het met Geoffrey Lemon had gehad. Geoffrey was inmiddels getrouwd en had twee kinderen. De brieven die Robin en Maia haar hadden geschreven. Robin was in Spanje en de laatste keer dat Maia was geweest, had Helen zich verstopt in de zolderkamer.

431

Het was een Zwarte Dag geweest en in haar spiegel kijkend had ze geweten dat Maia zou vermoeden dat er iets mis was. De witte jurk die ze met haar eerste confirmatie had gedragen. Een kiekje van de kleine Thomas Sewell. Ze liet het in het vuur vallen en zag het gezicht van het kind omkrullen en verfrommelen in de hitte. Hughs das, die hij ooit aan een haak in de pastorie had laten hangen en die ze vol schuldgevoelens had gepakt en gekoesterd. Iemand had haar verteld dat Hugh dood was, maar ze wist niet meer wie. Al haar aquarellen, verhalen en schetsen. Ze gooide de papieren in het vuur en zag hoe ze plotseling werden gegrepen voor de vlammen en keek toe hoe de grijze, op kant lijkende snippers tussen de bomen omhoogwarrelden.

Het bosje wilde viooltjes dat ze ooit van Adam Hayhoe had gekregen en onder haar bijbel had gedroogd. De bloemen waren bruin en broos en ze verkruimelden toen ze ze aan de vlammen toevertrouwde. Haar vader had Adam weggestuurd, zoals hij alle anderen had weggestuurd. Vervolgens gooide ze de inhoud van de onderste lade in het vuur. De tafellakens, de kussenslopen, de handdoeken en de lavendelzakjes. Alle dingen die ze had verzameld sinds ze een jong meisje was, voor haar eerste huis. Ze wist nu dat ze nooit zou trouwen, dat ze nooit een eigen huis of een eigen kind zou hebben. Het geschulpte borduurwerk verzengde, de gedroogde lavendel verkoolde en knetterde. Het was bijna donker. Lange tijd bleef Helen bij het vuur staan en keek hoe de oranje vonken, de laatste overblijfselen van haar hoop, opwaarts dreven in de warme, drukkende lucht.

Ze deed die nacht geen oog dicht, maar zat op haar knieën bij het raam en keek naar de maanverlichte tuin en het dorp en de velden daarachter. De anjers en de seringen waren grijs en schemerig en toen de dag aanbrak en lange stralen goudkleurig zonlicht de Fens kleurden, zag ze hoe leeg het allemaal was en hoe eenzaam. Vroeg in de ochtend stond ze op, kleedde zich aan en ging naar de keuken. Ze was achter met haar parochiewerk. Ze haalde de grote doos met brieven en briefpapier tevoorschijn en begon te schrijven. Toen ze haar brieven nalas, leken ze haar tamelijk verward, maar niettemin adresseerde ze de enveloppen en plakte ze er postzegels op. Percy zat een tijdje spinnend op haar schoot, krabde toen aan de deur om te worden uitgelaten. Toen Ivy om halfzeven arriveerde, klagend over haar voeten, en met lucifers en aanmaakhout voor het fornuis neerhurkte, begon Helen haar te helpen met het ontbijt. Pap, eieren met spek, thee en toost. Ze dronk een kop thee en brak een snee toost in kleine stukjes. Ze liet de gootsteen vol water lopen voor de afwas en toen ze opkeek, zag ze haar spiegelbeeld. Druppels water vielen van haar natte hand op het spiegelende wateroppervlak en haar beeld versplinterde in duizend trillende stukjes.

Het was marktdag in Ely. Ze ging aan tafel zitten en probeerde een boodschappenlijst te maken. Ze vroeg haar vader wat huishoudgeld en zette, voor de spiegel staand, haar hoed zorgvuldig op haar ongekamde haren. Ze wist dat er iets met haar gebeurde, iets verschrikkelijks en onbeheersbaars, een versplinteren van de geest gelijk aan het versplinteren van haar beeld toen de waterdruppels in de gootsteen vielen. Ze wist niet hoe ze de stukjes weer aan elkaar moest lijmen.

In de bus van Thorpe Fen naar Ely zong ze in zichzelf. Voornamelijk oude gezangen en de madrigalen die ze bij de Summerhayes had gezongen. Ze merkte dat sommigen van de andere passagiers haar aanstaarden, dus glimlachte ze stralend naar hen, maar ze wendden hun blik af. De bus rammelde over de smalle, stoffige wegen. Velden en stroompjes en veen lagen aan weerszijden van de weg, zo ver het oog reikte. De leegte, de openheid maakten dat Helens adem in haar keel stokte en haar borstkas werd ingesnoerd.

In Ely zwierf ze met haar mand in haar hand een tijd lang rond. Ze had haar lijstje op de keukentafel laten liggen en wist niet meer wat ze had willen kopen. Het was warm en ze voelde zich ontzettend moe na haar slapeloze nacht. Ze dacht dat het in de kathedraal misschien koeler was, dus ging ze naar binnen en nam plaats in een van de banken. Maar het hoge gewelf, de grote, imposante ramen, schitterend door het gebrandschilderde glas, sneden haar af van de God die ze ooit had gemeend te kennen. Alles leek zo uitgestrekt, zo donker. Het jongenskoor was aan het repeteren en de ijle, hoge stemmen sneden door haar heen, bezorgden haar hoofdpijn. Een man in een toog dirigeerde hen. Helen leunde achterover in de bank en deed haar ogen halfdicht. Heel even meende ze haar vader te zien. Er kwam een andere man door het middenpad, die haar bestraffend aankeek en ze realiseerde zich dat ze haar hoed in de bus had laten liggen en vergeten had kousen aan te trekken. De kathedraal galmde van mannenstemmen, afkeurend, bevelend, eisend. Wankelend liep Helen weer het zonlicht in.

Ze kwam terecht in een smalle, onbekende steeg met kleine rijtjeshuizen. Wasgoed hing te drogen in de zon, een baby huilde in een kinderwagen die op de stoep was gezet. Helen liep ernaartoe en keek in de wagen. De baby was heel klein, met een rood gezicht en zijn mond een boze rode O. Helen zocht om zich heen naar de moeder, maar ze zag niemand. Toen ze de baby uit de wagen haalde, voelde ze dat zijn luier nat was en ze zag de opgedroogde melkvlekken op zijn armoedige blauwe kleren. Ze hield hem tegen haar schouder en klopte hem op zijn rug en het huilen werd minder. Ze sloot haar ogen en genoot van de zachte warmte van het kleine lijfje. Net als Thomas, net als Michael. De kinderwagen had geen kap en ze dacht dat zijn roodheid en zijn verdriet gedeeltelijk te wijten waren aan de zon. De wagen was oud en gedeukt, het ene laken gescheurd en verschoten. Al gauw voelde Helen alleen de kleine, hikkende beweging van het lichaam van de baby terwijl hij in slaap viel.

'Michael,' fluisterde ze en ze kuste hem teder op zijn donzige hoofd. Toen liep ze terug door de steeg, met de baby tegen haar borst geklemd.

Hoofdstuk achttien

Van de kameraden met wie Joe bij de Jarama had gevochten, was alleen David Talbot nog over. Hij had gezien hoe zijn vrienden waren doodgeschoten, met granaten bestookt en in stukken gereten, maar zelf had hij slechts een paar schrammen en brandwonden. Met elke dag die verstreek voelde hij dat zijn geluk moest opraken.

Niet dat hij zijn negen maanden in Spanje ongedeerd was doorgekomen. Hij wist dat er iets in hem op breken stond, een gevolg van alles wat hij had gezien, alles wat hij had doorgemaakt. Hij herkende in zichzelf de fysieke tekenen van uitputting – verlies van gewicht en eetlust, de afschuwelijke hardnekkige maagpijn – maar het was meer dan alleen dat. Hij had de hoop opgegeven. Sinds mei, toen de Republikeinse facties uiteen waren gevallen en onderling slaags waren geraakt in Barcelona, waren al zijn angsten om Spanje gekristalliseerd, zekerheid geworden. Hij wist met bittere zekerheid dat de Republiek niet kon winnen. Zelfs de hulp die de Sovjetunie had gegeven werd in gevaar gebracht door Stalins angst dat de democratische landen hun afkeur zouden laten blijken door met de dictaturen een bondgenootschap te sluiten tegen Sovjet-Rusland. De grote democratieën waren kennelijk banger voor het communisme dan voor het fascisme. Ongeorganiseerd en verdeeld als het was zou Spanje, nu de smeekbeden om hulp werden genegeerd, ten prooi vallen aan het fascisme. Een laatste bolwerk zou vallen en de komst van een duistere toekomst mogelijk maken.

Het enige waar Joe zich nog druk over maakte was in leven blijven. Zijn idealisme, zijn illusies waren aan flarden geschoten en lagen begraven in de stenige Spaanse aarde, samen met de kameraden die hij had verloren. Het enige waarnaar hij streefde was het behoud van zijn ledematen, zijn gezichtsvermogen, zijn leven. Elke dag doorkomen, op zijn tellen passen, geen heldhaftige dingen proberen te doen, doen wat ze van hem verwachtten, meer niet. Joe onderhield de Maxim-machinegeweren met fanatieke ijver, bezeten door de angst dat ze zouden weigeren wanneer ze het dringendst nodig waren. Wanneer hij tabak

435

had, rookte hij aan één stuk door en zijn nagels waren tot het leven afgebeten. Hij stutte de loopgraven, liep patrouille wanneer het zijn beurt was en voelde soms het steken van de kogel die op hem wachtte.

Rond de middag ondertekende Adam de huurovereenkomst en besteedde de rest van de dag aan het opruimen van zijn nieuwe werkplaats. Deze lag aan de rand van Richmond, niet ver van de rivier, op praktische afstand van de chique winkels in het centrum van Londen. De kamers boven de werkplaats waren klein maar aantrekkelijk en achter het huis lag een lapje grond. Hij had dag en nacht gewerkt om de borgsom voor het huis bijeen te schrapen, gedreven door de herinnering aan Helens gekwelde gezicht, gedreven ook door een angst die hij niet nader kon benoemen. Hij schatte dat, als hij doorwerkte, hij een paar dagen nodig zou hebben om het huis bewoonbaar te maken. Daarna zou hij naar Thorpe Fen gaan en Helen overreden om met hem te trouwen. In de brief die hij haar een week geleden had gestuurd, had hij verteld over het huis en over zijn toekomstplannen. Hij had nog geen antwoord gekregen – sterker nog, op niet één van de brieven die hij haar had gestuurd had hij antwoord gekregen. Hij had het bange vermoeden dat de oude dominee zijn brieven onderschepte.

Adam werkte tot laat in de avond en ging toen terug naar zijn pension. Op het buffet lag een brief op hem te wachten; hij herkende het handschrift op de envelop niet. Hij las de ene pagina tijdens het avondeten. Toen hij hem uit had, wist hij dat hij niet langer mocht wachten, dat hij meteen de volgende dag naar Thorpe Fen moest teruggaan.

De zomeruitverkoop, dacht Maia, was net een slagveld. Aan het eind van de dag zakten zij en Liam in haar kantoor uitgeput in elkaar. Maia pakte een fles whisky en twee glazen uit de kast; Liam zat in een fauteuil, met zijn voeten op de rand van haar bureau, en las de sportuitslagen in de plaatselijke krant.

Maia schonk de whisky in. 'Ik dacht dat die twee dames slaags zouden raken om het porselein.'

Liam knipte zijn sigarettenkoker open en hield hem haar voor. 'Een gevecht op leven en dood. Handtassen bij dageraad.'

Maia giechelde en boog zich naar Liam toe om zich vuur te laten geven. Ze las de krantenkop: *Ontvoerde baby nog steeds vermist*. De baby was meegenomen in Ely, nota bene. In Ely gebeurde nooit iets.

Ze reikte Liam een glas aan. 'Een kleintje maar. Ik weet dat je niet laat thuis wilt zijn. Hoe maakt Roisin het?'

Liam straalde van vaderlijke trots. 'Het liefste meisje van de hele wereld. Lijkt op haar moeder, goddank, ook al heeft ze blauwe ogen.' Hij glimlachte naar Maia. 'Je moet eens komen kijken. Zondag misschien?'

'Heel graag, Liam. Echt heel graag.' Ze verschikte wat papieren op haar bureau. Toen zei ze: 'Liam, ik wil iets met je bespreken.'

Thuis werkte Maia de hele avond door. De radio murmelde op de achtergrond terwijl ze de omzet van Merchants vergeleek met die van de zomer tevoren. Vanwege de warmte had ze een tafel op het terras laten zetten, waar ze onder het werk kon uitkijken over de tuin en hem in het schemerlicht langzaam kon zien vervagen. Eén keer zette ze haar leesbril af en dacht aan Hugh, die haar hier ten huwelijk had gevraagd. *Er komen nog genoeg zomers,* had Hugh gezegd, maar voor Hugh zouden er geen meer komen. Hugh was gestorven in Spanje en soms, 's avonds laat, als ze een glas of twee had gedronken, voelde Maia zijn aanwezigheid en had ze het idee dat, als ze maar snel genoeg omkeek, ze hem zou zien. Maar Hughs geest was, anders dan die van Vernon, een welwillende geest. Hij verscheen haar vriendelijk, vol genegenheid en ze wist dat ze hem zou missen als hij haar ooit zou verlaten.

De volgende ochtend om halftien ging de telefoon. In de gang staand trommelde Maia ongeduldig met haar vingers op het tafeltje terwijl het toestel ratelde en klikte. Iemand probeerde haar te bellen vanuit een telefooncel.

'Mevrouw Merchant? Spreek ik met mevrouw Merchant?'

Ze herkende de stem niet. Ze zei: 'Met Maia Merchant. Met wie spreek ik?'

'Met Julius Ferguson.'

Een lange pauze, begeleid door nog meer gerammel toen de beller verschillende knoppen indrukte.

'Helens vader?'

'Inderdaad, mevrouw Merchant.' Hij klonk geërgerd, niet op zijn gemak met de onvertrouwde telefoon.

Maia's ongeduld ging plotseling over in bezorgdheid. 'Is er iets met Helen?'

'Nee. Ja. Ik weet het niet. Is ze bij u, mevrouw? Is ze in Cambridge?'

Verbaasd fronste Maia haar wenkbrauwen. 'Helen? Hier? Natuurlijk niet...'

'Maar ze is al twee dagen niet thuis geweest. Ik dacht, misschien...'

437

Zijn stem stierf weg en de pijnlijke stilte duurde voort. 'Ik begrijp niet waar ze heen kan zijn.'

Maia zei: 'Misschien is ze bij de Summerhayes. Ze is erg op Richard en Daisy gesteld.'

'Ik ben gisteravond naar Blackmere Farm gefietst, mevrouw Merchant. Mevrouw Summerhayes heeft haar niet gezien.' Voor het eerst hoorde Maia bezorgdheid in de zwakke, krakende woorden in plaats van ontstemdheid.

Ze zei: 'Meneer Ferguson...' maar de lijn zoemde en kraakte en viel plotseling dood. 'Meneer Ferguson,' herhaalde Maia luid in de hoorn, maar er kwam geen antwoord.

Ze bleef een ogenblik staan en probeerde te bedenken wat ze moest doen. Toen liet ze het dienstmeisje haar zijden shawl en zonnebril halen en rende naar haar auto. Ze reed heel snel Cambridge uit en door de Fens, onder het rijden de verschrikkelijke verlatenheid opmerkend, de smalle, stoffige wegen, de moerassen met hun zoemende nevel van muggen en de doorzakkende, bouwvallige huisjes. Het was alsof de lucht lager hing door de hitte en de aarde dreigde te verpletteren.

Toen ze het dorp binnenreed en de wielen van haar auto grote stofwolken opwierpen, zag ze de man uit de pastorietuin komen en het hek achter zich dichtdoen. Ze herkende Adam Hayhoe van talloze dorpsfeesten. Maia trapte op de rem, de auto kwam piepend tot stilstand en ze boog zich uit het raam.

'Meneer Hayhoe?'

Hij knikte en tikte aan zijn pet.

'Is Helen...?' begon ze en ze voelde een vlaag van angst en teleurstelling toen ze zag dat zijn ogen slechts haar eigen bezorgdheid weerspiegelden.

'Helen is niet thuis, mevrouw Merchant. Niemand heeft haar gezien sinds dinsdagochtend.' Adams stem klonk grimmig.

'Goeie god.' Maia opende het portier en stapte uit. 'Ik ben gisteren gebeld door haar vader.'

'Twee dagen!' Adams ogen waren donker van woede. 'Hij heeft twee dagen gewacht voordat hij iets deed. Omdat hij bang was voor wat de mensen zouden denken...'

Ze staarde hem aan en pijnigde haar hersens om te bedenken waar Helen kon zijn. 'De dokter misschien... Helen is bevriend met het gezin...'

Adam schudde zijn hoofd. 'Dat heb ik al geprobeerd, mevrouw Merchant. Ik ben er vanmorgen heen gereden met de auto van de kruidenier. De Lemons hebben haar niet gezien.' Hij streek met zijn hand door zijn grijzende haren. 'En ik heb met de politie gesproken. Ze zeiden dat ze het zouden onderzoeken, maar ze zijn natuurlijk allemaal op zoek naar die vermiste baby. Ze denken schijnbaar dat Helen er met een of andere jonge vent vandoor is.'

Maia fluisterde: 'Ze leek de laatste tijd niet in orde. Ze was zo ongelukkig geweest. Ik ben bang...'

Adams blik was somber. 'Ik zal haar vinden, al moet ik alle dijken en alle sloten afzoeken.'

Maia huiverde. Toen, in een poging om rationeel te denken, zei ze: 'Ziet u, meneer Hayhoe, ik denk niet dat Helen zomaar zou weglopen. Ze was bang van het platteland. Ze bleef liever binnenshuis.' Ze kreeg een beeld van de kleine zolderkamer, de boekenkasten vol romantische boekjes, de oliekachel, de wieg.

Adam Hayhoe haalde een envelop uit zijn zak. 'Dit kreeg in gisteren,' legde hij uit. 'Daarom ben ik naar huis gekomen. Hij is van Susan Randall.'

Maia staarde hem aan. Er kwamen dingen samen in haar geest, stukjes van een legpuzzel die ze niet echt kon oplossen. Toen vielen de stukjes op hun plaats en werd ze overvallen door een afschuwelijke zekerheid. De krantenkop, de zolder, de wieg. 'O god!' zei Maia opeens. 'O god!'

Ze rende naar de pastorie, gooide het hek open, vertrapte de door de warmte verlepte bloemen. Ze wist dat Adam achter haar aan kwam, ze hoorde zijn schoenen op het grind. Ze greep de deurklopper en beukte ermee op het hout tot het dienstmeisje de deur opende. Zonder uitleg te geven rende ze de trap op en de gangen door.

Ze was hier maar één keer eerder geweest, maar ze wist de weg nog. Maia rende de zoldertrap op, duwde het luik open en haar hoofd en schouders verschenen in het donker. Haar hooggehakte sandalen bleven steken in de kieren tussen de planken toen ze met nietsziende blik tussen de chaos van kisten, oude meubels en ouderwetse, in de mottenballen gelegde kleren door strompelde.

Toen duwde ze de deur van het kamertje aan het eind van de zolder open. Het licht deed pijn aan haar ogen. Ze hoorde Helen zeggen: 'Maia. Wat leuk,' terwijl ze omlaagkeek en de slapende baby in de wieg zag.

De avond voordat zijn eenheid oprukte naar Brunette schreef Joe Robin een brief. Vervolgens haalde hij de ring die hij in Engeland had gekocht onder uit zijn ransel, draaide hem in een lapje en stopte hem met zijn brief in de envelop. Hij had geschreven:

Ik had je dit in Engeland willen geven, maar op de een of andere manier leek het nooit het goede moment. Wat een domme reden, en nu voel ik het zand tussen mijn vingers door stromen. We hebben zo weinig tijd gehad, vind je ook niet? Als ik terugdenk aan de jaren dat ik je heb gekend, doen ze me denken aan die afschuwelijke dansen waarbij je steeds van partner moet wisselen. Ik zou willen dat het ophield. Ik zou willen dat het stil werd. Ik ben bang, Robin. Ik heb diarree en luizen en een loopgraafvoet en alle minst romantische kwalen die je kunt verzinnen. Maar de angst is het ergste. Ik zal me beter voelen als ik weet dat je dit hebt. De ring is een symbool, een klein symbool slechts van wat ik voor je voel. Ik houd zo ontzettend veel van je, Robin. Wat er ook gebeurt, denk daar altijd aan.

Die nacht begaf hij zich achter de linies en zocht de EHBO-post, in de hoop dat hij de brief kon meegeven aan iemand die Robin kende. De volgende ochtend rukten ze op naar de driehoek van dorpen – Brunette, Villaneuva del Pardillo en Villaneuva de la Cañade – die de weg naar Madrid beheersten. De Republikeinse regering wilde het Nationalistische leger terugdrijven van Madrid, opdat de fascisten de stad niet langer met hun artillerie zouden kunnen bestoken. Het was het eerste grote Republikeinse offensief in de oorlog en bracht het Britse bataljon terug naar de slachtpartij en de chaos van de slag bij de Jarama.

Wanneer hij tijd had om na te denken wist Joe dat de dingen waarvan hij in Brunette getuige was zijn ergste vrees bevestigden. Het Republikeinse leger vocht tegen een overmacht aan manschappen en, erger nog, aan wapens. Duitse vliegtuigen – Messerschmitts – vlogen laag over en dreven de spot met de pogingen van de Republikeinen om ze met geweervuur neer te halen. Commandolijnen werden verbroken en de eenheden bleven zonder leiding en verward achter. De chaos leek Joe een visioen uit de hel, een afgrijselijke doolhof waar geen regels bestonden en de dood een willekeurige, zinloze bezoeker was. Toen hij zich in de verwarring van de heftige gevechten realiseerde dat het Republikeinse leger zijn eigen troepen beschoot, stak hij zijn vuist in de lucht in een woedende parodie op de anti-fascistische groet.

De stank van de dood werd nog verergerd door de afgrijselijke hitte; de lange, gevaarlijke nachten werden nog erger gemaakt door een intense, droge kou. Op de eilandjes van rust tussen de furieuze gevechten in kwam het Joe voor dat hij ziek was. Wat hij ook at, een halfuur later braakte hij het onvermijdelijk weer uit. Hij had holten tussen zijn ribben en de voortdurende maagkrampen baarden hem meer zorgen dan zijn angst voor de dood. Hij vroeg zich af of hij dysenterie had en wist dat hij eigenlijk naar het ziekenhuis zou moeten, maar het leek op de een of andere manier verkeerd de wapens en zijn kameraden in de steek te laten. Trouwens, hij was zijn vermogen tot zelfstandig handelen kwijtgeraakt. Hij leefde van het ene moment in het andere, voerde bevelen uit, bemande de mitrailleur terwijl het lawaai en de afschuwelijke dingen die hij zag zijn hoofd vulden en alle denkvermogen uitwisten. Hij was een robot geworden, een inefficiënte machine die alleen kon doden. De dingen die hem ooit dierbaar waren geweest – zijn fotografie, zijn liefde voor het platteland en muziek – leken bij andermans leven te horen. De tijd zelf was verwrongen geraakt, zodat een uur ineengedoken in een loopgraaf een eeuwigheid werd, zodat het tien dagen durende gevecht ineenschoof tot één lange, nachtmerrieachtige dag.

De aanvankelijke verrassing van de eerste aanval kon niet worden uitgebuit. Het Republikeinse voordeel veranderde zoals altijd in tandenknarsend, hardnekkig verdedigen, daarna in de soort radeloze heroïek die de opmars stuitte maar geen overwinningen bracht. Toen het einde voor Joe kwam, was het een chaos. Nationalistische vliegtuigen vlogen zo laag over dat ze de bomen bijna raakten en namen de Republikeinse soldaten lukraak onder vuur. Joe's ingewanden waren die dag bijzonder van streek en zijn hoofd bonsde op het ritme van de schoten. David Talbot, die de Maxim afvuurde terwijl Joe de patroonband er invoerde, keek hem aan.

'Als je moet overgeven, doe het dan in godsnaam niet hier. Frank Murray kan het wel even overnemen.'

Joe kroop de loopgraaf uit en tijgerde met zijn geweer in de hand over de helling. Hij hoorde het lage dreunen van een vliegtuig, maar het liet hem koud; hij wilde alleen maar in alle rust ziek zijn.

De kracht van de bom die nog geen vijftig meter achter hem insloeg deed de aarde trillen. De klap dreunde door in zijn hele lichaam. Toen hij wankelend opstond, zag alles zwart voor zijn ogen. Het waas trok pas op toen hij, omkijkend, de krater zag waar de Maxim-mitrailleur had gestaan. Hij begon in het wilde weg te lopen. Zijn rechterschouder en de hele rechterkant van zijn lichaam waren kleverig van iets warms en nats. Naar zijn rechterhand kijkend zag hij gefascineerd het bloed dat uit zijn vingertoppen druppelde.

Hij liep nog een eind door, struikelend over de graspollen. En toen zag hij boven zich de feloranje boog van de brisantgranaat die in duizenden dodelijke scherven rondom hem uiteenspatte. Terwijl hij op zijn knieën viel, werd hij aan de zijkant van zijn hoofd door iets geraakt, een afgrijselijke, ondraaglijke pijn, zodat, toen de duisternis intrad, hij haar in zijn laatste moment van bewustzijn verwelkomde.

De bel ging elke morgen om kwart over zes. Daarna de kapel, daarna het ontbijt, daarna het bed opmaken. Om kwart voor acht begon de werkdag. Helen werkte in de wasserij, een groot, donker gebouw met lange tafels en banken. De tafels en de banken moesten elke dag worden geschrobd en de vloer moest gepoetst tot de plavuizen wit waren. Het wasgoed rook naar heet sop en zeep en condens droop van de muren.

De vrouwen mochten niet praten in de wasserij. Helen vond het niet erg en hoewel haar handen en armen droog en schraal waren van het hete water, had ze ook geen hekel aan het werk. Ze was wel niet zo vlug als sommigen van de meisjes, maar ze was gewetensvol en nauwgezet. De stilte en de eentonigheid van het werk kwamen haar gekwelde geest goed uit. Al waren er dingen die haar van streek maakten – de manden vol babykleren die ze moesten wassen voor het weeshuis, de kapelaan met zijn priesterboord die de vrouwen elke ochtend de les las over hun zonden – slaagde ze er over het algemeen in haar Zwarte Dagen op een afstand te houden.

Sommigen van de andere vrouwen imiteerden haar manier van praten. Eén van hen noemde haar 'Hertogin' en lachte om de manier waarop ze haar pink kromde wanneer ze een kroes thee dronk. De bijnaam beklijfde. Een rossige vrouw spuugde naar haar in de gang en één keer, in de wasserij, voelde ze scherpe vingers die in haar arm knepen en het vel omdraaiden tot de tranen over haar wangen stroomden. 'Dat is voor het stelen van de baby van die arme vrouw,' fluisterde een stem. 'Kreng. Ze sturen je naar het gekkenhuis.' Langzaam begon Helen te beseffen dat ze iets afschuwelijks had gedaan. Ze kon zich er niet veel van herinneren doordat er grote stukken tijd ontbraken. Ze wist nog dat ze van de familie Randall naar huis was gelopen en ze herinnerde zich nog de busrit naar Ely. Ze herinnerde zich de kathedraal en de zingende jongens. Ze herinnerde zich dat ze de baby in de kinderwagen had gevonden en realiseerde zich nu dat, hoewel ze had gedacht dat het Michael Randall was, het in feite het kind van een andere vrouw was geweest. Hij was veel jonger geweest dan Michael en donker in plaats

442

van blond. Ze herinnerde zich nog dat ze bij de drogist melkpoeder en flessen had gekocht, en luiers, vestjes en jasjes bij de manufacturenhandel. Ze herinnerde zich dat ze een andere bus naar huis had genomen dan gewoonlijk en dat ze zo voorzichtig was geweest enkele kilometers buiten Thorpe Fen uit te stappen. Vervolgens was ze met de baby in haar armen door de velden gelopen en via de moestuin de pastorie binnengeglipt. Het dienstmeisje was thuis gaan eten en papa had in de studeerkamer gezeten. Helen had heel, heel stil gedaan. Van de twee dagen met Michael – o nee, niet Michael; de baby, ontdekte ze later, had Albert geheten, Albert Chapman – herinnerde ze zich niets meer.

Ze wist nog dat Adam en Maia haar kamer waren binnengekomen. Maia had de baby gepakt en Adam had haar van de zolder af geholpen. De trap afdalend was ze gaan gillen toen ze had begrepen dat ze Michael van haar afpakten. Toen haar vader haar verwijten had gemaakt, had ze hem geslagen, met haar vuisten op zijn borst getrommeld, zijn gezicht opengekrabd.

Ze kon zich niets meer herinneren van het politiebureau. Ze wist nog dat ze er in een busje naartoe was gebracht en zich had moeten uitkleden, haar eigen kleren had moeten verwisselen voor de ruwe jurk en schort die ze nu droeg. Aarzelend had ze een van de bewaarsters gevraagd of ze in een kostschool of in een ziekenhuis was en de bewaarster had gelachen en gezegd dat ze een rare was en dat het een vrouwengevangenis was. Ze herinnerde zich nog goed dat ze alleen was gelaten in een cel en zich de afschuwelijke leegte van haar armen had gerealiseerd. Ze had willen doodgaan. Ze was die dag niet uit haar cel gekomen; de bewaarster was gekomen, had haar heen en weer geschud en uitgescholden, maar haar ten slotte met rust gelaten, ineengedoken in een hoek, haar knieën opgetrokken tot aan haar kin, haar gebalde vuisten tegen haar gezicht gedrukt.

Over het algemeen vond ze de gevangenis niet erg. Sommige meisjes waren aardig en sommige waren onaardig, maar meestal lieten ze haar met rust. De bewaarsters schreeuwden soms, wat Helen niet fijn vond, maar de ene die haar een rare had genoemd was best vriendelijk en bracht oude tijdschriften en breiwol voor haar mee. Ze was te moe om de tijdschriften te lezen, maar ze breide, langzaam en pijnlijk zorgvuldig, een paar wanten voor de aardige bewaarster.

Er kwamen maar weinig mannen in de gevangenis. Alleen de kapelaan (Helen stopte haar vingers in haar oren tijdens zijn preken) en de dokter. Ze onderwierp zich met gesloten ogen aan zijn korte onderzoek en neuriede in zichzelf om het geluid van zijn stem buiten te sluiten.

Een andere man stelde haar allerlei vragen over de dag dat ze de baby had meegenomen. Ze dacht dat het misschien een politieagent was of een advocaat. Op een van de bezoekdagen legde Maia haar uit dat ze een andere dokter zou sturen om haar te onderzoeken – een vrouwelijke dokter. Ze heette dr. Schneider en had grijze haren, een bril en een vreemd accent. Ze probeerde Helen over de baby te laten praten, maar ze kon het niet, ze moest er alleen maar om huilen. In plaats daarvan merkte ze dat ze dr. Schneider allerlei andere dingen vertelde. Gekke dingen, zoals de hut die ze in de buksboom had gemaakt toen ze een meisje was of de wei met de orchideeën achter de kerk van Thorpe Fen. Droevige dingen, zoals haar moeders dagboek, en afschuwelijke dingen, zoals haar uitstapje met Maurice Page. En later dingen die ze nooit eerder tegen iemand had gezegd. Dat ze in haar slaapkamer een bad nam in de zinken kuip en opkeek en haar vader zag, zijn gezicht verwrongen door de schaduwen tussen de smalle kier tussen deur en kozijn. Hoe ze haar vader welterusten kuste en bang was, wanneer hij haar tegen zich aantrok, dat ze zou stikken.

Bij de aanvang van de slag bij Brunette was Robin met dokter Mackenzie en twee hospitaalsoldaten naar het westen gereden om een ander onderkomen te zoeken voor het hospitaal. Ze vorderden een boerderij, schrobden de lage, witte bijgebouwen en gaven hun positie gedetailleerd door aan de vrachtwagens en ambulances die aan het Jaramafront wachtten. Op 6 juli begonnen de gewonden binnen te stromen.

Het was, dacht ze, nog erger dan bij de Jarama. Dezelfde gruwelijke routine van het opvangen en selecteren van de gewonden, van ontsmetten en verbinden en hechten en een lamp ophouden wanneer dokter Mackenzie pijnlijk zorgvuldig de granaatscherven uit een jong, verwoest lichaam verwijderde. Dezelfde gevoelens van radeloosheid over de zinloosheid van dit alles, voortdurend overschaduwd door een afschuwelijke, knagende angst. Ze had Hugh verloren en vreesde elk moment te horen dat ze Joe kwijt was.

Ze dacht dat, als ze probeerde niet aan Joe te denken, hij misschien, heel misschien zou worden gespaard. Misschien dat de boosaardige god die haar in de gaten hield haar dan met rust zou laten, listig in de waan gebracht dat het haar niets kon schelen. In de greep van een grimmig bijgeloof sloot ze zich af voor alle beelden van Joe en Hugh en stond zichzelf alleen toe aan haar werk te denken. Toen de brancardier haar Joe's brief bracht, stopte ze hem in haar zak, niet de moed hebbend om hem te lezen. Later, alleen, scheurde ze de envelop open en de ring, gewikkeld in de lap kaki, viel eruit. Ze werd overvallen door een paniekerige, afschuwelijke zekerheid dat Joe het noodlot had getart, de aandacht op zich had gevestigd. Robin deed de ring niet om haar vinger, maar hing hem aan een touwtje dat ze om haar nek hing, weggestopt onder haar uniform, zodat het niet te zien was. Toen ze daags daarna, terwijl ze een wond aan het verbinden was, opkeek en Neil Mackenzie in de deuropening van de afdeling zag staan, zoekend rondkijkend tot zijn blik op haar bleef rusten, wilde ze wegrennen, zich verbergen om het niet te hoeven weten.

Maia ontmoette Adam in een pub op de oevers van de Cam.
'Wilt u iets drinken, mevrouw Merchant?'
'Een gin-tonic graag, meneer Hayhoe. Een ontzettend grote gin-tonic.'
Maia nam plaats in de tuin terwijl Adam de drank haalde. Punters gleden de rivier op, het roerloze wateroppervlak nauwelijks brekend. Toen Adam terugkwam, pakte Maia het glas dat hij voor haar had neergezet en dronk.
'Ik heb meneer Hadley-Gore vanmiddag gesproken...'
'En...?'
Ze zag de angst in zijn ogen. Ze was Adam Hayhoe de afgelopen afschuwelijke week gaan mogen en respecteren. Ze zei vlak: 'Hij was niet bemoedigend.'
Maia hield Adam haar sigarettenkoker voor en hij schudde zijn hoofd. Ze was die dag heen en weer gereden naar Londen om met de advocaat te praten die ze in de arm had genomen om Helen te verdedigen. De erg beroemde, erg dure advocaat.
'Meneer Hadley-Gore heeft Helen gisteren bezocht in die walgelijke gevangenis. Hij vertelde dat hij niet het idee heeft dat ze een proces zal aankunnen. Ze heeft blijkbaar zowat het hele gesprek zitten huilen.'
Maia knipte wat as op het gras. 'Zie je, Adam, die baby werd thuis verwaarloosd en Helen heeft heel goed voor hem gezorgd, de twee dagen dat ze op zolder was. Daarom hoopte hij Helen als een soort weldoenster voor te stellen... de domineesdochter die zich inzet voor de brave armen. Maar als ze tijdens het proces instort...' Maia schudde haar hoofd. De dag had haar van streek gemaakt en alle spieren in haar lichaam deden pijn door de lange, warme rit. 'En dat haar vader weigert voor haar op te komen zal er ook geen goed aan doen.'
Adam trok een gezicht. 'Ik heb geprobeerd met hem te praten, maar hij wilde me niet eens binnenlaten.'

'Alec Hadley-Gore heeft hem geschreven. Meneer Fergusons grootste zorg is blijkbaar de schande die Helen over haar familie heeft gebracht. Met andere woorden: over haar vader.' Maia's stem klonk bijtend. 'Tot zover de christelijke naastenliefde. Verachtelijke vent.' Ze sloeg de rest van haar gin achterover.

Adam zei zacht: 'U doet alles wat u kunt, mevrouw Merchant.'

'Het is niet genoeg,' zei ze terneergeslagen. 'Helen zit nu al een week op die afschuwelijke plek. We weten allebei wat er van haar zou worden als ze er járen zou moeten doorbrengen. En...' Ze kon haar zin niet afmaken. Ze kon Adam Hayhoe, die van Helen hield, niet vertellen wat Alec Hadley-Gore haar die middag had uitgelegd. Dat Helen, als ze werd veroordeeld, misschien niet terug naar de gevangenis zou gaan, maar naar een krankzinnigengesticht zou worden gestuurd. Ze stak een tweede sigaret op met de peuk van de eerste, stond op en liep naar de achterkant van de tuin, die uitkeek over de rivier. In plaats van de zilverige, in de hitte zinderende Cam zag ze rijen ijzeren ledikanten, getraliede ramen en de kale tafels en banken van een instelling. Ze wist dat ze Helen niet naar zo'n plaats kon laten gaan. Ze probeerde zich te ontspannen, te zoeken naar de soort oplossing die ze tot dusver altijd had kunnen vinden voor de ingewikkeldste problemen

Ten slotte realiseerde ze zich dat Adam Hayhoe naast haar stond. Ze zei langzaam: 'De naam van die baby, Adam. Hoe was de naam van die baby?'

Het huis van mevrouw Chapman was even afschuwelijk als Maia zich had voorgesteld. Een rij vlekkerige, grauwe luiers – van baby Albert waarschijnlijk – hing druipend aan een droogrek en hoewel het al een uur of drie was stond de hele tafel vol kommen met randen gestolde pap. Er hing een geur van zure melk, wasem en rottende groenten.

De drie snotterige dochtertjes van mevrouw Chapman gaapten Maia aan.

'Als u van die bemoeiallen-commissie bent,' zei mevrouw Chapman, roerend in een pan met iets grijs en onaangenaams, 'ik heb die luie puntje-puntje al in geen drie maanden gezien.'

Maia zei kalm: 'Ik ben niet van de bijstandscommissie, mevrouw Chapman. Mijn naam is mevrouw Merchant. Ik ben een vriendin van Helen Ferguson.'

De houten lepel kwam tot stilstand. 'Nogal brutaal dan, om hierheen te komen.' De stem klonk spottend, maar Maia zag de vluchtige opflakkering van belangstelling in de rode, donkere ogen.

'Ik vond dat we eens moesten praten, mevrouw Chapman.' Ze keek naar de drie meisjes. 'Alleen, als het kan.'

'Beryl... Ruby... Pearl... ga buiten verder. En er zwaait wat als jullie vóór de thee terug zijn.'

De drie meisjes renden de motregen in. Mevrouw Chapman keek Maia aan en zei: 'Niet dat er iets te praten valt.'

'O jawel.' Maia haalde haar sigarettenkoker en aansteker uit haar tas. 'Er is heel wat te bepraten. Sigaret, mevrouw Chapman?'

Maia stak beide sigaretten aan. Toen zei ze: 'Ik ben gekomen om u voor te stellen dat u naar de politie gaat en zegt dat u besloten hebt de aanklacht tegen Helen in te trekken.'

Ze hoorde dat de vrouw haar adem inhield. Maar opnieuw, heel kort, die berekenende fonkeling. Sarah Chapman vouwde haar armen voor haar borst.

'En waarom zou ik dat doen? Na de nachtmerrie die ik heb doorgemaakt toen ik dacht dat ik mijn schatje kwijt was?'

Het schatje lag weer in zijn smerige kinderwagen op de straat. Maia kon hem horen jengelen.

De verongelijkte stem ging verder: 'Alleen een moeder kan weten wat ik heb doorgemaakt.' Minachtende ogen inspecteerden Maia in haar marineblauwe mantelpakje. 'Hebt u zelf kinderen, mevrouw Merchant?'

Maia zei koel: 'Ik heb een warenhuis in Cambridge. Ik heb een groot huis en het nieuwste model auto. Ik ga op vakantie naar het buitenland wanneer ik daar zin in heb en ik heb twee kasten vol kleren. Ik draag niets wat ouder is dan zes maanden. Behalve mijn bontjassen natuurlijk. Bont veroudert zo mooi.'

Ze keek Sarah Chapman strak aan terwijl ze sprak. Als ze dit had besproken met de advocaat die ze in de arm had genomen om Helen te verdedigen, zou hij, wist Maia, het haar hebben verboden. Omkoping en belemmering van het gerechtelijk onderzoek.

Ze zag dat de donkere ogen kleiner werden en wist met een innerlijke zucht van verlichting dat ze begrepen was.

'Niets kan goedmaken wat ik heb doorgemaakt,' zei mevrouw Chapman veelzeggend terwijl ze haar sigaret op het fornuis uitdrukte.

'Ik zal er geen doekjes om winden, mevrouw Chapman. Niemand heeft er baat bij dat Helen naar de gevangenis gaat – of naar een instelling voor geesteszieken. Want dat gebeurt als deze zaak voor het gerecht komt. U snapt natuurlijk wel dat Helen of ik of u daar niets bij winnen.'

'Het zou me geen bal kunnen schelen als die stomme trut de bak in zou draaien. Ze heeft me heel wat ellende bezorgd. Ik heb de politie en de kinderbescherming over de vloer gehad om me allerlei vragen te stellen.'

De baby lag nog steeds te jengelen. Sarah Chapman keek Maia aan en de blik in haar ogen veranderde van argwanend in minachtend. 'Jullie zijn allemaal hetzelfde, is het niet? Jullie denken dat je problemen kunt afkopen. Mensen zoals u denken dat alles te koop is, hè?'

Door de jaren heen echode de stem van Vernon. *Kom op, Maia – je zou jezelf verkopen voor een paar sieraden en een kast vol kleren.* Ook zij was gekocht.

Maia haalde haar schouders op. 'Is dat dan niet zo?'

Maia herkende een verwantschap in de mengeling van trots, inhaligheid en sluwheid die ze op het gezicht van de andere vrouw zag. Ze koos haar woorden zorgvuldig.

'Ik zoek gewoon een oplossing die ons alle twee goed uitkomt. Kom, mevrouw Chapman, u bent een verstandige vrouw, nietwaar?'

De bruine ogen werden opnieuw kleiner. 'Het zal meer dan een paar pond kosten, dat garandeer ik u.'

Maia's hart begon sneller te kloppen. Dit was het gedeelte waar ze altijd van genoot, wanneer ze wist dat de koop gesloten was en dat de voorwaarden moesten worden uitgewerkt en haar eigen voordeel veiliggesteld.

'Ik dacht,' zei Maia, 'twintig pond.'

'Twintig pond!' Sarah Chapman spuugde haar minachting uit. 'Als u een groot huis hebt en een auto en al die andere dingen die u beweert te hebben, mevrouw Merchant, dan kunt u wel meer missen. Ik mag dan arm zijn, maar ik ben niet gek.'

'Dertig dan.'

'O nee.' Met de punt van haar schort begon mevrouw Chapman doelloos over het tafelblad te wrijven. 'Ik wil weg uit deze troep. Daar is meer dan dertig pond voor nodig.'

Maia besefte dat dat slonzige schepsel precies wist wat ze wilde. Net als zij. Net als zijzelf genoot Sarah Chapman ervan regels te overtreden.

'U begrijpt natuurlijk dat we discreet moeten zijn. Dat er misschien vragen zouden worden gesteld als u ineens in veel betere doen zou zijn. Vragen die voor ons allebei pijnlijk zouden zijn.'

Het bleef even stil. 'Een wekelijks bedrag dan. Dat zou handig zijn.'

'Twee jaar lang drie pond per week,' zei Maia kortaf.

'Vijf. Voor vijf jaar.'

Maia schudde haar hoofd. Ze bedacht walgend dat ze zo kort moge-lijk aan dat mens en deze goorheid vast wilde zitten. Ze deed alsof ze wilde weggaan.

Toen haar vingers de klink aanraakten hoorde ze de stem achter zich zeggen: 'Drie jaar dan.'

Ze voelde de opluchting over zich heen spoelen. Haar mond was bij-na te droog om iets te kunnen zeggen.

'Goed. Dat is redelijk. Daar kan ik in meegaan. Ik zal zorgen dat het geld wordt uitbetaald zodra u de politie hebt verteld dat u alle aan-klachten tegen Helen intrekt.'

Mevrouw Chapman zei weifelend: 'Ze zullen het niet leuk vinden.'

'Natuurlijk niet.' Maia glimlachte. 'Maar u bent een vindingrijke vrouw. U verzint wel iets. En denk eraan, mevrouw Chapman, dat u onze afspraak strikt onder ons houdt. U zou tenslotte even erg in op-spraak komen als ik.'

Ze verliet het huis. Weer op straat, terwijl ze naar haar auto liep, be-gonnen haar knieën te knikken. Ze had, dacht ze, zojuist de belangrijk-ste transactie in haar hele leven met succes afgesloten.

Nadat Neil Mackenzie Robin had verteld dat een Duits vliegtuig het mitrailleursnest had gebombardeerd dat door Joe en een ander brigade-lid bemand was geweest, had hij uitgelegd dat het een voltreffer was geweest en dat Joe in Brunette was begraven, in de loopgraaf. Maar Robin had geweten wat hij bedoelde: dat er niet genoeg van Joe over was geweest om te begraven.

Dokter Mackenzie wilde dat ze een tijd vrij nam, maar ze weigerde. Ze had werk te doen. Ze voerde haar taken op de afdeling met snelle, vinnige efficiency uit. Haar ogen daagden iedereen uit haar te kritise-ren of medelijden met haar te hebben. Ze klampte zich eraan vast, aan haar werk, omdat het alles was wat ze nog had.

Harde geluiden maakten haar aan het schrikken en 's nachts werd ze herhaaldelijk wakker uit afschuwelijke dromen, zodat zelfs de paar uren slaap die ze kreeg onderbroken werden. Ze kon geen hap door haar keel krijgen en werd steeds magerder. Doordat ze zo mager was, had ze het voortdurend koud. Wanneer ze 's avonds naar haar kampeer-bed in de stallen ging en met haar mantel over haar nachtjapon gesla-gen op het bed zat, haalde ze Joe's brief uit haar schrijfcassette en her-las hem telkens weer.

Ik zou willen dat het ophield. Ik zou willen dat het stil werd. Ik ben bang, Robin.

Wanneer ze 's morgens in alle vroegte wakker werd herinnerde ze zich met een lichamelijke schok waarbij haar hart ineenkromp en haar hele lichaam sidderde, dat Joe dood was. Dit onophoudelijke terugkeren van een ondraaglijk besef duurde overdag voort. Als ze het zelfs maar een seconde vergat, moest ze de overweldigende golf van verdriet helemaal van voor af aan verdragen. Het verdriet ging gepaard met een verschrikkelijke woede. Joe, de jonge, vriendelijke, begaafde Joe, was dood. Mindere mannen – gewone mannen, talentloze mannen – hadden het overleefd terwijl hij was gestorven. Soms had ze het gevoel dat, als ze zich buiten de tijd kon plaatsen, de dingen onder een iets andere hoek kon bekijken, ze zou ontdekken dat ze zich had vergist en dat Joe, met wie ze de rest van haar leven had willen doorbrengen, er nog altijd was. Ze hield zichzelf voor: *Het zal wel beter worden wanneer ik eraan gewend ben,* maar kon zich niet voorstellen dat ze er ooit aan zou wennen.

Ze kreeg een brief van haar moeder, die over Helen vertelde. Ze voelde niets toen ze hem las. Dat Helen in de gevangenis zat omdat ze een baby had ontvoerd leek alleen maar passend in een wereld die willekeurig en wreed was geworden. Daisy had geschreven: *Dus je ziet wel, Maia had gelijk. We hebben Helen verwaarloosd, nietwaar? Niemand van ons had enig idee dat ze zó verward was, dat ze zoiets verschrikkelijks zou doen.* Ze kon de verbittering in haar moeders stem bijna horen over de immense afstand die hen scheidde heen. *We zijn zelfgenoegzaam geworden, Richard en ik. Het is afschuwelijk je dat te realiseren.*

De aardige bewaarster tikte Helen op haar schouder terwijl ze de kussenslopen door de mangel haalde.

'De directrice wil je spreken, Ferguson.'

Helen droogde haar handen af aan haar schort en volgde de bewaarster door een reeks gangen en afgesloten deuren. De directrice, een forse vrouw met haar staalgrijze haren in een knot, keek op toen Helen binnenkwam.

'Je kleren, Ferguson.' Ze wees naar een bruin papieren pakje op de tafel. 'Je kunt je hiernaast omkleden, in de kamer van de dokter.'

Beduusd staarde Helen naar het pakje. Ze herinnerde zich wat de andere gevangene had gezegd: *Ze sturen je naar het gekkenhuis.*

'Nou, waar wacht je op, Ferguson? Wil je niet naar huis?'

'Naar huis?' fluisterde Helen.

'De aanklacht tegen je is ingetrokken,' zei de directrice bits en boog zich weer over haar papieren.

In de dokterskamer trok ze versuft de japon en de regenmantel aan waarin ze in de gevangenis was aangekomen. De aardige bewaarster liep met haar mee naar de poort en zei: 'Braaf zijn voortaan, Ferguson. We willen je niet terugzien,' en ze werd achtergelaten in een vreemde straat met haar bundeltje bezittingen onder haar arm.

Toen riep een bekende stem haar naam. Helen keek op.

'Maia?' zei ze. 'O, Maia.' En terwijl ze naar haar toe rende begon ze te huilen.

In het ziekenhuis begon Helen zich beter te voelen. Ze lieten haar meestal met rust, in een kamertje met geel bloemetjesbehang en gebloemde gordijnen. Dr. Schneider kwam af en toe met haar praten, maar meestal lag ze daar maar en keek uit het raam naar de met boterbloemen bezaaide weilanden. Ze had niet beseft dat ze zo moe was. Geleidelijk kwam het tumult in haar hoofd tot bedaren. Ze realiseerde zich dat ze lange tijd niet helder had kunnen denken. Terwijl ze daar lag begon het verleden op zijn plaats te vallen. Er was zoveel misgegaan sinds ze op de veranda van Robins winterhuis had gezeten en had gezegd: *Ik zou een eigen huisje willen hebben. En kinderen natuurlijk.* Eerst was ze Geoffrey kwijtgeraakt en daarna Hugh; ze had geprobeerd zich te bevrijden van haar vaders verstikkende liefde en had gefaald.

In het begin weigerde ze iemand te ontvangen, behalve Maia. Toen op een dag gaf de verpleegster haar een pakje.

'Een meneer heeft dit voor je gebracht, Helen.'

Ze opende het zachte papier. Er zat een kistje in, acht centimeter in het vierkant, ingelegd met afbeeldingen van gekleurd hout.

'Hij wacht buiten. Mag ik hem binnenlaten?'

Helen knikte langzaam.

Groot en breedgeschouderd vulde Adam het vertrek. Hij zei: 'Het is zo goed je te zien, lieverd. Zo goed,' en ze gebaarde hem op de stoel naast het bed te gaan zitten.

'Het is prachtig, Adam.' Ze hield het kistje op.

'Er is een vakje voor ringen en sieraden.' Adam opende het kistje. Het was gevoerd met vuurrood fluweel. 'De afbeeldingen in de panelen zijn van dingen die me aan jou doen denken. Kijk, dat is je kat.' Hij wees naar de kleine zwarte kat op de zijkant van het kistje. 'De ouwe Percy. Hij is nu bij mij in Londen. Probeert nog altijd vogeltjes te vangen, maar hij is er te oud voor geworden, het arme beest. En dat daar is een roos. Weet je nog dat je een van mijn rozen op je hoed hebt gestoken, Helen?' Hij draaide het kistje opnieuw om. 'En een dansschoen.'

'We hebben nooit samen gedanst, Adam.'

Hij schudde zijn hoofd. 'O jawel, lieverd. Jaren geleden, tijdens het oogstfeest.'

Helen leunde achterover in de kussens en dacht diep na. Toen prevelde ze:

'Ik ontwaak uit dromen over u
In de eerste zoete slaap der nacht
Wanneer de winden fluisteren
En de sterren stralen zacht.'

Een traan biggelde langzaam over haar wang. Ze fluisterde: 'O Adam... wat moet je niet van me denken!' Ze sloeg haar handen voor haar ogen en werd overmand door schaamte om wat ze had gedaan. Ze werd achtervolgd door het besef van wat die moeder moest hebben gevoeld toen ze had ontdekt dat de kinderwagen leeg was.

Ze hoorde Adam zeggen: 'Wat ik van je denk? Dat zal ik je zeggen, Helen. Ik vind je het liefste meisje dat ik ooit heb gekend. Heb ik altijd al gevonden.'

Helen wendde zich met stijf gesloten ogen af. 'Ik ben moe, Adam. Ik denk dat ik moet slapen.' Ze hoorde hem op zijn tenen de kamer uit lopen en met het kistje in haar hand viel ze in slaap.

Dagen gingen voorbij. Het leek Helen volstrekt onmogelijk dat ze de overal verspreide draden van haar leven ooit weer zou kunnen oppakken, zoals dr. Schneider voorstelde. Met de hulp van dr. Schneider had ze zoveel lagen afgepeld dat ze er niet zeker van was of er nog iets was overgebleven. Ze kon niet lezen, ze kon niet breien; bij het raam zittend en uitkijkend over het weiland voelde ze zich zo leeg als een gepelde dop. Toen de verpleegster voorstelde dat ze zich zou aankleden om buiten op de veranda te gaan zitten, hadden haar trillende, onvaste vingers er een eeuwigheid voor nodig om haar knopen dicht te doen en haar linten te strikken. Buiten zag ze tot haar verbazing dat de bladeren aan de bomen bruin begonnen te worden aan de randen, dat het gras de lichtgele tint had van de nazomer.

Dr. Schneider trof haar op het balkon. 'Zullen we een eindje gaan lopen, Helen? Er loopt een heel mooi pad door het bos.'

Ze liepen over het sintelpad tussen de bomen door. Helens korte, in de gevangenis gekortwiekte haren werden door de bries om haar gezicht heen geblazen.

'Mooi hè?'

Helen draaide langzaam in het rond, keek naar de weilanden in de verte met hun waas van gele boterbloemen, naar de rivier en de gladde, bruine vissen die tussen het schemerende riet flitsten en naar de grote bomen boven haar, waarvan de kruinen van donkergroene bladeren bijna de hemel raakten.

'Ja,' zei ze langzaam. 'Ja, ik neem aan van wel.'

Dr. Schneider spoorde haar aan weer te gaan tekenen en naaien. Maia kwam op bezoek, elegant gekleed in roomkleurige zijde. Helen merkte tot haar verbazing dat ze luidkeels lachte om enkele van de verhalen die Maia haar vertelde. Haar eetlust keerde terug en 's nachts sliep ze behoorlijk. Ze wandelde naar de winkel in het naburige dorp en kocht een tijdschrift en een reep chocolade. Ze waste haar haren en gebruikte haar naaischaar om haar verwilderde lokken te fatsoeneren tot een keurig blond kapsel.

Toen ze op de veranda zat en het uitzicht schetste, viel er een schaduw over haar tekenpapier. Glimlachend keek ze op en zag Adam staan. Hij boog zich voorover en kuste haar wang en gaf haar een bos herfstasters.

'Ze zijn prachtig. Ik mis mijn tuin.'

Hij schoof een rieten stoel bij en ging naast haar zitten. 'Er is een tuin bij het huis dat ik huur in Richmond. Denk eraan, een lapje maar.' Adam boog zich naar voren en pakte haar hand. 'Het huis is voor ons, Helen. Voor ons samen.'

Haar hart begon sneller te kloppen.

'Ik had het je nog niet willen vragen. Ik had willen wachten tot je helemaal beter was. Maar ik heb zoveel jaren gewacht dat ik niet langer lijk te kunnen wachten. Wil je met me trouwen, Helen?'

Ze wendde zich af. Het schetsblok gleed van haar schoot op de stenen. Niet tot spreken in staat schudde ze slechts haar hoofd. Ze hoorde zijn zucht en haatte zichzelf.

'Is het om wat ik ben? In Londen is het anders, Helen... het is niet zoals in Thorpe Fen. Het maakt de mensen niet zoveel uit waar je bent geboren.'

Ze fluisterde: 'Daar heeft het niets mee te maken.'

Het werd stil. Ze wist dat hij wachtte op een verklaring, maar hoe kon ze Adam Hayhoe ooit uitleggen dat ze opnieuw moest beginnen,

453

als een stuk papier waarop alle potloodstrepen zijn uitgegumd? Hoe kon ze ooit uitleggen dat er niets meer over was van de oude Helen, dat hij een vrouw ten huwelijk vroeg die weinig meer was dan een lege huls, een willekeurig samenraapsel van botten, huid en vlees? Ze hoorde de rieten stoel over de grond schrapen toen Adam opstond. Opkijkend zag ze de pijn op zijn gezicht. Ze zei wild; 'Ik weet niet wat ik wil, Adam. Ik weet het gewoon niet.' Ze raakte zijn arm aan. 'Haat me niet, Adam, alsjeblieft. Ik zou het niet kunnen verdragen.'

Toen hij weg was keerde ze terug naar haar kamer. Ze kon niet meer tekenen en haar breiwerk lag onafgemaakt op tafel. Ze voelde een afschuwelijke pijn van binnen, alsof haar hart zelf was gewond. Ze zat naast het raam en probeerde alles op een rij te zetten. Was het mogelijk dat ze altijd in de verkeerde richting had gekeken? Dat er al die tijd liefde was geweest? Dat haar romantische smachten naar Geoffrey, naar Hugh, naar Maurice Page een illusie was geweest, loos alarm, slierten stralende damp in de moerassen?

Toen dr. Schneider op de deur klopte zag Helen, op de klok kijkend, dat er een uur was verstreken.

'Je bent niet komen lunchen, Helen.'

'Ik had geen honger.'

'Ben je ergens door van streek?'

Zwijgend schudde ze haar hoofd; ze wilde met rust worden gelaten, maar dr. Schneider hield aan.

'Heeft je verdriet iets te maken met de man die op bezoek is geweest?'

'Hij vroeg me ten huwelijk,' zei ze boos, 'als u het per se wilt weten.'

'En...?'

'En ik heb hem afgewezen.'

'Aha. Nou ja, dat is je goed recht, Helen. Je hebt het recht te kiezen met wie je trouwt.'

'Ik wíl met Adam trouwen!' Woedend beukte ze met haar vuist op tafel.

Het bleef even stil. Toen zei dr. Schneider zachtmoedig: 'Toch heb je hem afgewezen. Je moet een reden hebben gehad om hem af te wijzen, Helen.'

Ze moest vechten om de reden onder woorden te brengen. 'Hij snapt het niet. Hij snapt niet dat ik níets ben. Vroeger was ik niet veel, maar nu ben ik zelfs nog minder. Hij ziet me nog steeds als die lieve kleine

Helen. Braaf en gehoorzaam. Een goede dochter. Een trouw kerkgangster.' Ze hoorde de verbittering in haar stem.
'Weet je zeker dat meneer Hayhoe denkt dat je zo bent?'
Plotseling verdween haar woede. 'O... ik weet het niet. Ik weet niets meer. Dat is de moeilijkheid. Ik weet niets en ik heb niets gedaan.'
Dr. Schneider nam Helens handen in de hare. 'Verander dat dan, Helen. Je hebt de macht om het te veranderen. Je moet beslissen wat je wilt doen en dan moet je het doen. Het maakt niet uit wat je doet, zolang je maar voelt dat het goed voor je is.'

Na enige tijd merkte Robin dat de staf van het veldhospitaal haar de makkelijkste karweitjes en de lichtste klusjes gaf. Het was een vernederend besef; ze dacht er even over te protesteren, maar haar boosheid werd in de kiem gesmoord door een lusteloosheid die een gewoonte was geworden. Ze erkende dat ze onhandig en incompetent was geworden, dat de andere verpleegsters haar ergste fouten herstelden, voortdurend thee voor haar zetten en haar dekten wanneer ze te laat terugkwam van de lunchpauze. Hun stilzwijgende medeleven dwong haar vraagtekens te zetten achter het nut van haar werk, maar het kon de diepe put van verdriet in haar niet bereiken. Het leek Robin niet redelijk dat ze de diepte van haar ellende zou moeten delen met deze mannen en vrouwen, die even uitgeput en gevechtsmoe waren als zij. Haar verlies scheidde haar van hen. Ze kon hun vriendelijkheid niet verdragen, ze verborg zich ervoor, trok zich aan het eind van elke dag terug in de stille moestuin achter de boerderij omdat ze vermoedde dat vriendelijkheid door het broze pantser waarin ze zich had gehuld kon dringen.
Ze zat op het binnenerf tussen de stoffige paprika- en knoflookscheuten toen ze voetstappen achter zich hoorde. Ze draaide zich om en zag dokter Mackenzie.
Hij kwam naast haar staan. 'Ik vertrek volgende week – mijn diensttijd zit erop. Ik zou willen dat je met mè mee naar Engeland gaat.'
'Ik kan het niet.' Haar stem was schor door het weinige gebruik. 'Ze hebben me hier nodig.'
'En ze hebben je thuis nodig. Je ouders bijvoorbeeld, Robin. Je vrienden.' Hij wilde haar hand pakken, maar ze trok hem terug, niet in staat menselijk contact te verdragen. Hij zei vastberaden: 'Je hebt een toekomst, al geloof je dat op dit moment misschien niet. Je moet teruggaan en de scherven oprapen. Je moet je ouders troosten over het verlies van hun zoon en je moet de plaats innemen die ze op de artsenopleiding voor je hebben gereserveerd. Je hebt je steentje bijgedragen,

455

Robin. Dit is de laatste keer dat ik je zeg wat je moet doen, dat beloof ik. Kom mee naar huis.'

Toen hij weg was bleef ze alleen zitten en keek naar de zonsondergang. Voor haar geestesoog zag ze het wier groen glanzen onder het wateroppervlak van de rivier bij Blackmere Farm en ze rook de bittere, zilte geur van waterbalsemien en waterkers. Ze masseerde haar pijnlijke slapen en snapte niets van het intense verlangen dat in haar was ontstaan, het eerste echte gevoel sinds de dood van Joe. Verdwaasd sloeg ze haar armen om zich heen, keek naar de bergen, maar dacht aan thuis.

Helen stond op het perron. Dr. Schneider had haar geld geleend en uitgelegd hoe ze de dienstregeling van de treinen moest lezen. Nu, met haar koffertje in de ene hand en het kistje dat Adam had gemaakt als een talisman in de andere, wachtte ze op de trein naar Londen.

In een grote wolk van rook reed hij knarsend het station binnen. Helen opende het portier en stapte in het rijtuig. Ze had gedacht dat ze zenuwachtig en bang zou zijn, maar dat was niet zo. In plaats daarvan voelde ze slechts opwinding en gespannen verwachting. Ze was nog nooit in Londen geweest en de gedachte dat ze alle grote dingen waarover ze alleen maar had gelezen zou zien was bijna ondraaglijk verrukkelijk.

Ze had pas de vorige avond besloten het ziekenhuis te verlaten. Ze had zich opeens gerealiseerd dat, als je een leeg stuk papier was, je er uiteindelijk op moest beginnen te tekenen. Ze wilde allerlei dingen tekenen. Plaatsen en mensen, en alle dingen die ze nooit had gedaan. Ze wilde naar het ballet gaan en een voetbalwedstrijd bijwonen. Vakantie houden aan zee en de bergen in Schotland bezoeken. Met de lift gaan in een warenhuis en haar haren laten permanenten. De zon zien ondergaan, alleen, en de zon zien opkomen terwijl ze in de armen lag van de man van wie ze hield. En uiteindelijk wilde ze kinderen tekenen op haar lege vel papier, haar eigen kinderen. Maar dat kon nog even wachten; er waren zoveel dingen die ze eerst moest doen.

De trein reed weg van het perron. Terwijl hij over de rails denderde zag Helen de langzame overgang van dorp in stad en van stad in metropool naarmate ze Londen naderde. Ze bedacht dat er een naam was die ze op haar papier moest schrijven. Helen stelde zich haar eigen hand voor die met mooie krullen en verfijnd verguldsel de naam *Adam* schreef.

Hoofdstuk negentien

De veranda van het winterhuis was tijdens haar afwezigheid ingestort en de gebroken leuning hing er scheefgezakt bij, bleek als botten. Zich een weg banend door de wirwar van netels en braamstruiken achter het winterhuis krabde Robin met haar nagel over een rottende plank en zag het verpulverde hout verkruimelen en als een dun stroompje bruin poeder op de bodembegroeiing vallen.

De vijver was een stinkende poel van verdroogd wier, op het diepste punt waarvan een kleine plas donker water was achtergebleven. Muggen scheerden over het wateroppervlak en palingen kronkelden in de modderige diepte. Er hing een zure geur van vergane en rottende vegetatie. Robin klom de smalle trap op. De uiteinden van de planken waren wit uitgeslagen door de zon, hingen boven de opgedroogde vijver zonder iets te vinden om zich aan vast te klampen.

Klimop kronkelde weer over de wanden van de hut en verzegelde de deur en de ramen. Toen ze hem wegrukte bleven er kleine, haarfijne ranken aan het hout vastzitten. Toen ze de deur openduwde, zag Robin de onregelmatige lappen blauw die door het dak heen zichtbaar waren. De vloer was bezaaid met kapotte tegels en boven op de houtkachel lag een vogelnest. Ze dacht terug aan de dag dat ze naar Blackmere waren gekomen. Hugh had naast haar in het winterhuis gestaan en ze had gezegd: *Ik zou het best voor mezelf willen hebben. Van de zomer kopen we een boot. We gaan altijd zeilen.* Ze bleef roerloos staan en luisterde naar het lugubere, stokkende geluid van haar ademhaling. Dat was het ergste, dacht ze. Dat ze nooit wist wanneer het zou gebeuren. Enkele dikke tranen welden op achter haar oogleden en biggelden over haar wangen.

Toen ze Daisy's voetstappen op de veranda hoorde, veegde ze haar tranen met de rug van haar hand weg. Ze was naar huis gegaan in de verwachting dat Blackmere Farm ondanks alles niet veranderd zou zijn, maar Hughs dood had natuurlijk ontzettend veel veranderd, had Richards gezondheid ondermijnd en Daisy beroofd van haar stralende levenslust. Rekeningen werden niet betaald, reparaties aan het huis niet uitgevoerd. Haar ouders zagen er allebei uit alsof ze in geen maanden behoorlijk hadden gegeten of geslapen. Ze had het nieuwste dienstmeisje ontslagen, een lui, slordig schepsel, waarbij ze zich met een huivering Maia's spottende woorden over het personeel van de Summerhayes had herinnerd. Ze had het huis zelf gepoetst en opgeruimd, had de dokter bij haar vader geroepen en een aannemer gezocht om het dak te repareren, had warme maaltijden bereid en vuur aangelegd in de open haarden. Ze had haar eigen verliezen van zich afgezet terwijl ze de trieste chaos van het leven van haar ouders ordende. Ze was met pijn in haar hart getuige geweest van Richards broze stilzwijgen en Daisy's voortdurende laveren tussen niet overtuigende opgewektheid en overweldigend verdriet.

Ze opende de deur van het winterhuis voor haar moeder. Daisy keek het kleine vertrek rond.

'Jakkes – het heeft altijd vol spinnen gezeten. Ik heb me altijd afgevraagd hoe je het hier uithield, Robin.'

Robin glimlachte. 'Ik heb zulke dingen nooit erg gevonden.'

Daisy's magere, bruin bespikkelde hand gleed langs de gebroken schelpen, de door het vocht verkleurde boeken.

'Heb ik je verteld over de herdenkingsdienst voor Hugh, lieverd? Het was in de kerk – er was geen andere geschikte plek. Best een aardig gebouw. Zo vredig. Er waren zoveel mensen... van Hughs school... uit het dorp... Ik had me niet gerealiseerd dat er zoveel mensen van hem hadden gehouden.' Daisy's stem stokte en klaarde toen op. 'In elk geval, ik heb er een oude vrouw ontmoet die de familie kende die op Blackmere Farm woonde voordat wij het kochten. Ze herinnerde zich de dame die hier had gewoond.'

'In het winterhuis?'

Daisy knikte. 'Ze had tbc, zoals we al dachten. Ze woonde hier dag en nacht, zomer en winter. Kun je je dat voorstellen, Robin? Ze had drie dochters en de jongste was pas tien toen ze ziek werd. Ze beloofde zichzelf dat ze in leven zou blijven tot ze allemaal goed en wel getrouwd waren.'

Robin keek uit het raam, naar de drooggevallen vijver en de ondiepe rivier daarachter, naar de velden en de horizon en de weidse hemel met wolkenflarden.

'En deed ze dat?'

Toen ze omkeek zag ze de uitdrukking op Daisy's gezicht.

'Dát zou ik kunnen verdragen... ik zou het kunnen verdragen om als eerste te sterven. Maar dit... alle twee mijn zoons verliezen... nadat ik zo mijn best had gedaan voor die arme Hugh...' Daisy's gezicht was vertrokken van pijn. Ze stak haar hand uit, trok haar dochter tegen zich aan en omhelsde haar stevig.

Buiten zong een merel in de wilgen. Toen Daisy naar het huis was teruggekeerd liep Robin weer naar de veranda en begon stukken rottend hout los te rukken en in de drooggevallen vijver te gooien. Ze kantelden in het ondiepe bekken en staken onder willekeurige hoeken omhoog van de gebarsten grijze grond. Er klonk een roffelend geluid; donkere kringen verschenen in de modder toen de regen begon te vallen.

Zonlicht verzachtte het silhouet van fabriek en schoorsteen en verlichtte de rijen beroete huizen. De huishoudster in Elliot Hall had Robin doorverwezen naar de fabriek. Ze zat in de gang te wachten, bijna verdoofd door het rammelen van de weefgetouwen in de aangrenzende weverij.

Er kwam een man door de brede dubbele deur. Kort, gedrongen, dunnend grijs haar, vol gezicht. Robin zocht naar een gelijkenis met Joe, maar vond er geen.

'Meneer Elliot?'

'Ja.' Hij schreeuwde boven het lawaai van de machines uit. 'Wie bent u?'

'Robin Summerhayes.'

Hij nam haar hand en schudde hem. 'U hebt me geschreven over mijn zoon.'

Robin knikte. 'Ik wilde u komen opzoeken. Als u het niet erg vindt.'

John Elliots antwoord bestond eruit dat hij zijn jas en hoed van de haak pakte en de deur opende. 'Blijf dan niet in deze herrie hangen, meid,' baste hij. 'Je kunt beter meekomen naar mijn kantoor.'

Ze volgde hem over de beklinkerde binnenplaats naar een klein bakstenen gebouw. John Elliots kantoor was rommelig en stoffig en op de dossierkasten slingerden vergelende stapels papier. Hij zei verontschuldigend: 'Ik kom hier niet vaak. Ik doe de administratie tegenwoordig liever thuis.' Hij schoof een stoel bij voor Robin. 'Ga zitten, meid, dan brengt Sally ons een kop thee.'

Toen ze haar thee had haalde ze de foto's uit haar tas. 'Ik dacht dat u deze zou willen zien.' Ze schoof ze over het bureau heen. 'We hebben ze in Spanje gemaakt.'

Robin keek toe terwijl Joe's vader, ingespannen door zijn leesbril turend, langzaam door de kiekjes bladerde. Zij tweeën, in de tuin van de Spaanse villa. Ze hadden gedanst tussen de bloembedden en de lucht was zwaar geweest van de geur van rozen.

Joe's vader zette zijn bril af, klapte hem dicht en stopte hem weer in zijn koker. Zijn ogen glinsterden. 'Ik kan me onze Joe niet als soldaat voorstellen. Leek me er niet voor in de wieg gelegd.'

Bedroefd zei ze: 'Ik denk ook niet dat hij dat was. Hij haatte het ten slotte. Hij was naar Spanje gegaan omdat hij ervan overtuigd was dat dat het juiste was.'

'Ja.' John Elliot stond op en liep naar het raam. 'Hij heeft zich altijd hopen stomme dingen in zijn hoofd gehaald.'

Hij stond met zijn rug naar haar toe, maar ze zag dat hij zijn hand naar zijn ogen bracht. Ze zei zacht: 'U zou trots moeten zijn op Joe, meneer Elliot.' Toen stond ze op en legde haar hand op zijn arm terwijl ze door het raam naar de straten en de hoge, purperen heuvels verderop keek.

'Ja. Ben ik ook.' Hij snoot luidruchtig zijn neus. 'U zei dat u met hem bevriend was, juffrouw Summerhayes?'

'Ja.'

'Goed bevriend?'

'Erg goed bevriend.'

'Joe liet zich nooit in de kaart kijken... praatte nergens over met zijn vader.'

Ze zei eenvoudig: 'We hielden van elkaar.'

'Aha.' Het klonk als een zucht. 'Zou je met hem getrouwd zijn, meiske?'

Ze hoefde niet eens na te denken. 'Ja. Ja, ik zou met hem getrouwd zijn.'

'Hij was een versierder.' John Elliot snoot opnieuw zijn neus. 'Een versierder.'

Het werd opnieuw stil. Toen hij eindelijk weer sprak, klonk zijn stem strak van verdriet.

'Maar aan wie moet ik dit alles geven?' Zijn gebaar omvatte de fabriek, de huizen, het dorp zelf. 'Waarom heb ik heel mijn leven besteed aan dit...?' En hij stopte, tot zwijgen gebracht, en boog zijn hoofd.

Robin nam de trein naar Ipswich en vervolgens de boemeltrein naar de kust. De golven waren afgezet met een rand wit schuim en de zilte wind prikte in haar ogen toen ze langs het strand liep.

Ze zag het silhouet van Long Ferry Hall zoals ze het jaren geleden voor het eerst had gezien, verfijnd kantwerk tegen een lege hemel. Daarna de torens en spitsen en de twee vleugels die het voorplein omhelsden als twee armen. Een brief van Charis Fortune had haar verteld dat Francis naar het buitenland was vertrokken; Charis had ansichtkaarten gekregen uit Marseille, uit Tanger, uit Marrakesj. En daarna lange tijd niets. Robin stelde zich voor hoe Francis langzaam steeds verder de woestijn in dwaalde, een fles in zijn ene hand, een sigaret in de andere, verdwalend.

Er stond een vrachtwagen op het voorplein. Toen Robin de poort naderde, riep een mannenstem: 'Je mag hier niet komen, schatje!'

Ze keek om en riep naar het hoofd dat uit de cabine van de vrachtwagen stak: 'Waarom niet?'

'Privé-terrein, schatje.' Er stapte een man uit de cabine die over het plein naar haar toe kwam.

'Ik ben een vriendin van...' ze zweeg even en zocht naar Viviens laatste achternaam '... een vriendin van mevrouw Farr.'

'Mevrouw Farr woont hier niet meer. Heeft het hele huis en haar hele hebben en houen verkocht. Rare ouwe kast. Een heleboel kleine kamertjes waar je ze niet verwacht.'

'Weet u waar mevrouw Farr tegenwoordig woont?'

'Geen flauw idee, schatje.'

'Denkt u...' ze keek hem aarzelend aan '... denkt u dat ik eens binnen zou kunnen kijken? Heel even maar?'

Hij schudde spijtig zijn hoofd. 'Daar is mijn baan me te lief voor. Het wordt een overheidsgebouw, zie je.' Hij tikte tegen zijn neus. 'Sectie stiekem. Geleerden in witte jassen.'

'O.' Ze voelde zich verslagen.'

Hij liep terug naar zijn vrachtwagen en riep over zijn schouder: 'Heeft iets te maken met de oorlog, denk ik.'

'Oorlog?' zei ze. 'Welke oorlog?' maar hij antwoordde niet.

Ze bleef even staan, buitengesloten door de poorten en keerde vervolgens terug naar het station. Eén keer slechts keek ze om en zag, afgetekend tegen een donker wordende lucht, de kleine belvédère op het dak. De stervende stralen van de zon verzilverden de oude stenen, zodat de daken en zuilen eruitzagen alsof er een dunne laag sneeuw op lag.

Robins kamers waren in haar afwezigheid verhuurd, maar de detectiveschrijver was uit Joe's appartement vertrokken. Ze had nog erger opgezien tegen deze thuiskomst dan tegen de ontmoeting met haar ouders, maar toen ze de deur opende en om zich heen keek, merkte ze dat de vertrouwdheid ervan troostend was. Een belangrijk deel van haar leven was tegelijk met Joe gestorven, maar hier kon ze zichzelf eindelijk ervan overtuigen dat die jaren echt waren geweest. In Hawksden had ze Joe niet gevonden en ze had geen toestemming gekregen om zichzelf te herinneren aan die langvervlogen, betoverende dagen die ze gedrieën hadden doorgebracht op Long Ferry. Maar hier in het appartement, op de bank met Joe's oude zomerjasje om zich heen geslagen, kon ze passend om hem rouwen. Ze stofte de kamers, ruimde alle bewijzen van de lege maanden op. Toen het water kookte en ze de gashaard had aangestoken, kon ze zijn voeten bijna de trap op horen rennen, zijn gezicht bijna zien terwijl hij de deur opende en naar haar glimlachte.

Vaak praatte ze met hem. Wanneer ze, na de eerste week van haar studie medicijnen, 's avonds doodmoe thuiskwam – *Een afschuwelijke dag, Joe – ik moest een long ontleden en liet hem op de grond vallen. Daarna was het druk in de metro en ik vergat boodschappen te doen, dus we hebben alleen maar deze koekjes. Het kan ermee door, niet?* 's Morgens, wanneer ze zich voorbereidde op haar colleges – *Jas, tas en boeken. Zou het gaan regenen? Ja, ik neem een paraplu mee. O – en mijn muts – bedankt Joe.* Ze wist dat, als iemand haar zou horen, ze zouden denken dat ze gek was, maar het kon haar niet schelen. Op sommige dagen ging het beter dan op andere. Op de goede dagen werd het afmattende ongeloof in zijn dood dat haar in Spanje had achtervolgd afgestompt tot een vriendelijker genoegen in zijn voortgezette aanwezigheid. Op slechte dagen kaatste haar stem terug van lege muren.

Ze kocht kranten, maar kon niet meer doen dan een blik op de koppen werpen. 's Nachts droomde ze van het veldhospitaal. Aanblikken die ze vergeten meende te hebben kwamen terug, als een film die opnieuw werd afgedraaid. Ze wist dat Republikeins Spanje zou vallen en dat er onherroepelijk weer oorlog zou komen. Ze dacht verbitterd dat het over een paar jaar allemaal opnieuw zou beginnen. Ze zou helpen de rotzooi op te ruimen. Dat was wat mensen zoals zij deden.

Een maand nadat ze aan de artsenopleiding was begonnen kreeg ze een brief van Helen, met daarbij gevoegd een uitnodiging voor de bruiloft van Helen en Adam. Ze zette hem op de schoorsteen en begon in gedachten een brief te schrijven om de uitnodiging af te slaan. Toen las ze de brief.

Weet je nog dat we beloofden de grote gebeurtenissen in een vrou-
wenleven samen te vieren? We hebben Maia's bruiloft gevierd en
jouw eerste baan, Robin, maar ik heb nooit iets gevierd. Nou goed,
eindelijk heb ik iets te vieren. Ik ga trouwen met mijn lieve Adam en
we gaan op huwelijksreis naar Schotland. Het wordt een stille brui-
loft – ik weet dat je Hugh en Joe ontzettend zult missen, maar het zou
zo veel voor me betekenen als wij drieën elkaar weer zouden zien.
Kom alsjeblieft.

Het regende op Helens trouwdag. Robins gedachten dwaalden af toen
Helen en Adam de huwelijksbelofte aflegden. Rusteloos en ongeïnteresseerd liet ze haar blik over de gasten glijden. Adams neefs en nichten en tantes, stuk voor stuk lang, donker en forsgebouwd, net als
Adam. Dokter en mevrouw Lemon, ongemakkelijk in hun trouwkleren. En zijzelf en Maia. Toen ze Maia aankeek, voelde ze een tot gewoonte geworden, lege soort van haat.

Buiten de kleine kerk maakte de regen de rijst gezwollen en klef en
de confetti veroorzaakte gekleurde vlekken op Helens roomkleurige
strohoed en kobaltblauwe mantelpakje. Terwijl de regen in zijn gezicht
sloeg nam Adam Helen in zijn armen en kuste haar. Iemand nam foto's
en toen stapten ze allemaal, druipend en lachend in hun beste spullen,
in een bus die hen naar het huis van het echtpaar Hayhoe bracht. 'Ik
heb in geen járen in een bus gezeten,' zei Maia en Robin liet haar vinger over de beslagen ramen glijden, zodat waterdruppels langs het glas
naar beneden gleden.

Helen had een koud buffet klaargemaakt. Het huis was klein en leuk,
een Victoriaans ambachtshuis, door Adam gevuld met degelijk meubilair en door Helen aangekleed met gebloemde gordijnen en kussens.
Terwijl ze de Hayhoes gadesloeg dacht Robin dat ze de soort moeiteloze intimiteit hadden voor het bereiken waarvan sommige echtparen jaren nodig hadden. Ze maakten elkaars zinnen af en voelden elkaars
wensen aan. Adams ogen volgden Helen overal en hij had de wat wazige blik van iemand die zijn geluk niet kan geloven. Na de maaltijd
bracht dokter Lemon een toost uit op bruid en bruidegom en Adam
hield een korte toespraak.

Er kwam een taxi om de jonggehuwden naar het station te brengen.
Meer rijst en confetti en toen Helen haar boeket uit het raam gooide,
ving Robin het op. Een afschuwelijke reflex, overgehouden van de
korfbaltrainingen op school, veronderstelde ze terwijl ze het bosje ro-
zenknoppen en stephanotis haastig doorgaf aan Adams jongste nicht.

Maia zei: 'Bruiloften zijn afschuwelijk, vind je ook niet? Zelfs die waarbij je degenen die trouwen echt graag mag.'

Robin antwoordde niet.

'Ik moest maar eens opstappen.' Maia keek op haar horloge. 'Het ergste is achter de rug en ik help liever niet met de afwas. Ik zou graag hebben dat je meeging.'

Robin zei stijfjes: 'Ik ga terug naar Londen. Niet naar Cambridge.'

'Ik ga niet naar Cambridge. Ik moet ergens heen. En ik moet met je praten, Robin.'

'Ik wil niet met je praten, Maia.' Haar stem klonk gespannen van ingehouden woede en verbittering. 'Ik zou je liefst nooit meer terugzien.'

'Ik moet iets uitleggen.'

Er lag zowaar een smekende blik in Maia's mooie ogen. Robin voelde een mengeling van achterdocht en woede.

'Ik ben alleen voor Helen gekomen. Omdat die idiote belofte die we jaren geleden hebben gedaan zoveel voor haar schijnt te betekenen.'

Maia glimlachte bedroefd. 'We hebben geen van drieën gekregen wat we wilden, is het wel?'

'Ik vond dat ik het haar schuldig was,' ging Robin geïrriteerd verder. De regen droop langs haar nek, tussen haar blouse en de kraag van haar jasje. 'Jou ben ik niets schuldig, Maia.' Ze liep terug naar het huis om haar tas en handschoenen te halen.

Achter zich hoorde ze Maia zeggen: 'Ik wil je uitleggen waarom ik niet met Hugh kon trouwen.'

Ze bleef doodstil staan, met haar armen om zich heen geslagen. Toen draaide ze zich langzaam om.

'Vind je het daar niet een beetje laat voor?' Toen ze zag dat Maia's lichte ogen kleiner werden, besefte ze dat haar woorden doel hadden getroffen. 'Trouwens, ik dacht dat je het jaren geleden aardig had uitgelegd.'

'Ik wil je de waarheid vertellen. Hugh heb ik nooit de waarheid verteld. Je hebt toch geen speciale plannen, wel?'

Robin dacht aan de lege flat waarnaar ze moest terugkeren, aan het laatste stuk pastei dat ze wilde opwarmen voor bij de thee. Haar woede verdween. 'Nee. Geen plannen,' zei ze bedroefd.

Maia reed in westelijke richting Londen uit. Het eerste halfuur werd er niets gezegd. De drukke wegen en dicht opeengepakte huizen van Londen maakten plaats voor de glooiende heuvels en bekoorlijke dorpen van Berkshire. Robin zat met opgetrokken knieën op de passagiersstoel en staarde door het zijraam naar de regen die over de ruit gutste. Haar korte opflakkering van woede op Maia was verdwenen en vervangen door een kille, wrokkige afkeer. Toen ze opzijkeek zag ze dat de oude Maia terug was: koel, onverstoorbaar, mooi. Ze kreeg zin om die zelfbeheersing te ondermijnen.

'Goed dan. De waarheid. Laten we bij het begin beginnen, goed, Maia? Vertel me over Vernon.'

Maia's ogen waren op de weg gericht, haar vingers lagen losjes op het stuur. De banden van de lange sportauto wierpen fonteinen bruin water uit de plassen aan de zijkant van de weg op.

'Nadat mijn vader zelfmoord had gepleegd moest ik een echtgenoot vinden. Ik kon geen andere manier bedenken om het leven te leiden dat ik wilde. Dus trouwde ik met Vernon. Ik hield niet van hem, Robin, en hij hield niet van mij. We vergisten ons allebei in wat we dachten te krijgen. Vernon dacht dat, omdat ik jong was, ik zou doen wat me gezegd werd... en ik... ik dacht dat ik gelukkig zou zijn als ik het huis, de sieraden, de kleren eenmaal had. We hadden het allebei mis.'

Robin zei stijfjes: 'Ik weet het... ik raadde het. Je hebt me toch niet dat hele eind meegenomen om me dit te vertellen, Maia?'

Maia ging door alsof ze niets had gezegd. 'Vernon haatte vrouwen. Niet alleen mij – alle vrouwen. Hij dacht dat alle vrouwen berekenend en achterbaks en bedrieglijk waren. Hij dacht dat het vernederend was om bij een vrouw te zijn en tegelijk had hij behoefte aan die vernedering. Zijn eerste ervaring met lichamelijke liefde had hij opgedaan tijdens de oorlog, met een prostituee. Ik denk dat dat alles wat later kwam heeft gekleurd.'

Robin huiverde. Maia klonk koel en afstandelijk, alsof ze iets beschreef wat een ander was overkomen. Ze dacht terug aan de ontmoeting met Maia in de tuin van haar schitterende huis, al die jaren geleden, de ene helft van haar gezicht nog altijd mooi, de andere een groteske karikatuur van schoonheid.

'Hij mishandelde me, Robin. In het begin dacht ik dat hij het deed om me zijn zin te laten doen, maar later begreep ik dat het was omdat hij ervan genoot. En hij verkrachtte me. Ook omdat hij ervan genoot. Ik denk dat hij niet van seks genoot zonder dat element van dwang. De gedachte aan sommige van de dingen die hij me liet doen kan ik nog steeds niet verdragen. De vernedering... de verloedering... ik voelde me zo máchteloos.' Maia schakelde terug om haar snelheid aan te passen aan de kronkelende weg. 'Hoe dan ook, ik dacht dat ik me erbij zou kunnen neerleggen, maar later besefte ik dat ik het niet kon. Ik begon me zo ziek te voelen... zo misselijk en moe. Ik wist dat ik het niet langer kon verdragen; daarom ging ik naar jou toe, in Londen, maar je was er niet. Toen ik weer in Cambridge aankwam, merkte ik dat ik te laat was voor het personeelsfeest van Merchants. Ik wist dat Vernon me zou straffen.'

Regen zwiepte tegen de voorruit van de auto. Bijna ondanks zichzelf merkte Robin dat ze het moest weten.

'Dus doodde je hem?'

Maia lachte. 'Lieve Robin. Altijd zo onomwonden.' Ze stuurde de wagen naar de zijkant van de weg, stopte en trok de handrem aan. Vervolgens zocht ze in haar tas en pakte haar sigarettenkoker en aansteker. Toen ze een sigaret had opgestoken zei ze: 'Ik heb er telkens weer over nagedacht. Ik slaagde er bijna in mezelf wijs te maken dat het een ongeluk was. Dat hij uitgleed op de trap doordat hij dronken was of dat ik tegen hem aan viel doordat ik bang was, zodat hij zijn evenwicht verloor. Nu weet ik dat het allemaal niet klopt.' Haar ogen gingen half dicht en ze zei dromerig: 'Zo'n kleinigheid, in zekere zin, om je hand uit te steken en te duwen. Misschien was hij anders ook gevallen. Als hij niet dronken was geweest, had ik het nooit gekund. Hij was sterk, zie je, en ik ben altijd tenger geweest.' Ze keek Robin aan. 'Maar ik heb het gedaan. Ik zag een kans om vrij te zijn en greep die aan. Ik wist dat niemand ooit iets zou kunnen bewijzen. Ik gaf hem een duw en zag hem vallen en ik zeg je eerlijk, Robin: ik voelde alleen maar opluchting.' Maia's ogen waren dichtgegaan en ze leunde achterover, 'Zo'n kleinigheid,' zei ze opnieuw.

Het werd stil. Robin hoorde slechts het kletteren van de regen op de leren kap van de auto. Ten slotte zei ze langzaam: 'Als je het had uitgelegd, zou Hugh het misschien begrepen hebben.'

'Misschien. Het is moeilijk te zeggen.' Maia opende haar ogen, draaide het raampje open en liet haar sigarettenpeuk in de modder vallen.

'Dus je hebt nog steeds niets uitgelegd.'

'Ik ben nog niet klaar.' Maia startte de auto weer. 'We zijn er bijna. Nog een paar kilometer.'

Ze waren de grens met Hampshire gepasseerd en reden door een doolhof van smalle, slingerende wegen en welige beukenbossen. De wind rukte de natte, koperkleurige bladeren van de bomen; ze plakten op de voorruit van de auto.

Ze passeerden twee gebouwen, tegenover elkaar staand ter weerszijden van een brede, smeedijzeren poort. In de verte zag Robin een laat-

Georgian huis. Nog meer bossen, waarvan de kruinen over de weg hingen en een tunnel vormden. Tussen de rijen beuken en vlierbomen door ving Robin een glimp op van een huis. De stenen muren waren afgetimmerd en dakkapellen gluurden door het leien dak. Maia remde. 'Het was vroeger een jachthuis.' Ze bracht de wagen tot stilstand aan de rand van de weg, buiten de poorten. 'Ik heb het een paar jaar geleden gekocht. De familie die eigenaar is van het landgoed verkocht een paar stukken grond om de belastingen te betalen.' Ze stapte uit en opende de poort. Stijf van de lange rit liep Robin achter haar aan.

Er stonden beukenhagen langs het smalle grindpad en laurierstruiken rondom de voortuin. Maia zei: 'Ze zullen wel binnen zijn vanwege het weer,' en klopte op de voordeur.

Een grijze vrouw in een gebloemd schort opende de deur. 'Mevrouw Merchant!' Ze glimlachte en stapte opzij om Maia en Robin binnen te laten. 'We begonnen ons al zorgen te maken... het slechte weer.'

'Ik ben opgehouden, mevrouw Fowler. Dit is een vriendin van me, juffrouw Summerhayes. Robin, mag ik je mevrouw Fowler voorstellen.'

Ze gaven elkaar een hand en wisselden beleefdheden uit, maar Robin, in de smalle gang staand, merkte dat Maia om zich heen keek, iets zocht.

Of iemand. 'Ze is in de keuken,' zei mevrouw Fowler. 'We bakken koekjes voor bij de thee.'

Maia glimlachte en wenkte Robin haar te volgen. De kamers waren klein en knus, de meubels oud en comfortabel. Maia opende de keukendeur.

Bij de tafel stond een meisje. Ze was een jaar of zes, zeven, schatte Robin. Ze had een schort omgeslagen en haar handen waren wit van de bloem. Toen ze Maia zag begon ze te glimlachen. Ze maakte een vreemd, juichend geluid, liep schommelend de keuken door en wierp zich in Maia's armen.

Een knap meisje. Zwarte haren, een glimlachende mond met een gebit waaraan enkele tanden ontbraken en lichtblauwe ogen, dezelfde kleur als die van Maia. Wat een ongewone ogen, wat een zeldzame kleur.

Robin keek van Maia naar het kind, legde verbanden, begreep plotseling bijna alles.

'Ze is je dochter,' zei Robin. Het was een constatering, geen vraag.

Met haar armen om het meisje heen glimlachte Maia en fluisterde het kind iets in het oor: 'Maria... kijk eens in mama's tas.' Ze klopte op de leren handtas.

Maria liet zich uit haar armen glijden, hurkte neer op de grond en worstelde met een hand met de sluiting van de tas. Zonder op haar kousen te letten knielde Maia neer op de plavuizen en maakte de handtas voor haar open.

'Maria is zeven.' Maia keek Robin aan. 'En inderdaad, ze is mijn dochter.'

Maria haalde een pakje uit de handtas. Ze maakte opnieuw het juichende geluid terwijl ze het triomfantelijk ophield naar Maia.

'Goed zo, lieverd. Knappe meid.'

Robin keek toe terwijl het kind het pakpapier openscheurde. Een zak snoep, een haarlint en een doos kleurpotloden vielen op de grond. Robin voelde zich duizelig en buiten adem, alsof iemand de lucht uit haar longen had geslagen.

'Zal ik thee zetten, mevrouw Merchant?' vroeg mevrouw Fowler. 'En Maria en ik maken de koekjes af. Er brandt een vuur in de salon.'

In de salon rakelde Maia de kolen op met de pook en wenkte Robin te gaan zitten. Toen zei ze: 'Je hebt neem ik aan gemerkt dat Maria niet helemaal is zoals andere meisjes van haar leeftijd.'

Robin dacht aan de schommelende gang van het meisje, de moeite die ze had om de handtas met één hand te openen.

'Ze heeft een of andere verlamming aan de linkerkant van haar lichaam, is het niet? En...' ze keek Maia aan en voelde voor het eerst in jaren medelijden met haar '... en ze kan niet praten.'

'Maria's gehoor is erg slecht. Ze hoort het wanneer er een bord op de grond valt, maar ze kan me niet horen als ik haar naam zeg. En ze kan niet praten.'

'Ze is een lief meisje, Maia,' zei Robin teder.

'O, ik weet het. Al vond ik dat in het begin niet. Ik was zo kwaad toen ik me realiseerde dat ik zwanger was van Vernons kind. Ik beschouwde het als zijn wraak. Om me zelfs vanuit zijn graf te kwellen.'

De wind was aangewakkerd en zwiepte regendruppels tegen de ruiten. De kolen in de open haard gloeiden warm en rood.

'Al tijdens het vooronderzoek realiseerde ik me dat ik zwanger was. Ik voelde me allang misselijk en uitgeput, maar het was niet in me opgekomen dat het kon komen doordat ik een kind verwachtte. Ik ben nooit erg regelmatig geweest, dus daar lette ik niet op. Ik was tamelijk onnozel, Robin.' Maia glimlachte. 'Ik had mezelf altijd heel wijs gevonden, maar ik was in feite behoorlijk onnozel.'

Er werd op de deur geklopt en mevrouw Fowler kwam binnen met een blad met thee en koekjes. Toen ze weer weg was, ging Maia verder:

'Zodra ik besefte wat er aan de hand was, besloot ik me ervan te ontdoen. Het idee dat ik zwanger was was al erg genoeg – het idee dat ik zwanger was van zíjn kind was ondraaglijk. Dus zodra het onderzoek achter de rug was ging ik naar Londen en kocht wat pillen. "Voor alle vrouwenkwalen" – je kent ze wel.'

'Ze werken niet. Ik heb in de kliniek een stuk of zes vrouwen meegemaakt die ze hadden geprobeerd en vervolgens hun toevlucht hadden genomen tot een breinaald of zeepsop.'

Maia rilde. 'Dat kon ik niet – ik ben veel te kleinzerig. Maar goed, toen die verrekte pillen niet hielpen kreeg ik het adres van een dokter. Het was niet makkelijk – ik durfde het niet aan bekenden te vragen, want die zouden onherroepelijk argwaan krijgen. Ik werd ten slotte geacht een bedroefde weduwe te zijn, niet dan? Ten slotte bracht ik de moed op om het te vragen aan het kamermeisje in het hotel waar ik logeerde; ik zei dat het voor een vriendin van me was, maar ik denk niet dat ze me geloofde. Dus ging ik naar een afschuwelijk doktertje in een smerig huisje. Hij had klamme handen en glimmende plekken op de ellebogen van zijn pak. Hij weigerde het te doen – hij zei dat ik al te ver heen was.'

Maia schonk twee koppen thee in en gaf er een aan Robin. 'Ik was toch al van plan naar het vasteland te gaan en ik dacht waarschijnlijk dat het misschien zou weggaan als ik er maar niet meer aan dacht. Ik hoopte eerlijk gezegd op een miskraam – dat het zou afkomen als ik als een idiote door Europa zou hobbelen. Toen ik me ten slotte realiseerde dat ik zou bevallen van dat ellendige ding, hoopte ik een discrete kliniek in Zwitserland te vinden en een brave Hausfrau te betalen om dat wezen te adopteren. Maar het pakte anders uit.'

Robin nam een slok thee en begon het voor het eerst die dag weer warm te krijgen. Ze merkte hoe de woorden uit Maia's mond stroomden, alsof ze bijna opgelucht was dat ze haar geheim eindelijk kon delen.

Maia streek haar haren uit haar gezicht. Alle gebruikelijk luchtigheid was uit haar stem verdwenen. 'Ik had een auto gekocht – het leek me ontzettend leuk. Ik reed door Frankrijk, meestal in mijn eentje, en besloot toen naar Spanje te gaan. Ik dacht dat de baby nog lang niet zou komen – zelfs ík wist dat het negen maanden duurt en ik dacht niet dat het al zo ver kon zijn. Ik voelde me redelijk goed toen en het was nauwelijks te zien. De jurken waren toen goddank nog wijd en ik droeg altijd een korset. Ik denk dat ik gewoon een beetje gezet leek. In elk geval, ik kreeg weeën toen ik door Spanje reed. Ik was ergens in de rimboe, de volstrekte rimboe, toen die afschuwelijke pijn begon. Ik dacht dat ik doodging – en dat was nog maar het begin. Ik kon niet geloven dat vrouwen zoveel pijn moesten lijden en al helemaal niet dat sommige vrouwen het meer dan één keer vrijwillig ondergingen.' Ze keek Robin aan.

'Het eerste kind is meestal het moeilijkst. En ze zeggen dat je vergeet.'

Maia schudde haar hoofd. 'Ik niet. Ik herinner me nog elk ogenblik. Hoe dan ook, ik was in een of ander afschuwelijk dorp, absoluut niet in staat de beschaving te bereiken, dus brachten ze me naar een klooster. Het was schijnbaar de bedoeling dat de nonnen de zieken verpleegden.'

'Dat is daar traditie. In het veldhospitaal waar ik gewerkt heb leidden we een paar dorpsmeisjes op, aangezien de meeste nonnen uiteraard de Nationalisten verpleegden.'

Maia zette haar kopje weg. 'Ze waren best aardig, al verstond ik geen woord van wat ze zeiden. Eén non sprak een beetje Frans, maar ik was te ziek om me veel van het mijne te herinneren. Ik heb twee dagen lang weeën gehad.' Ze glimlachte, maar haar ogen waren donker bij de herinnering aan de pijn. 'De enige troost al die tijd was, dat ik er zeker van was dat de baby dood zou worden geboren.'

Robin fluisterde: 'Maar dat gebeurde niet.'

'Nee. Halfdood, het arme ding. Ze doopten haar meteen – ze noemden haar Maria omdat ze ervan overtuigd waren dat ze over een paar uur bij de moeder Gods zou zijn. Ik was doodziek – ik had koorts. Ik bleef maar bloeden en dagenlang wist ik niet waar ik was of wat er gebeurde. Na een dag of veertien, toen ik me weer goed begon te voelen, ontdekte ik dat de baby nog leefde en dat ze een voedster hadden gevonden. Ze brachten haar naar me toe. Ik weet nog dat ik één blik op het afschuwelijke, kwijlende ding wierp en begon te gillen dat ze haar moesten weghalen. Vernon weer, dacht ik – hij lachte me uit. Hij had gewacht tot ik vrij meende te zijn en had me toen met een monster opgescheept.'

Maia haalde diep adem. 'Ik dacht dat ik haar in het klooster zou kunnen achterlaten. Ik dacht dat er een weeshuis of zo zou zijn. Maar ze wilden het zieke kind van een buitenlandse niet opnemen – of ik kon ze niet duidelijk maken wat ik van ze wilde.'

'Dus nam je haar mee naar Engeland?'

'Uiteindelijk wel. Ik vertrok met de baby en die voedster – kun je je voorstellen, Robin: ik, dwars door Spanje rijdend met een jankende baby – ze scheen het grootste deel van de tijd te huilen – en een boerendochter die geen woord Engels sprak?'

Robin glimlachte. 'Niet echt.'

'De reis was er een die ik me liever niet herinner. Toen ik de Franse kust bereikte, betaalde ik het meisje en nam de veerboot over het Kanaal. Ik had in Boulogne wat flessen en zo gekocht en ik had een eigen hut gereserveerd. Ik wist absoluut niets van baby's. Ik moest een van de stewardessen vragen hoe ik een fles moest klaarmaken en een luier moest verschonen. Het grappigste was misschien...' Maia fronste haar wenkbrauwen '... dat ze op de boot heel rustig was. Ze sliep het grootste deel van de reis. Misschien dat de deining haar in slaap wiegde. En als ze wakker was, was ze liever. Ze glimlachte naar me. Ik had haar nog nooit zien glimlachen. Ik dacht dat ze het niet kon.'

'Het duurt een paar weken voordat een baby leert glimlachen.' Robin hoorde het kind lachen in de keuken. 'En als ze na de geboorte ziek was – en te vroeg geboren – zou het waarschijnlijk nog wat langer duren.'

'In elk geval, zodra ik in Engeland aankwam reed ik Kent rond en zocht een plek om haar achter te laten. Het kostte me niet veel moeite – een weeshuis in de buurt van Maidstone. Daarna ging ik een tijdje terug naar Frankrijk om zelf te herstellen en te bedenken hoe het verder moest. Zie je, ik dacht dat ik vrij was. Ik wist dat ik Merchants wilde leiden – dat wist ik al eeuwen. Ik maakte toekomstplannen en in september keerde ik terug naar Engeland.'

'En Maria?'

Het was donkerder geworden in de salon. Maia's gezicht was in de schaduw. 'Ik ging niet meteen naar het weeshuis. Ik werkte zo hard bij Merchants... en ik probeerde eerlijk gezegd nog steeds te doen alsof ze niet bestond. Maar op een dag was ik op bezoek bij een leverancier in Kent en ik dacht bij het weeshuis aan te gaan en de rekening te betalen. Ze brachten me naar de zaal waar ze haar hadden ondergebracht. Het was afschuwelijk, Robin, onvoorstelbaar gewoon. Ze hadden alle gehandicapte baby's bij elkaar gestopt. Rijen ijzeren bedjes. Geen speelgoed, niets om naar te kijken. Haar fles werd rechtop in het bedje gezet, ze verschoonden haar in haar bedje. Ik denk niet dat iemand haar ooit oppakte. Toen ik het de zuster vroeg, zei ze dat het tijdverspilling was om iets meer voor zulke baby's te doen dan voeden en baden.'

Robin dacht aan de kleine Mary Lewis in de bijkeuken in het rijtjeshuis. Als een hond ineengedoken in haar mand. Dokter Mackenzie had haar verteld dat het kind bij haar gezin beter af was dan in een instelling, maar ze had hem indertijd niet geloofd.

Maia sprak verder. 'Ze was zelfs vergeten hoe ze moest lachen. Ze had afschuwelijke zweren op haar lichaam en ik dacht niet dat ze genoeg gegroeid was. Ik moest haar een paar weken daar laten terwijl ik regelingen trof, maar ik voelde me zo schuldig toen ik haar achterliet. En kwaad omdat ik me schuldig voelde. Ik had haar tenslotte niet gewild. Ik had genoeg op mijn bord aan het leiden van Merchants. Hoe dan ook, ik dacht dat een privé-opvoedster de beste oplossing zou zijn – een meisje dat ik kende en dat veel reisde, had haar zoontje naar zo iemand gestuurd. Maar het was niet makkelijk iemand te vinden die een kind zoals Maria wilde aannemen. Ik adverteerde via een bureau – ze riepen tientallen vrouwen op voor een sollicitatiegesprek. De meesten waren natuurlijk alleen maar op het geld uit. Toen vonden ze Annie Fowler voor me en ik wist meteen dat zij de juiste was voor Maria. Ik kocht dit huis, haalde Maria uit het weeshuis en bracht haar hierheen. En weet je, bijna zodra ze uit dat afschuwelijke huis weg was ging ze er beter uitzien.' Maia glimlachte bij de herinnering. 'Ik kwam af en toe langs om me ervan te overtuigen dat alles goed ging. Ik dacht dat ik, als ik eenmaal wist dat er goed voor haar werd gezorgd, zou kunnen stoppen met haar te bezoeken. Haar weer volledig kon vergeten. Maar op de een of andere manier lukte het niet.'

Er viel een stilte. Regen biggelde langs de ruiten en er dreef een heerlijke baklucht door het huis.

'Dus je hebt me hierheen gebracht,' zei Robin langzaam, 'om me te vertellen dat je niet met Hugh kon trouwen omdat hij dan achter het bestaan van Maria zou zijn gekomen?'

'Zo ongeveer.'

'Omdat je dacht dat hij je zou veroordelen dat je je kind niet erkende?'

'Zoiets. Ik zag in elk geval niet hoe hij het zou kunnen goedpraten.'

'Hij zou het misschien hebben begrepen,' zei Robin opnieuw. Hoewel ze, terugdenkend aan Hugh, wiens eerlijkheid en eenvoud van hem afstraalden, er niet zo zeker van was.

'Nogal veel gevraagd, vind je ook niet? "O, tussen haakjes, Hugh, je vindt het toch niet erg dat ik mijn man heb vermoord en zijn kind in het geheim heb gekregen?"' Maia glimlachte niet. 'Denk je ook niet, Robin, dat zoiets ons huwelijk vanaf het begin zou hebben belast? Dat misstappen in het verleden de neiging hebben zowel het heden als de toekomst te bezoedelen?'

Het werd stil. Robins vingers plukten aan de plooien van haar rok.

'Bovendien, hij zou misschien medelijden met me hebben gehad.

Dat had ik niet kunnen verdragen.' Maia's gezicht was somber. 'In elk geval, Hugh wilde kinderen.'

'Hij kon goed met kinderen overweg. Hij wist zelfs de stomste jongens door het toelatingsexamen voor de universiteit te loodsen.' Robin keek Maia aan. 'Maar je kon het niet aan dat nog eens mee te maken na wat er met Maria was gebeurd?'

'Ik walgde bij de gedachte alleen al. Een bevalling was zo'n... zo'n *inbreuk*. Ik neem aan dat het anders had kunnen zijn... in een privé-kliniek... met ervaren artsen. Hoewel me verteld is dat ik te smal gebouwd ben.' Maia bekeek zichzelf en trok een gezicht. 'Ik heb er de heupen niet voor. Maar nee, dat was niet het enige.' Ze stond op en liep naar het raam. Robin hoorde haar diep inademen.

'Daags na je vaders vijfenzestigste verjaardag ben ik naar Londen gegaan, naar Harley Street, om een specialist te raadplegen over Maria. Annie Fowler had de dag daarvoor haar intrek genomen in een hotel, met Maria. Ik haalde ze af en reed met ze naar de kliniek. Zie je, ik had nooit een arts geraadpleegd om er achter te komen of Maria's toestand erfelijk was. Ik durfde het niet onder ogen te zien, denk ik. En aangezien ik nooit van kinderen had gehouden en ze nooit had gewild, dacht ik dat het niet nodig was. Ik had altijd gedacht...' Maia's stem stierf weg.

'Wat had je altijd gedacht, Maia?'

'Dat Maria zo is vanwege iets in míj. Om wat ik was... om wat Vernon me had aangedaan. En toen ik Vernon begon te zien, na zijn dood... nou ja, dat bevestigde het alleen maar. Krankzinnigheid, bedoel ik. En mijn vader moet ook krankzinnig zijn geweest, niet waar, om zelfmoord te plegen.' Ze lachte, een hol, afschuwelijk geluid. 'Drie generaties, Robin. Kun je je voorstellen wat voor gruwelen ik nog meer ter wereld had kunnen brengen? Kun je je voorstellen wat voor monsterlijke zoons ik die arme Hugh had kunnen geven?'

Maia zweeg even en voegde er toen aan toe: 'Ik herinner me nog woord voor woord dat die specialist tegen me zei: *"Naar mijn mening als arts, mevrouw Merchant, kunt u er niet zeker van zijn dat een volgend kind niet dezelfde handicap zal hebben."* Nou ja, ik kan niet zeggen dat ik verrast was. Het was een van de redenen – een van de vele, vele redenen – waarom ik altijd gezegd had dat ik nooit zou hertrouwen.'

Ze draaide zich om naar Robin. 'Je snapt toch wel dat ik Hugh dát niet kon aandoen? Dat snap je toch zeker wel? Trouwens, ik had al maandenlang geprobeerd de verloving te verbreken. Ik kon alleen geen

473

manier verzinnen. Ik realiseerde me dat ik moest zorgen dat hij me ging haten. Dat deed ik dus. Te goed, veel te goed.' Haar stem klonk gespannen van verdriet toen ze fluisterde: 'Ik had er geen idee van dat Hugh naar Spanje zou gaan, Robin. Geen enkel.'

De lange stilte werd verbroken door het geluid van de opengaande deur. Het meisje hinkte naar binnen, met haar goede hand zorgvuldig een schaal vasthoudend waarop twee geglaceerde koekjes lagen.

Ten slotte ging Maia verder: 'Ik vertrek binnenkort uit Engeland, Robin. Een vriend van me heeft me gevraagd samen met hem een zaak te beginnen in New York. Ik zal er met een schone lei kunnen beginnen. Ik denk niet dat ik het kan verdragen nog veel langer in dit land te blijven. Ik heb hier niets meer. Ik neem Maria en mevrouw Fowler mee en zoek een huis voor ons drieën. Geen geheimen meer. Ik heb zo genoeg van geheimen.'

Toen Maia Maria optilde en haar kuste, wist Robin dat ze het in één opzicht mis had gehad. Maia was uiteindelijk toch in staat van iemand te houden.

Ze hielden Robin voor dat de tijd alle wonden heelt, maar ze liet zich niet overtuigen. Je raakte er alleen maar meer aan gewend, dat was alles. Je verwachtte Joe's voetstappen niet meer op de trap; als je door de Fens wandelde dacht je niet meer dat de man die, een pijp rokend, op het hek leunde Hugh was. Soms betreurde ze het zelfs dat die kleine, pijnlijke ogenblikken voorbijgingen. Ze hadden de mensen van wie ze hield wat langer laten leven.

De kersttijd was het ergste. Zijzelf, haar ouders, Merlin en Persia die probeerden het huis in de Fens een schijn van bedrijvigheid te geven. Richard en Daisy praatten onsamenhangend over teruggaan naar Londen, maar Robin vermoedde dat ze Blackmere Farm nooit zouden verlaten. Ze zou nooit wennen aan de verandering in haar ouders – aan Daisy's behoefte aan haar of aan Richards oude, vermoeide gezicht. Aan enig kind zijn. Soms drukte hun liefde voor haar haar neer.

Ze bezocht Helen in Richmond en schreef Maia in Amerika. Ze wist dat ze uit elkaar waren gegroeid. Heel af en toe slechts ving ze een glimp op van de banden die hen nog steeds verbonden, die misschien meer waren dan alleen maar een gedeeld verleden, gedeelde geheimen.

Ze had het hard te halen; vaak zat ze tot middernacht te studeren. Ze viel, anders dan een van de andere studentes, niet flauw bij het zien van een lijk dat ze moest ontleden en stoorde zich ook niet meer aan de geintjes van de mannelijke studenten of de manier waarop sommige professoren haar negeerden. Ze werkte met de koppige volharding waarvan ze was gaan beseffen dat het haar kostbaarste bezit was. Ze wist dat ze zich te zijner tijd wilde specialiseren in kindergeneeskunde. Maia's gehandicapte kind en al die andere kinderen – kinderen die ze had verpleegd, in Spanje en in de kliniek, en die arme Mary Lewis in haar mand – achtervolgden haar nog steeds. Het ene boek na het andere lezend in de bibliotheek van het ziekenhuis leek het Robin steeds waarschijnlijker dat Maria's handicaps eerder een gevolg waren van haar voortijdige, moeilijke geboorte dan van een erfelijke aanleg. Ze hield haar overtuigingen voor zichzelf, maar voelde, heel even slechts, een opflakkering van haar vroegere hartstocht. Er stierven nog steeds vrouwen bij bevallingen in onhygiënische situaties; er raakten nog steeds baby's gehandicapt door incompetente vroedvrouwen en artsen. Ze dacht weliswaar niet meer dat ze de wereld kon veranderen, maar wel dat ze haar eigen kleine stukje ervan wat beter kon maken.

Eind februari sneeuwde het, grote, witte vlokken die de rookgrijze lucht deden afbladderen. Ze had zich de hele dag rusteloos gevoeld, tot niets in staat. Ze had die nacht slecht geslapen en van Joe gedroomd en was met koude tranen aan haar wimpers wakker geworden. Op woensdagmiddag hingen de meeste andere medische studenten rond op een hockeyveld. Een onaantrekkelijk vooruitzicht. Een verkoudheid voorwendend maakte Robin zich uit de voeten. Niet in staat haar koude flat onder ogen te zien glipte ze een bioscoop in en kocht een kaartje. De film, al tot de helft gevorderd, was een ingewikkeld verhaal over een fabrieksmeisje en de zoon van een fabrikant, nog ingewikkelder gemaakt door de knappe tweelingzus van het fabrieksmeisje.

Ze werd wat wakkerder toen het filmjournaal begon. Iets over koning George en koningin Mary, vervolgens een langdradige reportage over de suikerbietencampagne in East Anglia. Toen – Robin ging rechtop zitten en streek haar haren uit haar ogen – een film over de uitwisseling van gevangenen in Spanje. Ze zagen er op de een of andere manier vertrouwd uit, die mannen. De corduroy broeken en jasjes, de marineblauwe overalls. De ingevallen, verslagen gezichten die zelfs nu nog probeerden te glimlachen. Een van hen stak zijn gebalde vuist in de lucht en Robin kon wel huilen. Toen draaide een lange, magere, donkere gevangene zich om en keek recht in de camera.

'*Joe!*' riep ze hardop en ze sloeg haar handen voor haar mond. De meeste mensen op de rij vóór haar draaiden zich om en begonnen te sissen, maar ze hoorde ze niet eens. Ze stond op, omklemde de rugleuning van de stoel vóór haar en staarde met bonzend hart naar het scherm.

De nieuwsflits was afgelopen en maakte plaats voor een tekenfilm. Naar de stompzinnige, bekkentrekkende figuren kijkend wilde ze naar de filmoperateur roepen, eisen dat hij de film zou terugdraaien. Iemand trok aan haar mouw en zei dat ze moest gaan zitten en ze viel terug op haar stoel; haar benen weigerden haar nog langer te dragen. Even later al was haar opwinding weggeëbd. Ze had zich vergist, hield ze zichzelf voor. Ze had sinds ze uit Spanje was vertrokken al zo vaak gedacht dat ze Joe had gezien – een zwartharige man in Oxford Street, wiens ellebogen door zijn mouwen heen staken – een stem in de rij bij Woolworths. Elke keer had ze zich vergist. Ze zakte onderuit en werd overspoeld door een donkere wanhoop. Toch verliet ze de bioscoop niet, maar zat de tekenfilm, een korte documentaire over Canada en de romance van het fabrieksmeisje nogmaals uit. Tegen de tijd dat de nieuwsflits opnieuw begon had ze haar nagels tot het leven toe afgebeten. Ze keek op, nauwelijks in staat haar blik scherp te stellen, en zag hem opnieuw. Er zat een plek aan de zijkant van zijn hoofd, een litteken zo te zien. Ze weigerde te roepen van blijdschap, want dan zou ze hem niet duidelijk kunnen zien.

Ze zat het hele programma nog twee keer uit. Telkens was het hetzelfde: zodra ze hem zag wist ze het zeker, maar op het moment dat zijn gezicht van het scherm verdween keerde haar twijfel terug. Toen ze de bioscoop verliet en het donker in wandelde, kusten sneeuwvlokken haar huid. De volgende middag sloeg ze een college over en ging opnieuw naar de bioscoop. Tegen de tijd dat ze het programma nogmaals vier keer had uitgezeten, was ze ervan overtuigd dat Joe leefde.

Joe maakte de reis door Frankrijk in zijn eentje. De quakerorganisatie die toezicht had gehouden op de uitwisseling van de gevangenen had hem wat geld en een ticket voor de boottrein gegeven. Hij had hun aanbod van een begeleider afgeslagen omdat hij alleen wilde zijn.

Hij reisde op zijn gemak en rustte vaak uit. De hoofdpijn waarvan hij na zijn verwonding maandenlang last had gehad was goddank verdwenen, maar zijn rechterarm deed nog altijd pijn. Een quakerarts had hem onderzocht voordat ze hem de grens over lieten gaan en Joe had de waarheid achter de bemoedigende geluiden gevoeld. Hij wist dat hij van geluk mocht spreken dat hij zijn arm nog had. Zoals hij ook van geluk mocht spreken dat hij niet aan zijn hoofdwond was gestorven of door zijn Nationalistische bewakers was neergeschoten. Hij voelde zich alleen niet bijzonder gelukkig. Alleen ontzettend moe.

In de trein naar Parijs keek een jongeman hem nieuwsgierig aan en vroeg of hij in Spanje had gevochten. Joe schudde zijn hoofd en keek strak uit het raam. Het gesprek stokte en de jongeman haalde ongeduldig zijn schouders op en wijdde zich weer aan zijn krant.

Voor wat hij wist dat de laatste keer zou zijn dacht hij terug aan de gebeurtenissen van de afgelopen acht maanden. De granaat waardoor hij bij Brunette gewond was geraakt; daarna, god weet hoeveel dagen later, in een Spaanse ziekenhuis het ontwaken uit zijn bewusteloosheid. Een waas van pijn, misselijkheid en onbekende stemmen en gezichten. Ze hadden hem in een ambulance gelegd en hij herinnerde zich hoe die over het hobbelige terrein had gehotst. Ze hadden hem willen overbrengen naar het Amerikaanse ziekenhuis in Madrid, maar de chauffeur was verdwaald en in door de Nationalisten bezet gebied terechtgekomen. De chauffeur, de brancardiers en de vier gewonden in de ambulance waren gevangengenomen. Ze hadden hem een tijdje voortgedreven, blindelings over de stenige grond struikelend, en hadden hem vervolgens in een vrachtwagen gegooid. Hij was in een Nationalistische gevangenis beland, samen met een tiental andere leden van de Internationale Brigades.

Hij had in gedachten voorgoed afscheid genomen van de mannen met wie hij opgesloten had gezeten. Van de mannen die waren gestorven aan een ziekte of aan verwondingen en van degenen die uit hun cel waren gehaald en neergeschoten. Van degenen die waren gestorven omdat ze hadden geweigerd over te lopen en voor het fascisme te vechten en van degenen die waren gestorven omdat ze de verkeerde kant op hadden gekeken of het verkeerde hadden gezegd. Hij onderzocht al die dingen voor de laatste keer en borg ze toen op, wetend dat hij het niet kon verdragen ze nog langer te zien. Hij zou met niemand over Spanje praten, zelfs niet met Robin.

Op de veerboot bleef hij aan dek en liet het fijne stuifwater over zich heen komen. Acht maanden lang had hij betwijfeld of hij een toekomst had; hij was gewend geraakt aan die onzekerheid en had geen plannen kunnen maken. Heel even slechts voelde hij een vlaag van woede over het verlies van wat hem ooit dierbaar was geweest. Hij kon zijn rechterhand nog bewegen, maar niet genoeg, wist hij, om lenzen en draairingen te kunnen hanteren of voor het nauwgezette ontwikkelen van films. Hij voelde een diepe, bittere gegriefdheid en toen verdween zowel die als zijn woede. Alles wat er vóór zijn gevangenname was gebeurd leek gekleurd door onwerkelijkheid – haast een spel dat hij even had gespeeld. Hij kon niet terugkeren tot wat hij vroeger was geweest. Hij wist, wanneer hij het zich voor de geest haalde, dat hij de herrie en de drukte van Londen niet zou kunnen verdragen. Hij zou beginnen te herstellen wanneer er stilte was en heuvelland. Hij merkte dat hij inniger dan ooit verlangde naar het dorp waar hij was geboren. Hij dacht dat het er waarschijnlijk op zou uitdraaien dat hij zou doen wat hij altijd had proberen te vermijden – zijn vader helpen bij het runnen van de fabriek. Het leek niet slechter dan wat ook. Zijn behoefte om in het centrum van de gebeurtenissen te staan was verdwenen en zou nooit terugkomen. Hij zou tevreden zijn met een plaats in de marge, observerend.

De quakeradministratrice had hem, haar lijsten raadplegend, verteld dat Robin in september uit Spanje was vertrokken. Hij had de heuvels en de koele, frisse lucht nodig, maar hij had bovenal Robin nodig. Toen hij zijn ogen sloot en dacht dat hij haar misschien binnen een dag in zijn armen zou houden, werd het zilte stuifwater op zijn gezicht vermengd met tranen.

Robin kon zich niet op haar werk concentreren en kon 's nachts niet slapen. Ze verwachtte Joe elk moment van de dag. Elke ochtend wanneer ze de flat verliet schreef ze een briefje waar ze was. Ze deed de deur niet op slot, wetend dat hij geen sleutel had.

Op 12 maart vielen Duitse troepen Oostenrijk binnen. De angst waarvan Robin ooit had gedacht dat alleen zij die voelde was zichtbaar in de ogen van alle voorbijgangers. De spanning was bijna voelbaar en ze wist dat de weigering van de mensen om over de situatie in Europa te praten nu te wijten was aan bezorgdheid in plaats van zelfgenoegzaamheid. Maar de krantenkoppen maakten haar niet bang meer. Ze wachtte op Joe – ze leefde elke dag in een kwellend, euforisch niemandsland – maar een klein deel van haar had rust gevonden en was er kalm van overtuigd dat zij en Joe samen in staat zouden zijn alles te verdragen wat de toekomst mocht brengen.

Op de terugweg naar de metro zag ze de vliegtuigen overvliegen, de lucht boven Londen beschilderend met witte bogen en spiralen. Ze bleef er even naar staan kijken, liep toen het station in en kocht een kaartje. Het rijtuig van de ondergrondse was halfleeg; enkele vermoeide huisvrouwen hingen lusteloos boven boodschappennetten, een paar scholieren ruilden voetbalplaatjes. Meestal bestudeerde Robin onderweg haar college-aantekeningen. Vandaag kreeg ze het niet voor elkaar.

De trein rammelde een station binnen. Nog maar vier haltes. Haar ongeduld om thuis te komen werd elke dag groter. Op het aangrenzende spoor kwam een andere trein binnen.

Toen zag ze hem. Bijna recht tegenover haar in de tweede trein, met zijn arm over de rugleuning en zijn hand onder zijn hoofd. Joe draaide zich om en keek door beide raampjes langzaam in haar richting. Ze zag het vuurrode litteken aan zijn slaap en de bleekheid van zijn huid. En de glimlach die zijn gezicht plotseling verlichtte. Robin drukte haar handen plat tegen het glas, alsof ze erdoorheen kon reiken om hem aan te raken.

Toen rende ze naar de deur, het perron over en de trap op. Aan het eind van de gang strekte Joe zijn armen naar haar uit.